杜甫組詩研究

吴淑玲 王婧娴 苑宇轩 等 著

九州出版社
JIUZHOUPRESS

图书在版编目（CIP）数据

杜甫组诗研究 / 吴淑玲等著. -- 北京 : 九州出版
社, 2025. 2. -- ISBN 978-7-5225-3572-2

Ⅰ. Ⅰ207.227.423

中国国家版本馆CIP数据核字第2025PQ7683号

杜甫组诗研究

作 者	吴淑玲　王静娴　苑宇轩等　著
责任编辑	肖润楷
出版发行	九州出版社
地 址	北京市西城区阜外大街甲 35 号（100037）
发行电话	(010)68992190/3/5/6
网 址	www.jiuzhoupress.com
印 刷	北京九州迅驰传媒文化有限公司
开 本	720 毫米×1020 毫米　16 开
印 张	32.25
字 数	433 千字
版 次	2025 年 3 月第 1 版
印 次	2025 年 3 月第 1 次印刷
书 号	ISBN 978-7-5225-3572-2
定 价	96.00 元

本书由燕赵高等研究院资助

本书是国家社会科学基金后期资助项目"诗体学视野下的杜诗研究"（项目编号：18FZW068）的后续成果

序

韩成武

　　《杜甫组诗研究》选择了一个具有特色的视角关注杜诗，该书把"组诗"作为一种体裁对杜诗进行全面关注，选择了杜甫五个时期的28组组诗进行了系统研究，是杜诗学界第一部专以组诗为研究对象的专著。这是杜诗研究的一个重要成果。

　　对杜甫组诗的研究，学界历来比较重视的主要是《前出塞九首》《羌村三首》、"三吏""三别"、《秦州杂诗二十首》《同谷七歌》、入蜀纪行诗、《江畔独步寻花七绝句》《诸将五首》《八哀诗》《咏怀古迹五首》《秋兴八首》《戏为六绝句》等，但对杜甫的其他一些重要组诗则较少关注，比如《陪郑广文游何将军山林十首》《重过何氏五首》《秋雨叹三首》《夔州歌十绝句》《解闷十二首》等只有较少的研究论文；有的只有一篇研究论文，如《遣兴五首（朔风飘胡雁）》《春日江村五首》；有的甚至没有一篇研究论文，如《自京窜至凤翔喜达行在所三首》《伤春五首》《遣兴五首（蛰龙三冬卧）》《承闻河北诸道节度入朝欢喜口号绝句十二首》《复愁十二首》等，这对杜甫研究而言是有遗憾的。而这部专著选择了杜甫五个时期的重要组诗，不仅系统性强，而且囊括全面，尤其是对一些学界较少关注的组诗进行了细致的研究解读，是非常有胆气的。

该书对组诗的辨析有清晰的观点，以"组"的文字学解释为基础，抓住"经纬""众缕""秩然"三个关键词为组诗定义，认为《诗经》中的多章诗歌不属于组诗，凑在一起没有共同主题的数首诗也不是组诗，而确定组诗是指"在同一主题意义下、诗题互相映照、内容互相关联、能够独立表意的数首诗歌组成的诗歌群称为'组诗'"。并进一步框定："在大体接近的时间内，作者有意识创作的内容接近、诗题相类、主题关联的数首诗歌"为组诗。在此基础上，梳理了组诗发展的历程，认同徐泽强、魏耕原的观点，以《九章》《九歌》为中国最早的组诗，梳理出了战国末期到唐代中国组诗的发展路径，并对杜甫组诗的内容类型及其布局特点、诗体分布情况等，进行了综合性研究，有较强的整体意识。

细致的文本分析是该书最大的特点。该书以吴淑玲开设"杜诗研究"专题课的设计和努力方向为主要框架，以文本分析为主，对所选组诗进行了细致的分析和解读。作者很注意研究的避复，对学界研究较多的组诗，采取相对概括的综述性方法，并同时提出自己的见解，但并不做过多的冗长的分析和解读，而对研究资料较少甚或基本没有研究论文的组诗，则下功夫进行细致解读和多方考察，尽可能提供较多信息，以期帮助读者了解该组诗的背景信息、写作意图、文字内涵。这些工作大多是原创性的，是该书中较有价值的内容，值得学界重视。如对《秋雨叹三首》《伤春五首》《遣兴五首（蛰龙三冬卧）》《承闻河北诸道节度入朝欢喜口号绝句十二首》《解闷十二首》《复愁十二首》等的解读，在几乎没有参考资料的情况下，能做出目前这样细致的解读，该书的作者确实下了一番功夫。

该书在文本细读的基础上兼有考辨价值。杜甫的诗歌，因其历史价值很强，编年性相对也较为清晰，一般情况下很难再在编年上做文章，况且该书是以文本细读为主要研究方法，故而考证的内容并不多。尽管如此，作者也下了一些考证或考辨的功夫。如关于《前出塞九首》的写作时间，在考证了"名王"的来历及所指人群后，联系唐王朝的西域战争和杜甫反战思想形成的时间，同时思考了诗人秦州时期的关注目标，确定其写作时间当在天宝十一载（752）前后，而非秦州时期。又如关于《九日五首》，利用历来资料和其主题内容，确定《登高》为《九日五首》中的一首，解决了《九日五首（缺一首）》的问题，同时又对《登高》被单独列出的原因进行了综合解说，为解读《九日五首》找到了共同的思想根底和主题轮转的方向，对《登高》的情绪转变进行了合理辨析。

淑玲是我的第一个博士生，在读博之前，她的科研和教学主要方向是先秦两汉文学和明清小说研究，跟我读博后才把研究方向调整为唐代文学，且主要是杜诗。开始时我对她研究杜诗不敢抱太大期望，她自己对研究杜诗也感到困难。但她肯下功夫。虽然是年龄较大的学生，但努力按我的要求背诵杜诗，在细致研读杜诗方面尤为用功。她的领悟能力很强，很快在对杜诗的认识方面就有了独到的见解，她的学位论文视野开阔、内容丰富，得到了答辩委员的一致认同和赞叹。

之后，她去首都师范大学博士后工作站两年，回到河北大学后，就在合适的时间申报开设了"杜诗研究"的课程。

她对杜诗的热爱不亚于我，我们经常一起探讨杜诗还能做哪些课题。2017年，我们俩合作申报了在她名下的河北省社科项目"杜甫诗歌的诗体学研究"（项目编号：HB15WX035）。项目完成后，因为觉得所做的工作值得一个国家社科项目，也因为有好几篇有创见的论文被《新华文摘》《高等学校文科学术文摘》《中国社会科学文摘》等摘载，我们便共同申报了国家后期资助项目"诗体学视野下的杜诗研究"（项目编号：18FZW068）。因当时她名下有国家社科在研项目，我们商定以我的名义申报。在申报和写作过程中，她做了大量工作，但因为国家有关规定，该项目成书出版时，封面上不能出现她的名字。我在该书的后记里，说明了项目申报和写作的情况，希望体现出她对该项目的贡献。这时，她已经有了新的想法，那就是整理自己在"杜诗研究"中的见解，而且很快付诸实施。她选择了"组诗"这一视角。由于有大量的前期积累，这部书稿很快成型，这让我感到欣慰。这些年她在唐诗传播方面用力较多，也承担了四个国家社科项目，并在杜诗研究方面写出不少有价值的论文，但终究没有一部专门研究杜诗文本的著作，还是有些遗憾的，现在终于可以稍补缺憾了。

我知道她还有一些杜诗研究的单篇论文，也期盼她早些把这些成果梳理一下，汇聚起来，成为她杜诗研究的文章荟萃。我等待她的好消息。

目　录

绪　论：杜甫组诗概述 / 1

　　一、概念界定及组诗发展路径回溯 / 3

　　二、杜甫组诗的题材类别及其构建方式 / 12

　　三、杜甫组诗的文体分布分析 / 36

第一章　杜甫"安史之乱"前的组诗 / 51

　　一、《前出塞九首》与《后出塞五首》/ 52

　　二、《陪郑广文游何将军山林十首》与《重过
　　　　何氏五首》/ 80

　　三、《秋雨叹三首》/ 96

第二章　杜甫陷贼与为官时期的组诗 / 109

　　一、"二哀""二悲" / 110

　　二、《自京窜至凤翔喜达行在所三首》/ 133

　　三、《羌村三首》/ 149

　　四、"曲江"组诗 / 164

五、《忆弟二首》/ 176

六、"三吏""三别" / 185

第三章　杜甫罢官至入蜀前组诗 / 201

一、《遣兴五首》("蛰龙三冬卧"等) / 203

二、《秦州杂诗二十首》/ 215

三、《乾元中寓居同谷县，作歌七首》/ 230

四、杜甫的入蜀纪行诗 / 247

第四章　杜甫的成都组诗 / 265

一、《绝句漫兴九首》/ 267

二、《江畔独步寻花七绝句》/ 279

三、《戏为六绝句》/ 289

四、《伤春五首》/ 299

五、《忆昔二首》/ 309

六、《春日江村五首》/ 327

第五章　杜甫的夔州组诗 / 347

一、《夔州歌十绝句》/ 349

二、《诸将五首》/ 360

三、《八哀诗》/ 372

四、《秋兴八首》/ 387

五、《咏怀古迹五首》/ 404

六、《承闻河北诸道节度入朝欢喜口号绝句

十二首》/ 418

七、《解闷十二首》/ 432

八、《复愁十二首》/ 452

九、《九日五首》(含《登高》)/ 472

参考文献 / 488

后　记 / 497

绪论：杜甫组诗概述

一、概念界定及组诗发展路径回溯

(一)"组诗"的概念界定

从字面意义理解,组诗就是多首诗的组合体。但这样理解似乎太泛,因此我们有必要对组诗的缘起、组诗的概念进行厘清和界定。

要想界定概念,需先弄清词组的含义。《汉语大字典》对"组"作为一种组合形式时的解释是:"事物相同或性质相近的一种组成形式。"[①] 所举词例有"组诗"。《汉语大词典》对"组诗"的解释是:"指同一诗题,内容互相联系的几首诗。"[②] 这一定义简洁明了、内涵准确,但还要追踪明源,确定"组诗"更确切的含义。我们可以试着从词语组合的角度解说"组诗"应有的含义。

组,《说文解字》说:"绶属也。其小者以为冠缨。"段注:"属当作织……谓如织组之经纬成文,御众缕而不乱,自始至终秩然。能御众者如之也。"[③] 从"组"字之本义言,"组"之原意是纺织时的纱线互有关联、互相成全、经纬分明、秩序井然的结构。我们应该注意"经纬""众缕""秩然"这三个词,它们是理解组诗的关键。"经纬"也就是起着不同的作用,"众缕"说明是多条线,"秩然"说明各有价值、秩序不乱。以此意入词成"组诗",则应指有一定组织秩序的

---

① 《汉语大字典》(缩印本),四川辞书出版社、湖北辞书出版社,1993年,第1408页。
② 罗竹风主编:《汉语大词典》第9卷,汉语大词典出版社,1992年,第778页。
③ (汉)许慎撰,(清)段玉裁注:《说文解字注·系部》,上海古籍出版社,1981年,第653页。

多首诗的组合体，而不是随意放置在一起的、没有多少关联的数首诗的集合。

组诗源于内容变化较多的连章，但又与连章不同。章，最早出现在《诗经》的解说中，谓"某章章某句"。这里的章，指音乐的乐章，《说文解字》："章，乐竟为一章。"也就是音乐旋律到一阶段为一章，再回头重新来过或稍有改动，称第二章、第三章，以此类推。连章，是一支曲子旋律的反复回旋。《诗经》时代的连章诗，大多是曲子来回回荡的旋律，有的变化了几个字，有的变化稍多。但终归是一条线，而不是"众缕"。但组诗确实是从连章诗中发展而来。徐泽强在《论杜甫的组诗》中考察了组诗的发展历程，认为组诗源于《诗经》的迭章，他认为"迭章变化较大的，逐渐向组诗靠拢"。他举《小雅·十月之交》为例，云："这首诗共八章……就篇法来看，一、二、三章写天怒。四、五、六章写人怨。七章作结，八章余波而煞尾。起结有法、铺陈有序。""综观全诗，作者置章谋篇显然是周密考虑，有意为之，亦颇具匠心。从语意上已接近组诗的形成了。"[1] 笔者认同这一观点，但同时也认为，这还不能算是真正的组诗。徐泽强还认为，中国组诗的真正形成是《楚辞》中的《九歌》，并列举了魏晋南北朝时期的多种作品，最后归纳组诗的特点："一是由几首诗乃至几十首诗构成一组，有共同的诗题，共同的诗旨，共同的抒情核心：言志。二是组诗之初始，由迭章变换几个字到有一定的章法：有起有结、有铺有叙、有过渡、互相呼应，内容渐深渐广，组诗的格局形成。"[2] 笔者基本认同徐泽强所讲第一点组诗的内涵。其第二点讲的则是组诗的演变历程，这里还要再严格界定一下：组

---

[1] 徐泽强：《论杜甫的组诗》，《广西政法管理干部学院学报》1994年第2期，第47、48页。

[2] 徐泽强：《论杜甫的组诗》，《广西政法管理干部学院学报》1994年第2期，第48页。

诗虽是迭章变化而来，但迭章的数章仍是一首诗，它与组诗的表意功能一致，但结构不同。它不是众缕条分，每一章不能像"组"那样单独抽出某条线，也即不能单独抽出一首诗，而是必须众章一同存在，共同表意。故组诗虽由迭章变化而来，但迭章不是组诗。

连章诗与组诗的区别可参考魏耕原《杜甫组诗论》中的观点。魏耕原认为，连章诗"只是一首诗，与组诗由多首组成不同"[①]。魏耕原使用的是《汉语大词典》的意思，也是笔者认同的意思。特别需要注意的是，组诗是"多首"，也就是说，组诗是由多首可以单独表意的诗歌组成，而连章诗只是一首诗。连章诗虽然有多个段落，但摘出某个段落，就不具备完整的表意性了。比如《诗经》名篇《氓》，由六个段落组成，但它是一首诗，每一段不具备独立存在的价值，如果截出第一章，只是说明青年男女的接触情况和约定婚期，没有下文；如果只截出第二章，则不知何人"乘彼垝垣，以望复关"，也就不知道谁在"以尔车来，以我贿迁"了。以此类推，《诗经》中的连章诗大率如此。魏耕原也在此意义上认为，《九歌》才是中国最早的文人创作的组诗，这一点，与徐泽强观点一致，也是笔者所认同的。

组诗是一组诗，每一首能够单独摘开欣赏和解说，组合起来可使表意功能更加丰富，内涵更加深沉；连章诗是一首诗，各个段落不能单独摘开。这就涉及有人反对将组诗拆开的问题了。比如陈僴《竹林答问》谈及《秦州杂诗》时，叔侄间有一段对话：

> 问：叔父谓杜诗连章皆有次第，固然。若《秦州杂诗》二十首，题既云"杂"，当在别论。
>
> 何尝无次第？观其起结两首及中间，有一丝紊乱者乎？予

---

① 魏耕原：《杜甫组诗论》，《西安文理学院学报（社会科学版）》2016年第3期，第16页。

最恨近人选杜，连章只选一二首，不思老杜于此等处皆有章法，阙一不可，增一不能。即如五律中《丈八沟》《何将军山林》《黄家亭子》等诗，是其最清浅者，有一章可去者乎？此而不知，何以称选？真所谓眯目而道黑白者。①

这里的连章其实说的是组诗。陈僅的叔父承认组诗的互有关联，但有点太拘了，他把组诗当成了连章诗，认为"阙一不可，增一不能"，就把组诗"抽线"的功能抹杀了。

在此基础上，笔者界定组诗的概念为：在同一主题意义下、诗题互相映照、内容互相关联、能够独立表意的数首诗歌组成的诗歌群称为"组诗"。对于大多数文人而言，这一界定或者可以更加严格，应该框定为：在大体接近的时间内，作者有意识创作的内容接近、诗题相类、主题关联的数首诗歌。

（二）组诗的发展路径

与徐泽强、魏耕原等观点一致，笔者也认为《九歌》《九章》是中国最早的组诗。《九歌》作为祭神曲，其创作缘由，王逸在《楚辞章句》中就已经讲得很明白：

> 《九歌》者，屈原之所作也。昔楚国南郢之邑，沅湘之间，其俗信鬼而好祀，其祠必作歌乐舞鼓以乐诸神。屈原放逐，窜伏其域，怀忧苦毒，愁思沸郁，出见俗人祭祀之礼，歌舞之乐，其词鄙陋，因为作《九歌》之曲。上陈事神之敬，下以见己之冤结，讬之以风谏，故其文意不同，章句杂错，而

---

① （清）陈僅:《竹林答问》，郭绍虞编选:《清诗话续编》第 4 册，上海古籍出版社，2016 年，第 2136 页。

广异义焉。①

这一组诗，是屈原被贬沉湘时所作，表面是祠神，实际是陈述冤情，托以讽谏，主旨异常清楚，而且每一首都可以单独抽出，所以高中课本里有《湘夫人》，大学课本里也单选《湘君》《山鬼》等。《九章》则是郢都破灭后的一组作品，王逸《楚辞章句》曰：

> 《九章》者，屈原之所作也。屈原（放）于江南之野，思君念国，忧心罔极，故复作《九章》，章者，著明也。言己所陈忠信之道甚著明也。卒不见纳，委命自沉。楚人惜而哀之，世论其词，以相传焉。②

这一组诗，每一首从不同角度抒忠心，哀君国，共同组成了一首忠臣被贬、国家破亡的哀歌，如《惜诵》反复申说"所作忠而言之兮，指苍天以为正""竭忠诚以事君兮，反离群而赘肬""事君而不贰兮，迷不知宠之门。忠何罪以遇罚兮，亦非余心之所志"；《哀郢》叹息郢都破灭、百姓震愆、民相离散、谗人嫉妒、忠臣被逐等，都有共同的主题，从不同侧面传达诗人所要传达的主旨。

组诗在汉朝，主要是皇家乐曲歌词，有《安世房中歌》十七章，《郊祀歌》十九章，作者都很难确定，有人说前者是唐山夫人所作，后者是汉武帝命司马相如等人作。逯钦立《先秦汉魏晋南北朝诗》认为"于乐分十七章，于辞实为十七首。《郊祀歌》仿此"③，确定了

---

① （东汉）王逸撰，黄灵庚点校：《楚辞章句》第二卷，上海古籍出版社，2017年，第 42 页。
② （东汉）王逸撰，黄灵庚点校：《楚辞章句》第二卷，上海古籍出版社，2017年，第 90 页。
③ 逯钦立辑校：《先秦汉魏晋南北朝诗·汉诗卷四》，中华书局，1983 年，第 147 页。

这两组诗的组诗性质。但这两组诗歌很难确定是大致相近的时间、同样的创作主旨、同样的创作情境下创作的"同一诗题，内容互相联系的几首诗"。它们充其量就是功用一致，都是祝祷或祭祀所用，组合到一起而已，至于组诗内的经纬、关联，则比较难说。

汉代的文人组诗则直到汉末才真正出现。有人说《古诗十九首》是组诗，但笔者并不认同此说。因为作者不同、创作时间难以确定、主题虽然接近但还是不能串联到一起，难以用"经纬"一词解说它的结构。笔者认为还是应该以有文人姓名并具有前文所定义的组诗内涵来进行判定，比如东汉末年秦嘉的《赠妇诗三首》，是秦嘉妻子因重病返回娘家、秦嘉未能面别所写，三首诗各有内容，又均是因秦嘉妻子返家所写。第一首述妻子返家之后自己派人去接而不得、独夜难眠之苦况；第二首回忆与妻子之间的恩情，传达分别的无奈；第三首写妻子走后自己回看家室时空落落的情形，并赠妻子礼物以表达自己的心愿。三首诗的线索是妻子病后归家，接、忆、赠，是诗人对妻子情愫的三个层面，而每一个层面都可独立表达意思。

类似的组诗建安时期逐渐增多，如曹操《步出夏门行》四首、孔融《六言诗三首》、王粲《从军诗五首》《七哀诗三首》、刘桢《赠五官中郎将诗四首》《赠从弟诗三首》、阮瑀《咏史诗二首》、应玚《别诗二首》、曹丕《燕歌行二首》《黎阳作诗三首》、曹植《送应氏二首》《杂诗七首》《鼙舞歌五首》等。建安时期的组诗关注面较广，尤其对社会生活的反映成就较大，抒情言志诗颇多慷慨悲壮之音，与建安时期诗歌的总体风貌非常一致。

魏晋南北朝时期的文人组诗有较快发展。一是数量急剧攀升，如仅阮籍就有《咏怀诗十三首》《咏怀诗八十二首》，陶渊明就有《饮酒二十首》《归园田居五首》《拟古诗九首》《形影神诗三首》《移居诗二首》《癸卯岁始春怀古田舍诗二首》《杂诗十二首》《咏贫士诗七首》《读〈山海经〉诗十三首》《拟挽歌辞三首》《和郭主簿诗二首》

《庚子岁五月中从都还阻风于规林诗二首》等共计八十首。二是诗人的组诗多为诗人之名作，如阮籍《咏怀诗八十二首》、左思《咏史诗八首》、陶渊明《饮酒二十首》《归园田居五首》、鲍照《拟行路难十八首》等，都能从不同角度传达作者的情怀，而这种情怀又非常能够感染人，成为诗人行身立世的标记。三是诗歌主题基本一致，虽然有些作品经纬脉络没有特别清晰，但每一根线还是能够清晰抽绎出来的，而且也基本是围绕共同主题组织诗作。

需要注意的是，阮籍的《咏怀诗八十二首》有人质疑是不是组诗，主要是诗歌数量太多，几乎容纳诗人一生大部分诗歌，但笔者认为应该属于组诗。笔者认为，这组诗第一首的尾句"忧思独伤心"是整组诗的诗眼，所有的诗歌都是在"忧思独伤心"的心态下创作，其题旨遥深的手法是特定时代不能明言是非的产物。陶渊明诗歌是否是组诗，目前学界也有人质疑。其实诗人是很清晰的，他有不少多章诗，诗人是计为一首的，比如《停云诗》四章、《时运诗》四章、《荣木诗》四章等。笔者亦进行了确认，这些多章诗，说的都是一件事情，而组诗，则是每一首各有所表，组合起来有共同主旨。

组诗的发展到唐代达至高峰。最重要的表现是在诗作的组织上，作者在写作时就会注意到组诗是在同一主题下反映不同方面的问题。主题立意清晰，组诗中的每一首诗都能独立反映某一方面的问题，阅读时拆开来可以独立成诗。比如李白的组诗《古风五十九首》，中心主题是夏商周以来"世道之治乱"，以此为关注点，以诗人的理想和对现实的认知组织诗歌，但我们可以单独拿出其中一首，如《西岳莲花山》或《大车扬飞尘》单独讲析。又比如杜甫的组诗《秋兴八首》是以诗人晚年遥望长安、思乡恋国为组织线索，但每一首都可以单独讲析，比如"玉露凋伤枫树林"一首就是中学课本里的必选篇目，随便拿"夔府孤城落日斜""千家山郭静朝晖""闻道长安似弈棋""瞿唐峡口曲江头"等任意一首，也可以就首句开讲全诗。

杜甫的组诗《咏怀古迹五首》以夔州古迹为吟咏触发点，以个人生命与历史人物的融合为旨归，但"群山万壑赴荆门""诸葛大名垂宇宙"二首就分别被中学课本选入，其他三首也能分别独立。总体来看，唐时的组诗，相当一部分作品达到了如常山蛇阵，击首则尾应，击尾则首应，击中间则两头应，但又能各自为战，各有所表。杜甫在这一方面达到了至高境界。这也是本书以杜甫组诗为研究对象的主要因素。

关于杜甫组诗的确定，本书在上述界定的基础上，综合司全胜《关于中国古典组诗的界定》的定义、徐泽强《论杜甫的组诗》、魏耕原《杜甫组诗论》的观点，并结合自己的认知，进一步确定杜甫组诗的选定范围：同一诗题、作者集中创作、形式相对一致、表达思想趋同的数首诗的组合。关于此点，笔者与朱东润先生的理解颇有区别。朱东润先生说：

> 《诗经》三百篇里所说的《葛覃》三章章六句就是这件事。就是说这组有三首诗，每首六句。后来的作品，古诗有时是分组的，例如曹植《赠白马王彪》就是，但是经常是不分组。……至于同一诗题下的多首律诗，例如杜甫早年《游何将军山林十首》其实也不成为组，因为这只是同一诗题下的多首律诗，每首都可以独立，没有前后照应，因此不能成组。[①]

《游何将军山林十首》，笔者与韩成武合著《杜诗诗体学研究》中表明了笔者的观点："诗中罗列大量的山林生活意象，诸如绿水、野竹、风潭、香芹、碧涧、清池、碾涡、藤蔓、风磴、瀑泉、野鹤、山精、石林、水府、萝薜、凉月等，创造出幽深的山林氛围，写出

---

① 朱东润:《杜甫叙论》，人民文学出版社，1981年，第62页。

超尘归隐的愿望,'何日沾微禄,归山买薄田。斯游恐不遂,把酒意茫然'是两组诗的结束语,可谓画龙点睛。"①此类组诗在杜甫诗中本就以组诗形制出现,如《前出塞九首》《后出塞五首》《秋兴八首》《咏怀古迹五首》《诸将五首》等一样,笔者不认为它前后没有照应,故应归于组诗。

除杜甫已经命名的组诗外,我们还必须顾及一些事实,比如没有组诗名称,而事实是文学史上一直被视为组诗的作品,如"三吏""三别",其特点是:诗题接近、内容相连、反映同一事件的不同侧面、且容易用杜诗诗题连类命名。此类作品我们理应视之为组诗。由"三吏""三别"的定义原则延伸理解,同一时段、同一主题、互相关联、相类诗题的作品,应视如"三吏""三别"类型的组诗,如《曲江二首》《曲江对酒》《曲江对雨》都是杜甫做左拾遗不得意时的作品,可称"曲江组诗",《哀江头》《哀王孙》《悲陈陶》《悲青坂》是长安失陷前后有关军国灾难的作品,且可命名为"二哀""二悲",也可视为组诗。但不宜扩大化,那些不宜统一命名、事件关联不紧密的、创作时间相隔较远的作品,不纳入组诗。比如《自京赴奉先县咏怀五百字》与《北征》一直单篇流行,独自存在,且不好统一命名,不能强行拉成组诗;作于大历元年秋的《鹦鹉》《孤雁》《鸥》《猿》《麂》《鸡》《黄鱼》等,虽都写动物,也很难确证其组诗写作的时间和诗人编织的经纬,且不好用杜诗诗题连类命名,也没必要视之为组诗。这一点笔者与魏耕原观点不同。在此基础上,我们选择了杜甫二十八组组诗,以观察杜甫在不同时段对组诗的重视程度及组诗写作的水平。

---

① 韩成武等著:《杜诗诗体学研究》,九州出版社,2022 年,第 31 页。

二、杜甫组诗的题材类别及其构建方式

杜甫的组诗，数量较多，为其所在时代及其之前诗人中之所未有。杜甫之所以创作数量较多的组诗，是因为诗人想要表达的内容更加丰富和复杂，需要数首诗从不同侧面才能够传达清楚。其组诗题材范围很广，根据诗歌题材类型，可主要从以下几方面探讨杜甫不同类型的组诗及其构建方式。

（一）游赏组诗的散絮状结构及游赏心态

游赏，也即游玩赏观。游览赏观，往往是在诗人有闲心、有闲情或出于某种目的陪人游赏。由数首反映这方面的诗歌组成，即为游赏组诗。在杜甫的诗作里，年轻时为了能够接触可以推荐自己的人，杜甫曾经陪很多人游览，其中比较大的组诗是《陪郑广文游何将军山林十首》和《重过何氏五首》；他在长安为官时，因为与唐肃宗的冲突而不得重用，心绪不佳，经常闲醉曲江两岸，有可称"曲江组诗"的准组诗四首；入成都后，生活稍微安定，有闲心关注花草树木，有著名的《江畔独步寻花七绝句》《绝句漫兴九首》等。

观察这些组诗可以注意到，这些诗歌的组合似乎缺少特别严格的经纬，比如《陪郑广文游何将军山林十首》所写的山山水水、花花草草，《江畔独步寻花七绝句》中的各种野花，《绝句漫兴九首》中的花鸟柳条，诗中所涉及之景观，都应是诗人游赏后回忆所写，有的可能按照游踪顺序，有的则是纯粹根据自己记忆中留下的印象痕迹写成，由于主要是传达诗人游赏后的心态，是否按照顺序已经不那么重要了，重要的是诗人有观赏景物的闲心。由于游赏中的景

物对传达作者的心态并无特别固定的逻辑关系，因而，先写和后写都无所谓，呈现出散絮状结构，可以互相变动，可以有牵扯也可以无牵扯，就像是摘好的棉花堆成垛，这一朵那一朵互相之间各是自己，放在一起组成棉垛。堆积成山，所以成气候。

杜甫的游赏组诗大多属于此类结构，以至于有些老先生认为这些不能算组诗。其实这正是这类组诗的结构特点。游赏之心，身心都处在放松的状态，只关注山水花草鸟兽虫鱼的样貌，只用它们大体传达诗人相对自由自在的身心状态，所以无需特别的逻辑关系、深入层次、经纬罗织，喜欢哪便是哪，想到哪就写哪，这才是游赏组诗该有的特点。比如杜甫早年所写的两组何氏组诗，作者在这两组诗歌中，以欣赏的目光写出了当地美丽的山光水色以及山林物产，表达了对于何将军"白日到羲皇"的闲适生活的羡慕之情，而在《重过何氏五首》其五中，作者又发出了"何日沾微禄，归山买薄田。斯游恐不遂，把酒意茫然"的感叹，可见作者游赏何将军山林，主要是抒发对自由自在的生活的向往，但同时又表达了想拥有这样的生活，却因没有俸禄难以实现的烦恼。这正是杜甫在长安流连的主要原因。又如《江畔独步寻花七绝句》《绝句漫兴九首》是诗人入蜀后，生活安定下来，终于有了人与自然和谐相处的机会，所以才可以潇洒赏花、恣意感慨，让自己的身心置放在完全自由的状态下，先看桃花后看杨柳、先说燕子后说凫雏、先说江深竹静、后说流连戏蝶，都没有关系，重要的是诗人有了这么多闲心关注这些花花草草、鸟兽虫鱼，它们共同支撑着杜甫入蜀后相对安宁自在的生活情况和诗人悠游自在的心理状态。

（二）纪实性组诗的放射性结构及反映生活的多面性和深刻性

纪实，即纪录现实生活中的实事，主要是关乎国运民生的实事。

杜甫生于先天元年（712），他的青壮年时光生活在开天盛世。但唐王朝在天宝后期就出现了很多衰败的征象，最高统治者的腐朽淫靡、边疆的四处征战，早已导致国力下降、百姓有怨，"安史之乱"则直接把大唐带向衰颓的边缘。杜甫既生逢盛世，又遭遇内乱，亲身体验了国家的历史性变迁。以杜甫敏锐的世事感知能力，他的很多诗歌都在用不同方式反映着时代渐行渐变的历程，一些单篇作品如《同诸公登慈恩寺塔》中的"登兹翻百忧""回首叫虞舜"，可以感受到他对国事的忧虑；《兵车行》可以看到因各种征战而导致的"山东二百州，千村万落生荆棘"；《自京赴奉先县咏怀五百字》中的"彤庭所分帛，本自寒女出。鞭挞其夫家，聚敛贡城阙"，说明诗人已经敏锐地触及了统治者与穷苦黎民之间的尖锐矛盾，而"朱门酒肉臭，路有冻死骨"可以感受到触目惊心的贫富悬殊的现实。这一类的内容在杜甫的纪实性组诗中也有充分表现，如《秋雨叹三首》记载了天宝十三载淋雨不止、民困难苏的现实，《前出塞九首》通过一位征戍者反映西北边疆征战的各方面情况，《后出塞五首》以一位军卒的口吻叙述了从安史叛军中脱逃的情况，"二哀""二悲"写"安史之乱"中帝妃、皇孙、军队之悲哀，《羌村三首》写战乱中普通百姓聚合的各种悲伤，"三吏""三别"展现邺城兵败后唐军抓丁的乱象及百姓心态，《同谷七歌》反映出了诗人的穷愁绝境及复杂不平的心态，《承闻河北诸道节度入朝欢喜口号绝句十二首》从国家治理角度传达自己对节度使入朝的方方面面的认识，《西山三首》有诗人对捍阻羌夷的多重见解，《诸将五首》是对将帅平庸无能、种种失误的讥讽等。这些组诗，也都是唐王朝走向衰亡的历史见证。

笔者注意到，杜甫的纪实性组诗都有一个共同的结构特点：使用放射性结构组合篇章。这种结构形态，可以用一个比喻说明。我们常说"太阳放射出灿烂的光芒"，像太阳这种霞光万道式的构造形态，就是笔者所指的放射性结构。这种结构往往以一个事件或一个地点为圆心，用一条条放射线组合不同的篇章，共同完成组诗的主题。几首诗是组诗的一条条辐射线，中心主题是轴心，每一首诗都以自己的方式与轴心相连结，如同"三十辐共一毂"。比如"二哀""二悲"（《哀江头》《哀王孙》《悲陈陶》《悲青坂》）事件的发生集中在三四个月之间，均是天宝十五载（756）历史悲剧的记录，均是涉及王朝命运的事件，均从不同侧面反映了唐王朝一泻千里的溃败：《哀江头》借写杨妃悲剧表现玄宗朝的倾颓，《哀王孙》写京都失陷后皇室子弟的沦落，《悲陈陶》《悲青坂》写王朝军队的溃败、再溃败。一个国家是否兴盛，帝妃、王孙、军队的情状最具代表性，作者正是用这三个方面展示王朝的沦落。又如"三吏""三别"，轴心是邺城兵败，辐条是每一首诗，从不同视角反映邺城兵败后的社会乱象和民生灾难：《新安吏》抓儿童从军，《石壕吏》抓老妇从军，《新婚别》抓新郎从军，《无家别》抓残兵从军，《垂老别》抓倚杖老人从军。都是不该从军的人，都是该安享家庭生活的人，却因为战乱打破了平静安宁的生活，被逼迫着走向死生无虞的战场。只有《潼关吏》是写防卫的，却也在诗歌的最后透露了王朝军队曾经的惨败："慎勿学哥舒，百万化为鱼！"

这种放射性结构的最大特点就是关注面广，能够多角度反映同一种生活或同一事件下的方方面面，它可以高度概括，如《悲陈陶》中的"四万义军同日死"，《悲青坂》中的"青是烽烟白人骨"；又可以细节到人，甚至细节到人的细微表情，如《哀江头》的"一笑正中双飞翼"，《悲陈陶》中的"群胡归来血洗箭，仍唱胡歌饮都市"，《新婚别》中的"罗襦不复施，对君洗红妆"，《垂老别》中的"忆昔少壮日，迟回竟长叹"，深入到骨髓。这种写法，让我们深切感受到这个社会从上到下、从小到大、从老到幼的无处不在的悲剧，其全面性、深刻性、复杂性、广阔性，都是非常引人注目的。

（三）纪行组诗的直线性结构与生活的平面化展开

纪行性组诗指诗人或是因公或是因生活行走在驿路上所写的系列性的反映驿路生活的诗歌。这一类诗歌形成的组诗，往往因为诗人在驿路上的行程较长，驿路上不断变化的景色因之进入诗人的写作视域，故此诗人会因为心境的不同，对景色产生不同的反映，而使得在某一段时间内诗人的纪行组诗会具有同样的底色。正如刘勰在《文心雕龙》中所说："是以诗人感物，联类不穷，流连万象之际，沉吟视听之区，写气图貌，既随物以宛转；属采附声，亦与心而徘徊。"[①]

纪行组诗因其纪行的特点，有时间的递进、路途的延续、景色的变换，因而纪行性组诗会像卷轴一样，有序地展开自然和生活的画面，其结构特点是直线型的、平面化的，画面跟随着诗人的脚步逐步变化，展开诗人的人生旅途。

杜甫纪行组诗最有代表性的作品是《秦州杂诗二十首》和"入蜀纪行组诗"。

《秦州杂诗二十首》写于唐肃宗乾元二年（759年）。或许是生活的艰难和国家的困境，使得杜甫无心欣赏山水之美，杜甫笔下的秦州，并没有出现人们传说中的塞北小江南的景象。"满目悲生事，因人作远游。迟回度陇怯，浩荡及关愁"（其一），诗人满腹忧虑地带着家属来到秦州，走过"秦州山北寺，胜迹隗嚣宫"（其二）等名胜，见识了"马骄珠汗落，胡舞白蹄斜"（其三）的异域风情，体会到"莽莽万重山，孤城山谷间"（其七）的险境，激荡着"一望幽燕隔，何时郡国开"（其八）的国仇，走过了"丛篁低地碧，高柳半天青"的驿亭，游历过"山头南郭寺，水号北流泉"（其十二），去过"东柯谷""仇池穴"，可惜，这些地方都没有寻得到理想住所，甚至

---

① 周振甫:《文心雕龙今译》，中华书局，1986年，第415页。

生活每况愈下，以致清贫如洗，"囊空恐羞涩，留得一钱看"（《空囊》），衣食断绝，最后不得不"无食问乐土，无衣思南州"（《发秦州》），走上向西南蜀地寻求活路的艰难路程。

秦州杂诗只写"地方"，似乎应该用地域文学来衡量，也确实可以用地域文学来衡量，但秦州对于杜甫而言，纯是客旅。因为没有固定的住处，一直在找寻可以建造茅屋的地方，并且最终还是没有留下来，所以我们把它归入纪行类。这一组诗，因诗人的行踪结体，将杜甫在秦州走过见过想过的，一股脑倒出，把诗人的秦州生活平摊在我们面前，既是秦州山水风貌的写照，也是诗人思想与山水结合的写照，乱世山水乱世心，因而成为唐代山水诗美学风貌转向的重要标志。正如种竞梅在其硕士学位论文《杜甫陇右诗研究》中说：

> 杜甫的陇右山水诗，呈现出与谢灵运及盛唐诸家截然不同的美学风貌。他一反晋宋以来山水纪行诗超然世外、多写方外之情的传统和弃情累、远世虑的创作旨趣，开山水诗之大变。他把山水具象的描摹同时代风云和社会乱离紧密联系，诗作中蕴含着鲜明的乱世影像，作者把他的乱世心态、人生体验投映在所描绘的山川风物之中。①

杜甫的"入蜀纪行组诗"从《发秦州》始，至《成都府》结束，除去中间寓居同谷县所写的《乾元中寓居同谷县，作歌七首》外，共 24 首，均是诗人行走在路途上的不同地点，这些诗歌聚合在一起，形象地描绘了杜甫从秦州走向成都的生活。驿路就像一条贯穿线，把这 24 个地方贯穿起来，每一首诗的具体描述又像一幅幅画面，逐次展开在读者面前，如《石龛》中的熊罴虎豹、鬼啸狖啼，《泥功

---

① 种竞梅：《杜甫陇右诗研究》，河北大学硕士学位论文，2006 年，第 16 页。

山》中因道路泥泞而导致的"白马为铁骊，小儿成老翁"的狼狈样貌，《木皮岭》中"再闻虎豹斗，屡局风水昏"的恐怖和艰难等，"把沿途所见写得山昏水恶，鬼魅啸风，饱含着诗人厌恶乃至于恐惧的情感"[①]，让我们如同目睹了诗人的艰难行程，也理解了在世事艰难中的诗人的惨淡旅程。对于杜甫而言，生活就是这样一步步走过来的，生活的画面也是这样一层层展开的，他经历了，描绘了，将生活的样貌按着发展的轨迹（直线型）铺写了，也就能够让我们如实地跟随着杜甫的脚步，丈量着在大唐帝国版图上从秦州到成都的一山一水一草一木。

杜甫的这组山水诗，摒弃了之前山水诗的明秀清丽，代之以崎岖掘奥，甚至颇有些诡谲，似是将时代的感触和人生的感触一同融入进去。李芳民说：

> 他的山水诗在体裁上更为全面，五、七言古近体都能挥洒自如。尤为重要的是，安史之乱后，随着整个社会动乱所带来的他个人生活的沦落，他把浓重的家国之思和凄怆的个人情怀倾注于或雄奇险峻或宁静明丽的山水景物，在家国之思和个人身世飘零的双重情感的聚合中，创作出独特的山水境界来，更是具有划时代的意义。[②]

杜甫秦州杂诗和入蜀纪行诗的这种写法，将旅程生活的点点滴滴一览无余地展现在读者面前，记录的是诗人一路走一路展开的生活画卷，是携家迁徙的步履艰难，却在无意中改变了中国古代山水

---

① 周立英：《摘幽撷奥，出鬼入神——论杜甫自秦入蜀纪行诗》，《学术交流》2008年第2期，第150页。
② 李芳民：《简论杜甫的山水诗》，《唐代文学研究》第四辑，广西师范大学出版社，1993年，第144页。

诗的写作风貌。笔者在与韩成武老师合作的专著《杜诗诗体学研究》中曾对杜甫的这一贡献有过评价：

> 杜甫之前以及与杜甫同时期的诗人，都是把山水作为游览、玩赏、愉悦身心的所在，他们在对自然山水的欣赏和陶醉中感受到身心的愉悦，并由此达到人与自然融而为一的生态和谐状态，激发出对自然美的由衷赞叹；更进一步的层次是，由大自然的和谐之美引发对人生和谐之美的向往。山水（包括田园）成为人的心灵家园，成为人希望和谐宁静的理想所在，故其整体审美以明秀静谧、清新洒脱为主基调。但杜甫的秦州诗和入蜀纪行诗与之不同，在他的笔下，峡谷、山壁面目是险恶的："峡形藏堂隍，壁色立精铁"（《铁堂峡》）；山体崩裂，落石滚滚："溪西五里石，奋怒向我落"（《青阳峡》）；野兽出没，山鬼嚎叫："熊罴咆我东，虎豹号我西。我后鬼长啸，我前狨又啼"（《石龛》）；山风凄厉，岩石诡异："飕飕林响交，惨惨石状变"（《积草岭》）；漫山泥泞，行路艰辛："朝行青泥上，暮在青泥中""白马成铁骊，小儿成老翁"（《泥功山》）；群山攒簇，虎豹声喧："仰干塞大明，俯入裂厚坤。再闻虎豹斗，屡蹶风水昏"（《木皮岭》）；山路难行，江流汹涌："微月没已久，崖倾路何难。大江动我前，汹若溟渤宽"（《水会渡》）；风急浪高，栈道艰危："长风驾高浪，浩浩自太古。危途中萦盘，仰望垂线缕"（《龙门阁》）……总之，杜甫笔下的山水诗，失去了晴朗明秀的传统风貌，变得险怪昏暗。这是中国古代山水诗美学风貌的一大变异。[①]

[①] 韩成武等著：《杜诗诗体学研究》，九州出版社，2022年，第179—180页。

（四）回忆性组诗的铺叙对比结构及痛伤大唐主题

回忆性组诗主要是诗人晚年所写，回忆诗人生平和大唐变迁的作品。诗人所经历的时代，是从开元盛世到安史之乱的翻天巨变，大唐社会的景象从天上跌到深谷，导致诗人流离边郡，不得归乡。诗人晚年，回忆起曾经经历的一切，为大唐命运的翻转感伤不已。

杜甫晚年的回忆性诗歌有很多，其中《往在》《昔游》《壮游》《遣怀》《忆昔二首》等，多是追忆以往生活，并言及今时家国现状，而以痛伤大唐为主题。因为感慨颇多，文字铺叙内容较多，对比描写也不由自主加入其中，使得这一类诗歌多以铺叙对比的方式展开，以尽情书写以往和今时，以充分展现诗人的伤感情怀和对大唐复兴的期冀。杜甫的回忆性组诗，主要有《忆昔二首》《千秋节有感二首》等。

《忆昔二首》是经常被人们引用的写得非常成功的一组组诗。这一组诗的主题，有《钱注杜诗》讽刺说："《忆昔》之首章，刺代宗也。""公不敢斥言，而以忆昔为词，其旨意婉而切矣。"[1] 浦起龙《读杜心解》持戒祝说："前章戒词，此章（指其二）祝词。述开元之民风国势，津津不容于口，全为后幅想望中兴样子也。"[2] 笔者以为是痛伤大唐的沦落，希望寻找败乱之因，警醒当时的统治者拨乱反正，重回大唐盛世。

此二诗，关联紧密，对比性结构不可分割。首章"忆昔"，由平叛写起，回忆的是大唐动乱天子奔走、平叛进程出现反复、君主处理家国关系和用人都存在问题，由此引发下一首对开元盛世的回忆。

---

① （唐）杜甫著，（清）钱谦益笺注：《钱注杜诗》卷五，上海古籍出版社，2009年，第156页。
② （清）浦起龙：《读杜心解》卷二之二，中华书局，1961年，第287页。

第二首铺叙开元盛世各个层面关系都极为顺畅的情况,夸饰国家治理达至顶峰:城市乡村粮食充裕,来往车辆布帛堆积,黎民男耕女桑,路人互相帮扶,到处礼乐文明,物价低廉平稳。但这一切,因为安史之乱,便有沧海桑田的变化,以至于变成了"岂闻一绢直万钱,有田种谷今流血。洛阳宫殿烧焚尽,宗庙新除狐兔穴"。这样天翻地覆的变化,足够经历过开元盛世的诗人伤心,也是诗人"忆昔"的痛点。这一组诗为何先从"忆昔先皇巡朔方"说起,诗人交代得非常清楚,问一问"耆旧",恐怕都是"复恐初从乱离说",而之所以由乱想到兴盛,又由兴盛写到灾难,正是要在对比中警醒当时统治者今不如昔,"周宣中兴望我皇",则把未来寄予当今统治者。

《忆昔二首》是杜甫晚年的重要作品,带有总结开元以来历史的性质,其二是重心,是杜甫对国家未来命运的关注:"此痛乱离而思兴复也。自开元至此,洊经兵革,民不聊生。绢万钱,无复齐纨鲁缟矣。田流血,无复室家仓廪矣。东洛烧焚,西京狐兔,道路尽为豺狼,宫中不奏云门矣。乱后景象,真有不忍言者。孤臣洒泪,仍以中兴事业望诸代宗耳。"[①]仇兆鳌的分析,从杜甫写诗目的入手,将杜甫的今昔对比手法所达到的表意效果分析得非常透彻,并于全诗之末再次强化了这一观点:"古今极盛之世,不能数见,自汉文景、唐贞观后,惟开元盛时,称民熙物阜。考柳芳《唐历》,开元二十八年,天下雄富,京师米价斛不盈二百,绢亦如之。东由汴宋,西历岐凤,夹路列店,陈酒馔待客,行人万里,不持寸刃。呜呼,可谓盛矣!明皇当丰亨豫大时,忽盈虚消息之理,致开元变为天宝,流祸两朝,而乱犹未已。此章于理乱兴亡之故,反覆痛陈,盖亟望代

---

① (唐)杜甫著,(清)仇兆鳌注:《杜诗详注》卷一三,中华书局,1979年,第 1165 页。

宗拨乱反治,复见开元之盛焉。"①《九家集注杜诗》《集千家注杜工部诗集》《补注杜诗》均从《忆昔》所涉及的开元盛世、安史之乱等史实入手,内容虽详尽,但都没有点出治乱兴亡之理,也没有揭示杜甫作诗用意。仇氏的解说是基于对杜甫"致君尧舜上,再使风俗淳","再光中兴业,一洗苍生忧"的政治理想和杜甫关心国家民族兴亡的崇高人格的认识上,故能得其深旨。乔亿《杜诗义法》:"后篇较胜,铺陈始终,气脉苍浑,文中之班、史。"②

　　《千秋节有感二首》是仅有的两组五言排律组诗之一,为唐玄宗生日而发。开元十七年(729),唐朝的国家治理呈现出了开元盛世的局面,农历八月初五,唐玄宗在花萼楼庆祝45岁生日,席间,左丞相张说、右丞相宋璟建议将唐玄宗的生日定为国家法定节日"千秋节",寓意千秋万代。其实就是国庆节。但玄宗去世后,这一节日也就自然取消了。两首诗互为对比以抒情感怀。前一首以"自罢千秋节,频伤八月来"领起,引发对唐明皇去世后千秋节悲凉场景的铺排,结于"白首独余哀"的伤感。后一首前八句是对千秋节热闹场景的回忆,铺写那时的万国欢腾,正是对比于上一首的寂寞悲凉。在这样完全不同的场景,见出唐玄宗盛世的消逝,也见出现实的悲哀,所谓"圣主他年贵,边心此日劳",正是国家衰落的象征,也是诗人伤感的原因。王嗣奭对二诗认识深刻:"玄宗席全盛而纵荒淫,致贼臣叛逆,干戈不息,肃、代继之,非无生日,而忧乱不暇,奚知乐生!故公之感有二:一感盛衰之异,故云'先朝常宴会,壮观已尘埃';一感昔年之乐召后日之悲,故云'圣主他年贵,边心此日劳'。"③这是杜甫因玄宗生日而起的感伤情怀,是对他的祖国曾经兴

---

① (唐)杜甫著,(清)仇兆鳌注:《杜诗详注》卷一三,中华书局,1979年,第1165页。
② (清)乔亿:《杜诗义法》卷下,清抄本,拾辑第28—737页。
③ (明)王嗣奭撰:《杜臆》卷一〇,上海古籍出版社,1983年,第377—378页。

旺而今衰落的悲慨。陈贻焮在《杜甫评传》中说："八月到了，老杜念及玄宗崩后，千秋节罢，不胜今昔之感，逐作《千秋节有感二首》。其一是说赐宴之事虽编于帝纪，而龙池王气久已消亡，不但壮观早成灰烬；今遥望秦中，当日楼台下得宝镜之旧臣凋谢，为金吾者各国散归，独留白首书生，泪滴湘江而已。"①"其二是说忆昔御楼受贺，彩帐迎风，于是梨园奏乐，太真献桃，舞街白马衔酒前来，走索宫人红蕖高露，凡此种种当年最为先帝所看重，岂料边愁由此而生？我今目送波涛，北望伤神无已。""乱前老杜寄旅京华，当多次躬逢其盛。今流落湖湘，江楼卧病，偶因兹辰而缅怀旧事，这就无怪他感慨万千而伤心落泪了。"②可以说是读到了杜甫的痛点，也是这种今昔分别铺叙对比的结构之妙。

（五）咏史组诗的古今勾连结构及寓今之意

我们首先区别一下"咏史"和"述史"。"述史"是对历史事件的记述，因"述"的本义是"循"，故而是相对客观的记载。"咏史"则是对历史事件带有感情的歌咏，因"咏"的本义就是"歌"，而"歌"与言志抒情有关，《尚书》："诗言志，歌永言，声依永，律和声。"③也就是说，"述史"可以就史说史，可以不动用诗人情感；而"咏史"需要融入作者情感，需要实现历史与现实的撞击。

咏史诗之名，源自班固《咏史》，其内容是吟咏缇萦救父。这首作品奠定了中国咏史诗的内容取向，即以历史上曾经发生的事情为对象进行写作。但既然是"咏"，还是要融入作者感情或价值取向。即如班固这首《咏史》，曾被批评为"质木无文"（钟嵘语），缺少感情，但我们还是能够体会到班固对缇萦救父的赞叹，结尾的"百男

---

① 陈贻焮：《杜甫评传》，北京大学出版社，2003年，第1130页。
② 陈贻焮：《杜甫评传》，北京大学出版社，2003年，第1130页。
③ 《尚书·虞书·舜典第二》，《新刊四书五经》本，中国书店，1994年，第15页。

何愦愦，不如一缇萦"，在对比中表达了对缇萦的由衷钦佩。诚如黄筠所说："咏史诗虽以历史为内容，但并非简单地述古叙事，而着重在表识见，言志向，咏胸怀，抒感情。"①

班固《咏史》之后，中国文学史上陆续有文人加入咏史诗的创作行列，产生了很多咏史诗，使其成为中国诗歌中的重要题材之一。比如在中国最早的诗文总集《昭明文选》中就专设"咏史"类，选入作家九人，作品二十一首。其中就有中国最早的咏史组诗：左思的《咏史八首》。

咏史诗的写法，按照李真瑜、常楠在《中国古代咏史诗的历史阐释方式与历史观念》中提出的咏史的三种主要类型：感史诗、述史诗和议史诗，有"感""述""议"的区别。但除述史诗以记述为主，感史诗和议史诗都会将作者的感情或观念融入诗中，就会在潜意识里给咏史诗融入比较因素，因而在写法上，除记述方法外，比较是更加重要的方法。作者会在自觉或不自觉中进行"题内比较与题外比较""发掘特殊的共同点"②，达到写作的目的。这即是笔者所说的古今勾连：有与诗人自身实现古今勾连的，更有与诗人所在时代实现古今勾连的，也就是有学者所称的"比体"："咏史是中国古代诗歌的重要题材，常以借古讽今的比体写法完成个性化的情感抒发，并以此容纳于中国诗歌的抒情传统当中。"③但笔者认为，"比"不能不强调与"史"的关系，故称其"古今勾连"。另一学者马昕称"比较思维"："将比较思维植入咏史诗，则集中地出现于中晚唐时期，

---

① 黄筠:《中国咏史诗的发展与评价》,《中国文化研究》1994 年第 4 期, 第 35 页。
② 马昕:《中国古代咏史诗中的比较思维》,《中山大学学报（社会科学版）》 2018 年第 3 期, 第 9 页。
③ 马昕:《中国古代咏史诗中的比较思维》,《中山大学学报（社会科学版）》 2018 年第 3 期, 第 9 页。

与咏史诗议论传统的出现相伴随。"① 其中马昕所言比较思维集中出现在中晚唐，笔者并不完全认同，其实阮籍八十二首《咏怀诗》中的咏史诗，多与现实相勾连；左思的《咏史八首》，从其结构特点看，作者就是要把自己的命运和历史人物相关联的；陈子昂的咏史诸作，无不深印其怀才不遇的感慨；杜甫的《述古三首》，以"古时君臣合"为主题，列举"舜举十六相""秦时任商鞅""岂惟高祖圣，功自萧曹来"，企望的正是今时君臣际遇的机会；其《咏怀古迹五首》，也是在历史人物身上深藏着自我命运的音符。

杜甫的咏史组诗《咏怀古迹五首》，应该属于李真瑜、常楠《中国古代咏史诗的历史阐释方式与历史观念》中所提的"感史诗"。笔者比较认同他们对感史诗作出的写作评判："感史诗更多依赖直观感悟的方式去理解历史、咏叹历史，侧重对历史的整体渲染和直觉判断。"② "这类咏史诗更多依赖直观感悟的方式去理解历史、咏叹历史，侧重对历史的整体渲染和直觉判断，并不过多过深地纠缠于具体微观的历史细节；抒写者也往往借史生情，在诗歌中无所顾忌地表露出自己的历史态度和个人好恶，一任主观情感在诗句中纵横驰骋、恣意宣泄，情绪化的个性完全凌驾于理性化的客观历史规律之上，故不免有粗疏偏颇之讥……这种意气飞扬、毫无虚伪矫饰之俗的诗化历史，可能比其他任何一种主观历史都要来得坦率真挚，也更贴近于历史的真谛。"③ 历史不是只给我们看的，还是要给我们用的。对于诗歌而言，咏史，就是要借史抒情，借史论事。

杜甫的这组感史诗，写于夔州，涉及秭归的宋玉宅、庾信故居、

---

① 马昕:《中国古代咏史诗中的比较思维》,《中山大学学报（社会科学版）》2018年第3期，第9页。
② 李真瑜、常楠:《中国古代咏史诗的历史阐释方式与历史观念》,《湖南文理学院学报（社会科学版）》2009年第2期，第88页。
③ 李真瑜、常楠:《中国古代咏史诗的历史阐释方式与历史观念》,《湖南文理学院学报（社会科学版）》2009年第2期，第90页。

昭君故里，奇怪的是，没有屈原。诗人不欣赏屈原吗？当然不是。"若道士无英俊才，何得山有屈原宅"（《最能行》），可见诗人对屈原的敬重；"丧乱秦公子，悲凉楚大夫"（《地隅》），可见诗人对屈子悲剧的深切同情。但这组诗没有屈原，显然是诗人深思熟虑的。在诗人的灵感思维里，历史人物和诗人创作时的情感结构应该发生了沟通，屈原虽然也有君臣难以遇合，但屈原从司马迁时代就被称"虽与日月争光可也"，他没有被误解、曲解，也因文章之名著于世，更因其爱国精神屡被弘扬。而杜甫的《咏怀古迹五首》，感慨流落、害怕误解、自伤身世、期盼君臣遇合、不愿志向落空，与所写五种历史文化遗迹勾连在一起，主体和对象的审美关系才能达到高度统一，才能更好地实现古今的互融，才能更好地以古比今，在历史的关照与主体情感体验意境的对应中获得诗意的碰撞、含蓄的表达，将沉郁顿挫的风格尽情体现。

五首诗中的自寓之意，经过读者的沉潜，是能够品味得出来的。第一首从自己的流落写到庾信的流落，而在庾信的流落中又似乎看到了自己的流落，从庾信暮年诗赋中，似乎悟出了诗人自己晚年诗歌的价值。第二首写宋玉被误认为是沉浸在《高唐赋》《神女赋》中的人，泯灭了宋玉的坎壈志士，而这样的文人命运难道真的"风流儒雅亦吾师"？第三首写王昭君，却是句句在写自己，美貌不被重视、远嫁匈奴、琵琶诉怨，不正是杜甫有才不被重用、远离君王却时刻关注国家命运的映象？第四首写诸葛亮与刘备君臣际遇，即使死后，也能够"武侯祠屋长邻近，一体君臣祭祀同"。第五首专写诸葛亮一生业绩而最终仍是"志决身歼"，功业难成，终身遗恨，而自己更是无所建树，遗憾更多。这五首诗，深隐着诗人的世事人生之感慨，成就了深婉沉挚的顿挫之风，成为杜甫组诗的杰作。"著名的《咏怀古迹五首》，是杜甫晚岁流落夔州时有计划创作的一组借古抒怀……借古人古史，倾吐怀抱和悲愁，融古今人我为一体，把咏史题材的创作，推向高峰，这也是这些咏史名篇能够流传千载的枢机。"①

（六）政论性组诗的罗列式结构与诗人讽谏情怀的表达

政论，自是发表对政治的见解。此一类文字在中国古代文学作品里有政论散文，但诗歌里也不乏出现政治见解的作品，如《诗经·小雅》中的《节南山》《正月》《十月之交》《雨无正》《小旻》《巧言》《巷伯》等，都是政论性诗歌。杜甫出生在"奉儒守官"的家庭，重视儒家的思想传统，终身进行着"致君尧舜上，再使风俗淳"的努力，在诗歌传统的继承上，他更是"别裁伪体亲风雅""不与齐梁作后尘"，对《诗经》的讽喻传统多有继承，因此写下了不少政论性诗歌。他的诗歌组诗中也有几组直接将自己对现实政治的关注披露于笔端，针对国家政局或君王、文臣武将等关涉国家命脉的事和人，直接发表自己的看法。主要有《述古三首》《咏怀二首》《散愁二首》《西山三首》《有感五首》《诸将五首》《承闻河北诸道节度入朝欢喜口号绝句十二首》《喜闻盗贼蕃寇总退口号五首》《伤春五首》等。

这类组诗诗人基本采用罗列式结构，将自己对所关注的事件或所要发表的意见一首一件罗列出来，直面现实问题，毫无避忌。

由于诗人所处时代是大唐王朝问题频出、灾难多发时，而诗人又特别希望国家能够走上正轨，故而这些诗歌以指出问题、提出讽谏、警示改正为主。这些组诗的主题集中在君臣遇合、政策见解、任用人才几个方面，传达了诗人对大唐王朝的深切关怀和怒其不争的愤懑。如《述古三首》在第一首中明确指出"古时君臣合，可以物理推。贤人识定分，进退固其宜"的治国主张，第二首以"舜举

---

① 黄笃：《中国咏史诗的发展与评价》，《中国文化研究》1994 年第 4 期，第 36 页。

十六相，身尊道何高。秦时任商鞅，法令如牛毛"表达对任用人才的羡慕，第三首在赞美汉朝"岂惟高祖圣，功自萧曹来"，直接接以"经纶中兴业，何代无长才？"表明此朝此代亦有"长才"在，可以起用以实现中兴之业。《咏怀二首》对国家"倏忽向二纪，奸雄多是非"的现实表达了强烈不满，深感"本朝再树立，未及贞观时""邦危坏法则，圣远益愁慕"的遗憾。《散愁二首》面对"司徒下燕赵，收取旧山河"的情况，非常开心，故曰"散愁"，他还希望大军继续东进，"几时通蓟北，当日报关西"，急切了解国家平叛进程之心拳拳可见。《有感五首》则针对将帅无能、边将叛国、政应尚俭、封国制度、君当自省等，提出了卓有见地的批评和改进方案。《承闻河北诸道节度入朝欢喜口号绝句十二首》对地方军事大员节度使应该入朝觐见皇帝以表护卫忠心表达了强烈愿望。《喜闻盗贼蕃寇总退口号五首》反对轻开边衅，主张民族间和平相处。《诸将五首》则是对当时将领不能守土保疆、致使君王蒙尘、社稷遭忧提出了不同意见，质问那些食君禄、受君恩的"多少材官"空有"秦关百二"，竟然使得国家"沧海未全归禹贡，蓟门何处尽尧封？""越裳翡翠无消息，南海明珠久寂寥"，质问他们"诸君何以答升平？！"诗中还提出了"肯销金甲事春农"的治理方案。诗歌指向清晰，语言犀利，情绪激烈，是杜甫政论组诗的典型代表。

这一类组诗，似乎作者并不特别顾及诗歌语言的含蓄委婉和文采风流，而更多用心于"事"，列其关注，不为空言，就事论事，有见则发，有的放矢。如《述古三首》指向君臣遇合，罗列舜帝时的用人、秦始皇的用人、刘邦的用人，皆在君臣遇合一节，而归根于"何代无长才"，正是对自己所在时代君臣遇合的期盼。《散愁二首》则是听闻"司徒急为破幽燕"而高兴，并建议大军挥师东进。《有感五首》指出了国家在治理中存在的一系列问题，期望君王矫正之。《诸将五首》则是对当时将领不能守土保疆，致使君王蒙尘、社稷遭秩、朝贡不至提出了严厉批评，对那些食君禄受君恩的"多少材官"空有"百二秦关"，竟然使得国家落至如此境地表达了强烈的不满。诗歌语言犀利，情绪激烈，是杜甫政论组诗的典型代表。

笔者以为，政论性组诗以这样的直笔出之，非常有价值。既然是对朝政的见解，若只顾婉曲，费人揣度，或至观点不能清晰表达，或至不能引人注意，则其政论价值尽失。唯有直言正语，观点明晰，或可起到震醒之功、警示之效，是政论性组诗最恰当之笔墨。

（七）咏怀性组诗的藤萝式结构与诗人的忧世嗟生情怀

咏怀，就是吟咏抒发诗人情志怀抱的诗，是诗人面对现实而生的种种体悟，比如对于生命价值的思考，对理想志向的追求，对个体在社会人生中的认知与感慨，也就是抒发诗人面对社会和人生的情怀。这一类诗歌，自是诗人有感而发，当是诗人内心的关注点被触动的时候，诗兴自然而发。其与"咏史"的区别在于，咏史抒怀一定要借古咏怀，而纯粹的咏怀诗可以不必借助咏史。当然，诗人愿意用典，借古人古事抒怀也可以，只是不附着于古人古史。

这类组诗多使用藤萝式结构，其结构特点是，从表面看，枝枝杈杈纵横交错，但顺藤寻觅，其根一也。杜甫是一个感情丰富、真挚、纯洁、深情的诗人，故有情圣之称。感情丰富，人生又经历了那么多灾难，故而有感而发的咏怀诗就非常多，留下了很多感人至深的作品。仅就组诗而言，杜诗中比较知名的组诗就有"曲江组诗"、《遣兴三首》（"下马古战场"等）、《遣兴五首》（"蛰龙三冬卧"等）、《遣兴五首》（"朔风飘胡雁"等）、《遣兴二首》（"天用莫如龙"等）、《乾元中寓居同谷县作歌七首》《春日江村五首》《秋兴八首》《屏迹三首》《九日五首》《解闷十二首》等。

观察这些组诗，我们会注意到，杜甫的咏怀组诗在写法上虽然千变万化，但之所以以组诗的形态出现，确实是因诗人面对某事、某情、某境时，思虑复杂，感慨万千，用一首诗已经不足以表达诗人复杂的情感。在这种情况下，诗人往往选择以组诗方式传达自己的情感。但诗人的复杂情感绝不是天马行空地四处乱跑或杂乱无章地随意聚合，而往往是一组诗共有的主题比较明晰，不管诗人从什么地方写起，也无论诗人借什么方式抒发情怀，每一首诗歌都必以不同的方式与组诗的主题勾连牵扯，共同抒发诗人忧世嗟生的圣者情怀，复杂、深刻、透彻，恰似藤萝展蔓，虽枝条肆意横生，但都归于一根。

选择这种结构，与诗人当时的心情相关，当时的内心世界里关注的东西，都会在组诗的各首诗歌里呈现其一定的角度，而无论是否与现实事件相关联，也无论是否面对历史遗迹。也就是说，诗人咏怀的组诗，可能在一组诗里既有写实，也可能涉史。比如《遣兴五首》（"蛰龙三冬卧"等），这一组诗，涉及历史和现实中的五位人物，但并不是咏史诗，而是诗人面对现实的艰难选择，是寻找机会期冀君臣际遇还是面对乱世及时归隐的复杂心情的再现。这组诗写于秦州，当时诗人刚刚离任了华州司功参军，未来的道路究竟怎样走，诗人也并没有准确的方向，所以反复掂量，历史和现实中的六个人的结局便成为诗人未来人生选择的参照。第一首写诸葛亮和嵇康各怀异才，但结果迥异，叹人生知音之重要；第二首叹乱世之庞德，因畏惧网罗携全家隐居深山，这是在思考自己是否也应该携全家隐居避祸；第三首写陶潜隐居却未必"达道"，似乎对隐居的结果也颇怀疑；第四首写贺知章知名于世却能激流勇退，但这样的"爽气"，今天已经很难有人达到了，意即自己没有贺知章那样的洒脱俊逸情怀；第五首写孟浩然贫而早逝，徒有诗章传世，结局亦多凄凉，似对自己身为诗人的未来亦多忧虑。组诗所写人物互无牵扯，却在对未来充满彷徨的诗人的内心世界打上了重重的烙印，让诗人在联系到人物的命运结局时将他们连结到一起，互相照应着完成了对诗人秦州时期复杂心情的抒发。

又如《遣兴五首》（"朔风飘胡雁"等），也是写于秦州时期，是诗人刚刚离开职场、离开京都长安后，对曾经经历的人和事的诸多不满。组诗确实有"警世讽世"①的表达，但细味组诗，更多还是对曾经看过、经过、感受过的社会人生的复杂况味。第一首写在寒风朔雪里，在北里（长安的红灯区）流连享乐的达官显贵们，哪里体味得到诗人在寒风中瑟瑟而没有御冬衣服的可怜；第二首写削尖脑瓜的少年获得富贵尊荣，暗含如诗人一样"老大意转拙"之人的没有出路，理想和志向都会"居然成濩落，白首甘契阔"；第三首，借"漆有用而割，膏以明自煎"比喻"有用"的结果最终是毁灭，借萧炅被杨国忠诬奏贪赃致死，表达对长安城里尔虞我诈、互相倾轧的不满，因为杨国忠虽是诬奏，而萧炅依附李林甫助纣为虐，也未必是什么好人；第四首，以猛虎为喻，劝谏那些张牙舞爪、肆意为恶的人要收敛一些，不然不会有好的结果；第五首写所见的热闹的送葬场面，但认为无论热闹与否，都只是山岗上的一墓穴而已。这一组诗，完全以人生境况为绾结，写不得志者、得志者、为虎作伥者等各种不同人的不同境遇，虽颇多不平之意，但看到结局无非都是山岗上一所墓穴，似乎颇有看透世界之清醒。

再如《春日江村五首》，写于成都时期。当诗人已经基本断绝了入朝为官的念想时，突然有严武推荐诗人为检校工部员外郎之职，这令诗人既感觉到突兀，又突然引发了诗人对人生的感喟。组诗第一首将"乾坤万里眼，时序百年心"放置在"农务村村急，春流岸岸深"之后，似乎两者毫无关系，其实是说诗人虽然务农，但仍然关注时局，只是因为生活艰难，不得不躬耕于"桃源"之地；第二首写来蜀六年，小院的篱笆却圈不住"恣意向江天"之心；第三首

---

① 韩成武、张志民：《杜诗全译精注》，天津教育出版社，2017 年，第 212 页。

写刚安于"桃源"生活，没想到"岂知牙齿落"，又被任命为检校工部员外郎，赐带绯鱼袋，又要与朝廷有了瓜葛；第四首写自己辞去幕府职务，仍是员外郎身份；第五首以王粲和贾谊事迹自比，担心此次若能入朝为官，会不会有王粲登楼、贾谊被诏问鬼神的不得意。整组诗都是在获得检校工部员外郎之职后引发的感慨，复杂而多思，感慨又彷徨，是诗人既关心国家、又担心才不得用的复杂心情。

最典型的就是《秋兴八首》。这组诗是唐代大诗人杜甫寓居夔州（今重庆市奉节县）时所作，以忧念国家兴衰、感慨自己不得为国效力为主题，是杜诗七律的代表作。八首诗忽而夔州，忽而长安，来回变换，互相绾结，却又颇具一体性，恰似一组完整乐章。第一首以夔府的秋日萧瑟、江涛汹涌象喻时局的不安，由此引发暮年诗人对京都和家乡的忆念；第二首接写"望京华"而致的夜不能寐，检视自己"画省香炉违伏枕""奉使虚随八月槎"、不能京中为国效力的无可奈何；第三首则是由此忆念起曾经的京中生活，感慨自己效仿"匡衡抗疏"结果反使自己"功名薄"，只能像刘向一般违心做自己本心并不想做的事情（刘向的志向是朝政大局，杜甫的理想亦是自比"稷契"，而自私自利的小人们反倒官场得意）；第四首写长安百年来之变局，令诗人思索"直北关山金鼓振，征西车马羽书驰"的原因，或者应该与第三首揭示的现实有一定关联；第五首写盛世唐朝的皇帝出游，回想当年自己也曾"几回青琐点朝班"，而今只剩下惊心而已；第六首继续写曲江边、芙蓉园的盛世繁华，但结果却是"芙蓉小苑入边愁"，乐极生悲；第七首写昆明池"武帝旌旗在眼中"的水军训练和昆明池曾经的盛景，而今诗人已经离之极其遥远、难以企及；第八首写诗人在长安曾经的仙游，甚至回忆起"彩笔昔曾干气象"的众人追捧、志得意满，当时以为一定是自己大展宏图的机会到了，而今却只有"白头吟望苦低垂"。这八首诗，从一个音符跳动到另一个音符，再跳到另一个音符，展现了诗人丰富、复杂的思绪，却都是夔府、京都两地相关，由此地联想到彼地，由此时联想到曾经，由曾经回归到现在，感慨万千。由夔府想到京都，也就必然想到此时的飘零；而此时的飘零皆因京都的往事而起，无论帝王的享乐、扩张，还是自己的耿直倔强，都是京中带给自己今日人生后果的原因。组诗每一首都与国家相关，都与个人命运缩结，都是自我人生悲凉的苦恼和感慨。相比较而言，如果从对国家命运的关注层面，这组诗确实不如《诸将五首》的情感更有诗圣境界，但这组诗感情更丰富复杂，更多人生况味，写作上也更讲究文采、讲究含蓄，更讲究如藤萝展蔓式的勾连，因而更获后人好评。宗子发评其为："《秋兴》诸作，调极铿锵而能沉实，词极工丽而尤耸拔，格极雄浑而兼蕴藉，词人之能事毕矣，在此体中可称神境。乃世犹有訾议此八首者，正昌黎所谓'群儿愚'也。"[1] 王嗣奭认为："《秋兴》八首以第一首起兴，而后七首俱发中怀，或承上，或起下，或互相发，或遥相应，总是一篇文字，拆去一章不得，单选一章不得。"[2] 金圣叹《杜诗解》评此组诗："此诗八首凡十六解。才真是才，法真是法，哭真是哭，笑真是笑。道他是连，却每首断；道他是断，却每首连。倒置一首不得，增减一首不得。分明八首诗，直可作一首诗读，盖其前一句结句，与后一首起句相通。"[3] 沈德潜曰："怀乡恋阙，吊古伤今，杜老生平，具见于此。其才气之大，笔力之高，天风海涛，金钟大镛，莫能拟其所到。"[4] 今人杨胜宽、吴杰《试论〈秋兴八首〉的整体结构》对这组诗的结构评价更高："该（组）诗由线

---

[1] （清）李沂：《唐诗援》，载陈伯海主编：《唐诗汇评（增订本）》，上海古籍出版社，2015年，第1875页。

[2] （明）王嗣奭撰：《杜臆》卷八，上海古籍出版社，1983年，第277页。

[3] （清）金圣叹：《唐诗解》，载陈伯海主编：《唐诗汇评（增订本）》，上海古籍出版社，2015年，第1875—1876页。

[4] （清）沈德潜：《杜诗偶评》卷四，载萧涤非主编：《杜甫全集校注》，人民文学出版社，2014年，第3836页。

状结构和网状结构组合而成，是中国古代七律组诗艺术结构的典范之作。"《秋兴八首》组诗，从夔州的秋天景物写起，由夔州写到长安，又由长安写到夔州，回环往复而章法井然，抒发诗人远望长安的复杂情怀。从表面上看，每首诗是独立的，而实际上则是一个有机的结构整体，具有如前人所说的'脉络相承''首尾相应'等特点（陈子端语）。总的说来，《秋兴》是线性结构和网状结构组成的艺术整体。""所谓网状结构，是八首诗之间由若干线索构成的组合关系，围绕一个中心从不同的角度展开，呈现出一个纵横交错的结构整体，即表现为八首诗情与景、时与空、我与物、人与事的交叉、结合。具体说来就是，以'秋'为写景、抒情、追忆的中心，由夔府所见的秋景，通过夔府、长安两地所关涉的古今人事，从时、空两个维度，把对自己的身世遭遇和时代盛衰种种忧思感怀，组织在八首诗的整体构思中，抒写诗人感时伤世的深沉情怀。""可以看到，《秋兴》组诗以'秋'为中心，通过秋景描写，触景生情，此所谓因秋而'兴'的命题之意。全诗在景与景、景与情、今与昔、夔府与长安的组合上，组诗结构思理如线，缜密如网，巧夺天工。"[1]在这样复杂而又互相勾连的结构中，诗人巧妙地传达了自己对家国之思、人生之悲的万千感慨，是最成功的艺术形式。

杜甫咏怀诗的其他组诗，如《乾元中寓居同谷县作歌七首》《屏迹三首》《九日五首》《解闷十二首》等，虽各有不同，但大体相类，同一组诗一定围绕共同的主题，看似复杂，但顺藤追索，则线索明晰如有草蛇灰线，总有一线牵连各首诗歌，达到共同的抒发内心情怀的目标，展现诗圣的家国之愁、人生之思。

---

[1] 杨胜宽、吴杰:《试论〈秋兴八首〉的整体结构》,《宜宾学院学报》2008 年第 8 期，第 35、36、37、38 页。

（八）文论组诗的摘星式结构与文论灼见

文论，顾名思义，即是对文章之事发表看法。杜甫的纯文论组诗只有一组，即《戏为六绝句》。这一组诗名为"戏"，却是对中国古代及当时文坛的精准概括和评价，清晰传达了诗人的文学批评观。这组诗也是中国文学史上以组诗形式进行文学批评的开山鼻祖。除此，杜甫《解闷十二首》中的第四、五、六、七、八首可以合为另一组文论，也是颇有见地的文论文字。

文论，自然是对文学的评论，表达的是自己的文学创作观念、文学批评观念。如果仅从文学创作观和文学批评观的视角而言，发表相关认识，可以比较客观，可以不带感情。但杜甫的这组文论组诗，读起来却情真意浓，他对王杨卢骆的维护溢于言表，他对厚古薄今的做法颇为不满，他对全盘否定魏晋南北朝时期的清丽一脉亦有微言。他将自《诗经》以来的中国文学史进行了全面检视，掇拾出最有价值的文学精品及其精髓，弘扬之，赞美之，表面是作为自己学习、吸收、弘扬的标的，实质是期待诗界在继承以往中能够守正持中，真正将有价值的东西继承下去，弘扬开来。

因为是诗歌的形式，故而组诗不可能详细梳理整个文学史；因为面对的是诗人所在时代的文学批评现状，所以诗人没有按照文学的年代顺序编撰组诗，而是从眼前现状逐渐推向以往；因为是要弘扬诗歌创作的有价值的层面，诗人就采用了摘星式结构，把自己想要弘扬的观点以巧妙的方式摘引出来并表达看法，同时也借机对自己并不认同的观念进行批评。如《戏为六绝句》中面对当时对庾信的评论，大胆提出了"庾信文章老更成"的认识，将庾信最有价值的晚年诗赋拎出来进行关照，提醒世人要关注老来庾信，意即可以忽略早期庾信；又如面对四杰受到的批评，杜甫没有随声附和，而是力挺四杰，对"轻薄"者"为文"批评四杰的做法表达了不满，而且大胆预言了"尔曹（轻薄为文者）身与名俱灭"，而王杨卢骆却终将"不废江河万古流";对于学习古代文学,他也有真知灼见,如"窃攀屈宋宜方驾,恐与齐梁作后尘""别裁伪体亲风雅",都是对文学史上最有价值的成功文学的肯定和对浮躁文风的否定。又如《解闷十二首》(四、五、六、七、八)分别发表了对沈约、范云、何逊、曹植、刘桢等人,李陵、苏武、孟子等人,孟浩然,谢灵运、谢朓、阴铿、何逊等人以及王维的评价,对文学评论、诗歌传播、作诗修改等,表达了自己的意见。他的诗歌文论,不仅观点鲜明,而且感情色彩浓郁。这是这组文论组诗与文学批评文章风格迥然之处,也是组诗颇为引人注目之处,同时也是后代诗人仿效学习之原因。可见杜甫"戏为"之作并不为"戏",而是货真价实、提纲挈领、点精擢要的文学认知。

杜甫组诗的题材类型绝不止于以上八种。可以说,杜甫诗歌的题材类型,在其组诗中也大都存在。鉴于篇幅的原因,就不再一一介绍,读者可参看其他学者关于杜甫诗歌题材类型的分析,对照杜甫组诗的情况,入队归类,体味杜甫组诗题材内容的丰富性。

三、杜甫组诗的文体分布分析

组诗,以多首诗歌合在一起的形态出现,说明要表达的东西很多,且不好在一首诗中一以贯之,故而以组诗形态出现。如果能够以一首诗可以一次性地说清楚,则不必分出若干首。由于此种原因,杜甫的组诗一般出现在短诗形制的作品中,而长诗形制的作品相对较少,比如长篇古体诗歌、歌行体诗歌,就较少组诗,而五言律诗、七言律诗、绝句诗歌中,组诗较多。组诗之所以在这几种体式中出现较多，主要是因为诗人要表达的情感内容丰富复杂，而从艺术追求上说则是要追求一定的形式之美，并且使用合适的语言节奏，以形成与情感表达融为一体的表现形式。

杜甫各体诗歌皆有组诗，各体组诗风格基本同于各体诗歌，请参看笔者与韩成武老师合著之《杜诗诗体学研究》（九州出版社 2022年），这里只简单概述一下各体诗歌的组诗分布情况并简略分析其原因。

（一）五律组诗

从体制溯源的角度看，五言律诗源于五言古诗。五言诗在汉魏间，"以朴散为器"，至前李、杜（李峤、杜审言）以创作实绩推动律诗定型，沈、宋"虽去《雅》寝远，其丽有过于古者，亦犹路鼗出于土鼓、篆籀生于鸟迹也"。[①]他们确立粘对规则，律诗基本定型。五言律诗以五言八句四十个字定制，其体不长，故需多方传达意思时会受限制，而组诗是解决体制限制的唯一方法。

五律组诗在前李、杜作品中就已经出现，如杜审言《和韦承庆过义阳公主山池五首》、李峤《马武骑挽歌二首》等。需要说明的是，李峤专门创作了一组 120 首的日月风云、花草树木的教科书式的五言蒙学律诗，说明其在五言律诗方面的样板价值，但也正是因为其样板价值，所以在传情达意方面就会受到限制，而只是押韵、粘对规则、对仗方面的范式，故不以其为五言律诗的组诗视之。孟浩然没有五律组诗。王维有 5 组五律组诗，皆不出名。李白五律 70 多首，有 2 组五律组诗，亦不知名。惟杜甫五律组诗最多，且多知名之作。

依仇兆鳌《杜诗详注》本统计，杜甫律诗共计 625 首，其中组诗 61 组，另有 7 组夹杂有其他体类。61 首组诗：

---

① （唐）独孤及:《唐故左补阙安定皇甫公集序》，载（清）董诰等编:《全唐文》卷三八八，中华书局，1983 年，第 3940 页。

《李监宅二首》《故武卫将军挽词三首》《陪郑广文游何将军山林十首》《奉陪郑驸马韦曲二首》《重过何氏五首》《陪诸公子丈八沟携妓纳凉二首》《得舍弟消息二首》《自京窜至凤翔喜达行在所三首》《收京三首》《观安西兵过赴关中待命二首》《忆弟二首》《秦州杂诗二十首》《佐还山后寄三首》《散愁二首》《遣意二首》《漫成二首》《水槛遣心二首》《戏题寄上汉中王三首》《有感五首》《数陪李梓州泛江戏为艳曲二首》《巴西驿亭观江涨呈窦使君二首》《西山三首》《陪王使君晦日泛江就黄家亭子二首》《巴西闻收京阙二首》《自阆州领妻子却赴蜀山行三首》《送舍弟颖赴齐州三首》《过故斛斯校书庄二首》《观李固请司马弟山水图三首》《春日江村五首》《长江二首》《将晓二首》《怀锦水居止二首》《热三首》《晴二首》《第五弟丰独在江左觅使寄此二首》《峡口二首》《不离西阁二首》《陪柏中丞观宴将士二首》《覆舟二首》《入宅三首》《喜观即到复题短篇二首》《月三首》《舍弟观归蓝田迎新妇送示二首》《秋日寄题郑监湖亭上三首》《秋野五首》《课小竖锄斫舍北果林三首》《社日两篇》《八月十五夜月二首》《从驿次草堂复至东屯茅屋二首》《茅堂检校收稻二首》《季秋苏五弟缨江楼夜宴三首》《独坐二首》《夜二首》《朝二首》《戏作俳谐体遣闷二首》《雨四首》《题柏大兄弟山居屋壁二首》《江边星月二首》《哭李常侍峄二首》《宴王使君宅题二首》《归雁二首》。与他体合编者:《题张氏隐居二首》(其一)、《江头五咏·栀子、鸂鶒、花鸭》《屏迹三首》(其二、其三)、《滕王亭子二首》(其二)、《玉台观二首》(其二)、《九日五首》(阙一首,其二、其三)、《人日二首》(其一)。

在上述五律组诗中,《陪郑广文游何将军山林十首》《收京三首》《观安西兵过赴关中待命二首》《忆弟二首》《秦州杂诗二十首》《漫成二首》《有感五首》《春日江村五首》《舍弟观归蓝田迎新妇送示二首》等,都非常知名。

（二）七律组诗

关于七律组诗的最早作者，侯孝琼《论杜甫的连章律诗》说"七律连章，则为杜甫所首创"[①]，他认为七律组诗的最早创作者即是杜甫，这一说法并没有对杜甫之前的七律组诗进行全面调查，所以结论稍有偏颇。韩成武等《杜诗诗体学研究》中则确定唐朝最早的七律连章组诗作者是张说：

> 七律联章组诗并非杜甫首创，生于杜甫之前的张说（667—730）所作《舞马千秋万岁乐府词三首》即是：
>
> 金天诞圣千秋节，玉醴还分万寿觞。试听紫骝歌乐府，何如绿骥舞华冈。连骞势出鱼龙变，蹀躞骄生鸟兽行。岁岁相传指树日，翩翩来伴庆云翔。（其一）
>
> 圣王至德与天齐，天马来仪自海西。腕足齐行拜两膝，繁骄不进蹈千蹄。髩鬐奋鬣时蹲踏，鼓怒骧身忽上跻。更有衔杯终宴曲，垂头掉尾醉如泥。（其二）
>
> 远听明君爱逸才，玉鞭金翅引龙媒。不因兹白人间有，定是飞黄天上来。影弄日华相照耀，喷含云色且徘徊。莫言阙下桃花舞，别有河中兰叶开。（其三）
>
> 唐玄宗的生日是八月初五，名曰"千秋节"。这一天群臣要为皇帝祝寿，开展各种庆祝活动，"舞马"就是其中的一项。舞马，就是由马来舞蹈，供人欣赏取乐。张说的这组联章组诗写的就是这项活动。三首诗虽说都在写舞马，却角度不同，内容各有侧重，均能独立成篇。第一首写舞马以为玄宗祝寿，舞马出场。第二首描写舞马的各种舞蹈姿态，笔触细致。第三

---

① 侯孝琼：《论杜甫的连章律诗》，《杜甫研究学刊》1996年第2期，第42页。

首由舞马写到玄宗喜爱并拥有众多的良骏,并由此祝贺玄宗成为盛世君王。这三首诗都是严整的七律,声律、韵律、对仗无一失误。题目称其为"乐府词",是从配乐歌唱的角度来说的。……张说首创了七律联章组诗,但其内容不过颂圣而已,属于宫廷文学。杜甫的七律联章组诗则突破了这个范围。①

张说的组诗无论格律形式、对仗形态、组合方式,都完全属于七律组诗可以框定的范围。只不过,张说的组诗是奉命而作,不能摆脱宫体诗的影响。杜诗的七律组诗可以成为七律组诗成熟的代表,其七律组诗大胆突破了宫廷颂圣的范围,将七律组诗用于表现更丰富、更复杂的咏史、写实、抒情中,使七律组诗真正摆脱了宫廷诗歌的约束,成为可以表现任何内容和抒发各种感情的体制形式。

杜甫现存七律组诗 10 组,即"曲江组诗"(含《曲江二首》《曲江对酒》《曲江对雨》)、《秋兴八首》《咏怀古迹五首》《诸将五首》《至日遣兴奉寄北省旧阁老两院故人二首》《十二月一日三首》《将赴成都草堂途中有作先寄严郑公五首》《七月一日题终明府水楼二首》《舍弟观赴蓝田取妻子到江陵喜寄三首》《见王监兵马使说近山有白黑二鹰罗者久取竟未能得王以为毛骨有异他鹰恐腊后春生骞飞避暖劲翮思秋之甚渺不可见请余赋诗二首》,占杜甫 151 首七律的 16.6%。

杜甫的七律组诗并不多,思索其中原因,大概是七言属于"其言甚长"之作,传达思想感情可以比较详尽,故而数量较少。虽数量不多,却半为名作,10 组中 5 组知名度很高。若按首数计算,36 首中有 25 首属于学杜者耳熟能详者,更有《曲江二首》《曲江对酒》《曲江对雨》《秋兴八首》《咏怀古迹五首》堪称七律之典范,可知杜

---

① 韩成武等著:《杜诗诗体学研究》,九州出版社,2022 年,第 73—74 页。

甫七律组诗艺术水平已至炉火纯青。

（三）排律组诗

杜甫是中国诗歌史上排律写得最多也最好的诗人。他的一生，共创作五言排律 129 首，七言排律 4 首。其中只有五言排律组诗 4 组：《伤春五首》《上白帝城二首》《西阁二首》《千秋节有感二首》；七言只有 1 组：《清明二首》。

杜甫排律共 133 首，共有组诗 5 组，数量不多。探索其原因，笔者认为主要是体制本身的问题。一是因为排律本身就比较长，能够传达的东西很多，一首足以表现较多的内容，不必使用组诗形式；二是排律讲究写作技巧，除首联、尾联外，其余各联都必须使用对仗，又必须使用粘对规则，写作难度超过骈体文，故而组诗较少。

杜甫排律被后人视为排律的艺术巅峰，尤其是他的五言排律被视为"五言排律，至杜集观止"。[①] 后代诗人不能企及。但这种形制，讲究对仗，讲究用韵，讲究粘对规则，而又很长，特别难以驾驭，稍有不慎，就会后续乏力、拖沓芜杂。这种诗歌体制，古人说，不可无一，不可有二，杜甫是那个不可无一的人。

（四）乐府组诗

从现存的乐歌记载看，乐府诗当起源于王者功成制乐，《乐府诗集》开篇说：

> 《乐记》曰："王者功成作乐，治定制礼。是以五帝殊时，不相沿乐，三王异世，不相袭礼。"明其有损益。然自黄帝已后，至于三代，千有余年，而其礼乐之备，可以考而知者，

---

① （清）李重华：《贞一斋说诗》，丁福保辑：《清诗话》，上海古籍出版社，1999年，第 925 页。

唯周而已。《周颂·昊天有成命》，郊祀天地之乐歌也，《清庙》，祀太庙之乐歌也，《我将》，祀明堂之乐歌也，《载芟》《良耜》，藉田社稷之乐歌也。然则祭乐之有歌，其来尚矣。两汉已后，世有制作。其所以用于郊庙朝廷，以接人神之欢者，其金石之响，歌舞之容，亦各因其功业治乱之所起，而本其风俗之所由。武帝时，诏司马相如等造《郊祀歌》诗十九章，五郊互奏之。又作《安世歌》诗十七章，荐之宗庙。①

　　乐府在汉代大规模发展，彼时就出现了连章，上文所列汉武帝时期的《郊祀歌》十九章和《安世房中乐》十七章比较典型。但这两组诗歌不具有普遍的民间流传性。汉代具有普遍民间流传性的作品，只有长诗，如《孔雀东南飞》，但基本没有组诗。魏晋南北朝时期，文人乐府诗始有组诗，曹操的《步出夏门行》四首和曹丕的《燕歌行》二首，基本都是产生于建安十二年（207），都是在曹操北征乌桓的背景下产生。曹操的诗作是北征乌桓胜利后归途中的壮心吟唱，曹丕的《燕歌行》二首则是"言时序迁换，行役不归，妇人怨旷无所诉也"。②虽然曹操为父，但从创作时间上看，曹丕的作品应该更早。故而文人乐府组诗的最早作者可以确定为曹丕。或许有人会说，曹操的《苦寒行》是建安七年征高干（202）时的作品，有两首，文人乐府组诗的首创应该是曹操。但笔者认为，《苦寒行》虽有两个乐段，却是《诗经》中的重章叠句，是乐章的重复，而不是两首完整的诗歌，故而，文人组诗的最早作者还是归于曹丕。其后南北朝时期的文人乐府组诗最有名的就是鲍照的《拟行路难十八首》，虽为"拟"作，实则是鲍照对压抑的现实生活的全面反映。再之后，

---

① （宋）郭茂倩编：《乐府诗集》卷一，中华书局，1979年，第1页。
② （宋）郭茂倩编：《乐府诗集》卷三二，中华书局，1979年，第469页。

在乐府组诗方面贡献最大的当属杜甫。

杜甫的乐府诗共有 53 首，乐府组诗计有乐府旧题《前出塞九首》《后出塞五首》《前苦寒行二首》《后苦寒行二首》《少年行二首》，乐府新题则有"三吏三别""二哀二悲"，共 7 组。其中，乐府新题的组诗均不是杜甫本人命名，"三吏三别"由于六首诗都是反映邺城兵败后与用兵有关的各个方面的问题，长期以来，人们均以组诗对待之。以此类推，"二哀二悲"（即《哀江头》《哀王孙》《悲陈陶》《悲青坂》）也可以因其反映长安沦陷后皇室和王军的惨况而视之为组诗。故本书视之为组诗。

杜甫的乐府组诗除《少年行二首》是反映诗人情志的作品，余则均是反映现实生活的作品，"乐府往往叙事，故与诗殊"。[①] "乐府之异于诗者，往往叙事。诗贵温裕纯雅，乐府贵遒深劲绝，而亦具有体格。"[②] 叙事是乐府诗的典型特点，而形成组诗的乐府诗，每一组诗都是从不同侧面反映同一件事情，以争取多侧面多角度全方位反映生活的本来面貌，深入挖掘社会最深层的本质，给后世提供了那个时代最本真的生活。

关于乐府诗涉事，王士祯曾说："古乐府立题，必因一事，如《琴操》亦然。后人拟作者众，多借发己意。"[③] 后人拟作，魏晋南北朝文人之作，如曹操、鲍照等的乐府，确实以抒发己意为主，"事"或涉之，而以己意为主。但杜甫的乐府诗，基本承袭古乐府立题之意，因事成之，如《前出塞九首》与高仙芝西域征战有关，《后出塞五首》与安史叛乱有关，"二哀二悲"与长安沦陷、王朝兵败有关，

---

① （明）徐祯卿：《谈艺录》，载陈伯海主编：《唐诗论评类编》，上海古籍出版社，2015 年，第 310 页。
② （清）郎廷槐：《师友诗传录》，载陈伯海主编：《唐诗论评类编》，上海古籍出版社，2015 年，第 312 页。
③ （清）刘大勤：《师友诗传续录》，载陈伯海主编：《唐诗论评类编》，上海古籍出版社，2015 年，第 312 页。

"三吏三别"与邺城兵败有关，而不仅仅是抒发己意。杜甫更多的是关注社会的动向，借事发之，既记录了当时社会生活的本来面貌，也传达了自己对国家的深沉挚爱、对人民的深切同情。这些诗作是杜甫成就"诗史"之名的最重要的代表。

（五）古体组诗

杜甫共有五言古体诗 245 首，完全属于古体的组诗有 14 组：《羌村三首》、《遣兴三首》（我今日夜忧）、《遣兴三首》（下马古战场）、《梦李白二首》、《遣兴五首》（蛰龙三冬卧）、《遣兴二首》（天用莫如龙）、《遣兴五首》（朔风飘胡雁）、"入蜀纪行诗"、《戏赠友二首》、《述古三首》、《三韵三篇》、《八哀诗》、《写怀二首》、《咏怀二首》。另有《江头五咏》，只有 2 首古体；《屏迹三首》，只有 1 首古体；《雨二首·青山澹无姿》，有 1 首古体。这几组，杂有其他者，不计入五言古体组诗。七言古体诗共 32 首，组诗只有 2 组：《忆昔二首》《秋风二首》。

古体诗歌没有声律限制，没有句数限制，可以任意短长，故杜诗中有《自京赴奉先县咏怀五百字》《北征》（700 字）这样的长篇，也可以用短篇组合成上述组诗形式，作者完全可以根据自己的兴致和思绪的变化确定古体诗是使用长诗还是使用组诗形式，如《羌村三首》用古诗形式，主要是三个生活片段三个韵部，《梦李白二首》明明是梦前、梦中、梦后三个阶段，但却使用两个韵部，故而写成两首。其使用组诗原则，表达尽情而已。

"唐人五言古，自有唐体。初唐古、律混淆，古诗每多杂用律体。"① "五言古至于唐，古体尽亡，而唐体始兴矣。然盛唐五言古，李、杜而下，惟岑参、元结于唐体为纯，尚可学也。若高适、孟浩

---

① （明）许学夷：《诗源辩体》，载陈伯海主编：《唐诗论评类编》，上海古籍出版社，2015 年，第 352 页。

然、李颀、储光羲诸公，多杂用律体，即唐体而未纯，此必不可学者。"[①]"开元、天宝间，高、岑二公五七言古，再进而为李、杜二公，李、杜才力甚大，而造诣极高，意兴极远（李主兴，杜主意）。故其五七言古，体多变化，语多奇伟，而气象、风格大备，多入于神矣。"[②]从这三条评价中可知杜甫古体诗歌在唐人古体诗中的地位。杜甫的古体诗尽其能追求高古，而回避与律诗写作方法的重合。杜甫古体诗以意为胜，是向汉魏古体诗的回归，古体组诗亦然。

（六）歌行体组诗

歌行，是唐时产生的新的诗体形式。如何判定是否属于歌行，笔者与韩成武先生合著之《杜诗诗体学研究》中，在进行了一系列辨体工作后认为，应结合《文苑英华》、宋敏求、严羽、冯班等人的观念，综合歌行体诗的判断标准如下：

> 歌行源于古诗和汉乐府，但歌行既不属于古诗，亦不属于乐府，它是在前两者的基础上生发出来的在唐代才真正成熟并兴盛的有独自特点的诗体形态。在辨别这种诗体时，大致确定的方向是：除归入乐府诗者，诗题中带有歌、行、叹、哀、吟、引、谣、曲等字，以七言为主体句式者，定为歌行。具体到其体式的主要特点有：一是有上列诗题的标志性文字；二是七言为主的语言形式；三是声律比较自由，尾部三平调为典型特征；四是押韵可一韵到底亦可转韵，可押平声韵亦可押仄声韵；五是内容的不具有公众社会事件的实事性；六

---

① （明）许学夷：《诗源辩体》，载陈伯海主编：《唐诗论评类编》，上海古籍出版社，2015年，第353页。
② （明）许学夷：《诗源辩体》，载陈伯海主编：《唐诗论评类编》，上海古籍出版社，2015年，第353页。

是写作时作家的主体抒情性更强。^①

关于对歌行遣词造语的理解，惠洪《天厨禁脔》曰：

> 律诗拘于声律，古诗拘于句语，以是词不能达。夫谓之行者，达其词而已，如古文而有韵者耳。自陈子昂一变江左之体，而歌行暴于世，作者皆能守其法，不失为文之旨，唯杜子美、李长吉，今专指二人之词以为证。夫谓之歌者，哀而不怨之词，有丰功盛德则歌之，诡异稀奇之事则歌之，其词与古诗无以异，但无铺叙之语，奔腾之气。其遣语也，舒徐而不迫，峻持而愈工，吟讽之而味有余，追绎之而情不尽。叙端发词，许为雄夸跌荡之语；及其终也，许置讽刺伤悼之意，此大凡如此尔。^②

这一段话，基本交代清楚了歌行体与律诗两种体裁在文风（哀而不怨）、遣词（舒徐不迫、雄夸跌荡）、抒情（吟讽之而味有余，追绎之而情不尽）的区别，明确了歌行在叙事上无关社会人生，主要写"诡异稀奇之事"。但歌行在写法上并不是上文所说的"无铺叙之语"，而是非常讲究使用铺陈手法。笔者在与韩成武先生合著之《杜诗诗体学研究》第六章中有"铺叙淋漓，形成全面周到的关注视角"一节专门谈杜诗 10 句以上歌行体诗的结体特点："杜甫的歌行体诗总体主要是倾向于个人方向的，仍然具有全面周到的关注视角，他在歌行体诗中对于所描写的人或事，也是从尽可能全面的角度去

---

① 韩成武等著：《杜诗诗体学研究》，九州出版社，2022 年，第 220—221 页。
② （宋）惠洪：《天厨禁脔》，载陈伯海主编：《唐诗论评类编》，上海古籍出版社，2015 年，第 321 页。

关注。"① 并列举了《醉时歌》《石犀行》《韦讽录事宅观曹将军画马图（歌）》《丹青引，赠曹将军霸》等作品，证明杜甫歌行体诗的铺叙手法。正是因为这样讲究铺叙的手法，杜甫所欲传达的东西往往在一首诗中便能够尽情，而这，正是杜甫歌行体诗歌组诗较少的原因。

杜甫共留有歌行体诗作 87 首，只有 3 组歌行体组诗:《曲江三章章五句》《秋雨叹三首》《乾元中寓居同谷县，作歌七首》，数量确实不多。但这三组诗都很有特点。《曲江三章章五句》形成了少见的五句体诗歌，《秋雨叹三首》是面对自然灾害而联想社会人生的喟叹，《乾元中寓居同谷县，作歌七首》则成为骚体诗结合七体诗的佳作。其中，《曲江三章章五句》和《乾元中寓居同谷县，作歌七首》引发了后世不少仿作，尤其是后者，影响更大，屡屡被仿效，如文天祥《六歌》、李梦阳《弘治甲子届我初度追念往事死生骨肉怆然动怀拟杜七歌用抒愤抱云耳》、宋琬的《庚寅腊月读子美同谷七歌效其体以咏哀》、瑞元的《藏居读杜少陵寓居同谷县七歌有感于中因仿其体》、林鹗的《效少陵同谷县歌》等，由此可见杜甫"同谷七歌体"的影响。

（七）绝句组诗

据韩成武、吴淑玲考察，绝句之名出自先唐，早于律诗，故不是后世所说的"截律诗"而成。"绝句"之意是"隔绝""断绝"之意，按杨慎所举《四时咏》例:"春水满四泽，夏云多奇峰。秋月扬明辉，冬岭秀孤松。"春夏秋冬各一句，所写景物也无特别关联（相类于梅兰竹菊各自代表人文品格的一个侧面），就是允许诗句之间不特别讲究关联。

唐朝的绝句在声律定型化以后有律化倾向，但整体以自由流畅、含蓄蕴藉、高华大气为主，代表性作家有王之涣、王维、王昌龄、

---

① 韩成武等著:《杜诗诗体学研究》，九州出版社，2022 年，第 254 页。

李白等。从流行的角度看，杜甫的绝句未能合于时调，批评者也曾毫不客气，如胡震亨《唐音癸签》引杨慎语评价杜甫绝句："少陵虽号大家，不能兼善，以拘于对偶，且汩于典故，乏性情尔。"① 但杜甫在绝句方面的贡献还是颇值得肯定的，尤其是今人，肯定多于否定，如魏耕原《杜甫绝句变革的得失及意义》："杜诗兼备众体，唯绝句遭人讥议……然从另一面看，正是对盛唐风神摇曳的正格的反拨，以体物取代言情，而且成为一种模式，充其量只属于变调。在绝句组诗、题材的拓展，以及口语汲取上的创新，却有可取之处。特别是幽默的拟人化与以议论为绝句，不仅具有个性特色，而且对后世影响更为深远。"② 魏耕原所提到的绝句组诗，正是杜甫绝句的重要贡献之一。

杜甫共创作绝句 135 篇，其中有五言绝句组诗 4 组：《绝句六首》（日出）、《绝句二首》（迟日）、《绝句三首》（闻道）、《复愁十二首》。七言绝句组诗 16 组：《绝句漫兴九首》《春水生二绝》《江畔独步寻花七绝句》《中丞严公雨中垂寄见忆一绝奉答二绝》《三绝句》《戏为六绝句》《官池春雁二首》《戏作寄上汉中王二首》《黄河二首》《绝句四首》（堂西）、《三绝句》（前年）、《夔州歌十绝句》《存殁口号二首》《解闷十二首》《承闻河北诸道节度入朝十二首》《喜闻盗贼总退口号五首》。两体组诗共涉及杜甫绝句诗歌 106 首，占绝句总数的 79%，接近 80%。

绝句的特点是短小精悍，离首即尾，每一首都极其简明，而使用组诗的形式，虽然简单，却可以多侧面多角度传达作者之意。杜甫绝句使用组诗形式接近 80% 的数字说明，杜甫在绝句诗歌里所要表达的情感并不特别复杂，但又有很多不同的角度，通过多首组合

---

① （明）胡震亨：《唐音癸签》卷一〇，上海古籍出版社，1981 年，第 100 页。
② 魏耕原：《杜甫绝句变革的得失及意义》，《杜甫研究学刊》2015 年第 2 期，第 41 页。

的方式可以得到解决。比如《戏为六绝句》中的六首诗，在唐人不太注重诗论的情况下，很难产生《文赋》《文心雕龙》那样的文论专著，但杜甫却通过组诗的形式传达了自己的文学观：一谈文坛后生敢于批评前贤的勇气；二谈四杰被批评以及杜甫对他们的认可；三谈四杰与汉魏之作的比较；四谈批评者的水平；五谈自己"不薄今人爱古人"的评价标准；六谈"别裁伪体""转益多师"的学习态度。这几乎就是一篇就当时文坛批评所写的大论。不复杂，观点鲜明，多方表达，这应该是杜甫绝句组诗较多的原因。

杜甫的绝句组诗题材丰富，风格多样，以雅入俗，俗而能雅，具有有别于盛唐流行风貌的别一种格调。

第一章　杜甫「安史之乱」前的组诗

一、《前出塞九首》与《后出塞五首》

前出塞九首

其一

戚戚去故里，悠悠赴交河。公家有程期，亡命婴祸罗。

君已富土境，开边一何多。弃绝父母恩，吞声行负戈。

其二

出门日已远，不受徒旅欺。骨肉恩岂断，男儿死无时。

走马脱辔头，手中挑青丝。捷下万仞冈，俯身试搴旗。

其三

磨刀呜咽水，水赤刃伤手。欲轻肠断声，心绪乱已久。

丈夫誓许国，愤惋复何有。功名图麒麟，战骨当速朽。

其四

送徒既有长，远戍亦有身。生死向前去，不劳吏怒嗔。

路逢相识人，附书与六亲。哀哉两决绝，不复同苦辛。

其五

迢迢万里馀，领我赴三军。军中异苦乐，主将宁尽闻。

隔河见胡骑，倏忽数百群。我始为奴仆，几时树功勋。

其六

挽弓当挽强，用箭当用长。射人先射马，擒贼先擒王。

杀人亦有限，列国自有疆。苟能制侵陵，岂在多杀伤。

其七

驱马天雨雪，军行入高山。径危抱寒石，指落曾冰间。

已去汉月远，何时筑城还。浮云暮南征，可望不可攀。

其八

单于寇我垒，百里风尘昏。雄剑四五动，彼军为我奔。

虏其名王归，系颈授辕门。潜身备行列，一胜何足论。

其九

从军十年馀，能无分寸功。众人贵苟得，欲语羞雷同。

中原有斗争，况在狄与戎。丈夫四方志，安可辞固穷。[①]

后出塞五首

其一

男儿生世间，及壮当封侯。战伐有功业，焉能守旧丘。

召募赴蓟门，军动不可留。千金买马鞭，百金装刀头。

闾里送我行，亲戚拥道周。斑白居上列，酒酣进庶羞。

少年别有赠，含笑看吴钩。

其二

朝进东门营，暮上河阳桥。落日照大旗，马鸣风萧萧。

平沙列万幕，部伍各见招。中天悬明月，令严夜寂寥。

悲笳数声动，壮士惨不骄。借问大将谁，恐是霍嫖姚。

其三

古人重守边，今人重高勋。岂知英雄主，出师亘长云。

六合已一家，四夷且孤军。遂使貔虎士，奋身勇所闻。

---

① （唐）杜甫著，（清）仇兆鳌注：《杜诗详注》卷二，中华书局，1979年，第
118—125页。

拔剑击大荒，日收胡马群。誓开玄冥北，持以奉吾君。

其四

献凯日继踵，两蕃静无虞。渔阳豪侠地，击鼓吹笙竽。

云帆转辽海，粳稻来东吴。越罗与楚练，照耀舆台躯。

主将位益崇，气骄凌上都。边人不敢议，议者死路衢。

其五

我本良家子，出师亦多门。将骄益愁思，身贵不足论。

跃马二十年，恐辜明主恩。坐见幽州骑，长驱河洛昏。

中夜间道归，故里但空村。恶名幸脱免，穷老无儿孙。①

  杜甫《前出塞九首》所涉战争说法很多，有开元年间战争说，有天宝年间战争说，而以天宝年间与哥舒翰事迹有关的说法占据上风，几个流行注本均持此说。如王嗣奭《杜臆》："《前出塞》云'赴交河'……注云：'考唐之交河，在伊州西七百里。'当是天宝间哥舒翰征蕃时事；而诗有'磨刀呜咽水'，陇头乃出征吐蕃所经由者，诗亦当作于此时。注云追作，非也。"②后人多从此说，朱鹤龄《杜工部诗集辑注》说："玄宗季年，哥舒翰贪功于吐蕃，安禄山构祸于契丹，于是征调半天下。《前出塞》为哥舒翰，《后出塞》为禄山发也。"③仇兆鳌《杜诗详注》说："《前出塞》云赴交河……考唐之交河，在伊州西七百里。当是天宝间哥舒翰征蕃时事，诗亦当作于此时，非追

---

① （唐）杜甫著，（清）仇兆鳌注：《杜诗详注》卷二，中华书局，1979年，第285—291页。

② （明）王嗣奭撰：《杜臆》卷之三，上海古籍出版社，1983年，第100页。

③ （清）朱鹤龄辑注，韩成武等点校：《杜工部诗集辑注》卷五，河北大学出版社，2009年，第214页。

作也。"①后浦起龙《读杜心解》、杨伦《杜诗镜铨》亦认同王嗣奭说。今时的杜诗注本和选本也多持事关哥舒翰说，只有单芳提出事关高仙芝说，见《杜甫〈前出塞〉是为哥舒翰征吐蕃事而发吗》(《杜甫研究学刊》1996 年第 2 期)。细审新旧《唐书》哥舒翰传记，无论积石军之捷还是石堡城之捷，均无俘虏王者的记载，故《前出塞九首》所涉战争应考虑单芳之说，而与之相关的是诗作的写作年代也应重新考定。同时，随着重新审查诗歌所涉战争发现，有些对《前出塞九首》的解说也需要稍作调整。《后出塞五首》所涉战争与安禄山有关，无疑义，故本节以《前出塞九首》为主。

（一）"名王"释义

杜甫《前出塞九首》其八写道：

> 单于寇我垒，百里风尘昏。雄剑四五动，彼军为我奔。
> 虏其名王归，系颈授辕门。潜身备行列，一胜何足论。

诗歌中提到了战争的胜利。诗中"名王"一词，关涉杜甫《前出塞九首》的写作年代、内容阐释，故我们将先从释义做起。

"名王"一词，最早出现在中国文化典籍里，是班固的《汉书》。《汉书》卷八神爵二年记载："匈奴单于遣名王奉献，贺正月，始和亲。"②这是古代文献第一次出现"名王"一词。对此，颜师古注曰："名王者，谓有大名，以别诸小王也。"③但并没有说明什么样的身份

---

① （唐）杜甫著，（清）仇兆鳌注：《杜诗详注》卷二，中华书局，1979 年，第 118 页。
② （汉）班固撰，（唐）颜师古注：《汉书》卷八，中华书局，1962 年，第 262 页。
③ （汉）班固撰，（唐）颜师古注：《汉书》卷八，中华书局，1962 年，第 262 页。

才算是大名。《汉书》卷七〇:"延寿、汤因让之:'我为单于远来,而至今无名王大人见将军受事者,何单于忽大计,失客主之礼也! 兵来道远,人畜罢极,食度日尽,恐无以自还,愿单于与大臣审计策。'"[1] 颜师古注曰:"名王,诸王之贵者。受事、受教命而供事也。"[2] 但也没有说明什么人可以封为"诸王"。《辞海》"名王"条引用的是《汉书》卷八和卷七〇的这两条资料[3]。《汉语大词典》"名王"条的解释:"指古代少数民族声名显赫的王。""泛指皇族有封号的王。"[4] 在指少数民族这一层,也没有特别清晰的身份指向。

《汉书》里还有几条记载,也提及名王。如汉武帝元狩改元,源自汉武帝在一次狩猎行动中获白麟,当时有人预言:"盖六鹢退飞,逆也;白鱼登舟,顺也。夫明暗之征,上乱飞鸟,下动渊鱼,各以类推。今野兽并角,明同本也;众支内附,示无外也。若此之应,殆将有解编发、削左衽、袭冠带、要衣裳而蒙化者焉。斯拱而俟之耳!"[5] 而后预言被应验:"后数月,越地及匈奴名王有率众来降者,时皆以军言为中。"[6] 这里的"名王"颜师古没有再解释。但在《汉书·常惠传》里有一个排序,可以给"名王"的理解作参考:

　　以惠为校尉,持节护乌孙兵。昆弥自将翕侯以下五万余

① (汉)班固撰,(唐)颜师古注:《汉书》卷七〇,中华书局,1962年,第3012页。
② (汉)班固撰,(唐)颜师古注:《汉书》卷七〇,中华书局,1962年,第3013页。
③ 舒新城、沈颐、徐元诰、张相主编:《辞海》,据1936年缩印本,中华书局,1981年,第548页。
④ 罗竹风主编:《汉语大词典》第3册,汉语大词典出版社,1986—1994年,第165页。
⑤ (汉)班固撰,(唐)颜师古注:《汉书》卷六四下,中华书局,1962年,第2817页。
⑥ (汉)班固撰,(唐)颜师古注:《汉书》卷六四下,中华书局,1962年,第2817页。

骑，从西方入至右谷蠡庭，获单于父行及嫂、居次、名王、骑将以下三万九千人，得马、牛、驴、骡、橐佗五万余匹，羊六十余万头，乌孙皆自取卤获。①

此处亦不注"名王"，但将单于父亲、嫂子、居次（女儿）之后列"名王"。匈奴人尊父母，尊女性，故父亲后面排嫂子、女儿，接下来应该排儿子，故"名王"应该是匈奴成年的已经封王的单于之子。还有一条资料在《汉书》卷九十四下《匈奴传》：

> 于是浮西河，绝大幕，破置颜，袭王庭，穷极其地，追奔逐北，封狼居胥山，禅于姑衍，以临翰海，房名王、贵人以百数。自是之后，匈奴震怖，益求和亲，然而未肯称臣也。②

这一处，在"名王"下也没有解说。但"名王"既在"贵人"之上，身份地位也是比较尊贵的。

《后汉书》的一条资料大体可以证明"名王"当确如上文所猜测，是少数民族首领之子。《后汉书·南匈奴列传》：

> 今北匈奴见南单于来附，惧谋其国，故数乞和亲，又远驱牛、马与汉合市，重遣名王，多所贡献。斯皆外示富强，以相欺诞也。③

---

① （汉）班固撰，（唐）颜师古注：《汉书》卷七〇，中华书局，1962年，第3004页。
② （汉）班固撰，（唐）颜师古注：《汉书》卷九四下，中华书局，1962年，第3813页。
③ （南朝宋）范晔撰，（唐）李贤等注：《后汉书》卷八九《南匈奴列传》，中华书局，第2946页。

在《后汉书·南匈奴列传》的这则资料里，北匈奴与汉朝交往，除了和亲、互市，还有"遣名王"，即遣派质子。而遣名王，一般是首领之子，对于北匈奴而言，就是单于之子。《汉书·西域传》的一条资料可证明质子大体是国王／可汗／单于之子：

> 征和元年，楼兰王死，国人来请质子在汉者，欲立之。质子常坐汉法，下蚕室宫刑，故不遣。报曰："侍子，天子爱之，不能遣。其更立其次当立者。"楼兰更立王，汉复责其质子，亦遣一子质匈奴。后王又死，匈奴先闻之，遣质子归，得立为王。[①]

来汉朝当质子的，都有资格继承王位，"遣名王"为质子，可见"名王"的身份。

《隋书·元谐传》记元谐为凉州行军元帅时，击退吐谷浑太子可博汗所率五万入侵凉州官兵后：

> 于是移书谕以祸福，其名王十七人、公侯十三人各率其所部来降。[②]

吐谷浑太子率兵出征，下面跟随的人级别也高。这则资料说明，"名王"在讲究等级秩序的社会中，地位是次于太子、高于公侯的。

《唐会要》的一则资料里用到"名王"，是中原称"名王"的

---

① （汉）班固撰，（唐）颜师古注：《汉书》卷九六上《西域传》，中华书局，1962年，第3877页。
② （唐）魏征等撰：《隋书》卷四〇《列传第五》，中华书局，1962年，第1171页。

例子：

> 太宗以魏王泰爱文学，特令就府别置文学馆，任自引召学士。又以泰腰腹洪大，趋拜稍难，复令乘小舆舁至于朝所。其宠异如此。后司马苏勖以自古名王多引宾客，以著述为美，劝泰请撰《括地志》。①

这里的"名王"显然指唐太宗之次子李泰。可见在汉人的语境里，"名王"是天子之子。

根据上引史书资料，大致可以判定，少数民族的"名王"也应该属于皇族，而且应该是国王 / 可汗 / 单于之子，其地位在太子之下、公侯之上。"虏其名王"，是代表征战成果辉煌之意。

（二）《前出塞九首》所涉战争与高仙芝有关，而非哥舒翰

"名王"一词的指向清晰了，我们再来审视《前出塞九首》中的"名王"，其所指当与王嗣奭、朱鹤龄、仇兆鳌、浦起龙、杨伦诸家不同。

过去一直认为《前出塞九首》与哥舒翰事迹有关，本研究开头所引王嗣奭、朱鹤龄、仇兆鳌、浦起龙、杨伦等，都遵从此说。但哥舒翰传记里，无论积石军之捷还是石堡城之捷，均无俘虏其王者的记载。

积石军之捷，《旧唐书·哥舒翰传》记载：

> 天宝六载，擢授右武卫员外将军，充陇西节度副使、都知关西兵马使、河源军使。先是，吐蕃每至麦熟时，即率部

---

① （宋）王溥撰：《唐会要》卷五，中华书局，1955 年，第 57—58 页。

众至积石军获取之，共呼为"吐蕃麦庄"，前后无敢拒之者。至是，翰使王难得、杨景晖等潜引兵至积石军，设伏以待之。吐蕃以五千骑至，翰于城中率骁勇驰击，杀之略尽，馀或挺走，伏兵邀击，匹马不还。翰有家奴曰左军，年十五六，亦有膂力。翰善使枪，追贼及之，以枪搭其肩而喝之，贼惊顾，翰从而刺其喉，皆剔高三五尺而堕，无不死者。左车辄下马斩首，率以为常。①

此战是反击吐蕃抢粮的正义之战，吐蕃五千骑兵匹马不还，唐军收获颇多，但未有俘虏其王的记载。

哥舒翰的石堡城之捷，事在天宝八载，《旧唐书》记载：

吐蕃保石堡城，路远而险，久不拔。八载，以朔方、河东群牧十万众委翰总统攻石堡城。翰使麾下将高秀岩、张守瑜进攻，不旬日而拔之。上录其功，拜特进、鸿胪员外卿，与一子五品官，赐物千匹、庄宅各一所，加摄御史大夫。十一载，加开府仪同三司。②

石堡城之捷，是唐王朝与吐蕃争夺战略要地的战斗，这场胜利，只说"不旬日而拔之"，也没有说俘虏其王。查高秀岩、张守瑜事迹，也无俘虏"某王"的记载。而且，高秀岩后来还跟随安禄山叛乱。可见"虏其名王归"与哥舒翰无关。

倒是高仙芝传记里有俘虏"某王"的记载。故《杜甫全集校注》在"名王"注里不再提哥舒翰，而是用了以下资料：

---

① （后晋）刘昫等撰：《旧唐书》卷一〇四，中华书局，1975年，第3212页。
② （后晋）刘昫等撰：《旧唐书》卷一〇四，中华书局，1975年，第3213页。

如开元二十二年，张守珪使人诱契丹王屈刺及大臣可突于，传首东都；天宝十载，安西四镇节度使高仙芝执突骑施可汗及石国国王。此皆所谓虏其名王也。[1]

这则资料用张守珪引诱契丹王事，不是说《前出塞九首》与张守珪有关，而是说契丹王这种级别的才可以被指为"名王"。而高仙芝的资料，却可能是《前出塞九首》所涉及的事件。《前出塞九首》开首的"戚戚去故里，悠悠赴交河"，已经把事件定位于西域，既然与哥舒翰无关，那么，我们可以考察一下高仙芝俘虏"名王"的业绩。

高仙芝在西域的战争，有三场胜利与俘虏敌方王者有关。

一是天宝六载对小勃律的战争。天宝早期，唐王朝对西域的控制并不十分得力，一些西域属国也并非真心臣服，尤其是面对吐蕃对周边诸国的拉拢，小勃律就比较反复。当吐蕃以借道攻打安西四镇为借口时，小勃律竟然应允，而吐蕃也就借机夺取小勃律九城，后小勃律派人向唐王朝求救，恢复了小勃律王。再之后吐蕃又以"妻以女"为诱饵，小勃律就又投向吐蕃怀抱，导致小勃律等"二十余国皆臣吐蕃"。直到天宝六载高仙芝率兵出征。《旧唐书》记载：

> 天宝六载八月，仙芝虏勃律王及公主趣赤佛堂路班师。[2]
> 天宝六年，（封常清）从仙芝破小勃律。[3]

此战具体情况，《旧唐书·高仙芝传》没有详细记载，但在《旧

① 萧涤非主编：《杜甫全集校注》卷一，人民文学出版社，2014年，第253页。
② （后晋）刘昫等撰：《旧唐书》卷一〇四，中华书局，1975年，第3205页。
③ （后晋）刘昫等撰：《旧唐书》卷一〇四，中华书局，1975年，第3208页。

唐书·李嗣业传》里记载较为详细，只是记载时间为天宝七载：

> 天宝七载，安西都知兵马使高仙芝奉诏总军，专征勃律，选嗣业与郎将田珍为左右陌刀将。于时吐蕃聚十万众于娑勒城，据山因水，堑断崖谷，编木为城。仙芝夜引军渡信图河，奄至城下。仙芝谓嗣业与田珍曰："不午时须破此贼。"嗣业引步军持长刀上，山头抛檑蔽空而下，嗣业独引一旗于绝险处先登，诸将因之齐上。贼不虞汉军暴至，遂大溃，填溪谷，投水溺死，仅十八九。遂长驱至勃律城擒勃律王、吐蕃公主，斩藤桥，以兵三千人戍。于是拂菻、大食诸胡七十二国皆归国家，款塞朝献，嗣业之功也。由是拜右威卫将军。①

记载时间不一样，一个是天宝六载，一个是天宝七载，当是李嗣业传记记载在献捷的时间里，没有本质不同。事件在《旧唐书·高仙芝传》里记载简略，而在《旧唐书·李嗣业传》里记载详细，有两个原因，一是史家不重出笔法，一是这场战争真正的战将是李嗣业。但李嗣业是在高仙芝所在的安西都护府，受高仙芝指挥，故也要在高仙芝传记中留有印记，这也是高仙芝的功业。只不过《旧唐书》没有标明"见某处"，所以，读者查阅不太方便。

《新唐书·西域传》也有记载：

> 天宝六载，诏副都护高仙芝伐之。……仙芝约王降，遂平其国。于是，拂菻、大食诸胡七十二国皆震恐，咸归附。执小勃律王及妻归京师，诏改其国号归仁，置归仁军，募千人

————————

① （后晋）刘昫等撰：《旧唐书》卷一〇九，中华书局，1975年，第3298页。

镇之。①

《新唐书·李嗣业传》记载也比较详：

> 高仙芝讨勃律，署嗣业及中郎将田珍为左右陌刀将。时吐
> 蕃兵十万屯娑勒城，据山濒水，联木作郭，以扼王师。仙芝
> 潜军夜济信图河，令曰："及午破贼，不者皆死。"嗣业提步士
> 升山，颓石四面以击贼，又树大旗先走险，诸将从之。虏不
> 虞军至，因大溃，投崖谷死者十八。鼓而驱至勃律，禽其主，
> 平之。授右威卫将军。②

在这场胜仗里，高仙芝是总指挥，用奇袭的手段俘虏了小勃律
王。李嗣业是战将，冲锋在前，俘虏了勃律国的国王、吐蕃的公主，
还收获了"拂林、大食诸胡七十二国皆归国家"的功效。对于唐王
朝而言，这场胜仗赢得了西域诸国的归顺，对李嗣业而言，赢得了
授右威卫将军的功业。

二是天宝九载对朅师的战争。《资治通鉴》天宝九载二月记载：

> 安西节度使高仙芝破朅师，虏其王勃特没。三月，庚子，
> 立勃特没之兄素迦为朅师王。③

查《旧唐书》《新唐书》均无"朅师"国，也无"勃特没""素

① （宋）欧阳修、宋祁撰：《新唐书》卷二二一下，中华书局，1975年，第
　6251—6252页。
② （宋）欧阳修、宋祁撰：《新唐书》卷一三八，中华书局，1975年，第
　4615页。
③ （宋）司马光编著：《资治通鉴》卷二一六，中华书局，2011年，第7017页。

迦"，应即《新唐书》中的"羯师"（在今巴基斯坦北部之奇特拉尔）或"喝盘陀"（大约在今喀什塔什库尔干塔吉克自治县一带），唐军设置葱岭守捉处。但《新唐书》说开元早期设置的葱岭守捉，而"喝盘陀"似与高仙芝无关。羯师之战只在《资治通鉴》中存在，但司马光不会无凭无据，而且，其时间、被俘国王名字、新立国王名字这样清晰。应是笔者掌握资料尚不全面，容后再仔细查阅。

三是天宝九载对石国的战争。《旧唐书·高仙芝传》《资治通鉴》均有记载：

> 九载，将兵讨石国，平之，获其国王（车鼻施）以归。[1]
> 安西四镇节度使高仙芝伪与石国约和，引兵袭之，虏其王及部众以归，悉杀其老弱。[2]

平石国的战争，《资治通鉴》放在天宝九载十二月，显然与二月份的羯师之战不是一回事。此战也是李嗣业主打，《新唐书·李嗣业传》只是一笔带过，而《旧唐书·李嗣业传》中记载稍详：

> 十载，又从平石国，及破九国胡并背叛突骑施，以跳荡加特进，兼本官。初，仙芝绐石国王约为和好，乃将兵袭破之，杀其老弱，虏其丁壮，取金宝瑟瑟驼马等，国人号哭，因掠石国王东献之于阙下。其子逃难奔走，告于诸胡国。群胡忿之，与大食连谋，将欲攻四镇。[3]

---

① （后晋）刘昫等撰：《旧唐书》卷一〇四，中华书局，1975 年，第 3206 页。
② （宋）司马光编著：《资治通鉴》卷二一六，中华书局，2011 年，第 7020 页。
③ （后晋）刘昫等撰：《旧唐书》卷一〇九，中华书局，1975 年，第 3298 页。

此处记为"十载",与《旧唐书·高仙芝传》记"九载",也非记载有误,而是战争的时间导致。战争开始于九载十二月,打完仗献捷都是十载的事情了。这场战争,虽然赢了,但赢得并不光彩。高仙芝与石国王相约盟好,却令李嗣业攻打之,杀老掳壮,并掳掠其国王献捷。这是后来引发唐朝与黑衣大食征战的导火索,也是导致后来唐朝与黑衣大食在西域无法抗衡的主要原因。因与本研究无关,故不再讨论。

从以上三件事看,高仙芝的小勃律之战、朅师之战、平石国之战,都是俘虏了敌国国王的,这是高仙芝西域征战的功业。这三场战争所俘获的王,都可以称为"名王"。那么,既然《前出塞九首》是乐府诗,基本可以视为纪实,其所写"虏其名王归,系颈授辕门"的业绩,就应该与高仙芝有关,而与哥舒翰无关。

(三)"擒贼先擒王"是杜甫的边域斗争策略

在中国的西部和北部边域,少数民族对中国的骚扰几乎是经常性的,"戎狄豺狼,不可厌也"①"世寇中国,万姓冤雠"②,故而秦始皇统一中国后才下大力气修筑长城,以防止戎狄交侵。但游牧民族的生活习性决定了北部、西北部边境的难以安宁,所以历代统治者都很注意北部边域、西北边域的防御。而自汉代开西域以后,中国的西北边域伸展很远,唐代在北部和西北部又有更远扩张,防御起来就出现很多问题,劳师远戍、线长难防、难免牺牲。与游牧民族不同的是,游牧民族家随人走,流动自由,毡房在处即为家,而中原民族乡土心重,守土为家,三十亩地一头牛的地方才是家。这就使得游牧民族可以一呼而百应,聚众可游走,打赢之地即可有业有家,

---

① 《春秋三传·春秋左氏传·闵公元年》,《新刊四书五经》,中国书店,1994年,第157页。
② (唐)吴兢编集,姜涛点校:《贞观政要》卷九《安边》,齐鲁书社,2010年,第293页。

而中原民族却要为保卫乡土抛家舍业、背井离乡。于是，总有参战的戍卒在驿路上思绪万千，其中包括思考边塞防御策略。杜甫既关注民生，也替士卒有过相关思考：

> 挽弓当挽强，用箭当用长。射人先射马，擒贼先擒王。
> 杀人亦有限，列国自有疆。苟能制侵陵，岂在多杀伤。①

这是组诗的第六首，是对"虏其名王归"相应的战争及边域策略的思考，是士卒的，更是杜甫的。可以用四句话概括杜甫的意思：用有本事的人，擒敌方的首领，保自己的疆土，用不伤人的方法。

"挽弓当挽强，用箭当用长。"这是任将用人之法。在冷兵器时代，打仗靠的是将帅的本领和智慧，所谓"一将无能，累死千军"也。因此，在任将用人上，就要敢于使用强有力之人，用其所长，舍其所短，发挥其最有价值的作用。

"射人先射马，擒贼先擒王。"这是对敌策略，也是中心策略。在冷兵器时代的战场上，骑兵和马融为一体，战力很强。但骑兵如果失去坐骑，就好比步军没了双腿，走、跑都会极受限制，故而"射人先射马"乃上策。同样的道理，军队中指挥官的作用异常重要，他本人的战力和指挥能力，直接关系到本方军队的成败，所以我们看到很多古代的战例，一旦主将溃败，军队便一溃如水。故有"三军可夺帅"之说，也即擒贼擒王，之后剩下的事情就好办了。至若是将军夺其心，还是三军夺其气，也就由我决定了。这是战场取胜的绝好办法，是为下文张本的理论。

"杀人亦有限，列国自有疆。"这是杜甫的边域生存原则。最初的列国形成有其自然法则，语言、习俗、地理、政权管辖，都是列

---

① （唐）杜甫著，（清）仇兆鳌注：《杜诗详注》卷二，《前出塞九首》其六，中华书局，1979年，第122页。

国形成的原因之一，而前三者尊重的是自然地理和人文地理，有其人性化和约定俗成的理由。政权管辖则有强制因素，但也有历来约定的理据。开疆拓土肯定是对其他国家的侵凌。"君已富土境，开边一何多"就是对越境开边的质疑，而"列国自有疆"则是对故有边境线的认同。在杜甫看来，各自守土、互不侵扰，是边域安宁的重要原则。

"苟能制侵陵，岂在多杀伤。"杜甫并不反对扩大国家的影响力，也即不反对"制侵陵"，但他反对用征战的办法，也就是杀伤的办法。其中暗含的意思是，杜甫希望"制侵陵"而不用杀伐之策。"不战而屈人之兵，上之上者也。"[①]这是孙武的谋攻策略，也是杜甫的战场认识，是"擒贼先擒王"的立论基础，而"虏其名王归"就成为"制侵凌"的最好选择。

这是参战戍卒的认识，更是杜甫的认识。故在后面的征战中，戍卒面对"单于寇我垒"的情况，理解了战争的价值，勇敢冲杀，并收获了"虏其名王归"的辉煌战果。在杜甫看来，"虏其名王归"最具战场效果，它能够实现"擒贼先擒王"的战略目标，可以让敌方群龙无首，同时也是实现"制侵凌"而不必杀伤太多的最好办法。

（四）征战戍卒的牢骚和觉醒

在《前出塞九首》中，参战的士卒收获了"虏其名王归"的功业，却没有实现"功名图麒麟"的理想，而是屡受委屈。那么，"虏其名王归"的人又是如何看待自己的人生？

从描写的角度看，诗歌的前七首写驿路行程的苦难及对家乡的怀恋，反战的情绪颇为浓郁，后两首是参战后认知的逐渐反转。九首作品一气呵成，层层转接，诗中主人公的内心世界在不断变化，

---

① （先秦）孙武著，吴明星译注：《孙子兵法·谋攻》，吉林出版集团有限责任公司，2009年，第29页。

是从不愿参战、反对拓边、反对欺凌、到逐渐接受现实、到理解征战、到揭露现实不公、再到不计功名利禄的内心世界的复杂变化。

第一首，主人公向世人诉说被迫赴交河参战、不得不忍气吞声辞别父母的苦情，认为参战是人生的祸端，责怪君王不该有开边战争，在"君已富土境，开边一何多"的责问中，表达了对开边战争的强烈不满；第二首，主人公诉说上路之后还要受尽欺凌，表示作为军旅中人，早就知道死亡会随时降临，既然抱着必死的决心，又不能亡命天涯，不如抛却心中的乡思之苦，豁出性命练出一手"俯身试搴旗"的过硬本领；第三首，主人公诉说艰难的驿路行程，心情的烦乱，以及经过思索后流露出的愿意为国征战并期望画图麟阁的壮士之心；第四首，征夫诉说在路上被徒长欺压和驱逼的情况，路上遇到相识之人，又勾起了无尽的思乡情绪，但只能给父母捎去书信，告知的却是既然参战、肯定不能与亲人同甘共苦，故而只能以必死之心与亲人诀别；第五首，主人公诉说其从军西北边疆的艰难历程，反映军中苦乐不均的现实，对自己身份低贱、能否建树功勋又产生了怀疑；第六首，主人公驿路上的思索，对国家的开边战争再次提出了质疑，在"杀人亦有限，列国自有疆"的前提下，质问君王以"杀伤"为结果的开边战争价值何在？质问统治者为什么不使用"射人先射马，擒贼先擒王"的策略，为什么不使用"战胜于朝廷"的外交手段？第七首写主人公行军路上的艰难，怀疑在远离汉月的寒天雪山里达成筑城戍守的任务是多么艰难！如何完成？而这必然给自己带来还乡无望的绝望心理。至此，主人公对开疆拓边依然不理解，对穷荒绝域的戍守依然不理解。

但从第八首，主人公的思想开始转变，对自己的人生价值进行了重新评估。"单于寇我垒，百里风尘昏"，敌人对我方的进攻，竟然达到了"百里风尘昏"的程度。面对对方的挑衅，主人公积极参加了战斗，"雄剑四五动"，带着宝剑三番五次与敌军争斗，不仅赶走了来犯之敌，而且收获了"虏其名王归"的胜利。但主人公并没有因功骄傲，而是"潜身备行列"，藏起了行迹。他不把一次胜利当成骄傲的资本，是典型的农民的质朴本性的体现。第九首，面对军中人对功业的不同态度，主人公感到人生境界的不同。泯然众矣的"众人"，没有认识到主人公"从军十年余，能无分寸功"的职业能力，只在乎自己的"苟得"之利，使诗中主人公非常落寞。诗中主人公也曾想争取一下，但又羞于与贪图"苟得"的宵小之辈一般无二，于是表达了自己"丈夫四方志，安可辞固穷"的高尚情志。在他的心目中，"中原有斗争，况在狄与戎"，在与戎狄争斗中，应该把国家面临的危难放在第一位，还在乎什么"穷"与"不穷"的问题？至此，诗中主人公完成了从反感战争、反对开边、难以忍受军中苦况、在军中为反击敌人"寇我垒"而奋战、也想争取个人功劳和被承认，到不计个人得失的思想转变，并在这一过程中涤净了个人心中的杂念，成长为一位虽有"虏其名王归"的战绩，而仍努力为国征战、内心深处情志高尚的战士。王崇的评价笔者基本认同，录于此：

《前出塞》共九首，是一组叙事诗。叙述的是一个普通农民应征入武（伍），并经历了长期战争生活的故事。诗中主人公开始参军时，对为什么打仗认识是模糊的，他想"君已富土境，开边一何多？"要别人的土地干什么呢？在离乡开往交河的路上，表现出愤懑和极不情愿的情绪。初到军营，他难以克服思乡的感情，但在交河，他目睹了敌军压境的事实，对他所从事的战争有了新的认识，因而开始苦练杀敌本领。时间长了，他逐步摆正了国家利益和私人感情的位置，终于想通了"丈夫誓许国，愤惋复何有"的道理，立下了"功名图麟"的宏伟志向。在军中他成熟起来，他对战争有了较深刻的认识，提出了"擒贼先擒王"，"杀人亦有限，立国自有疆。苟能制侵陵，岂在多杀伤"的主张。他认真实践他的主张，在一次保卫战中，他英勇奋战，执获敌"名王"献到辕门，却做了无名英雄。他想这一次胜利并算不了什么。经过十几年的战争生活，他的思想得到进一步的升华，认识到"中原有斗争，况在狄与戎。丈夫四方志，安可辞固穷？"抒发了要长期为国戍边的豪情壮志。[①]

这是戍卒的觉醒，也是诗人的觉醒。戍卒和诗人都经历了从不理解开边战争、到认识到保卫边疆的重要、到国家需要"丈夫志四海"的英雄的过程。在这一过程中，戍卒和诗人理解了战争的必要性，也认识到了战争中难免有"固穷"之人。而在不肯与众人争功抢名的情况下，"固穷"就是必要的情操了。

诗中这位参战士卒内心的变化，其实也是杜甫内心深处的变化。杜甫爱好和平，同情士卒的遭遇，但当国家受到侵扰的时候，他一定是支持为国征战的。

（五）《前出塞九首》写作时间的重新界定

前边我们已经考察了唐王朝在西域俘虏"名王"的业绩，知其当指高仙芝事迹。高仙芝三次俘虏敌国国王事，均在天宝十载之前。其实哥舒翰的积石军之捷和石堡城之捷也都发生在天宝十载以前。此时，唐王朝尚处于开天盛世之时，但由于开元末至天宝初时的西域经营并不理想，比如天宝六载前，每至麦收时节，吐蕃便袭

---

① 王崇、王晓秋:《杜甫〈前出塞〉新解》,《沈阳师范学院学报（社会科学版）》1997 年第 3 期。

扰积石军一带，抢掠这一带的粮食，称为"吐蕃麦庄"，而且很长时间没有人敢抗拒，有几次反击也多以失败而告终："（开元）二十九年春……六月，吐蕃四十万攻承风堡，至河源军，西入长宁桥，至安仁军，浑崖峰骑将盛希液以众五千攻而破之。十二月，吐蕃又袭石堡城，节度使盖嘉运不能守，玄宗愤之。天宝初，令皇甫惟明、王忠嗣为陇右节度，皆不能克。"[①]又如天宝六载前，吐蕃拉拢小勃律，以女妻之，"二十余国皆臣吐蕃"，唐朝失去了对西域的诸多控制权。直到天宝六载，高仙芝以安西都护府副大都护充任安西行营节度使、后升任安西都护府大都护，哥舒翰擢授右武卫员外将军、充陇西节度副使、都知关西兵马使、河源军使，天宝六载哥舒翰充任河西节度使，唐王朝对吐蕃的侵扰才开始了真正的反击，并稍占上风。而天宝九载对石国的战争胜利之后，高仙芝贪功冒进，在西域征伐的问题越来越多，尤其是因石国的征伐留下的后遗症而引发的唐与大食的怛逻斯之战：

> （天宝十年，751年）高仙芝之虏石国王也，石国王子逃诣诸胡，具告仙芝欺诱贪暴之状。诸胡皆怒，潜引大食欲共攻四镇。仙芝闻之，将蕃、汉三万众击大食，深入七百余里，至恒（怛）罗斯城，与大食遇。相持五日，葛罗禄部众叛，与大食夹攻唐军，仙芝大败，士卒死亡略尽，所余才数千人。右威卫将军李嗣业劝仙芝宵遁，道路阻隘，拔汗那部众在前，人畜塞路；嗣业前驱，奋大梃击之，人马俱毙，仙芝乃得过。[②]

---

① （后晋）刘昫等撰：《旧唐书》卷一九六上，中华书局，1975年，第5235页。
② （宋）司马光编著：《资治通鉴》卷二一六，中华书局，2011年，第7026—7027页。

唐与黑衣大食之间的怛逻斯之战具有深远影响，甚至在一定程度上成为东西方历史的转折点。怛逻斯之战后，唐朝失去了西进的机会，更是丧失了对中亚、西域诸国的控制权。大食几乎全面控制中亚地区，并对西域安西地区虎视眈眈。而由于兵力的不足，唐王朝对西域只能采取守势，从此再也没有实力与大食在西域较量。

从天宝六载前的"吐蕃麦庄"、二十余国归吐蕃、高仙芝天宝六载到九载的三次俘虏敌国国王、《前出塞九首》中的"虏其名王归"的记述，到史书中的怛逻斯之战，联系起来分析，《前出塞九首》所记应是天宝六载到天宝十载初之间的战事。笔者不认可有学者说的乾元二年追述天宝年间事，因乾元年间，正是"安史之乱"的关键期，唐朝刚刚经历了邺城兵败不久，诗人的目光更应关注"安史之乱"本身和朝政。至于诗歌最后一首中"中原有争斗，况在狄与戎"，则有可能指在河北道北部天宝九载安禄山屡诱奚、契丹以及天宝十载安禄山将三道兵六万以讨契丹诸事。

天宝六载到天宝十载初之间的杜甫正在长安过着苦难的生活，已经"破胆遭前政"，生活在"朝扣富儿门，暮随肥马尘。残杯与冷炙，到处潜悲辛"（《奉赠韦左丞丈二十二韵》）的苦难中，他在进行各种各样的努力，希望为自己谋得一份差事，也并不反对西域从戎，如天宝八载所写的《高都护骢马行》"借咏骢马的骨象才气、刚毅性格及远大志向，寄托个人报效国家的心愿"。[①] 天宝十一载所写的《投赠哥舒开府二十韵》长篇大论地颂扬哥舒翰的功德勋业，诉说自己身老不遇、日暮途穷的困窘，表达了加入陇右河西节度府参谋军事的愿望；杜甫是在天宝十一载后，也就是怛逻斯、南诏等战争发生后，才彻底反对开边战争，如天宝十一载《兵车行》《送高三十五书记十五韵》等。后者有"崆峒小麦熟，且愿休王师。请公问主将，

---

① 韩成武、张志民：《杜诗全译精注》，天津教育出版社，2017 年，第 28 页。

焉用穷荒为",意即保护好自己这一方的"麦庄"就可以了,不用打到"穷荒"之处,可见已经形成反对开边战争的思想,这与《前出塞九首》中"君已富土境,开边一何多"思想一致。

因此,《前出塞九首》应该与《兵车行》《送高三十五书记十五韵》时间左近,是其反开边战争观念的形成时期。诗中主人公开始反对开边战争,提出了"君已富土境,开边一何多"的疑问,指出了边域管理应该"杀人亦有限,列国自有疆",提出了"苟能制侵陵,岂在多杀伤"的和平议案。但当写到"单于寇我垒,百里风尘昏"时,诗人也与主人公一样激荡起了杀敌的热情,并对"虏其名王归,系颈授辕门"的战果颇为满意,但又绝不骄傲,认为"潜身备行列,一胜何足论",也就是认为从军参战、为国戍边,是责任,更是本职。由此可见,在《前出塞九首》中,诗人本有反对开边战争的思想,但面对战场上己方被侵袭的情况,他支持果断出手、坚决反击。由此可见杜甫思想的丰富复杂,他不是死执一端,而是随世事变迁变化自己的立场,但始终站在正义的视角观察社会、观察战争。

总而言之,《前出塞九首》参战士卒情绪复杂,从反对开边战争,到军中悲苦遭遇,到军中艰苦历练,到面对"单于寇我垒"的勇力反击,再到不计较功名得失,士卒的精神境界在参战中逐步升华。而杜甫则是开始反对开边战争,讽刺统治者贪欲,但对面敌人侵袭,也支持反击"单于寇我垒"的战争,歌颂士卒的高尚情操。

(六)《前出塞九首》主观写实的艺术手法

通过前面对"名王"的解释、高仙芝天宝六载到天宝十载之间的西域征战,我们可以大体判定,《前出塞九首》是主观纪实的写法,作者针对的是生活中实实在在发生的战争,这与杜甫的其他乐府诗的写法基本一致。笔者与韩成武教授在《杜诗诗体学研究》中对《前出塞九首》的纪实性质有过评述:

《前出塞九首》是一组叙述出征士兵从行军到征战的诗歌，以一位参战士卒的口吻，多侧面表达了对唐王朝开疆拓土政策的强烈不满。第一首写忧戚离乡，责问统治者"君已富土境，开边一何多！"但因上方命令，虽有不满，也不得不忍气吞声告别父母和家乡。第二首写对生命的担忧和不得已的冒死勇猛。第三首写参战士卒表达"丈夫誓许国"的慷慨豪情。第四首写行军途中被官吏呵斥的情况，并表达对家乡对亲人的思念和对即将到来的征战生活的向死心态。第五首反映军中的苦乐不均和参战士卒欲建功而不得的郁闷。第六首表达反对用征战方式开疆拓土的思想。第七首写艰难困苦的征战生活。第八首描写一场俘虏敌军将领的征战。第九首写征战士卒参战十馀载而不争功邀赏的平实情怀。九首诗，从九个侧面反映了人民对开边战争的态度。浦起龙曰："汉魏以来诗，一题数首，无甚铨次。少陵出而章法一线。如此九首，可作一大篇转韵诗读。"杨伦曰："九首承接只如一首，杜诗多有此章法。"[1]

这组诗，"借古题写时事，深悉人情，兼明大义"，主题鲜明，内容集中，而且在艺术表现上也有许多独特之处。

第一，这组诗按事件发生的时间顺序记事，"九首承接只如一首"，前后连贯，结构紧凑，浑然一体。杜甫的《前出塞九首》第一首是起，写出门应征，点题"出塞"，引出组诗主旨："君已富土境，开边一何多"，以之为纲，统摄全篇。以后各首便围绕这一主题展开，

---

① 韩成武等著：《杜诗诗体学研究》，九州出版社，2022年，第195—196页。

顺次写去，循序渐进，层次井然。第九首论功抒志，带有总结的性质，可为结。中间各首在围绕主题展开的同时，每首又各有重点。前四首写出征，重在写征人的留恋之情；后五首写赴军，重在写征人的以身许国。条理清晰，又波澜起伏，曲折有致。九首如线贯珠，各首之间联系更为紧密，不致分散。

第二，以点带面反映现实。整组诗只集中描写了一个征夫的从军过程，但却反映了整个天宝后期的社会现实："开边一何多"，这里有连续不断的黩武战争；"单于寇我垒"，也有敌人对唐王朝边境的侵扰。两种战争交替进行，性质是复杂的。诗中有战争给人民造成的流离失所的沉重灾难，也有封建军队中官兵不公的现实；既有征人对奴役压迫的不满和反抗，也有征人对故乡和亲人的思念；既有征人戍边筑城的艰难困苦，也有士兵们的英勇作战。可谓这一时期的全景纪录。张潨看得更深刻："《出塞》前九首简而真，后五首畅而正。初出门奋身赴敌，精于技击，尚是卒伍情状。后来戒多杀，耻争功，忧将骄，便是大识见，大度量，为国深忧远虑，居然师中丈人一流人矣。"[1]

第三，整组诗都以第一人称的手法来写，由征夫直接向读者诉说。这样寓主位于客位，可以畅所欲言地指斥时政。这正是用第一人称的自由方便处。此外，诗人以第一人称的手法叙事，仿佛亲身经历一般，这就增加了真实感和亲切感，更具有感染力和说服力。

第四，主人公情感不是单一的直线型的，而是曲折变化，丰富复杂。在《前出塞九首》中，出征的士卒在开始的时候是责怪统治者的开边战争的，在第一首诗中他反对开边战争，其后是齾出去的想法，再之后似乎认识到了参战的价值，再之后拥有了"生死向前去"的精神但依然放不下家人，再之后发现军中黑暗，对建立功勋、

---

① （清）张潨：《读书堂杜诗注解》卷六，萧涤非主编：《杜甫全集校注》卷二，人民文学出版社，2014年，第257页。

画图麟阁产生怀疑，再之后提出不战而屈人之兵的思想，第七首写军旅生活的艰苦对征战不已的不满，第八首在认清"单于寇我垒"的事实后在战事中立下不朽战功，第九首升华思想，放弃小我顾大家，成长为爱国志士。王嗣奭曰："且丈夫有四方之志，正宜固穷，如孟子所云劳筋饿体，而后可膺天降之大任。若志富贵者，富贵得则止矣，何能系四方之安危耶？""《出塞》九首，是公借以自抒其所蕴。读其诗而思亲之孝，敌忾之勇，恤士之仁，制胜之略，不尚武，不矜功，不讳穷，豪杰圣贤兼而有之。勿以诗人目之也。"①

主人公和杜甫的这种情感态度变化应当主要有以下原因：一是受到侵扰，认识到反击的必要性；二是战争胜利后认识到战争收获的价值：要想不打仗，打仗是基础（宋朝没有军事力量的强大而被欺凌）；三是杜甫可能也如陈子昂等一般，认识到开拓西域的重要性。

第五，诗歌语言通俗流畅，质朴自然，感情真挚，意旨清晰，虽几复几变，而终能通过世事变化曲折反映内心世界，但又绝无奇崛奥峭之语，有几组句子已成千古名句，如"君已富土境，开边一何多""功名图麒麟，战骨当速朽""挽弓当挽强，用箭当用长。射人先射马，擒贼先擒王。杀人亦有限，列国自有疆。苟能制侵陵，岂在多杀伤""丈夫四方志，安可辞固穷"等。黄生曰："公则辞不虚设，必因事而设，即其修辞立诚之旨，已非诗人所及，何待较其工拙乎！"②

（七）《后出塞五首》是《前出塞九首》写法的继续

1. 事件有依托，一以贯之

《前出塞九首》事件寄托在高仙芝西域战功，《后出塞五首》则

<hr>

① （清）王嗣奭撰：《杜臆》卷之三，上海古籍出版社，1983年，第101—102页。
② （清）黄生撰，徐定祥点校：《杜诗说》卷一，黄山书社，1994年，第21—22页。

依托于安史之乱。安禄山任幽州节度使，随意与北部少数民族开战，或采取诱骗对方等手段收获军功，或将自己一方陷入不利境地还要谎报军功，私下里养战马，扩军容，直至发动叛乱。《后出塞》依托安史之乱写作，基本无异议，故不多言。《杜诗言志》曰："此五首处处针对安逆之乱，是固借其事实以描写我意中之一人，非必安逆中果有此一人也。"① 此一人，指第五首中写的从叛军中逃回的士兵，可能是杜甫假设的人物，但安禄山起兵事是真，不愿附逆者亦应不在少数。钱谦益曰："后则禄山逆节既萌，幽燕骚动，而人主不悟，卒有陷没之祸，假征戍者之辞以讥切之也。"②

2. 主人公情绪的反复变化

这两组诗有一个共同特点，就是主人公情感变化的复杂性。《后出塞五首》通过一个从范阳叛军中逃回来的士兵的自述，展示自己的从军历程。第一首写他怀着封侯理想欣然从军。第二首写军营肃穆，军令威严。第三首写玄宗好大喜功，将士邀功请赏，发动开边战争。第四首写主将安禄山野心膨胀，觊觎皇位。第五首写安禄山起兵造反，这个士兵半夜逃回乡里，"恶名幸脱免"，保住了大节，但却也落了个"穷老无儿孙"的结局。组诗揭露了安禄山反唐的真相，并揭示酿成战乱的原因是玄宗奉行开边政策，终成养虎遗患。组诗中主人公从怀抱理想、到理想破灭，再到努力保全个人大节，可见是一位头脑清醒之人。吴凭枻曰："前、后《出塞》，旨同语异，前遣成，后召募，前多叙勤苦忧伤之情，后多写慷慨激昂之气，然篇终俱归于有功不居，发乎情止乎理（礼）义，其悲壮一也，其忠贞一也。"③《杜诗言志》曰："盖先生只意在写出两种异样人物。看

① （清）佚名：《杜诗言志》卷五，江苏人民出版社，1983年，第97页。
② （唐）杜甫著，（清）钱谦益笺注：《钱注杜诗》卷三，上海古籍出版社，2009年，第92—93页。
③ （清）吴凭枻：《青城说杜》，萧涤非主编《杜甫全集校注》卷一，人民文学出版社，2014年，第257页。

先一位绝不是后一样人，看后一位绝不是前一样人，各各标奇独胜，各各淋漓尽致……请看第一首（《后出塞》），出门时事，便自与前一人天地悬隔。前一人（《前出塞》）满心悲苦，若亡命祸罗，此一人则买马装刀，亲戚祖道。然前一人不是怕死的懦夫，只为他是一个诚实人，逐节做去，做出身份来。此一人不是冒昧轻生，只为他是一个爽快汉，合下看他透彻了当。此自是两人气禀不同，而皆同归于忠义。"①

3.对待唐王朝既有批评又忠心不二

《前出塞九首》虽然从一开始就提出了"君已富土境，开边一何多"的疑问，并对统治者发动战争表示不满，批评他们做不到"战胜于朝廷"，说"苟能制侵陵，岂在多杀伤"。但当看到"单于寇我垒"的时候，就一定站在唐王朝的立场上，为国征杀，不计个人名利。《后出塞五首》也是把国家利益放在第一位。诗中的士卒原本"千金买马鞭，百金装刀头"，是带着战场立功的愿望从军，以"含笑看吴钩"的气魄奔赴疆场，希望自己所遇到的将军"恐是霍嫖姚"，并希望自己有所作为，"誓开玄冥北，持以奉吾君"。但在"主将位益崇，气骄凌上都。边人不敢议，议者死路衢"的现实中，他寒了那颗壮士之心，他发现"坐见幽州骑，长驱河洛昏"，安禄山反了，自己却"恐辜明主恩"，所以从叛军中逃脱。也就是说，当面对唐王朝的大义时，《后出塞五首》的士兵分得清楚是非曲直，绝不附逆。在对大唐王朝的忠心这一点上，两组诗的主题是一致的。《杜诗言志》卷五曰："盖老杜非从军之人，亦无出塞之事，而篇中之所言悬拟而出之者。看他前九首，便是一位努力从王之人，而以功成不居终之；后五首，便是一位意气豪上之人，而以大节不夺终之。夫出塞之士，何虑万计？而如所咏者，恐无一二。则是老杜借此题以摩写出两般

---

① （清）佚名:《杜诗言志》卷五，江苏人民出版社，1983年，第94页。

忠义之士，可歌、可咏、可法、可传，以寓其愿慕之所在也。"[1] 又曰："看他九首，一节深于一节，初由悲而壮，壮而勇，勇而忠义知方，以至于有功不伐，羞与人同，全是写他一生本领。使之从军出塞，便是这个样子，便是这等人物。"[2]

4.语言的通俗易懂而又各有区别

两组诗都是乐府诗，乐府诗来自民间，其语言自有其本色之处，郭茂倩《乐府诗集》："由是观之，自风雅之作，以至于今，莫非讽兴当时之事，以贻后世之审音者。倘采歌谣以被声乐，则新乐府其庶几焉。"[3] 这两组诗，都是以诗中主人公视角（限知叙事）进行人物描写，诗人时时刻刻体味诗中主人公的心境、情态，想他们之所想，摹他们之所有，以平易近人、如拉家常的话语，娓娓道出主人公内心世界的变化。因是模仿士兵自道，故而均用纯乐府语言，有歌谣之味，如"挽弓当挽强，用箭当用长。射人先射马，擒贼先擒王""生死向前去，不劳吏怒嗔""男儿生世间，及壮当封侯""我本良家子，出师亦多门"等。所不同的是，《前出塞九首》是带着反战情绪走向边域，遇到实际情况才理解有些战斗是必须要打的，故而由悲入壮；《后出塞五首》是带着欣然的心态参战，以封侯为人生的目标，但最终的结果却很悲惨，故而诗歌的语言是由壮入伤。这是主人公心态所致，也是诗人为主人公设置符合情境的语言所致。

---

[1] （清）佚名：《杜诗言志》卷五，江苏人民出版社，1983 年，第 89—90 页。
[2] （清）佚名：《杜诗言志》卷五，江苏人民出版社，1983 年，第 93 页。
[3] （宋）郭茂倩编：《乐府诗集》卷九〇，中华书局，1979 年，第 1262 页。

二、《陪郑广文游何将军山林十首》与《重过何氏五首》

陪郑广文游何将军山林十首

其一

不识南塘路，今知第五桥。名园依绿水，野竹上青霄。
谷口旧相得，濠梁同见招。平生为幽兴，未惜马蹄遥。

其二

百顷风潭上，千重夏木清。卑枝低结子，接叶暗巢莺。
鲜鲫银丝脍，香芹碧涧羹。翻疑柂楼底，晚饭越中行。

其三

万里戎王子，何年别月支。异花来绝域，滋蔓匝清池。
汉使徒空到，神农竟不知。露翻兼雨打，开拆日离披。

其四

旁舍连高竹，疏篱带晚花。碾涡深没马，藤蔓曲藏蛇。
词赋工无益，山林迹未赊。尽捻书籍卖，来问尔东家。

其五

剩水沧江破，残山碣石开。绿垂风折笋，红绽雨肥梅。
银甲弹筝用，金鱼换酒来。兴移无洒扫，随意坐莓苔。

其六

风磴吹阴雪，云门吼瀑泉。酒醒思卧簟，衣冷欲装绵。
野老来看客，河鱼不取钱。只疑淳朴处，自有一山川。

其七

棘树寒云色，茵陈春藕香。脆添生菜美，阴益食单凉。
野鹤清晨出，山精白日藏。石林蟠水府，百里独苍苍。

其八

忆过杨柳渚，走马定昆池。醉把青荷叶，狂遗白接䍦。
刺船思郢客，解水乞吴儿。坐对秦山晚，江湖兴颇随。

其九

床上书连屋，阶前树拂云。将军不好武，稚子总能文。
醒酒微风入，听诗静夜分。絺衣挂萝薜，凉月白纷纷。

其十

幽意忽不惬，归期无奈何。出门流水注，回首白云多。
自笑灯前舞，谁怜醉后歌。只应与朋好，风雨亦来过。①

重过何氏五首

其一

问讯东桥竹，将军有报书。倒衣还命驾，高枕乃吾庐。
花妥莺捎蝶，溪喧獭趁鱼。重来休沐地，真作野人居。

其二

山雨樽仍在，沙沉榻未移。犬迎曾宿客，鸦护落巢儿。
云薄翠微寺，天清皇子陂。向来幽兴极，步屟向东篱。

其三

落日平台上，春风啜茗时。石阑斜点笔，桐叶坐题诗。
翡翠鸣衣桁，蜻蜓立钓丝。自今幽兴熟，来往亦无期。

---

① （唐）杜甫著，（清）仇兆鳌注：《杜诗详注》卷二，中华书局，1979年，第
146—155页。

其四

颇怪朝参懒，应耽野趣长。雨抛金锁甲，苔卧绿沉枪。

手自移蒲柳，家才足稻粱。看君用幽意，白日到羲皇。

其五

到此应常宿，相留可判年。蹉跎暮容色，怅望好林泉。

何日沾微禄，归山买薄田。斯游恐不遂，把酒意茫然。①

《陪郑广文游何将军山林十首》用仇兆鳌本，根据诗意，动了两个字，第二首"千重夏木清"中的"重"用仇本汇字；第十首"出门流水注"的"注"字用仇本汇字。

这两组诗，黄鹤系年于天宝十二载（753），基本无争议。这是杜甫早期五言律诗组诗的代表。诗中拥有大量的生活意象，如绿水、野竹、风潭、香芹、碧涧、清池、碾涡、藤蔓、风磴、瀑泉、野鹤、山精、石林、水府、萝薜、凉月等，诗人以这些生活中的自然物象为关注点，营造出幽深的山林氛围，写出超尘归隐的愿望，表达了作者曾经的山林隐逸思想。

（一）杜甫天宝年间的政治生活遭际

杜甫在《奉赠韦左丞丈二十二韵》中说过："今欲东入海，即将西去秦。尚怜终南山，回首清渭滨。"又在《自京赴奉先县咏怀五百字》中说过："非无江海志，潇洒送日月。"可见诗人是承认自己有过"江海之志"的，即有过归隐思想。这种欲归隐的思想，来源于他在天宝年间的政治遭际。

杜甫于天宝五载来到长安，其目的就是参加天宝六载在长安的恩科考试，结果却一无所获。而最令人不能接受的是，此次考试无

---

① （唐）杜甫著，（清）仇兆鳌注：《杜诗详注》卷二，中华书局，1979年，第167—171页。

一人被录用，李林甫还上表称贺野无遗贤。《新唐书》记载："时帝诏天下士有一艺者得诣阙就选，林甫恐士对诏或斥己，即建言：'士皆草茅，未知禁忌，徒以狂言乱圣听，请悉委尚书省长官试问。'使御史中丞监总，而无一中程者。林甫因贺上，以为野无留才。"①杜甫曾在开元二十三年（735）参加过一次科举考试，"忤下考功第"，但那时年轻的杜甫并未特别在意，然而，这次考试失败却对杜甫的打击相当大。其时杜甫父亲已经离世，杜甫失去了生活来源，困居长安，穷困潦倒，过着"朝扣富儿门，暮随肥马尘。残杯与冷炙，到处潜悲辛"（《奉赠韦左丞丈二十二韵》）的生活，但他"窃效贡公喜，难甘原宪贫"（《奉赠韦左丞丈二十二韵》），还是希望能够得到朝廷认可，于是，想通过献赋的方式引起唐玄宗的注意。适逢唐玄宗几次大的祭祀活动，杜甫找到了展现才华的机会。据《旧唐书》记载："十载春正月乙酉朔。壬辰，朝献太清宫。癸巳，朝飨太庙。甲午，有事于南郊，合祭天地，礼毕，大赦天下。太庙置内官，供洒扫诸陵庙。"②因此，当时渴望仕进的杜甫在天宝十载向唐玄宗进献三大礼赋，即《朝献太清宫赋》《朝享太庙赋》《有事于南郊赋》。杜甫在《进封西岳赋表》中回忆此事道："顷岁，国家有事于郊庙，幸得奏赋，待罪于集贤，委学官试文章，再降恩泽，仍猥以臣名实相副，送隶有司，参列选序。"在《莫相疑行》中对此事也有所提及："忆献三赋蓬莱宫，自怪一日声烜赫。集贤学士如堵墙，观我落笔中书堂。往时文采动人主，此日饥寒趋路旁。"杜甫献三大礼赋，并在第二年试文章，实是"自谓颇挺出，立登要路津"，期望能有所作为，但却不能直接获得官职。按照唐朝的铨选制度，他只能是"送隶有司，参列选序"，但后来又没有下文，因此，文章虽引起了皇上的注意，

---

① （宋）欧阳修、宋祁撰：《新唐书》卷二二三上，中华书局，1975年，第6346页。

② （后晋）刘昫等撰：《旧唐书》卷九，中华书局，1975年，第224页。

却根本改变不了他的生活。不得已，他又写诗《敬赠郑谏议十韵》，希望汲引。诗歌结尾"使者求颜阖，诸公厌祢衡。将期一诺重，歘使寸心倾"，表达了杜甫渴望汲引的心情。但这一时期，李林甫权倾朝野、打压异己，杜甫依然迟迟不能获得官职。然而杜甫个性倔强，他可以向自己认可的人低头，却决不肯向自己反感的人弯腰。尽管有杜位这位关系不错的堂弟，而且杜位还是李林甫的女婿，但杜甫就是不肯向李林甫低头。天宝十一载（752），李林甫去世，杨国忠担任右相，而鲜于仲通是杨国忠的心腹，杜甫写有《奉赠鲜于京兆二十韵》，诗中控诉李林甫的罪恶，并希望鲜于仲通能够怜惜自己："献纳纡皇眷，中间谒紫宸。且随诸彦集，方觊薄才伸。破胆遭前政，阴谋独秉钧。微生沾忌刻，万事益酸辛。交合丹青地，恩倾雨露辰。有儒愁饿死，早晚报平津。"但杨国忠又何尝是善于汲引提拔他人之人，所以，杜甫依然沉迹底层。

不仅从仕无望，而且生活陷入极度困境。他在天宝七载（748）的《奉赠韦左丞丈二十二韵》中说自己陷入了"朝扣富儿门，暮随肥马尘。残杯与冷炙，到处潜悲辛"的窘境，在天宝十载（751）《进三大礼赋表》中自叙当时境遇："臣之愚顽，静无所取，以此知分，沉埋盛时，不敢依违，不敢激讦，默以渔樵之乐自遣而已。顷者，卖药都市，寄食友朋……"在《进雕赋表》中说："今贾马之徒，得排金门上玉堂者甚众矣。惟臣衣不盖体，尝寄食于人，奔走不暇，只恐转死沟壑，安敢望仕进乎？伏惟明主哀怜之。倘使执先祖之故事，拔泥涂之久辱，则臣之述作，虽不能鼓吹六经，先鸣数子，至于沉郁顿挫，随时敏捷，扬雄、枚皋之徒，庶可企及也。"在天宝十四载（755）的《醉时歌》中说自己"杜陵野客人更嗤，被褐短窄鬓如丝。日籴太仓五升米，时赴郑老同襟期"，"但觉高歌有鬼神，焉知饿死填沟壑"。这个时期，他还病体恹恹，或被肺气之疾困扰，或被疟疾缠体，无论是生活还是身体，都需要有收入来支撑，故时时期望汲引，刻刻盼望能用。虽有时会陪同朋友游山林、赏芳草，但他又无法真正走向隐居。

在到处拜谒的日子里，杜甫的思想认识和行为出现了很大矛盾。一方面，怎样及早入仕是他必须谋求的人生目标，另一方面，他对现实政治中存在的问题又极度失望；一方面，他的生活急需有所收入来维持，另一方面，他也产生过"白鸥没浩荡"的退隐心理。杜甫的这种自相矛盾，是他功名情结的体现，也显示出了诗人长期处于贫穷和困苦之中时内心深处的彷徨和苦闷。时光飞逝，年老不遇，对于自小立下壮志并自比稷契的杜甫来说，十几年间接连三次的政治挫折过于沉重。若是退一步，也可以像李白和孟浩然一样走向隐逸，而"送隶有司，参列选序"的结果又给了他些许希望，他又不想让希望变成空无。虽然授官之日遥遥无期，漫长的等待也令人煎熬，但那一丝丝希望还牵挂着他的心。在进退不得的内心彷徨中，杜甫一方面强忍着内心的羞耻，频频向达官贵人干谒，寻求早点授官的可能，一方面在少有的与京城同好的交游中寻求一些安慰，甚至屡屡产生退隐的思想。但他并未退隐，而是依然努力寻找机会，其重要原因只有一个：自己的政治理想连实现的机会十分渺茫，而他一直"自谓颇挺出"，依然相信有机会"立登要路津"，以实现自己"致君尧舜上，再使风俗淳"的理想，所以一直没有真正走上隐居之路。

（二）杜甫何氏组诗写作心态探究

《陪郑广文游何将军山林十首》作于天宝十二载（753），当时的诗人已经因进献《三大礼赋》并经过中书考校进入参选序列的队伍中，虽无收入，却还保留着仕进的希望，进入了长安最底层的文人群。组诗中的郑广文，即广文馆主郑虔。郑虔因诗书画三绝被唐玄宗称赏，天宝九载（750），还专门因此为郑虔建广文馆，"上增国学，置广文馆，以居贤者，令后世言广文博士自君始，不亦美乎"？① 但广文馆有其名无其实，"久之，雨坏庑舍，有司不复修完，寓治国子馆，自是遂废"。② 故而郑虔也就沦落为京都文人中的下层文士。同为下层文士的郑虔与杜甫交好，经常接济杜甫，杜甫也有时陪郑虔游览。这组诗写的是两位好友的一次山林观览。由于杜甫当时的身份处境和身体状况等各方面的原因，加之游览何将军山林带来的山水感受，诗人还是产生了一定的隐逸之思，但这两组诗又绝不仅仅是有隐逸之思，而是情感丰富复杂。

隐逸之思是这两组诗中体现较多的一面。组诗在第一首就提到了"濠梁"，用庄子典故，表达了对山林生活的认同，并宣称"平生为幽兴，未惜马蹄遥"。大约是诗人对现实中的艰难困苦实在有点承受不住的意思，面对何将军山林的悠闲环境和悠闲生活，隐逸之思不禁涌上心头。诗中几表隐逸之思，一是向往："平生为幽兴，未惜马蹄遥""向来幽兴极，步屧向东篱"；二是羡慕："野老来看客，河鱼不取钱。只疑淳朴处，自有一山川""手自移蒲柳，家才足稻粱。看君用幽意，白日到羲皇"；三是期望："只应与朋好，风雨亦来过""自今幽兴熟，来往亦无期"。诗人在何将军山林感受到了悠游自在的生活的安然，从内心深处厌倦了到处求拜、缺衣少食、卑微难熬的生活，而在"兴移无洒扫，随意坐莓苔""坐对秦山晚，江湖兴颇随""醒酒微风入，听诗静夜分""石阑斜点笔，桐叶坐题诗"中感受到了不受约束、不必俯首低眉的潇洒自得的生活的乐趣，是对隐逸生活的向往。韩成武等所著《杜诗诗体学研究》说："受时代崇道思潮的影响，杜甫年轻时期曾萌生归隐山林的志趣，创作了多

---

① （宋）欧阳修、宋祁撰：《新唐书》卷二〇二，中华书局，1975 年，第 5766 页。
② （宋）欧阳修、宋祁撰：《新唐书》卷二〇二，中华书局，1975 年，第 5766 页。

首这个题材的五律,例如《题张氏隐居二首》其二、《巳上人茅斋》《陪郑广文游何将军山林十首》《重过何氏五首》等诗篇为代表。游何氏山林两组诗可为其代表。诗中罗列大量的山林生活意象,诸如绿水、野竹、风潭、香芹、碧涧、清池、碾涡、藤蔓、风磴、瀑泉、野鹤、山精、石林、水府、萝薜、凉月,等等,创造出幽深的山林氛围,写出超尘归隐的愿望。"①这是诗人从心底对自己"买药都市,寄食友朋"的生活的否决。

迷茫之情是这两组诗所体现的对生活的失落。"幽意忽不惬,归期无奈何""斯游恐不遂,把酒意茫然",何将军山林这样的生活当然很好,若有何将军山林这样的生活保障,一个有骨气的文人又何必做那些自己并不想做的低眉俯首的事情?又何至于"朝扣富儿门,暮随肥马尘。残杯与冷炙,到处潜悲辛"?他之所以羡慕何将军山林这里"野老来看客,河鱼不取钱""手自移蒲柳,家才足稻粱",正是因为足够的生活物资才能够满足"坐对秦山晚,江湖兴颇随""醒酒微风入,听诗静夜分""石阑斜点笔,桐叶坐题诗"的生活,没有基本的物质生活,哪里有"诗和远方"?"幽意忽不惬,归期无奈何",这种"幽意"被搅扰,正是因为"归期"也即回归自己现在正在经历的生活,让诗人再次感受到生活的压力。何将军山林这里,"只疑淳朴处,自有一山川""脆添生菜美,阴益食单凉",而自己回归之后,又将面对一无所有的生活。正像诗人后来的《官定后戏作》中所说的"耽酒须微禄","微禄"是"耽酒"的物质保障,没有后盾,家人有"饿死填沟壑"之忧,"幽意"如何能"惬"?所以诗人感慨:"何路沾微禄,归山买薄田",还是需要门路获得些许资本,才能买田归山,而诗人却没有这样的路子。困于衣食,耽于贫窭,欲退不能,欲进无路,故而"斯游恐不遂,把酒意茫然"了。

---

① 韩成武等著:《杜诗诗体学研究》,九州出版社,2022年,第31页。

遣怀则是这两组诗传递的又一层意思。这两组诗都描写了何氏山林的美丽风光。何氏山林有幽绿广阔的潭水，直上云霄的青竹，密集的树木，欹斜的山石，静谧的山居，淳朴的风俗，到此地之后，杜甫暂时忘却了现实生活的种种忧患，诸如贫病交侵、仕途不遇等令人烦心的事情，而融于大自然的美景之中。杜甫原本就是一个喜欢山水，能够"山鸟山花吾友于"的自然环境爱好者，而何将军山林有山有水，景色胜处即在山水相依，花鸟荟萃："名园依绿水，野竹上青霄"；"百顷风潭上，千重夏木清。卑枝低结子，接叶暗巢莺。鲜鲫银丝脍，香芹碧涧羹"；"异花来绝域，滋蔓匝清池"；"旁舍连高竹，疏篱带晚花"；"绿垂风折笋，红绽雨肥梅"……美景佳会，引发了诗人"坐对江山晚，江湖兴颇随"的感叹，让诗人不由得回忆起了年轻时潇洒的吴越之游，"翻疑舵楼底，晚饭越中行"，"刺船思郢客，解水乞吴儿"。当年裘马轻狂的生活，当年"读书破万卷，下笔如有神，赋料扬雄敌，诗看子建亲"的自负，当年"自谓颇挺出，立登要路津"的自诩，似乎一齐都涌上心头。暂时的兴奋，让诗人忘却了生活的烦恼，只想在"兴移无洒扫，随意坐莓苔""醉把青荷叶，狂遗白接䍦""醒酒微风入，听诗静夜分"的生活中麻醉自己，只想"重来休沐地，真作野人居"，"自今幽兴熟，来往亦无期"。这是中国古代文人借隐逸和自然山水来逃避现实，舒忧泄愤的另一种途径（相对于批评现实而言）。

"沾微禄"传递的是诗人面对现实的不得已选择。诗人因在生活中的不顺而产生了向往山林的愿望，但面对残酷的现实，他不得不又一次低下高贵的头。"词赋工无益"，尽管自己献赋写诗，感动了帝王，却仍未因辞赋之能而得到一官半职，怎能让人不动归隐之念，以山水自乐呢？故诗人有"尽捻书籍卖，来问尔东家"，想到何将军山林附近寻觅一处幽居之所。但这样的想法无疑很不现实，因为人生"耽酒须微禄"。一想到此，诗人便"幽意忽不惬，归期无奈何"

了。所以在两组诗的最后，诗人无奈感慨："蹉跎暮容色，怅望好林泉。何路沾微禄，归山买薄田。斯游恐不遂，把酒意茫然。"对林泉生活，诗人是向往和留恋的，但什么路径才能让自己"沾微禄"，才能有资本"归山买薄田"呢？想想现实，感觉到这条归隐之路也会因为缺少"微禄"而"斯游恐不遂"了。生活，还是需要"沾微禄"的，这使诗人不能不再次面对现实，回到"朝扣富儿门，暮随肥马尘"[①]的生活，这是诗人十分不愿但又不得不如此的选择。

两组诗的结束语，是画龙点睛之笔，也是杜甫写作《陪郑广文游何将军山林十首》《重过何氏五首》时内心矛盾纠结的写照，是诗人挣扎徘徊的内心世界的再现。

（三）何氏组诗的散絮状结构

两组何氏组诗，前人颇多探讨其结构特点。如范梈《杜诗集说》曰："第一首是起，第十首是合，中间八首是反复赋其山林之盛，易而置之便不可。后五诗亦然。"[②]吴瞻泰曰："《何将军山林十首》，并《重游五首》，首尾布置成章，篇各有意，无叠床架屋之病，可为多篇程式，然非杜集中之极致也。"[③]浦起龙看《陪郑广文游何将军山林十首》，更是首尾呼应，处处连结，章法严密："十首总结，无笔不应。'幽意'之应'幽兴'，'流水'之应'濠梁'，'朋好'之应'广文'，'来过'之应'不识'，人所知也。其曰'自笑''谁怜'，正暗与'辞赋何益''山林未赊'相应。"[④]对其内部结构，也多探讨，如王嗣奭《杜臆》在第一首说："其一，为游记之发端。先纪所经之途，

---

① （唐）杜甫：《奉赠韦左丞丈二十二韵》，载（唐）杜甫著，（清）仇兆鳌注：《杜诗详注》，中华书局，1979 年，第 75 页。
② （元）范梈：《杜诗集说》，萧涤非主编：《杜甫全集校注》卷二，人民文学出版社，2014 年，第 382 页。
③ （清）吴瞻泰撰，陈道贵、谢桂芳校点：《杜诗提要》卷七，黄山书社，2015 年，第 150 页。
④ （清）浦起龙：《读杜心解》卷三之一，中华书局，1961 年，第 350 页。

次及将到之景，次及同游之人与见招之主。露出'幽兴'二字，为十首之纲。"① 第二首，《杜诗言志》曰："园林之妙既在于水与树，记不得不重为写照。看他第二首，便急合写二者之奇：一句是水，二句是树，三、四是树，五、六是水。水得树而翁郁阴森，树得水而空明掩映。然后结之曰：水树之交相得也如此，岂独移我情者，杳焉忽焉，已置我于吴越间矣。"② 第六首，石闾居士评价曰："此诗与下第七首，从第五首山水对举中分脉。此首乃是咏水，却发源于山；下首是咏山，又归根于水。有呼有应，有分有合，有顺有逆，极变化之致，无重复之嫌。识得此法，方可作连章之诗。"③

但这些说法，细审全诗，会感觉存在问题，第一首写进入何将军山林的情况，交代来游览，第二首写"百顷风潭上"的景物，第三首就突然冒出来"万里戎王子"，专为异花写照，第四首就又写"旁舍连高竹"，并展开抒情等。他们之间的连接点是什么？怎么转过去的？似乎并无明确的痕迹，故在第三首顾安评价："风潭中偏有此物，马上无事，与广文闻说其来历，遂成此诗。文气似与上下文绝不相蒙，而法脉有天然之妙。文章中惟太史公有此奇横，不谓于诗中见之。"④《杜诗言志》也说："本是作游山林诗，忽然别出一奇。因池边瞥见绝域异花，为雨露所离披，即触著古今来多少怀才抱德之士，流落不偶以没世者，不禁为之叹息。因而把山林搁下，出力为它写照一回。"⑤ 杨伦《杜诗镜铨》也说："十首全写山林，便觉呆

---

① （明）王嗣奭撰：《杜臆》卷一，上海古籍出版社，1983 年，第 20 页。

② （清）佚名：《杜诗言志》卷一，江苏人民出版社，1983 年，第 17 页。

③ （清）石闾居士：《藏云山房杜律详解》五律卷一，萧涤非主编：《杜甫全集校注》卷二，人民文学出版社，2014 年，第 372 页。

④ （清）顾安：《丙子消夏录》，萧涤非主编：《杜甫全集校注》卷二，人民文学出版社，2014 年，第 363 页。

⑤ （清）佚名：《杜诗言志》卷一，江苏人民出版社，1983 年，第 18 页。

板，忽咏一物，忽忆旧游，自是连章错落法。"①可见并不是完整严格的顺序或规范。

笔者认为，两组何氏组诗，几次写到各种美食，自非一日之游。既非一日之游，游踪之说便难立脚。至若每首之间必有呼应，似乎又有胶柱鼓瑟之嫌。其实《陪郑广文游何将军山林十首》的结构，并没有那么严谨，游非一天，地点随山林而转，事物亦因地点而变，因所见而变。而事物的记载，所拣择者，实乃因诗人注意与否。十首诗旨在山林幽兴，凡能写出幽兴者，即信手拈来，就像拣择来的棉朵，堆积而成棉山。具体的时间、地点、景物或事物，都是随手掇拾。由于是描写山林的组诗，幽兴也是必然选择，毕竟此时诗人尚未得官，也尚未发生"安史之乱"，国家的重大灾难尚不能入诗。而山林的"幽兴"，是一山一水、一花一木都可能引发的。这一点王嗣奭似乎已经注意到："山林与园亭不同，依山临水，连村落，包原隰，混渔樵，王右丞辋川似之，非止一壑一丘而已。此十首明是一篇游记，有首有尾。中间或赋景，或写情，经纬错综，曲折变幻，用正出奇，不可方物。"②关于此组诗景物描写和情感抒发的无序性，顾宸《辟疆园杜诗注解》也看得颇为清楚："一言陪郑，次言泛舟，三言异花，四言卜邻，五言随意，六言淳朴，七言昼宴，八言往事，九言夜饮，十言不欲归。己之贪胜探幽，何之文雅好客，读去错落自见，欲觅一意雷同处不可得，正不必泥其首尾位置也。"③如二公之论，则十首诗除首尾外，并不是《秋兴八首》那般绾结照应。

此十首，除首尾不可动，其实中间先说哪一首，都能传达诗人之幽兴，故而无需刻意解读其次序。第二首"百顷风潭上"写山间

---

① （唐）杜甫著，（清）杨伦笺注：《杜诗镜铨》卷二，上海古籍出版社，1980年，第64页。

② （明）王嗣奭撰：《杜臆》卷一，上海古籍出版社，1983年，第20页。

③ （清）顾宸：《辟疆园杜诗注解》卷一，吴门书行刊印本，康熙癸卯年（1663），第46页。

游览和美食；第三首"万里戎王子"表异域绝花；第四首"旁舍连高竹"写周边景色，并表觅居之意；第五首"剩水沧江破"写山水景色和何将军的潇洒；第六首"风磴吹阴雪"写在瀑布边纳凉醒酒；第七首"棘树寒云色"又是景色和食物；第八首"忆过杨柳渚"回想游玩杨柳渚的情境，此诗透露了此组诗应是后来所写，是回忆游何将军山林的情景再现；第九首"床上书连屋"，回忆何将军的风雅之趣，表达羡慕之情。中间这八首，确实只是在何将军山林游玩尽兴的情况，很难说上首诗怎样勾连出下首诗，下首诗怎样绾结上首诗。但全组诗确实都在说"幽兴"，最后也归结到"幽意"，当是诗人面对何将军山林的美景和何将军悠游自在的生活，产生了"濠梁"之趣，但最终也还是因为个人的生活没办法让自己实现这样的"濠梁"之趣，所以表达了"只应与朋好，风雨亦来过"的心愿，第二组则真的去重游，也是"自今幽兴熟，来往亦无期"。所以，两组诗，在表达"幽意""幽兴"方面，各首都有作用，而各首之间确如顾辰所说"正不必泥其首尾位置"。既然可以不拘泥首尾位置，那就属于散絮状结构了。

这样的结构，好就好在无拘无束，选景自由，写事自由。每一首可以各自为政，也可以有所呼应，只要是"幽兴""幽意"所在，随意点染即可，让一幅何将军山林的自然画卷风起云涌，云卷云舒，潇洒运笔，行于所当行，止于所想止，尽兴达意，意趣盎然。这即是不经营之经营。《唐宋诗醇》曰："古人纪游之作，伫兴而言，兴尽而止，故有余味而无长语。此诗多至十首，盖游宴既久，情境迭迭，故乃综括始终，分抒怀抱，绝去拘束而自成阡陌。若不经营而自行条理，所谓'言之不足故长言之'，反复咏叹以寄其情者也。"[①]

顺便讨论一下《陪郑广文游何将军山林十首》的第八首，一些

① （清）弘历编选：《唐宋诗醇》卷一三，春风文艺出版社，1995 年，第903 页。

人视之为旧游，笔者颇不以为然。游历的时间在八月，所写亦是八月间风景和食物，应是此次游览的记录，正与本组诗所写的情境相应。仇兆鳌曰："诸家以上六句为追叙旧游，非也。此游本在夏时，而把荷、解水亦正言夏日事，岂指平时游历耶？诸章言鲜鲫香芹，言绿笋红梅，言生菜食单，言醉把荷叶，知园中留饮非一日矣。此章所忆经过兴会，盖同属游园事也。"[①]仇兆鳌所言，亦可供理解组诗散絮状结构之特点：中心突出（幽兴），选景取物自由。这使得此两组诗无论从结构上还是布局上都潇洒无拘，更符合"濠梁"风范，亦是散絮状结构中的散絮一朵。

（四）何氏组诗的清奇风格

何氏组诗以何将军山林的奇花异草、山涧瀑布为描写对象，在"濠梁"意趣下，避开了世俗的雕梁画栋、声色犬马，远离了人间的钱财官爵、柴米油盐，展示这里的清幽、安宁、奇异、闲暇、悠然，形成了杜诗中少见的"清奇"风格。查慎行曰："总以山林幽兴为主。"[②]是也。笔者与韩成武先生合著的《杜诗诗体学研究》谈及杜诗的"清奇"风格，即以何氏组诗为例，摘引如下：

> 这种风格集中在表现隐逸之兴的诗作中，作者以清隽奇异的笔触描写隐者朴素而幽邃的生活环境、远离红尘的心态。"霁潭鳣发发，春草鹿呦呦。杜酒偏劳劝，张梨不外求"（《题张氏隐居二首》其二），一幅世外桃源的生活画面。"枕簟入林僻，茶瓜留客迟。江莲摇白羽，天棘蔓青丝"（《巳上人茅

---

① （唐）杜甫著，（清）仇兆鳌注：《杜诗详注》卷二，中华书局，1979 年，第154 页。

② （清）查慎行：《杜诗集说》卷二（引），萧涤非主编：《杜甫全集校注》卷二，人民文学出版社，2014 年，第 359 页。

斋》），幽僻的居处，简朴的待客，珍奇的草木，读之如沐清风，令人顿消尘念。《陪郑广文游何将军山林十首》《重过何氏五首》两组五律，呈现这种风格尤其突出。首先是人物清奇，何将军虽然不是隐士，却有隐逸风度。说他清，他清心寡欲，不图享乐，房屋如同"野人居"；说他奇，他作为将军却"不好武"。盛唐时期，风气尚武，玄宗大肆开边，武将以追求战功为能事，他却反其道而行之。《重过何氏五首》其四具体描写了他的清奇之处："颇怪朝参懒，应耽野趣长。雨抛金锁甲，苔卧绿沉枪。手自移蒲柳，家才足稻粱。看君用幽意，白日到羲皇。""怪"字总领全诗，他虽有官职却懒于上朝，心耽野趣。把兵器丢在屋外，任凭风吹雨打。亲自移栽树木，家资仅够吃饱而已。不求权势，心怀幽意，何其怪哉！正是由于他有隐逸风度，所以题目称其住所为"山林"而不称"园林"。在古代，山林的文化含义与隐逸相关，故称隐逸为"山林之志"。其次，山林环境清奇。清者，景物清幽，甚至寒凉入骨，如"百顷风潭上，千章夏木清。卑枝低结子，接叶暗巢莺"（《陪郑广文游何将军山林十首》其二），"风磴吹阴雪，云门吼瀑泉。酒醒思卧簟，衣冷欲装绵"（其六），"棘树寒云色，茵陈春藕香。脆添生菜美，阴益食单凉"（其七），清、暗、阴、冷、寒、凉，这些词汇有力地渲染了山林环境特征。奇者，山林内生有奇花异草，珍禽怪兽，如"万里戎王子，何年别月支。异花开绝域，滋蔓匝清池"（其三），戎王子，是一种奇异花卉，来自万里之外的月支国。其他如"碾涡深没马，藤蔓曲藏蛇"（其四），"野鹤清晨出，山精白日藏"（其七），"花妥莺捎蝶，溪喧獭趁鱼"（《重过何氏五首》

其一）。司空图《二十四诗品》列有"清奇"一品，描述言道："娟娟群松，下有漪流。晴雪满竹，隔溪渔舟。可人如玉，步屟寻幽。载瞻载止，空碧悠悠。神出古异，淡不可收。如月之曙，如气之秋。"所述风格特征与杜诗相合。张戒《岁寒堂诗话》论杜诗风格多样，说道："在山林则山林，在廊庙则廊庙，遇巧则巧，遇拙则拙，遇奇则奇，遇俗则俗。"，也指出杜诗具有这一风格。[①]

"清隽奇异"是这两组诗的共同特点，它们以超凡脱俗的笔调，将诗人"未惜马蹄遥"而追逐的濠梁幽兴尽情展示出来，让我们感受到了杜甫"清词丽句必为邻"的一面。

---

① 韩成武等著：《杜诗诗体学研究》，九州出版社，2022 年，第 37—38 页。

三、《秋雨叹三首》

其一

雨中百草秋烂死，阶下决明颜色鲜。

著叶满枝翠羽盖，开花无数黄金钱。

凉风萧萧吹汝急，恐汝后时难独立。

堂上书生空白头，临风三嗅馨香泣。

其二

阑风长雨秋纷纷，四海八荒同一云。

去马来牛不复辨，浊泾清渭何当分。

禾头生耳黍穗黑，农夫田妇无消息。

城中斗米换衾裯，相许宁论两相直。

其三

长安布衣谁比数，反锁衡门守环堵。

老夫不出长蓬蒿，稚子无忧走风雨。

雨声飕飕催早寒，胡雁翅湿高飞难。

秋来未曾见白日，泥污后土何时干。①

这组诗是三首整齐的七言八句体，故在进入正文前，先进行简单的辨体工作。根据葛晓音、薛天纬、韩成武等著作里对诗体的界

---

① （唐）杜甫著，（清）仇兆鳌注：《杜诗详注》卷二，中华书局，1979年，第216—218页。

定，这组诗属于歌行体诗。

一是每一首诗都有转韵的特点，第一首前四句押下平一先韵，后四句押入声十四缉韵；第二首前四句押上平十二文韵，后四句押入声十三职韵；第三首前四句押上声七雨韵，后四句押上平十四寒韵。每四句一转韵，特点鲜明，毫厘不爽。王力先生说："在转韵的古风里，每转一韵，第一句总以入韵为原则。"[①]这三首诗歌转韵后的第一句都是押韵的，而可以转韵是歌行体诗的一大特点。

二是诗题中有"叹"字。一般在诗题中含有"歌""行""谣""吟""叹""引"等字眼的，也是歌行体诗的重要标志。

三是诗歌中多次出现三平尾，也即多次使用富有歌行体特色的三平尾形式，如"黄金钱""秋纷纷""何当分""高飞难""何时干"，甚至还有"凉风萧萧吹汝急"这样前五字全是平声的句子，可见诗人有意识地不受律诗句式束缚的自由语言形态。

由于以上几个特点，此组诗为少见的七言八句体歌行组诗。

（一）直笔曲用是组诗写作背景所致

这首诗写的是天宝十三载（754）两京秋天受霖雨之灾的景象，却是一种直笔曲用的手法。这一写作笔法与当时的政治环境直接相关。诗歌写于天宝十三载秋，杨国忠担任宰相不足两年，但奸臣之相初显，气焰正盛，故杜甫写灾难以直笔，揭露奸臣则用曲笔。况且，之前杜甫还曾经企望杨国忠提拔自己，其思想和用笔也需要一个转化过程。

杜甫天宝六载（747）参加朝廷恩科考试，因李林甫弄权被辍落，但杜甫绝不巴结逢迎李林甫，生活陷入困窘。直到天宝十一载（752）十一月丁卯李林甫卒，庚申，"以杨国忠为右相，兼文部尚书"，杜甫以为自己的机会或许来了，写有《奉赠鲜于京兆二十韵》，诗中有

---

① 王力著：《汉语诗律学》，上海教育出版社，2002年，第377页。

"有儒愁饿死，早晚报平津"。平津，本是古地名，汉时有平津邑，是汉武帝封丞相公孙弘为平津侯之地，后多用为典，指封侯之相，亦以泛指丞相等高级官僚。杜甫用此典，是希望通过鲜于仲通的引荐，让杨国忠提拔自己。但杜甫没有想到的是，鲜于仲通和杨国忠本就不是正常的关系，而唐朝也开始了杨国忠专权的时代。

杨国忠早时曾在剑南节度府任事，与鲜于仲通相识。鲜于仲通颇受章仇兼琼赏识："鲜于仲通名向，以字行，颇读书，有材智，剑南节度使章仇兼琼引为采访支使，委以心腹。"[1] 当章仇兼琼请鲜于仲通到京城为自己打点关系时，鲜于仲通推荐了杨国忠，杨国忠则借助章仇兼琼的财力获得上位机会，故一有机会便推荐鲜于仲通。《旧唐书》载：

> 国忠荐阆州人鲜于仲通为益州长史，令率精兵八万讨南蛮，与罗凤战于泸南，全军陷没。国忠掩其败状，仍叙其战功，仍令仲通上表请国忠兼领益部。十载，国忠权知蜀郡都督府长史，充剑南节度副大使，知节度事，仍荐仲通代己为京兆尹。[2]

鲜于仲通担任京兆尹的时间，黄鹤注认为在天宝十一载十一月杨国忠任右相后，钱谦益据颜真卿《仲通墓碑》及《离堆记》，也确定鲜于仲通任京兆尹的时间是天宝十一载，而从上引《旧唐书》资料可知，当是天宝十载（751）杨国忠任剑南节度副大使时。或许杨国忠推荐时是天宝十载，而鲜于仲通真正受命在天宝十一载。但不管哪年，都可见杨国忠不是等闲之辈，其动作之快，在其担任右相

---

[1] （宋）司马光编著：《资治通鉴》卷二一五，中华书局，2014年，第6986页。
[2] （后晋）刘昫等撰：《旧唐书》卷一〇六《杨国忠传》，中华书局，1975年，第3243页。

之前早已在京中布局、安插亲信。那时李林甫主政，杨国忠为人究竟怎样，杜甫未必看得清楚，故在杨国忠天宝十一载担任右相后，杜甫有《奉赠鲜于京兆二十韵》，希望通过京兆尹鲜于仲通引荐，右相杨国忠能够提拔自己。顺便说一句：此诗题下注有"鲜于仲通，天宝末为京兆尹"，或是作者后加，抑或是后人附加，非作诗当时之语。

《秋雨叹》组诗写于唐玄宗天宝十三载秋（754），时杨国忠任右相不足两年，气焰正盛，但奸相面目已露。秋天，本是迎接丰收的季节，可是，这年秋天，两京却连降暴雨，长安持续六十多天淋雨连绵不绝，到处积水，庄稼歉收，粮食匮乏。洛阳也是城池进水，房屋损坏，粮食涨价，民不聊生。唐玄宗并不是完全不关心民瘼，但他依然沉浸在自己的治理业绩中，随便问了问灾情，就被杨国忠几句欺骗之语蒙混过去，继续歌舞升平了。《资治通鉴》载：

> 自去岁水旱相继，关中大饥。杨国忠恶京兆尹李岘不附己，以灾沴归咎于岘，九月，贬长沙太守。岘，祎之子也。上忧雨伤稼，国忠取禾之善者献之，曰："雨虽多，不害稼也。"上以为然。扶风太守房琯言所部水灾，国忠使御史推之。是岁，天下无敢言灾者。高力士侍侧，上曰："淫雨不已，卿可尽言。"对曰："自陛下以权假宰相，赏罚无章，阴阳失度，臣何敢言！"上默然。[①]

当时的水旱灾害，京兆尹李岘和扶风太守房琯都曾上报，但杨国忠利用自己的职权，贬谪了李岘，打击了房琯。杨国忠不仅不肯据实相报，还找来了高处生长较好的禾苗进献玄宗，让玄宗以为"雨

---

① （宋）司马光编著：《资治通鉴》卷二一七，中华书局，1956年，第7047页。

虽多，不害稼"。由于京兆尹李岘和扶风太守房琯相继遭受打击，"是岁，天下无敢言灾者"。但似乎唐玄宗还是担心粮食收成，便向高力士询问"淫雨"的情况，而高力士给唐玄宗的回答是："自陛下以权假宰相，赏罚无章，阴阳失度，臣何敢言。"可见当时杨国忠确实气焰通天了，而国家政治已经混乱到直言难进的程度。高力士直言现实，唐玄宗不是想如何改变，反而"默然"。

两京百姓在这场百年难遇的霖雨中受灾严重，《资治通鉴》语焉不详，只用"水旱相继，关中大饥"一句带过，但事实上，这场秋雨，直接影响了长安百姓的生活，据《旧唐书》记载："是秋，霖雨积六十余日，京城垣屋颓坏殆尽，物价暴贵，人多乏食，令出太仓米一百万石，开十场贱粜以济贫民。东都瀍、洛暴涨，漂没一十九坊。"[1]这场秋雨，也直接影响了杜甫的生活。由于在长安生计难以维持，杜甫只好暂时将家移居奉先县了。

这一组诗，是杜甫现实主义诗风形成与成熟的关键作品，记录了淋漓的秋雨给庄稼带来的毁灭，给百姓带来的灾难，传达了诗人关切国事、悲天悯人的伟大情怀，与其《前出塞》《后出塞》《哀江头》《哀王孙》《悲陈陶》《悲青坂》、"三吏""三别"等一样，都属于具有现实主义价值的诗歌，是可以给"诗史"增砖添瓦的作品。在笔法上，这组诗与上列诸诗有所不同。上列诸诗是纯粹的现实主义，这组诗则是直中有曲，曲中有直。

（二）直笔曲用：以忧国忧民之心讽朝政之失

杜甫之所以成为中国诗歌史上最伟大的诗人，与他的思想境界有直接关系。他的那些名作大篇自不必说，即如这组《秋雨叹》，也能看到诗人的圣人之心。在杜甫的心中，国家永远是第一位的，人

---

[1]（后晋）刘昫等撰:《旧唐书》卷九《玄宗下》，中华书局，1975年，第329页。

民也是放在前面的，而自己则是付之于后的。此组诗三首诗的排列顺序正是忧国、忧民和忧家。

1. 直面国政问题

在这一层面，诗人忧虑的是国家治理出现的问题。在第一首诗中，诗人传达的是对直言难进的忧虑，这是对国事的关心，因为他知道，有国才有家，国家好，人民才能好。而一个国家治理的好坏与否，直言纳谏、下情上达是最重要的标志之一，这是政治的晴雨表，也能够看出君王能否关切舆情。但在这一关键问题上，杜甫失望至极。连绵六十天的秋雨，必然导致水灾发生，当此之时，治理者应考察灾情、探讨救治之路，但首辅杨国忠不仅不如实上报灾情，反而极力掩饰，甚至想尽办法阻止房琯等将灾情上达。言路不通，实情受阻，甚至让房琯这样的直臣面临"凉风萧萧吹汝急，恐汝后时难独立"的危险，故而令杜甫这位尚未有尺寸官位的士人忧心忡忡："堂上书生空白头，临风三嗅馨香泣"，嗅到了馨香，却也感受到了斫桂摧兰的政治的残酷，而自己一介书生，徒唤奈何，只能在风雨中为之伤心叹息。直笔是雨中决明迎风雨而立，曲笔在于诗人对国家政治的忧虑。

2. 忧虑百姓灾难

《秋雨叹》三首的第二首，用直笔赋诗，直接将天宝十三载长安的霖雨描画到读者面前。因为上一首诗已经言及灾情不能上达，唐玄宗已被蒙蔽，所以作者要通过诗歌的方式描述灾情，希望诗歌有上达天听的机会。这种时时注意反映百姓灾难的做法，正是诗人对普通百姓生活的真切关注。关于他对百姓的关心，笔者在与韩成武先生合著的《杜诗诗体学研究》里有过概述：

> 杜甫古体诗写民生疾苦，往往通过亲身经历的方式表现出来，因而具有实证性。例如他行走在骊山脚下看到冻饿而死

的尸骨，便将其写入诗中："朱门酒肉臭，路有冻死骨"(《自京赴奉先县咏怀五百字》)。在奔往羌村的路上，看到被叛军残害的百姓，便将其写入诗中："所遇多被伤，呻吟更流血"(《北征》)。在四川居住的日子，他看到百姓被旱情和赋税所苦，在烈日下恸哭，便将其写入诗中："巴人困军须，恸哭厚土热"(《喜雨》)。在南行的路途中，看到百姓为赋税所苦，举家逃亡，以致田园荒废，便写下《宿花石戍》以记其事："罢人不在村，野圃泉自注。柴扉虽芜没，农器尚牢固。山东残逆气，吴楚守王度。谁能叩君门，下令减征赋？"罢同"疲"。罢人，即指疲惫的农民。①

这种对百姓的关心，在杜诗里时时都有、处处可见。这种思想的形成，与他长安期间生活在社会最底层的苦难生活有关，更与他在"奉儒守官"的家庭中所接受的儒家仁民爱物思想有关。第二首中有八句直接描述灾情："阑风长雨秋纷纷，四海八荒同一云。去马来牛不复辨，浊泾清渭何当分。禾头生耳黍穗黑，农夫田父无消息。城中斗米换衾裯，相许宁论两相直。"杜甫一介书生，正在参选序列，等待授官，如果不是心中装着百姓，如何会关注到庄稼的长势、农夫田父的忧虑、百姓拿绸换米的事情？可见诗人多么关注数日暴雨的强大破坏力。作为唐王朝国都的长安，它的繁华原来如此脆弱，如此不堪一击，如同宣纸上的图画，在霖雨的冲击下，竟至渐趋模糊泥烂，这才是令诗人万分无奈和惆怅的。这一"叹"，叹出了诗人对大唐盛世命运的忧虑，对长安百姓生活的忧虑！而且，长安的问题可不仅仅是一场淋漓的秋雨，更是秋雨背后的社会问题。

---

① 韩成武等著：《杜诗诗体学研究》，九州出版社，2022年，第155—156页。

3. 忧虑百姓的未来生活

《秋雨叹》组诗的第三首，用对比手法，写诗人对生活的忧虑。家愁命舛、民忧国苦一层层漫溢而出。作为"长安布衣"的杜甫，被漫天秋雨"反锁衡门守环堵"，不能外出，而家依然蓬蒿满眼。"稚子无忧"，不懂得灾难的恐怖，只管在风雨中玩来耍去，但也只是稚子才会这样。作者以稚子无忧衬托长安布衣的心中忧虑，可见当时农夫田父、长安布衣被生活所困的焦虑心态。"雨声飕飕催早寒"就意味着庄稼失去了生长的机会，而令人恐怖的是"秋来未曾见白日"，太阳就像从这个世界消逝了一般，老天竟然丝毫没有收手的意思，这不得不让诗人仰天长叹："泥污后土何时干"？因为只有地干了，才可以下地，才有机会寻求耕种，才可能找到解救之路，可苍天没有丝毫垂怜之意。百姓未来的生活怎么办？诗人未来的生活怎么办？逃荒，几乎成为必然的选择，这也是杜甫一家移家奉先的原因。可以想见，杜甫一家的未来命运，就是长安百姓的未来命运。盛世大唐，只在一场秋雨之后，就可能被埋没。这是诗人对大唐百姓和大唐命运的忧虑。

但大唐的盛世王朝怎么一下子就成了这个样子？杜甫只是反映霖雨的灾难吗？恐怕不是。《杜诗详注》原序中谈及讨论杜诗的原则，说："论他人诗，可较诸词句之工拙，独至杜诗，不当以词句求之。盖其为诗也，有诗之实焉，有诗之本焉。"[①] 这三首诗，推究诗人之本，应是圣人之心，而这个圣人之心，除了对百姓的关心，更是对政治的失望，"泥污后土何时干"，是指霖雨，更是指政治，是对政治清明的企盼。这是组诗的直笔曲用，是诗人在杨国忠气焰嚣张之时借关心民瘼暗传讽刺。《杜诗详注》评《秋雨叹三首》说："感秋雨而赋

---

① （唐）杜甫著，（清）仇兆鳌注：《杜诗详注·原序》，中华书局，1979 年，第 1 页。

诗，三章各有讽刺。""语虽微婉，而寓意深切，非泛然作也。"[①]信然。

（三）《秋雨叹三首》的直笔曲用、曲笔直用

这一组诗写在天宝十三载秋，诗人经历了天宝年间生活的艰难和仕途的坎坷，对世间很多事情都已看透，但进入参选序列的诗人面对现实的很多事情都无可奈何，即如此组诗歌所面对的长安六十日霖雨，只能在或曲或直的语言中表达心中的忧虑。

1. 第一首诗歌，似是直笔，实为曲笔

这首诗歌，直写的是雨中的景色，暗含的当是直士的风骨和危险。起句直写在多日秋雨中，百草都被浸泡腐烂而死，而台阶下的决明却颜色鲜艳，接着着力描写决明如何鲜艳，用"著叶满枝翠羽盖，开花无数黄金钱"将决明在淋漓秋雨中生命的热闹尽情展开。接着以想象之词，担心决明也会在秋后被凉风摧残。在如此秋雨中，杜甫生活难支，何以有心描写决明之鲜艳？故多有学者指出，"决明"有所指，笔者亦深以为是。有学者说决明指房琯，是美人迟暮之叹，因为当时房琯主动向皇上陈情两京灾情，显示了房琯独有的"香草美人"的品格。若依此理解，应该将后两句"凉风萧萧吹汝急，恐汝后时难独立"解释成杨国忠对房琯的打压，恐房琯很难在朝中立足。而"堂上书生"就指一些当时的有识之士，主要是诗人自己。"临风三嗅馨香泣"，即欣赏房琯的馨香品格，但面对房琯的被打压，伤心感叹。也即叹有才者、正直敢言者，在当时的政治环境中，可能要面临的是被打压的悲剧命运。《读杜心解》："三叹皆寓言，首章，伤直言不伸也。仇注：天宝十三载秋，大霖雨。房琯上言水灾，杨国忠使御史按之。据此，则'决明'之'鲜'，比直节也。……'临

<hr/>

① （唐）杜甫著，（清）仇兆鳌注：《杜诗详注》卷三，中华书局，1979 年，第219 页。

风三嗅’，秉苦节者，孤芳相赏焉。思深哉！”① 申涵光曰：“‘凉风吹汝’二句，说君子处世甚危。”② 如此解释，似可说明杜甫何以在如此困境中，自己生活尚且不知如何解决，还会有闲工夫赞美决明之鲜艳，因为我们的诗人可不是一个有闲心的诗人，他的心中装着国家，他是借比兴手法言国家政事，恰如董养性所说：“此篇兴而比也。因秋雨之多，燮理非人，物遭疵疠，虽有怀才之士，不随流俗，终奸邪成党，恐不能独立也。斯岂非当李林甫、杨国忠用事之时乎？”③

2. 第二首诗歌，直笔赋灾，亦有隐指

第二首八句，每两句一个单元，一、二句总写天空的阑风昏雨毫不停歇，整个天空沉云如墨；三、四句写地下流水滚滚滔滔如牛奔马走，甚至浑浊不分、泾渭不辨；五六句写田间作物变黑长耳，农夫农妇不见踪影（没有收成，到处是水，难道还来田里赏流水滚滚？）；最后两句写因为没有收成，农作物价格暴涨，为了生存，人们根本不管是否价值相当，拿来衾绸换得谷米维持生计。仇兆鳌《杜诗详注》分析此诗内容：“次章，叹久雨害人。上四皆秋雨之象，下慨伤稼而阻饥也。吴曰：‘阑风伏雨’，无日不雨；‘四海八荒’，无处不雨；田野、城中，则又无人不受其患矣。”④ 为何会出现只要衾绸能够换米就不论价值是否相当这样奇怪的现象？王嗣奭一针见血：“秋雨催寒，至出‘衾裯’换米，非至急不尔，何暇计价耶？”⑤ 可见诗人是直接将长安霖雨的状况和百姓的灾难呈现出来，以直笔书写，情状越是惨烈，越能引起统治者重视，实是呼唤统治者能够了解民

---

① （清）浦起龙：《读杜心解》卷二之一，中华书局，1961年，第237页。
② （唐）杜甫著，（清）仇兆鳌注：《杜诗详注》卷三，中华书局，1979年，第217页。
③ （明）董养性：《杜工部诗选注》卷四，萧涤非主编《杜甫全集校注》卷二，人民文学出版社，2014年，第467页。
④ （唐）杜甫著，（清）仇兆鳌注：《杜诗详注》卷三，中华书局，1979年，第217页。
⑤ （明）王嗣奭撰：《杜臆》卷一，上海古籍出版社，1983年，第28页。

瘼，关心百姓。《读杜心解》认为此章有微讽："次章，伤政府蒙蔽也。……主听蒙而民病隐矣。故曰'八荒同云'，农'无消息'，微词也。"①笔者以为虽有点解之过深，亦是实情。而《杜诗镜铨》认为所写是"暗影昏昏世界，是篇《愁霖赋》"②，更接近诗歌原貌。笔者认为，作者在上一首指出现实中有人不准许反映秋雨淋漓的实际状况，是"凉风萧萧"准备摧残"阶前决明"，诗人忧心如焚，故要以一"堂上书生"的身份，直面残酷的现实，直击人间的苦难，以引发上层统治者关注民瘼，其实也是曲折反映当时有人隐蔽灾情、漠视民瘼的残忍和冷酷。

3.第三首诗歌，立典抒忧，成象讽世

第三首诗，以诗人自家为典型，抒发忧世之心。"长安布衣"即上文之"堂上书生"，"比数"即同列，谁肯与诗人同列？可见诗人在长安之孤独。诗人将自己困居家中，郁闷难解，但孩子们并不了解家中状况，也不知道这场秋雨给生活带来的灾难，依然在风雨中无忧无虑地玩耍。"稚子无忧"，意味着成人有忧，这就是以孩子之乐衬成人之哀。而成人之哀是面对"雨声飕飕催早寒"，是对未来心生忧惧，因为不知这场霖雨何时停止，"泥污后土何时干"？问的是土地何时干涸再长庄稼。《杜诗详注》："末章，自叹久雨之困。上四，言雨中寥落；下则触景而增愁也。"③《读杜心解》："三章，伤潦倒不振也。"④ 这都是说杜甫以自家情况和个人忧心证明这场灾难给人的实际生活和心理状况带来的严重影响，这是典型例证。《杜诗镜铨》说："（第）三首方正说自家苦雨寥落之况。反形，亦曲尽稚子无知光

---

① （清）浦起龙：《读杜心解》卷二之一，中华书局，1961年，第238页。
② （唐）杜甫著，（清）杨伦笺注：《杜诗镜铨》卷二，上海古籍出版社，1980年，第82页。
③ （唐）杜甫著，（清）仇兆鳌注：《杜诗详注》卷三，中华书局，1979年，第218页。
④ （清）浦起龙：《读杜心解》卷二之一，中华书局，1961年，第238页。

景。"① 无忧无虑的稚子，反衬着成年人的满腹愁怀。这是诗人抒自己之忧，但又何尝不是抒长安百姓之忧？他既关心民瘼，关心国政，这"长安布衣"就非止一家，这对未来的忧惧也绝非一人。这正是诗人借典型反映全局的良苦用心，也是诗人圣心之所在。但仅止于此，似又未解杜甫深心。诸家评论中亦有说第一首有借"决明"兴象之味，第二首有婉讽笔法，那么，这第三首亦当异曲同工。此一首全是诗人写自家可能面临的灾难，除可以联想到百姓灾难，亦当有所指。诗歌的后四句，"雨声飕飕催早寒，胡雁翅湿高飞难。秋来未曾见白日，泥污后土何时干"，既是当时霖雨情形的真实写照，也是当时政治环境的真实映像。颜色鲜明的"决明"既然可能被"凉风萧萧吹汝急"，这"雨声飕飕催早寒"恐怕也不是什么好的征兆。同理，"秋来未曾见白日"则是对当时政治的极度失望，"泥污后土何时干"则是对海晏河清的盼望。写霖雨是直笔，暗含政治污浊和期盼政治清明是曲笔。这正是在杨国忠气焰正盛时的不得已的笔法。

---

① （唐）杜甫著，（清）杨伦笺注：《杜诗镜铨》卷二，上海古籍出版社，1980年，第82页。

第二章　杜甫陷贼与为官时期的组诗

一、"二哀""二悲"

哀王孙

长安城头头白乌,夜飞延秋门上呼。

又向人家啄大屋,屋底达官走避胡。

金鞭折断九马死,骨肉不得同驰驱。

腰下宝玦青珊瑚,可怜王孙泣路隅。

问之不肯道姓名,但道困苦乞为奴。

已经百日窜荆棘,身上无有完肌肤。

高帝子孙尽隆准,龙种自与常人殊。

豺狼在邑龙在野,王孙善保千金躯。

不敢长语临交衢,且为王孙立斯须。

昨夜东风吹血腥,东来橐驼满旧都。

朔方健儿好身手,昔何勇锐今何愚。

窃闻天子已传位,圣德北服南单于。

花门剺面请雪耻,慎勿出口他人狙。

哀哉王孙慎勿疏,五陵佳气无时无。[1]

哀江头

少陵野老吞声哭,春日潜行曲江曲。

---

① (唐)杜甫著,(清)仇兆鳌注:《杜诗详注》卷三,中华书局,1979年,第310—311页。

江头宫殿锁千门，细柳新蒲为谁绿。

忆昔霓旌下南苑，苑中万物生颜色。

昭阳殿里第一人，同辇随君侍君侧。

辇前才人带弓箭，白马嚼啮黄金勒。

翻身向天仰射云，一笑正坠双飞翼。

明眸皓齿今何在？血污游魂归不得。

清渭东流剑阁深，去住彼此无消息。

人生有情泪沾臆，江草江花岂终极。

黄昏胡骑尘满城，欲往城南望城北。①

悲陈陶

孟冬十郡良家子，血作陈陶泽中水。

野旷天清无战声，四万义军同日死。

群胡归来血洗箭，仍唱夷歌饮都市。

都人回面向北啼，日夜更望官军至。②

悲青坂

我军青坂在东门，天寒饮马太白窟。

黄头奚儿日向西，数骑弯弓敢驰突。

山雪河冰晚萧瑟，青是烽烟白是骨。

---

① （唐）杜甫著，（清）仇兆鳌注：《杜诗详注》卷三，中华书局，1979 年，第 329—330 页。

② （唐）杜甫著，（清）仇兆鳌注：《杜诗详注》卷三，中华书局，1979 年，第 314—315 页。

焉得附书与我军，忍待明年莫仓卒。^①

　　将此四首诗作为组诗，首先是因为它们写作时间相近：《哀王孙》作于至德元载（756）九月；《悲陈陶》作于至德元载（756）冬；《悲青坂》于至德元载（756）冬，与《悲陈陶》同时而作；《哀江头》作于至德二载（757）春。其次是因为这四首诗所面对的都是"安史之乱"中京都陷落、国家倾废、王朝兵败的悲剧，是国家社会的深悲剧痛。当时杜甫身禁长安，由于地位低下，未引起安禄山、史思明的特别注意，因此有机会在长安城中走走转转，也因此，杜甫可以获得比囚禁菩提寺的王维更多的消息，观察到京都陷落给皇室、军卒与民众带来的种种苦难，生发出无尽的感伤。此四首诗极似"三吏""三别"，过去就有学者将其视为"准组诗"，因此将此四首诗作为组诗进行分析。

（一）天宝之乱主逃兵败的背景

　　天宝十四载（755）十一月，平卢、范阳、河东三镇节度使安禄山，用诡计声称奉皇帝密诏讨伐杨国忠，遂在范阳（今河北涿州）起兵叛唐，安史之乱爆发。仅仅十三天，东都洛阳就落入叛军手中。随即天宝十五载（756）正月，安禄山在洛阳称帝，国号燕。同时使其部将史思明占领河北十三郡地。

　　自安史之乱爆发，杨国忠就变得十分焦虑，但他不是心有家国，而是心胸狭窄、自私自利，只顾个人利益得失。封常清从边关回京述职，为缓解唐玄宗之忧心，表示："禄山领凶徒十万，径犯中原，太平斯久，人不知战。然事有逆顺，势有奇变，臣请走马赴东京，

---

① （唐）杜甫著，（清）仇兆鳌注：《杜诗详注》卷三，中华书局，1979年，第316页。

开府库，募骁勇，挑马箠渡河，计日取逆胡之首悬于阙下。"①随即受命组建军队。然而，所组军队皆从民间来，"常清乘驿赴东京召募，旬日得兵六万，皆佣保市井之流"②，缺乏战斗力，与安禄山、史思明交战，屡败被杀。高仙芝因赞同封常清临死前留下的固守潼关的战略思想而被指责，亦羞愤自杀。潼关遂由年老多病的哥舒翰接守。因哥舒翰与贼军对峙潼关，掌握军事大权，杨国忠不是担心战局如何，反而担心哥舒翰会"清君侧"，从而威胁到自己利益，便屡进谗言，且请求掌握兵权，以对抗叛军为理由与哥舒翰分庭抗礼。哥舒翰亦在两人的争斗中寸步不让。《资治通鉴·唐纪三十四》载：

> 或说国忠："今朝廷重兵尽在翰手，翰若援旗西指，于公岂不危哉！"国忠大惧，乃奏："潼关大军虽盛，而后无继，万一失利，京师可忧。请选监牧小儿三千于苑中训练。"上许之，使剑南军将李福德等领之。又募万人屯灞上，令所亲杜乾运将之，名为御贼，实备翰也。翰闻之，亦恐为国忠所图，乃表请灞上军隶潼关。六月，癸未，召杜乾运诣关，因事斩之；国忠益惧。③

由上可见，杨国忠募兵，请得兵权，驻扎灞上，只为对抗哥舒翰，与平叛无关。而这年哥舒翰就已病重，潼关军队内部也存在矛盾，士兵懈怠，缺乏斗志。潼关的地理形势是一夫当关万夫莫开，适合坚守。此时不宜出兵，坚守潼关最是上策。然而杨国忠又进谗

---

① （后晋）刘昫等撰：《旧唐书》卷一〇四《封常清传》，中华书局，1975年，第3209页。
② （后晋）刘昫等撰：《旧唐书》卷一〇四《封常清传》，中华书局，1975年，第3209页。
③ （宋）司马光编著：《资治通鉴》卷二一八，中华书局，2011年，第7085页。

言，说此时贼兵多是残将，兵力不足，是最好的出兵机会。恰逢玄宗获得密报说贼兵不多，于是便屡派使臣前往潼关催促守将出战。《资治通鉴·唐纪三十四》载：

> 会有告崔乾祐在陕，兵不满四千，皆羸弱无备，上遣使趣（促）哥舒翰进兵复陕、洛。翰奏曰："禄山久习用兵，今始为逆，岂肯无备！是必赢师以诱我。若往，正堕其计中。且贼远来，利在速战；官军据险以扼之，利在坚守。"①

但唐玄宗不听前线将帅之言，督战甚紧。守将大臣哥舒翰无可奈何，捶胸顿足大哭："翰不得已，抚膺恸哭；丙戌，引兵出关。"②结果大败：六月初七，哥舒翰率领二十万大军与崔乾祐在灵宝西原会战，局势非常不利，不久在潼关大败，军队损失惨重，整整二十万大军只剩下八千多人，血腥程度，惨不忍睹。史载此战甚详，《资治通鉴·唐纪三十四》记：

> 己丑，遇崔乾祐之军于灵宝西原。……乾祐所出兵不过万人，什什伍伍，散如列星，或疏或密，或前或却，官军望而笑之。乾祐严精兵，陈于其后。兵既交，贼偃旗如欲遁者，官军懈，不为备。须臾，伏兵发，贼乘高下木石，击杀士卒甚众。道隘，士卒如束，枪槊不得用。翰以毡车驾马为前驱，欲以冲贼。日过中，东风暴急，乾祐以草车数十乘塞毡车之前，纵火焚之，烟焰所被，官军不能开目，妄自相杀，谓贼在烟中，聚弓弩而射之。日暮，矢尽，乃知无贼。乾祐遣同

---

① （宋）司马光编著：《资治通鉴》卷二一八，中华书局，2011年，第7085页。
② （宋）司马光编著：《资治通鉴》卷二一八，中华书局，2011年，第7086页。

罗精骑自南山过，出官军之后击之，官军首尾骇乱，不知所备，于是大败；或弃甲窜匿山谷，或相挤排入河溺死，嚣声振天地，贼乘胜蹙之。后军见前军败，皆自溃，河北军望之亦溃，瞬息间，两岸皆空。翰独与麾下数百骑走，自首阳山西渡河入关。关外先为三堑，皆广二丈，深丈，人马坠其中，须臾而满；馀众践之以度，士卒得入关者才八千馀人。辛卯，乾祐进攻潼关，克之。①

潼关是通向长安的最后一道屏障，被叛贼攻破后，安禄山剑指长安，不久长安沦陷，玄宗出逃。叛军所至之地，民不聊生，国家与人民陷入水深火热的战争之中。《旧唐书·玄宗纪下》载：

天宝十五载六月……甲午，将谋幸蜀，乃下诏亲征，仗下后，士庶恐骇，奔走于路。乙未，凌晨，自延秋门出，微雨沾湿，扈从惟宰相杨国忠、韦见素、内侍高力士及太子、亲王、妃主、皇孙已下多从之不及。②

奔走数天后，六军将士忍无可忍，途经马嵬坡时，护驾的龙武大将军陈玄礼发动兵谏，先是杀死杨国忠，后又迫使玄宗将爱妃处死。至此，杨国忠等一伙误国奸佞彻底铲除，史称"马嵬之变"。《旧唐书·玄宗纪下》载：

---

① （宋）司马光编著：《资治通鉴》卷二一八，中华书局，2011年，第7087—7088页。
② （后晋）刘昫等撰：《旧唐书》卷九《玄宗纪下》，中华书局，1975年，第232页。

丙辰，次马嵬顿，诸卫顿军不进。龙武大将军陈玄礼奏曰："逆胡指阙，以诛国忠为名，然中外群情，不无嫌怨。今国步艰阻，乘舆震荡，陛下宜徇群情，为社稷大计，国忠之徒，可置之于法。"……兵士围驿四合，及诛杨国忠、魏方进一族，兵犹未解。……及行，百姓遮路乞留皇太子，愿勠力破贼，收复京城。因留太子。①

唐玄宗继续逃往蜀郡（今四川成都）。太子李亨听从谋臣建议留下主持平叛大局，七月，即在灵武（宁夏银川）即位。《资治通鉴·肃宗至德元载》载：

七月甲子。是日，肃宗即位于灵武城南楼，群臣舞蹈，群臣舞蹈，上流涕歔欷。尊玄宗曰上皇天帝，赦天下，改元。②

这年七月，太子李亨在灵武（今宁夏）即位，这就是唐肃宗。八月初，杜甫在鄜州羌村（今陕西富县）得知肃宗即位的消息，即只身离开鄜州，北上延州（今陕西延安），本想出芦子关（今陕西榆林市横山区）至行在，不料途中被叛军俘获，押回沦陷的长安。因为杜甫为右卫率府兵曹参军，就是一个看守兵甲仗器、库府锁匙的小官，实属官小身微，没有引起叛军的重视。长安城中被叛军俘获的官员一般都被押送到洛阳被迫接受伪职，逼迫投降，而杜甫因职位低微，没有被押往洛阳任伪职，也没有被严格看管，他有机会出外访问、游览等，行动相对自由。这就使他有机会听闻战局进展，

---

① （后晋）刘昫等撰：《旧唐书》卷九《玄宗纪下》，中华书局，1975年，第232—233页。
② （宋）司马光编著：《资治通鉴》卷二一八，中华书局，1956年，第7101页。

也目睹了叛军践踏下的长安乱象，写下了很多反映战乱现实、人民疾苦的篇章，抒发了他对国家遭遇的哀痛，也录下了无数苦难人民的心声。《哀江头》《哀王孙》《悲陈陶》《悲青坂》就是杜甫被困长安时期的忧时浩叹，我们简称其为"二哀""二悲"。

（二）准组诗描写的王朝流落与军队惨败场景

杜甫在奔往灵武的路上颠沛流离、艰苦异常，目睹了种种凄惨的事情，却无能为力，只有捶胸顿足、泪垂衣衫。他被叛军俘获后，押往长安，听闻或亲见了唐王朝皇室出逃、帝妃被杀、王孙流落、军队溃败的惨况，身临其境地感受到国家在风雨中飘摇，见证了叛军的大肆杀掠与敛财，人民的痛苦不堪。杜甫心中的痛苦喷薄而出，便用如椽巨笔抒写出面对国家败亡的无尽浩叹。篇篇文字，滴滴血泪。

准组诗写作时间最早的是《哀王孙》。何为"王孙"，《国风》云："齐侯之子，平王之孙。"[1] 也就是说公侯之子，称之公子；皇室之孙，谓之公孙，这不是指一般的达官贵人，而是与最高统治者血脉息息相关的公子王孙。因潼关陷落后，皇帝出逃仓促，许多公子王孙、达官贵人都不知详情，未及出逃，困于长安，甚至连广平王李俶的妃子都流落京都。《资治通鉴·肃宗至德元载》：

> 乙未，黎明，上独与贵妃姊妹、皇子、妃、主、皇孙、杨国忠、韦见素、魏方进、陈玄礼及亲近宦官、宫人出延秋门。妃、主、皇孙之在外者，皆委之而去。[2]

"妃、主、皇孙之在外者"都被丢弃在长安，结果十分悲惨。安

---

① 周振甫：《诗经译注》，中华书局，2002 年，第 33 页。
② （宋）司马光编著：《资治通鉴》卷二一八，中华书局，2011 年，第 7090 页。

禄山起兵谋反后不久，玄宗斩了身在长安为驸马的安禄山之子安庆宗。安禄山为了报复唐玄宗杀害自己儿子，攻陷长安后，命令部将孙孝哲进入长安，大杀皇族，许多皇室后裔被残忍地凌辱与虐杀。《资治通鉴·唐纪三十四》载：

> 安禄山使孙孝哲杀霍国长公主及王妃、驸马等于崇仁坊，刳其心，以祭安庆宗。凡杨国忠、高力士之党及禄山素所恶者皆杀之，凡八十三人，或以铁棓揭其脑盖，流血满街。[1]
>
> 己巳，又杀皇孙及郡、县主二十余人。[2]

肃宗即位当月，安禄山先使人杀害霍国长公主、王妃及驸马等人，后又使人杀害王孙及郡县主二十余人，在崇仁坊挖皇族人的心脏以祭奠安庆宗，同时还把杨国忠、高力士的同党以及自己痛恨的人都杀害了，共计八十三人。安禄山杀害皇族的手法异常凶残，或用铁棒揭开脑盖，或以其他酷刑，总之惨烈无比。这即是《哀王孙》的直接写作背景。

在这样的背景下写作的《哀王孙》，有几组场景令人惊心动魄：

场景之一：帝王逃难。《哀王孙》的前六句，展现出长安城墙白乌飞翔、夜集延秋门的不祥景象及达官贵人奔命而逃、皇帝拼命鞭打马匹且不顾儿孙的场景。一座连皇帝都不敢居住、都要拼命逃离的城市，就是一幅长安城的乱象图谱。

场景之二：王孙沦落。"问之不肯道姓名，但道困苦乞为奴。已经百日窜荆棘，身上无有完肌肤。"这些被抛弃流落的王孙为了生存下去竟然甘愿为奴为婢，从前的锦衣玉食、趾高气昂，如今只为一

---

① （宋）司马光编著：《资治通鉴》卷二一八，中华书局，2011年，第7103页。
② （宋）司马光编著：《资治通鉴》卷二一八，中华书局，2011年，第7103页。

口吃的，就低下了尊贵的头。他们身上伤痕累累，在窜伏荆棘中扎烂了曾经仔细保护的肌肤，没有一块好地方了。从高贵到低贱，这一身份的转换彻底暴露了长安沦陷后皇族的悲哀。卢元昌曰："畏祸之极，姓名都讳；流落之甚，为奴亦甘。"[1]仇兆鳌注："倍写痛苦之词，并狼狈之状。"[2]

场景之三：街头对话。"高帝子孙尽隆准"以下，是诗人与王孙交谈时所说的话语，殷殷嘱托中看到了杜甫对皇家子弟的关心和对未来的期望。这一场面分为两层。诗人先从"高帝子孙尽隆准"辨别出王孙的身份，并告诫王孙切不可轻出，要学会保全自己，并表达了自己也不敢和王孙过多交谈的意思；之后诗人以自己所了解到的信息告知流落王孙，肃宗已经即位，王朝的军队也开始反击，外交上已经获得了回纥允诺助力平叛，劝王孙耐心等待"五陵佳气"再现之时。

写这首诗时，杜甫刚被俘获到长安不久。杜甫通过描写未随玄宗逃走的王孙的凄惨遭遇，向我们诉说了叛军席卷长安后的苦难现实。皇帝及达官贵人先后仓皇出逃，在那样可怕的形势下，这些被抛弃的可怜王孙们，比平民所受的威胁更加严重，他们每天东躲西藏，以避追杀，战战兢兢，如履薄冰。生活境遇从之前的锦衣玉食、呼奴唤婢，沦落为刀俎之鱼肉，受尽苦难。蔡梦弼曰："诸王流离乞丐，多为贼翦灭，故甫有《哀王孙》之什焉。"[3]通看全篇，可以感受到杜甫在京都看到沦落至此的王孙，心疼不已，进而为王孙们写下了这首亘古呐喊的诗歌，为之悲叹。明末清初王嗣奭在《杜臆》中评此诗："通篇哀痛顾惜，潦倒淋漓。"[4]

---

[1]　萧涤非主编：《杜甫全集校注》卷二，人民文学出版社，2014年，第774页。

[2]　（唐）杜甫著，（清）仇兆鳌注：《杜诗详注》卷四，中华书局，1979年，第311页。

[3]　萧涤非主编：《杜甫全集校注》卷二，人民文学出版社，2014年，第738页。

[4]　（明）王嗣奭撰：《杜臆》卷二，中华书局，1963年，第41页。

《悲陈陶》《悲青坂》作于至德元载（756）冬，事发地在今陕西咸阳。陈陶又名陈涛斜、陈陶泽。由于潼关失守，玄宗仓皇出逃，一时之间，国家无人主持大局，军队、百姓都深陷混乱之中。七月，肃宗即位灵武，年号由天宝十五载改为至德元载。八月，玄宗派房琯、贾至等人送去玉玺宝册，正式传位于肃宗。这年十月，宰相房琯上书率军出击叛军，以收复两京，肃宗准许。二十一日，房琯率军与叛军战于咸阳之陈陶斜。房琯本想沉住气等待时机，无奈监军宦官邢延恩几次催促，遂出兵。房琯虽有心杀贼，却书生气太重，使用古老车阵应敌，结果官军大败。《旧唐书·肃宗纪》载：

> 时琯用春秋车战之法，以车二千乘，马步夹之。既战，贼顺风扬尘鼓噪，牛皆震骇，因缚刍纵火焚之，人畜挠败，为所伤杀者四万余人，存者数千而已。①
>
> 十月辛巳朔，……上素知房琯名，至是琯请为兵马元帅收复两京，许之，仍令兵部尚书王思礼为副。分兵为三军，杨希文、刘贵哲、李光进等各将一军，其众五万。辛丑，琯与贼将安守忠战于陈涛斜，官军败绩，杨希文、刘贵哲等降于贼，琯亦奔还。平原太守颜真卿以食尽援绝，弃城渡河，于是河北郡县尽陷于贼。②

房琯的迂阔战法，导致官军惨败于陈陶，官军死伤四万余人，存者只有几千人。战场上血流成河，草野皆赤，《悲陈陶》中"血作陈陶泽中水""四万义军同日死""群胡归来血洗箭"等句都是直接

---

① （后晋）刘昫等撰：《旧唐书》卷一一一《房琯传》，中华书局，1975 年出版，第 3321 页。
② （后晋）刘昫等撰：《旧唐书》卷一〇《肃宗纪》，中华书局，1975 年，第 244 页。

叙写唐军战士的惨状。杜甫在长安听到了房琯率兵失利的消息，又看到了那些胡兵因得胜而归肆意妄为，气焰嚣张并大摆筵席欢歌奏乐的场景，真是怒火中烧，痛心疾首，感到十分哀伤，遂写下这一篇《悲陈陶》。

陈陶斜大败后两天，即十月二十三日，房琯又亲自带领南军出战，再败于青坂，杨希文、刘贵哲降敌。《旧唐书·房琯传》载：

> 癸卯，琯又率南军即战，复败。希文、刘哲并降于贼。①

消息传来，杜甫震惊不已。诗人虽身陷贼中，却始终忧心国家，他看到官军复败而贼势正盛，内心焦虑难安，又写下《悲青坂》，诗中以"青是烽烟白是骨"写青坂之败的惨状，再现了战场上烽烟处处、死人无数、尸横遍野的惨象，体现了战争的残酷。这两首诗紧密相关，共同组成了唐朝军队落败的惨景。

场景之一：血作陈陶泽中水。陈陶泽被鲜血染红。

场景之二：四万义军同日死。大面积的军队死亡场景。

场景之三：群胡归来血洗箭，仍唱夷歌饮都市。叛军得胜归来后猖狂放浪的场景。

场景之四：都人回面向北啼。京都百姓齐盼官军的场景。

场景之五：青是烽烟白是骨。遍地烽烟、到处白骨的场景。

"二悲"的场景，是王朝兵败的写照，一场战争失利，丧失无数生命，到处鲜血流淌，尸骨暴露荒原，惨烈至极。

这些场景描写，皆是杜甫被俘至长安的所闻所见。至德二载（757）春，陷贼官员如王维不接受也不拒绝伪职被囚禁在菩提寺，饱受拉痢与喑哑的折磨，失去自由；郑虔被任为兵部郎中和国子司

---

① （后晋）刘昫等撰：《旧唐书》卷一一一《房琯传》，中华书局，1975 年，第 3321 页。

业、张均（张说之子）受禄山伪命为中书令，失去节操。而杜甫因职位低微，虽仍被囚长安，尚有一定的活动自由，但他心情相当沉重，行动也是小心翼翼，如履薄冰。杜甫有时偷偷溜到城南曲江，看到曲江边上一座座大门紧锁，悄无人烟的宫殿昭示着这里的冷落，曾经的皇家贵族、官宦士女的游览胜地，曾经的欢歌奏乐、旌旗招展、彩衣飘鲜，都被帝奔妃亡、王孙流落、军队惨败盖过去了。物是人非，黍离之悲积聚胸中；沧海桑田，国家沦落不免苍凉。面对这一切，诗人百感交集，痛苦万分，不能自已，遂写下了表达深哀巨恸的《哀江头》《哀王孙》，表达对帝走妃亡、王孙流落的伤感，其实也就是对国家灾难的伤感。

关于"二哀""二悲"的主旨，过去有人认为是讽刺，如《哀江头》仇兆鳌引黄生注："诗意本哀贵妃，不敢斥言，故借江头行幸处标为题目耳。"① 笔者以为不很明晰，笔者认同韩成武、张志民《杜诗全译精注》的说法："（杜甫）曾于春日行于曲江池边，抚今追昔，触物伤怀，为王室的衰落唱此哀歌。"② 又如《哀王孙》，王深父认为讥刺唐明皇，其实笔者还是认可王回所说："安禄山惊潼关，玄宗仓卒西迁，诸嗣王及公主之在外者，皆不及从，其后多为禄山所屠，鲜有脱者，以诗记而哀之。呜呼，以四海之广，人帝之尊，念善罔终，则危辱其子孙如此。岂孟子所谓'以其所不爱及其所爱'者欤？"③ 陈陶斜之败，浦起龙说："悲轻进以致败也。官军之聊草败没，贼军之得志骄横，两两如生。"④ 青坂之败，韩成武曰："诗写哀痛及焦虑。"⑤

① （唐）杜甫著，（清）仇兆鳌注：《杜诗详注》卷四，中华书局，1979年，第329页。
② 韩成武、张志民：《杜诗全译精注》，天津教育出版社，2017年，第116页。
③ 萧涤非主编：《杜甫全集校注》卷三，人民文学出版社，2014年，第777页。
④ （清）浦起龙：《读杜心解》卷二之一，中华书局，1961年，第247页。
⑤ 韩成武、张志民：《杜诗全译精注》，天津教育出版社，2017年，第110页。

这四首诗，写景写情，皆是诗人所目睹耳闻，感同身受，因而情真意切。诗人不仅仅对其所经历之真事叙述得明净利索、真切明晰，更于同情中展现了他的家国情怀。长安陷落了，贵妃以国母之尊而生命不保，以致曲江胜地荒芜；王孙失去了其借以依托的华贵奢靡的生活，虽然"宝玦""珊瑚"还挂在身上，依然有高贵身份的标记，但失去了其赖以依托的国家，王孙的命运与普通百姓无异，甚至不如平民百姓。他们委弃于血污之中或爬伏荆棘丛中，身如野草，乞食求生，都真实细腻地展现了天翻地覆、沧海桑田、天上人间的变化。而"四万义军同日死""青是烽烟白是骨"的描写，在王朝军队不堪一击的惨烈中再现了国家败亡的实际状况。面对这一场场触目惊心的家国巨变，诗人即使有讽刺之心，也早已化为了同情、悲慨和无奈。在这样一系列事件的震撼中，杜甫早已把深厚的爱国之心融入诗中，为帝走妃亡、王孙流落、军队惨败而叹息，从上至帝妃下至军卒、百姓的层面，全面记录了国家的灾难。这是杜甫身上所体现的深沉的家国意识和爱国情怀。

（三）"二哀""二悲"的叙事艺术

"二哀""二悲"组诗是血淋淋的真实的历史记录。诗人就像是战地记者，真实地记录了战争的惨烈与人民的苦难，令人不忍卒读。诗人置身于真实的战争场景，通过眼见耳闻，叙写下了"二哀""二悲"。在这深切的悲痛中，杜甫展现了自己的场景描写艺术。首先是宏大场面的直接场景描写，多是铺陈直叙，使之具有真实性和惨烈感，冲击着我们的感官；其次是微观的场景描写，通过细节体现出战争对国家、对王孙、对所有人所造成的巨大灾难。此外诗人在场景描写的过程中对字眼的锤炼恰到好处，尤为精彩。

1.铺陈直叙、真实可感

直接叙事的场景描写体现在了对战争场景的再现以及战后场景

的描摹，深化了灾难。《悲陈陶》所写："孟冬十郡良家子，血作陈陶泽中水"，孟冬十月，陕西十郡的良家子弟同日丧命，他们的鲜血染红了陈陶泽。这场战争，在《新唐书·房琯传》中的记载是："既战，贼乘风噪，牛悉觯栗，贼投刍而火之，人畜焚烧，杀卒四万，血丹野，残众才数千，不能军。"①可见杜甫是写实的。这种写实，颇类《楚辞·国殇》中的"凌余阵兮躐余行，左骖殪兮右刃伤""天时坠兮威灵怒，严杀尽兮弃荒野"②，又像《吊古战场文》所云"浩浩乎平沙无垠，复不见人"③，都是战争残酷的写照。蔡梦弼评价此诗："战败流血，而泽水皆赤也。"④诗人在这里没有书写战争的激烈，但通过对战后场景的描写，仍然让我们可以看到那血淋淋的战争场面，无数战士惨死，鲜血四处横流，腥风血雨的战争给了唐军毁灭性的打击。一句"野旷天清无战声"，可不是和平和安宁的"无战声"，而是"四万义军同日死"的悲壮。四万义军，明知赴死，却无退缩，勇于为大唐赴死，令人扼腕叹息。吴瞻泰曰：

"野旷天清无战声"七字，具天地人，盖从来两军交锋，天地变色，军士号呼，乃成苦战。今野旷天清而无战声，则天地人皆若不知有战者，而轻轻四万义军，同日受戮，岂不可悲！⑤

此诗依然略去了对战争的正面描写，只是描绘了战后的场面，

① （宋）欧阳修、宋祁撰：《新唐书》卷一三九《房琯传》，中华书局，1975年，第4627页。
② （宋）朱熹：《楚辞集注》，上海古籍出版社，2001年，第47页。
③ （唐）李华：《吊古战场文》，载（清）董诰等编：《全唐文》卷三二一，中华书局，1983年，第3256页。
④ 萧涤非主编：《杜甫全集校注》卷三，人民文学出版社，2014年，第738页。
⑤ 萧涤非主编：《杜甫全集校注》卷三，人民文学出版社，2014年，第738页。

唐军方面死的死，伤的伤，原野上也不再奔驰着万马千军，故说"野旷"；天空中也不再有马儿奔腾、战士打斗所扬起的尘土，故说"天清"；现在战争已经结束，我们军队惨败，马儿不再嘶吼，战士不再威怒，刀枪也不再搏击，故说"无战声"。当这一切的安宁与开头两句联系，就将军队的牺牲表现得如此沉重。这样平铺直叙地将战败的景象展现在我们眼前，场景真切，使我们感到悲凉不已。陈贻焮说："这是血淋淋的真实的历史记录，是诗人内心剧痛的径直倾吐。作诗者无心，也无须做艺术夸张；读诗者千万勿误以为是夸张，以免减弱诗歌强烈的真实感和震撼人心的力量。"① 又说："一般地说，诗歌忌尽，尽露，忌刺目。但是，对待这样的题材和感情，任何修饰和遮掩必会弄巧反拙，影响艺术效果的。"② 因此，诗人选择平铺直叙的描写方式，再现了战争的惨烈，也表达了诗人对兵败陈陶的痛惜。

《哀王孙》写帝王逃跑、王孙流落的几句也是平铺直叙："金鞭折断九马死，骨肉不得同驰驱。腰下宝玦青珊瑚，可怜王孙泣路隅。问之不肯道姓名，但道困苦乞为奴。已经百日窜荆棘，身上无有完肌肤。"逃跑的狼狈、王孙的流落，都是直接铺叙，通过诗中人物的行动、外貌和对话描写，将王孙被弃、沦为乞丐的悲惨境遇刻画得十分详尽。其中"金鞭折断九马死，骨肉不得同驰驱"，言玄宗逃跑之急，连许多王孙都来不及一起带走。仇兆鳌曰："言皇上急于出奔，致委王孙而去。"③ 王嗣奭曰："金鞭、九马，天子所御，鞭断马死，是说天子西奔之急。"④ 蔡梦弼曰："方玄宗之出奔，急于远遁，鞭马

① 陈贻焮：《杜甫评传》，北京大学出版社，2003年，第287页。
② 陈贻焮：《杜甫评传》，北京大学出版社，2003年，287页。
③ （唐）杜甫著，（清）仇兆鳌注：《杜诗详注》卷四，中华书局，1979年，第311页。
④ （明）王嗣奭撰：《杜臆》卷之二，上海古籍出版社，1983年，第42页。

急驱，不得停歇，故金鞭为之断折，十马而死其九也。"① 把玄宗带领众人拼命逃跑的情形，用鞭断马死这样具体事情展现了出来。继而作者又表现了未逃走王孙的凄惨遭遇，诗人在路边看到了一位惊恐万状、可怜巴巴的王孙在路边哭泣，他不肯说出自己的名字，只是恳求杜甫收他作为奴仆，他自我讲述已经有百余日住在荆棘丛中，身上衣服被撕毁了，皮肤也溃烂不堪。这就是王孙在长安的真实境况，是王孙流落后的可悲境地。而这，正是安史叛军进入长安后疯狂报复的结果：残忍狠毒，如豺似虎。王嗣奭在《杜臆》中写道："通篇哀痛顾惜，潦倒淋漓，似乱而整，断而复续，无一懈语，无一死字，真下笔有神。"② 王夫之《唐诗评选》："世之为写情事语者，苦于不肖，唯杜苦于逼肖。画家有工笔、士气之别，肖处大损士气。此作亦肖甚，而士气未损，较'血污游魂归不得'一派，自高一格。"③ 曾经佩戴玉佩的高冷贵族如今也变成这般凄惨模样，更何况普通的平民百姓呢？这场浩劫使整个社会自下而上地被洗劫，诗人通过直接的描摹将战争的浩大与残忍表现出来。

最为体现杜甫内心复杂情感的当属《哀江头》。这首诗是为大唐王室的衰落而唱的哀歌。诗人到了美丽的游览胜地曲江，想到的却是唐王朝的支离破碎，这鲜明的对比，更体现出作者的哀痛。这首诗的场景描写主要是唐玄宗带杨贵妃在南苑游玩："忆昔霓旌下南苑，苑中万物生颜色。昭阳殿里第一人，同辇随君侍君侧。辇前才人带弓箭，白马嚼啮黄金勒。翻身向天仰射云，一笑正坠双飞翼。"这是诗歌中间八句，诗人以"忆昔"起笔，回忆当年玄宗与贵妃游乐的场景，"苑中万物生颜色"既可见园中万物娇艳无比，也可见杨贵妃花容月貌以及贵妃御驾游苑的阵容之浩大、用度之奢侈，所带装饰、

---

① 萧涤非主编:《杜甫全集校注》卷二，人民文学出版社，2014 年，第 738 页。
② （明）王嗣奭撰;《杜臆》卷二，上海古籍出版社，1983 年，第 44 页。
③ （清）王夫之:《唐诗评选》，文化艺术出版社，1997 年，第 25 页。

所着衣衫将花草树木都映得格外耀眼，双方相映生辉。接下来叙述具体的游览情景，"昭阳殿里第一人，同辇随君侍君侧"。昭阳殿里第一人的杨贵妃竟然敢与皇帝"同辇"，可见贵妃之受宠幸，亦可见贵妃之不懂礼数、不知深浅，因为像班婕妤等人是绝对不会与皇帝"同辇"的，而贵妃不仅同辇，甚至纵情；"辇前才人带弓箭，白马嚼啮黄金勒"，宫中跟随了许多女官，她们戎装带箭弩，英姿勃发，驾车马的衔勒都是用黄金做成，可见奢侈程度；宫中才人利箭射中一对比翼双飞的鸟时，博得了贵妃大笑："翻身向天仰射云，一笑正坠双飞翼。"周幽王烽火戏诸侯，唐玄宗射鸟逗贵妃。但这满面笑容瞬间变成了马嵬坡之变"血污游魂归不得"，盛极必衰，物极必反，真是世间至理。仇注："'一笑'指贵妃，下文明眸皓齿，指笑容言。"①卢元昌曰："此句已带出禄山反叛，马嵬赐死，明皇与贵妃不能终为比翼意。"②中间八句，就这样铺陈直叙地描写了游览的景象，侍女、车驾的豪华，皇帝和贵妃的幸福模样，让我们感受到当朝天子奢侈放纵的生活，为后来的祸乱埋下了伏笔。

2. 以"哀""悲"为中心组织诗篇

"二哀""二悲"在篇章组织上，凸显了诗歌题目的"哀""悲"。

"二哀"以"哀"组篇。《哀江头》开篇第一句"少陵野老吞声哭"，就营造出了强烈的"哀"的氛围，之后写春日潜行是哀，睹物伤怀是哀，忆昔繁华对比今日萧条零落，还是哀。追忆贵妃生前游幸曲江的盛事，以昔日之乐，反衬今日之哀；再转入叙述贵妃升天玄宗逃蜀，生离死别的悲惨情景，为哀之极矣。诗歌结尾不辨南北的行动更是极度哀伤的表现。

"哀—乐—哀"的结构模式。"哀"字笼罩全篇，沉郁顿挫，意

---

① （唐）杜甫著，（清）仇兆鳌注：《杜诗详注》卷四，中华书局，1979 年，第 329 页。
② 萧涤非主编：《杜甫全集校注》卷三，人民文学出版社，2014 年，第 763 页。

境深邈。《哀王孙》以王孙之可"哀"为线索组篇,"王孙泣路隅",沦落可哀;"不肯道姓名",怕暴露身份,可哀;"但道困苦乞为奴",命运之翻转,可哀;"已经百日窜荆棘,身上无有完肌肤",形象变化可哀;杜甫无暇自顾,还要劝解王孙,亦可哀。张戒评《哀王孙》:"观子美此诗,可谓心存社稷矣。乌朝飞而夜宿,今'夜飞延秋门上呼''又向人家啄大屋'者,长安城中兵乱也。鞭至于断折,马至于九死,'骨肉不待同驰驱',则达官走避胡之急也。以龙种与常人殊,又嘱王孙使善保千金躯,则爱惜宗室子孙也。虽以在贼中之故,'不敢长语临交衢',然'且为王孙立斯须'者,哀之不忍去也。朔方健儿非不好身手,而'昔何勇锐今何愚',不能抗贼,使宗室子孙狼狈至此极也。'窃闻太(应为"天")子已传位',必云太子者,以言神器所归,吾君之子也。言'圣德北服南单于',又言花门助顺,所以慰王孙也。其哀王孙如此,心存社稷而已。"①

"二悲"以"悲"组篇。《悲陈陶》处处见悲,血染陈陶泽是悲,无战声人死绝是悲,"四万义军同日死"是悲,"都人回面向北啼"而不见官军仍是悲。《悲陈陶》悲唐军战斗力之弱,竟令叛军"数骑弯弓敢驰突";悲唐军伤亡惨重,"青是烽烟白人骨";也悲轻易冒进导致战场失利,故殷殷嘱托唐军将士"忍待明年莫仓卒"。王嗣奭评价此两诗之悲:"真是悲歌当哭。见人哭人,未必悲;读此二诗,鲜弗垂涕者。"②诗人以极为关注之真心,悲慨军队如此缺乏战斗力,悲叹伤人如此之多,悲惜国家如此之败亡,可见诗人心中所系皆是家国。

3.细节描写,精于炼字

"二哀""二悲"中细节描写十分精彩,同时炼字也是值得注意

---

① (宋)张戒:《岁寒堂诗话》卷下,陈应鸾:《岁寒堂诗话校笺》,巴蜀书社,2000年,第138页。

② (明)王嗣奭撰:《杜臆》卷二,上海古籍出版社,1983年,第44页。

的。《悲陈陶》的最后四句："群胡归来血洗箭，仍唱夷歌饮都市。都人回面向北啼，日夜更望官军至。""群胡"指安禄山等谋逆之众；而"血洗箭"之意，赵次公曰："句法好处正在'血洗箭'三字，盖言洗箭上之血也。"[①]《杜臆》中云："'群胡血洗箭'是实语。血作陈陶水，见之惊心；而胡人且以血洗箭，自是妙语。"[②]此句说归来的胡人的剑刃像是用鲜血冲洗过一般，他们在这长安大地上纵饮欢歌。"血洗箭"这三个字冲击着我们的视觉，让我们感受到战争是多么的残酷，千万万战士就这样倒下去了，化成了滚滚血水，他们也是活生生的人，也有父母和妻儿，就这样被割颈刺胸地死在叛军刀下，诗人能不痛心吗？又听到他们如此庆祝，真是咬牙切齿，可悲可恨。王嗣奭《杜臆》曰："泽中流血，而群夷歌饮，尤觉可恨。"[③]长安的百姓也听到了这可恨的声音，都背过脸去朝着北面啼哭不已，日日夜夜盼望官军可以尽快收复国都。《资治通鉴·肃宗至德元载》：

> 禄山闻乡日百姓趁乱，多盗库物，既得长安，命大索三日，并其私财尽掠之。又令府县推按，铢两之物无不穷治，连引搜捕，支蔓无穷，民间骚然，益思唐室。[④]

《分门集注杜工部诗》记：

> 师曰："禄山焚劫暴虐，都人怨之而思唐德，遂有'望官军'之句。"[⑤]

① 萧涤非主编：《杜甫全集校注》卷三，人民文学出版社，2014年，第 739 页。
② （明）王嗣奭撰：《杜臆》卷二，上海古籍出版社，1983年，第 44 页。
③ （明）王嗣奭撰：《杜臆》卷二，上海古籍出版社，1983年，第 44 页。
④ （宋）司马光编著：《资治通鉴》卷二一八，中华书局，2011年，第 7113 页。
⑤ 萧涤非主编：《杜甫全集校注》卷二，人民文学出版社，2014年，第 739 页。

可见叛军在百姓居所为所欲为，烧杀抢掠，无恶不作，百姓对叛军痛恨不已，越痛恨则越希望唐朝军队可以前来拯救自己，尽快收复失地，斩除叛军。《读杜心解》云："陈陶之悲，悲轻进以致败也。官军之聊草败没，贼军之得志骄横：两两如生。结尾兜转一笔好，写出人心不去。"[①] 此诗诗人没有做过多的修饰，仅仅将战后的场面再现出来，将百姓对官军的希冀描写出来，我们就看到了战争的惨烈，人们对美好生活的期待，对和平的渴望。

《悲青坂》中四句写叛军能打仗和战后的荒凉："黄头奚儿日向西，数骑弯弓敢驰突。山雪河冰晚萧瑟，青是烽烟白是骨。"匈奴人能骑善射，《汉书·匈奴传》记载："儿能骑羊，引弓射鸟鼠，少长则射狐菟，肉食，士力能弯弓，尽为甲骑。"[②] 可见匈奴骑士都是非常强壮且武猛。"数骑"和"驰突"都是经过琢磨的字眼，仅仅这四个字就表现出敌军的嚣张气焰，也映衬了唐军的劣势。杨伦注："见彼壮我怯。"[③] 这也是对战争最真切的描写。"雪""冰""烽""骨"，也是炼字的结果，"山雪河冰"营造了凄清寒冷的氛围，"烽"营造了战事的紧张氛围，"骨"凸显了战争的惨烈。这些字眼至今读起来都令人胆寒。《读杜心解》云：

> 青坂之悲，悲屡败而不惩也。与前篇（按指《悲陈陶》）一串，"雪"、"冰"、"烽"、"骨"所见无馀物也。[④]

---

① （清）浦起龙：《读杜心解》卷二之一，中华书局，1961 年，第 247 页。
② （汉）班固撰，（唐）颜师古注：《汉书》卷九四上，中华书局，1962 年，第 3743 页。
③ （唐）杜甫著，（清）杨伦笺注：《杜诗镜铨》卷三，上海古籍出版社，1980 年，第 124 页。
④ 陈伯海主编：《唐诗汇评》中卷，浙江教育出版社，1995 年，第 944 页。

张溍曰:"二诗事实策略具存,当作史书看。"① 这里指"二悲"都是对当时战争场面的具体表现。

"二哀"中《哀江头》首句"少陵野老吞哭声,春日潜行曲江曲"。就将整首诗"哀"的基调表现出来,其中"吞"和"潜"两个字刻画得尤为传神,沈寅曰:"吞声,声在喉中,不敢高出也。"② 仇兆鳌注:"曰吞声、曰潜行,恐贼知之也。"③ 诗人趁着守卫不注意偷偷跑到了曲江边上,看到种种景象不仅泪流满面,但想哭又不敢放声大哭,只能在偏僻的树木丛中小声抽泣,一个"吞"字就把诗人的满腔的伤感、愤怒、不得自由和痛心等种种复杂心情生动地表现出来;而一个"潜"字也形象地表现出诗人现在被囚禁在长安,处处受限。《唐诗选脉汇通评林》中:

> 单复曰:"词不迫而意已独至。"④
>
> 周敬曰:"'吞哭声'三字含悲无限!"⑤
>
> 吴山民曰:"'潜行'二句有深意,尾句从'潜行'字说出。"⑥

"曲江曲"的"曲"字,写诗人不敢光明正大地出行,偷偷摸摸

---

① (清)张溍著,聂巧平点校:《读书堂杜工部诗文集注解》卷三,齐鲁书社,2014年。
② 萧涤非主编:《杜甫全集校注》卷三,人民文学出版社,2014年,第739页。
③ (唐)杜甫著,(清)仇兆鳌注:《杜诗详注》卷四,中华书局,1979年,第329页。
④ (明)周珽:《唐诗选脉汇通评林》,载陈伯海主编:《唐诗汇评(增订本)》,上海古籍出版社,2015年,第1435页。
⑤ (明)周珽:《唐诗选脉汇通评林》,载陈伯海主编:《唐诗汇评(增订本)》,上海古籍出版社,2015年,第1435页。
⑥ (明)周珽:《唐诗选脉汇通评林》,载陈伯海主编:《唐诗汇评(增订本)》,上海古籍出版社,2015年,第1436页。

在曲江的阴暗处观察曲江，同时，"曲"字也暗合诗人百转千肠、愁郁满腹的感情。开头两句写出了诗人的忧虑和长安的压抑，含蓄蕴藉，韵味无穷，不可谓不妙。紧跟着后两句"江头宫殿锁千门，细柳新蒲为谁绿"中"锁"和"谁"二字也是精雕细琢，仇注："曰锁门，曰谁绿，无人踪迹。"[1]"千门"说宫殿极多，这里以夸张手法表现当时繁华，"锁"字则表现出天壤之别，原来是何等的美丽繁华之色，如今就是何等的荒凉萧条之景。今昔对比，诗人痛彻心扉，任谁看到都会感叹哭泣。"锁"字之准确，尤见诗人独具匠心。"细柳新蒲"是多么美好的春日景色，他们现在用力地绽放给谁看呢？是皇帝吗？是贵妃吗？可他们一死一逃，还能够观赏这春日之景吗？"为谁绿"又增加了诗人的心酸，这美丽的景色也让诗人肝肠寸断。"翻身向天仰射云，一笑正坠双飞翼"两句也是精彩万分，王嗣奭《杜臆》云："'一箭'，山谷定为'一笑'，甚妙。曰'中翼'，则箭不必言；而鸟下云中，凡同在者虽百千人，无不哑然发笑，此宴游乐事。"[2]这里"一笑"将当时的游览欢趣之事浓缩其中，不必言他，自会觉此次盛景之乐。"坠"字也暗指"马嵬之事"，《唐宋诗举要》云："'一箭'句叙苑中射猎，已暗中关合贵妃死马嵬事，何等灵妙！"[3]

　　诗句字词之精彩细致，在于诗人的处处琢磨，让读者读后有意味无穷之感，让读者与诗人产生共情，随诗人的感伤而感伤，愤恨而愤恨。

---

[1]　（唐）杜甫著，（清）仇兆鳌注：《杜诗详注》卷四，中华书局，1979年，第329页。

[2]　（明）王嗣奭撰：《杜臆》卷二，上海古籍出版社，1983年，第46—47页。

[3]　（清至民国）高步瀛选注：《唐宋诗举要》，上海古籍出版社，1959年，第214页。

二、《自京窜至凤翔喜达行在所三首》

其一

西忆岐阳信，无人遂却回。眼穿当落日，心死著寒灰。

茂树行相引，连山望忽开。所亲惊老瘦，辛苦贼中来。

其二

愁思胡笳夕，凄凉汉苑春。生还今日事，间道暂时人。

司隶章初睹，南阳气已新。喜心翻倒极，呜咽泪沾巾。

其三

死去凭谁报，归来始自怜。犹瞻太白雪，喜遇武功天。

影静千官里，心苏七校前。今朝汉社稷，新数中兴年。[①]

这组诗共三首，是诗人抵达凤翔（今陕西凤翔）行在后对自己逃脱叛军情况的回忆。这三首诗是相辅相成的统一整体，表现诗人历尽艰难险阻，多次以为自己将死，而最终抵达凤翔并得到朝廷的重用。这巨大的转折和落差在诗人心中激起了波涛巨浪，故写此组诗，表达心中复杂的感情。

（一）杜甫的被俘与逃出

此组诗作于至德二载（757）四月，组诗题下旧注有："公自京窜

---

① （唐）杜甫著，（清）仇兆鳌注：《杜诗详注》卷三，中华书局，1979年，第346—348页。

至凤翔，在至德二年夏四月。"引蔡邕《独断》云："天子以四海为家，故谓所居为行在所。"① "行在所"是指朝廷临时政府所在地。

至德二载二月，唐肃宗临时政府由彭原迁往凤翔。当时作者冒着随时被叛军抓住处死的危险从长安外郭城西面的金光门逃脱，一路历尽艰辛，终于抵达了肃宗政府所在地凤翔（今陕西凤翔）。

诗人被俘的情况，前文已提到。先前当杜甫携带妻儿从白水到鄜州，在连绵不绝的断崖峡谷中艰难奔波时，唐玄宗也在六月十二日夜，瞒着长安百姓，带着宠妃杨玉环和贪官杨国忠等极其亲近之人从延秋门出发前往西蜀。七月十三日，太子李亨（肃宗）在灵武即位。杜甫听闻消息，内心十分激动，他把复兴的重任寄托在新帝身上，再次离开妻儿，孤身一人投奔肃宗，从鄜州向北出芦子关，拟向西北抵达灵武，想要投奔于新帝唐肃宗的麾下，遥遥千里，艰辛可知。刘须溪云：

> 荒村歧路之间，望树而往；并山曲折，或是其背，或见其面，非身历颠簸，不知其言之工也。②

但杜甫未能如愿，此时叛军势力已经蔓延到鄜州以北，杜甫在慌慌行走中落入敌人的阵营圈，被叛军俘获，押回沦陷的长安。《新唐书·杜甫传》载：

> 会禄山乱，天子入蜀，甫避走三川。肃宗立，自鄜州羸服

---

① （唐）杜甫著，（清）仇兆鳌注：《杜诗详注》卷五，中华书局，1979年，第347页。
② 陈伯海主编：《唐诗汇评（增订本）》中卷，上海古籍出版社，2015年，第1660页。

欲奔行在，为贼所得。①

　　当时杜甫虽四十五岁，但因常年雨打风吹，生活窘迫，又思虑过多，早已长出了白发，近年来白发更加浓密，看着就像一个老翁，他穿着又很普通，职位也仅为右卫率府兵曹参军（看守兵甲仗器，掌管库府锁匙的小官），属实官小身微，杜甫定然为隐藏身份也做了其他努力，便没有引起叛军的注意，像其他官员一样被押解到洛阳，也准许出外访问、游览等行为，行动较为自由。757 年正月，安禄山被他儿子安庆绪和严庄、李猪儿合谋杀死。《旧唐书·肃宗本纪》载："乙卯，逆胡安禄山为其子庆绪所杀。"② 二月，肃宗从彭原南迁凤翔。由于这两个事件，形势有了转变。原本作者一直想要逃走，这在至德二载春天所作的《喜晴》诗中就有流露："出郭眺西郊"，陈贻焮认为这是在为此次出逃探路。此时，杜甫更想出逃。不久后，杜甫便找到机会。四月，长安西郊正处在大战前夕，叛将安守忠、李归仁的大军驻守在清渠北，关内节度使王思礼进军至滽水桥西，两军对垒，战争一触即发。《资治通鉴·唐纪三十五》有记：

　　　　子仪与王思礼军合于西渭桥，进屯滽西。安守忠、李归仁军于京城西清渠。相守七日，官军不进。③

　　《册府元龟》"将帅·败衄"记：

①（宋）欧阳修、宋祁撰：《新唐书》卷二〇一《杜甫传》，中华书局，1975 年，第 5737 页。
②（后晋）刘昫等撰：《旧唐书》卷一〇《肃宗本纪》，中华书局，1975 年，第 245 页。
③（宋）司马光编著：《资治通鉴》卷二一九，中华书局，2011 年，第 7141 页。

郭子仪为朔方节度使。至德二年五月，子仪大举进军，与贼将安守忠战于西京城西清渠，王师败绩。初，子仪军于潏水之西，守忠军于清渠之北，越七日而王师不进。[1]

于是，杜甫趁着比较嘈杂的战乱环境，冒险从长安外郭城西面的金光门出发，沿着崎岖的山林小路逃走，一路东躲西藏、匍匐前进，虽伤痕累累，终于抵达行在所。此组诗第一首首句"西忆岐阳信，无人遂却回"，就是说明诗人决心逃往凤翔，因为诗人终日盼着从凤翔传来的消息，可是无人传报，遂决定自己前往。颔联中"眼穿当落日，心死着寒灰"，写诗人望眼欲穿，迫不及待地到达凤翔的心情，萧涤非先生说："（眼穿）二句写逃窜时的紧张心情。向西走，向西望，故当着落日。一面走，一面望，望的急切，故眼为之穿。"[2]而在一路上，诗人提心吊胆，担惊受怕，又加上缺衣少食，路途既遥远又坎坷，说不尽的艰难险阻。尽管如此，杜甫依然一步步来到凤翔。诗人身无一伴，只身前往，只得借着驿道两旁的树木引导行程，见不远处有高峻陡峭的山峰连绵起伏无法通行，正忧愁万分，忽然发现一条荆棘小路，"忽"字传神地写出了诗人在绝望中的欣喜。《杜臆》注："'眼穿当落日'，望之切也，应'西'字。'心死著寒灰'，则绝望矣，应'忆'。于是拼死向前，望树而往，指山而行，见'莲峰'或开或合，俱实历语。"[3]

逃脱路上无比艰难，历尽艰难险阻到达凤翔后，诗人已是瘦骨嶙峋、狼狈不堪，所谓"麻鞋见天子，衣袖露两肘"（《述怀一首》），此组诗则说"所亲惊老瘦，辛苦贼中来"。故颇得后人关注，如刘辰

---

① （宋）王钦若等编纂，周勋初等校订：《册府元龟》卷四四三，凤凰出版社，2006年，第4997页。
② 萧涤非主编：《杜甫全集校注》卷二，人民文学出版社，2014年，第825页。
③ （明）王嗣奭撰：《杜臆》卷之二，上海古籍出版社，1983年，第51页。

翁曰："荒村歧路之间，望树而往，并山曲折，或见其背，或见其面，非身历颠沛，不知其言之工也。"[1] 赵汸曰："此言即达行在，亲故讶其颜状老瘦，奔走颠沛之意。"[2]

（二）悲喜交加的情感世界

这组诗的情感境界可以定位为悲喜交加。金启华说："诗篇从诗人的感情来说，是大起大落，翻腾起伏，大景隆情，时相辉映。一'喜'字，贯串全诗，而'喜'又是从极艰辛愁苦中得来，益显'喜'来之不易。其喜则一为己身之存在，一为国家之中兴。身而喜国，其声正大。"[3]

杜甫奔向凤翔一路艰辛，逃亡路上的流离悲苦自是让人心疼不已。第一首诗尾部的"所亲惊老瘦，辛苦贼中来"中的"辛苦"二字，表现出诗人经历了千难万险，绝处逢生，并终于从贼手中逃脱，体现出诗人到达了凤翔行在之所，心中涌荡着欢欣之情。金启华说："此句包含了多少同情，多少眼泪，多少欢欣。"[4] 而后第二首首句"愁思胡笳夕，凄凉汉苑春"，回忆自己在安史叛军笼罩下的长安，所感受的凄苦悲凉，王洙曰："言陷贼久，厌胡笳也。"[5] 赵次公曰："言汉苑春，则追思其在贼中凄凉之时也。"[6] 说明诗人在长安之时，叛军遍野，诗人游在曲江边，却愁思满容。用"汉苑"喻唐，表现了宫廷荒芜之感。第二首中"生还今日事，间道暂时人"，可见诗人对刚刚

---

① 萧涤非主编：《杜甫全集校注》卷二，人民文学出版社，2014年，第825页。
② 萧涤非主编：《杜甫全集校注》卷二，人民文学出版社，2014年，第826页。
③ 金启华、金小平：《一时喜与一身愁——读杜甫的〈喜达行在所三首〉与〈述怀〉》，《阅读与欣赏》1998年第5期，第29页。
④ 金启华、金小平：《一时喜与一身愁——读杜甫的〈喜达行在所三首〉与〈述怀〉》，《阅读与欣赏》1998年第5期，第30页。
⑤ 萧涤非主编：《杜甫全集校注》卷三，人民文学出版社，2014年，第826页。
⑥ 萧涤非主编：《杜甫全集校注》卷三，人民文学出版社，2014年，第826页。

经历的逃亡恍若梦寐。蔡梦弼曰:"'间'读去声,隙也。"①王洙曰:"间道,伺间隙之道而行。"②也就是说,诗人逃跑的道路狭窄荆棘,表现了世事的多变,诗人想到昨日自己还奔波在路上,不知是生是死,今日逃出生天,是暂时的吗?诗人对现在得来的安全感极度怀疑。杨伦注:"昨日还未知决有是事,当时犹不知是人是鬼也。"③可见,诗人颠沛流离时受尽惊恐与苦难,如今仍对自己大难不死不敢相信,同时又庆幸活下来,感情复杂。后面的"司隶章初睹,南阳气已新,"南阳为郡名,用汉光武帝刘秀典。刘秀为南阳人。《后汉书·光武帝纪》记:

> 望气者苏伯阿为王莽使至南阳,遥望见舂陵郭,嗟曰:"气佳哉!郁郁葱葱然!"④
>
> 更始将北都洛阳,以光武行司隶校尉,使前整修官府。于是置僚属,作文移,从事司察,一如旧章。时三辅吏士东迎更始,见诸将过,皆冠帻,而服妇人衣,诸于绣镼,莫不笑之,或有畏而走者,及见司隶僚属,皆欢喜不自胜,老吏或垂泪曰:"不图今日复见汉官威仪!"由是识者皆属心焉。⑤

诗人在这里以汉喻唐,用汉光武帝喻唐肃宗,把光复唐朝的希望寄托在唐肃宗身上。这一点,学界有共识。《杜诗言志》卷三云:

<hr>

① 萧涤非主编:《杜甫全集校注》卷三,人民文学出版社,2014 年,第 827 页。
② 萧涤非主编:《杜甫全集校注》卷三,人民文学出版社,2014 年,第 827 页。
③ (唐)杜甫著,(清)杨伦笺注:《杜诗镜铨》卷三,上海古籍出版社,1980年,第 139 页。
④ (南朝宋)范晔撰,(唐)李贤等注:《后汉书》卷一下《光武帝纪》,中华书局,1965 年,第 86 页。
⑤ (南朝宋)范晔撰,(唐)李贤等注:《后汉书》卷一上《光武帝纪》,中华书局,1965 年,第 9—10 页。

"云喜达行在所者，必其于未达之先，有迫欲达之望，而今乃得达，喜可知矣。"[1]诗人到了凤翔行在之所，心中激动万分，不禁感叹大唐的典章制度又开始出现在眼前，凤翔城中呈现一片中兴气象。蔡梦弼曰：此"指肃宗中兴也"。[2]赵汸曰："此肃宗即位兴复，所谓不图复见汉官威仪，盖其所喜在此。"[3]之后，杜甫痛定思痛，喜遂转悲，脱口道"喜心翻倒极，呜咽泪沾巾"，可见内心深处的百感交集。仇兆鳌注："翻倒，翻喜为悲也。"[4]想到前情往事，想到如今中兴可待，想到历经的艰难，诗人内心翻江倒海，不禁泪流满面。黄生云："七八真情实语，亦写得出，说得透。从五六读下，则知其悲其喜，不在一己之死生，而关宗社之大计。"[5]从第二首全诗可看，首句"愁思胡笳夕"与尾句"喜心翻倒极"相互呼应，首句写景，尾句抒情，愁字开头，喜字结尾，喜中带悲，悲喜交织。《杜臆》云：

> "胡笳""汉苑"迫言贼中愁悴之感。直到今日，才是生还；向在间道，不过暂时人耳，说得可伤。"司隶"二句，以光武比肃宗之中兴。喜极而呜咽者，追思道途之苦，从死得生也。[6]

回忆了辛酸的逃亡路，沉静下来，之后第三首开篇"死去凭谁报？归来始自怜"，是脱险后的回思，意即如果我在荆棘的路上真的死了，也不会有人送信。这是归来后才感到自己的所作所为十分危

① （清）佚名：《杜诗言志》卷三，江苏人民出版社，1983年，第54页。
② 萧涤非主编：《杜甫全集校注》卷二，人民文学出版社，2014年，第827页。
③ 萧涤非主编：《杜甫全集校注》卷二，人民文学出版社，2014年，第827页。
④ （唐）杜甫著，（清）仇兆鳌注：《杜诗详注》卷五，中华书局，1979年，第346页。
⑤ 陈贻焮：《杜甫评传》，北京大学出版社，2003年，第316页。
⑥ （明）王嗣奭撰：《杜臆》卷二，上海古籍出版社，1983年，第51页。

险。赵汸曰："起语痛惋，谓脱一生于万死中，在路时犹不自觉，及归，乃自怜尔。"① 黄生云："起语自伤名位果微，生死不为时所轻重，故其归也，悲喜交集，亦止自知之而已。"② 幸好归来，未命丧黄泉，此句自我怜悯，诉说自己的卑微。颔联"犹瞻太白雪，喜遇武功天"，太白、武功，皆山名，在凤翔附近。《水经注·渭水》引杜彦远曰："太白山南连武功山，于诸山最为秀杰，冬夏积雪，望之皓然。"③《辛氏三秦记》云："太白山在武功县南，去长安三百里。俗云：'武功太白，去天三百。'"④ 两山终年积雪，可见高耸。诗歌以"太白""武功"比附当时之唐肃宗，颇恰。诗人是说至此才算是真正见到了天子容颜，我的心终于可以暂时放下来。后面两联"影静千官里，心苏七校前。今朝汉社稷，新数中兴年"，汉武帝曾至七校前，这里以汉喻唐，认定从此时开始，就是大唐王朝的中兴之始。汪灏曰："一路扰攘，顾影身劳，今忽敛束严翼于千官之内，何静扰之悬殊；数日艰危，才心已死，今忽翔步入于七校之前，何死生之迥别。"⑤ 诗人看到朝堂整齐有列，自感中兴有望，多时忧虑，如今心安，感觉很舒畅适意，故有"影静""心苏"之语。吴见思曰："用光武事比肃宗，昔欲望一信而不可得者，今亲见之，不觉喜觉而泪下也。"⑥ 诗人此刻感慨万千，自觉当初的选择是正确的。顾宸曰："新数中兴年，犹欲至于万年之意。此祝颂祈祷无穷远望之词。"⑦ 张远曰："此首既至之后，深喜之词。"⑧ 诗人激动不已，看着新帝登基，国家中兴必指日可待。

---

① 萧涤非主编:《杜甫全集校注》卷二，人民文学出版社，2014年，第828页。
② （清）黄生撰，徐定祥点校:《杜诗说》卷四，黄山书社，1994年，第119页。
③ （宋）司马光编著:《资治通鉴》卷二一六，中华书局，2011年，第7014页。
④ 萧涤非主编:《杜甫全集校注》卷二，人民文学出版社，2014年，第828页。
⑤ 萧涤非主编:《杜甫全集校注》卷二，人民文学出版社，2014年，第829页。
⑥ 萧涤非主编:《杜甫全集校注》卷二，人民文学出版社，2014年，第829页。
⑦ 萧涤非主编:《杜甫全集校注》卷二，人民文学出版社，2014年，第829页。
⑧ 萧涤非主编:《杜甫全集校注》卷二，人民文学出版社，2014年，第829页。

对这一组诗的情感变化，何焯《义门读书记》曰：

> 接"生还今日事"来。前此忆信不得，何意竟生达耶！间道辛苦，忽睹中兴，宜乎其喜倍也。"喜"字足。反复顿挫，"喜"字在中篇点出，却仍不即正落，留在第三篇作结。[①]

《读杜心解》云：

> "犹瞻"，从死去说来，死则不得瞻，今犹可瞻矣。来归而遇光（尧？）天，喜可知矣。五六才是面君，而以"心苏"对"影静"，仍不脱"窜至"神理也。七八结出本愿，乃为"喜"字真命脉。[②]

可见，诗人内心情感的复杂，喜中蕴悲，悲中掺喜，悲与喜交织在一起，构成了立体的情感世界，感人至深。

（三）《自京窜至凤翔喜达行在所三首》的写作艺术

杜甫是我国古典诗歌的集大成者，他的诗众体皆备，诸体兼善。他说"诗是吾家事"，可见他将作诗融入了生命。他的许多作品都成为文学史上璀璨耀眼的经典，并成为无数人学习的榜样。这组诗亦成就非凡。此三首诗歌意脉相连，以时间为线索，前后承接，将三首诗歌贯穿起来。组诗结构清晰明了，裁剪得当，主体突出，严谨有序，叙事手法高超，语言简洁通畅，注重细节描写，还运用了侧面描写与正面描写相结合的方式，全方位地展现了诗人前往行在以

---

① （清）何焯：《义门读书记》，载陈伯海主编：《唐诗汇评（增订本）》，上海古籍出版社，2015年，第1662页。
② （清）浦起龙：《读杜心解》卷三之一，中华书局，1961年，第364页。

及身居行在的细微感受，炼字及用典亦深入人心。《唐诗选脉会通评林》中周珽曰：

> 少陵心存王室，出自天性，故身陷贼中，奋不顾死。间关归朝，虽悲喜交集，人情固然，而一腔忠爱无已。如此三诗，神骨意调俱备，孙月峰欲于中取一为唐律压卷，以此。①

1.结构严谨，章法清晰

这组诗以回忆自己抵达行在的复杂情绪为主题，组诗中每一首诗的内容以及次序都体现出诗人的良苦用心，每首诗各自独立，却又脉络可循。组诗以"作者达行在"为线索，将对朝廷的向往之情尽情地铺述到整组诗中，结构严谨，章法清晰。仇兆鳌《杜诗详注》曰：

> 首章曰心死，次章曰心喜，末章曰心苏，脉络自相照应。首章见亲知，次章至行在，末章对朝官，次第又有浅深。②

清人沈德潜《唐诗别裁》又云：

> 前章喜脱贼中，次章喜见人主，三章喜睹中兴之业，章法井然不乱。③

---

① （明）周珽：《唐诗选脉会通评林》，载陈伯海主编：《唐诗汇评（增订本）》，上海古籍出版社，2015年，第1663页。
② （唐）杜甫著，（清）仇兆鳌注：《杜诗详注》卷五，中华书局，1979年，第349页。
③ 陈伯海主编：《唐诗汇评（增订本）》，上海古籍出版社，2015年，第1664页。

这三首诗歌采用线性结构进行谋篇布局。第一首诗铺垫全诗基调，引出前往凤翔行在之所，主要叙写了旅途上的艰辛，最后一句说"所亲惊老瘦，辛苦贼中来"，指已到达凤翔；第二首承接上首之意，感慨生还不易的同时，表达到达行在的喜悦，尾联"喜心翻倒极，呜咽泪沾巾"传达出百感交集的内心情感状态；第三首脉络相承，接"呜咽"句，续写其"死去凭谁报，归来始自怜"，想象自己如果在叛军中惨死，也不会有人给家人报信，最后以"今朝汉社稷，新数中兴年"结尾，说自己如今终于回到了皇帝身边，虽然性命微浅，也会用诗笔去记录国家的中兴，并深切盼望这一天的到来。三首诗一气呵成，呈线性结构铺展开来。

2. 善于用典，精于炼字

杜甫的用典可谓丰富多彩，虽然黄庭坚评杜诗"无一字无来处"太过穿凿附会，但这也反映出杜甫善于用典的特点。此组诗的用典就较为丰富，如"眼穿当落日，心死著寒灰。"施鸿保曰："注引庄子，心固可使如死灰乎？鲍照诗：'寒灰灭更燃'，此正鲍照意。"[①] 表达自己曾经心如槁木、绝望痛苦之情。而后"愁思胡笳夕，凄凉汉苑春。"汉苑，原指汉代宫苑，现指唐代宫苑。《三辅黄图》云："汉有三十六苑。"[②] 以汉比唐，汉苑来表示自己在曲江和南苑等贼占之地痛苦难耐的日子。赵次公曰："言汉苑春，则追思其在贼中凄凉之时也。"[③] 后又有"司隶章初睹，南阳气已新。"《后汉书·光武帝纪》载：

更始将（刘玄）北都洛阳，以光武（刘秀）行司隶校尉，

---

① （清）施鸿保著，张慧剑校：《读杜诗说》，上海古籍出版社，1983年，第42页。
② 萧涤非主编：《杜甫全集校注》卷二，人民文学出版社，2014年，第829页。
③ 萧涤非主编：《杜甫全集校注》卷二，人民文学出版社，2014年，第829页。

使前整修宫府，于是置僚属，作文移，一如旧章。时三辅吏士东迎更始，见诸将过，皆冠帻，而服妇人衣，诸于绣镼，莫不笑之，或有畏而走者，及见司隶僚属，皆欢喜不自胜，老吏或垂泪曰："不图今日复见汉官威仪！"由是识者皆属心焉。①

诗人借古喻今，以汉光武帝比唐肃宗，表达诗人期待国家中兴之望。最后四句"影静千官里，心苏七校前。今朝汉社稷，新数中兴年"，七校，指武卫，汉武帝曾置七校尉。按谢朓《始出尚书省》诗；"还睹司隶章，复见东都礼"，亦用汉光武事，于此可见杜诗用事之精密。

杜甫精心致力于炼字，曾自许"语不惊人死不休""新诗改罢自长吟"，诗论家也每每为之称奇，宋人孙奕说："诗人嘲弄万象，每句必须炼字。子美工巧犹多。"②《杜工部草堂诗话》引王得臣诗话曰：

> 逮至子美之诗，周情孔思，千汇万状，茹古涵今，无有涯涘，森严昭焕，若在武库，见戈戟布列，荡人耳目，非特意语天出，尤工于用字，故卓然为一代冠，而历世千百，脍炙人口。③

此诗亦见杜甫的炼字入木三分，使整首诗都具有了生命力。如诗中"西忆岐阳信，无人遂却回"中"遂却"二字写出了诗人难回之状，"遂"是欲归，"却"又是不得归。萧涤非说："诗人且前且却，

---

① （南朝宋）范晔撰，（唐）李贤等注：《后汉书》卷一上《光武帝纪》，中华书局，1965年，第9—10页。
② （宋）孙奕：《孙奕诗话》，吴文治主编《宋诗话全编》，江苏古籍出版社，1998年，第6002页。
③ （宋）蔡梦弼：《杜工部草堂诗话》，丁福保辑：《历代诗话续编》，中华书局，1983年，第194—195页。

光景俱现。"①杨伦注："思之迫切如此。"②又如"雾树行相引,连山望忽开"中的"忽"字,极为传神,当属绝妙语,表现了诗人绝处逢生的激动心情。萧涤非云:"'忽'字,传神,真是喜出望外。"③再如"生还今日事,间道暂时人"中的"暂时"二字,是说诗人回想起当时路上的凶险,将如今后怕不已的心悸之情表现得十分生动。仇兆鳌注:"'暂时人'谓生死悬于顷刻。"④凡此种种,均充分体现了杜甫善于用典、精于炼字的艺术手法。

3. 正侧结合,悲喜互通

此诗不仅运用了正面描写与侧面描写相结合的方式,而且还运用了明喜暗悲,明悲暗喜的悲喜互通的表达手法。清代浦起龙《读杜心解》云:

> 前首本从未达时起也,却预忆行在;此则写初达之情矣。起反转忆贼中,笔情往复入妙……五、六,明写"达",暗写"喜"。七、八,明言"喜",反说"悲",而喜弥深,笔弥幻矣。此为"喜"字点睛处,看翻点法。⑤

> 文章有对面敲击之法,如此三诗写"喜"字,反详言危苦情状是也。言言着痛,笔笔能飞,此方是欲歌欲哭之文。⑥

关于这一点上文已经阐述,不再赘述。

而正面描写与侧面描写也是此组诗的一大特点。北宋郭熙在所

---

① 萧涤非主编:《杜甫全集校注》卷二,人民文学出版社,2014 年,第 825 页。
② (唐)杜甫著,(清)杨伦笺注:《杜诗镜铨》卷三,上海古籍出版社,1980年,第 138 页。
③ 萧涤非主编:《杜甫全集校注》卷二,人民文学出版社,2014 年,第 826 页。
④ (唐)杜甫著,(清)仇兆鳌注:《杜诗详注》卷五,中华书局,1979 年,第348 页。
⑤ 陈伯海主编:《唐诗汇评》中卷,浙江教育出版社,1995 年,第 1096 页。
⑥ 陈伯海主编:《唐诗汇评》中卷,浙江教育出版社,1995 年,第 1096 页。

著画论《林泉高致》中说:"山欲高,尽出之则不高,烟霞锁其腰则高矣。"① 作诗也当如此,苏轼曰:"诗画本一律。"② 我们看诗中"所亲惊老瘦,辛苦贼中来",诗人的凄苦模样都是从其"所亲"的双眼中看出来的,自己的艰辛也是从"所亲"对自己的安慰中诉说。诗人将自己的苦难与其他人联系起来,形成一种共悲怆的氛围,将诗人的痛苦以更强烈的形式升华到更深一层。其二中"愁思胡笳夕,凄凉汉苑春",也是借回忆自己在叛军之地的愁苦与煎熬表达对国沦陷的深悲剧痛,这种侧面描写用来表现现在自己到了凤翔,看到一片中兴景象,感到无比开心的心情。如此两相对比也更使我们看到了朝廷的中兴之望,以及诗人对肃宗的无限期待。其三"犹瞻太白雪,喜遇武功天",也是运用了侧面描写的表现手法。

赵次公曰:"太白山在郿县,郿则凤翔之属县也。武功在唐不属凤翔,但近耳。公诗两句所以显言归行在也。于太白言雪,则太白之雪冬夏不消;必曰武功天者,古语有之:'武功太白,去天三百。'言最高处也,亦以寓亲近行在之意乎?"③

诗人并没有直接表述自己到了行在之所,而是通过对"太白雪"和"武功天"的描写,将自己到达凤翔之意表现出来,以山高近天暗示自己已近天子,诗人的这种侧面描写,韩成武先生称为"客体

---

① (南朝齐)谢赫等撰:《古画品录》(外二十一种),上海古籍出版社,1991年,第812页。
② 傅璇琮:北京大学古文献研究所编:《全宋诗》,北京大学出版社,1993年,第9395页。
③ 萧涤非主编:《杜甫全集校注》卷三,人民文学出版社,2014年,第828—829页。

落墨，主体生辉"。①

4. 不假雕饰，真挚有情

诗人在这三首诗中没有用过多的修辞手法，只是将自己所历、所思、所想、所感一一写出，便令人感慨不已。诗人将真情倾注于诗中，以真情引领真情，不知不觉中将我们带入那动荡伤感的岁月。《唐宋诗醇》云：

> 肺腑流露，不假雕饰。论甫者谓其一饭未忘君，况斯时情境乎？所以写欣喜处语极悲痛，性情所至，妙不自寻，观其真挚如此，况生平大节可知矣。②

在杜甫诗中，这种不假雕琢而又饱含深情的诗句很多，如《哀王孙》中"问之不肯道姓名，但道困苦乞为奴。已经百日窜荆棘，身上无有完肌肤。"这四句诗，明白如话，却将在生死线上挣扎的王孙和生活悲惨的贵族形象生动地表现出来，读者读到这里，就像看到了人物站立在眼前委曲求全、卑微低下，真实感人，栩栩如生，让我们读之便潸然泪下。又如《悲陈陶》中"血作陈陶泽中水""四万义军同日死"等，也是几近口语，无论黄口小儿，还是村口老妪，都可理解，也都可以感受到诗人对国家对战士遭此劫难的悲痛。《喜达行在所三首》亦多不假雕饰语，而深精可见。《杜诗镜铨》中评此组诗云：

> 张上若云："三首艰难之情，忠爱之念，一一写出，读之

---

① 韩成武著；马清福主编，艾荫范等注：《杜诗艺谭》，河北教育出版社，2002年，第29页。
② （清）弘历编选：《唐宋诗醇》卷一三，春风文艺出版社，1995年，第926页。

恻恻动人。"①

李子德云:"三诗于仓皇情事,写得到,推得开,老气横披,真绝调也。"②

诗人不但集前人之大成,更是开后世无数法门,后世白居易、元稹等为主导的"元白诗派"便吸收了杜甫通俗易懂、质朴明直的诗歌语言。元稹说:"杜甫天才颇绝伦,每寻诗卷似情亲。怜渠直道当时语,不着心源傍古人。"③所谓"当时语"就是当时的语言,活的语言,人民口头的语言。此组诗也是杜甫语言平实、感情真挚的代表。

---

① (唐)杜甫著,(清)杨伦笺注:《杜诗镜铨》卷三,上海古籍出版社,1980年,第140页。
② (唐)杜甫著,(清)杨伦笺注:《杜诗镜铨》卷三,上海古籍出版社,1980年,第140页。
③ (唐)元稹:《酬孝甫见赠十首》之二,(清)彭定求等编:《全唐诗》卷四一三,中华书局,1999年,第4586页。

三、《羌村三首》

其一

峥嵘赤云西，日脚下平地。柴门鸟雀噪，归客千里至。
妻孥怪我在，惊定还拭泪。世乱遭飘荡，生还偶然遂！
邻人满墙头，感叹亦歔欷。夜阑更秉烛，相对如梦寐。

其二

晚岁迫偷生，还家少欢趣。娇儿不离膝：畏我复却去。
忆昔好追凉，故绕池边树。萧萧北风劲，抚事煎百虑。
赖知禾黍收，已觉糟床注。如今足斟酌，且用慰迟暮。

其三

群鸡正乱叫，客至鸡斗争。驱鸡上树木，始闻叩柴荆。
父老四五人，问我久远行。手中各有携，倾榼浊复清。
苦辞酒味薄，黍地无人耕。兵革既未息，儿童尽东征。
请为父老歌，艰难愧深情。歌罢仰天叹，四座泪纵横。①

首先说明，其三的"苦辞酒味薄"中"酒"字用仇注采集的《文苑英华》"本"用字。仇本作"莫"。

这组诗作于至德二载（757）八月，诗人经过长途跋涉，终于回到了寄家地羌村，与家人团聚。诗写与家人相见之悲喜，与邻里交

---

① （唐）杜甫著，（清）仇兆鳌注：《杜诗详注》卷三，中华书局，1979年，第391—333页。

往之情事，以及心忧国事等，充满乱世之慨叹。这三首诗内容不同，属于三个维度，但都展现了诗人探家的生活片段，共同构成了诗人的"探家三部曲"，也构成了一幅"唐世乱离图"。

（一）杜甫"北征"的前因后果

前文已经提到诗人到达行在后，已是狼狈不堪，《述怀》中"麻鞋见天子，衣袖露两肘"的形象令人动容。或许是看到了杜甫从叛军之所逃脱至行在的忠心，唐肃宗感动不已，于至德二载（757）五月十六日，授予了他左拾遗的官职。

> 肃宗立，自鄜州羸服欲奔行在，为贼所得。至德二载，（甫）亡走凤翔上谒，拜右拾遗。①

此处的"右拾遗"，误，当为"左拾遗"。钱笺：

> 唐授左拾遗诰："襄阳杜甫，尔之才德，朕深知之。今特命为宣义（当作议）郎、行在左拾遗。授职之后，宜勤是职，毋怠！命中书侍郎张镐赍符告谕。故敕。……至德二载五月十六日行。"②

左拾遗之职为谏官，官阶从八品上。《唐六典》载：

> 左拾遗二人，从八品上……左补阙、拾遗掌供奉讽谏，扈

---

① （宋）欧阳修、宋祁撰：《新唐书》卷二〇一《杜甫传》，中华书局，1975年，第 5736 页。
② （唐）杜甫著，（清）钱谦益笺注：《钱注杜诗》卷二，上海古籍出版社，2009年，第 51 页。

从乘舆。凡发令举事有不便于时，不合于道，大则廷议，小则上封。若贤良之遗滞于下，忠孝之不闻于上，则条其事状而荐言之。[①]

可知左拾遗为上奏谏官的从八品上官员，谏官的职责在于劝谏皇帝和举荐贤良。虽不是高官，但仍是一个可以"致君尧舜"的官职，杜甫十分欢欣，感激涕零地接受了这一职务，即《述怀》所说"涕泪受拾遗，流离主恩厚"[②]。杜甫无论在位与否，始终以天下为己任，现在任职谏官更是刚正不阿，直言不讳。但好景不长，诗人随即卷入到房琯事件的漩涡中，几近杀身。

房琯是河南（道）河南府人，其父为武则天时的宰相房融。房琯少而好学，沉稳有风度，能审时度势，有治理地方之才。关心民瘼，敢说直话，天宝十三载长安霖雨六十余日，房琯曾直言灾情而遭杨国忠忌刻。安史乱起，房琯追随唐玄宗入蜀，于天宝十五载六月被唐玄宗拜为宰相。《旧唐书·房琯传》：

（天宝）十五年六月，玄宗苍黄幸蜀，……琯独驰蜀路，七月，至普安郡谒见，玄宗大悦，即日拜文部尚书、同中书门下平章事。[③]

唐肃宗即位后，派人向唐玄宗禀报，唐玄宗被迫让位，即派房

① （唐）李林甫等撰，陈仲夫点校：《唐六典》卷八，中华书局，1992年，第247—248页。
② （唐）杜甫：《述怀》，载（唐）杜甫著，（清）仇兆鳌注：《杜诗详注》卷五，中华书局，1979年，第358页。
③ （后晋）刘昫等撰：《旧唐书》卷一一一《房琯传》，中华书局，1975年，第3320页。

琯、韦见素、崔涣捧退位诏书和宝册、玉玺至灵武。肃宗看在递送玉玺情份上，亦用房琯为相。《旧唐书·房琯传》：

> 其年八月，……奉使灵武，册立肃宗。……肃宗以琯素有重名，倾意待之，琯亦自负其才，以天下为己任。时行在机务，多决之于琯。①

可见当时肃宗对琯是"倾意待之"，相对比较真诚并信任于他的。房琯本想讨贼立功，主动请缨破敌，肃宗也"望其成功"，《旧唐书·房琯传》曰：

> 寻抗疏自请将兵以诛寇孽，收复京都，肃宗望其成功，许之。……乃与（郭）子仪、（李）光弼等计会出兵。……十月，……遇贼于咸阳县之陈涛斜，接战，官军败绩。……琯等奔赴行在，肉袒请罪，上并宥之。②

房琯本是文官，又有好为大言、不切实际的毛病，也好清谈之风，并不擅长用兵，加之因"持重以伺之"的计划被肃宗派来的宦官邢延恩打乱，于是陈陶、青坂两次大战均以失败告终，房琯"肉袒请罪"，但肃宗"宥之"，即宽恕了他。《旧唐书·房琯传》：

> 琯……用兵素非所长……及与贼对垒，琯欲持重以伺之，为中使邢延恩等督战，苍黄失据，遂及于败。上犹待之如初，

---

① （后晋）刘昫等撰：《旧唐书》卷一一一《房琯传》，中华书局，1975年，第3321页。
② （后晋）刘昫等撰：《旧唐书》卷一一一《房琯传》，中华书局，1975年，第3321—3322页。

仍令收合散卒，更图进取。①

这时肃宗未有过多责怪。情况的转变发生于至德二载（757）正月。御史大夫、岭南节度使贺兰进明是房琯的死敌，此时进谗言挑拨离间，污蔑房琯只忠于玄宗，对肃宗有二心。这使本来就与父亲有嫌隙的肃宗更生敌意，于是肃宗听信谗言，便不再信任房琯，并等待时机将其罢黜。至德二载（757）五月，有人告发房琯门客董庭兰招纳货贿，肃宗便借此罢免了房琯丞相之位，降为太子少师：

> 五月癸丑……丁巳（十日），房琯为太子少师，罢知政事。以谏议大夫张镐为中书侍郎、同中书门下平章事。②

这时杜甫刚任左拾遗不久，本职即是纠帝王之错，他与房琯本为布衣之交，看到房琯受人构陷，岂会坐视不理，因此毅然上书，言辞激烈，反对罢相。肃宗勃然大怒，命三司（颜真卿、崔光远、韦陟）推问杜甫，幸得张镐极力劝说皇帝不可问罪言官，以免绝言者路，才使杜甫罪责得脱。肃宗罢免房琯的根本原因是贺兰进明谗言蛊惑，认为房琯不忠于自己进而怪罪，董庭兰事件只是借口，但杜甫对此事并不知情，故而对唐肃宗因小错而劾大臣抗颜廷争。

六月一日，宰相张镐宣布杜甫无罪，杜甫按规矩写了《奉谢口敕放三司推问状》，但在状中并不认为自己有错，还是强调自己的主观意图是好的，只是语言过于激进，"涉近激讦，违忤圣旨"，言辞中未真正承认错误，并且依旧为房琯辩解：

---

① （后晋）刘昫等撰：《旧唐书》卷一一一《房琯传》，中华书局，1975年，第3322页。

② （后晋）刘昫等撰：《旧唐书》卷一〇《肃宗本纪》，中华书局，1975年，第246页。

窃见房琯，以宰相子，少自树立，晚为醇儒，有大臣体。……臣不自度量，叹其功名未垂，而志气挫衄，觊望陛下弃细录大，所以冒死称述，何思虑未竟，阙于再三。陛下贷以仁慈，怜其恳到，不书狂狷之过，复解网罗之急，是古之深容直臣、劝勉来者之意。①

"弃细录大"指原谅小的过失，采录其大节。诗人这个时候还希望肃宗"弃细录大"，原谅房琯御下不严的小错，不要罢贬房琯之职。可唐肃宗已经认定房琯为唐玄宗旧臣，是唐玄宗扎在自己心脏里的钉子，又怎可收回成命？杜甫的倔强、义气及为国留贤的忠心在房琯一事中体现得淋漓尽致。但此事不仅使肃宗面无光彩，而且还让肃宗认为杜甫与房琯是一路，君臣之间产生嫌隙，自此肃宗便厌恶杜甫，诗人也就难以在朝堂立足了。萧涤非先生说："这里杜甫仍借上此谢状之机，再次就罢免房琯一事进行申述，可见其耿直与倔强。"②

这年闰八月中旬，杜甫上表请求回家探望家人，肃宗应允，杜甫便离开凤翔前往鄜州。七百多里的路程，山重水复，迂曲艰难，经历千难万苦的诗人终于在一个傍晚回到了羌村的家中。

（二）团圆背后的人间悲剧

这年八月，诗人平安到达家中，记录了归家的种种，写下了感人至深的《羌村三首》。这三首诗蝉联而下，构成了"归家三部曲"。

其一诗人记录了归家时的场景："峥嵘赤云西，日脚下平地"，傍

---

① （唐）杜甫：《奉谢口敕放三司推问状》，载（唐）杜甫著，（清）仇兆鳌注：《杜诗详注》卷二五，中华书局，1979年，第2197—2198页。
② 萧涤非主编：《杜甫全集校注》卷二二，人民文学出版社，2014年，第6390页。

晚的太阳快要落下了，照着天上的云彩赤红耀眼，笼罩在山的那边，太阳的余光透过云彩也照射在地面。这样美好的场景表现了诗人即将看到家人的喜悦心情。"柴门鸟雀噪，归客千里至"，门口的鸟儿也争相雀跃，似乎欢迎诗人的归家。徒步奔波近千里路程，诗人终于迎来了和亲人欢聚的时刻，真是悲喜交集。

"妻孥怪我在，惊定还拭泪"，妻子看到了诗人，又惊又喜，愣愣地望着他，继而不断地擦拭着眼泪。这是描写诗人的妻子没有想到诗人还能活着归来的又喜又悲的复杂情感。卢元昌曰：

> 尔时妻孥方盼我归，及见归客，不觉惊怪，盖由丧乱之余，万死一生，我之生还，原属偶尔。今日人耶？鬼耶？诚难免妻孥之惊怪耳。①

可见正当乱世，家破人亡，流离失所是为常态。吴见思曰："从家人耳目中，写出兵乱崎岖，一生万死，反若以尚在为怪事。故始而惊，继而下泪。"②这正是"世乱遭飘荡，生还偶然遂"的意思。诗人在乱世之中漂泊多时，妻子没有料到诗人居然能够平安归来，言语中感叹这是幸运之事，但这背后，又暗含着多少个家庭的生离死别！邻居听说诗人归来，都在墙头上观看，亦为这乱中相聚感慨万千："邻人满墙头，感叹亦歔欷。"直到夜深人静，妻子还无法相信相聚是真："夜阑更秉烛，相对如梦寐"，妻子和诗人都激动不已，点起烛火，彼此对视，仍觉尚在梦中。诗歌写出了战乱中亲人相见的真切感受，令后人赞叹。陆游曰："谓夜已深矣，宜睡而复秉烛，以见久客喜归之意。"③萧涤非曰："述久别家室，忽还羌村，亲人相聚，

---

① 萧涤非主编：《杜甫全集校注》卷四，人民文学出版社 2014 年，第 935 页
② 萧涤非主编：《杜甫全集校注》卷四，人民文学出版社 2014 年，第 935 页
③ 萧涤非主编：《杜甫全集校注》卷二，人民文学出版社 2014 年，第 936 页

惊喜交集之状。"① 周敬曰："知不是梦，忽忽心未稳，意味深长。"②

和亲人相聚的美好日子是诗人在梦中无数次的场面，如今得偿所愿，犹恐是梦中，诗人害怕这美好的场景转瞬即逝。明明是现实，还犹恐是梦中，既是欣喜之情溢于言表，更是战争伤痛难以拂去。诗人阖家团圆的背后隐藏着无数家庭的悲剧，欢乐中透着苦涩和悲凉。

其二写诗人回到家中，心情颇为复杂，当归家的欢乐告一段落后，诗人又满是苦恼。"晚岁迫偷生，还家少欢趣。""晚岁"指暮年。各地兵荒马乱，百姓流离失所，生活困苦，自己都快成老翁了，这些年还在辗转于途，各地流离。诗人又想到自己历尽千辛万苦终于从叛军之地逃回凤翔，以为可以实现"致君尧舜上，再使风俗淳"的理想，不料因疏救房琯，被皇帝厌弃，这一喜一悲，也才不过数月而已，"致君尧舜"的梦想这样快就破灭了。念及此，诗人即便身在家中，也难以酣卧安寝，难以尽情享受儿女绕膝的欢趣。仇兆鳌注："军垒暂归，故云偷生。"③ 王嗣奭曰："久客以归家为欢，今当晚岁，无尺寸树立，而匆迫偷生，虽归有何趣？此句含着许多不平在。"④ 诗人始终觉得自己在做为国为民之事，如今被弃，胸中不平之情激荡不已。诗人回到家中，本应享受"娇儿不离膝"的天伦之乐，可幼子看到诗人忧心忡忡的样子，又"畏我复却去"时，诗人心情便十分复杂。仇兆鳌曰："不离膝，乍见而喜；复却去，久视而畏，此写幼子情状最肖。"⑤ 诗人看到儿女们既喜相见又畏别离的样子，归

① 萧涤非主编：《杜甫全集校注》卷二，人民文学出版社 2014 年，第 936 页
② （明）周珽：《唐诗选脉会通评林》，陈伯海主编：《唐诗汇评（增订本）》，上海古籍出版社，2015 年，第 1457 页。
③ （唐）杜甫著，（清）仇兆鳌注：《杜诗详注》卷五，中华书局，1979 年，第391 页。
④ （明）王嗣奭撰：《杜臆》卷之二，上海古籍出版社，1983 年，第 57 页。
⑤ （唐）杜甫著，（清）仇兆鳌注：《杜诗详注》卷五，中华书局，1979 年，第391 页。

家的欢趣自然又少了很多。诗人想起初到羌村在池塘边树荫下乘凉的舒适，便过去走了几圈，怎知秋季里北风正紧，哪里还有舒适凉爽的感觉："忆昔好追凉，故绕池边树。萧萧北风劲，抚事煎百虑。"诗人对景生情，抚事伤怀，秋风秋景，不免愁从中来。王嗣奭曰："萧萧北风，正状晚景，而老大无成，故抚事而百感交煎，安得欢趣乎？"①诗人只得借酒解千愁："赖知禾黍收，已觉糟床注。如今足斟酌，且用慰迟暮。"正值秋天收获之时，有酒可饮，亦有愁可抒，只好借酒浇愁。王嗣奭曰："黍收酒熟，聊慰目前。而'且用'二字，无限含蓄，非止知足语也。"②诗歌写出了诗人还家后不得自解的寂寥郁闷之情。

其三写与邻居共饮之情景。乏累的诗人从远方归来，邻里乡亲闻讯携酒前来表示慰问。"群鸡正乱叫，客至鸡斗争。驱鸡上树木，始闻叩柴荆"，一幅乡村串门图出现在读者面前：客人来到家中，院子里的鸡群四飞八炸，当把鸡赶到了树上，方知是客人来访。仇兆鳌注："客至鸡啼，见荒舍寂寥之景。"③"父老四五人，问我久远行。手中各有携，倾榼浊复清"写乡人拜访境况：四五老乡亲，提着或清或浊的自家酒酿，慰问诗人归家，但聊天中透露着人生的辛酸："苦辞酒味薄，黍地无人耕。兵革既未息，儿童尽东征。"谦辞说酒味不好，实因田地荒废，无人耕种，战争一波未平一波又起，死伤无数，连未长大的孩子都被征去打仗，哪来的丰收？又哪来粮食酿造醇酒？吴见思曰：

手中各携酒榼，酒色又清浊不同，极写荒村景色。因自言

---

① （明）王嗣奭撰：《杜臆》卷之二，上海古籍出版社，1983 年，第 57 页。
② （明）王嗣奭撰：《杜臆》卷之二，上海古籍出版社，1983 年，第 57 页。
③ （唐）杜甫著，（清）仇兆鳌注：《杜诗详注》卷五，中华书局，1979 年，第 391 页。

酒味之薄者，以黍地无人耕，兵革未息，儿童东征。役及儿童，则村中父老外无他人矣。①

　　可见村里无人，田地荒芜，都是因为战争。如此困苦的生活，父老乡亲还带酒来看望诗人，民风之淳朴，令诗人感动不已。想到此，杜甫便仰天长叹，涕泪纵横："请为父老歌，艰难愧深情。歌罢仰天叹，四座泪纵横。"这纯粹的乡邻之情，让诗人在多难的环境中感受到了缕缕温暖，王嗣奭曰："如此艰难，犹复送酒，所以愧其深情。"②诗人此刻被真情感染，眼泪夺眶而出，想想自己因被皇帝厌弃不能为百姓出力造福，悲怆之情骤然而起，只能为父老赋上几首诗歌表示感谢而已。这一首首的长歌，包含着诗人自己的痛楚，包含着百姓的血泪和无助的创伤，乡亲们听闻也动容不已，听者亦皆泪流。《唐诗归》云："此三诗似咏生还之乐耳，以为偶然，以为意外……流离死亡，反是寻常事也。"③可见当时的社会是多么的动荡，人命是如此地卑贱，生还成了偶然，成了意外，只有死亡才是常态！人民的苦难不言自明。

　　《羌村三首》中诗人将由喜至悲，悲喜交加的复杂感情展现得淋漓尽致。战争四起，主客都有悲伤之事，诗人这里已将"小我"升华为"大我"，写的是小家的欢聚，映出的是万姓黎民的悲伤，将悲凉之情推至最高点。王嗣奭曰："至'歌罢仰天叹'则公与老父（当为'父老'）各有其悲，而复无欢趣。此句又三首之总结也。"④可见欢乐中糅杂着悲伤，这团圆的背后是战乱不断，百姓流离失所，田

---

① 萧涤非主编：《杜甫全集校注》卷二，人民文学出版社，2014年，第939页
② （明）王嗣奭撰：《杜臆》卷之二，上海古籍出版社，1983年，第57页。
③ （明）钟惺、谭元春合编：《唐诗归》，陈伯海主编：《唐诗汇评（增订本）》，上海古籍出版社，2015年，第1460页。
④ （明）王嗣奭撰：《杜臆》卷二，上海古籍出版社，1983年，第57页。

地荒凉不耕，粮食短缺、人口稀少的人间惨剧。

（三）《羌村三首》的艺术特色

《羌村三首》作为组诗，在形式上采用了递进展开的方式，所写之景是由远及近，以诗人回羌村为线索，向我们逐层展示了万千普通乡村在战争中的状态。诗人用自己的亲身经历，向我们叙述了安史之乱的旷世灾难。在写作上，诗人将纪事、抒情和议论融为一体，结构严谨，语言质朴，用"赋"的表现手法将回乡之事、之景、之情娓娓道来，充分体现了"诗史"的价值。

1.用铺叙手法纪事，真切自然

这三首诗的纪事主要运用了"赋"表现手法，精于白描，语言风格质朴自然。中国古典诗歌一向长于抒情，弱于叙事，而杜甫的《羌村三首》却是叙事的典范之作。其一写诗人归家与妻子相见，"妻孥怪我在，惊定还拭泪"，正是久别重逢的场面，更是战乱时期书信断绝又突然归来的场面；"邻人满墙头，感叹亦欷歔"，用朴素自然的语言将邻居得知诗人归来后争先探望的场面生动地描绘出来；"娇儿不离膝，畏我复却去"，则是用简单的近乎口语的表达，体现出儿女对自己的依恋和不想再次离别；"父老四五人，问我久远行"，三三五五的探望者，体现出邻居对诗人的关心和杜甫一贯的亲民风范；"手中各有携，倾榼浊复清"，是邻居们热心的体现，因为正值战乱，大家缺衣少食，诗人归家，他们依旧为诗人接风洗尘。平铺直叙的方式，平实质朴的语言，体现出古朴淳厚的民风，和谐美好的睦邻关系，虽然措辞平实，但意味深厚。李因笃曰："遭乱生还，事出意外，仓卒情景，历历叙出。叙事之工不必言，尤妙在笔力高古，愈质愈雅。"① 杨万里云："五言古诗，句雅淡而味深长者，陶渊明、柳子厚

---

① （唐）杜甫著，（清）杨伦笺注：《杜诗镜铨》卷四，上海古籍出版社，1980年，第159页。

也。如少陵《羌村》、后山《送内》，皆是一唱三叹之声。"[1]莫砺锋先生说："如果说《述怀》《彭衙行》开始运用'赋'的手法，那么《羌村三首》中这种手法已经运用得出神入化了。这样的诗歌，不仅洗净了六朝诗的绮丽色泽，而且不复有盛唐诗的飘逸神采，突现出来的正是诗坛上从没有过的严格的写实精神与质朴的语言风格。"[2]

2.抒情细腻，真挚动人

杜甫不仅是一位叙事大师，也是一位抒情高手。他可以用最平常朴实的语言，表达出最精细、最复杂、最令人感动的情感和心理。如其一开篇的景色描写："峥嵘赤云西，日脚下平地"，这是农村傍晚的景色描写，"峥嵘"山高峻貌，这里形容云峰；"平地"指村中平坦的地面。一切景语皆情语，诗人此刻的心情是复杂的，但激动和欢喜要大于担忧，体现在诗歌中就是美好的景色描写中又渗透着峥嵘怪象，似乎有对时局的紧张，又有到家的轻松释然，语气里似乎含有对旅途疲惫的无奈，又有即将团聚的欢欣。这几句便将诗人复杂的、矛盾的情感用简单平实的语言表现出来了。紧接着的四句："妻孥怪我在，惊定还拭泪。世乱遭飘荡，生还偶然遂。""怪"写出了妻子对诗人突然出现在面前的无所适从；"惊"字写出了妻子内心深处的恐慌和难以相信；"拭泪"刻画了妻子又惊又喜、又笑又哭的真实神态。"偶然"两字，无论从诗人的角度还是从妻子的角度，都刻画出他们对战争的刻骨铭心的认知：九死一生，死是常态，生则偶然，是不幸中的大幸。"夜阑更秉烛，相对如梦寐"，通过一个小小的镜头描写，将夫妻俩"相顾无言，惟有泪千行"的感情表达得淋漓尽致。细节传情，动人不已。杨伦《杜诗镜铨》评此诗："语语从真性情流出，故足感发人心，此便是汉、魏、《三百篇》一家的髓

① （宋）杨万里：《诚斋诗话》，丁福保辑《历代诗话续编》，中华书局，1983年，第135页。
② 莫砺锋、童强：《杜甫传》，长江文艺出版社，2019年，第146页。

传也。"①弘历《唐宋诗醇》评之："真语流露，不假雕饰，而情文并至。"②

在这首诗中，诗人明确写出了两个泪点，"拭泪"与"歔欷"，一从动作，一从声音，传达了内心深处波澜起伏、五味杂糅、痛定伤情的复杂情感。《集千家注杜工部诗集》卷三评曰："当时适然，千载之泪常在人目，《诗三百》不多见也。"③浦起龙《读杜心解》亦曰："'邻人''感叹'，生发好；'秉烛''如梦'，复疑好。公凡写喜，必带泪写，其情弥挚。"④

第二首感情更加深沉，开头"晚岁"将悲凉的感情基调奠定，而后"偷生"表现自己在多事岁月中的艰难。"娇儿不离膝，畏我复却去"，写事抒情，透过孩子们对父亲态度的反应，揭露战争隔离亲情的罪恶，表达诗人的伤感。"萧萧北风劲，抚事煎百虑"，用一"煎"字体现出诗人内心如百爪挠心的煎熬感。诗人胸怀天下，却不得不离开朝廷，虽有报国之心，怕再难为国效力了，个中痛苦，无法言喻。诗人面对呼啸的北风，抒发着种种的不如意。这种抒情方式，不说具体的难处，却绕梁三匝，值得反复品味。清代王尧衢在《古唐诗合解》中评："三首哀思苦语，凄恻动人。总之，身虽到家，而心实忧国也实境实情，一语足抵人数语。"⑤

第三首乍看是诉说人情往来，实际不止如此。前边十二句也是写事抒情，如此艰难的岁月，仍保留如此淳朴的民风，这是多好的

① （唐）杜甫著，（清）杨伦笺注：《杜诗镜铨》卷四，上海古籍出版社，1980年，第158页。
② （清）弘历编选：《唐宋诗醇》卷一三，春风文艺出版社，1995年，第648页。
③ （明）高棅编选：《唐诗品汇》五言古诗卷之八，上海古籍出版社，1988年，第120页。
④ （清）浦起龙：《读杜心解》卷一之二，中华书局，1961年，第43页。
⑤ （清）王尧衢：《古唐诗合解》，陈伯海主编：《唐诗汇评（增订本）》，上海古籍出版社，2015年，第1461页。

民风多好的百姓，却要遭受战争的灾难！"苦辞酒味薄，黍地无人耕。兵革既未息，儿童尽东征"，父老们竟然请诗人理解他们没能用更好的方式迎接诗人！字里行间都是诗人对大唐百姓的挚爱。诗人借父老歉意酒味寡淡带出因连年战争、壮丁已无，甚至少年也要参军打仗、田地无人耕种的情况，让我们想象到"禾生陇亩无东西"的荒凉和残破，表达了对战乱的痛恨。至此诗人直抒胸臆"请为父老歌，艰难愧深情。歌罢仰天叹，四座泪纵横。""愧深情"三字写尽父老对自己的关爱之情，问候之情，以及诗人一腔感喟。明清批评家皆对此推崇备至，如清代施朴华《岘佣说诗》评之："《羌村》三首，惊心动魄，真至极矣。陶公真至，寓于平澹；少陵真至，结为沉痛；此境遇之分，亦情性之分。"① 明人王慎中亦云："一字一句，镂出肺肠，才人莫知措手，而婉转周至，跃然目前；又若寻常人所欲道者，真国风之义，黄初之旨，而结体终始，乃杜本色耳。"②

《六一诗话》引梅尧臣的话说："诗家虽率性，而造语亦难。若意新语工，得前人所未道者，斯为善也。必能状难写之景，如在目前；含不尽之意，在于言外，然后为至矣。"③ 而前人所未道之情与难写之景往往就在日常生活中为人所常见，常感。陈贻焮说："老杜这首诗的好处，就在于他能把乱世常人都可能经历到或亲眼得见的常事、常情，用平平常常的语言表现出来，却能状难写之景如在目前，含不尽之意见于言外。"④

① （清）施补华：《岘佣说诗》，陈伯海主编：《唐诗汇评（增订本）》，上海古籍出版社，2015年，第1461页。
② （唐）杜甫著，（清）仇兆鳌注：《杜诗详注》卷五，中华书局，1979年，第392页。
③ （宋）欧阳修著，郑文校点，郭绍虞编：《六一诗话》，人民文学出版社，1962年，第9页。
④ 陈贻焮：《杜甫评传》，北京大学出版社，2003年，第337页。

3. 结构严谨，以点带面，以小见大

这组诗以"惊"为线索，结构严谨。视角由近及远，先妻子，后儿女，再亲朋，将归家的心路历程清晰地展现出来。吴瞻泰曰：

> 此是还鄜州初归之词。通首以"惊"字为线。始而鸟雀惊，继而妻孥惊，继而邻人惊，最后并自己亦惊。总是乱后生还，真如梦寐，妙在以旁见侧出取之。[①]

这组五古，明白如话，如述家常。从小里说，就是一家人重新见面，和邻人共话家常，与妻子对面谈心，却通过小小村落里的小小事件，带出了战争给人们心理的创伤，战争给生命带来的伤害，战争给社会经济带来的巨大破坏。金启华先生说：《羌村三首》所描绘的地点是一个平凡的小乡村（羌村）；所描写的人物，是一些平凡的普通人：诗人的妻子儿女、邻人老农；所叙述的事情，是乱离回家探亲和村民的慰问，也是很简单的。杜甫从动乱生活中提炼出浓郁的诗情画意，从身边事件中挖掘出普遍的社会现实意义。诗人这三首诗可以说一叶知秋，通过描写诗人归家表现出了天下百姓的疾苦、战争的惨痛，这就是安史之乱带给世间的灾难，这便是诗人"诗史"的价值。

[①] （清）吴瞻泰撰，陈道贵、谢桂芳校点：《杜诗提要》卷二，黄山书社，2015年，第27页。

四、"曲江"组诗

曲江二首

其一

一片花飞减却春，风飘万点正愁人。

且看欲尽花经眼，莫厌伤多酒入唇。

江上小堂巢翡翠，苑边高冢卧麒麟。

细推物理须行乐，何用浮名绊此身。

其二

朝回日日典春衣，每日江头尽醉归。

酒债寻常行处有，人生七十古来稀。

穿花蛱蝶深深见，点水蜻蜓款款飞。

传语风光共流转，暂时相赏莫相违。

曲江对酒

苑外江头坐不归，水精宫殿转霏微。

桃花细逐梨花落，黄鸟时兼白鸟飞。

纵饮久判人共弃，懒朝真与世相违。

吏情更觉沧洲远，老大徒伤未拂衣。

曲江对雨

城上春云覆苑墙，江亭晚色静年芳。

林花著雨燕支湿，水荇牵风翠带长。

龙武新军深驻辇，芙蓉别殿漫焚香。

何时诏此金钱会，暂醉佳人锦瑟旁。①

《曲江二首》《曲江对酒》《曲江对雨》作于唐肃宗乾元元年
（758），"名为三题四首七律，而其题目、文体、题材、意境，皆一
以贯之，又作于一时一地，故实为一组七律联章"。②杜甫时在长安，
任左拾遗。这组诗歌暴露出他深陷烦闷情绪、逃避现实责任的状态，
是诗人内心纠结的写照。

（一）杜甫"北征"归来的左拾遗生活

"麻鞋见天子"之后，杜甫于至德二载（757）五月十六日被肃
宗任命为左拾遗，至乾元元年（758）六月出为华州司功参军，在左
拾遗任上前后不到一年时间。左拾遗是一个"从八品上"的官职，
其职责主要是"掌供奉讽谏，扈从乘舆。凡发令举事，有不便于时，
不合于道，大则廷议，小则上封。若贤良之遗滞于下，忠孝之不闻
于上，则条其事状而荐言之"。③简而言之，左拾遗是谏官、言官，
发现政令有不合理之处就要提出意见，同时还有推荐贤良的责任。
左拾遗官职虽小，杜甫却十分重视这份工作，因为"拾遗之置，所
以卑其秩者，使位未足惜，身未足爱也；……然后能有阙必规，有违
必谏"④，进言讽谏辅佐君王与杜甫"致君尧舜上，再使风俗淳"的理

---

① （唐）杜甫著，（清）仇兆鳌注：《杜诗详注》卷三，中华书局，1979年，第
446—451页。
② 邓小军：《杜甫曲江七律组诗的悲剧意境》，《北京大学学报》2011年第4期，
第63页。
③ （后晋）刘昫等撰：《旧唐书》卷四三《职官二》，中华书局，1975年，第
1845页。
④ （后晋）刘昫等撰：《旧唐书》卷一六六《白居易传》，中华书局，1975年，
第4341页。

想十分契合。但在杜甫刚上任不久，就因极力谏言疏救房琯一事惹怒肃宗，闰八月即被肃宗放还往鄜州（今陕西富县）探家，亦即"北征"。艰辛的"北征"过后，杜甫赋闲家中，这期间，唐军于十月收复长安，肃宗还京，十二月，杜甫也返回长安，继续担任左拾遗的职责。

长安光复，又能回到朝廷继续为国家效力，杜甫满怀激情，兢兢业业、勤于王事，在左省值夜时，"明朝有封事，数问夜如何"（《春宿左省》）[①]。上封事是杜甫身为左拾遗的职责所在，杜甫只需要汇报一些比较繁琐的小事，他却由于惦记此事而一夜数次起身，无法安睡，可见此时的杜甫是多么认真履职，多么期待能够有所作为啊！他的诗歌记录了身为近臣的日常工作和生活情况，包括腊日获赐酒食及防冻的口脂面药，端午获赐宫衣，上朝及退朝的情景，与贾至、王维、岑参等人唱和往来，与好友毕曜饮酒赋诗等。长安的工作生活逐渐步入正轨，杜甫也开始发觉官员身份的身不由己：马被充公之后，杜甫无马上朝，又怕步行有失官体被长官责骂，所谓"徒步翻愁长官怒"，而借来的驴又因下雨路滑不得行，只好请假，这样一来就不能在街上随意走动，只能居家。

杜甫的左拾遗生活看似平静，其实却是被朝廷冷落，其背后隐含着清流党与浊流党之间的纷争，也暗含着唐肃宗的逐渐疏远在诗人内心深处印下的深深哀愁。杜甫因为疏救房琯一事"涉近激讦"而令肃宗耿耿于怀，放归省家，因作《北征》。返归朝廷后又"衮职曾无一字补，许身愧比双南金"（《题省中院壁》），无所事事，因此愁烦郁闷，无以消解，只能徜徉在曲江边，思量过往。或许是出于谨慎而不再如从前般坦率直言，又或许亦曾直言劝谏未被肃宗采纳，杜甫最初的壮心激烈逐渐被磨蚀，因无法尽职而产生的惭愧渐而萎

---

① （唐）杜甫著，（清）仇兆鳌注：《杜诗详注》卷六《春宿左省》，中华书局，1979年，第438页。

缩成一种无味无聊，连岑参也看出他已有"自觉谏书稀"的行为。谏书越来越少的原因竟是"圣朝无阙事"，在百废待兴的战争年代，这不啻是一种讽刺。杜甫开始酗酒、懒朝，从一位勤劳敬业的近臣形象走向自己的对立面。此时正值春天，他时常在曲江边流连风景，写下《曲江二首》《曲江对酒》和《曲江对雨》等诗，抒写他内心的愁苦与烦闷。

（二）《曲江二首》《曲江对酒》《曲江对雨》的郁闷愁烦

从至德二载（757）十二月重回朝堂，至乾元元年（758）六月出为华州司功之前，这段日子似乎是杜甫一生中最为优游的时光——担任着朝廷的官职，不必居无定所，亦享有一定的收入。然而这组曲江诗歌却透露出他深陷烦闷情绪、逃避现实责任的状态。他的烦闷有深有浅，从宦情到国事，这些不同层次的烦闷纠缠在一起，浑融而无法拆解，这种滞涩的情绪透过他的双眼外化至眼前景物，使景物也都笼罩着一种春愁。

杜甫的烦闷愁绪原因一分为二：一是官居拾遗而不能尽职，谏臣不能谏言，官职也就成了摆设，成了虚浮之名；二是忘不了"长安新经丧乱"，眼前物是人非使他充满对盛唐时代的怀恋。这两个层次的情感相互缠绕扭结在一起，使杜甫胸怀难以纾解，《曲江二首》是对这种纠结心绪的总体写照，而《曲江对酒》和《曲江对雨》分别体现了"官居拾遗而不能尽职"和"长安新经丧乱"后感慨物是人非这两个层面的情感。

《曲江二首》其一开端就说"一片花飞减却春，风飘万点正愁人"，一片落花减损一分春色，而风飘万点，春色则是千疮百孔了。这般春景引起的不是赏爱之情，而是愁肠百转，因为花谢随风，眼前已是衰败气象——"且看欲尽花经眼"，如今眼见花将落尽，愁绪更是即将堆积到顶点，只好靠酒来排解。"莫厌伤多酒入唇"，酒会麻痹人的神经，损伤形体，多喝无益，诗人明知如此却又不得不一再沉溺于这种短暂的麻醉而无法摆脱，可见愁苦之深。他的愁苦怎会不深呢？触目皆是衰景："江上小堂巢翡翠，苑边高冢卧麒麟"，恐怕使爱酒之人杯酒入唇时也如同骨鲠在喉了。江上小堂即为曲江行宫，如今翡翠鸟的巢穴已经筑到了那里，可见树丛杂草疏于打理，几乎要把宫殿埋没，而芙蓉苑边的高冢旁，麒麟瑞兽倒卧蒙尘、饱经风霜，反映着国运衰败，亦嘲讽着朝堂"明君"。又一次曲江春游，战后的长安，处处显出凋敝之意。安定也是暂时的，谁知道叛军是否还会卷土重来？处在这样的动荡时代，谁又能确保明天身在何处？于是感慨万千，"细推物理须行乐，何用浮名绊此身"了。"物理"是指事物盛衰无常的道理。酒意渐浓，杜甫不免生出这种及时行乐的想法来。杜甫是曲江今非昔比的见证者，也最懂得盛衰无常沧海桑田的道理，他曾见过"长安水边多丽人"（《丽人行》），而如今丽人已"血污游魂归不得"（《哀江头》），令人喟叹唏嘘，他自己更是在战乱中几经辗转流徙，"死去凭谁报，归来始自怜"（《喜达行在所三首》之三），后又在营救房琯时差点丧命。对社会的深入探察及自己多次接近死亡的经历，使杜甫体验到时代悲剧的切肤之痛，这种痛苦的体察也就使他更加关切怜悯个体生命的无常。关切怜悯，而又救之无计。本来是有希望尽职尽责做好左拾遗的工作，在自己的辅助下让皇帝做个明君，然而眼看着连这条路也走不通了，因疏救房琯而触怒肃宗或许给了杜甫太大的教训，他"岂无济时策，终竟畏罗罟"（《遣兴五首》之"昔者庞德公"），不敢也不能继续做他的诤臣了。国家衰败，自己的理想和激情也跟着挫败，万般都是无可奈何，想必在某些时刻，杜甫也感到疲累不已，于是劝慰自己及时行乐，暂且忘却那些身外事，做个看似洒脱的酒鬼。

然而做到真正的洒脱是困难的，更多的只是故作洒脱之态，背后却满是辛酸，且看《曲江二首》其二中杜甫酗酒的程度就可以知道，痛苦几乎无时无刻不在缠绕着他。"朝回日日典春衣，每日江头尽醉归"，每天下朝之后只是喝酒，有钱要喝，无钱典当春衣换钱也要喝；"酒债寻常行处有"，人走到哪里，酒债就留到哪里，整个人已落拓不羁至此，这还是那个"明朝有封事，数问夜如何"的左拾遗吗？但他理由似乎很充分："人生七十古来稀"啊，流光易逝，人生苦短，何不活得洒脱自在些，随心所欲？又是及时行乐的借口，更是自己消磨时光的台阶，所以才细细观察"穿花蛱蝶深深见，点水蜻蜓款款飞"，蝴蝶还在忙着为花授粉，而蜻蜓也在点水而过。自然万物完全没有受到人间这场惨绝人寰的大灾难的影响，依然在按照自然规律繁衍生息，悠然自得，而在动乱时代的杜甫竟然不得不观赏这些与平叛毫无关联的自然之景，他该多么无聊！因此"传语风光共流转，暂时相赏莫相违"，表面是传话给蝴蝶与蜻蜓以及自然万物，表达诗人自己也要融入其中，暂且驻足欣赏之，别辜负了这大好春光，但是，那个一心关注国事的杜甫，竟然在这大自然中如此细致地品味着所谓的风景，"悠闲"到无事可做，这是一种怎样的悲哀？

《曲江二首》故作豁达之语，却无时无刻不在透露着与之相反的情思。"莫相违"也是自相劝慰，假如没有生出过"相违"的心思，也就无所谓告诫自己"莫相违"。本来是无心欣赏春景的，却又因为无所事事心绪无聊而只能走入这户外春光，上朝后归家也是窒闷填胸，走入春景或许还尚可慰藉。这不禁让人联想到陀思妥耶夫斯基《罪与罚》当中的人物马美拉多夫，这个人在出场时刚丢了九等文官的工作，离家不归，在运输干草的驳船上睡了五天，邋遢得像个流浪汉，妻子患肺病，还有三个挨饿的孩子，最大的女儿不得不出卖肉体补贴家用。马美拉多夫深陷悲愁无法摆脱，只能纵溺于酗酒，家里仅有的钱都被他偷走买了酒喝，妻儿却在家中挨饿。他深深痛恨自己，越痛恨却越需要买醉，家庭就愈发贫困潦倒，由此陷入恶性循环当中。

　　杜甫每日"尽醉归"的这种状态与马美拉多夫略有相似，《曲江对酒》中，杜甫自叙"苑外江头坐不归，水精宫殿转霏微"，每天在曲江边独坐不归，直到眼前的宫殿由清晰转模糊，夜幕降临，一日又倏忽而过。志向长期不得伸展难免会使人心灰意懒，连面对日常生活也提不起精神来，孱弱的灵魂蜷缩在身体中，日复一日忍受孤独的浸泡。杜甫独自呆坐江头，看"桃花细逐梨花落，黄鸟时兼白鸟飞"，桃花与梨花、黄鸟与白鸟，彼此飞逐相伴，反衬着诗人"纵饮久判人共弃，懒朝真与世相违"的孤立状态。"酒鬼"形象总是遭人嫌弃的，身为丈夫、父亲，回避家庭责任，何况又是官员，不顾体面，甚至连早朝也懒得上、连分内的职务都不顾，家人与同僚恐怕都对他意见颇多，这种做法也真是"与世相违"了。然而孤独仿佛是他自己的选择，听他的语气，纵酒、懒朝，做着与曾经的自己截然相反的事，他已不在乎别人的看法。如今只反复惦念着"吏情更觉沧洲远，老大徒伤未拂衣"了。这已经不是旷达了，更像是悔恨，认为自己冒死投奔肃宗、出任这个左拾遗真是多余，不若拂衣而去、远离仕宦，反而不必给自己招致这么多愁绪。

　　杜甫的牢骚话半真半假，从《曲江二首》到《曲江对酒》，再到之后的《曲江对雨》，都是如此。走到今时今日不后悔是不可能的，但是后悔出任左拾遗也不可能，假如时光倒回，让他听天由命保全自身而不寻找机会为国效命的话，那就更不是他。可就是这种不上不下的状态最令人难受，留下来也只能违心地担任一个保持沉默的左拾遗，如屈原一样"竭忠诚以事君兮，反离群而赘疣"①。与马美拉多夫不同的是，杜甫的愁思远不止是来自个体困境，他的愁怨更广阔也更浓厚，他背负着家国之悲，他将自己的命运与国家的命

---

① 此处采用林云铭、蒋骥等人的说法，认为是屈原自视离群失位，于朝廷无所用，犹如赘疣一般多余。

运紧紧联系在一起。正是因为国无明君，杜甫才无法施展才能，由此只能买醉消愁，以致日日典当春衣，虚掷时光，同样陷入一种人生困境。由此可见，所谓及时行乐的旷达之语正如同酒精作用于神经，只能暂时切断焦虑困苦的情绪，却终究无法从根源上化解郁积的块垒。

　　日日江头尽醉而归借酒消愁的杜甫，在组诗的最后一首《曲江对雨》当中所蕴含的情感应该达到了极盛，然而这一首却是组诗当中乍看起来最清新旷达的一首，诗风也极其婉约秀致。他没再提自己"莫厌伤多酒入唇""酒债寻常行处有"，他将自己从诗中隐去了，将目光转向了更广阔的光景，怀想开元盛世。雨中，诗人走避曲江山亭，沉浸在"城上春云覆苑墙，江亭晚色静年芳"的气氛中，望见"林花著雨燕支湿，水荇牵风翠带长"之景致。《杜诗详注》引朱瀚语："林花著雨，见苑中车马阒然。水荇牵风，见江上彩舟绝迹。"①文学的本质是隐喻，此二句与"江上小堂巢翡翠，苑边高冢卧麒麟"类似，都是在隐喻曾经的盛况已不复存在。邓小军认为林花凋落是比喻"风华绝代的杨妃经过安史之乱、马嵬驿之变，而终于凋落"，水荇之"荇"字与"恨"读音相近，"水荇牵风翠带长"暗含哀杨妃之意。②杨妃与玄宗象征着盛世，而如今杨妃斯人已去，玄宗的时代也成为历史，只剩"龙武新军深驻辇，芙蓉别殿漫焚香"了。"龙武新军"乃玄宗之禁军，"高宗龙朔二年，置左右羽林军，玄宗改为左右龙武军。"③玄宗李隆基即位之前以万骑平定韦氏，这万骑就是后来的"龙武新军"。天宝十五载（756）安史兵变，六月十三日玄宗仓

①　（唐）杜甫：《曲江对雨》，载（唐）杜甫著，（清）仇兆鳌注：《杜诗详注》卷六，中华书局，1979 年，第 452 页。
②　详见邓小军：《杜甫曲江七律组诗的悲剧意境》，《北京大学学报》2011 年第 4 期，第 61 页。
③　（唐）杜甫著，（清）仇兆鳌注：《杜诗详注》卷六，中华书局，1979 年，第 451 页。

皇出逃时只带了数量有限的禁军，十五日马嵬之变后又分去其后军两千人从太子亨（后来的肃宗）。至德二载（757）长安光复，十一月，已变成"上皇"的李隆基回长安，行至凤翔时，仅剩六百余人的"从兵"也被肃宗解除武装，上皇从此被置于肃宗武力监控之下。此处以"龙武新军"作盛唐衰败的代名词，当时之新军，如今之旧臣，回想起来只能徒添忧伤愤慨。"深驻辇"，暗示了上皇被幽禁的现实状态，龙武新军与明眸皓齿，都只能惹人一句"今何在"，却无人能答。盛唐早已不在了，把皇位看得比什么都重要的肃宗也无法再得到杜甫的任何敬重，如此，杜甫只能缅怀过去，清醒时刻，以美文暗含嘲讽——肃宗抢夺皇位，又解除玄宗武装、将其软禁的做法令人不齿也令人震惊。由此，让人不由不想到莎士比亚的《李尔王》。《李尔王》一开端就是李尔主动退位，要将自己的国土分给三个女儿，其原因并未交代，但又并非很难猜测，正所谓"司马昭之心，路人皆知"，只需要看看后面大女儿和二女儿阳奉阴违的做法便知。退位的李尔无处可宿，大女儿和二女儿表面接纳，却趁机提出要求：将李尔身边的一百位卫士减半、再减半，最好一个不留，这与肃宗解除玄宗武装的做法并无二致。杜甫与莎士比亚，分别采用诗歌与戏剧的形式、各以隐喻和铺叙的手法来揭示阴暗人性与丑恶嘴脸。"芙蓉别殿"与前文提到的"江上小堂""水精宫殿"同指坐落在曲江附近的行宫，是玄宗、杨妃等人从前时常游幸的地方，"漫焚香即空焚香以待"①，玄宗、杨妃却不会再来，此处也在暗指物是人非。"何时诏此金钱会，暂醉佳人锦瑟旁"同样是在回溯玄宗朝的盛事。"开元元年九月，宴王公百寮于承天门，令左右于楼下撒金

---

① （唐）杜甫著，（清）仇兆鳌注：《杜诗详注》卷六，中华书局，1979年，第451页。

钱,许中书以上五品官及诸司三品以上官争拾之。"① 此"金钱会"是
也。开元中亦有过曲江赐宴,恩赐教坊声乐,故有"佳人""锦瑟"
之欢。玄宗在位期间,杜甫曾淹留长安十年,他对盛唐曾经的辉煌
自然有很多机会耳闻目睹。天宝十载(751)杜甫曾因《朝献太清宫
赋》《朝享太庙赋》《有事于南郊赋》三篇赋作引玄宗赏识,"集贤学
士如堵墙,观我落笔中书堂"(《莫相疑行》),为杜甫赢得了一时声
名,并成为他终生难忘的荣耀时刻。黄生曰:"公感玄宗知遇,诗中
每每见意。"② 此说或许有些道理,但在玄宗朝,杜甫只在最后时刻谋
得一介小官,以致他生活始终贫困多艰,反而在肃宗登基后当上左
拾遗,生活才算稍有改观。说到底,杜甫此时怀念的不是某位具体
的皇帝,而是一个时代,象征玄宗的"龙武新军""芙蓉别殿""金
钱会"等意象,也都是盛唐时代的象征,他是在为盛年光景的消逝
而哀悼,同时也在为生不逢时而自怜。

《曲江二首》《曲江对酒》及《曲江对雨》是一组从内容到写法
都彼此相通的组诗,表达了杜甫"官居拾遗而不能尽职"的苦闷无
聊,以及目睹"长安新经丧乱"后对受难个体的关切怜悯、对盛唐
时代无限的怀恋之情。

(三)华丽掩盖下的曲折笔法

"曲江"七律四联章,谋篇一以贯之:故作豁达之语,实写无聊、
沉闷心绪。这种写法使诗歌的浅层意蕴(自我开解)与深层内涵(愁
绪萦绕)之间产生距离感,甚至表现出一种背离的形态。这种诗歌
书写中的距离甚至背离所形成的诗意中的张力,与杜甫此时酗酒、
懒朝、从一位勤劳敬业的近臣形象走向自己对立面的实际行为相对

---

① (唐)杜甫著,(清)仇兆鳌注:《杜诗详注》卷六,中华书局,1979年,第
451—452页。
② (唐)杜甫著,(清)仇兆鳌注:《杜诗详注》卷六,中华书局,1979年,第
452页。

应，成为杜甫反思反抗现实的两种途径。

　　诗歌的语言清丽流畅，正如春日曲江，江水解冻，全无滞涩。词汇亦丰富，有华美之趋向。由这种语言构成的诗歌浅层意蕴也连贯流畅：起初是愁绪盘桓心头，无奈只好曲江对酒，醉意朦胧之时，花鸟虫鱼惹人流连，酒与风光的双重作用之下，诗人寻得了自我开解。组诗的谋篇布局自有其内在逻辑，《曲江二首》《曲江对酒》大体遵循这个路径，而《曲江对雨》尾联略有不同。《曲江对雨》在组诗中具有点明主旨的作用，假如前三首使人不明"愁"之来源，便可到《曲江对雨》中寻找原因。《曲江对雨》结尾处并不是旷达之词，"何时诏此金钱会，暂醉佳人锦瑟旁"，是回忆，是对佳期难再的喟叹，是对盛世的无限追恋，隐含着忧伤哀愁。由此可见，《曲江二首》其一开头的一个"愁"字可谓贯穿组诗始终，奠定了组诗的感情基调，"愁"才是组诗的深层内涵，而其中反复出现的豁达之语只是组诗的浅层意蕴。组诗反复运用从愁绪萦绕到自我开解的模式，说明大量饮酒和多次自我劝慰都不能成功使诗人摆脱愁绪，无形之中达到了对"愁"的强化作用。愁绪并非如表面所见那样被酒和风景消解掉了，而是越积越深，在《曲江对雨》中达到了高峰，然而《曲江对雨》的语言却是组诗当中最秀丽婉转的，这是语义和诗意之间很明显的两极分化，这种谋篇布局造成了二者的背离，在浅层意蕴与深层内涵之间形成一道鸿沟。与之相应，创作诗歌的杜甫当时表面上酗酒、懒朝，从一位勤劳敬业的臣子形象走向自己对立面，而内心深处依然牵挂家国和政局。此种写法，使杜甫本人的困境以诗歌中语义和诗意之矛盾的形式表现了出来。

　　"曲江"组诗通过诗歌内部自相矛盾的形式与诗人本身人生困境的书写，达到了对肃宗政局的一种反讽，从而暗含诗人的反抗。曹慕樊论杜诗时说："放纵也好，超脱也好，都是为了保持清白，为了在腐恶的污泥潭中挖一个洞透一口气，为了抵抗各种拉人下水的手，一句话，为了'心迹双清'。在旧社会，这是不容易的，是需要极大的反抗力的。这种反抗的形式，在杜甫这里，连同在陶谢那里，常常采用了消极的形式:酒或者是山林浪迹。"[1] 然而无论是"江头尽醉归"还是"徒伤未拂衣"，这种反抗力量都是微弱的，是人生选择局限性的写照。对人生困境不遗余力地书写，或许也是杜甫诗歌在后世引起无数共鸣的原因之一。

---

[1] 曹慕樊:《杜诗杂说全编》，生活·读书·新知三联书店，2009 年，第 117 页。

五、《忆弟二首》

其一

丧乱闻吾弟，饥寒傍济州。人稀书不到，兵在见何由。

忆昨狂催走，无时病去忧。即今千种恨，惟共水东流。

其二

且喜河南定，不问邺城围。百战今谁在，三年望汝归。

故园花自发，春日鸟还飞。断绝人烟久，东西消息稀。[①]

  杜甫十分重视亲情，曾被清代梁启超称为"情圣"。身处战争年代，杜甫与手足遭逢离乱，常常忧心思念，写下许多牵挂弟妹的诗篇。《忆弟二首》是杜甫贬华州司空参军之后暂居河南陆浑庄故居时创作的组诗，河南初定，杜甫立即奔赴家乡，回到故园，追忆往昔与弟弟匆匆分别时的场景，感叹战火阻断音讯，不知何时方能相见。《忆弟二首》融合真事、真景、真情，将忆弟、思弟、忧弟之情感真情直现，直笔写就，语淡情真。

（一）杜甫的亲情观

  杜甫重视亲情可以在其现存诗作中的数量中见出，如今传世的千首诗作中有百首涉及妻儿、弟妹以及宗亲。杜甫一生辗转悲苦，南北奔走，妻儿的陪伴使他摆脱孤独，却又时常成为他愧疚感伤的

---

① （唐）杜甫著，（清）仇兆鳌注：《杜诗详注》卷三，中华书局，1979年，第508—509页。

来源；为避难而不得不离散各处的弟妹子侄则是他一生的牵挂。杜甫为人正直仁爱，"穷年忧黎元，叹息肠内热"（《自京赴奉先县咏怀五百字》），与他萍水相逢的落难王孙，路途巧遇的难民老妇，他都由衷为之沉痛悲叹。常怀一颗悲悯之心的杜甫，亦十分珍视自己的家庭、牵挂自己的亲人。情感是相互的，杜甫的家人同样对杜甫无限包容，家庭成员彼此间的关系十分紧密，尤其表现在战乱当中，从天宝末"避贼初"，到代宗大历五年（770）避臧玠之乱时，"妻孥复随我，回首共悲叹"（《逃难》），家人们始终跟随着他，不离不弃。

拥有温暖的家庭，杜甫必定会希望家人过上富足生活，然而世事颇与期望相违，旅食京华既未能使他实现价值，连基本的温饱也不能满足，他自己都饥寒交迫穷困潦倒，家人的生活可想而知。而后又遭逢战乱，一家人流离失所，有时甚至陷入绝境，即使偶尔能够稍加安顿，生活也始终局促不已。因此，杜甫心中的温情总难免伴随愧疚，例如由长安还鄜州（今陕西富县）家后，面对"瘦妻""痴女""娇儿"，却发现"妻子衣百结"，再看看"平生所娇儿""垢腻脚不袜"的模样，两小女"补绽才过膝"（《北征》）的模样，心中怜爱又辛酸，对此情景反复描摹，正是因为无法释怀。杜甫的诗作虽以自己的主观视角居多，却也侧面反映出妻子为人坚忍仁厚，与杜甫有相同的品性。经济拮据时，一家人都衣衫褴褛，妻子依然使用虽然破旧却代表着家族历史的"旧绣"尽力缝补孩子的衣裳，"海图坼波涛，旧绣移曲折。天吴及紫凤，颠倒在裋褐"（《北征》），家中的一切琐碎事务都担在"瘦妻"一人的肩头。而后在陷贼时，孩子年幼，杜甫又频于奔波、身不由己，家庭全仰仗这性情温厚慈爱的妻子才得以维持，杜甫写下"世乱怜渠小，家贫仰母慈"（《遣兴·骥子好男儿》）的诗句，字里行间蕴藏着的是对妻子的认同和感激。杜甫对妻子是十分信赖的，有时心情抑郁时也会要些性子，"朝回日日典春衣，每日江头尽醉归"，典当春衣只为喝酒，且每日如此，这其中大概不乏妻子对他的无限包容。长年奔走避乱，杜甫对妻子的信赖也在与日俱增。有时为了维持生计，杜甫不得不操起卖药的行当，妻子便从旁协助，艰辛中透出脉脉温情。杜甫自问："晒药能无妇？"答案显而易见。倘若不是妻子扶持，夫妇二人相濡以沫，杜甫的人生或许会更加孤苦多艰。

半生都在流浪的杜甫十分重视家庭团聚，每当与家人分离时，他都无法抑制内心的思念之情，对妻儿如此，对弟妹亦如此。杜甫在家中排行第二，下有杜颖、杜观、杜占、杜丰四位弟弟及嫁入韦家的妹妹，长兄早亡，杜甫便承担起长兄的角色，例如开元二十九年（741），任临邑主簿的杜颖寄来书信，说因下雨而黄河泛滥，恐有堤防之患，很是发愁，身为哥哥的杜甫便寄诗宽慰之。大历二年（767）春，杜观从长安到蓝田迎娶新妇，杜甫遥寄诗歌三首，喜悦之情溢于言表，"汝迎妻子达荆州，消息真传解我忧"（《舍弟观赴蓝田取妻子到江陵，喜寄三首》之一），愁闷郁积的杜甫也暂因弟弟的喜事而解颐。杜甫虽然自己深陷泥淖，生活困苦不堪，却依然不忘对弟弟妹妹的责任，所谓"长兄如父"，大约如此。而弟弟妹妹亦尊敬、挂怀这位兄长，避乱漂泊时不忘邮寄书信，一旦有机会便会去探望他：广德二年（764）秋，杜颖曾至成都探望杜甫；杜观也在大历二年（767）归蓝田迎娶新妇时往夔州省兄。嫁入韦氏家族的妹妹虽无法与杜甫见面，也会想办法给杜甫报平安，例如至德二载（757），杜甫得以"近闻韦氏妹，迎在汉钟离"。本该团圆的元日却与弟妹各散东西，国家又正处风雨飘摇中，杜甫感慨颇多，对家人的思念之情又不免增添沧桑之感。

杜甫的亲情观是与他的乡土情结紧密结合在一起的，正所谓"狐死归首丘，故乡安可忘"①，杜甫一生都在盼望"何日干戈尽"，能够

---

① （宋）郭茂倩编：《乐府诗集》卷三七，中华书局，1979年，第552页。

返回家乡，骨肉团聚。杜甫在洛阳与长安都有家，两京，尤其长安，不仅是国之都城，也是杜甫寄托理想的地方。因此，"故乡""故国"，实为一体，"家国"之思，难解难分。杜甫的思弟、思乡诗歌，也常常反映出他对国家时局的关注，是他忧国忧时的情感分支。

（二）动乱中殷切的思弟情怀

为躲避战乱，杜甫与弟妹离散各地，经常音讯难通，他无时无刻不在牵挂着弟妹的安全："我今日夜忧，诸弟各异方"（《遣兴五首》之三）迫切地想知道"干戈犹未定，弟妹各何之"（《遣兴·干戈犹未定》）。一旦局势稍加稳定，杜甫就归心似箭，乾元元年（758）冬，安庆绪弃东都而走，河南光复，杜甫于是返回洛阳陆浑庄，期盼见到亲友故人。与诸弟分隔良久，回到故园却没能见到日夜思念的弟弟，杜甫失落忧伤，写下《忆弟二首》。

组诗其一以记取听闻肇端："丧乱闻吾弟，饥寒傍济州"，动乱之时，听说弟弟饥寒交迫流落济州，"傍"大概是有所依傍，在济州应有亲友暂时接济，"饥寒"却依然难以避免，这也是流离失所的难民之共同写照。"人稀书不到，兵在见何由"（《忆弟二首》）代表了两个难以实现的愿望：通信、相见。人们为躲避战乱而离乡，四周人烟稀少，能够传递书信的人也就更难寻找，加之许多路途恐怕已阻断不通，书信也就无法成功寄达对方手中。这种境况之下，想要见面就更是难上加难。莫说战乱之初，即使现在河南已暂时稳定，"讨邺之兵尚往来不绝"[①]，出于安全考虑，亲人之间也无法会面，因此只能暂时依靠回忆聊以慰相思。"忆昨狂催走，无时病去忧"二句，历来众说纷纭，一种说法认为杜甫是在回忆当日奔往行在时狂走的样子，担忧自己多病难愈，或为弟弟忧心成病；一种说法认为杜甫是

---

① 萧涤非主编:《杜甫全集校注》卷五，人民文学出版社，2014 年，第 1234 页。

在回忆当初弟弟催促自己离家避难时的形态，情急之下如同发狂，且弟弟当时卧病，不得与杜甫同走，"病"是说弟弟，而非杜甫自己[①]。遵从第一种说法者为多。不过，第二种解释与"忆弟"主题联系得更紧密，也可见"兄弟急难"之真情流露。"即今千种恨，惟共水东流"，仇兆鳌注："洛阳在西，济州在东，故仇恨与水俱东。"[②]一个"恨"字，包含了多少道不尽的愁绪啊，思念、怅惘、遗憾、仇恨……"千万"形容其种类多且广，千万种恨，都与水一同滔滔东注，代替书信的千言万语寄予舍弟。"水东流"之意象，内涵也十分丰富。中国地势西高东低，水东流是一种自然形态，这种形势会给流水造成一种不可阻挡之态，正如同愁恨之绵延不绝，如李煜名句"问君能有几多愁，恰似一江春水向东流"。同时，又因为东流水势滔滔，便给人留下一种一去不回的印象，人们也时常用东流水比喻时间流逝，如"百川东到海，何时复西归"等。种种含义使东流水的意象与"恨"更加密不可分，且增加了"恨"的厚度，"恨"又借东流水之形态，呈现出绵延不尽的样貌动势，正如张潜所说："二首是一首，题中意有作两首方尽者，此是也。"[③]归家不见弟，不仅忆弟，且思弟、忧弟，其感情泛滥不可遏止，需得二首方能抒解。于是又有其二。

首二句"且喜河南定，不问邺城围"可谓真情流注。家乡终于安定，多么值得欣喜，就暂且不顾邺城的战况了吧，正如仇注所言："曰不问者，以初见家乡为幸，故不暇计及耳。"[④]动乱的时间已经太

---

① 详见萧涤非主编:《杜甫全集校注》卷五，人民文学出版社，2014年，第1235页。

② （唐）杜甫著，（清）仇兆鳌注:《杜诗详注》卷六，中华书局，1979年，第509页。

③ 萧涤非主编:《杜甫全集校注》卷五，人民文学出版社，2014年，第1236页。

④ （唐）杜甫著，（清）仇兆鳌注:《杜诗详注》卷六，中华书局，1979年，第509页。

久了，遥想"百战今谁在"，而"顾此陆浑庄，昔经百战。故人之在者有几"？① 与其一"人稀书不到"句相呼应，可知邻里亦都远逃奔走，附近一片冷清。"三年望汝归"，不仅是望弟归，也是望己归，三年已经不短，何况又是战乱祸起，度日如年。河南一稳定，杜甫便回到故里，可见归心之切，而归来后愈发觉得故居空荡荡的，怎能不盼着弟弟能够一同归来？如今时值春天，"故园花自发，春日鸟还飞"，春的景象总是给人以希望，河南已定，不免使人梦想着与弟弟的相聚或许指日可待。想要以书信相招，邀弟回乡重聚，然而又"断绝人烟久，东西消息稀"。卢元昌曰："我在陆浑为西，弟在济州为东。"② 兄弟东西相隔，也只能以流水寄恨，组诗两首，情感混融。被春日煦暖的梦醒了，现实依然冷冰冰的，战争还在继续，国家前途未卜，重逢之日更是遥遥无期。在其后的漂泊中，杜甫对家乡的思念与日俱增，时常望中原、思弟妹，"中原有兄弟，万里正含情"（《村夜》），仿佛有一种默契正隐隐牵连着相隔万里的亲人。杜甫时常因思乡而深夜难眠，独立中宵，"思家步月清宵立，忆弟看云白日眠"（《恨别》），弟弟的旧日影像又会走入脑海。有时想到"我已无家寻弟妹"（《送韩十四江东觐省》），不免伤心落泪，有时则长长太息"天涯涕泪一身遥"（《野望》）。每当重阳、清明等节日，杜甫的思念更深，重阳登高遥想"弟妹悲歌里"（《九日登梓州城》），清明则思"弟侄虽存不得书"（《清明》）。重阳、清明都是家族举行集体活动的日子，一起登高、扫墓，彼此交流感情，在这种节日里，有家归不得则更显悲凉。杜甫的青少年时代是在故乡度过的，时值盛唐，在他的内心深处一定留下了无数与弟妹的快乐记忆，再对比如

---

① 萧涤非主编:《杜甫全集校注》卷五，人民文学出版社，2014年，第1236页。
② 萧涤非主编:《杜甫全集校注》卷五，人民文学出版社，2014年，第1236页。

今的"弟妹萧条各何在",不禁惹人喟叹。造成这种境况的正是战争灾祸、政治腐败,这是个人的悲剧、家庭的悲剧,也是时代的悲剧。

(三)直抒胸臆的表达手法

杜诗写情有两副口吻。论杜诗者多言其诗"沉郁顿挫"。沉郁,则言不直露;顿挫,则情不直畅,总体来说是一种婉转传情、含蓄议论的手法。这种婉转、含蓄在杜甫的亲情诗中亦有体现,主要表现在"对面着笔"这种艺术手法的运用之上。同样是"忆"亲人的主题,《月夜》就是对面着笔手法运用的典范:"今夜鄜州月,闺中只独看",不直言自己的思念之情,却反说对方在思念自己。其中奥秘在于"月"字,因为月只有一个,是所有人共赏的意象,当自己因为思念而仰望夜月时,就很自然地想象自己思念的人是否也在望月。《村夜》"中原有兄弟,万里正含情"效果也与之相似。这种对面着笔的写法使情感由单向而变为双向,由此而具有双倍的份量,抒情更多一层曲折婉转,言与情都是低回徘荡,意在言外,呈现一种"若隐若现,欲露不露,反复缠绵"[①]的风味。

杜甫亲情诗尚有另一种口吻:语淡情真,直抒胸臆。正如李因笃评《忆弟二首》所言:"高处每以淡语写悲情,弥见其老。"[②]"淡"是指组诗语言达到了一种真实平淡、不事雕琢的境界。与对面着笔写法不同,《忆弟二首》组诗中执行"忆"这一动作的是杜甫本人,是以诗人的主观视角贯穿始终的,这又是直抒胸臆的手法。语言真实平淡、不事雕琢,语言所承托的情感则厚重真实,直抒胸臆的手法使言与意在此得到了统一。《杜诗镜铨》引邵子湘语:"忆弟诸作,

---

① (清)陈廷焯著,杜维末校点:《白雨斋词话》卷一,人民文学出版社,1959年,第5页。
② 萧涤非主编:《杜甫全集校注》卷五,人民文学出版社,2014年,第1236页。

全是一片真气流注，便尔妙绝，不能摘句称佳。"①此说甚是。《忆弟二首》组诗融合真事、真景、真情，事与景以直笔写就，写情则真气直抒。诗题虽是"忆弟"，诗人并没有一直沉潜在回忆当中，眼前的景、当下的事都被他收进视线里，与"忆弟"共同组成了诗句数行。"忆昨"（回忆）与"即今"（现实）在这里是交错辉映的，回忆的起因正是"丧乱"这一残酷现实——此时河南虽定，邺城局势尚未见分晓，故乡依然萧条冷落、人烟稀少，书信无处达，归期未有期，杜甫此时身处故居中，眼见春花发、鸟还飞，在这个狭窄天地中，一切如旧，对比之下，人世却瞬息万变，盛衰无常。此处自然景物亦是杜甫实际所见，并非为比兴而引入的喻体，而是引出回忆的动因。事、景、情在此融为一体，这一切是"忆弟"的触发点，组诗中关乎"忆弟"的笔墨反而不多：战乱之初与弟分别的场景，分别三年以来日夜望弟回归的心情。其实，组诗中无一语不为忆弟而发，对弟弟的忆念都溶解在对时局的挂怀当中，亦即诗句中简洁明言的"千种恨"。正因"千种恨"之不可阻挡，如东流水一般真气直注，手笔也不得不跟着急行铺叙，仿佛连停笔思索的时间都被夺去了，如《月夜》那种细腻构思、柔肠百结的含蓄表述就不适合用在此处，只有直抒胸臆方可使言、意相当。

　　杜甫以"忆"为主题的两种亲情诗中，对面着笔的含蓄手法使诗歌如同一篇旨在自我纾解的日记，而直抒胸臆的表达手法使诗歌变为等待寄予对方的书信，在书信中，回忆与盼望都像商贾的货品那样平摊开来，无所回避。浓厚的手足之情不被时间所冲淡，亦不为距离而拉远，与之相应，语言则平淡真实，仿佛兄弟之间的闲叙与倾诉。总而言之，"忆弟"组诗以直抒胸臆的手法写就，情真语淡，达到了言意之间的高度统一。

---

① （唐）杜甫著，（清）杨伦笺注：《杜诗镜铨》卷三，上海古籍出版社，1980年，第129页。

正如"故园花自发，春日鸟还飞"所描绘的春景一般，杜甫的亲情诗仿佛青灰影壁上探出的一点嫣红，为一个悲剧时代留下了脉脉温情和人性光辉。

六、"三吏""三别"

新安吏

客行新安道，喧呼闻点兵。借问新安吏，县小更无丁。
府帖昨夜下，次选中男行。中男绝短小，何以守王城？
肥男有母送，瘦男独伶俜。白水暮东流，青山犹哭声。
莫自使眼枯，收汝泪纵横。眼枯即见骨，天地终无情。
我军取相州，日夕望其平。岂意贼难料，归军星散营。
就粮近故垒，练卒依旧京。掘壕不到水，牧马役亦轻。
况乃王师顺，抚养甚分明。送行勿泣血，仆射如父兄。

潼关吏

士卒何草草，筑城潼关道。大城铁不如，小城万丈馀。
借问潼关吏，修关还备胡。要我下马行，为我指山隅。
连云列战格，飞鸟不能逾。胡来但自守，岂复忧西都。
丈人视要处，窄狭容单车。艰难奋长戟，万古用一夫。
哀哉桃林战，百万化为鱼。请嘱防关将，慎勿学哥舒。

石壕吏

暮投石壕村，有吏夜捉人。老翁逾墙走，老妇出看门。
吏呼一何怒，妇啼一何苦。听妇前致词，三男邺城戍。
一男附书至，二男新战死。存者且偷生，死者长已矣。

室中更无人，惟有乳下孙。有孙母未去，出入无完裙。
老妪力虽衰，请从吏夜归。急应河阳役，犹得备晨炊。
夜久语声绝，如闻泣幽咽。天明登前途，独与老翁别。

新婚别

兔丝附蓬麻，引蔓故不长。嫁女与征夫，不如弃路旁。
结发为君妻，席不暖君床。暮婚晨告别，无乃太匆忙。
君行虽不远，守边赴河阳。妾身未分明，何以拜姑嫜。
父母养我时，日夜令我藏。生女有所归，鸡狗亦得将。
君今往死地，沉痛迫中肠。誓欲随君去，形势反苍黄。
勿为新婚念，努力事戎行。妇人在军中，兵气恐不扬。
自嗟贫家女，久致罗襦裳。罗襦不复施，对君洗红妆。
仰视百鸟飞，大小必双翔。人事多错迕，与君永相望。

垂老别

四郊未宁静，垂老不得安。子孙阵亡尽，焉用身独完。
投杖出门去，同行为辛酸。幸有牙齿存，所悲骨髓干。
男儿既介胄，长揖别上官。老妻卧路啼，岁暮衣裳单。
孰知是死别，且复伤其寒。此去必不归，还闻劝加餐。
土门壁甚坚，杏园度亦难。势异邺城下，纵死时犹宽。
人生有离合，岂择衰盛端。忆昔少壮日，迟回竟长叹。
万国尽征戍，烽火被冈峦。积尸草木腥，流血川原丹。
何乡为乐土，安敢尚盘桓。弃绝蓬室居，塌然摧肺肝。

无家别

寂寞天宝后，园庐但蒿藜。我里百馀家，世乱各东西。

存者无消息，死者为尘泥。贱子因阵败，归来寻旧蹊。

久行见空巷，日瘦气惨凄。但对狐与狸，竖毛怒我啼。

四邻何所有，一二老寡妻。宿鸟恋本枝，安辞且穷栖。

方春独荷锄，日暮还灌畦。县吏知我至，召令习鼓鞞。

虽从本州役，内顾无所携。近行止一身，远去终转迷。

家乡既荡尽，远近理亦齐。永痛长病母，五年委沟溪。

生我不得力，终身两酸嘶。人生无家别，何以为蒸黎。①

这组诗中，《新婚别》"结发为君妻"的"君妻"用仇本汇字，"君今往死地"用仇本汇字"一作往死地"。《垂老别》中"岂择衰盛端"的"盛"用仇本汇字。

乾元二年（759）三月，九节度讨伐邺城兵败后，郭子仪奉旨率朔方军保卫河阳、东都，由于王师损失惨重，只得大肆征兵。杜甫由洛阳回华州赴任，沿途目睹百姓家破人亡、生离死别的场景，颇受震动，在将自己的见闻、经历、情感与思想揉碎、融合再重铸之后，写成了饱含深情与反思的"三吏""三别"组诗。杜甫对人民心怀悲悯同情，同时又明白，彻底拯救人民的方法是赢得战争，恢复社会秩序，让人民能够休养生息。但想要赢得战争就不得不征兵，分离更多的家庭。现实是充满矛盾的，只能舍小家顾大家，以此时的牺牲换取未来的和平，这就是贯穿《新安吏》到《无家别》的深刻思想。

---

① （唐）杜甫著，（清）仇兆鳌注：《杜诗详注》卷三，中华书局，1979年，第523—538页。

（一）邺城兵败的前前后后

至德二载（757），唐军收复两京，肃宗回到长安，而安庆绪率残兵退守邺城（亦即相州，今河南省安阳市）。或许在肃宗看来，战争形势正在走向好转。乾元元年（758）春天，史思明、高秀巖、能元皓等假意投降，肃宗受到迷惑，立刻忙于为他们加官进爵。然而好景不长，六月，史思明杀范阳节度副使乌承恩，反态毕露；安庆绪亦在邺城不停地壮大自己的势力。七月、八月，郭子仪、李光弼相继入朝，肃宗只好听从诸臣规劝下诏讨邺。九月，朔方节度使郭子仪、河东节度使李光弼、关内潞州节度使王思礼、淮西襄阳节度鲁炅、兴平节度李奂、滑濮节度许叔冀、平卢兵马使董秦、北庭行营节度使李嗣业、郑蔡节度使季广琛等九节度之师，步骑二十万，北征围邺。然而，唐肃宗以中官鱼朝恩为"观军容使"，军中不设统帅，致使王师自冬至春观望不进，未能破贼。乾元二年（759）正月，史思明自称大圣燕王于魏州（今河北大名）。这年春天，杜甫曾在洛阳陆浑庄故居短暂停留过一段时间，彼时"讨邺之兵尚往来不绝"[①]。但王师久攻邺城不下，本就粮秣不继，加之二月史思明又引兵南下救邺城之围，如此一来，这支兵马虽众却无统帅指挥的王师竟功败垂成。溃败之后，诸节度各回本镇，而郭子仪奉诏保河阳（今河南孟州市）、守东都，率朔方军断河阳桥，阻止敌军南下。王师已经损失惨重，为守住洛阳、河阳，朝廷只得大肆征兵。杜甫从洛阳回华州，途经新安等地，目睹民生疾苦之状，遂作"三吏""三别"。

（二）平叛战争中的复杂情感

由洛阳回华州的沿路见闻震撼着杜甫的心灵。为了保卫东都、河阳，官吏常常夜半紧急征兵，无数个已经破碎不堪的家庭继续面

---

① 萧涤非主编：《杜甫全集校注》卷五，人民文学出版社，2014年，第1234页。

临生离死别。杜甫沿路行走，从新安县到石壕村，发现告别的场面无处不在，无法"与子偕老"的夫妇、才新婚就要诀别的青年男女、无家可别的孤苦老人……分离的悲歌响彻青川，激荡流水，延绵不绝。登临潼关时，哥舒翰战败的往事勾起他的怅惘慨叹，也引发他的深刻思考。杜甫的情感是复杂的，对人民心怀同情的同时，支持这场正义之战、期待国家早日恢复安定的态度也十分明确。组诗的叙事交替采用了第三人称视角与第一人称视角，在这两种视角的叙事里，杜甫都参与其中，将他的议论以诗中人物（亦代表广大人民）之口道出，他的情感与人民的情感紧紧相连，融为一体；组诗亦是他对平定安史叛军过程中出现的问题的看法。

《新安吏》以第三人称视角讲述新安（今河南新安县）紧急征兵保卫洛阳的情景。在这首诗中，杜甫化身为过客，与新安吏进行了一场对话。这天清早，杜甫途经新安县时，听见道旁喧闹不绝，原来是新安吏正在点名征兵。他上前打听：新安县这样小，人口本就不多，又经历多年战争，还有剩余的成年壮丁可以派遣吗？他从新安吏那里得知，征兵的府帖昨晚连夜下达，没有成年男丁就只能退而求次，让中男入伍。据《新唐书》记载，当时二十三岁以上称丁，十八岁以上为中男。此前规定，中男是不必入伍的，如今急招中男，可见情势之危急。杜甫对此不无忧虑：健壮的男丁都已经阵亡殆尽，中男大多身量未足，又如何能够以血肉之躯捍卫城池？然而邺城兵败的现实已经无法扭转，为了守住中原，中男也只能离家去往该去的地方。健壮一些的中男还有母亲相送，瘦弱的中男只能踽踽独行，其中所反映的是不同程度的家破人亡情形。征入行伍之后的情形不难想象，战争是酷烈的，自此一去，生死难卜，可能就像东流之水无法回还，因此，无论是中男们还是他们的家人都悲痛欲绝，从清晨至日暮，青山仿佛一直回荡着震天动地的哭声。杜甫也被这种场景深深打动了，他无法兀自继续赶路，看着骨肉相离的苦难百姓，他想到了自己无家寻弟妹的相同命运。但是，回思现实，他还是劝说人们：已经是改变不了现实，就只能自己调整心态，自我劝勉，不要把眼睛哭坏，要怪就怪天地无情吧，因为王师围攻相州战事不利、军队溃散导致现在的局面，意谓让中男从军实是不得已而为之。这里写了王朝军队的溃败，却只是隐性谴责，因为九节度围攻邺城数月竟然惨败，与肃宗错误的决策不无关系，是上层的失误直接导致了底层人民如今的惨状，但罪魁祸首终究是反叛者，因此必须迎敌而上，将这场正义之战继续下去并取得胜利，故而征兵无论如何也避免不了。为此原因，杜甫开始劝慰那些被征的中男：郭子仪的军队尚余军粮，打仗就在原来的地方，练兵也不用跋涉很远；郭子仪爱护士卒，跟着他也不会劳累，只需要挖挖战壕、放放战马即可；更何况，假如出师顺遂就可以获得胜利，军中也能够提供必要的衣食或其他生活必需品，而仆射郭子仪素来待士兵如父兄对待子弟一样好，所以不要为此过度悲伤。显性的宽慰与隐性的谴责是明暗两条线索，统一于"天地终无情"一句诗眼。这灾祸的根源当然根本不是天命，而是人事，是无数次人性弱点和阴暗面的累积一环环促成了今天的局面。要对抗、消抵这种灾祸，只能靠无数人的正义之心，抛开人生的局限，去追求高于生命的最终意义。将责任推到天地的无情，也着实在此反讽了一把，引人深思。天地无用，哭泣也无用，人终究要靠自己的血肉之躯去抵抗现实的残忍。

修筑防御工事是十分重要的抵抗方法。邺城兵败，士卒急修潼关道以防范贼寇，城墙修得坚实高耸。杜甫望着高高的城墙，问潼关吏：这是为了防备敌人吧？有些明知故问的意思。潼关吏热情地邀请杜甫下马同行，指着山势弯曲隐蔽处，让杜甫观看潼关修筑得有多么谨严——防御用的木栅高耸入云，连飞鸟都无法通过，假如敌军进犯，只需守住此处，根本不需担忧长安的安危了。潼关吏又让杜甫观看要塞之处，那里狭窄得只能容下一辆车通过，再通过艰苦努力架起长戟劲弩等，便能成就"一夫当关，万夫莫开"之势。潼关吏的言谈中不无自豪，这似乎引起了杜甫的忧虑和警醒，他回忆起战争之初那场桃林塞（潼关附近）之战。当时是由名将哥舒翰镇守潼关，哥舒翰认为敌军远道而来，必定希望速战速决，因此，王师应该坚守阵地而不能轻易出兵，否则就中了对方的计。杨国忠生怕哥舒翰是在为自己筹谋，多次向玄宗上奏请求出兵，唐玄宗又误听敌人散布的假消息，督促出兵。哥舒翰无奈，只得引师出关，与敌军相遇于桃林塞。哥舒翰以为敌寡我众，下令前进，争路拥塞之际，敌军纵火，王师争相逃散，数万人落水惨死。有了前车之鉴，杜甫嘱托潼关吏要提醒将领，千万不要重蹈哥舒翰的覆辙。《潼关吏》很有些怀古诗的意味，登临一处景观（这里是指潼关），回忆旧日历史，抒发今日感受。只是这"古"距离当下并不遥远，与怀古诗相同的是这其中"讽今"的意图，且这"讽今"由于其强烈的现实性而消弭了怀古诗发展过程中难免携带的某种程式化色彩。哥舒翰是诸方矛盾的集中者，提出他的名字，讽刺在此处也变得婉约、内敛，需要细味。"讽今"在此是极为重要乃至紧急的，在一个金字塔式的社会中，最上层一人的决策失误所带来的悲剧会在下面的每个人身上复制一次，战争被拖长的后果是灾难的叠加。最下层的百姓生活已经千疮百孔，每一户家庭都破碎支离。

杜甫在石壕村投宿的这户人家已经处于悲剧的风暴中心。紧急征戍保卫河阳已经迫在眉睫，官吏半夜还在村里捉人，引起阵阵喧闹声。官吏转眼就来到了杜甫投宿的这户人家，这家的老翁急忙跳墙而走，老妇出门迎接。夜晚还不得休息，捉人的官吏显然已经失去了耐性，粗鲁的怒喝声不绝于耳。老妇哀哀地啼哭，诉说家中的情况：三个儿子都参加了邺城的军队，家里刚收到其中一个儿子的书信，说其他两个兄弟已经在邺城的战争中阵亡，侥幸存活的这个儿子也只能继续苟且偷生，前途难以预知；如今，家中再无能参军的男子，只有守寡的儿媳和婴儿，家庭也穷苦得难以支持，儿媳连一件完整的衣裙也没有，无法出门见人。老妇把责任揽上己身，要求现在跟着石壕吏去河阳服役，说虽然年老力衰，尚能为军队准备晨炊。老妇自荐从军，不过是虚与委蛇之意，不想官军竟然真让老妇从军。老妇离家之后，杜甫似能听到留家的儿媳的饮泣幽咽之声。天亮之后，杜甫要继续赶路回任所，但只有与老翁告别的场景。这场景的设置似乎别有用意：身为客人的杜甫尚能与老翁作别，已经离家的老妇甚至都没有这样的机会。战争生生撕碎了人与人之间的联结，无论是无机会告别、匆匆而别还是无家可别，都殊途同归，对死亡的恐惧足以坼断肝肠。人的生命只有一次，许多体验一旦被剥夺了机会就会留下永恒的遗憾，告别终究只是一种仪式，但这种仪式的缺失反衬出了生命完整性的缺失。给人留下遗憾的原因很多时候并不是情感的缺失，而是体现这种情感的仪式未能达成，诸如来不及完成婚礼、没机会为病母养老送终等。

从《新婚别》开始，视角从第三人称转为第一人称。杜甫"客"的身份隐去，采用代言体笔法模拟诗中人物，深入探析人物的内心世界。

《新婚别》模拟新婚女子的口吻，开端使用比兴，用菟丝依附蓬草、麻草不会爬得太高比喻女子嫁给征夫连委弃路旁都不如。然后以新婚女子的口吻表达对丈夫"暮婚晨告别"的不满，其中既有未完整完成婚礼的遗憾与尴尬，也有对新婚丈夫戍守河阳的担忧；既有对婚嫁后与丈夫相守到老的淳朴期望，也有对丈夫不得已从军的理解；既有发誓与丈夫同生共死的真情，也有遵守国家不许女性随军的克制，更有洗却红妆等待丈夫归来的忠贞。女子的娓娓倾诉一气呵成。

《新婚别》是组诗中虚构成分最多的一首，因为新婚夫妇的对话很难会被第三人完整记录下来。但虚构不等于不真实。艺术作品的真实性是一种更广泛的真实，需将见闻、经历、情感与思想揉碎、融合再重铸，深意自在其中。杜甫在此"化身"为新婚女子，目的在于将组诗想要呈现的群像补充完整。"三吏""三别"中的人民群像包含男女老幼，不同的身份却体现出一种内在的统一——民不聊生极矣，然而最脆弱的生命却又拥有最顽强的意志与最广阔的胸襟。暮婚晨告别，确是一种极端且典型的场景，诀别中没有过多的泪痕狼藉、愤恨控诉，而更多的是一种理性的体面和内敛，这位年轻女子最终竟能够抖擞精神，脱下罗襦、洗去脂粉，劝慰夫婿"勿为新婚念"，当是镀入了杜甫支持国家平叛的意志。

《垂老别》亦然。《垂老别》从"莫自使眼枯"开始，杜甫支持国家平叛的意志就若隐若现——别离必然是悲苦的，但控诉无用，"努力事戎行"才是眼下最重要的事。战争的确已经十分紧迫，新婚男子被征，老者亦难逃脱，这是平叛的另一角度：年轻男子阵亡殆尽，垂暮老人弃杖从戎。从这位老人浑浊的眼瞳环视四野，感受到一场场血腥征杀结束后四周尚未宁静，他虽已垂垂老矣，仍无法安度晚年。他在思忖：子孙都在战争中阵亡殆尽，老命侥幸留存又有何意义？看一看年迈的老妻卧在路边啼哭，衣衫褴褛，无家可归，这还哪里是曾经的"开天盛世"！而要追回盛世，只有一条路：同叛军誓死战斗。故而他安慰老妻：土门关壁垒坚固，杏园渡防守谨严，即使像邺城那样的战事，也不会轻易死人。如今举国烽烟，山峦血染，人间乐土无处可寻，国难当头，又怎能犹豫不决、陋室苟且？"投杖出门去"是被迫的选择，也是必然的态度。至此，被动的模式被反转过来，垂老之人变被动为主动，以主动奔赴牺牲的姿态表达了对平叛的支持，也将组诗的悲壮色彩铺染开来。

《无家别》所描绘的场面更显凄凉。这组诗，原本看不到一个完整的家庭，如卢元昌所云："今新安无丁，石壕遣妪，新婚有怨旷之夫妇，垂老痛阵亡之子孙，至战败逃归者，又不复免。河北生灵，几于靡有孑遗矣。"① 自天宝末年祸起萧墙，酷烈的战争使人口锐减，环境显得凄清荒凉，仓惶撇舍的家业、无人耕种的田地，如今都被蒿藜等野草占据，是曲江沿岸"江上小堂巢翡翠，苑边高冢卧麒麟"般的破败的平民形态。战败逃归者看到的家乡景象：能逃难的人都已逃走，东西南北不知所往，幸存者消息缺失，遇难者化为尘泥。邺城战败后的逃归士兵只能在颓垣败瓦中寻找家的旧址。然而，街巷无人，阳光黯淡，空气也弥漫着凄惨，所能见到的竟是狐、狸怒啼向我，仿佛怪我入侵了它们的领地。自然界生物位置的反转，揭示了逃归士兵家乡的破败和荒芜，展现了"无家"可归的凄凉。而更令人悲愤的是，逃归士兵准备适应孤独的生活也不能，县吏闻听有逃归士兵，立刻召令重入军伍，再习军令。但此时的逃归士兵家徒四壁，孑然一身，母死不葬，无家可别。结尾"人生无家别，何以为蒸黎"，在反诘中再现了时代的悲哀，正如汪灏《树人堂读杜诗》所说："因一人之无家，牵出百人之无家。"② 这两句，既是这首诗的结语，亦是组诗结语。张溍《读书堂杜诗注解》卷五曰："国以民为本。无家不可以为民，能不危惧？此结盖深责为国者，不第本人一身事。"③

这一组诗，均写于邺城兵败之后，确实不只是记录一家一户之遭际，而用心实乃国事，"今邺城之溃，逃亡略尽。搜丁实伍，不依旧制。于是兵皆老弱，民无孑遗矣。读公诗，于《新安吏》则丁无中、小之分。府帖尽行；于《潼关吏》则百万为鱼，惟恃天险；于《石壕吏》则尽室死亡，役及老妪。而《新婚别》《垂老别》《无家

---

① （唐）杜甫著，（清）仇兆鳌注：《杜诗详注》卷七，中华书局，1979年，第539页。
② （清）汪灏：《树人堂读杜诗》卷七，萧涤非主编《杜甫全集校注》卷五，人民文学出版社，2014年，第1317页。
③ （清）张溍：《读书堂杜诗注解》，萧涤非主编《杜甫全集校注》卷五，人民文学出版社，2014年，第1320页。

别》，则人皆无家，蒸黎无以为蒸黎，国又何以为国耶"？[①] 身为华州司功参军的杜甫，自己无家寻弟妹、饱受亲人离别之苦，也体会到了最普通的百姓妻离子散、家破人亡的心境，能够由小家及大家，为国家之灾难悲恸长歌。"三吏""三别"组诗还蕴含着更复杂的情感，诗人不仅对人民心怀悲悯同情，同时又深刻明白，彻底拯救人民的方法是赢得战争，恢复社会秩序，让人民能够休养生息，而要想赢得平叛胜利，就不得不征兵，就会因此分离更多的家庭。现实是充满矛盾的，有很多的无可奈何，舍小家顾大家是不得已的选择，以此时的牺牲换取未来的和平，或许才是这个国家的唯一出路。而这，让杜甫矛盾又无奈。

（三）"三吏""三别"的真实性与描写艺术

杜诗有"诗史"之美称，"三吏""三别"又是"诗史"中的经典。杜甫之"诗史"并不完全等同于历史，也并不满足于新闻报道式的实况记录。他善于将自己的见闻、经历、情感与思想揉碎、融合再重铸，成为饱含深情与反思的艺术作品，这便是杜诗既源于生活又高于生活的原因。

"三吏""三别"是艺术作品，其中不乏虚构的成分，但这不妨碍这组诗歌以其真实性著称于世。这种真实性与组诗的视角选择有关。在"三吏"的语境中，杜甫尚且是个"旁观者""记叙者"，他以"客"这一第三人称视角参与对话，同时叙写场面、景物；而"三别"则改换第一人称视角，磨合了叙事的边界，语言、心理描摹细致，议论深入肯綮。无论是哪种视角的叙事，都显出一种作者"在场"的状态，这是十分重要的。人称的选择会影响到叙事的真实性，选择错误有可能会将一个真实的故事变成谎言，但"三吏""三别"

---

① （清）陈汧:《读杜随笔》上卷二，萧涤非主编《杜甫全集校注》卷五，人民文学出版社，2014 年，第 1322 页。

的视角运用是成功的，因为作者的在场，而使真实性在这组诗里能够作为一种默认的前提而存在。虚构与非虚构在这组诗中统一于真实性，而诗中的各种描写，则成为托举这种真实性的各方力量。

1. 对话描写的真实性

对话描写占据了组诗的大部分篇幅：《新安吏》中，杜甫身为过客路过新安，巧遇点兵，便顺势加入与新安吏、中男的对话当中；《潼关吏》与《新安吏》同有"借问"一词，杜甫对修潼关的目的明知故问，从而主动引发这场与潼关吏的对话；《石壕吏》则是因为诗人寄宿在这户人家、恰巧听到了石壕吏与老妇人的对话而变为诗歌。对话描写体现了组诗的真实性。

第一，对话描写交代背景、融入议论。许多时事背景正是通过对话得以交代明晰。例如杜甫与新安吏的问答："借问新安吏，县小更无丁。府帖昨夜下，次选中男行。"由这段对话，我们得知这场战争已经到了这样绝望的地步：丁男都被征戍殆尽，朝廷竟然为征戍中男而专门下达了一份指令。再如"我军取相州，日夕望其平。岂意贼难料，归军星散营"四句，在宽慰中男的语句中引入邺城兵败的背景。另外，组诗也常在对话中融入议论，如《垂老别》中"人生有离合，岂择衰老端"，感叹乱世无常。应当注意，夹叙夹议的艺术手法给对话描写增加了诗意、深化了诗义。

第二，对话描写采用诗化的口语，且讲究剪裁。组诗中，杜甫作为叙事者始终"在场"，使"三吏"模拟了历史的写法，对话得以被杜甫记取，这些对话最终由杜甫进行艺术加工，成为诗化的语言，同时又保留了口语化的色彩。在"三吏"中最经典的一段对话是《石壕吏》中妇人的"致辞"："三男邺城戍。一男附书至，二男新战死。存者且偷生，死者长已矣。""室中更无人，惟有乳下孙。有孙母未去，出入无完裙。""老妪力虽衰，请从吏夜归。"这些介绍家中悲惨现状的"致辞"朴素如话，同时拥有诗句所特有的简约。若仔细分析内容，便又可看出杜甫对老妇的自白是有所裁剪和重塑的。介绍家中情况的部分显然是为了回答石壕吏的责问，同时也可以拖住对方，给老翁逃走争取时间。值得注意的是，其中夹杂了这样两句不太口语化的诗句："存者且偷生，死者长已矣。"假如只是回答官吏的问话，不出现这样两句也是可以的，连贯性并不会有所缺损。相比前后那些更加口语化的诗句，这两句则是富于诗意的、对生命陨落充满哀叹的，是抒情，也是议论，是杜甫对乱世蒸民的挽歌，与《无家别》中的"存者无消息，死者为尘泥"前后呼应。这两句的适时加入，增加了诗歌的深度，同时使诗歌与"现场实录"拉开距离。组诗中，对话描写的真实是一种高度凝练后的真实。

第三，对话描写突显人物身份、个性。最典型的是《新婚别》，诗人模拟一位新婚妻子的口吻，在新婚第二天清晨就不得不与丈夫分别的情形下，女子说出"妾身未分明，何以拜姑嫜"这样的话是非常符合现实逻辑的，而后在劝慰丈夫"努力事戎行"时，用"罗襦不复施，对君洗红妆"短短两句话便将这位女子直率干脆、下定决心守护家庭的心态体现得淋漓尽致。

2. 心理描写的真实性

组诗中也不乏对人物心理的刻画。如果对话描写是对人物形象的塑造，心理描写则可看作是灵魂的浇筑。心理作为一种不可听不可见的存在，更需要融炼对社会的理解、对人物命运的思考，借此作出合理猜测。因此，心理描写也是诗歌真实性的表现，是诗歌反映现实的重要一环。

如果将《新婚别》视作新婚女子的絮絮叨叨，则在这絮叨中，新婚女子复杂的心理尽在笔端：她不知道身份未明如何面对公婆，她希望丈夫不要从军而又不得不认同丈夫必须从军，她想跟随丈夫到军中又怕影响军队士气，她希望丈夫回归便以"对君洗红妆"表示等候的决心。絮叨中传递了新婚女子内心世界的千转百回。如果将《垂老别》视作诗中老兵自传式的独白，那么"子孙阵亡尽，焉用身独完"就是对儿孙的痛惜和对叛军的仇恨，"安敢尚盘桓"就是走向疆场的义无反顾，"弃绝蓬室居，塌然摧肺肝"就是告别蓬室的决绝伤痛。《无家别》中，最能代表逃归士兵痛苦心理的活动是："虽从本州役，内顾无所携。近行止一身，远去终转迷。家乡既荡尽，远近理亦齐。永痛长病母，五年委沟溪，生我不得力，终身两酸嘶。人生无家别，何以为蒸黎。"无家，既包括逃离家乡的人，也包括回到家乡的人。家乡是人的根基，母亲是给予生命起点的人，母逝屋空，家乡尽毁，根已不在，未来又能如何？一切尽是迷茫。而千千万万与他一样的无家之人，也都沉浸在归属的迷茫中。心理描写将个人困境、时代困境都摆在了人们眼前。

3. 场景描写的真实性

组诗中选取的场面和景物是经典的，对这些场面和景物的刻画与描绘无不细致入微，真实如见。

第一，诗人反复描摹各种场景，用以表现民生疾苦，同时彰显人民对征兵的体谅。《新安吏》中送别中男的场景，《石壕吏》中官军捉人的场景，诗人"独与老翁别"的场景，《新婚别》中新婚女子与丈夫依依不舍的告别场景，《垂老别》中"卧路啼"的老妻与老兵互相嘱托的场景，《无家别》中无家可别独对荒芜的场景，共同再现了那个时代不同人群的巨大痛苦，从社会底层生活的被彻底破坏揭露了安史之乱的罪恶。

第二，景物描写用以衬托民生惨状，用以抒情或反讽。《无家别》真实再现了一个战后衰败的村落，"寂寞天宝后，园庐但蒿藜。我里百馀家，世乱各东西。存者无消息，死者为尘泥。贱子因阵败，归来寻旧蹊。久行见空巷，日瘦气惨凄。但对狐与狸，竖毛怒我啼。四邻何所有，一二老寡妻。"旧邻早已走的走散的散，由于人烟稀少、烟尘纷飞而使阳光都显得黯淡，空气也稀薄惨凄，狐、狸等野兽面目狰狞，更增添了这里的阴森恐怖。在这里，我们也许不该谴责"天地终无情"，因为"削瘦的"太阳似乎也能体会到人间的惨痛。而无情的终究是人，是反叛者，是战争的始作俑者。《潼关吏》当中的景物描写也很典型。杜甫极力铺写潼关的高大壮伟，"大城铁不如，小城万丈馀"，"连云列战格，飞鸟不能逾"，"丈人视要处，窄狭容单车。艰难奋长戟，万古用一夫"。不论是杜甫亲眼所见，还是经由潼关吏口中所叙，潼关似乎都拥有绝对牢固的防御工事。为了突出这种牢固，杜甫使用了夸张的手法，极力使人相信潼关的牢不可破。而后，他的笔锋一转，却提起了昔日哥舒翰的潼关一役。这不禁让人想问，为何如此牢固的潼关，由一位经验丰富的老将镇守，战斗却最终一败涂地？答案已经显而易见。如此，便暗暗带有反讽意味，见出逼迫哥舒翰出战的人的无能。而杜甫在景物描写上越是极力夸张铺叙，其后的反转越显突兀，反讽的味道就越充分。

在"三吏""三别"组诗中，无论是对话、心理、场景的描写，都与诗歌的真实性紧密结合，以其在诗歌史上不可磨灭的真实感成就了杜诗"诗史"之盛名。

第三章 杜甫罢官至入蜀前组诗

一、《遣兴五首》（"蛰龙三冬卧"等）

其一

蛰龙三冬卧，老鹤万里心。昔时贤俊人，未遇犹视今。
嵇康不得死，孔明有知音。又如陇坻松，用舍在所寻。
大哉霜雪干，岁久为枯林。

其二

昔者庞德公，未曾入州府。襄阳耆旧间，处士节独苦。
岂无济时策？终竟畏罗罟。林茂鸟有归，水深鱼知聚。
举家隐鹿门，刘表焉得取？

其三

陶潜避俗翁，未必能达道。观其著诗集，颇亦恨枯槁。
达生岂是足？默识盖不早。有子贤与愚，何其挂怀抱！

其四

贺公雅吴语，在位常清狂。上疏乞骸骨，黄冠归故乡。
爽气不可致，斯人今则亡。山阴一茅宇，江海日清凉。

其五

吾怜孟浩然，裋褐即长夜。赋诗何必多，往往凌鲍谢。
清江空旧鱼，春雨余甘蔗。每望东南云，令人几悲吒。①

---

① （唐）杜甫著，（清）仇兆鳌注：《杜诗详注》卷三，中华书局，1979 年，第
562—565 页。

这组诗，仇注本的文本，与《全唐诗》本区别很大。《全唐诗》本"遣兴五首"共两组，一组《遣兴五首》是《蛰龙三冬卧》《昔者庞德公》《我今日夜忧》《蓬生非无根》《昔在洛阳时》，另一组《遣兴五首》是《天用莫如龙》《地用莫如马》《陶潜避俗翁》《贺公雅吴语》《吾怜孟浩然》，而仇本则是我们题下排列的这五首。仇本排列的这一组，从内容类别看，都可归类于怀古，五首都与人的命运有关，都是有才之人各有不同结局，更符合杜甫借他人杯酒浇自己块垒之本意。

杜甫写这组诗时正处于人生道路上的至暗时期。纵观杜甫整个生涯，不幸始终萦绕在他的身旁，无论是年少时的寄居生活，还是十载长安的困苦生活，再到后来成都相对安稳却依然漂泊的生活，终其一生，杜甫命运的主基调是"流离失所"，他的一生未曾有过真正得意的阶段，而乾元二年（759）是他艰难经历中的最困苦时期。此时的杜甫官位已失，前途一片迷茫，战乱又使本就悲惨的生活雪上加霜。此时距他前往四川还有一段时间，这一时段的经历相比在成都时的生活，简直就是人间地狱。在此期间，他创作了许多组诗，《遣兴五首》（仇本"蛰龙三冬卧"组）是其中具有代表性的作品，组诗通过怀古抒发自己内心的痛苦和忧愁，为后世留下了珍贵的艺术遗产。

（一）罢官的前前后后

杜甫直接以《遣兴》为题的创作集中在遭贬谪任华州司功及罢官后流离至秦州谋生时期。仇本《遣兴》（"蛰龙三冬卧"等）作于乾元二年（759）。这年七月，杜甫被罢官，举家迁往秦州，投奔侄子杜佐。九十月之间，杜甫已身在秦州。

通过史料记载和杜诗信息可知，杜甫的秦州之行不是他辞官不做，而是被罢官。《旧唐书·杜甫传》中曾说："明年春，琯罢相。甫上书言琯有才，不宜罢免。肃宗怒，贬琯为刺史，出甫为华州司功参军。时关畿乱离，谷食踊贵，甫寓居成州同谷县，自负薪采梠，儿女饿殍者数人。久之，召补京兆府功曹。"①"出"，即贬官，这是受房琯事件牵连的结果。

杜甫由左拾遗贬为华州司功参军之事发生在乾元元年六月。此事公正与否，众说纷纭。在诗才方面，杜甫是当之无愧的天才，但在处理政务方面，杜甫或许真的不善于把握时机，也不太讲究方法。当时，房琯军事上屡屡失败，并未被罢官，反而在贺兰进明进谗言后因小事被罢官，确实有点小题大做。杜甫虽为谏官，应该劝谏皇上，但上疏时不善于察言观色，在唐肃宗已经恼羞成怒之时依然抗颜廷争，拂天子之逆鳞，也难怪被三司推问。唐肃宗处理房琯，是贺兰进明进谗言后借机清理他所认定的玄宗旧臣，而房琯败后不仅不约束自己，还称疾不朝，与宾客多言国事，成为唐肃宗所认定的清流党，以致相关人员都被贬谪。杜甫在唐肃宗清理和贬斥清流党的过程中抗颜为玄宗旧臣说话，使得唐肃宗将杜甫视为房琯一党，不愿再用。此情况《新唐书·杜甫传》较详细：

> 至德二年，亡走凤翔上谒，拜右（当为"左"）拾遗。与房琯为布衣交，琯时败陈涛斜，又以客董廷兰，罢宰相。甫上疏言："罪细，不宜免大臣。"帝怒，诏三司杂问。宰相张镐曰："甫若抵罪，绝言者路。"帝乃解。甫谢，且称："琯宰相子，少自树立，为醇儒，有大臣体，时论许琯才堪公辅，陛下果委而相之。观其深念主忧，义形于色，然性失于简。酷嗜鼓琴，廷兰托琯门下，贫疾昏老，依倚为非，琯爱惜人情，一至玷污。臣叹其功名未就，志气挫衄，觊陛下弃细录大，所

---

① （后晋）刘昫等撰：《旧唐书》卷一九〇下，中华书局，1975年，第5054页。

以冒死称述，涉近讦激，违忤圣心。陛下赦臣百死，再赐骸骨，天下之幸，非臣独蒙。"然帝自是不甚省录。时所在寇夺，甫家寓鄜，弥年艰窭，孺弱至饿死，因许甫自往省视。从还京师，出为华州司功参军。关辅饥，辄弃官去，客秦州，负薪采橡栗自给。流落剑南，结庐成都西郭。……会严武节度剑南东、西川，往依焉。武再帅剑南，表为参谋，检校工部员外郎。[①]

这里记载的"右拾遗"与杜甫所任的左拾遗有差别，但不影响对杜甫人生的判断。按《新唐书》的记载，杜甫是"关辅饥，辄弃官去"，有人据此认为，乾元二年秋，杜甫是弃官不做前往秦州，是躲避饥馑、对政治绝望等原因。但这里有几个解不开的结。一是关辅饥，正需要有钱买粮养家，得右卫率府兵曹参军时他尚说"耽酒须微禄"（《官定后戏赠》），这时候，他又没有其他收入，难道养家不"须微禄"？二是他虽然有过"青紫虽被体，不如早还乡"（《夏夜叹》）的想法，但"罢官亦由人"（《立秋后题》）的"罢"和"弃"区别很大，前者是他人实施，后者是自主实施，性质也不同。三是既有"不如早还乡"之说，为何并没有还乡？四是在秦州，为何写作《佳人》一诗，控诉"夫婿轻薄儿，新人美如玉。合昏尚知时，鸳鸯不独宿。但见新人笑，那闻旧人哭"？佳人是弃妇，是被丈夫抛弃的，是丈夫喜新厌旧的结果。而杜甫恰恰从朝堂走出来，唐肃宗也是一朝天子一朝新臣。五是杜甫一生都在为求得官职而努力奔走，华州也不是唐朝"河西"那么遥远的地方，而是两京之间，离家乡又近，而且这一时期他还写有《乾元元年华州试进士策问五首》

---

① （宋）欧阳修、宋祁撰：《旧唐书》卷二〇一，中华书局，1975年，第5737—5738页。

为国家选拔良才做努力，写《为华州郭使君进灭残寇形势图状》为平叛积极出谋划策。这样的情况下，杜甫难道会像陶渊明那样挂印封官？故而《立秋后题》中的"罢官亦由人"，应当是不得不离职。这时候的杜甫才真正受到了战乱和饥荒的影响，不得不起身前往秦州谋求出路。也正是由于这段经历，才使他有感而发，借怀古以遣忧愁，写出了《遣兴五首》。

（二）借怀古以遣忧愁

《遣兴五首》名为遣兴，实则是怀古抒情之作。遣兴诗，是杜甫常用的一种诗体。"兴"，出自《诗经》，按朱熹的理解，是一种先言他物以引起所咏之词的创作之法。在后世诗体发展过程中，"兴"于魏晋南北朝逐渐演变成对于山水的欣赏兴致。至杜甫的遣兴诗，多是指一时兴至而引发的创作。杜甫的遣兴诗内容丰富，涵盖了日常生活中的种种见闻和所思所感，表明杜甫的"遣兴"诗作内容有一种全新转向：在他遭遇到人生低谷时，他把魏晋南北朝时期的山水游赏之兴转为对历史社会的探索、对个人内心的探求、对人生价值的追问，凡能引发自己诗兴的，都可写入"遣兴"系列作品中。

通过杜甫的遣兴诗，我们可以进一步体认到儒家学说的深厚思想对杜甫本人及其诗作的影响。在儒家思想中，入世和以天地生民为己任是最核心的内容。杜甫出自一个"奉儒守官"的家庭，从其远祖杜预时就心怀天下，关注民生，高祖一辈就已经是唐朝官员，祖父杜审言更是官至膳部员外郎。这样的身份使得他们对自身的社会责任有着深刻的认知，也会有意无意将这样的思维方式代入对子女的教育中。杜甫身处这样的成长环境中，自然养成了心怀天下的志向。从其生平事迹看，杜甫一直以来的梦想都是施展自己的才华以报效祖国，他是真正关心国家政治、忧国忧民的人。他多次表达自己通晓诗书，堪当大用，所谓"自谓颇挺出，立登要路津。致君尧舜上，再使风俗淳"①，即是此意。当然，今日我们所理解的杜甫，未必适合从政，比如杜甫坚持奉儒守官却不知变通，甚至明知不合时宜也要愚戆坚执，这很容易不给他人留有余地，也就很难处理好复杂的政务关系。比如他跟唐肃宗的死杠到底，他在严武幕府中与同僚的不和谐。但杜甫确实很有才华，他对国家治理有很多值得借鉴的看法，这一点，请参看《杜诗诗体学研究》第四章第三节"杜甫古体诗的内容新变"②部分。然而，毕竟文人和政客之间有着不小的差距，历史上很多怀才不遇的文人，实际上并不能完全把自己的失意怪罪在皇帝身上，千里马与伯乐的关系是，伯乐识得千里马，并给它驰骋的机会，但千里马也要领会伯乐的意图。而在这一点上，文人多碍于自身的个性，常常自视为千里马却难以得到驰骋之机，杜甫即是其中一个。尽管如此，杜甫对于家国天下的热情和对政治的敏锐性以及一些治理之策含有很多合理因素是毋庸置疑的，即使在政治失意时所做的遣兴诗，内核依然是其对于政治的感慨。

我们选择的这组《遣兴五首》，作者采取了怀古联今的方式表达自己的忧愁，也就是明面上虽写古人古事，实际上是用这些古人浇自己心中之块垒。《遣兴五首》中运用与古人古事相关的例子：蛰龙—孔明；老鹤—嵇康；鹿门隐—庞德公；避俗翁—陶潜；清狂客—贺知章；裋褐身—孟浩然。贺知章和孟浩然虽是唐人，但杜甫写作此诗时，两人都已过世十五年以上（分别是 744、740 年去世），也可列入古人之列。

"蛰龙三冬卧"一首当是杜甫对被弃的牢骚。"蛰龙"就本诗而言，指诸葛亮，隐居襄阳卧龙岗，因刘备三顾茅庐乃出山。"老鹤"用嵇康典。嵇康在司马氏集团掌权时没有出仕，其生活如闲云野鹤，

---

① （唐）杜甫著，（清）仇兆鳌注：《杜诗详注》卷一，中华书局，1979 年，第 74 页。

② 韩成武等著：《杜诗诗体学研究》，九州出版社，2022 年，第 150—162 页。

有"逾思长林而志在丰草"的避世之心，但又何尝不是没有遇到识贤才的英主？孔明被重用，是刘玄德三顾茅庐所请。所谓"用舍在所寻"，不正是说，用与不用，全在选人者选与不选吗？这不正是杜甫感受到的统治者不选自己的意思吗？很显然，怨怼之心存于其间。

"昔者庞德公"是对庞德公的感慨，杜甫认为庞德公携家隐居鹿门是英明的选择，因为在当时的社会里，像刘表那样摒弃贤才的主子实在太多了。庞德公不是没有本领，"岂无济时策，终竟畏罗罟"，表达的是拥有治理本领，但害怕的是社会上那一张张害人的罗网，所以以隐居逃避现实。这是诗人借庞德公的隐居为自己开脱，是在自我劝慰，也在传达自己的犹疑：为了不被"罗罟"网罗，还是选择避世吧？有想法却又不肯定，这很显然表明的是不得已的归隐之思。

"陶潜避俗翁"一首咏陶渊明，诗人认为陶渊明虽然挂印隐居，但他并没有真正做到达观自处，"恨枯槁"，就是不甘心这样的生活，可见对生活有很多遗憾，而诗人应该是与陶渊明情同此心、心同此理，一样的感慨人生的"枯槁"。

"贺公雅吴语"一首，是对贺知章的评价。贺知章骨气奇高，清狂风雅，并不留恋功名富贵，在天宝三载（744）上疏请度为道士还乡，最后只留下修道的茅屋而已。离开朝堂，贺知章也并没有成仙成道，归乡当年即离世，死亡之后，结果又能怎样？这当是杜甫为贺知章感到不值。从中可以感受到诗人对修道的否定。

"吾怜孟浩然"一首，表达对孟浩然的认同。在诗人看来，孟浩然布衣终生，长眠地下，却有超越鲍照、谢灵运的诗歌留存世间，但在孟浩然曾经生活的地方，如今也只有清江的旧鱼和雨中的甘蔗而已，故而望向东南孟浩然生活的地方，也是怅然不已。孟浩然并不是不想出仕，"欲济无舟楫，端居耻圣明"，足以见出他的用世之心，但由于唐玄宗一句"我不弃卿，卿自弃耳"就放弃了孟浩然，就让孟浩然再也无法得到任用，又何尝是孟浩然心甘情愿的呢！恐怕杜甫"每望东南云，令人几悲咤"的正是孟浩然一生布衣的无可奈何。仇兆鳌《杜诗详注》的评语说到了点子上："高、岑、王、孟，并驰声天宝间。孟独布衣终身，早年谢世，乃处士之最可悲者。'清江'以下，望襄阳而感叹。'空''馀'二字，见物在人亡。《杜臆》：'浩然之穷，公亦似之，怜孟正亦自怜也。'"①

杜甫这组诗作中，引用的人物完全是因为其经历与自己有共鸣，杜甫通过分析他们的生平经历、人生志向、生命结局，正欲突出自己的生平与志向。又由这些人所面对的现实联系到今日自己所面对的现实，连类而发，抒发着内心的无奈、不甘和怅然。

《遣兴五首》采用的是五言古体的形式，韵律、格律都不受限制，再加运用藤萝式结构，自由发挥，每一首都相对独立但又与组诗主题浑然一体，使我们能够理解杜甫罢官之后复杂的人生感慨。

杜甫遣兴而用前人来表达这一时期的感想是非常合适的。盖棺定论，这些人的人生已经不可更改，评价他们，从中传达诗人当时的所思所想，是最为婉转的表达方式。当时的诗人刚刚罢官，处于人生的谷底，内心深处五味杂陈，在尚未放弃理想而又不得不离开朝堂的复杂思想世界里，他尝试思考另一种生活，但通过前人的命运结局，诗人似乎并没有寻找到合适的生活方式。而当杜甫的失意人生进一步将他梦想碾碎时，其诗作的视角明显由外放转向内收。在《遣兴五首》中，最典型的就是通过他人事隐现自己当时的处境和思想状态，这是此组遣兴的意趣和题旨。借他人经历，抒发自己内心无法实现大业之梦的悲苦，并进而联系现实中人生的无奈，将一个隐藏在悲情中的诗人杜甫的形象展示出来，而笼罩在悲痛中的杜甫也进入了看世间万物都是悲剧的状态里。

---

① （唐）杜甫著，（清）仇兆鳌注：《杜诗详注》卷三，中华书局，1979年，第565页。

杜甫这组诗作层层审视自己的内心，而这样的转变与唐朝的社会历史发展也有一定的关系，故作品被蒙上层层悲雾。类似的诗作多了，杜甫诗也就拥有了独特的沉郁的特质，故而杜甫似乎一直没有被真正算入盛唐气象里。但是中唐的没落与后来的复兴又不是他诗作的主旋律，因此我们认同这样的说法：杜甫是盛唐之音的第三重旋律，他在经历盛唐时期的开放审美之后，很艰难地去接受唐中后期沉郁的现实，因此他的诗作风格也随着社会变迁而急转直下。在此之前还较为稀薄的悲剧意识在弃官后逐渐显露出来。人生是永恒的悲剧，而杜甫正是在此时洞悉了人生悲苦的本质，也唯有痛苦方能淬炼出来一个立于天地之间的杜甫。

（三）《遣兴五首》的艺术特色

与陷贼时期和任华州司功参军时期直面现实的很多诗歌相比，走向秦州的杜甫诗歌在悄悄发生变化。可能由于刚刚卸职后不好直接评价现实，也可能是想换一种言说方式，杜甫这组诗歌不再是纯粹的叙事，而是对前尘往事的追叙和思考。除了思想上的独到之处，《遣兴五首》在艺术方面也有了新的变化。

1. 善用典故

杜甫这组诗在用典方面出神入化，其用典水平，自然浑成，臻至化境。"蛰龙"是易经中的典故，原文是"尺蠖之屈，以求信也；龙蛇之蛰，以存身也"[①]。"蛰龙"指蛰伏的龙，也指冬眠的龙，比喻隐匿的志士。意思是：尺蠖弯曲着身体，是为了更好地前进；龙蛇冬日里蛰伏，是为了保全性命。结合杜甫当时的境况，不难看出他运用这一典故的目的就是表达对自己生活现状的看法：在失意的时候要想办法保全自身，等待以后一飞冲天的机会。孔明的人生轨迹

---

① 《周易·系词下》，朱熹注：《周易本义》，《新刊四书五经》本，中国书店，1994年，第119页。

正是如此，诗人提醒自己可以效法诸葛亮，先隐居以待未来。庞德公即庞统叔父，传说中携妻子隐居鹿门山的那位仙人。这个典故的使用也很巧妙，此时的杜甫已经开始思考隐居可以避祸的问题，为自己离开现实寻找合适的理由，可见内心的复杂。将孔明后被重用和庞德公避祸放在前面两首里，正是杜甫对隐居结果的深入思考，也是杜甫矛盾心理的一种最恰当诠释。陶潜避世而不放达、贺知章放达而只留茅宇，孟浩然被迫放达令人感伤，都不能理想自处，这是令诗人难以选择的。哈姆雷特曾感叹"生存还是死亡，这是个问题"，而杜甫所面对的痛苦一点也不少，入世与出世的矛盾来源于现实境况与曾经理想的交战，越交战痛苦越多。

2. 比兴手法的巧妙运用

从一事而起兴，引一重思考，是《遣兴五首》的共同特征。当吟咏到诸葛亮时，诗人期盼的是蛰伏等待人生的君臣际遇；当吟咏到庞德公时，诗人考虑的是隐居或可避害的问题；当吟咏到陶潜时，诗人又考虑到避世未必能够让心灵安宁的问题；当吟咏到贺知章时，诗人又在考虑放弃究竟有何价值；当吟咏到孟浩然时，又觉得不遇也是一种悲凉。每一个人物的命运，实际上都是用来起兴，人生有得意如孔明者，更有多数人"人生失意无南北"，天涯沦落，浪费一身才华，最后只落得满腹悲肠。对这些人物悲凉结局的感慨，正是杜甫难以确定自己未来人生路径的复杂内心世界的写照。隐居，寄情山水？的确，中国古代不少士人在人生失意之后都选择用山水麻醉自己，将才华不得已转向对文学艺术的追求，但这真的是成功吗？诗人是深深怀疑的。因为中国古代的士人其人生目标都是"齐家治国平天下"，而不能实现这一目标，无论如何都是不理想的。这组诗的比兴就妙在这里：杜甫一生都在践行"居庙堂之高则忧其民，处江湖之远则忧其君"的士人行事风范，让他真的放下政治，忘怀朝堂，恐怕很难，这也是这几首诗以人起兴而反复思忖后最终都结局悲凉的原因之所在。

3. 复杂的反衬对比手法

整组诗如果看作一个浑融的整体，那么综合分析则可以看出其中充满了各种对比与反衬，这其实也是杜甫在思绪极其混乱之下心态矛盾的一种体现。嵇康、贺知章是入世又出世的人，孔明、孟浩然是隐居而又有入世思维的代表，而庞德公和陶渊明又是出世的典型，这些人的命运在彼此对比中较量优胜短长，杜甫也在不断地将自己与这些人对比，以抉择何去何从。杜甫就在这种不断回旋盘绕的过程中反复对比，将心中的矛盾推向极致。他极不甘心于出世的平淡生活，又对自己十载长安的落魄生涯感到失望。对于将积极入世当作自己毕生追求的杜甫而言，思考出世的可行性本身就是一种自我安慰。他所想的出世不过是无法可想之后对自己的一种劝告，两相对比孰是孰非难以分辨，在出世的合于时宜之下，更能表现他对于入世的渴望。

4. 感性与理性交织

人在不知如何选择时思绪往往比较复杂，有时是感性的，有时是理性的。比如贺知章的故事主要表达的是他放旷肆意的一生，但就是这样一个自由潇洒的人，也不免要走到山穷水尽的一天。斯人已逝，其志已无从实现，一生悲剧，留下的只有后人对于他的无限畅想。在感性上杜甫是非常佩服孟浩然的，而其高洁的品性又与杜甫偶然冒出的归隐念头不谋而合，试问谁不想肆意生活，游戏人间呢。李白在当时乃至后世为人所崇敬的原因之一，也是他自由自在的性格品性。然而杜甫的理性明显束缚住了他，使他成为一个矛盾体，并在痛苦思索的过程中得到心灵的升华。李白有出身和性格的先天优势，贺知章所生活的年代和平繁荣，身处的境遇又比杜甫得意得多，等轮到杜甫的时候，已经没有天时地利人和的条件了。大唐不能再给予一个浪漫诗人以庇护，仓廪实而知礼节，杜甫此时即使想要过一把快意洒脱的生活也没有这样的条件，况且他从小受到的正统教育也容不得他做阮籍那样的人。而放旷归于天地之后又会有怎样的结果呢？此时的杜甫只能感觉到各种选择背后的阴冷，孟浩然的结局显然也令人失望。

二、《秦州杂诗二十首》

其一

满目悲生事，因人作远游。迟回度陇怯，浩荡及关愁。
水落鱼龙夜，山空鸟鼠秋。西征问烽火，心折此淹留。

其二

秦州城北寺，胜迹隗嚣宫。苔藓山门古，丹青野殿空。
月明垂叶露，云逐度溪风。清渭无情极，愁时独向东。

其三

州图领同谷，驿道出流沙。降虏兼千帐，居人有万家。
马骄朱汗落，胡舞白蹄斜。年少临洮子，西来亦自夸。

其四

鼓角缘边郡，川原欲夜时。秋听殷地发，风散入云悲。
抱叶寒蝉静，归山独鸟迟。万方声一概，吾道竟何之？

其五

西使宜天马，由来万匹强。浮云连阵没，秋草遍山长。
闻说真龙种，仍残老骕骦。哀鸣思战斗，迥立向苍苍。

其六

城上胡笳奏，山边汉节归。防河赴沧海，奉诏发金微。
士苦形骸黑，林疏鸟兽稀。那堪往来戍？恨解邺城围。

其七

莽莽万重山，孤城山谷间。无风云出塞，不夜月临关。
属国归何晚，楼兰斩未还。烟尘一长望，衰飒正摧颜。

其八

闻道寻源使，从天此路回。牵牛去几许？宛马至今来。
一望幽燕隔，何时郡国开？东征健儿尽，羌笛暮吹哀。

其九

今日明人眼，临池好驿亭。丛篁低地碧，高柳半天青。
稠叠多幽事，喧呼阅使星。老夫如有此，不异在郊坰。

其十

云气接昆仑，涔涔塞雨繁。羌童看渭水，使客向河源。
烟火军中幕，牛羊岭上村。所居秋草净，正闭小蓬门。

其十一

萧萧古塞冷，漠漠秋云低。黄鹄翅垂雨，苍鹰饥啄泥。
蓟门谁自北，汉将独征西。不意书生耳，临衰厌鼓鼙。

其十二

山头南郭寺，水号北流泉。老树空庭得，清渠一邑传。
秋花危石底，晚景卧钟边。俯仰悲身世，溪风为飒然。

其十三

传道东柯谷，深藏数十家。对门藤盖瓦，映竹水穿沙。
瘦地翻宜粟，阳坡可种瓜。船人相近报，但恐失桃花。

其十四

万古仇池穴，潜通小有天。神鱼今不见，福地语真传。
近接西南境，长怀十九泉。何时一茅屋，送老白云边？

其十五

未暇泛沧海，悠悠兵马间。塞门风落木，客舍雨连山。

阮籍行多兴，庞公隐不还。东柯遂疏懒，休镊鬓毛斑。

其十六

东柯好崖谷，不与众峰群。落日邀双鸟，晴天卷片云。

野人矜绝险，水竹会平分。采药吾将老，儿童未遣闻。

其十七

边秋阴易夕，不复辨晨光。檐雨乱淋幔，山云低度墙。

鸬鹚窥浅井，蚯蚓上深堂。车马何萧索，门前百草长。

其十八

地僻秋将尽，山高客未归。塞云多断续，边日少光辉。

警急烽常报，传闻檄屡飞。西戎外甥国，何得近天威！

其十九

凤林戈未息，鱼海路常难。候火云峰峻，悬军幕井干。

风连西极动，月过北庭寒。故老思飞将，何时议筑坛？

其二十

唐尧真自圣，野老复何知！晒药能无妇，应门幸有儿。

藏书闻禹穴，读记忆仇池。为报鸳行旧，鹪鹩在一枝。①

　　首先对文字的采择进行简单说明。其三的"胡舞白蹄斜"用的是仇本汇字"蹄"，为一般选本常规采用。其七"孤城山谷间"用仇本汇字"山"。其二十"应门幸有儿"用仇本汇字"幸"。

　　秦州，今之天水，属于汉唐西域丝绸之路的必经之地。这里对

---

① （唐）杜甫著，（清）仇兆鳌注：《杜诗详注》卷三，中华书局，1979年，第572—585页。

汉唐时期的政治、经济、军事都非常重要，是大西北通向长安和大西南的要道。杜甫乾元二年（759）罢官后来这里，仅仅生活了四个月左右。

（一）走向秦州乃不得已之选择

杜甫走向秦州，其实是一种不得已的选择。当时整个国家都处于战火之中，很多文人都不得不离开长安以求避乱。而杜甫因被视为房琯一党被罢官，又适逢"时关畿乱离，谷食踊贵"[①]，卸职华州司功参军后的杜甫，只是一介平民，缺少生活来源，生活无法维持，只能自己想办法逃出生天。

当时秦州尚未被战火波及，杜甫不得不在"满目生悲事"的情况下"因人作远游"。当时，杜甫侄子杜佐在秦州，杜甫也有"自闻茅屋趣，只想竹林眠"（《示侄佐》）的想法，希望到秦州谋得可以属于自己的一座茅屋，寄居生存，等待时机。但是，在秦州获得更好生活的梦想最终还是以破灭告终。他听说东柯谷是很好的隐居之所："传道东柯谷，深藏数十家""瘦地翻宜粟，阳坡可种瓜"，似乎打算在这里与侄子杜佐一起隐居躬耕，可是，很快这里也听到了不安稳的风声："船人近相报，但恐失桃花"。"桃花"，即桃花源，他担心这里也很难成为桃花源的所在："塞云多断续，边日少光辉。警急烽常报，传闻檄屡飞。"自己选择的躲避战火的地方，却烽警常报，檄文屡飞，这又如何安稳生活？恰逢同谷县令邀约杜甫，这就是《积草岭》所说的"邑有佳主人，情如已会面。来书语绝妙，远客惊深眷"，所以杜甫便离开秦州，走向了奔赴大西南的艰难路程。但是，令他没有想到的是，到了同谷，他的生活陷入了更加艰难的境地。同谷的"佳主人"并没有给杜甫提供应有的生活物资，反令他陷入了"岁拾橡栗随狙公，天寒日暮山谷里""手脚冻皴皮肉死""短衣数挽不

---

① （后晋）刘昫等撰：《旧唐书》卷一九〇下，中华书局，1975年，第5054页。

掩胫"(《同谷七歌》）的绝境。杜甫并没有交代同谷"佳主人"邀约自己又为何不给予照顾，但依照杜甫的性格和处事的方式，这位同谷县的"佳主人"既没有死去也没有调往他地。死去，杜甫会写悼念诗，调走，杜甫会有送别诗。故杜甫的同谷绝境，令我们不得不产生"小人之心"：同谷县的"佳主人"邀约杜甫绝非真心，且没有给予丝毫关照。杜甫在"无食问乐土，无衣思南州"(《发秦州》）的心理驱使下，决定继续南行，并向在四川为官的高适和岑参写信表达羡慕之情，说二人所居之地"岂异神仙宅，俱兼山水乡"(《寄彭州高三十五使君适、虢州岑二十七长史参三十韵》），然后就开始了艰难的入蜀路程。

秦州时期的杜甫处于人生中的最灰暗时期，此一时期，他的内心犹豫彷徨，既希望隐居桃源又关心国事，既期盼生活安稳又担心战火逼近，故而秦州之旅并没有持续很长时间。但秦州的各种景观特色仍然激发了他的诗情，让他为秦州留下了富有地方特色、内容丰富复杂的百余首诗歌。

秦州组诗共二十首，属于规模较大的组诗，详尽地展现了杜甫当时的复杂心理状态，是纪实兼具抒情的一组诗歌。从这组诗中可以观察到杜甫视角下的秦州风情，体会到既寻找安定又不得安定的杜甫对自身命运的思考和对国家命运的担忧。

（二）秦州组诗内容的丰富和复杂

秦州组诗全方面多角度地展现了一代诗圣眼中的秦州，也正是他的诗作为我们了解当时的秦州地理、唐人戍边、人民生活等多方面情况提供了依据。韩成武说："组诗或记秦州风物，或叙游踪观感，或写边塞警事，或描客居苦情，或发忧国议论，多侧面地反映了作为边关重镇的秦州的景物与人物的特征和当时动荡不安的生活氛围，富有鲜明的时代色彩和地域色彩。第一首和最后一首遥相呼应，写出客居秦州的两大原因，一是'满目悲生事'，华州实在生活不下去了；二是'唐尧真自圣'，肃宗实在无须辅佐了。而后者当为杜甫罢职的主要原因，他已对肃宗心灰意冷。"[①]朱宝清则认为："浦起龙的《读杜心解》说这一组诗'二十首大概只是悲世，藏身两意'，确是基本准确的概括。在这二十首诗中，杜甫确实一再申说了藏身之愿。但这组诗也证明了他的归隐山林，绝非一味地高蹈。他仍然东念安史之未平，西忧吐蕃之进逼，国家与民众的灾难，仍然萦回于他的心头。组诗的第一句说'满目悲生事'，杜甫所悲的，决非只是一己家事的艰难，而是包括了国事的艰难。"[②]

其一，对于时局的感慨之情。组诗开篇有"满目悲生事，因人作远游"（其一），"满目"的"悲"，绝不仅仅是个人之悲。作为一组诗篇的开头，杜甫所想要表达的必然不会局限于个人的得失，而是对于整个国家的悲叹和对人民的怜悯。而组诗慨叹时局的主旨，也确在《秦州杂诗》的其他诗作中不断地反复穿插。在当时杜甫已经深刻洞悉了唐王朝繁盛表面下的腐朽，而作为曾经的士大夫阶层，已经被罢官的杜甫很难再去用自己的力量为整个国家和人民提供帮助，因为他自身已经岌岌可危，这也是一位以天下为己任的政治家最为无可奈何之处。也是从这一首诗开始，杜甫的哲学思考进入了新的阶段，边塞复杂形势带来的冲击可能是他开始新的思考的原因之一。

其二，秦州杂诗的属性当归于边塞诗作，因此组诗中所展现的塞外景象也十分有特点。包括秦州的地理特点、气候特点、边塞特点、军备情况，都是诗人所关注的，所以这组诗绝不仅仅是诗人走向秦州的生活记录，更包含诗人对当时社会的关注。

---

① 韩成武，张志民：《杜诗全译精注》，天津教育出版社，2017年，第215页。
② 朱宝清：《杜甫〈秦州杂诗二十首〉诗说》，《首都师范大学学报（社会科学版）》1996年第1期，第81页。

秦州的边塞地形。其七说："莽莽万重山，孤城山谷间。无风云出塞，不夜月临关。"崇山峻岭，孤城深藏，云似棉朵常飘，月因天朗日现。这是秦州小江南所能看到的特有的自然场景。边塞的特征清晰，身在其中的杜甫也被这样的景象所感染，诗情中平添一股晴朗豪气。诗中还写到了这里的"山头南郭寺，水号北流泉""万古仇池穴""东柯好崖谷"，都是从隐居的角度感受着这里的地利，希望"何时一茅屋，送老白云边"。可惜这一切都在"未暇泛沧海，悠悠兵马间"消解了，诗人没有办法在这里过安宁日子。

秦州的特殊气候。其十五说："塞门风落木，客舍雨连山"，这是典型的塞北小江南气候所造成的景象。一般来说在烟雨江南，很少能出现这种极端天气，更不用说倾盆大雨与横扫树木的大风。但秦州在北部边塞，受西秦岭山脉影响，气候温和，具有半湿润半干旱的气候特点，有西北小江南之称。因在地近西沙漠之区，"客舍雨连山"，就非常奇特。这是塞北小江南的独特之处。其十又说："云气接昆仑，涔涔塞雨繁"，这是秦州风雨的另一种天气形式，可以想见那种乌云压境的景象，"接昆仑"给人历史悠久、茫然无际之感，雨水之丰沛、气象之壮阔，可见一斑。

秦州远目所及的烽火狼烟。其一说："西征问烽火，心折此淹留"，其三说："鼓角缘边郡"，其十八说："警急烽常报，传闻檄屡飞。西戎外甥国，何得迕天威"，其十九说："候火云峰峻，悬军幕井干。风连西极动，月过北庭寒。故老思飞将，何时议筑坛"。组诗里多次出现的烽警、传檄、鼓角、狼烟等，再现了秦州当时的边塞特征。而杜甫来秦州，本是寻找桃源仙境，所见却是恁般景象，自然内心无比震撼。面对烽警、传檄、鼓角、烽火的战争意象，结合"安史之乱"造成的现实国破家亡的局面，这铮铮鼓角和滚滚狼烟更带给诗人诸多不安，"但恐失桃花"，是诗人对国家命运不确定的忧虑和对自我命运无法把握的悲慨。

秦州的民族杂居。秦州作为从中原走向西域的通道，又是唐人心目中边塞的起点，民族杂居是必然现象，诗中有相关描写，其十曰："羌童看渭水，使客向河源。烟火军中幕，牛羊岭上村。"在秦州这里，有羌族等少数民族，有军队驻地，也有人间烟火的村庄，这里的人们"所居秋草净，正闭小蓬门"，是诗人所期望的生活，可这一切还是被"警急烽常报，传闻檄屡飞"打破了。

对军国的政见。秦州受到烽火的惊扰，令诗人对国家的政局、军事、外交都不得不认真思考，关心国家的诗人再一次显示了他独特的才能。他关心外联的使者的情况："属国归何晚，楼兰斩未还。烟尘一长望，衰飒正摧颜。"他为安史之乱忧心："蓟门谁自北，汉将独征西。不意书生耳，临衰厌鼓鼙。"他对西域借机反复表达不满，说："西戎外甥国，何得迕天威。"他希望唐朝的军力强大："南使宜天马，由来万匹强。浮云连阵没，秋草遍山长。闻说真龙种，仍残老骕骦。哀鸣思战斗，迥立向苍苍。"他也希望国家重用良将，吸引人才："故老思飞将，何时议筑坛？"这都是面对边塞征战和蓟门烽火的见识。

其三，表现秦州对西域丝绸之路的重要价值。前文已经提到，秦州是长安通往西域的重要管道，汉唐时期都很重视秦州的经营，杜甫也注意到秦州地理位置的重要。《秦州杂诗》其六中写到了"城上胡笳奏，山边汉节归"的情况，写到了军队从西域调往内地经过了这里。其八中，写了"寻源使"张骞的身影，也描述了自古以来这条道路一直是西域与中原交换物资的通道："闻道寻源使，从天此路回。牵牛去几许，宛马至今来。"从诗中可知，张骞式的"寻源"使者们往来在这道路上，多少年来物物交换不绝。然而这条道路却凋尽了东征的健儿，让人们的生活中传出了真切的悲哀。这是通过丝绸之路的变化展现安史之乱给社会、人生带来的悲凉。

其四，对自己悲剧命运的慨叹。古往今来的文人墨客大抵都脱不过身世之叹，"风俗淳"只是文人生活的梦想。文人的骨气，使得很多文人生活并不如意。杜甫不失风骨，却落得"罢官亦由人"，虽然离开了官场，也有学陶潜、庞德公之思，但他终究是"奉儒守官"的环境中培养出来的士人，那一腔热血始终还是关注国家大事，而不能用心于国，终究可悲，故而心中多伤感亦是正常。《秦州杂诗》十二中有"俯仰悲身世，溪风为飒然"，感慨自己的曾经，似乎老树、清渠、秋花、晚景、溪风都为他的人生悲哀。他的人生自到秦州，确实就已经非常糟糕。已近五十岁，还要采药为生，面临"采药吾将老"的尴尬。身不健，体有疾，已经不适合登山采药，故"儿童不遣闻"。但不遣儿童闻，也改变不了现实。而能够改变现实的路，也即"致君尧舜"的路已经堵死，"唐尧真自圣，野老复何知"，这一句反诘只是诗人愤懑不已的发泄，因为杜甫深知，自己早已经被统治者视为于政治无知之人，即使有知也被视为无知了，这样的人生还有什么未来？所以只能如鹪鹩巢于深林，寻一枝立足而已。这已经是人生最低的需求，可见杜甫当时已经悲观到何种程度。对于这一组诗在传达诗人个人情绪的理解方面，刘跃进说:《秦州杂诗》主要抒写的是自己的漂泊之感。"[1] "他被边缘化，也可能自认倒霉，心安理得，并没有改变现状的勇气。这是一种流浪者的心态，比较容易理解。还有一种情形就比较复杂。他可能在官场体制中，但他依然感觉到自己是异乡人，很难融入固化的体制中。身处魏阙，心在江湖。他渴望改变体制，却又无能为力。这种心态，可能就是美学意义上的流亡状态。杜甫从最初的远游，到秦州的流浪，深深地体验到人生被边缘的痛苦。"[2] "个人也好，朋友也好，他们的漂泊，还只是个人的流浪遭遇，而国家的风雨飘摇，则叫他无望。他无力

---

[1] 刘跃进:《漂泊无助的远游——读〈秦州杂诗〉二十首及其他》,《中国文学研究》2017 年第 1 期，第 25 页。

[2] 刘跃进:《漂泊无助的远游——读〈秦州杂诗〉二十首及其他》,《中国文学研究》2017 年第 1 期，第 27 页。

改变现实，甚至连提意见的机会都没有。这是杜甫作为流亡者最大的痛苦。"①笔者深以为是。

（三）秦州组诗的艺术成就

评价一位诗人是否伟大，不仅仅在于他的诗作文采水平高不高，还在于他是否对诗歌艺术的进步作出贡献，只有不囿于文字限制，将诗歌艺术引向新的发展方向，才能算是真正有所成就的伟大诗人。杜甫来秦州之后，自然山水、时代环境、作者心态都与盛唐其他诗人不同，故能在摸索自身新变时也推动了整个诗坛的进步。对于《秦州杂诗二十首》而言，其主要贡献是改变了唐诗高华流丽、清雅壮美的风格，而代之以忧愁满怀、意绪悲凉的风格。至于这组诗的艺术成就，学界多有探讨，如姚平《杜甫〈秦州杂诗20首〉的艺术特色》、商拓《杜甫〈秦州杂诗二十首〉诗艺探微》等。商拓的文章摘要指出了这组诗歌艺术成就的几个层面：

> 首先是对诗歌形式体裁的继承和发展，主要表现在对《杂诗》体裁的继承和对连章体组诗的发展。其次是表现手法的变化多样，主要表现在借景抒情、比兴寄托、怀古伤今、叙事议论上。再次是其语言的精炼准确，主要体现在用字精炼准确、遣词语短意长、造句奇妙精巧和语意正话反说等方面。②

这是从诗歌体式、表现手法、语言艺术几个层面，概括出《秦州杂诗二十首》的贡献，我们基本认同商拓观点。本研究后面文字

---

① 刘跃进：《漂泊无助的远游——读〈秦州杂诗〉二十首及其他》，《中国文学研究》2017 年第 1 期，第 28 页。
② 商拓：《杜甫〈秦州杂诗二十首〉诗艺探微》，《杜甫研究学刊》2014 年第 4 期，第 32 页。

多参考此篇，恕不一一注出。

1.诗体形式和内容的发展

《秦州杂诗二十首》，用了"杂诗"二字，可见是在对前人"杂诗"体裁的借鉴与继承，而在先唐时期，"杂诗"的"杂"一般指向内容层面。商拓引用《文选》王粲《杂诗》李善注："杂者，不拘流例，遇物即言，故云杂也。"[①]唐李周翰注云："兴致不一，故云杂诗。"[②]可见"杂诗"有两个特点，一是"不拘流例"，不受传统惯例束缚限制，形式自由，长短随意；二是"遇物即言"，也即有感即发，故内容广泛。杜甫的《秦州杂诗二十首》完全符合这两个特点，但又有发展。首先是形式不受以往的限制。以往的杂诗基本属于古体，甚至杜甫之前的唐人"杂诗"，也多是古体，如张九龄的《杂诗五首》，张说的《杂诗四首》，王维以"杂诗"命名的一首"朝因折杨柳"为古体诗、一组《杂诗三首》为绝句组诗，崔颢的《杂诗》（可怜青铜镜）是古体，储光羲的《杂诗二首》是古体，只有极少数人用"杂诗"写律体，王维以"杂诗"命名的有一首"双燕初命子"为律诗，沈佺期《杂诗三首》属于五言律诗，卢象的《杂诗二首》属于五言律诗，但"死生在片议，穷达由一言"一联非律句。杜甫却不受"杂诗"多古体的限制，采用严整的律诗形式进行写作，这是一种尝试。其次是内容上虽基本遵循"遇物即言"的原则，但绝不是杂凑在一起，而是颇有匠心。杜甫的这些诗作都是其身处秦州的短短四个月完成的，其主题较为集中，多描写秦州当地的风貌景物，彼此之间也有着浑融的联系，故而并不是漫无目的的杂诗，它以"满目悲生事"组织全篇，藏身是"悲生事"引发的情绪，"满目"所看到的不仅仅是个人之悲，更有国家之悲、人民之悲。杜甫的这

---

① （梁）萧统编，（唐）李善等注：《六臣注文选》，中华书局，1987年，第546页。
② （梁）萧统编，（唐）李善等注：《六臣注文选》，中华书局，1987年，第546页。

组诗，是中心意识明确的即事而发。

2. 连章组诗规模的扩大

这是针对古代的组诗，也是针对杜甫个人的组诗而言的一个问题。就古代的组诗而言，目前《文选》列入杂诗类的最多的组合体就是《古诗十九首》，但《古诗十九首》不能算组诗，因为作者不同，也非同时创作，尽管题材相类，但作者并没有有意识地组织创作，故而不能以组诗视之。目前所知唐前最大的组诗是张景阳的《杂诗十首》，其次是曹植的《杂诗六首》，而杜甫的秦州组诗则足足二十首，可见在秦州组诗中，作者要表达的内容多丰富，要传达的感情多复杂！就杜甫自己而言，其组诗的发展也经历了较长的过程，在此前写作的组诗多二首、三首、五首，后人命名的有六首，有相对统一的主题和相对整体的文章体式，如《曲江二首》是七言，《遣兴三首》是五言，《遣兴五首》是五言，但规模都不大。尤其是罢华州司功参军后，诗人感慨良多，写了很多首以"遣兴"命题的组诗，但却并没有把这些组诗放置到一起。而到秦州组诗，就变得规模宏大起来。这主要是诗人在秦州时要同时关注罢官后不得不选择的隐居生活，又同时关注国家的战事，较小的组诗规模已经很难满足杜甫的记事议理抒情的要求，故而以"秦州"为标目，架构整个秦州的完全世界，反映秦州的方方面面，传达自己在这里的所思所想，从而形成了这样的大型组诗。

3. 组诗的记事、写景与抒情

《秦州杂诗二十首》是诗人来到秦州的所见所闻所感，前文我们引用韩成武的说法："组诗或记秦州风物，或叙游踪观感，或写边塞警事，或描客居苦情，或发忧国议论，多侧面地反映了作为边关重镇的秦州的景物与人物的特征和当时动荡不安的生活氛围，富有鲜明的时代色彩和地域色彩。"[①] 正是对此诗内容和艺术的概括。参阅商

---

① 韩成武，张志民：《杜诗全译精注》，天津教育出版社，2017年，第215页。

拓文,《秦州杂诗二十首》的记事、写景与抒情有以下几个特点:

一是借景抒情,情景交融。诗中写秦州风物,注重描写,突出地域色彩,但同时又把诗人对人生、对时局的认识和情感注入其间。如其二写道:"秦州山北寺,胜迹隗嚣宫。苔藓山门古,丹青野殿空。月明垂叶露,云逐渡溪风。"这是秦州景物,诗人却因渭水发源于鸟鼠山而东流,引发了"愁时独向东"的情绪,这既是对家乡的怀恋,也是对京阙的烦忧。其六写所闻城头的胡笳,所见驿路上的使者和兵士,引发了对国家战乱的忧虑:"那堪往来戍,恨解邺城围"。"恨解邺城围"即所恨的是叛军解除了邺城被围的困境。这种恨,何止是"往来戍"所恨,诗人的情绪更在其中。又如其十二写东柯谷最适宜隐居的景色:"传道东柯谷,深藏数十家。对门藤盖瓦,映竹水穿沙。瘦地翻宜粟,阳坡可种瓜。"这完全是深山里的桃花源,藤树遮屋、沙水相映、种粟栽瓜,与世隔绝,应该可以"不知有汉,无论魏晋"了,可是,"船人近相报,但恐失桃花",又把诗人从美景的沉思中抽引回来,引发对现实的忧愁。诗人在驾驭景情关系时,往往这样大起大落、急转而入,而又相关相连,景为情设,情因景生,令人感慨。

二是善用比兴,寄托深远。这一组诗有好多首使用比兴寄托手法,使得组诗意兴深远,含蓄深沉。如其五全诗皆是比兴,以"天马"比军卒,以"浮云连阵没,秋草遍山长"比喻军队的败亡,以"闻说真龙种,仍残老骕骦"比喻尚有能力驰骋疆场的老将,"哀鸣思战斗,迥立向苍茫"则是写马之精神,同时也是人之精神。王嗣奭认为"老骕骦"指郭子仪、李光弼之类的老将,仇兆鳌认为此诗"借天马以喻意。良马阵没,秋草徒长,伤邺城军溃。今者龙种在军,而骕骦空老,其哀鸣向天者,何不用之以收后效耶? 此盖为郭子仪而发与（欤）？"①又如其十七，整首诗都是写边秋阴雨连绵、环境潮湿，隐喻的是时代的悲凉和自己处境的悲哀，而最后的"车马何萧索，门前百草长"既是收束这样的天气造成的杂草丛生、道路封锁的情况，同时也是隐喻诗人此时的境况是"门前冷落鞍马稀"，寄托了身世悲凉的人生况味。

三是以古喻今，借古传心。《秦州杂诗二十首》本是面对现实的诗作，却用到了很多古典，这些古典，有的是秦州之往事，如其二写到的隗嚣宫，写到那里的"苔藓山门古，丹青野殿空"，就是为了展现秦州的风物和历史遗迹；有的则是以古喻今，借古传心。如其七的"属国归何晚，楼兰斩未还"。"属国"，即典属国，这是秦汉时期的官职，掌管少数民族事务，苏武就曾封为典属国。这里用苏武难归的典故，表达对未能完美完成使者使命的担忧。斩楼兰，指的是汉朝时楼兰与匈奴通好，傅介子出使楼兰，趁机袭击，斩楼兰王头而归，令楼兰俯首。这里翻用傅介子的历史事迹，代指吐蕃与唐朝为敌，而尚未处理妥当。苏武难归、楼兰未斩，这是令诗人非常忧心的，故面对这些情况，诗人怅然若失，"衰飒正摧颜"。再如其十五写到的"阮籍行多兴，庞公隐不还"。阮籍事，用其痛苦而不向人诉说，只率意而行，乘车不由路径，辄穷而返，以此表达自己内心的痛苦，说自己也想像阮籍那样，在东柯谷这个地方任意放纵自己的痛苦。庞公事，用庞德公修仙避害的故事，以传达自己此时想隐居的心理，并交代隐居的原因是避害。这是杜甫被罢官后的不得已的选择，也是为放纵自己找到的最理想的借口，但从中却透露出他内心的苦楚。

四是叙事抒情，议论精妙。杜甫的诗歌关注社会、关注人生，故而常常有议论语言入诗。议论本是诗歌的大忌，容易造成语言枯槁、形象缺失、抒情减弱等问题，但杜甫的诗歌常常适时议论、画龙点睛，并将叙事、议论、抒情融于一体，避免了诗歌使用议论的

---

① （唐）杜甫著，（清）仇兆鳌注：《杜诗详注》卷七，中华书局，1979年，第576页。

很多毛病，因而成为大家。即如这一组诗，因其将叙事、议论、抒情融于一体而成为名作。如其四，记述在边地听闻鼓角事，在写景后议论："万方声一概，吾道竟何之？"表示对世事的感慨和自己的无路可走，这是议论，但这议论中又有浓郁的无可奈何的愁绪。又如其八："闻道寻源使，从天此路回。牵牛去几许？宛马至今来。一望幽燕隔，何时郡国开？东征健儿尽，羌笛暮吹哀。"这是回思中有议论，对张骞出使西域开通丝绸之路延惠至今表达了认同赞美之情，而与今时的唐王朝"幽燕隔"现状对比，表达了伤感之情，在对过去的赞叹中隐含着对当时统治者的谴责。又如其十二，记述诗人到南郭寺游览所见，"北流泉"和这里秋风飒然的环境引发诗人感慨，尾联用议论语"俯仰悲身世"，非常直白，而又接以"溪风为飒然"，似乎"溪风"也理解了诗人的心境，而有飒飒然寒凉浸骨意，达到了物我合一、景情相容的艺术境界。

4.《秦州杂诗二十首》语言讲究，锤炼无痕

这是杜甫律诗的总体特征，这一组诗亦不例外。用字精练准确，如其一用"满目"，精准传达了诗人此时被"悲"这座大山压在肩上的感受，这时诗人的眼睛里已经看不到任何东西了。又如"传道东柯谷"的"传道"二字，精准表现了杜甫来秦州的原因，是"传道"；而东柯谷是个很好的隐居地所在，诗人是闻名而来的，目前正在真实体验和考察。又如"东柯遂疏懒，休镊鬓毛斑"的"镊"字，是一个兼有名词和动词两种属性的词汇，用"镊"而不用"剪""薅""拔"，就精准地体现了文人的讲究，既讲究当官的仪容，又讲究文士的行为，是文雅而绅士的行为特点。如讲究对仗，像"水落鱼龙夜，山空鸟鼠秋""月明垂叶露，云逐渡溪风""马骄珠汗落，胡舞白蹄斜""无风云出塞，不夜月临关""属国归何晚，楼兰斩未还""烟火军中幕，牛羊岭上村""黄鹄翅垂雨，苍鹰饥啄泥""对门藤盖瓦，映竹水穿沙""瘦地翻宜粟，阳坡可种瓜"等，镜像分明，对仗工整，画面清晰，语言精粹，而又如出常语，绝无矫柔之嫌。

三、《乾元中寓居同谷县，作歌七首》

其一

有客有客字子美，白头乱发垂过耳。

岁拾橡栗随狙公，天寒日暮山谷里。

中原无书归不得，手脚冻皴皮肉死。

呜呼一歌兮歌已哀，悲风为我从天来。

其二

长镵长镵白木柄，我生托子以为命。

黄独无苗山雪盛，短衣数挽不掩胫。

此时与子空归来，男呻女吟四壁静。

呜呼二歌兮歌始放，闾里为我色惆怅。

其三

有弟有弟在远方，三人各瘦何人强。

生别展转不相见，胡尘暗天道路长。

东飞鸳鹅后鹙鸧，安得送我置汝傍。

呜呼三歌兮歌三发，汝归何处收兄骨。

其四

有妹有妹在钟离，良人早殁诸孤痴。

长淮浪高蛟龙怒，十年不见来何时。

扁舟欲往箭满眼，杳杳南国多旌旗。

呜呼四歌兮歌四奏，林猿为我啼清昼。

其五

四山多风溪水急，寒雨飒飒枯树湿。

黄蒿古城云不开，白狐跳梁黄狐立。

我生何为在穷谷，中夜起坐万感集。

呜呼五歌兮歌正长，魂招不来归故乡。

其六

南有龙兮在山湫，古木巄嵷枝相樛。

木叶黄落龙正蛰，蝮蛇东来水上游。

我行怪此安敢出，拔剑欲斩且复休。

呜呼六歌兮歌思迟，溪壑为我回春姿。

其七

男儿生不成名身已老，三年饥走荒山道。

长安卿相多少年，富贵应须致身早。

山中儒生旧相识，但话宿昔伤怀抱。

呜呼七歌兮悄终曲，仰视皇天白日速。[1]

"同谷七歌体"以"七"为题，当是借用赋体中的"七体"形式，但杜甫的"同谷七歌体"与赋体中的"七体"有很大不同。

"七"的文体形式最早见于《楚辞·七谏》，于汉人枚乘手中定型，其特点是通过虚设的主客问答形式铺陈七件事情，最终达到作者说事议理的目的。自枚乘定体后，这种反复铺排的"七体"形制引起后世作者纷纷效仿，如《七激》《七依》《七辩》《七启》《七款》《七厉》《七兴》等，从而号为"七体"。七体最大的特点是通过

---

[1] （唐）杜甫著，（清）仇兆鳌注：《杜诗详注》卷三，中华书局，1979年，第693—699页。

七个层次的反复铺陈，充分渲染，达到渲染艺术的至境。对杜甫而言，他在乾元二年（759）十月，携家属逃难到达同谷，陷入了饥寒交迫的困境之中，是诗人人生的最低谷，正可以通过这种反复铺陈、充分抒发的七体形式倾吐心中的痛苦。浦起龙说此体"兼取《九歌》《四愁》《十八拍》诸调"[①]，应是从抒情意味而言之。

"七体"虽借鉴赋体形制，用诗歌传达感情却是杜甫首创。关于这组诗的情感渲染，已有一些研究成果，故本研究将主要对杜甫的"同谷七歌体"做出文本研究，分别从韵律调查及结构分析、内容解析、后世影响等方面对《乾元中寓居同谷县作歌七首》（以下简称《同谷七歌》）进行研究和评析。

（一）韵律及结构特征

杜甫的《同谷七歌》组诗从其题目和语言来看属于歌行体，但是又有其独特之处，以音节韵律和内容安排最为明显。下面我们使用《诗韵合璧》作为核查韵字的工具书，首先对每首诗作出韵律上的观察。中国古代诗歌如果以押韵的宽严来分类，可基本分为两大类：古体诗，近体诗。歌行体、乐府体都属于古体诗。古体诗是可以邻韵相押的，而且"上声韵和去声韵偶然可以相押"[②]，《诗韵合璧》虽有缺陷，用来核查《同谷七歌》用韵是可以的，如果遇到某些字所属韵部存在问题，再去查《广韵》和《集韵》。核查结果如下：

第一首，前6句"美、耳、里、死"四个韵字，属于《诗韵合璧》上声四纸韵，后2句"哀、来"两个韵字，转为上平十灰韵。第二首，前6句"柄、命、胫、静"四个韵字，其中"柄、命"属于《诗韵合璧》去声二十四敬韵，"胫"字属于《诗韵合璧》去声二十五径韵，"静"字属于《诗韵合璧》上声二十三梗韵。这里便是既

---

① （清）浦起龙著：《读杜心解》卷二之二，中华书局，1961年，第265页。
② 王力：《古代汉语》，中华书局，1978年，第1440页。

使用邻韵相押，也使用上声韵和去声韵相押。两个不同声部的韵字相押，其条件是韵母相同，这里具备了这个条件。后2句"放、怅"两个韵字，转为去声二十三漾韵。第三首，前6句"方、强、长、旁"四个韵字，属于《诗韵合璧》下平七阳韵。后2句"发、骨"两个韵字，转为入声六月韵。第四首，前6句"离、痴、时、旗"四个韵字，属于《诗韵合璧》上平四支韵，后2句"奏、昼"两个韵字，转为去声二十六宥韵。第五首，前6句"急、湿、立、集"四个韵字，属于《诗韵合璧》入声十四缉韵。后2句"长、乡"两个韵字，转为下平七阳韵。第六首，前6句"湫、樛、游、休"四个韵字，属于《诗韵合璧》下平十一尤韵。后2句"迟、姿"两个韵字，转为上平四支韵。第七首，前6句"老、道、早、抱"四个韵字，属于《诗韵合璧》上声十九皓韵。后2句"曲、速"两个韵字，分别转为入声二沃韵和入声一屋韵，这里又是邻韵相押。

据上，我们将"同谷七歌体"的体制作出如下归纳：

一是"七歌体"由7首诗构成。每首由8句构成。每句基本为七言，无平仄声调限定。

二是在韵律安排上有其体制的独特性。8句诗并非一韵到底，而是分为前后两节，前节6句押一个韵（极少数采用上声韵和去声韵相押，而声音相近），韵脚均在第1句、第2句、第4句、第6句的末字上。这是汉语诗歌传统的韵律——偶数句押韵（首句可押可不押）方式。后2句转换韵部，而且打破了传统的押韵方式，采用句句押韵的做法。

现在需要对这种韵律安排作出解释。为什么要把8句诗分成两种韵律？这是因为诗句表达的内容不同。前6句是写诗人的痛苦境遇，无论陈述生涯还是描写景物都属于纪实；后2句则是对前6句所写的困境抒发感慨，这里有天风与其同悲，有邻里为其沮丧，有对诸弟无处收骨之心酸，有林猿为其而悲啼，有作者自伤其死后灵魂难回故土之慨叹，有溪壑为其回转春色之喜悦，有作者感念时光流逝、功名无望之哀绝。总之是抒发强烈的情感。由于前后所写的内容不同，故需要用不同的韵律加以分割。前6句是纪实，语气相对平缓，故采用奇数句不押韵、只在偶数句押韵的做法。后2句是慨叹，感情强烈，故采用连韵法，句句押韵。韵律是与内容密切关联的，押韵的密度越大，感情抒发便越发浓烈。

（二）内容解析

杜甫应当是在秦州时接到了同谷县令的邀约才来到了同谷县的。杜甫在《积草岭》诗中说："邑有佳主人，情如已会面。来书语绝妙，远客惊深眷。"明显是受同谷县令书信邀约而至。"主人"，当指同谷县令。但同谷县令并没有给杜甫很好的照顾，邀请杜甫来同谷，杜甫来后却没有了他的音信，结果令杜甫在同谷陷入了比秦州还惨的境地。《同谷七歌》就是对生活悲剧的呼号[①]。

1.生活绝境的悲号

杜甫的人生并不得意，如果说杜甫颠沛流离的生活是其人生悲剧，同谷的生活则是悲剧中的悲剧。出生于"奉儒守官"的家庭中的杜甫，因为祖父膳部员外郎杜审言的余荫和父亲兖州县令杜闲的能力，再加上姑姑、姑父的照顾，也曾经有过一段"裘马颇清狂"的生活。但父亲去世后的长安十年，由于久未获职，诗人竟成为天子脚下的穷人，甚至穷到"卖药都市，寄食友朋"[②]的境地。但那时他至少还可以"寄食友朋"，而到了同谷，无亲可投，无友可依，无药可卖，无物换食，儿啼女饥，衣不蔽体，简直惨绝人寰。诗人痛心地呼喊："有客有客字子美，白头乱发垂过耳。岁拾橡栗随狙公，

---

① 以下内容与王睿君文章有部分叠合，请参看王睿君《杜甫〈同谷七歌〉的悲剧主题》，《大庆师范学院学报》2012年第1期，第81—83页。

② （唐）杜甫著，（清）仇兆鳌注：《杜诗详注》卷二四，中华书局，1979年，第2104页。

天寒日暮山谷里。"昔年的朝廷谏官，上朝前也要镊掉鬓毛中的斑白头发的诗人，如今却是不修容饰，一任白头乱发垂过耳朵，还要跟随猿猴的脚步追拾橡实获取果腹的物资。在严寒的冬日里，手脚被冻皲了，皮肉裂开长好、长好又裂开，粗糙无比。这还是那个拿笔写诗的诗人吗？这是诗人之哀。而自己的命运与家人息息相关，家人也一样好不到哪里。到了同谷，诗人不得不以"长镵"为生活的依靠，希望靠它为自己谋得生活物资。然而，诗人"短衣数挽不掩胫"地冒着大雪寒天去采黄独，却是空手而归，一无所获，由此令家人也陷入了"男呻女吟四壁静"的境地。岂不令人伤感！"呜呼一歌""呜呼二歌"，是生命绝境的悲号。

2. 亲人离散的伤感

杜甫重视亲情，在他的笔下有很多有关亲人朋友的诗作，情真意切，传诵千古，是以被称为"情圣"。他对待亲人的感情非常真挚，常常刹不住笔，因此排律和组诗是他常用的形式。《杜诗诗体学研究》中有关排律部分谈及此：

> 杜甫是一个感情丰富的诗人，他非常注重亲人之间的关系，往往在亲情面前就感情涌动，刹不住笔，因此有不少排律纪录家庭生活。战乱之前，有写给弟弟杜颖的排律《临邑舍弟书至苦雨黄河泛溢堤防之患簿领所忧因寄此诗用宽其意》，杜颖时任临邑主簿，遭遇黄河泛滥，诗中铺写洪涝灾情之重，鼓励杜颖积极抗灾。安史之乱爆发后，杜甫为叛军所获，与家属隔绝，作《遣兴》以怀念幼子宗武。……在这首诗里，杜甫的怜子之情、慈父之意尽现。儿童牙牙学语，记住几个客人的姓名，那都是所有小孩子都要经历的过程，但在杜甫眼里，这简直是天大的事件，因为那是孩子的进步！而这样幼

小可爱的孩子，却因为战乱音讯不通。自己不仅不能经历孩子成长的过程，甚或连寄封书信也成了奢望。这就是"山河战角悲"带来的人性的灾难。所以，杜甫唯一的期望就是："傥归免相失，见日敢辞迟"。这才是战乱中人的复杂心态。张溍《读书堂杜诗注解》卷三："排律如此真切，尤难。'见日敢辞迟'及'家书抵万金'，皆是经乱真切语，想不得，说不出。"后又作《得家书》以宽慰愁肠……一旦得到家人书信，真是长出一口气，但依然感慨在这样的时代"伤时会合疏"。

晚年客居夔州，作《宗武生日》《元日示宗武》《又示宗武》三篇排律，告诫孩子"诗是吾家事"，勉励他"熟精文选理""应须饱经术"，浦起龙称其为"情真语质之篇，自然合律。"还有写给弟弟杜观、杜颖等的作品，抒写离别之思，都是感情真挚，令人动容。①

排律比较长，一首一般面对相对独立的对象。歌行也可以写长，一首也可以面对独立的对象。这两种情况一般都只需要一条线索。组诗则是可以自由反映多侧面。《同谷七歌》就是诗人绝境中反复思索生活的多方面问题，故而组诗形式更适合。这其中，其三、其四是对亲人离散的感伤。

《同谷七歌》其三思念诸弟。战争岁月，三个弟弟分别在远方，被"胡尘暗天"阻隔，诗人不能与诸弟相聚。想到自己穷老投荒，衣食无着，亦不知死当何处，希望诸弟"好收吾骨在身旁"，但连这一点想法也是奢侈，岂不悲凉！《同谷七歌》其四思念妹妹。妹妹远嫁江南钟离（在安徽），丈夫已逝，孩子孤幼，而且南方也是

---

① 韩成武等著：《杜诗诗体学研究》，九州出版社，2022年，第106—107页。

箭头攒动、旌旗满眼，又怎能不为妹妹担忧！从这两首诗里可以看出，战争岁月，杜甫多么希望亲人都在身旁，因为只有在身旁才知道他们是否安全。这位长兄牵挂着自己的每一位弟妹的安危，真是长兄如父！但偏偏因为战争，亲人们都不在一起，这悬着的心又如何安宁？

3. 忧国忧民的悲歌

《同谷七歌》其五写自己不得归乡，在"呜呼五歌兮歌正长，魂招不来归故乡"的哀叹中转入其六、其七的写作，分析不得归乡的原因，也就转入了此诗的忧国主题。杜甫一生怀抱理想主义，始终希望能够"致君尧舜上，再使风俗淳"，在担任朝职期间，也竭尽全力按照自己的理想去实践心中的道义，结果却十分悲凉。但杜甫并没有因此而放弃对朝政的关注，对国家的关心。《同谷七歌》其六，以含蓄的比兴手法写国家的乱离："南有龙兮在山湫，古木巃嵸枝相樛。木叶黄落龙正蛰，蝮蛇东来水上游。"这显然意有所指。南，正是唐玄宗逃亡的方向；木叶黄落，象征着国家渐变渐衰；龙正蛰，隐写唐玄宗逃亡、让位；蝮蛇东来，直指安史叛军的作恶。面对现实的悲剧，诗人雄心被激起，表示"我行怪此安敢出，拔剑欲斩且复休"，可见其为国奋争之志仍在心中激荡。其七则回顾自己为官三年的生活。"男儿生不成名身已老，三年饥走荒山道"，是说自己四十四岁才当了一个右卫率府兵曹参军的小官，到罢官也不过就是一个华州司功参军，而这跨越的三个年头里，自己从京城赴奉先县，即遇上安史之乱的消息传来，随后安置了家眷去追随肃宗，然后就被叛军抓住带到了长安；之后逃跑到凤翔追随唐肃宗，仅仅几个月的时间，就又因房琯事件被迫"北征"，再被贬华州司功参军，返乡，又回华州，到秦州，到同谷。奔走在衣食堪忧、死生无常、到处都是荒野的路途上。诗人三年的步履，都是踏在唐王朝衰落的大地上。而之所以这样，是因为有人只顾着自己富贵，这是批评导致安史之乱的朝政。念及理想不能实现、国家又陷战乱，诗人"呜呼七歌兮悄终曲，仰视皇天白日速"，为大唐盛世的迅速衰落忧心不已。

这一组诗，悲身、思亲、忧世，伤痛万分，悲切淋漓，颇能引发人们对诗人遭遇的同情，后人为之发悲慨者颇多。如王嗣奭《杜臆》："《七歌》创作，原不仿《离骚》，而哀实过之。读《骚》未必堕泪，而读此不能终篇，则节短而声促也。"① 又如陈式《问斋杜意》曰："七歌，歌以当哭也。犹俗云：数长数短哭。"②《唐诗品汇》评曰："孙季昭《示儿篇》云：欧阳公伤五季之乱，作《五代史序》论，故尽以'呜呼'冠其首；杜子美伤唐室之乱，作诗史于歌行，间以'呜呼'结其末，《同谷歌》《冬狩行》《折槛行》《白马诗》等篇是也。前此诗人所稀有者，公独用之。其伤今思古之意欤？"③ 可见这组诗引发的后人的共情。

（三）"同谷七歌体"的后世影响

《同谷七歌》运用骚体语言、用七体进行叙事抒情，既有骚体的情绪感染力量，也有七体反复叙说可以强化艺术的效果，加之杜甫所吟咏的生活最为悲切，容易引发读者共情，因而阅读效果极佳，引发了后人对《同谷七歌》的关注，其诗歌体制自成音节的独特性尤其引人注目。《唐宋诗醇》御评曰："慷慨悲歌，足以裂山石而立海水，殆所谓自铸《离骚》者。史迁云：人劳苦倦极，未尝不呼天也。疾痛惨怛，未尝不呼父母也。甫之遇，为何如哉！流离困顿，转徙山谷，仰天一呼，万感交集。而笔之奇，气之豪，又足以发其所感。

---

① （明）王嗣奭撰：《杜臆》卷之三，上海古籍出版社，1983 年，第 112 页。
② （清）陈式：《问斋杜意》卷六，萧涤非主编：《杜甫全集校注》卷七，人民文学出版社，2014 年，第 1795 页。
③ （明）高棅编选：《唐诗品汇》七言古诗卷之四，上海古籍出版社，1988 年，第 300—301 页。

淋漓顿挫，自成音节，自古及今，不可有二。"①《同谷七歌》所写的惨痛生活是杜甫平生遭遇之最。评语深刻认识了杜甫的悲慨情感，并引用司马迁之言指出这种情感乃是生活压力所迫，是人性的自然喷发。其中说到"自铸《离骚》""自成音节"，前者是指每首诗的后两句使用了骚体诗常用的"兮"字，从而加强了抒情性。后者便是指出这组诗在音韵安排上的独创性。关于这组诗在体制上的首创地位，古代诗论家如杨伦、浦起龙等已有定论。杨伦《杜诗镜铨》评曰："朱子谓此歌七章，豪宕奇崛，兼取《九歌》《四愁》《十八拍》诸调而变化出之，遂成创体。"②浦起龙《读杜心解》亦云："兼取《九歌》《四愁》《十八拍》诸调而变化出之，遂成杜氏创体。文文山尝拟之。"③文文山即文天祥，文天祥曾作《六歌》，模仿杜甫《同谷七歌》，表达对亲人的怀念。不仅文天祥，后世拟作者颇多（见下文），可见此体之影响。

我们先说文天祥的《六歌》。宋代直到南宋末年才出现"同谷七歌体"的仿作是有原因的。"同谷七歌体"是写生活悲剧的，而宋代文人罕见这种悲剧。宋代统治者实行崇文抑武的基本国策，引导人们从事文化学习，又扩大录取名额，读书人一旦科举得中，便会得到优厚的生活待遇。宋代文人基本上过的是书斋生活，缺乏对社会底层的了解，诚如钱锺书先生所说：他们只是"偶尔向人生现实居高临远的凭栏眺望一番"④。这样的生活不大可能为写作"同谷七歌体"提供素材和情感基础。而南宋末年，民族矛盾空前尖锐，身遭困厄的文天祥具备了这样的条件，因而仿制了一首"同谷七歌体"，诗题

---

① （清）弘历编选：《唐宋诗醇》卷一一，春风文艺出版社，1995年，第705—706页。
② （唐）杜甫著，（清）杨伦笺注：《杜诗镜铨》卷七，上海古籍出版社，1980年，第299页。
③ （清）浦起龙：《读杜心解》卷二之二，中华书局，1961年，第265页。
④ 钱锺书选注：《宋诗选注·序》，人民文学出版社，1979年，第18页。

《六歌》，诗云：

有妻有妻出糟糠，自少结发不下堂。乱离中道逢虎狼，凤飞翩翩失其凰。

将雏一二去何方，岂料国破家亦亡，不忍舍君罗襦裳。天长地久终茫茫，牛女夜夜遥相望。呜呼一歌兮歌正长，悲风北来起彷徨。（其一）

有妹有妹家流离，良人去后携诸儿。北风吹沙塞草凄，穷猿惨淡将安归。

去年哭母南海湄，三男一女同嘘欷，惟汝不在割我肌。汝家零落母不知，母知岂有瞑目时。呜呼再歌兮歌孔悲，鹡鸰在原我何为。（其二）

有女有女婉清扬，大者学帖临钟王，小者读字声琅琅。朔风吹衣白日黄，一双白璧委道傍。雁儿啄啄秋无粱，随母北首谁人将。呜呼三歌兮歌愈伤，非为儿女泪淋浪。（其三）

有子有子风骨殊，释氏抱送徐卿雏。四月八日摩尼珠，榴花犀钱络绣襦。

兰汤百沸香似酥，欻随飞电飘泥涂。汝兄十三骑鲸鱼，汝今知在三岁无。

呜呼四歌兮歌以吁，灯前老我明月孤。（其四）

有妾有妾今何如，大者手将玉蟾蜍，次者亲抱汗血驹。晨妆靓服临西湖，英英雁落飘璃琚。风花飞坠鸟鸣呼，金茎沆瀣浮污渠。天摧地裂龙凤殂，美人尘土何代无。呜呼五歌兮歌郁纡，为尔溯风立斯须。（其五）

我生我生何不辰，孤根不识桃李春。天寒日短重愁人，北风随我铁马尘。

　　初怜骨肉钟奇祸，而今骨肉相怜我。汝在北兮婴我怀，我死谁当收我骸。人生百年何丑好，黄粱得丧俱草草。呜呼六歌兮勿复道，出门一笑天地老。（其六）[1]

　　读过这组诗，我们感觉它与"同谷七歌体"的体制还有一定距离。当然，从内容来看也是感叹身家悲剧，而且还在首句开头使用叠词，在倒数第 2 句开头使用感叹词"呜呼"，在句中使用语气词"兮"。但是在诗的结构和韵律安排上却不合体制。首先是各首句数参差不齐，第六首为 12 句，第一首、第二首、第五首为 11 句，第四首为 10 句，第三首为 9 句。不如原作体制整齐划一。再看韵律，采用的是句句押韵，一韵到底，没有在倒数第 2 句换韵。经查《诗韵合璧》得知，第一首、第三首通篇押下平七阳韵，第二首采用邻韵（四支、八齐、五微）相押，第四首采用邻韵（七虞、六鱼）相押，第五首采用邻韵（七虞、六鱼）相押，第六首频繁换韵，前 4 句"辰、春、人、尘"押上平十一真韵，5、6 两句"祸、我"押上声二十哿韵，7、8 两句"怀、骸"押上平九佳韵，最后 4 句"好、草、道、老"押上声十九皓韵。如此句句押韵与体制的隔句押韵、一韵到底（包括邻韵相押）与体制的最后 2 句转韵，形成了音节韵律上的差异是很明显的。也就是说，文天祥的仿作主要表现在用语上，在韵律安排上尚不具有《同谷七歌》的体制特征。之所以出现这些差距，可能是作者处于南宋末年战乱中，只为表达感情，而无暇细思体制特点所致。

　　李梦阳是明代重要诗人，为"前七子"领袖，诗学杜甫，造诣

---

① （宋）文天祥：《六歌》，《全宋诗》第六八册，北京大学出版社，1998 年，第 43042 页。

精深。幼年家贫，生活清苦。入世之后，因性格耿介，屡遭权贵陷害，几度入狱，经人疏救，方得免死，晚年退居田园。这种生活经历为其仿制"同谷七歌体"提供了写作素材和情感基础，写有《弘治甲子届我初度追念往事死生骨肉怆然动怀拟杜七歌用抒愤抱云耳》：

吁嗟我生三十三，我今十年父不见。浊泾日寒关塞黑，杳杳松楸隔秦甸。

梁王宾客昔全盛，我父优游谁不羡。当时携我登朱门，舞嫱歌媵争看面。二十年前一回首，往事凋零泪如霰。呜呼一歌兮歌一发，北风为我号冬月。（其一）

母之生我日初赫，缺突无烟榻无席。是时家难金铁鸣，仓皇抱予走且匿。艾当灼脐无处乞，邻里相吊失颜色。男儿有亲生不封，万钟于我乎何益。高天苍苍白日冻，今辰何辰夕何夕。呜呼二歌兮歌思长，吾亲俨在孤儿傍。（其二）

有弟有弟青云姿，以兄为友兼为师。十五遍探古人籍，十九不作今人诗。从兄翱翔潞河侧，宁料为殇返乡域。孤坟寂寞崔桥西，渺渺游魂泣寒食。呜呼三歌兮歌转烈，汝虽抱女祀终绝。（其三）

有姊有姊天一方，风蓬摇转思故乡。岁收秅秉不盈百，男号女啼常在旁。黄鸟飞来啄屋角，硕鼠唧唧宵近床。洪河斗蛟波浪怒，我欲济之难为梁。呜呼四歌兮歌四阕，我本与尔同肉血。（其四）

古城十家九家空，有姊有姊城之中。哨壑直下五千尺，鸡鸣汲回山日红。犁锄纵健把岂得，病姑垂白双耳聋。小孤痴

蠢大孤惰，霜闺夜夜悲回风。呜呼五歌兮歌五转，寒崖吹律何时变。（其五）

冰河蜿蜒雪为岸，忽得鲤鱼长尺半。剖之中有元方书，许我是月来相看。腊寒岁穷多烈风，日暮高楼眼空断。梁都北来道如砥，熟马辖轮为谁绊。呜呼六歌兮歌未极，原鸰为我无颜色。（其六）

丈夫生不得志居人下，低头腼面何为者。薄禄不救诸亲饥，壮志羞称万间厦。东华软尘十丈红，入拥簿书出鞍马。王门好竽不好瑟，何如归樵孟诸野。呜呼七歌兮歌思停，极目南山空翠屏。（其七）[1]

李梦阳这组诗，在内容上与杜甫《同谷七歌》相同，也是痛诉人生悲剧。在语言形式上，除了句首使用叠词，倒数第二句用"呜呼"开头，还化用杜甫《同谷七歌》的诗句。例如：杜诗"悲风为我从天来"，李诗"北风为我号冬月"；杜诗"男呻女吟四壁静"，李诗"男号女啼常在旁"；杜诗"长淮浪高蛟龙怒"，李诗"洪河斗蛟波浪怒"；杜诗"间里为我色惆怅"，李诗"邻里相吊失颜色"。除了诗句数目有别，在韵律安排上一如原作体制。具体说来，杜甫《同谷七歌》各首句数整齐划一，皆为8句。李梦阳组诗前2首每首12句，后5首每首10句。在韵律安排上，每首的后2句转押他韵，而且是两句连押。查看韵书，情况如下。

第一首，前10句"三、见、甸、羡、面、霰"六个韵字，"三"字既是平声，又属于《诗韵合璧》去声二十八勘韵，其余"见、甸、羡、面、霰"属于《诗韵合璧》去声十七霰韵，这里是邻韵相押。

---

[1] （明）李梦阳:《弘治甲子届我初度追念往事死生骨肉怆然动怀拟杜七歌用抒愤抱云耳》,《空同先生集》卷一七，明嘉靖本，第5—7页。

后 2 句的韵字"发、月",转为《诗韵合璧》入声六月韵。第二首，前 10 句"赫、席、益、夕"四个韵字，属于《诗韵合璧》入声十一陌韵，"匿、色"两个韵字，属于入声十三职韵，这里也是邻韵相押。后 2 句"长、傍"两个韵字，转为下平七阳韵。第三首，前 4 句"姿、师、诗"三个韵字，属于《诗韵合璧》上平四支韵，接下来的 4 句"侧、域、食"三个韵字，属于入声十三职韵。后 2 句"烈、绝"两个韵字，转为入声九屑韵。第四首，前 8 句"方、乡、旁、床、梁"五个韵字，属于《诗韵合璧》下平七阳韵。后 2 句"阕、血"两个韵字，转为入声九屑韵。第五首，前 8 句"空、中、红、聋、风"五个韵字，属于《诗韵合璧》上平一东韵。后 2 句"转、变"两个韵字，转入去声十七霰韵。第六首，前 8 句"岸、半、看、断、绊"五个韵字，属于《诗韵合璧》去声十五翰韵。后 2 句"极、色"两个韵字，属于入声十三职韵。第七首，前 8 句"下、者、厦、马、野"五个韵字，属于《诗韵合璧》上声二十一马韵。后 2 句"停、屏"两个韵字，转为下平九青韵。

从以上调查的押韵情况看，李梦阳这组诗韵律严格。每首后 2 句转韵清晰，而且内容也发生了转变，基本转为抒情。可以说，这首组诗避免了文天祥组诗的缺陷，向着"同谷七歌体"迈进了一大步。

到了清代，仿效"同谷七歌体"的作品体制愈加完善。据不完全统计，清代有三首完全具备"同谷七歌体"体制的组诗，做到了毫发无遗憾。它们是宋琬的《庚寅腊月读子美同谷七歌效其体以咏哀》、瑞元的《藏居读杜少陵寓居同谷县七歌有感于中因仿其体》、林鹗的《效少陵同谷县歌》。限于文章篇幅，仅举林鹗的作品作出考量。

林鹗（1793—1874）字太冲，晚号迁谷老人。晚清知名学者、诗人、书画家，博学多才。祖籍浙江泰顺，生于罗阳，后迁居南院桥下，道光二十二年岁贡，历官粤西学使孙锵鸣幕僚、兰溪训导。

官职卑微，家境贫寒。其《效少陵同谷县歌》云：

罗山狂客太冲子，历尽风霜寒不死。居无茅屋耕鱼田，日抱破书慊然喜。有时耳热心事来，抛书拔剑狂言起。呜呼一歌兮歌呼天，云驰日走徒怆然。（其一）

有弟有弟同根树，南枝北枝影相顾。生年二十贫未婚，黄泉惨随父母去。池塘梦断魂不来，茕茕孤苦凭谁助。呜呼二歌兮歌已重，哀哀独雁啼秋风。（其二）

有妹十一无爷娘，阿兄阿嫂相扶将。嫂氏归宁兄远出，单衣布裙徒自伤。野鸟入室鸣空堂，亭亭十六溘然殇。呜呼三歌兮歌三阕，悲风萧萧流泉咽。（其三）

尖头笔公我良友，三百六十日在手。十年作赋干诸侯，贱士点头贵人否。疲驴破帽空驰驱，闺中愁杀啼饥妇。呜呼四歌兮歌四按，风尘满眼行云断。（其四）

迷阳迷阳满荒术，彳亍彳亍伤我肤。归欤归欤山之隅，山鬼唧唧笑我愚。心厌形木吾忘吾，低头敢与群贤俱。呜呼五歌兮歌凄怆，妻奴为我色沮丧。（其五）

南山冉冉孤生竹，老根深树轻筠绿。凤凰不来实已熟，野鸟啾啾不敢啄。我愁山鼠伤君根。露冷风寒抱君宿。呜呼六歌兮歌未休，暮雨昏灯相对愁。（其六）

我闻长安花树枝枝鲜，诸公采撷皆少年。鸡声嘤嘤夜起舞，仆痛马瘏行不前。文章百轴不值钱，狂呼掷笔泪潸然。呜呼七歌兮歌且歇，好抱长贫炼坚骨。（其七）[1]

---

① （清）林鹗：《效少陵同谷县歌》，《清代文集汇编》第575册《望山草堂诗钞》卷一（清咸丰八年刻本），上海古籍出版社，2010年，第644—645页。

首先从内容上看，每首诗各从一个角度申述家境悲凉，这与"同谷七歌体"完全一致。再从结构上看，组诗由七首构成，每首由 8 句构成，基本为七言句，无声律限制。前 6 句为困境陈述，后 2 句转为抒情。这些都与体制吻合。第三，再从韵律安排上作出考核如下：

第一首，前 6 句"子、死、喜、起"四个韵字，属于《诗韵合璧》上声四纸韵。后 2 句"天、然"两个韵字，转入下平一先韵。第二首，前 6 句"树、顾、去、助"四个韵字，属于《诗韵合璧》去声七遇韵。后 2 句"重、风"两个韵字，转入上平一东韵。第三首，前 6 句"娘、将、伤、殇"四个韵字，属于《诗韵合璧》下平七阳韵。后 2 句"阙、咽"两个韵字，转入入声六月韵。第四首，前 6 句"友、手、否、妇"四个韵字，属于《诗韵合璧》上声二十五有韵。后 2 句"按、断"两个韵字，转入去声十五翰韵。第五首，前 6 句"肤、愚、俱"三个韵字，属于《诗韵合璧》上平七虞韵，首句没有押韵，首句本来也是可押可不押的。后 2 句"怆、丧"两个韵字，转入去声二十三漾韵。第六首，前 6 句"竹、绿、啄、宿"四个韵字，属于《诗韵合璧》入声一屋韵、二沃韵相押。后 2 句"休、愁"两个韵字，转入下平十一尤韵。第七首，前 6 句"鲜、年、前、然"四个韵字，属于《诗韵合璧》下平一先韵。后 2 句"歇、骨"两个韵字，转入入声六月韵。

以上韵律调查结果显示，组诗押韵严格。每首前 6 句押一个韵（或邻韵相押），后 2 句转为他韵。界限清晰，壁垒分明。通过韵律把前后不同内容区分开来，严密遵守"同谷七歌体"的体制。

从宋人文天祥的《六歌》，到明代李梦阳的《弘治甲子届我初度追念往事死生骨肉怆然动怀拟杜七歌用抒抱云耳》，再到清朝林鹗的《效少陵同谷县歌》，"同谷七歌体"的体制经历了一个较为漫长的认知过程。同时也反映出这种诗体具有强大的生命力，它像一盏灯，在烟波浩渺的诗歌海洋里虽然时明时暗，却始终没有熄灭其光辉。

四、杜甫的入蜀纪行诗

发秦州

我衰更懒拙，生事不自谋。无食问乐土，无衣思南州。
汉源十月交，天气如凉秋。草木未黄落，况闻山水幽。
栗亭名更嘉，下有良田畴。充肠多薯蓣，崖蜜亦易求。
密竹复冬笋，清池可方舟。虽伤旅寓远，庶遂平生游。
此邦俯要冲，实恐人事稠。应接非本性，登临未销忧。
溪谷无异石，塞田始微收。岂复慰老夫，惘然难久留。
日色隐孤戍，乌啼满城头。中宵驱车去，饮马寒塘流。
磊落星月高，苍茫云雾浮。大哉乾坤内，吾道长悠悠。

赤谷

天寒霜雪繁，游子有所之。岂但岁月暮，重来未有期。
晨发赤谷亭，险艰方自兹。乱石无改辙，我车已载脂。
山深苦多风，落日童稚饥。悄然村墟迥，烟火何由追。
贫病转零落，故乡不可思。常恐死道路，永为高人嗤。

铁堂峡

山风吹游子，缥缈乘险绝。峡形藏堂隍，壁色立精铁。
径摩穹苍蟠，石与厚地裂。修纤无垠竹，嵌空太始雪。
威迟哀壑底，徒旅惨不悦。水寒长冰横，我马骨正折。
生涯抵弧矢，盗贼殊未灭。飘蓬逾三年，回首肝肺热。

盐井

卤中草木白，青者官盐烟。官作既有程，煮盐烟在川。
汲井岁榾榾，出车日连连。自公斗三百，转致斛六千。
君子慎止足，小人苦喧阗。我何良叹嗟，物理固自然。

寒峡

行迈日悄悄，山谷势多端。云门转绝岸，积阻霾天寒。
寒峡不可度，我实衣裳单。况当仲冬交，溯沿增波澜。
野人寻烟语，行子傍水餐。此生免荷殳，未敢辞路难。

法镜寺

身危适他州，勉强终劳苦。神伤山行深，愁破崖寺古。
婵娟碧藓净，萧摵寒箨聚。回回山根水，冉冉松上雨。
泄云蒙清晨，初日翳复吐。朱甍半光炯，户牖粲可数。
拄策忘前期，出萝已亭午。冥冥子规叫，微径不复取。

青阳峡

塞外苦厌山，南行道弥恶。冈峦相经亘，云水气参错。
林迥硖角来，天窄壁面削。磴西五里石，奋怒向我落。
仰看日车侧，俯恐坤轴弱。魑魅啸有风，霜霰浩漠漠。
昨忆逾陇坂，高秋视吴岳。东笑莲华卑，北知崆峒薄。
超然侔壮观，已谓殷寥廓。突兀犹趁人，及兹叹冥漠。

龙门镇

细泉兼轻冰，沮洳栈道湿。不辞辛苦行，迫此短景急。
石门云雪隘，古镇峰峦集。旌竿暮惨澹，风水白刃涩。
胡马屯成皋，防虞此何及。嗟尔远戍人，山寒夜中泣。

石龛

熊罴咆我东，虎豹号我西。我后鬼长啸，我前狨又啼。

天寒昏无日，山远道路迷。驱车石龛下，仲冬见虹霓。
伐竹者谁子，悲歌上云梯。为官采美箭，五岁供梁齐。
苦云直斡尽，无以应提携。奈何渔阳骑，飒飒惊蒸黎。

积草岭

连峰积长阴，白日递隐见。飕飕林响交，惨惨石状变。
山分积草岭，路异明水县。旅泊吾道穷，衰年岁时倦。
卜居尚百里，休驾投诸彦。邑有佳主人，情如已会面。
来书语绝妙，远客惊深眷。食蕨不愿余，茅茨眼中见。

泥功山

朝行青泥上，暮在青泥中。泥泞非一时，版筑劳人功。
不畏道途远，乃将汩没同。白马为铁骊，小儿成老翁。
哀猿透却坠，死鹿力所穷。寄语北来人，后来莫匆匆。

凤凰台

亭亭凤凰台，北对西康州。西伯今寂寞，凤声亦悠悠。
山峻路绝踪，石林气高浮。安得万丈梯，为君上上头。
恐有无母雏，饥寒日啾啾。我能剖心血，饮啄慰孤愁。
心以当竹实，炯然无外求。血以当醴泉，岂徒比清流。
所重王者瑞，敢辞微命休。坐看彩翮长，举意八极周。
自天衔瑞图，飞下十二楼。图以奉至尊，凤以垂鸿猷。
再光中兴业，一洗苍生忧。深衷正为此，群盗何淹留。

发同谷县

贤有不黔突，圣有不暖席。况我饥愚人，焉能尚安宅。
始来兹山中，休驾喜地僻。奈何迫物累，一岁四行役。
忡忡去绝境，杳杳更远适。停骖龙潭云，回首虎崖石。
临岐别数子，握手泪再滴。交情无旧深，穷老多惨戚。

平生懒拙意，偶值栖遁迹。去住与愿违，仰惭林间翮。

木皮岭

首路栗亭西，尚想凤凰村。季冬携童稚，辛苦赴蜀门。
南登木皮岭，艰险不易论。汗流被我体，祁寒为之暄。
远岫争辅佐，千岩自崩奔。始知五岳外，别有他山尊。
仰干塞大明，俯入裂厚坤。再闻虎豹斗，屡蹎风水昏。
高有废阁道，摧折如断辕。下有冬青林，石上走长根。
西崖特秀发，焕若灵芝繁。润聚金碧气，清无沙土痕。
忆观昆仑图，目击玄圃存。对此欲何适，默伤垂老魂。

白沙渡

畏途随长江，渡口下绝岸。差池上舟楫，杳窕入云汉。
天寒荒野外，日暮中流半。我马向北嘶，山猿饮相唤。
水清石礧礧，沙白滩漫漫。迥然洗愁辛，多病一疏散。
高壁抵嵚崟，洪涛越凌乱。临风独回首，揽辔复三叹。

水会渡

山行有常程，中夜尚未安。微月没已久，崖倾路何难。
大江动我前，汹若溟渤宽。篙师暗理楫，歌笑轻波澜。
霜浓木石滑，风急手足寒。入舟已千忧，陟巘仍万盘。
迥眺积水外，始知众星干。远游令人瘦，衰疾惭加餐。

飞仙阁

土门山行窄，微径缘秋毫。栈云阑干峻，梯石结构牢。
万壑欹疏林，积阴带奔涛。寒日外澹泊，长风中怒号。
歇鞍在地底，始觉所历高。往来杂坐卧，人马同疲劳。
浮生有定分，饥饱岂可逃。叹息谓妻子，我何随汝曹。

五盘

五盘虽云险，山色佳有余。仰凌栈道细，俯映江木疏。
地僻无网罟，水清反多鱼。好鸟不妄飞，野人半巢居。
喜见淳朴俗，坦然心神舒。东郊尚格斗，巨猾何时除。
故乡有弟妹，流落随丘墟。成都万事好，岂若归吾庐。

龙门阁

清江下龙门，绝壁无尺土。长风驾高浪，浩浩自太古。
危途中萦盘，仰望垂线缕。滑石敧谁凿，浮梁袅相拄。
目眩陨杂花，头风吹过雨。百年不敢料，一坠那得取。
饱闻经瞿塘，足见度大庾。终身历艰险，恐惧从此数。

石柜阁

季冬日已长，山晚半天赤。蜀道多早花，江间饶奇石。
石柜曾波上，临虚荡高壁。清晖回群鸥，暝色带远客。
羁栖负幽意，感叹向绝迹。信甘屏孱婴，不独冻馁迫。
优游谢康乐，放浪陶彭泽。吾衰未自由，谢尔性所适。

桔柏渡

青冥寒江渡，驾竹为长桥。竿湿烟漠漠，江永风萧萧。
连笮动袅娜，征衣飒飘飘。急流鸧鹢散，绝岸鼋鼍骄。
西辕自兹异，东逝不可要。高通荆门路，阔会沧海潮。
孤光隐顾盼，游子怅寂寥。无以洗心胸，前登但山椒。

剑门

惟天有设险，剑门天下壮。连山抱西南，石角皆北向。
两崖崇墉倚，刻画城郭状。一夫怒临关，百万未可傍。
珠玉走中原，岷峨气凄怆。三皇五帝前，鸡犬各相放。
后王尚柔远，职贡道已丧。至今英雄人，高视见霸王。

并吞与割据，极力不相让。吾将罪真宰，意欲铲叠嶂。
恐此复偶然，临风默惆怅。

鹿头山

鹿头何亭亭，是日慰饥渴。连山西南断，俯见千里豁。
游子出京华，剑门不可越。及兹险阻尽，始喜原野阔。
殊方昔三分，霸气曾间发。天下今一家，云端失双阙。
悠然想扬马，继起名硉兀。有文令人伤，何处埋尔骨。
纡余脂膏地，惨澹豪侠窟。仗钺非老臣，宣风岂专达。
冀公柱石姿，论道邦国活。斯人亦何幸，公镇逾岁月。

成都府

翳翳桑榆日，照我征衣裳。我行山川异，忽在天一方。
但逢新人民，未卜见故乡。大江东流去，游子日月长。
曾城填华屋，季冬树木苍。喧然名都会，吹箫间笙簧。
信美无与适，侧身望川梁。鸟雀夜各归，中原杳茫茫。
初月出不高，众星尚争光。自古有羁旅，我何苦哀伤。①

杜甫的入蜀纪行诗共有二十四首，实际上以两段路程为主题，分别描写了从秦州至同谷，再从同谷至成都的一路见闻感受。历时三个月，将跨度极大的蜀陇山水一一收入囊中。将它们视为同一组组诗，主要原因是二十四首诗歌恰好是诗人从秦州到成都的路径，每一首作品的主题又都是沿途所见的景色和所历经的种种辛苦，都传达了满怀心事无心赏景的低沉感情，因此可以视为一组山水纪行诗。关于这一点，古人早就做了断语，黄鹤注："《九域志》：秦州西南至成州二百六十五里。同谷，其附邑也。崔德孚曰：诗题两纪行，

---

① （唐）杜甫著，（清）仇兆鳌注：《杜诗详注》卷三，中华书局，1979年，第672—726页。

发秦州至凤凰台，发同谷县至成都。二十四首皆以纪行为先后，无复差舛。"① 今人基本认同这一观点。如李国丰说：

> 杜甫在贬官华州不久的乾元二年秋，辞官携眷入陇流寓秦
> 州、同谷约四月时间，由于战乱不息，边患又急，"乐土"难
> 觅，流离颠沛，"一岁四行役"，终于在岁末又自同谷起程，登
> 上了他去成都的艰难历程。这就成为他一生中最困窘的时期，
> 也是他创作生涯中的重要时期之一，尤其是他的山水纪行诗
> 的创作，取得了可喜的崭新的成就！期间，《发秦州》至《凤
> 凰台》十二首，是杜甫"自秦州赴同谷县纪行"之作，又《发
> 同谷县》至《成都府》十二首，是"自陇右赴成都纪行"之
> 作，共计二十四首，其中十七首，是写陇右大地的。这两组
> 山水纪行诗，犹如两幅成功的精美卓绝的画屏，它以同谷《万
> 丈潭》为中轴，巧置于同谷至秦州、同谷至成都两侧，突兀
> 宏肆，雄奇崛壮，既是山水图经，更是流民长卷，为历代吟
> 陇诗歌的百花园大增神韵、异彩。②

李国丰称这二十四首为两组，我们则统称之为入蜀纪行诗。杜甫为何要千里万里地奔赴成都？这一组入蜀纪行诗都写了什么？为何陈贻焮先生称之为"山水诗的一大变"③？我们将就这些问题一一展开。

---

① （唐）杜甫著，（清）仇兆鳌注：《杜诗详注》卷八，中华书局，1979 年，第672 页。
② 李国丰：《谈杜甫由陇入蜀的两组纪行诗》，《社科纵横》1994 年第 4 期，第93 页。
③ 陈贻焮：《杜甫评传》中卷，北京大学出版社，2003 年，第 558 页。

（一）"无食问乐土，无衣思南州"的无奈选择

杜甫在秦州的时间只有三个多月，原本听闻的"东柯好崖谷""深藏数十家"，后来的日子却是"警急烽常报，传闻檄屡飞""船人近相报，但恐失桃花"，他曾有的在秦州落户"自建草堂"的梦想被摧毁了。杜甫感到秦州已经无法立足，只能离开。为了给一家人谋得生路，他思索着"无食问乐土，无衣思南州"，准备向南方迁徙。恰巧同谷县令发来邀约，"邑有佳主人，情如已会面。来书语绝妙，远客惊深眷"（《积草岭》），他便带领一家人踏上了西南行的行程。不想同谷县令并没有给他应有的照顾，也没有让他感受到"情如已会面"的亲热，"诸彦"也没能给他相应的支持，使得他们一家在同谷陷入了绝境，以致他写下了《同谷七歌》那样惨绝人寰的生活实录和悲惨哀歌。仅仅在同谷生活了一个月之后，就不得不再次启程。要想存活下去，就要再寻去处，找到一处可以安居的所在，似乎更远的蜀地符合"无食问乐土，无衣思南州"的避难取向，那里也有他曾经结交的一些好友，比如施州刺史裴冕、彭州刺史高适、虢州长史岑参、表弟成都府王司马、某县令萧实、绵竹县令韦续、绵谷县尉何邕、涪城县尉韦班等，故而选择成都，投亲靠友，并在成都建造了草堂，获得了人生中少有的平静和安宁。但从秦州到成都的路程，艰辛异常，入蜀山水成为他关注的对象，路途上的种种艰难也就成为他人生艰难的写照。

（二）"季冬携童稚，辛苦赴蜀门"的艰难历程

乾元二年（759）这一年，杜甫一直在奔波，春天从洛阳回华州任、秋天罢官后由华州奔秦州、冬天由秦州奔同谷、深冬（农历十二月一日）由同谷奔成都，即诗人所说的"奈何迫物累，一岁四行役"（《发同谷县》）。从秦州到同谷、再从同谷到成都，都是冬季，室内尚觉寒冷，更况室外？且从秦州到成都这一条道路，艰险异常，

古人交通工具又不发达，杜甫一家在这条路上遇到的艰难险阻可以想见。杜甫写下了实地行走的感受，也充分表达了自己面对行路艰难的无奈。

1. 陇蜀山水的真实写照

这一组纪行诗，共 24 首，其中 17 首写陇右，7 首写蜀地，真实反映了从秦州到成都的沿途景物，那就是一路艰难。

从秦州出发后，首先是《赤谷》，"晨发赤谷亭，险艰方自兹。乱石无改辙，我车已载脂。山深苦多风，落日童稚饥"；然后是《铁堂峡》，"山风吹游子，缥缈乘险绝。峡形藏堂隍，壁色立精铁。径摩穹苍蟠，石与厚地裂"，巨刃摩天，山色青黑，再加上后文的积雪、寒冰、盗贼、马伤；然后到《盐井》的"卤中草木白，青者官盐烟"；再到《寒峡》的"山谷势多端。云门转绝岸，积阻霾天寒"；过了《法镜寺》，来到《青阳峡》，这里是"冈峦相经亘，云水气参错。林迥硖角来，天窄壁面削。溪西五里石，奋怒向我落"，云水交错，乱石横飞，山如刀削，风似利刃；到了《龙门镇》，有"石门雪云隘，古镇峰峦集。旌竿暮惨澹，风水白刃涩"；再到《石龛》的熊咆虎号、鬼啸狖啼；到《积草岭》的"连峰积长阴，白日递隐见。飕飕林响交，惨惨石状变"；到《泥功山》的泥泞满路，人马陷入，"白马为铁骊，小儿成老翁"，才艰难到达《凤凰台》。下一段路程《发同谷县》，到《木皮岭》，这里"远岫争辅佐，千岩自崩奔""再闻虎豹斗，屡局风水昏。高有废阁道，摧折如断辕"；接着是两段水路，先到《白沙渡》，水路上"水清石礧礧，沙白滩漫漫""高壁抵嵚崟，洪涛越凌乱"，再到《水会渡》驿路上"汹若溟渤宽。篙师暗理楫""霜浓木石滑，风急手足寒"；然后转山路，《飞仙阁》"栈云阑干峻，梯石结构牢。万壑欹疏林，积阴带奔涛"；再到广源的《五盘》，路虽难走，好歹景色尚可；再到《龙门阁》，上有绝壁，下临大江，"危途中萦盘，仰望垂线缕"；接着到《石柜阁》，虽有"临虚荡高壁"，终于可以见到"早花"了，心情稍好；接着又换水路到《桔柏渡》，再换陆路到一夫当关万夫莫开的《剑门》，终于到了《鹿头山》，将所有的艰难路程走完，到达"喧然名都会，吹箫间笙簧"的成都府。

这一条入蜀道，山谷路、盘山路、水路、泥路，不同的路段，不同的阻碍，体验的是不同的艰难。诗人一家老小，坏马破车，人拉马拽，披星戴月，顶雾迎风，终于历尽艰辛，到达了成都平原。这是大自然带给诗人的生命考验，也是人生路途的最恰切象征。

2. 对前途命运的彷徨

入蜀组诗以写自然景色为主，但若只是纯粹的模山范水，这一组诗也很难引发后人更多关注。这组诗，是写景，也是写心，组诗的险山恶水，颇多诗人对于前途未卜的担忧。如《发秦州》和《发同谷县》各是两段路的开头，最初的心态都是无奈中带着一丝怅然迷茫的。《发秦州》中说："溪谷无异石，塞田始微收。岂复慰老夫，惘然难久留。"这是对于原有地方的人民尚有些微生活来源的慰藉，但这样的生活物资恐怕让诗人"惘然难久留"。《赤谷》则满怀生死无常的担忧："贫病转零落，故乡不可思。常恐死道路，永为高人嗤。"在兵荒马乱的岁月，在路程遥远环境险峻的情况下，没人能够保证路途的安全，死生就在一瞬间。《铁堂峡》中，诗人对"生涯抵弧矢，盗贼殊未灭"依然心惊，每每想起这些，就"回首肝肺热"。《法镜寺》中他说"身危适他州，勉强终劳苦"，但还是担心路途上的安危，"冥冥子规叫，微径不敢取"。"子规"的叫声，传说中是"不如归去"，是蜀帝杜宇死后变为子规鸟后的叫声，似乎暗含着诗人对人生的恐惧。在《积草岭》，他感慨"旅泊吾道穷，衰年岁时倦"。在《泥功山》，想想过来的路径，他都十分后怕，劝谏他人莫行此路："寄语北来人，后来莫匆匆"。在《白沙渡》，他们一家"畏途随长江，渡口下绝岸"之后他也后怕："临风独回首，揽辔复三叹"。在《水会渡》，诗人想到不得不远游觅食的人生，便"远游令人瘦，衰疾惭加餐"。在《飞仙阁》，他又觉得自己人生奔波也就罢了，还连累妻子儿女，不禁觉得心中难受："浮生有定分，饥饱岂可逃。叹息谓妻子，我何随汝曹。"而在《石柜阁》，诗人觉得自己的人生放浪形骸，无所作为，前途未卜，妻子竟然没有挑剔，这是非常令人欣慰的："吾衰未自由，谢尔性所适"。最后到达《成都府》，他也不知道未来是什么样，而且，不管这里是否安稳，也是异地他乡，他的心中仍是感慨："自古有羁旅，我何苦哀伤"。在走向成都这不得已的选择中，也饱含着诗人命运多舛、人生羁旅的无限伤感。

3. 对国计民生的忧虑

杜甫之所以为杜甫，其中一个很重要的因素是，诗人无论穷达都永远心系国家。在这组写个人行程的诗作中，诗人并没有完全陷入个人生活悲剧的哀鸣中，而是一遇到触发点，就表达自己对国事的关心，就发表自己对治理的政见。如在《铁堂峡》中，诗人写到自己的旅程危险，顺便写到社会环境的险恶："生涯抵弧矢，盗贼殊未灭"。在《龙门镇》，诗人看到了"旌竿暮惨澹，风水白刃涩"的境况，立刻联想到安史叛军还在成皋作乱："胡马屯成皋，防虞此何及"，并为远戍的军卒伤感："嗟尔远戍人，山寒夜中泣"。在《石龛》中，写到自己面对虎啸猿啼的环境，想到不能归乡，立刻为天下苍生哀鸣："奈何渔阳骑，飒飒惊烝黎"。在《凤凰台》，他借周文王事迹表达对祥瑞之主的敬崇，表达自己对君主的忠心，"我能剖心血""心以当竹实""血以当醴泉"，并"图以奉至尊"，目的只期望"再光中兴业，一洗苍生忧。深衷正为此，群盗何淹留"，希望能够为国家做一些有价值有意义的事情。在《鹿头山》，想到裴冕能够为国家镇蜀，心中颇为安慰："仗钺非老臣，宣风岂专达。冀公柱石姿，论道邦国活。斯人亦何幸，公镇逾岁月"。在《剑门》，看到剑门一带"一夫当关，万夫莫开"的天险地形，杜甫立刻敏感到这种地形容易形成"并吞与割据"的情况，表达"吾将罪真宰，意欲铲叠嶂"之心，也即为国家铲除可能致乱的崇山。

杜甫的入蜀路程是十分艰辛的，他应该每时每刻都在一种劫后余生的恐惧中，但他又是内心坚强、毅如磐石、胸怀宽广的伟人，即使自己可能朝不保夕，还能先天下之忧而忧，内心牵挂天下苍生、朝廷安危。

4. 对自我品性的坚持和追求

入蜀纪行诗所描写的险山恶水足以体现杜甫人生的艰难，就是在这艰难的行程中，杜甫仍能不忘保持人生品格，如在《盐井》，面对盐民辛苦、公私卖盐逐利的情况，他要求"君子慎止足"，说自己之所以有此心是："我何良叹嗟，物理固自然。"在《凤凰台》中，他所表达的情志更加显示出忠臣本性："心以当竹实，炯然无外求。血以当醴泉，岂徒比清流。"这种剖心沥血、肝胆以奉的忠君爱国的高洁品质，即便在万般艰难的路途中依然能够保持，实在难能可贵。在《五盘》中，见到"地僻无网罟，水清反多鱼。好鸟不妄飞，野人半巢居"的生活环境，他表达了自己"喜见淳朴俗，坦然心神舒"的质朴、自然、真淳的天性。在《石柜阁》里，他借谢灵运、陶渊明，表达了自己对率性自由、放浪自适的生活的追求，其实是以二公品质自我鼓励，维持自己的道德品性，其文人之气可见一斑。

（三）杜甫入蜀纪行诗的写作艺术

杜甫的入蜀过程绝不是轻松愉悦的旅行，而是险象环生的艰苦求生，其相关组诗自然也带有那种阴暗危险的气息，所采用的诗作艺术手法与其他时期的诗作相比较为特殊。

1. 悲凉的浪漫主义色彩

杜甫的入蜀路途，乃人生不得意之选择，而入蜀路途又一路艰辛，似乎有意与诗人作对，让他的生活困顿中再加艰险。正是在这种情况下，诗人面对入蜀山水，感觉到悲风苦雨、艰难险阻都是欺凌自己一般，这些困难，在他的眼里有时就有一点放大，用夸张手法，强化人生的悲情。如《铁堂峡》中描写山川："山风吹游子，缥缈乘险绝。峡形藏堂隍，壁色立精铁。径摩穿苍蟠，石与厚地裂。修纤无垠竹，嵌空太始雪。"描写高峰绝壁的震撼景象，而这样的景物描写已经超越了写实的界限，呈现出诡谲怪异的艺术风格。再如《青阳峡》："溪西五里石，奋怒向我落。仰看日车侧，俯恐坤轴弱。魑魅啸有风，霜霰浩漠漠。"写石头好似直接砸向诗人，传说中的太阳车驾也要歪倒，大地的轴心也要倾斜，极其恐怖。又如《泥功山》写泥泞的道路使得人马不成样子，用"白马为铁骊，小儿成老翁"来比喻，其实，再怎么样，白马也不可能完全失却了白色，小儿再怎么浑身有泥也不会像老人家，但这样的语言却传递出泥功山泥泞遍野、让人马面目全非的情况。类似的句子在这一组诗中确实很多，想想整日行走在这样的路途，就会觉得整个人生都充满悲凉。

从杜甫当时的心态看，想要准确地传达出诗人当时的所见所感，就必须用这种并不完全脱离现实的描写方式，加上符合实际的夸张想象，方能传达出人在极度恶劣情境之下的人生况味。

2. 恐怖阴森的诗歌意象

由于这一组诗描写旅途艰辛的场景很多，且带有悲情浪漫主义的趋向，故而当其所描写的物象形成一定意象的时候，留给人的感觉便是恐怖阴森。从《发秦州》开始，杜甫已经在通过"乌啼满城头"，传递乱世时安全得不到保障的意思。古代人出行没有今天方便，所以有一些长途的迁徙都会十分看重，甚至反复计算推测吉凶，才敢出门。而杜甫在启程时已经心中郁结，出发时又看到满城的乌鸦，不祥的感觉立刻充溢心间。乌鸦作为不祥之鸟的传统在中国古来有之，这个意象所贴近的就是黑暗与死亡，而将这样的意象运用于诗作中很容易渲染出一派窒息与不祥的气氛，将整个行程勾勒得阴森恐怖。《石龛》中有"熊罴咆我东，虎豹号我西。我后鬼长啸，我前狨又啼"，短短四句用了四种危险的动物意象，其中又夹杂了一个"鬼"的残影，显得更加恐怖危险；"驱车石龛下，仲冬见虹霓"则写出了非正常天象带给人的震恐和惊悚。许善宝曰："此诗首言荒凉之景，惊心剧目。'仲冬见虹霓'，以见天时不正。"① 又如《积草岭》开首四句："连峰积长阴，白日递隐见。飕飕林响交，惨惨石状变"，积草岭白日被隐，阴风惨惨，似乎象征着诗人接下来的糟糕境遇，申涵光说这首诗"于题外生波"，笔者不太认同这一观点。此诗开首四句，恰是就积草岭特点而写，而积草岭之后在同谷县的待遇，似乎正是积草岭象喻的结果。这种阴森恐怖的意象，充斥在入蜀纪行诗的绝大部分作品，只有《凤凰台》《成都府》等少量作品有明丽的意象或景物，故江盈科曰："少陵秦州以后诗，突兀宏肆，迥异昔作。非有意换格，蜀中山水，自是挺特奇崛，独能象景传神，使人读之，山川历落，居然在眼。所谓春蚕结茧，随物肖形，乃为真诗人，真手笔也。"②

3. 适宜内容的诗歌体式

杜甫的这一组诗，都是五言古诗，仄韵为其首选。古诗不必刻意雕琢字句，不必受韵律和对仗的限制，而这一组诗正是极其艰难情形下的人生旅程，没有时间，也没有心情雕琢字句、讲究对仗、细审韵律，古体无疑是最为适合的诗体形式。而五言字短气长，虽字词之间滑顺不及律诗，读之却有淋漓不尽之感。用韵有一半仄韵，是因为仄韵气促，发音向下，有绝望之意，不得畅情，能够很好地传达诗人内心深处拗折不顺、气短神衰的人生感受。如《龙门阵》

---

① （清）许宝善：《杜诗注释》卷八，萧涤非主编：《杜甫全集校注》卷七，人民文学出版社，2014年，第1749页。

② （明）江盈科：《雪涛诗评》，萧涤非主编：《杜甫全集校注》卷七，人民文学出版社，2014年，第1737页。

押入声韵，"湿、急、集、涩、及、泣"形成了一种有压迫感的氛围，传达出诗人心中被压抑的痛苦。即使平声韵，也多用那些开口不大的声韵，以传达抑郁难舒的内心世界。这种拗折诡奇的写作笔法在杜甫的入蜀纪行诗中已经初成规模，成为杜甫诗作的重要艺术特征之一，并直接影响了后世韩孟诗派的山水诸作，如韩愈的《山石》《陆浑山火和皇甫湜用其韵》等。

（四）山水诗风格的转向

中国古典文学发展脉络中，山水诗一直是非常重要的一环。山水诗始自南朝宋谢灵运，在盛唐时期由王维推向精彩绝妙的高峰，杜甫则在王维之后开启了山水诗写作的另一个层面的小高潮。陈贻焮说:杜甫的入蜀纪行诗是中国"山水诗的一大变"①，并指出这二十四首诗歌的最大特点是"消刻生新"②，"突兀宏肆，忧愤深广"③，与谢灵运、王维、孟浩然都颇有不同。笔者深以为然，并认为，杜甫的入蜀纪行诗改变了中国古典诗歌的审美风范。

其一，改变了之前山水诗只描写明山净水而回避险山恶水的倾向。之前著名的山水诗人，主要有谢灵运、谢朓、王维、孟浩然、储光羲等。他们的作品，在山水审美方面，主要倾向于明山净水。谢灵运的山水诗，陈贻焮称之为"贵族的遨游":"当时的文风尚'极貌以写物''穷力而追新'，谢客受到了文坛上这一风气的影响（当然他也通过自己的创作实践助长了这种风气），加之他入宋以后，降袭封的康乐公为康乐侯，政治上始终受压抑，'遂肆意游遨，遍历诸县，动逾旬朔'（《宋书·谢灵运传》)，对山水自然之美有极细极深的独到领悟，确曾写出过不少技艺精工、形象生动、情境清丽的写

---

① 陈贻焮:《杜甫评传》卷中，北京大学出版社，2003 年，第 558 页。
② 陈贻焮:《杜甫评传》卷中，北京大学出版社，2003 年，第 562 页。
③ 陈贻焮:《杜甫评传》卷中，北京大学出版社，2003 年，第 563 页。

景名句。"① 作为贵族的谢灵运，虽然降了封位，但生活仍属优渥，只是心情不佳，故而借游山玩水遣情娱性，而永嘉山水之清丽可喜确实能够安慰他那颗寂寞的心，他也由此发现了自然山水的审美特性。谢朓与谢灵运不一样。谢朓主要在行旅中，其所经旅途亦在南方秀丽之所，但他注意画面的提炼、景物的剪裁，故诗作中多"天际识归舟，云中辨江树""余霞散成绮，澄江静如练""喧鸟覆春洲，杂英满芳甸"之类的清丽之景。孟浩然是以"风流天下闻"（李白语）的仙人式身份行走在湖湘江浙的景色中，也没有险山恶水。王维则主要生活在辋川的田园世界里，所选取的景物都安宁清净。这些景物的选取，与杜甫的入蜀纪行诗风貌完全不同，从模山范水的角度讲，其所描写的山水风光也必然不同。

其二，改变了盛唐山水诗的理想世界，不再把山水作为躲避世事的桃源。二谢和王、孟的山水诗，除了写山水就是写山水，也回避社会现实，在他们的诗歌里，基本上看不到社会生活的情况。谢灵运的诗歌，写写"客倦""远协尚子心，遥得许生计"便算是人间烟火；谢朓的诗有两句"有情知望乡，谁能鬒不变"便已经算是人间真情了；孟浩然的山水诗，有了"欲取鸣琴弹，恨无知音赏"便算是抒发了人世的艰难，有了"以我越乡客，逢君谪居者"便算是触及了社会中的争斗，有了"俱怀鸿鹄志，昔有鹡鸰心""魏阙心恒在，金门诏不忘"便算是写了自己的理想，有了"欲济无舟楫，端居耻圣明"便是现实中缺乏引荐者，有了"皇皇三十载，书剑两无成"即是人生失落；王维的山水诗，是在隐隐约约中表达对现实的不满，"即此羡闲逸，怅然吟式微"表达的是对社会上互相倾轧的厌烦，"人作殊方语，莺为故国声"便是写现实生活。但杜甫不一样，杜甫在入蜀纪行诗中描写山水，时时将笔触伸向残酷的现实生活，

---

① 陈贻焮：《杜甫评传》卷中，北京大学出版社，2003 年，第 560 页。

无论是记录自己旅行的艰难，还是对国计民生的忧虑，比如对边塞战争的忧虑、对割据势力的忧虑、对安史之乱未平的忧心，都是与现实生活紧密相连。如果说，谢灵运的山水诗是在山水审美的发现中抚平自己心中的伤感，孟浩然的山水诗是在桃源理想中回避现实中的问题，如"云梦掌中小，武陵花处迷""桃源何处是，游子正迷津""水接仙源近，山藏鬼谷幽"，王维的山水诗在回避现实中修炼自己的心性，如"随意春芳歇，王孙自可留""莫学嵇康懒，且安原宪贫""山中习静观朝槿，松下清斋折露葵"，则杜甫的入蜀纪行诗不再把山水当成躲避现实的避风港，他将山水与自己的惨淡人生结合在一起，直面淋漓的血泪，正视残酷的政治和战争，让山水诗也成为现实生活的一面镜子。

其三，改变了之前山水诗或清柔雅丽或高华爽朗的风格，形成了刻削生新、奇诡谲异的风格。读二谢、王、孟的山水诗，无非两种风格，清柔雅丽和高华爽朗，很少生涩的诗句和恐怖的意象，有的会有，比如谢灵运的诗歌里有"澹潋结寒姿，团栾润霜质"，偶而会出现"嗷嗷夜猿啼"，但更多的是"池塘生春草，园柳变鸣禽""白芷竞新苕，绿苹齐初叶""林壑敛暝色，云霞收夕霏。芰荷迭映蔚，蒲稗相因依""交交止棘黄，呦呦食萍鹿"的柔美，"江路西南永，归流东北鹜。天际识归舟，云中辨江树""馀霞散成绮，澄江静如练。喧鸟覆春洲，杂英满芳甸"的壮美和热闹，"八月湖水平，涵虚混太清。气蒸云梦泽，波撼岳阳城""分飞黄鹤楼，流落苍梧野""雪罢冰复开，春潭千丈绿"的壮阔和"绿竹含新粉，红莲落故衣。渡头烟火起，处处采菱归""漠漠水田飞白鹭，阴阴夏木啭黄鹂""江流天地外，山色有无中""返景入深林，复照青苔上"的静美。但杜甫的入蜀纪行诗风格大变。蜀陇山水的奇特艰险，加上举家迁徙的困窘，放大了陇蜀山水的谲诡和恐怖，使得杜甫纪行的山水诗直面"蜀道难，难于上青天"的山水，无论是直观的山水本身还是内心深处的山水，都使得杜甫必须使用别一种语言描写陇蜀山水，道路的曲折难行、泥泞满路、高山的突兀怪异、乱石草木、森林里的狼虫虎豹和人间的叛乱战争叠映在一起，使得杜甫入蜀纪行诗的语言变得佶屈聱牙、峭刻生新，风格变得阴郁深沉、谲诡怪异，他的入蜀山水诗遂脱离了以往山水诗的柔美或爽丽，逐渐形成硬朗沉郁一派，"为唐代山水诗创作开拓领域，增添异彩，并大大提高其表现力和价值"。① 尤为重要的是，安史之乱后，随着整个社会动乱所带来的个人生活的沦落，他把浓重的家国之思和凄怆的个人情怀倾注于或雄奇险峻或阴郁怪异的山水景物，在家国之思和个人身世飘零的双重情感的聚合中，创作出独特的山水境界来，更是具有划时代的意义。② 杜甫写于此时的山水诗"完全没有了游览、玩赏的心境，他的人生沉陷在变动不居、漂泊流荡的艰难处境里，他的国家也处在风雨飘摇、大厦将倾的危机中，他把自己的人生感受和对国家时局的感受，熔铸于这些奇诡怪异、面目狰狞的山水中，书写乱世惊魂，一抒胸中块垒"。③ 于是，这些山水诗便拥有了和以往山水诗完全不同的艺术风貌，具有了传乱世人生、乱世之情的深沉的思想情感内涵，增加了山水诗写作的社会性内容含量。这确实可以视为中国山水诗歌风格的一大变化。

---

① 陈贻焮：《杜甫评传》卷中，北京大学出版社，2003 年，第 564 页。
② 李芳民：《简论杜甫的山水诗》，《唐代文学研究》第四辑广西师范大学出版社，第 144 页。
③ 韩成武等著：《杜诗诗体学研究》，九州出版社，2022 年，第 181 页。

第四章　杜甫的成都组诗

一、《绝句漫兴九首》

其一

眼见客愁愁不醒，无赖春色到江亭。

即遣花开深造次，便教莺语太丁宁。

其二

手种桃李非无主，野老墙低还是家。

恰似春风相欺得，夜来吹折数枝花。

其三

熟知茅斋绝低小，江上燕子故来频。

衔泥点污琴书内，更接飞虫打着人。

其四

二月已破三月来，渐老逢春能几回？

莫思身外无穷事，且尽生前有限杯。

其五

肠断江春欲尽头，杖藜徐步立芳洲。

颠狂柳絮随风舞，轻薄桃花逐水流。

其六

懒慢无堪不出村，呼儿日在掩柴门。

苍苔浊酒林中静，碧水春风野外昏。

其七

糁径杨花铺白毡，点溪荷叶叠青钱。

笋根雉子无人见，沙上凫雏傍母眠。

其八

舍西柔桑叶可拈，江畔细麦复纤纤。

人生几何春已夏，不放香醪如蜜甜。

其九

隔户杨柳弱袅袅，恰似十五女儿腰。

谁谓朝来不作意，狂风挽断最长条。①

辛弃疾在《丑奴儿·书博山道中壁》中曾提到："少年不识愁滋味，爱上层楼。爱上层楼。为赋新词强说愁。而今识尽愁滋味，欲说还休。欲说还休。却道天凉好个秋。"②同样的愁情，杜甫也在经历着。在历尽艰险到达成都之后，杜甫好不容易过上了安稳的生活。然而对时光极度敏感的他，在历经磨难后相对安宁的时光里，品味出了客愁滋味。那么，他笔下的闲愁和稼轩"却道天凉好个秋"的人生感悟又有何不同呢？

（一）不能忘情现实的杜甫

以天下为己任的杜甫，从来没有忘记过现实。尽管初来成都的杜甫获得了暂时平静的生活，但他很快又把目光投向了现实。范仲淹曾在《岳阳楼记》中道出了天下士大夫的通病，他们往往"居庙

---

① （唐）杜甫著，（清）仇兆鳌注：《杜诗详注》卷三，中华书局，1979 年，第 788—792 页。

② 施议对撰：《辛弃疾词选评》，上海古籍出版社，2017 年，第 123 页。

堂之高则忧其民，处江湖之远则忧其君，是进亦忧，退亦忧"。① 现在的杜甫就是处江湖之远，但他远远做不到"不以物喜，不以己悲"的旷达。在他心中，客愁终究挥散不去。《绝句漫兴九首》创作于唐肃宗上元二年（761），此时安史之乱尚未完全平息，政局动荡。在国家未安、山河破碎的当时，杜甫又怎敢独自安居快乐呢？

这一组诗的诗眼是《其一》中的"客愁"二字，是引领全组诗之纲。王嗣奭曰："兴之所到，率然而成，故云漫兴，亦《竹枝》《乐府》之变体也。'客愁'二字，乃九首之纲领。愁不可耐，故借目前景物以发之。"② 由此可见，这样的漫兴之诗实为抒发作者的客愁之意。而何为"客愁"？即作客之愁。借用罗大经《鹤林玉露》对杜甫《登高》的点评解释："杜陵诗云：'万里悲秋常作客，百年多病独登台。'盖万里，地之远也。悲秋，时之惨凄也。作客，羁旅也。常作客，久旅也。百年，齿暮也。多病，衰疾也。台高，迥处也。独登台，无亲朋也。"③ 而这里杜甫的客愁就是所谓的羁旅之愁。羁旅，是指杜甫在"安史之乱"爆发后饱尝离乱之苦、四处漂泊的日子。愁，便是杜甫生活虽得以暂时的安宁，但心中犹未忘记国难未消，故园难归之他乡作客之愁。而就在杜甫陷入这深浓的客愁无法自拔之时，偏偏春意不晓人情，莽莽撞撞地闯入杜甫眼帘。仇兆鳌曾评《其一》："众眼共见客愁，春色突然而至，无赖甚矣。即遣便教，所谓无赖也。深造次，过于忙迫。太丁宁，厌其繁数。人当适意时，春光亦若有情；人当失意时，春色亦成无赖，犹所谓'感时花溅泪，恨别鸟惊

① （宋）范仲淹：《岳阳楼记》，李勇先、王蓉贵校点：《范仲淹全集》，四川大学出版社，2007年，第195页。
② （明）王嗣奭撰：《杜臆》卷四，上海古籍出版社，1983年，第120—121页。
③ （宋）罗大经撰：《鹤林玉露》乙编卷五，上海古籍出版社，2012年，第132—133页。

心'也。"① 周篆也发表过相似言论："花开造次，莺语丁宁，皆其无赖处也。夫感时则花能溅泪，恨别鸟亦能惊心，今春色亲见人愁，而不能使花不开，令莺不语，故以无赖目之。"② 满目春色忽而在客愁缠绕的杜甫眼前展开，这是多么扰人心绪啊！司春的春神急促地催着花开，勒令莺啼，殷勤得过了头，似乎是在作弄这家国愁绪中的他乡游子。引杜甫无限烦恼：长安城中的花鸟能识人愁，随人愁而落泪惊心。然而，这蜀都的花鸟怎地偏偏作弄起他这个异乡游子呢！

（二）安居生活中的闲愁

客愁是萦绕在杜甫心上挥之不去的思绪，而将这思绪实物化的正是他安居生活中的处处景致。具体有哪些愁呢？《绝句漫兴九首》将答案为我们——道来。

《其一》："眼见客愁愁不醒，无赖春色到江亭。即遣花开深造次，便教莺语太丁宁。"杜甫的愁，便是这春色无法体谅诗人自身的愁绪，无端扰人。王嗣奭曰："'即遣''便教'，俱着春色说；'花开''莺语'，因客愁而娱弄之使醒，此春色之无赖也。"③ 春风一吹，花便迅速地开了，此为"即遣"；不但开了花，还开得特别繁艳，此为"深造次"。鸟即刻便随花而来，因花而喜，此为"便教"；鸟不通人情，整日啼鸣，叽叽喳喳，此为"太丁宁"。锦江春色中的花鸟都太过殷勤，完全不考虑杜甫的心情，这是诗人的一愁。可见杜甫并没有因为暂时的生活安宁而忘却了作客的身份，也没有因此而抛开国家的灾难。这是杜甫初到成都、尚未完全静下心来的特殊心态的反映。

《其二》："手种桃李非无主，野老墙低还是家。恰似春风相欺得，

---

① （唐）杜甫著，（清）仇兆鳌注：《杜诗详注》卷九，中华书局，1979年，第788页。

② （清）周篆：《杜工部诗集集解》卷一四，萧涤非主编：《杜甫全集校注》卷八，人民文学出版社，2014年，第2234页。

③ （明）王嗣奭撰：《杜臆》卷之四，上海古籍出版社，1983年，第121页。

夜来吹折数枝花。"《杜诗详注》仇兆鳌注曰："此章借春风以寄其牢骚，承首章花开。桃李有主，且近家园，而春风忽然吹折，似乎造物亦欺人者。惜桃李，正自惜羁孤也。"[1] 在这首中，杜甫将其客愁落入实处。先借首章"花开"，顺势而下，讲到自己园中的桃李。桃李之种，乃杜甫亲乞也；桃李之树，乃杜甫手栽也。且就在院内，非无主之花。然而，春风也欺这老叟年迈多病，无依无靠，肆意闯进院内，对着才盛开的桃李无情蹂躏。又肆意而去，留下些许断枝残花，满目的残枝如何不悲？当时种下桃树李树的杜甫，又何曾不是抱着对美好生活的期许呢？然而，在他乡作客，无依无靠，就是这春风也把自己欺负！这是作客之人感觉无依无靠的心理反映。

《其三》："熟知茅斋绝低小，江上燕子故来频。衔泥点污琴书内，更接飞虫打着人。"金圣叹点评："此又燕子来矣，流光之疾如此。"又曰："'眼见'则春色眼见，'熟知'则燕子熟知，皆最滑稽语。夫同是燕子也，有时郁金堂上，玳瑁梁间，呢喃得爱；有时衔泥污物，接虫打人，频来得骂。夫燕子何异之有？此皆人异其心。因而物异其致。先生满肚恼春，遂并恼燕子。看其'熟知'字、'故'字、'频'字，皆恼急，几于欲杀欲割，语可笑也。"[2] 此章接首章"莺语"顺势而下，写恼燕子。燕子南下则时序又过矣，光阴流转之快，从暮冬时节天气渐染暖意。然而，杜甫心中却仍是寒冬，多是闲愁抒发不去，便看这燕子又来家中侵扰。衔泥筑屋、捕蝇捉虫本是好事，这是春天新生的象征，然而杜甫此刻满目只有闲愁，便恼了燕子衔泥，认为它在琴书之上留下污泥。也恼它捕蝇捉虫，认为虫子掉落打到了人，自己白白受了无妄之灾。这还只是浅浅的闲愁。这些许

---

① （唐）杜甫著，（清）仇兆鳌注：《杜诗详注》卷九，中华书局，1979年，第788页。

② （明）金圣叹：《唱经堂杜诗解》卷二，载萧涤非主编：《杜甫全集校注》卷八，人民文学出版社，2014年，第2237页。

的抱怨往深处看，其实反映了杜甫对故园的思念。燕子为什么要衔泥捉虫，因为它在为自己的故居添砖加瓦，储蓄粮食。而杜甫呢？他的家却远在天边，可望而不可及，让杜甫如何不恼？燕子都能为故居修葺，迎接新生活，而自己却只能待在异乡，还得受到燕子回家的侵扰。

《其四》："二月已破三月来，渐老逢春能几回？莫思身外无穷事，且尽生前有限杯。"沈佺期有诗《度安海入龙编》："别离频破月，容鬓骤催年。"[①]沈诗之"破"，与此诗中的"破"意同。这里的"破"是尽、残的意思，即为春日将尽之意。金圣叹曰："此言春将尽矣，诚乃流光疾甚也。'逢春能几回'语，在白乐天只解用入春来时，先生偏用入春去后，便令'能几回'三字，竟有一回亦未必之事，可骇也。"[②]由此分析，可见杜甫此诗抒发的是暮春之愁。该诗写于唐肃宗上元二年（761），是时杜甫50岁。杜甫在《杜位宅守岁》曾说过："四十明朝过，飞腾暮景斜。谁能更拘束，烂醉是生涯。"[③]天宝十载（751）40岁的杜甫尚居壮年，却有了暮景之意，终日痛饮。更不要说十年后，经历了安史战乱的杜甫了。这个春天肆意地来了，侵扰完杜甫这个老人之后，竟也要走了。这让杜甫如何不愁呢？这不就正象征着其逝去的年华吗？除了借酒消愁，杜甫又还能如何呢？

《其五》："肠断江春欲尽头，杖藜徐步立芳洲。颠狂柳絮随风舞，轻薄桃花逐水流。"暮春时节，杜甫倚杖而出，那么等待他的又是什么呢？勾起了他怎样的闲愁呢？该诗有两层愁绪。其一，仍承接上一首诗，伤暮春也。金圣叹曰：

---

① （唐）沈佺期：《度安海入龙编》，（清）彭定求等编：《全唐诗》卷九七，中华书局，1999年，第1048页。
② （明）金圣叹：《唱经堂杜诗解》卷二，萧涤非主编：《杜甫全集校注》卷八，人民文学出版社，2014年，第2239页。
③ （唐）杜甫著，（清）仇兆鳌注：《杜诗详注》卷二，中华书局，1979年，第109页。

此言春竟去矣，诚乃流光疾甚也。妙于不说春欲尽，却说"江欲尽"，实字只作虚用，从来少此妙笔。"徐步立芳洲"，意欲留春，少作盘桓。乃前日不欲其来，则偏要来，且偏莺、花纷纷齐来；今日不欲其去，则偏要去，且偏桃、柳纷纷尽去。可厌也，可恨也！①

盛春时节，春色无情烦扰着杜甫；如今春暮了，杜甫难得生出了挽留之意，可她偏偏不回头，走得坚决，仿佛处处与杜甫这个异乡老人作对似的。其二，哀江山矣。杜甫看见了狂舞的柳絮，飘零的桃花，但是他看见的又不仅仅是狂舞的柳絮，飘零的桃花。仇兆鳌也说："颠狂轻薄，是借人比物，亦是托物讽人。"②可见这里的柳絮与落花不必落于实处，作者在残花败柳之后又有感慨，山河有恙，战乱期间多有小人见风使舵使国家分崩离析，又怎不令杜甫肠断江春！

《其六》："懒慢无堪不出村，呼儿日在掩柴门。苍苔浊酒林中静，碧水春风野外昏。"这与《其四》中的暮春之愁一脉相延。该诗讲述了杜甫因生性散漫不肯踱步出村，但仍呼儿轻掩柴扉，于村中酌酒留春。王嗣奭曰："然在林中，虽苍苔浊酒而犹静，可以自适；一出野外，虽碧水春风而已昏，不堪着眼，盖初到而人情未恰故耳。"③"懒慢"并非杜甫本意，实则其年迈无力，体弱多病。然而在杜甫身体不好的情况下，他仍要出门酌酒留春，可见其伤时光之白驹过隙。

《其七》："糁径杨花铺白毡，点溪荷叶叠青钱。笋根雉子无人见，

---

① （明）金圣叹：《唱经堂杜诗解》卷二，萧涤非主编：《杜甫全集校注》卷八，人民文学出版社，2014 年，第 2241 页。
② （唐）杜甫著，（清）仇兆鳌注：《杜诗详注》卷九，中华书局，1979 年，第 789 页。
③ （明）王嗣奭撰：《杜臆》卷四，上海古籍出版社，1983 年，第 121 页。

沙上凫雏傍母眠。"《其八》："舍西柔桑叶可拈,江畔细麦复纤纤。人生几何春已夏,不放香醪如蜜甜。"两诗极其清丽,是杜甫为我们描绘的一幅幅初夏风景图。在《其七》中,随风而起洋洋洒洒的杨花撒落在杜甫必经的小径上,就好像为小径铺上了一层白毡般。再将视线由近处到远方,远远望见溪水中青荷层层叠叠点染其中,就好像累叠在水面上圆圆的青钱一般。又于视线低处,杜甫发现了那一只只不易为人发现的幼雉隐伏在竹丛笋根旁边。而岸边的沙滩上,小小的凫雏们偎依在母亲身旁,进入恬静的梦乡。虽后世各大名家对于"雉子"的看法多有不同,比如说"雉子"用"稚子",是暗示杜甫的儿子,认为该诗有怜儿之意。但是从诗歌的整体性而言,笔者仍然认为应该是"雉子",从组诗整体是初夏的实景描写和杜诗对仗讲究工对看,"雉子"更准确。虽在这娴静之景中,有着客居异地的萧寂之感,但这也是杜甫在各种愁绪中,难得的因眼前温馨之景而产生的对于生活的确幸。对于《其八》,金圣叹这样评价道:

> 此明言春已夏,桑肥麦熟,皆新夏景物也。夫自初春、仲春、深春,而今倏然已夏,百年人生,如此能几?况有桑足衣,有麦足食,生在世间,饱暖即快,不饮酒复奚求耶?前诗杂用无数莺儿、燕子、桃花、柳絮、杨花、荷叶、笋子、凫雏,独此诗恰用"桑""麦"字,先生固有意。[①]

好一幅桑盛蚕肥、风吹麦浪的夏日盛景图。但是细细想来,"几何""香醪"等词眼的出现又暗示着《其八》在《其七》的基础上,少了一点对闲适生活的享受,多了一点对韶华易逝的惋惜。

---

① (明)金圣叹:《唱经堂杜诗解》卷二,萧涤非主编:《杜甫全集校注》卷八,人民文学出版社,2014年,第2248页。

《其九》："隔户杨柳弱袅袅，恰似十五女儿腰。谁谓朝来不作意，狂风挽断最长条。"杨柳依依，窈窕婀娜，却未曾想被狂风折断，这是快意中的不快。《杜诗详注》曾言："此与二章相应，折花断柳，皆叹所遭之不幸。自春入夏，所咏花木禽鸟，俱随时托兴者，独柳色夏青。而仍经摧折，故感慨终焉。"① 这里的柳树与前面所提有主桃李不同，它更多的是诗人的自喻。而这些不幸，全是杜甫的亲身遭遇。正如浦起龙在《读杜心解》中说的那样："此与'手种桃李'章不同，乃好物不坚牢之意，盖以自况也。"② 而这里杜甫想表达的愁是什么呢？除了前面提到的生涯的不幸，更大程度上，他愁的是"不作意"吧。杜甫在《其九》中借杨柳不展身姿，暗示自己的不得志。诗人就像这羸弱的柳枝一般，虽有意作为，却被狂风无情摧残。杜甫人虽不在庙堂，但却时时忧其君，关心国事。他不能像杨柳一样舒展身姿，是因为动荡的时机，黑暗的官场打压得他无法去拯救苍生，为官而不得重用，实在是壮志难酬啊！可知尾章就是抒发的杜甫政治失意、报国无门之愁。

（三）杜甫抒写闲愁的笔法

1. 浓郁的民歌风调

李东阳在《麓堂诗话》中曾这样评价《绝句漫兴九首》："少陵《漫兴》诸绝句，有古竹枝意，跌宕奇古，超出诗人蹊径。韩退之亦有之。"③ 可见从《漫兴》九首整体来看是借鉴了古竹枝的风韵。竹枝，即竹枝词，是一种诗体，由古代巴蜀民歌演变而来，常用以描摹世态民情，诗歌洋溢着鲜活的民间文化特色和浓厚的乡土气息。如《其

---

① （唐）杜甫著，（清）仇兆鳌注：《杜诗详注》卷九，中华书局，1979 年，第 792 页。
② （清）浦起龙：《读杜心解》卷六之下，中华书局，1961 年，第 836 页。
③ （明）李东阳：《麓堂诗话》，萧涤非主编：《杜甫全集校注》卷八，人民文学出版社，2014 年，第 2251 页。

三》的"衔泥点污琴书内，更接飞虫打着人"，燕子做巢飞来飞去，撒屎将琴书污染、飞虫直接撞击在人的身上、脸上，这就是巴蜀早春的气息，而用"打着人"这样的俗语，很能再现当地的语言特色。又如《其七》："糁径杨花铺白毡，点溪荷叶叠青钱。笋根雉子无人见，沙上凫雏傍母眠。"竹枝词"志土风而详习尚"，以吟咏风土为其主要特色，而杜甫的这首诗状摹了四川成都平原的动植物，杨花、荷花、笋、雉子、凫雏这些都很具有当地特色。以笋而言，因为成都平原地势低平，且土壤肥沃，降水充足，故而能栽种大量的竹子，现在熊猫基地设在成都也有这里竹源充足的原因。《其七》，描绘了一幅乡间风景图，使人不管什么时候读到这首诗，脑子里总会产生相应的乡土画面，也许有些人一辈子没有到过成都，却又因为这首诗而窥见了成都。而杜甫采用这种有民歌风韵的手法来抒写闲愁，一是入乡随俗，用其作为诗人本身的专业性来做到"移风易俗"，为蜀地的文学增添了新的色彩；二是用温馨的言语淡化闲愁本身，使愁淡而不散。

　　2.诗歌语言的拟人化

　　在这组诗歌中，多见杜甫拟人化的描写，拟人的方法从两个方面表现，一为拟他人，二为拟本人。这组绝句的拟人，使诗歌真正地做到了一切景语皆情语，借景物之口将杜甫无法宣泄的情感宣之于口。拟他人例，如《其一》："眼见客愁愁不醒，无赖春色到江亭。"仇兆鳌就为该诗作注："无赖本属人，杜诗借以指物，前云'花无赖'，此云'无赖春色'是也。"[①]《其二》："恰似春风相欺得，夜来吹折数枝花。"周篆曰："野老，公自谓。春风宜欺无主之花，野老树枝

---

① （唐）杜甫著，（清）仇兆鳌注：《杜诗详注》卷九，中华书局，1979年，第788页。

亦被吹折，其无赖为何如？"①这里都是将"春"赋予了人的行为心理，令其站在杜甫的对立面使诗人愁上加愁。《其一》的"无赖"与《其二》的"欺"，赋予锦江春色倚仗主人身份欺客的性格，紧扣该组诗客愁的主题。锦江春色十分撩人，而他乡游子却十分慌乱无措，只能对着霸道的春色发愁。《其三》的燕子也是赋予了人的心理，"熟知"便是人类独有的活动。更何况，它也欺野老无亲，竟然衔泥捉虫，大闹草堂。拟本人，其实从某种角度来说，这也算是起兴。朱熹在《诗经集传·关雎》中曾对诗经六义中的"兴"这样解释道："兴者，先言他物以引起所咏之辞也。"②此诗以江上燕子起兴，引发诗人对环境的不适宜感，似乎连燕子也在欺凌诗人。《其九》："隔户杨柳弱袅袅，恰似十五女儿腰。谁谓朝来不作意，狂风挽断最长条。"诗人把杨柳柔条比为"女儿腰"，一则见出杨柳之袅娜多姿，二则映出此地女儿之美，三则融人于物，写出诗人对人生的感受。古代女子十五岁正值青春，最是婀娜妖媚，而此处如少女腰肢的杨柳却不得自由伸展，原来是被狂风折断之故。周篆曰："作意如女儿则不为风挽断矣，公意盖以挽断责杨柳也。"③可见作者表面写杨柳被风吹折，意在言此及彼。其中羸弱的杨柳便是"此"，而作者想叹的，实则是自己的政治的失意。

3. 以乐写悲

这是杜甫常用的反衬手法之一，他以乐景抒写悲情，在这乐景与悲情的对立之下，达到深化其思想感情的目的，同时也加强诗歌的艺术效果。王夫之在《姜斋诗话》中提出这样一个观点："以乐景

---

① （明）周篆：《杜工部诗集集解》卷一四，载萧涤非主编：《杜甫全集校注》卷八，人民文学出版社，2014年，第2236页。
② （南宋）朱熹注：《诗经集传》，《新刊四书五经》本，中国书店，1994年，第2页。
③ （明）周篆：《杜工部诗集集解》卷一四，载萧涤非主编：《杜甫全集校注》卷八，人民文学出版社，2014年，第2251页。

写哀，以哀景写乐，一倍增其哀乐。"① 春色本是乐景，不管是其盛开的繁花、叮咛的鸟语；还是堂前桃李，塘内芙蕖；又或是笋下隐身的雉子，沙渚安憩的凫鸟，它们的情感色彩应是以乐为主。但在此时，杜甫只是获得了暂时的安宁，而且是刚刚安定下来，惊魂甫定，尚未有认同此地之情，客居他乡的惆怅自然挥散不去。所以杜甫瞥见江亭春色便觉其无赖，见花开便感其造次，闻莺啼便嫌其叮咛，听风来便觉见欺，堂燕过便伤其污，闻夏来则叹人生几何。这情与景的冲突加倍写出了诗人的客居之愁。这种艺术表现手法很妙，明面上读，这只是将作者的实际生活场景娓娓道来，然而，联系诗人曾经经历的苦难，细品之下，突有所悟，平静的生活下其实是不停翻滚着的哀愁，再读则倍感其哀。

① （清）王夫之著，戴鸿森笺注：《姜斋诗话笺注》，上海古籍出版社，2012年，第10页。

二、《江畔独步寻花七绝句》

其一

江上被花恼不彻，无处告诉只颠狂。

走觅南邻爱酒伴，经旬出饮独空床。

其二

稠花乱蕊裹江滨，行步敧危实怕春。

诗酒尚堪驱使在，未须料理白头人。

其三

江深竹静两三家，多事红花映白花。

报答春光知有处，应须美酒送生涯。

其四

东望少城花满烟，百花高楼更可怜。

谁能载酒开金盏，唤取佳人舞绣筵。

其五

黄师塔前江水东，春光懒困倚微风。

桃花一簇开无主，可爱深红爱浅红？

其六

黄四娘家花满蹊，千朵万朵压枝低。

留连戏蝶时时舞，自在娇莺恰恰啼。

其七

不是爱花即欲死，只恐花尽老相催。

繁枝容易纷纷落，嫩蕊商量细细开。①

《江畔独步寻花》这组诗创作于上元二年（761）春，杜甫于乾元二年（759）冬至成都，乾元三年（760）定居于杜甫草堂。在杜甫经历了半生漂泊，辗转大半个华夏之后，终于到达成都。锦城以一种绚丽多彩的姿态迎接了这位50岁的老叟。诗人终于有了一个安定的家，终于有了一个人与自然达成美的共识的机会。

（一）"江深竹静两三家"：生活的暂时稳定

在杜甫与生机盎然的浣花溪及其周边春天的生命达成美的共识之前，这位半百老人曾经经历过太多太多的不幸。从天宝十五载"安史之乱"爆发之后，杜甫便开启了其辗转流离的后半生。在此之前，杜甫像无数个大唐学子一样，漫游山林，结交知音，按部就班地参加科举考试，努力通过自己的诗赋才能获得待选序列的资格，并终于获得了右卫率府兵曹参军的官职，而这一切的平静在安禄山造反之时戛然而止了。在这之后，杜甫的生命仿佛被快速压缩，在短短十年内，杜甫尝尽了生活的酸甜苦辣。他经历了听闻肃宗即位，只身奔向灵武，却为叛军所擒被困长安，目睹了"国破山河在，城春草木深"的黍离之悲；也经历了"生还今日事，间道暂时人"（《喜达行在所三首》之二）的随时丧命的恐惧，之后，他用"麻鞋见天子，衣袖露（见）两肘"（《述怀》）的忠诚感动了唐肃宗，被授左拾遗；又经历了在朝堂被排挤、无法作为，沦落到"朝回日日典春衣，每日江头尽醉归"（《曲江二首》之二）的不得志的辛酸；也经历了

---

① （唐）杜甫著，（清）仇兆鳌注：《杜诗详注》卷三，中华书局，1979年，第816—819页。

为房琯仗义执言而被迫远离政治中心，"奈何迫物累，一岁四行役"（《发同谷县》）的辗转流离之苦。在杜甫达到成都之前，生活和理想留给他的是物质与精神的双重创伤。他一生所追求的"致君尧舜上，再使风俗淳"（《奉赠韦左丞丈二十二韵》）的愿望落空了，可怜的杜甫只能远赴秦州，再去同谷，再赴成都。

在辗转流离的生活中，杜甫很多诗篇都反映了他所遭受的艰苦困苦，反映了他所经历的战乱年代流民的日常生活。他曾经有过"不爨井晨冻，无衣床夜寒。囊空恐羞涩，留得一钱看"（《空囊》）的困窘，不得不奔走同谷，却没料到走向了另一个生活绝境："黄独无苗山雪盛，短衣数挽不掩胫。此时与子空归来，男呻女吟四壁静""我生何为在穷谷，中夜起坐万感集"（《乾元中寓居同谷县，作歌七首》）。最后为了生存，他"无食思乐土，无衣思南州"，冒着一路艰险选择入蜀。当"喧然名都会，吹箫间笙簧。信美无与适，侧身望川梁"（《成都府》）的成都出现在他的面前，他感到一切比他所想象的美好生活还要美好，他终于可以停下来了。成都对于杜甫的意义并不只是他身体的收容所，更是他灵魂暂时的栖息地。肉体与灵魂暂时的安定，使杜甫有了闲情逸致来邂逅春天的蓉城，来邂逅其怒放的生命。

（二）"报答春光知有处"：对美好生活的留恋和欣赏

常年的奔波流离并未榨干杜甫对未来生活的憧憬、美好生活的向往，于成都草堂寓居之后，他骨子里的对美好生活的欲望又随着锦城的春风开始疯长。对于客居地的安心，杜甫竟然有了后世诗人苏轼"此心安处是吾乡"[①]的人生感受。虽然成都和岭南的物候条件并不完全一致，但成都于杜甫却与王定国歌女柔奴对岭南的感受有

---

① （宋）苏轼：《定风波·南海归赠王定国侍人寓娘》，朱靖华等编著：《苏轼词新释辑评》，中国书店，2007 年，第 961 页。

惊人的相似。成都，成为辗转流离之后杜甫难得的寄身之处，也成为其灵魂暂时的栖息地。当杜甫踏上这片土地之时，他对美好生活的期待又开始发芽，这于杜甫建造草堂的细节中均有体现。虽然杜甫已经年迈，但他却愿意为草堂的修建四处奔波。他的心中早已有一个美好的新居雏形，所以才会有《萧八明府实处觅桃栽》《从韦二明府续处觅绵竹》《凭何十一少府邕觅桤木栽》《凭韦少府班觅松树子栽》《又于韦处乞大邑瓷碗》《诣徐卿觅果栽》等诗篇，为草堂的营造四处张罗。他在草堂旁种植了松树、桃树、绵竹、桤木、果树，配备了大邑瓷碗等。从杜甫的诗歌中，我们可以看出，杜甫设计的新居里不仅种有桃树，更有松竹相伴，秋天有果子采摘，有桤木这样的参天大树供人遮荫休憩。诗人对亲自营造的草堂和草堂周边的环境非常满意，写下了不少优美的诗篇，如《狂夫》《田舍》《江村》《北邻》《南邻》《客至》《春夜喜雨》《春水》等。《江畔独步寻花》就是在这样的氛围中完成的。

《江畔独步寻花》组诗创作于上元二年（761）的春天，这时杜甫已经在成都草堂生活了一段时间了。是的，生活。杜甫已经从初到成都对于活着的庆幸中脱离出来，他现在的全部精神是用来迎接美好的生活。而《江畔独步寻花》这组诗就是他新的美好生活的缩影，诗歌处处表达了杜甫对目前生活的留恋与欣赏。

《江畔独步寻花》从结构上来说是一组按照时空顺序所写的组诗。从时间的逻辑顺序上，它从最开始的恼花继而出去寻花，寻到花之后再赏花，赏花之时，感慨油然而发，于是写下了这组诗。从空间上讲，《江畔独步寻花》就是跟着杜甫的足迹，沿着成都浣花溪欣赏风光。所以，如果想要从中读出杜甫对于美好生活的眷恋和欣赏，就必然要从《其一》开始，沿着杜甫的"时空"走一遍成都浣花溪的幽林曲径。

《其一》："江上被花恼不彻，无处告诉只颠狂。走觅南邻爱酒伴，经旬出饮独空床。"作为组诗之首，此诗非常明确地表达了组诗的缘起，换一种说法，也可以说是表达了杜甫寻花于浣花溪的缘起。这首诗的诗眼实为一个"恼"字，那么杜甫在"恼"什么呢？他在"恼不彻"。钟惺曾说："味此七字，方知'恼不彻'三字之妙。"①仇兆鳌在给该首诗作注之时，认为"彻"当作"尽"，"不彻"就是"不尽"，"恼不彻"实际上就是说杜甫所居地的花尚未完全开放，开得不繁不艳。被，解为"披"，即盖着。江边上的花尚未开透，即所谓"不彻"。杜甫正因为所居地的花开得不很尽兴，所以才决定出门寻花，可见心情已经不同以往。好的生活，应该有春花美景相伴，也应该有共赏同欢之人。杜甫也不是打算一个人出门寻花的，但因志同道合之南邻出门寻酒不在家中，于是杜甫只能独自欣赏这美妙的春色了。

《其二》："稠花乱蕊裹江滨，行步欹危实怕春。""裹"字，很多注解认为是"畏"字。笔者认为，此处用"畏"接近于杜甫写作组诗时的情况。用"畏"就解释了上一首诗中的"江上被花恼不彻"，因为江边的气温要低于城里或房前屋后，其开花时要晚四五天。首先从杜甫绝句的特点来说，押韵对仗是杜甫基本的诗歌追求。"畏"与"怕"正相对，而"裹"就将这句诗单纯的割裂开了。再者，从内容上说，这首诗应当是杜甫刚从成都草堂出来，初到浣花溪畔。诗人观察到江畔的"稠花乱蕊"在水边的情状，发现它们害怕江边的低温，便突然联想到了自身。自身老迈多病，行路歪斜，害怕春天来了自己又长一岁，又知道春来春必走，不免有点伤感。"诗酒尚堪驱使在"，借着酒胆才敢独自漫步于江畔，而杜甫在成都的美好生活才刚刚开始，滚滚翻腾的江水当然会给这个北方平原来的老人造成一些心理上的压力。他害怕春天，因为中国古代诗人除了有伤秋传统，也有伤春传统，春天对于暮年之人而言，容易想起以往"伊

---

① 萧涤非主编：《杜甫全集校注》卷八，人民文学出版社，2014年，第2220页。

昔红颜美少年"（刘希夷语）的岁月，感受到"此翁白头真可怜"（刘希夷语）的悲哀。杜甫就正处于这样一个"白头人"的敏感时期，故而满目的春色，如何让杜甫不怕不畏？"稠花乱蕊"尽现浣花溪江畔的春花之繁，但诗人却在"惜春长怕花开早"（辛弃疾语）的心态下产生了畏春的情绪。这不是不喜欢浣花溪畔的春天，而是害怕这春天不能陪伴这白头老人的患得患失的心理。

《其三》《其四》《其五》《其六》，沿着杜甫的足迹，从不同角度对浣花溪旁的春花分别进行了细细描摹。杜甫一路寻花而去，《其三》所描绘的江畔虽然鲜有人居，只有深深竹林和两三炊烟。但是此处的花却不少，种类繁多，红白交相辉映。杜甫早已埋藏在岁月里的年少轻狂似乎被唤醒了，他想要伴着美酒和生命来报答这满目的春光。在这红白之间，杜甫慢慢从怕春的情绪下走了出来，他的心态变得年轻起来，对于大自然赐予的美丽，他想要用尽生命去紧紧拥抱。《其四》，诗人渐渐将心放空，举目东望。由眼前两三炊烟之景，联想到成都热闹的少城。城中应是人声鼎沸，烟气蒙花。静处的花有其美丽之处，闹处的花亦有其可爱之处。春色要是伴着杜康、丝竹、长袖那该是多好呀，然而现实是招饮无人，更无佳人相伴，这是杜甫理想生活中的些许遗憾。

《其五》，杜甫走到了黄师塔，塔前有一处开阔之地，可供游人短暂休憩。走了一段时间，再加上春日的暖阳斜斜地打在脸上，杜甫感觉有点困了，于是在塔前随意找了一处，静静地欣赏深红浅红的桃花。黄师已经不在，塔前无主的桃花，依然绚烂地开着，回馈停驻在此的游人。花色深红套浅红，让杜甫眼花缭乱、心花怒放。

《其六》，杜甫走到了黄四娘家。四娘家的花当是最繁、最盛、最热闹的了。满枝丫的花，不禁让人联想到叶绍翁《游园不值》中"春色满园关不住，一枝红杏出墙来"的盛况，还有蝴蝶飞舞、娇莺恰恰，越发显得热闹。而且这满园的春色都大大方方地任杜甫观赏，令杜甫被黄四娘家的鸟语花香感动，久久流连。

在杜甫一路赏花之后，诗人用《其七》作为这组诗的结尾，并与《其二》的"怕春"前后照应。《树人堂读杜诗》中，汪灏对于该诗的理解比较精辟，他说："此言非关爱花，实为惜花，非关惜花，实为惜老。"①杜甫不是真的爱花爱得要死，而是只恐花开尽所以爱花，由花及人，诗是怕花尽而自己老之将至也。既然知道繁枝过后便是花儿的末路，于是杜甫只能在心中默默期许，希望那些含苞待放的花朵商量着慢慢地开。在该诗中，杜甫除了赏花、流连美好生活之外，他将花与人都看作是大自然赐予的生命，并以花为映照，生出一丝惜少悲老之感。

整组诗读下来，有杜甫因为年迈而生出的伤感之气时时萦绕，但更多的，诗人是想展示蓉城春天的美好，生活的美好，生命的美好。

（三）清辞丽句风致存

杜甫在《戏为六绝句》中提道："不薄今人爱古人，清词丽句必为邻。"②这里的"清词丽句"是杜甫为了与六朝之浮靡文风相区别而提出的文学审美观念，其特点是与六朝文学的轻奢靡丽相反，主张清新自然。相似的言论杜甫也曾在《春日忆李白》中提出过："清新庾开府，俊逸鲍参军。"③杨慎在《升庵诗话》中谈到："庾信之诗，为梁之冠绝，启唐之先鞭。史评其诗曰'绮艳'，杜子美称之曰'清新'，又曰'老成'。"④而通常来说，杜甫所指的"清新"是针对庾信

---

① （清）汪灏:《树人堂读杜诗》卷一〇，载萧涤非主编:《杜甫全集校注》卷八，人民文学出版社，2014年，第2230页。
② （唐）杜甫著，（清）仇兆鳌注:《杜诗详注》卷一一，中华书局，1979年，第900页。
③ （唐）杜甫著，（清）仇兆鳌注:《杜诗详注》卷一，中华书局，1979年，第52页。
④ （明）杨慎著，王仲镛笺证:《升庵诗话笺证》，上海古籍出版社，1987年，第88页。

早期小诗而言，如《杨柳歌》《重别周尚书》《咏画屏风诗》等，可见"清新"是杜甫对诗歌的一种审美概括，而杜甫将其"清新"艺术融入于诗歌实践之中，其中《江畔独步寻花》这一组诗就集中地体现了杜甫诗"清新"的特点。

何为清新？清爽而新鲜。它意味着语言清丽新颖，不落俗套，使人读了有如沐春风之感。而《江畔独步寻花》的内容在很大程度上就奠定了这组诗的基调。

上面已经谈到，《江畔独步寻花》的内容实则是记叙了一个阳光明媚的春天，杜甫独自出去寻花的经过和所见。于浣花溪畔赏花、想花，悠闲而自在，没有生活的重负，没有寻找住处的烦恼，没有路途奔波的艰难，只是为了寻找美丽，作者下笔自然多了几分柔情。与杜甫有些诗作"为人性僻耽佳句，语不惊人死不休"的刻苦研炼不同，《江畔独步寻花》的书写是自然的，是情到深处不得不吐露的自然芬芳，言语间透露出了清新语调。

杜甫这一组诗的清新可以有两个层次，一曰清丽，二曰新颖。

一曰清丽。首一，《江畔独步寻花》对于描写景物的选取倾向于清丽，如代表春日浣花溪的江、娴静人家深处的竹、黄师塔前的无主桃花、流连飞舞的戏蝶，以及轻吟低唱的娇莺。这里的花既有两三点红白的闲情，又有无主自开的寂寞，更有争相烂漫的天真以及新旧相催、层层叠叠的热闹。就杜甫选取的这些代表蓉城春日盛况的景物来说，落脚点都很小、很细。这些小而细的景物寄托了杜甫对浣花溪的喜爱，对蓉城的喜爱，对新生活的喜爱。为什么能寄托杜甫如此的感情呢？说到底，还是因为这些小的景色都是春天的缩影，而春天又如何不清丽呢？其二，杜甫的遣词用句是清丽的。绝句是一种浓缩的诗体，它能在三言两语之间将作者的情感传达，杜甫的《江畔独步寻花》就达到了这样的艺术效果，基本是用两三清丽语句描摹出了作者无限的情思，勾画出了浣花溪当年的盛景。如

《其三》的"江深竹静两三家，多事红花映白花"，清丽的语句总会有让人想象的空间，虽然只有这么寥寥几笔，读起来却不禁令人在脑中勾勒千百年前浣花溪江畔娴静的情景了。又如《其五》的"黄师塔前江水东，春光懒困倚微风。桃花一簇开无主，可爱深红爱浅红"，杜甫用深红与浅红的画笔描绘出春日蓉城的慵懒可爱，"困倚微风"更是将春光缱绻、微风拂面的松弛感抒发得淋漓尽致。再如《其六》的"黄四娘家花满蹊，千朵万朵压枝低。留连戏蝶时时舞，自在娇莺恰恰啼"，杜甫并没有用多么复杂或者艳丽的词语来描写这繁花盛景，只用白描展现了眼前所见之景。诗歌的语言简单自然，但含蕴深长，颇具张力：成都的春日本来就那样美，诗人照实描摹，便已经吸引无数向往自然的人了。"满蹊""压枝低""时时舞""恰恰啼"，这些清丽辞藻自然而然地描画出黄四娘家那肆意的春色，令人心生向往。

二曰新颖。《江畔独步寻花》的遣词用语以及作者的一些思路都颇新颖。一是新颖的词句。如《其一》的"江上被花恼不彻，无处告诉只颠狂"，"被花"二字表面上平平无奇，但其实是暗用了拟人手法。诗人把春天比作母亲的手，而江畔则是她的孩子，在春日来临之际，母亲将花被盖在江畔之上；同时也充满想象，在诗人的春天想象里，春天的花就应该像花被一样盖满花墙。"颠狂"，也是拟人，本是一种态度，却用来形容花朵的恣意开放。《杜臆》曾说："'颠狂'二字，乃七绝之纲。"[1] "颠狂"二字模拟了杜甫当日爱花的情状。虽说是模拟情状，但是"颠狂"二字常与放荡不羁联系，这与杜甫本人在今人心中的儒生形象是相距甚远的，然而也正因为有了想象与现实的差距，反倒使诗歌新颖了起来。再如《其六》的"留连戏蝶时时舞，自在娇莺恰恰啼"，两个叠字对仗的运用也颇出奇，

---

① （明）王嗣奭撰：《杜臆》卷之五，上海古籍出版社，1983 年，第 130 页。

尤其是"恰恰"之拟莺声，在当时也是非常新颖的，因为六朝丽靡风气还未走远，在各大作家竞相争芳斗艳之时，杜甫却选取了最生活化的象声词汇，用了最朴实的叠法，还原了黄四娘家蝶飞莺舞的热闹情景，实属难得。二是新颖的想法，如《其五》的"桃花一簇开无主，可爱深红爱浅红"，景与景的联系是微妙的，绝少诗人能够把握住其中的微妙，但杜甫却在一句诗中两出"红"字，将花色的层次展现了出来。"无主"两字，则将今昔联系起来，让那深红浅红的花朵在高高的黄师塔前烂漫着今昔的岁月。再如《其七》的"繁枝容易纷纷落，嫩蕊商量细细开"，可以看出杜甫对生活的热爱。他不仅仅是爱生活，更爱生活中匆匆而过的每一景，每一物。所以他才会有"商量"这样奇妙的思想冒出，想通过与春天商量一下花朵开放的节奏，表达对春天的留恋。不管是让花儿们在自生自落之间自己商量着慢慢开，还是以一个看透生死更迭的老叟的身份与花儿商量着让它们慢慢开，都体现了杜甫对生活的热爱，而这份热爱用这样的话语述说出来，是多么地可爱而又新颖啊！

三、戏为六绝句

其一

庚信文章老更成，凌云健笔意纵横。

今人嗤点流传赋，不觉前贤畏后生。

其二

杨王卢骆当时体，轻薄为文哂未休。

尔曹身与名俱灭，不废江河万古流。

其三

纵使卢王操翰墨，劣于汉魏近风骚。

龙文虎脊皆君驭，历块过都见尔曹。

其四

才力应难跨数公，凡今谁是出群雄。

或看翡翠兰苕上，未掣鲸鱼碧海中。

其五

不薄今人爱古人，清词丽句必为邻。

窃攀屈宋宜方驾，恐与齐梁作后尘。

其六

未及前贤更勿疑，递相祖述复先谁。

别裁伪体亲风雅，转益多师是汝师。①

魏晋六朝是中国文学审美由朴素自然趋向华辞丽藻的转变阶段，在这种过于"矫揉造作"的风气肆行之后，初唐文学又一次开启了文学复古的循环。一些胸无定见的"后生"逐渐走向"好古疑近"的极端，他们逐影寻声，力求全盘否定六朝丽靡之文学，并进而否定并未完全摆脱六朝遗风的初唐四杰，初唐四杰也就不可避免地成为"众矢之的"，一时间发言盈庭。在这样的文学思潮之下，杜甫于上元二年（761）创作了《戏为六绝句》，表达了自己对当时文学创作的看法。

（一）杜甫的诗歌创作理论

杜甫曾在《宗武生日》中对小儿子宗武教育道："诗是吾家事，人传世上情。熟精文选理，休觅彩衣轻。"这几句诗不仅仅反映的是一个老父亲对自己孩子的期许，也传达出杜甫的诗教观以及杜甫一直以来秉持的诗歌创作理念。当然杜甫的诗歌创作理念来源有自。杜甫从小生活在"奉儒守官"的家庭之中，他对自己儒生身份的认同流淌在血液中，并深刻在自己骨子里。杜甫很多诗都是以儒生自称，如《奉赠韦左丞丈二十二韵》中的"纨绔不饿死，儒冠多误身"，《奉赠鲜于京兆二十韵》中的"有儒愁饿死，早晚报平津"，《宾至》中的"竟日淹留佳客坐，百年粗粝腐儒餐"，《江汉》中的"江汉思归客，乾坤一腐儒"等。杜甫以一个儒生的视角观察诗坛，其诗歌创作理论的关注肯定是有所侧重的。

1. 关于诗歌的地位问题

在杜甫心中，诗歌创作是神圣的，是有着独特的使命的。在文学开始自觉的朝代，曹丕《典论·论文》曾经对文学给过极高的评

---

① （唐）杜甫著，（清）仇兆鳌注：《杜诗详注》卷三，中华书局，1979年，第898—901页。

价:"盖文章,经国之大业,不朽之盛事。"①杜甫对这一理论是高度认可的,因为他在自己的诗歌中也有相似的理论,如其《偶题》中说:"文章千古事,得失寸心知。"如果说,曹丕的《论文》是文学的自觉,那么杜甫的诗歌创作理念则是文学和其"兴观群怨"的儒学思想的双重觉醒。

2. 强调博览群书对创作的作用

"读书破万卷,下笔如有神"《奉赠韦左丞丈二十二韵》是杜甫留给后人的宝贵财富,虽然杜甫本人有一定的创作才能,他可以"七龄思即壮,开口咏凤凰"(《壮游》),但他仍然认为文学创作是一个厚积薄发的过程,是需要阅读积累的。杜甫对所读之书的选择继承了刘勰《文心雕龙》里《宗经》的观点:"经也者,恒久之至道,不刊之鸿教也。"②故在《又示宗武》中告诫其儿子:"十五男儿志,三千弟子行。曾参与游夏,达者得升堂。"可见其对于儒家经典是情有独钟的。这一点不仅体现在其诗教观上,更体现在杜甫自己的创作中。杜甫诗歌中有很多颂扬前代人物的诗句,可以看出其诗歌创作理论中的"宗经"倾向。如《奉赠韦左丞丈二十二韵》:"赋料扬雄敌,诗看子建亲";《醉时歌》:"先生有道出羲皇,先生有才过屈宋""相如逸才亲涤器,子云识字终投阁";《壮游》:"斯文崔魏徒,以我似班扬"。杜甫赞美的这些人物都与儒学有密切关系,都是讲读书所受的影响。

3. 关于创作严谨、精敲细炼、讲究诗律等问题

杜甫诗歌讲究精敲细炼,格律精工。他曾说过:"为人性僻耽佳句,语不惊人死不休"(《江上值水如海势聊短述》),就是对精敲细炼的明确表达。他还说过,"晚节渐于诗律细"(《遣闷戏呈路十九曹

---

① （魏）曹丕:《典论・论文》,载郭绍虞主编:《中国历代文论选》第一册,上海古籍出版社,2001年,第159页。

② 周振甫:《文心雕龙今译》,中华书局,1986年,第26页。

长》），说明他在诗歌格律上特别讲究。他晚年的诗作，就是这两种主张的实践，佳句佳篇频出，诗歌格律谨严，很多作品都成为后代格律诗的典范。

正是因为杜甫在诗歌创作的问题上坚持自己的创作主张，所以他才能够成就被后世推崇的杰出诗人。叶燮在《原诗》中评论杜甫："千古诗人推杜甫。其诗随所遇之人、之境、之事、之物，无处不发其思君王、忧祸乱、悲时日、念友朋、吊古人、怀远道，凡欢愉、幽愁、离合、今昔之感，一一触类而起，因遇得题，因题达情，因情敷句，皆因甫有其胸襟以为基。如星宿之海，万源从出；如钻燧之火，无处不发；如肥土沃壤，时雨一过，夭乔（矫）百物，随类而兴，生意各别，而无不具足。"[①]杜甫之所以取得如此突出的成就，也可以通过《戏为六绝句》中的文学主张领略一二。

（二）《戏为六绝句》中的文学思想

《戏为六绝句》创作于上元二年（761），这是杜甫于成都定居的第二年。在经历了连年的战火和长时间的颠沛流离之后，杜甫在成都获得了从身体到心灵的暂时宁静。这时的他，也难得地有了精力来回顾自己的人生及当时的文学创作。当时的文坛上有一些胸无定见的"后生"逐渐走向"好古疑近"的极端，逐影寻声，力求全盘否定六朝丽靡之文学，并由此否定初唐时的文学创作，尤其是初唐四杰的创作。杜甫整理了自己的看法并将自己的观点高度浓缩成这一组诗。毫不夸张地说，《戏为六绝句》正是其晚年诗歌创作理论的缩影。主要有以下观点：

1.赞赏豪健，反对浮靡

这一思想主要体现在《其一》对庾信的评价中："庾信文章老更

---

① （清）叶燮著，霍松林校注：《原诗·内篇（下）》，人民文学出版社，1979年，第17页。

成，凌云健笔意纵横。"在杜甫看来，庾信的文章，后期作品才有成就，也即"老更成"。《四库全书总目提要》概括庾信的后期文学创作："至信北迁以后，阅历既久，学问弥深，所作皆华实相扶，情文兼至。抽黄对白之中，灏气舒卷，变化自如，则非徐（徐陵）之所能及矣。"①庾信老来作品的成就体现在哪里呢？黄生《杜工部诗说》云："'老''成'字本相连，插'更'字，便见少作固佳，晚作益进，故其笔势纵横，仙乎有凌云之势也。"②可见庾信"老"而"成"的诗歌创作，是其"凌云健笔"的气势和"纵横"挥洒的笔触，是他那些思乡作品和有关家国江山之作大气磅礴的气势、震撼千秋的情感力量。今人焦韵晗也认为是指庾信晚年创作的成就："庾信 42 岁奉命出使西魏被羁留，历仕西魏、北周，虽位高权重，但国破家亡远离故土，其思乡之情和羁旅之苦，亡国之恨一朝为诗喷涌而发。再加上脱离宫廷游于边塞其诗歌形成了雄浑刚健的风骨，诗歌意境悲壮苍凉。"③这种观点，也可以从《其三》的"龙文虎脊皆君驭"和《其四》的"未掣鲸鱼碧海中"得到印证，说明杜甫确实更喜欢那些大气磅礴之作。

2. 认同进步，肯定四杰

一个时代有一个时代的文学。文学发展到初探四杰，尚有六朝余风，但新的时代的审美风范已经开始建立。四杰对六朝的靡丽文风是有所批评的，比如杨炯在《王勃集序》中说："尝以龙朔初载，文场变体，争构纤微，竞为雕刻。糅之金玉龙凤，乱之朱紫青黄，影带以徇其功，假对以称其美，骨气都尽，刚健不闻。思革其弊，

---

① （清）永瑢、纪昀主编，周仁等整理：《四库全书总目提要》卷一四八，海南出版社，1999 年，第 1276 页。
② （清）黄生：《杜工部诗话》卷十，哈佛燕京图书馆馆藏本，第 385 页。
③ 焦韵晗：《杜甫诗学观探微——以〈戏为六绝句〉为中心》，《作家天地》2021 年第 18 期，第 5 页。

用光志业。"① 杨炯这段话针对有浓郁的六朝风调的上官体,他认为作诗还是应该提倡刚健骨气。王勃在《游冀州韩家园序》中也提倡"壮思""雄笔":"高情壮思,有抑扬天地之心;雄笔奇才,有鼓怒风云之气。"② 但盛年生活在龙朔之后的四杰,必然会受到初唐早期宫廷诗风的影响,故虽有改革文坛之志,也难免在某种程度上存留着"金玉龙凤""朱紫青黄"的痕迹,而后人对他们的评价中也难免对这些情况说三道四。但不可否认的是,四杰确实代表了当时文坛的一股清流,对文学作出了巨大贡献。杜甫写作此组诗歌时及其之前,文坛上有不少对四杰批评的声音,而杜甫认为还是应当肯定四杰的成就。"王杨卢骆当时体",其实就是"一个时代有一个时代的文学"的翻版,也就是认可四杰在其所在的时代已经达到了那时的顶峰,杜甫认为应该对此有所承认,而不应该"轻薄为文哂未休",随意批评,喋喋不休。他相信,随着时间的流逝,批评者会"尔曹身与名俱灭",四杰却会"江河万古流"。在杜甫看来,四杰的水平确实"劣于汉魏",但其水平是接"近风骚"的,他们的作品能够驾驭"龙文虎脊"(华丽文采),能够"历块过都"(超越众人),而在四杰的时代,其他文人的水平是"才力应难夸数公"。"数公",即指四杰。此句之意是说,其他人的才力恐怕难超四杰之上。这就是对四杰当时的文坛水平的认可,是对文学的时代进步的认同。

3. 崇尚经典,博采众长

杜甫在向他人学习方面态度非常中肯,讲究"转益多师",他是既向古人学习,也向今人学习,"不薄今人爱古人",只要他人有长处,就努力吸收他人的长处。他在早年曾经说过"读书破万卷,下

---

① (唐)杨炯:《王勃集序》,载(清)董诰等编:《全唐文》卷一九一,中华书局,1983年,第1931页。

② (唐)王勃:《游冀州韩家园序》,载(清)董诰等编:《全唐文》卷一八〇,中华书局,1983年,第1835页。

笔如有神"，即是博采方有收获之意。晚年对博采依然坚持，并认为在博采的过程中，应注重学习经典："窃攀屈宋宜方驾""别裁伪体亲风雅"。屈宋，即屈原和宋玉，代表了先秦时期文人诗歌的最高成就；"风雅"，指《诗经》中的"风诗""雅诗"，代表了先秦现实主义诗风的最高境界。杜甫主张要向屈、宋看齐，要努力追随"风""雅"，也就是要以中国文学的最高水平为学习的范本，努力创作那样的高水平之作。博采众长的另一层意思是摒弃一些人的短处，比如六朝的靡丽文风就要谨慎对待，千万不要走六朝人的老路，所谓"恐与齐梁作后尘"也。

4. 慎重批评，慎对前贤

杜甫在《戏为六绝句》中还提到了文学批评的态度问题。在他看来，文学批评的态度一定要小心批评、慎对前贤。齐梁时期之所以会有那样轻薄的文风，应该是时代所致。庾信经历了北迁，就有了"庾信文章老更成，凌云健笔意纵横"的辉煌成就。但庾信毕竟是六朝宫体诗的重要成员，他早期的作品肯定有很多属于靡丽一类，若后人紧紧抓住那些劣质作品进行批评，也就是"今人嗤点流传赋"，那像庾信这样对文坛有过重要贡献的人，肯定会"不觉前贤畏后生"了。由此延伸到对四杰的批评。四杰确实也还存留有六朝遗痕，但他们的创作水平已经是出类拔萃了，而态度轻薄之人还在"为文哂未休"，喋喋不休地批评四杰。杜甫很不赞赏这种"轻薄为文"的批评方式，认为这样做非常打击人的积极性，挫伤创作者的激情，容易让创作者产生"不觉前贤畏后生"的创作萎缩心理，影响创作的积极态度。对待已有的文学作品，杜甫主张"不薄今人爱古人"的中庸态度和认真学习的精神，博采众长，"递相祖述""别裁为体""转益多师"，以成就自己。

《戏为六绝句》虽然不长，只有168个字，却涉及文学批评的诸多问题，虽题为"戏为"，却都是严肃的问题。除了上述四个方面，杜甫还赞赏"清词丽句""递相祖述"等，都是值得肯定的文学观和继承文化遗产的正确态度。

（三）开创了中国诗歌史上的"以诗论诗"方式

《戏为六绝句》在中国文学史、中国文学批评史、文学传播与接受史上都占有一席之地。这一组诗的问世，代表着"以诗论诗"作为一种新的文学批评形式出现在文学批评史上，也是一种诗歌功能的新探索。

其一，《戏为六绝句》所创的"以诗论诗"是对诗歌本身功能的拓展。在此之前，诗歌担任的功能主要有两种，一是从《诗经》开始的，对于诗歌现实主义功能的强调，"兴观群怨"是诗歌的主要任务。《论语·为政》中提到："诗三百，一言以蔽之，曰'思无邪'。子曰：'导之以政，齐之以刑，民免无耻。导之以格，齐之以礼，有耻且格。'"①一种则是从《楚辞》开始的诗缘情的诗歌功能。屈原《九章·惜诵》："惜诵以致愍兮，发愤以抒情。"②《九章·悲回风》："介渺志之所惑兮，窃赋诗之所明。"③作者从诗的特征上强调了诗歌的艺术本质就是吟咏性情，诗歌是人们真情外化的结果。但这些作品只是在写实和抒情中涉及对诗歌艺术的一两句评论，而从杜甫《戏为六绝句》问世开始，诗歌的功能得以拓展，杜甫用其诗歌实践告诉人们，诗歌也可以成为一种文学批评的媒介。这是对传统诗歌言志抒情功能的超越，这是唐代的文化土壤培育出来的新的文学批评的方式。

其二，《戏为六绝句》所创的"以诗论诗"开启了一种全新的文学批评形式。用诗歌来表达对其他诗歌的评价最早可溯源于《诗经·大雅·蒸民》："吉甫作诵，穆如清风。"④这是评价吉甫诵诗带给

---

① （宋）朱熹注：《四书集注》，《新刊四书五经》本，中国书店，1994年，第49页。
② 徐志啸撰：《诗经楚辞选评》，上海古籍出版社，2018年，第164页。
③ 徐志啸撰：《诗经楚辞选评》，上海古籍出版社，2018年，第205页。
④ （宋）朱熹注：《诗集传》，《新刊四书五经》本，中国书店，1994年，第225页。

人的美好的享受。但这一形式并没有被后人关注、推广。《论语》从整体上说更多的是对于诗歌实用功能的关注，曹丕《典论·论文》提升了文学的社会地位，陆机《文赋》对文体形式的特点进行了概括，刘勰《文心雕龙》更是对文学作品各个方面的理论论述，钟嵘《诗品》对之前诗人进行分类，但都是使用散文、赋、骈文的形式。由此可见，在唐前就早已存在的文学批评形式在《戏为六绝句》问世后得以创新，出现了"以诗论诗"的诗歌批评形式。后人对于"以诗论诗"形式的关注，其实很大程度上也是取决于《戏为六绝句》组诗。在其之后，杜甫尚有《解闷十二首》，也是以诗论诗。当这样大规模的、集中性的诗歌批评形成系统后，就引发了后世的关注，使之得以推广，成就了一种文学批评的特有样式。

其三，《戏为六绝句》的后世影响："以诗论诗"成为一种新的文学批评潮流。杜甫之后，"以诗论诗"成为新的文学批评方式开始被后世文人广泛接受与推广。从唐代开始，司空图（作者有争议）《二十四诗品》在形式上就是用二十四首四言诗组成，作者用二十四首四言诗表达了对二十四种不同的诗歌风格的赞赏和认同。据《万首论诗绝句》收录的"以诗论诗"数量看，唐代有57家148首，可以肯定杜甫以诗论诗的影响很大。

宋代在继承"以诗论诗"的形式方面非常努力，在《万首论诗绝句》中，辑录宋代论诗绝句77家352首，与唐代所录的57家148首相比，后世以诗论诗确实蔚然成风。[1] 宋代不仅继承形式，也继承杜甫论诗的态度，如戴炳《有妄论宋唐诗体者答之》中："性情元自无今古，格律何须辨宋唐。"[2] 就是完美地继承了杜甫没有明确提出的一代有一代文学的诗歌理论。

<hr />

[1] 参见万迎春：《宋代论诗绝句研究》，沈阳师范大学硕士学位论文，2017年。
[2] （宋）戴复古著，金芝山校点：《戴复古诗集》，浙江古籍出版社，1992年，第282页。

其后，元代元好问的《论诗三十首》将"以诗论诗"的形式发展到一个新的高度。元好问不仅继承了杜甫用诗歌评论其他诗人诗歌的做法，而且将《世说新语》中品评人物的传统融于其论诗中，如《论诗三十首·其五》："老阮不狂谁会得？出门一笑大江横"①就是对阮籍为人处世的狂放态度的评价；其二十六"苏门果有忠臣在，肯放坡诗百态新"②，既是对苏门后学不善学习的批评，也是对苏门后学不能光大苏门的否认；其三十"撼树蜉蝣自觉狂"，则是对自己"轻薄为诗勇评诗"③的自嘲。

到清代，有更多人效仿"以诗论诗"的形式，《万首论诗绝句》中收录清代的论诗绝句占比高达绝句总量的五分之四。其中，谢启昆有《读全宋诗仿元遗山论诗绝句二百首》，袁枚有"以诗论诗"的专著《续诗品》。清代人还对前人"以诗论诗"的著作进行了整理与研究，如钱谦益《读杜小笺》《读杜二笺》中都有对杜甫《戏为六绝句》的分析与注解，翁方纲《石洲诗话》对杜甫《戏为六绝句》、元好问《论诗绝句三十首》、王士禛《论诗绝句三十五首》都进行了注释和探讨。④

现当代人特别注意了"以诗论诗"这种文论体裁，郭绍虞、钱仲联、王蘧常主编的《万首论诗绝句》就收录了众多自杜甫始的历代论诗绝句。仅从书名就可以看出，杜甫之后，"以诗论诗"形式得到了广泛传播。

---

① 郭绍虞笺释：《元好问论诗三十首小笺》，人民文学出版社，1978 年，第 62 页。
② 郭绍虞笺释：《元好问论诗三十首小笺》，人民文学出版社，1978 年，第 78 页。
③ 郭绍虞笺释：《元好问论诗三十首小笺》，人民文学出版社，1978 年，第 84 页。
④ 参见纪锐利：《清代论诗诗史》，苏州大学博士学位论文，2007 年。

四、伤春五首

其一

天下兵虽满，春光日自浓。西京疲百战，北阙任群凶。
关塞三千里，烟花一万重。蒙尘清路急，御宿且谁供。
殷复前王道，周迁旧国容。蓬莱足云气，应合总从龙。

其二

莺入新年语，花开满故枝。天清风卷幔，草碧水连池。
牢落官军远，萧条万事危。鬓毛元自白，泪点向来垂。
不是无兄弟，其如有别离。巴山春色静，北望转逶迤。

其三

日月还相斗，星辰屡合围。不成诛执法，焉得变危机。
大角缠兵气，钩陈出帝畿。烟尘昏御道，耆旧把天衣。
行在诸军阙，来朝大将稀。贤多隐屠钓，王肯载同归。

其四

再有朝廷乱，难知消息真。近传王在洛，复道使归秦。
夺马悲公主，登车泣贵嫔。萧关迷北上，沧海欲东巡。
敢料安危体，犹多老大臣。岂无稽绍血，沾洒属车尘。

其五

闻说初东幸，孤儿却走多。难分太仓粟，竞弃鲁阳戈。
胡虏登前殿，王公出御河。得无中夜舞，谁忆《大风歌》。

春色生烽燧，幽人泣薜萝。君臣重修德，犹足见时和。①

《伤春五首》是杜甫创作的一组五言排律。这组诗命名为"伤春"，写于"北阙任群凶"的背景下，既写代宗君臣狼狈出逃，也写公主之悲，贵嫔之泣，实则感怀国家多难。家国之恨与个人之悲互为交织，社会之悲与人民之苦交织，展现了动乱中唐代社会的整体衰落，足见老杜词气之盛、笔力之健。

（一）短暂的阆中生活

广德元年（763）八月四日，房琯在赴京任刑部尚书途中病逝于阆州僧舍，杜甫闻讯于九月初赴阆州吊唁，撰《祭故相国清河房公文》祭奠亡友："维唐广德元年，岁次癸卯，九月辛丑朔，二十二日壬戌，京兆杜甫敬以醴酒茶藕纯鲫之奠，奉祭于故相国清河房公之灵。"② 杜甫在阆州小住三个月，十二月接到女儿生病的家书，随即返回梓州，不久又携眷离梓赴阆。这组五言排律作于广德二年（764）春，时杜甫在阆中。

（二）借伤春以抒国难己悲

《伤春五首》题下原注："巴阆僻远，伤春罢始知春前已收宫阙。"此为补注，表明广德元年（763）十二月代宗虽已还京，但僻远信迟，尚未得到消息，因此组诗所言仍皆未复国时。鹤注："巴阆僻远，闻京师事常后时，故二年春方知去冬幸陕之事，因以发其感愤之意，遂名曰《伤春》。"③ 五首伤春诗主题各异，略述如下。

---

① （唐）杜甫著，（清）仇兆鳌注：《杜诗详注》卷三，中华书局，1979年，第1081—1085页。
② （唐）杜甫：《祭故相国清河房公文》，载（清）董诰等编：《全唐文》卷三六〇，中华书局，1983年，第3662页。
③ （唐）杜甫著，（清）仇兆鳌注：《杜诗详注》卷一三，中华书局，1979年，第1081页。

1. 吐蕃陷京

组诗其一记吐蕃陷京事。起二句"天下兵虽满，春光日自浓"统领五首，点明忧乱伤春。"百战"指长安屡陷，"群凶"谓高晖、王献忠等人。《通鉴》："广德元年冬十月，吐蕃陷京畿……又泾州刺史高晖、射生将王献忠等迎吐蕃入长安，立邠王守礼孙承宏为帝，故曰'疲百战''任群凶'也。"[1]"关塞三千里，烟花一万重"写阆州与长安距离之远，关塞阻隔，烟花重重。"蒙尘清露急，御宿且谁供"写对君王逃亡生活的担心。"蒙尘"，即蒙受风尘，古代多指帝王失位逃亡在外。"御宿"指帝王出行止宿之地，仇兆鳌注："御宿，天子驻跸之地。"《通鉴》："吐蕃度渭桥，上仓卒幸陕州，官吏六军奔散，无复供拟，扈从将士不免饥馁，乃幸鱼朝恩营。"[2]杜甫忧心代宗蒙尘，饱受风霜雨雪之苦，不知由谁来提供车驾的止宿之地。"殷复前王道，周迁旧国容"二句借古形今，意为只要学商朝第二十二任君主武丁饬身修行，复先王之政，学周平王宜臼把都城由镐京迁到洛邑，终能重振国容。尾二句"蓬莱足云气，应合总从龙"表明杜甫对代宗还京的殷切期盼。蓬莱宫的云气应会从龙而去，不久之后群臣定会簇拥皇上返驾还宫。"从龙"一语出自《周易·乾（卦一）》："云从龙，风从虎，圣人作而万物睹。"[3]旧以龙为君象，故称随从帝王或领袖创业为"从龙"。

2. 忧念家国

组诗其二写对家国的忧心。前四句"莺入新年语，花开满故枝。天清风卷幔，草碧水连池"写春日之景。黄莺啼叫，故枝花开，天朗气清，草色碧绿，一派生机勃勃之象。后八句"牢落官军远，萧

---

① （唐）杜甫著，（清）仇兆鳌注：《杜诗详注》卷一三，中华书局，1979年，第1082页。

② （唐）杜甫著，（清）仇兆鳌注：《杜诗详注》卷一三，中华书局，1979年，第1082页。

③ 周振甫译注：《周易译注·乾（卦一）》，中华书局，1991年，第5页。

条万事危。鬓毛元自白，泪点向来垂。不是无兄弟，其如有别离。巴山春色静，北望转逶迤"言伤春之意。巴阆此地春光依旧，但天子蒙尘之际，官军稀疏寥落，无人能前来赴危救驾，万事俱危。而诗人已头鬓斑白，眼泪低垂，值此当口又想到兄弟别离，不禁黯然伤神。诗人将为国事和个人而生的悲愁和绚丽的景色交织在一起，美好的春色与艰难的时局构成极大反差，以丽景入诗，景愈丽而愁愈深，韩成武先生将杜诗这种独特的取景艺术归纳为"引入丽景，深化愁情"。[1]杜甫在其诸多表现悲愁的诗篇中广泛运用这一手法，如同一时期所作《早花》诗云："西京安稳未，不见一人来。腊日巴江曲，山花已自开。盈盈当雪杏，艳艳待春梅。直苦风尘暗，谁忧客鬓催？"长安城的情况如何尚未知晓，虽是腊月但山花已经早开，盈盈雪杏，艳艳春梅。只是战场上的风尘仍旧那么暗淡，那么令人痛苦，还有谁会为鬓发变白、容颜老去而忧心忡忡呢？战事吃紧，国运危急，杜甫却在诗中引入大自然的美景，形成强烈的反差，这正是以乐景写哀情。又如《春日梓州登楼二首》其一所写："行路难如此，登楼望欲迷。身无却少壮，迹有但羁栖。江水流城郭，春风入鼓鼙。双双新燕子，依旧已衔泥。"[2]仍是相同的手法，时局动荡，命途多舛，却写江水奔流、春风徐徐、燕子衔泥。这种"以乐衬哀"的表现手法造成了情与景的尖锐矛盾，起到了强化感情的作用，值得引起注意。

3. 诛佞与用贤

组诗其三表达希望诛奸佞、用贤臣之意。"日月相斗"一词出自《晋书·天文志》："数日俱出若斗，天下兵起，大战。元帝太兴四年

---

① 韩成武：《杜诗艺谭》，河北教育出版社，2002年，第17页。
② （唐）杜甫著，（清）仇兆鳌注：《杜诗详注》卷一一《春日梓州登楼二首》，中华书局，1979年，第970页。

二月癸亥，日斗。"①古人迷信，常以天象异常预兆人间世态变化。如三日并照（白天星现），则形若相斗，主兵乱之象，预兆天下将兴兵，后用为咏战乱之典。这里借日月相斗喻指代宗遭遇吐蕃扰京之乱。"星辰合围"一词出自《汉书·天文志》："七年，月晕，围参、毕七重。占曰：'毕、昴间，天街也；街北，胡也；街南，中国也。昴为匈奴，参为赵，毕为边兵。'是岁高皇帝自将兵击匈奴，至平城，为冒顿单于所围，七日乃解。"②古人以天上月晕围参、毕二星七层，比喻汉高祖刘邦被匈奴围困在平城之事，后遂用为帝王遭困之典。这里同日月相斗一样，借星辰遭围的天象喻指时逢吐蕃陷京之乱。"执法"一说指荧惑星，此处借指程元振，该人乃陷害忠良、用事误国之宦官。代宗出奔陕州之时，太常博士柳伉上疏切谏诛元振以谢天下，代宗阅罢，不肯斩程元振，只下令削官放归，故曰"不成诛执法"。"大角"一词出自《史记·天官书》："大角者，天王帝廷。"③象征君主。"钩陈"，"王者法之，主行宫也"④，象征帝王后宫。"烟尘"四句写代宗出奔，长安父老牵衣留驾。诸军却忌惮程元振专权自恣、谋害忠臣，不敢前来救援，朝廷所能依靠的唯有郭子仪一人。尾句"贤多隐屠钓，王肯载同归"用姜子牙在渭水之滨垂钓，被文王起用，二人一同乘车而归的典故，劝谏代宗任用李泌等贤才，方可解长安之困。"王肯载同归"颇含讽刺代宗不肯用贤之意。

4. 伤代宗远出

组诗其四伤代宗出逃。"再有朝廷乱"意为安史之乱后，又有吐

---

① （唐）房玄龄等撰：《晋书》卷一二，中华书局，1974 年，第 330 页。
② （汉）班固撰，（唐）颜师古注：《汉书》卷二六，中华书局，1962 年，第 1302 页。
③ （汉）司马迁撰，（南朝宋）裴骃集解，（唐）司马贞索隐，（唐）张守节正义：《史记》卷二七，中华书局，1959 年，第 1297 页。
④ （唐）杜甫著，（清）仇兆鳌注：《杜诗详注》卷一三，中华书局，1979 年，第 1084 页。

蕃侵扰。"难知消息真"，可见诗人也因地远闭塞不知消息真假。接着的六句，记述自己所知道的消息：近传皇上已经回到洛阳，又说已有使者西归入秦。出奔时公主为坐骑被夺而悲愤不已，登车时嫔妃泣涕涟涟泪满衣襟。"萧关迷北上"用汉武帝刘彻北出萧关典故："（元封）四年冬十月，行幸雍，祠五畤。通回中道，遂北出萧关，历独鹿、鸣泽，自代而还，幸河东。"① "沧海欲东巡"用秦始皇嬴政东巡典故，"（秦始皇）即帝位三年，东巡郡县，祠驺峄山，颂秦功业"，"于是始皇遂东游海上，行礼祠名山大川及八神，求仙人羡门之属"② 这两句是杜甫借汉武帝北出萧关而迷路、秦始皇东巡到海滨，指代代宗出逃一事。明面上写汉武帝迷路、秦始皇东巡海滨，暗指代宗已经出京。"敢料安危体，犹多老大臣"，意为有关国家安危的大事应该还能保持基本格局，毕竟皇上身边仍有众多的老大臣。"嵇绍血"出自《晋书·忠义传》："绍以天子蒙尘，承诏驰诣行在所。值王师败绩于荡阴，百官及侍卫莫不散溃，唯绍俨然端冕，以身捍卫，兵交御辇，飞箭雨集。绍遂被害于帝侧，血溅御服，天子深哀叹之。及事定，左右欲浣衣，帝曰：'此嵇侍中血，勿去。'"③ 绍为嵇康之子，官至侍中，后遂以"嵇侍中血"指忠臣之血。在紧要关头定会有嵇绍那样的忠臣舍身护驾，沾洒车尘。在这首诗中，诗人既为代宗出逃伤感，又相信朝中定有忠贞大臣能够维护大唐王朝的基本体面。

5. 军士伤亡

组诗其五写的是军队伤亡胡虏登殿的情况。"孤儿"指"羽林孤儿"，语出《汉书·百官公卿表上》："又取从军死事之子孙养于羽

---

① （汉）班固撰，（唐）颜师古注：《汉书》卷六，中华书局，1962年，第183页。

② （汉）司马迁撰，（南朝宋）裴骃集解，（唐）司马贞索隐，（唐）张守节正义：《史记》卷二八《封禅书》，中华书局，1959年，第1366—1367页。

③ （唐）房玄龄等撰：《晋书》卷八九，中华书局，1974年，第2300页。

林，官教以五兵，号曰'羽林孤儿'。"①这里指宫廷侍卫。一二句写听说皇上起驾东行之时，侍卫就已四处逃散。"鲁阳戈"出自《淮南子·览冥训》："鲁阳公与韩构难，战酣日暮，援戈而撝之，日为之反三舍。"②三四句写在逃亡过程中难以分携太仓的粮食，不少将士又竞相弃戈。五六句写吐蕃人登上前殿另立皇帝，王公们纷纷逃离渡过御河的场景。"中夜舞"指祖逖、刘琨闻鸡起舞之事，喻有志之士奋发自励。《大风歌》为刘邦诗句："大风起兮云飞扬，威加海内兮归故乡，安得猛士兮守四方！"七八句感慨朝廷不重用猛士。"春色生烽燧，幽人泣薜萝"，大好春光里竟然燃起战火，"幽人"是杜甫自谓，自己却只能面对着薜萝哭泣。这是面对残酷现实的无奈。末尾二句提出对朝廷的殷切期盼：只要君臣注重修德，还是能够看到太平岁月到来的。

这一组诗，都关涉国家的重大事件，是诗人对国家命运的殷切关照，也是杜甫运用排律组诗反映重大历史事件的成功范例。

（三）少见的排律组诗

排律是律诗的一种，指每首超过四韵八句的律诗，因其从体式上是就律诗的定格加以铺排延长，故名。排律源自南朝颜、谢诸人之古诗，梁、陈以后进一步发展，至唐代定体。但唐时并无排律之名，直到元代杨士弘才始创"排律"一词，然杨氏并未解释名称由来。明高棅《唐诗品汇》将唐诗按体裁分为七大类，其中便有"五言排律"一类。此书影响甚广，"排律"之名也为后人相沿成习。那么，排律又具有怎样的诗体特征呢？

---

① （汉）班固撰，（唐）颜师古注：《汉书》卷一九上，中华书局，1962年，第727页。
② 何宁撰：《淮南子集释》卷六，中华书局，1998年，第447页。

其文辞之美，篇什之盛，盖由四海晏安，万机多暇，君臣游豫赓歌而得之者。故其文体精丽，风容色泽，以词气相高而止矣。①

排律原为酬赠设，乃环络先朝，切劘当世，纡回郑重，就排场中，而封事出焉。本领体裁，绝世独立。②

排律之制，后人为之名尔，其始则亦五言古之相为对仗者也。晋宋以降，大有斯体。其差异者唯以音节，初终条理固不容乖异也。③

从以上几则材料可以看出，排律这一诗体原是为酬赠而设，文辞讲究华美，声调力图合律，追求铺陈排比。简言之，既要求声韵、对偶的整齐合律，又要求辞藻、典故的富丽精工。排律的铺陈节奏决定了其表现功能的单一性，往往用于奉和、应制、酬赠等需要客套的内容。

在现今流传下来的一千四百多首杜诗中，排律只有 129 首，其中又以五排比重为多。排律体制本身就长，故一般不写组诗。排律又很讲究铺排和对仗，因此辞彩、偶对、音韵的限制，就使得排律非常难写，故而整个唐代排律的数量并不很多。杜甫的排律占其所有诗歌的十分之一左右，数量并不太多，但成就颇高。在中国诗歌发展史上，杜甫排律是排律体诗的巅峰，他把初唐时期诞生的这种诗体艺术推向极致，后代诗人亦很难企及。元稹在《唐检校工部员外郎杜君墓系铭并序》中，对杜甫排律给予了高度的评价："至若铺

① （明）高棅编选：《唐诗品汇》五言律诗卷之十五，上海古籍出版社，1988年，第618页。
② （明）卢世㴶：《杜诗胥钞》，崇祯七年刻本，第30页。
③ （清）王夫之著，陈书良校点：《唐诗评选》卷三，上海古籍出版社，2011年，第149—150页。

陈终始，排比声韵，大或千言，次犹数百，辞气豪迈而风调清深，属对律切而脱弃凡近。"①杜甫的五排在传统五排体制的基础上，着力于初盛唐诗人极少创作的长篇排律，并突破性地以排律写时局国事，抒发忧国忧民的情怀，开拓了排律的题材，绽放了新的活力，对晚唐以及宋元明清都产生了深远影响。

《伤春五首》为杜甫身在阆州闻长安沦陷后抒写悲痛之作，情感一触即发，发而为诗，至情流露。组诗多用比兴手法，显得疏宕有致。其一起句极突兀，"天下兵虽满，春光日自浓"，春光自浓，饱含无限生机，决不萧索，赋而兼有比兴。长安与阆州相隔千里，阻碍重重，距离虽远但忧国忧民情怀丝毫未减。其二前四句写春景，后八句抒伤春之情，美好春景与国家动乱形成鲜明的对比。"莺""花"均已更换新颜，但杜甫自身却鬓白、泪垂，一如过往，与向来同。结尾以兄弟别离，扩至北望逶迤，伤春之情实则伤国之不安。其三以天文现象比拟，仇兆鳌言"以天变儆君心也"。②将当时实事和天文星象结合来写，思调俱妙，波澜老成。结尾以愤语出之，作不平之鸣，希冀朝廷能够重用贤臣，化解危机。其四复写朝廷动荡不安，消息杂乱，难辨真假。皇上或"在洛"，或"归秦"，或"北上"，或"东巡"。出奔之时公主妃嫔泣涕涟涟，悲痛不已。值此千钧一发之际，杜甫认为君主用人得当，则能化险为夷，转危为安。其五又极写君臣逃散、胡虏登殿的场景，无限感慨寄寓其中。中间插以"春色生烽燧"一句，以景出情，引出下句"幽人泣薜萝"，达到组诗伤春情感高潮。

这组名为伤春实则忧国的五排组诗，在对仗、用典、炼字等方

---

① （唐）杜甫著，（清）仇兆鳌注：《杜诗详注》附编，中华书局，1979年，第2236页。
② （唐）杜甫著，（清）仇兆鳌注：《杜诗详注》卷一三，中华书局，1979年，第1083页。

面充分彰显了杜甫的深厚功力。对仗如其一中的"西京疲百战，北阙任群凶。关塞三千里，烟花一万重"，数字的使用浑然无迹，宛如细细摆数京都附近的灾难；其二的"莺入新年语，花开满故枝。天青风卷幔，草碧水通池"，将"莺、花""新、故""天青、草碧"如数家常般道出。用典如"大角缠兵气，钩陈出帝畿"，含蓄深沉地道出灾难。炼字如"夺马悲公主，登车泣贵嫔"中的"悲""泣"，准确传达了国破家亡时公子王孙、贵嫔帝妃的灾难，形象地写出了"不及卢家有莫愁"的统治阶层的悲哀。

《伤春五首》每一首都自具首尾，各首之间相互贯通，形成一个浑然无间的整体，善于变化，工于布局。

从排律的技术层面看，这组诗严格按照平水韵来押韵，一韵到底，没有重复使用韵字，足以说明杜甫排律作品用韵的严格。五首诗都是六韵十二句的形式，非常整齐。对仗种类多样，既有工对、宽对，也有流水对、借对、当句对等多种形式。尤其是大量使用流水对，有效地反映了复杂的社会问题，表达了个人的见解和感受。对仗方式摇曳多姿。句子的意义节奏、语法结构、对仗种类，错落变化，形成了既具有匀齐之美又摇曳多姿的美学特征。

杜甫是律诗写作的大家，其律诗很多都成为后人仿效的样本，其律诗的成就，已经达到了对仗浑化无迹，即使炼字也如水中著盐、浑然不见踪迹的水平。这一评价，用于排律同样适用，他以其卓越的排律组诗的创作实践，为此体确立了体制，在文学史上具有重要的意义。

五、《忆昔二首》

其一

忆昔先皇巡朔方，千乘万骑入咸阳。

阴山骄子汗血马，长驱东胡胡走藏。

邺城反覆不足怪，关中小儿坏纪纲。

张后不乐上为忙，至令今上犹拨乱，

劳心焦思补四方。

我昔近侍叨奉引，出兵整肃不可当。

为留猛士守未央，致使岐雍防西羌。

犬戎直来坐御床，百官跣足随天王。

愿见北地傅介子，老儒不用尚书郎。

其二

忆昔开元全盛日，小邑犹藏万家室。

稻米流脂粟米白，公私仓廪俱丰实。

九州道路无豺虎，远行不劳吉日出。

齐纨鲁缟车班班，男耕女桑不相失。

宫中圣人奏云门，天下朋友皆胶漆。

百馀年间未灾变，叔孙礼乐萧何律。

岂闻一绢直万钱，有田种谷今流血。

洛阳宫殿烧焚尽，宗庙新除狐兔穴。

伤心不忍问耆旧，复恐初从乱离说。

小臣鲁钝无所能，朝廷记识蒙禄秩。

周宣中兴望我皇，洒泪江汉身衰疾。①

（一）幕府生活与家国关心

广德二年（764）春，杜甫拟出峡。三月严武复镇蜀，钱笺："广德二年正月，武以黄门侍郎拜成都尹充剑南节度使。"②老杜闻此佳讯，喜上眉梢，作《奉待严大夫》一诗："殊方又喜故人来，重镇还须济世才。常怪偏裨终日待，不知旌节隔年回。欲辞巴徼啼莺合，远下荆门去鹢催。身老时危思会面，一生襟抱向谁开。"③后严武来书相邀，杜甫遂取消出蜀计划，携家返回成都。六月，严武向朝廷上表推荐杜甫为节度参谋、检校工部员外郎，赐绯鱼袋。杜甫便来严武幕府供职，这是杜甫一生中得到的最高官职（从六品上）。永泰元年（765）正月，由于不善处理幕府中僚佐关系，杜甫辞严武幕职。

杜甫在幕府供职期间，协同严武操练军队。入幕府后的第一首诗《扬旗》，激情澎湃地歌颂了严军将士军威之盛：

> 江风飒长夏，府中有馀清。我公会宾客，肃肃有异声。初筵阅军装，罗列照广庭。庭空六马入，駊騀扬旗旌。回回偃飞盖，熠熠进流星。来冲风飙急，去擘山岳倾。材归俯身尽，妙取略地平。虹霓就掌握，舒卷随人轻。三州陷犬戎，但见西岭青。公来练猛士，欲夺天边城。此堂不易升，庸蜀日已

---

① （唐）杜甫著，（清）仇兆鳌注：《杜诗详注》卷三，中华书局，1979年，第1161—1165页。

② （唐）杜甫著，（清）钱谦益笺注：《钱注杜诗》卷一三，上海古籍出版社，2009年，第441页。

③ （唐）杜甫著，（清）仇兆鳌注：《杜诗详注》卷一三《奉待严大夫》，中华书局，1979年，第1100页。

宁。吾徒且加餐，休适蛮与荆。①

诗题后子美原注说："广德二年（764）夏六月，成都尹严公置酒公堂，观骑士，试新旗帜。"②上叙严武会客观旗，极写扬旗之壮，尾望严武恢复边境安定百姓，可见杜甫希冀收复三州的雄心壮志。

七月，严武准备出师西征，杜甫写下《东西两川说》一文献给严武。文中谈及如何收复三州的军事问题，提出了几点看法和主张：第一，西山汉兵和邛雅子弟的军事力量足以备边守险；第二，松、维、保三州之所以失守，是因为军粮不足，罪在职司；第三，原剑南兵马使徐知道被其部将所杀后，职位空缺，应尽快任命新兵马使管辖八州，不得让羌王或都关世袭刺史继续恣意妄为；第四，招谕蜀内少数民族，此举上可供王命，下可安疲人；第五，任命两川县令刺史时要选用贤德之人。从以上几点建议可以看出，杜甫在军事和政治方面确有真知灼见，也反映出诗人在幕府期间始终为国计民生而担忧。

这一时期，也是杜甫真正意识到自己已经步入晚年的时期，他开始念旧、忆旧，既总结自己，也总结国家。这一时期创作的重要组诗，当推《忆昔二首》。

（二）《忆昔二首》的现实关怀

关于此诗的写作时间，《杜臆》曰："末云：'老儒不用尚书郎'，知此诗作于严武奏为参谋工部员外郎之后，故次首又有'朝廷记识蒙禄秩'之语。"③仇兆鳌《杜诗详注》所引《杜臆》为："此是既为

---

① （唐）杜甫著，（清）仇兆鳌注：《杜诗详注》卷一三《扬旗》，中华书局，1979 年，第 1139—1140 页。
② （唐）杜甫著，（清）仇兆鳌注：《杜诗详注》卷一三《扬旗》，中华书局，1979 年，第 1139 页。
③ （明）王嗣奭撰：《杜臆》卷之五，上海古籍出版社，1983 年，第 185 页。

工部郎后，追论往事也。故以《忆昔》为题，乃广德二年严武幕中作。吐蕃陷京，在去年之冬。"可知这两首诗作于广德二年（764）。杜甫感于今昔变化，借忆昔表示对现实的忧虑和哀叹。

《忆昔》第一首，批判肃宗信任宦官和专宠后宫导致政局混乱，目的在于提醒代宗引以为戒。上段九句，伤肃宗之失德。"先皇"指肃宗，史载，天宝十五年（756）唐肃宗李亨抵达朔方军大本营灵武。经过一番布置与筹划，举行了简单的登基仪式。登基后，改年号为至德，并且将当年改为至德元载，下制曰："朕所以治兵朔方……须安兆庶之心，敬顺群臣之请……改元曰'至德'。"①"入咸阳"指至德二年（757）九月官军收复关中，十月末肃宗还京。"阴山骄子"指回纥援军，肃宗为收复长安向回纥借兵。"汗血马"是古代西域骏马名，因流汗如血，故称，此处指回纥军队的战马。"东胡"指的是安禄山次子安庆绪，他于至德二年（757）联合中书侍郎严庄弑杀安禄山，自立为帝。肃宗向回纥借兵，收复两京，安庆绪退出洛阳奔河北，逃往邺城，所以说"胡走藏"。前四句意为回忆当年肃宗巡视朔方，率领千乘万骑浩浩荡荡奔入长安，回纥援兵身骑汗血宝马前来助战，令安庆绪一众诸叛军闻风丧胆，纷纷逃亡。仇兆鳌评论道："（肃宗）当时起灵武，复西京，率回纥兵讨安庆绪，其才足以有为。"②也对肃宗的功绩表示肯定。其后笔锋一转，论述肃宗的种种失德行为。"邺城反覆"一事，指乾元元年（758）十月，肃宗派遣郭子仪等九位节度使领步骑二十万进攻安庆绪，数十万唐军在邺城（今河南安阳）包围叛军。后肃宗为了防范武将，军中不设元帅，只派宦官鱼朝恩监军。鱼不懂兵法，不知用兵，致使攻城不力，加之史

---

① （后晋）刘昫等撰：《旧唐书》卷一〇《肃宗本纪》，中华书局，1975 年，第 242 页。
② （唐）杜甫著，（清）仇兆鳌注：《杜诗详注》卷一三，中华书局，1979 年，第 1161 页。

思明降而复叛和天气的原因，唐军大败。乾元二年（759）三月，安史叛军与唐军在相州展开激战。史思明斩杀安守忠，假意归顺唐廷，不久后既降又叛，反复无常。"关中小儿"指李辅国。《旧唐书·宦官传》："李辅国，本名静忠，闲厩马家小儿。少为阉，貌陋，粗知书计，为仆事高力士。"[1]李辅国初事高力士，后得侍东宫，因尽心侍奉太子李亨成为其心腹。参与谋诛杨国忠，拥立肃宗在灵武即位，深受肃宗信任。擢元帅府行军司马，赐名护国，后又改名"辅国"。李辅国作为肃宗近侍，身兼数职，外谨密而内贼深，擅权用事，逼压玄宗，打击异己。蔡梦弼曰："以阉奴为闲厩小儿，其后专权，则私判臆处，此败国家之纪纲，乃可伤也。"[2]"张后"指张良娣，初为太子李亨良娣，肃宗即位后，册为淑妃，乾元元年（758）册立为皇后。张皇后专宠于肃宗，又颇有政治野心，勾结太监李辅国，干预政事。肃宗虽然对其行为不满，却也没有干预。《旧唐书·后妃下》载："（张）皇后宠遇专房，与中官李辅国持权禁中，干预政事，请谒过当，帝颇不悦，无如之何。"[3]"上为忙"三字写出肃宗惧内之意，描摹出肃宗"诌巧以悦妇人之状"[4]的神态。这两句写关中小儿李辅国破坏朝纲，张后宠遇尤甚，与李辅国狼狈为奸，操纵权柄，打击忠良。由此导致的结果便是"至令今上犹拨乱，劳心焦思补四方"。"今上"指当今皇上，也就是代宗。由于肃宗信任李辅国和宠惧张皇后，使得肃宗对内忙于拨乱反正，对外又忧虑补救四方。

下段八句，伤代宗不能振起。"我昔近侍叨奉引"一句意为诗人

---

① （后晋）刘昫等撰：《旧唐书》卷一八四《李辅国传》，中华书局，1975年，第4759页。

② 萧涤非主编：《杜甫全集校注》卷一一，人民文学出版社，2014年，第3238页。

③ （后晋）刘昫等撰：《旧唐书》卷五二《后妃》，中华书局，1975年，第2185—2186页。

④ 萧涤非主编：《杜甫全集校注》卷一一，人民文学出版社，2014年，第3238页。

杜甫当时在肃宗身边任左拾遗,故曰"近侍"。又因拾遗职掌供奉扈从,故曰"叨奉引"。蔡梦弼曰:"奉引,掌供奉之事。甫至德二载,肃宗授(杜甫)左拾遗。明年收京,扈从还长安。盖拾遗掌供奉扈从也。"[1]"出兵整肃不可当"指代宗当时以广平王拜天下兵马元帅,先后收复长安、洛阳之事。《新唐书》载:

> 至德二载九月,以广平郡王为天下兵马元帅,率朔方、安西、回纥、南蛮、大食等兵二十万以进讨,百官送于朝堂,过阙而下,步出木马门,然后复骑。以安西、北庭行营节度使李嗣业为前军,朔方、河西、陇右节度使郭子仪为中军,关内行营节度使王思礼为后军,屯于香积寺。败贼将安守忠,斩首六万级。贼将张通儒守长安,闻守忠败,弃城走,遂克京城,乃留思礼屯于苑中,代宗率大军以东。安庆绪遣其将严庄拒于陕州,代宗及子仪、嗣业战陕西,大败之,庆绪奔于河北,遂克东都。肃宗还京师。[2]

"出兵整肃不可当"高度赞扬了代宗率军出征时军容整肃势不可挡的战斗场面。"猛士"指郭子仪。宝应元年(762)八月代宗听信宦官程元振谗言,夺郭子仪兵权,使居留长安,导致军心涣散,战争失利。"岐雍",唐凤翔关内地。《新唐书·地理志一》载:

> 凤翔府扶风郡,赤上辅。本岐州,至德元载更郡曰凤翔,

---

① 萧涤非主编:《杜甫全集校注》卷一一,人民文学出版社,2014年,第3238页。
② (宋)欧阳修、宋祁撰:《新唐书》卷六《代宗本纪》,中华书局,1975年,第166页。

二载复郡故名，号西京，为府。①

京兆府京兆郡，本雍州，开元元年为府。②

岐州理所在今陕西省凤翔县，雍州理所在今陕西省西安市。吐蕃进犯，岐雍一带，兵力单薄，遂不能防敌于国门之外。《旧唐书·吐蕃上》："乾元后数年，凤翔之西，邠州之北，尽蕃戎之境，湮没者数十州。"③"犬戎"，古时西戎种族名，此处指吐蕃。《梁书·侯景传》载："大同中，太医令朱耽尝直禁省，无何，夜梦犬羊各一在御坐，觉而恶之，告人曰：'犬羊者，非佳物也。今据御坐，将有变乎？'既而天子蒙尘，景登正殿焉。"④"犬戎直来坐御床"一句用侯景事喻指吐蕃犯扰长安。广德元年（763）十月，吐蕃入侵，代宗逃奔陕州，长安第二次沦陷，府库闾舍，焚掠一空。吐蕃攻陷长安竟坐上了天子的御床，百官跟随代宗赤足而逃。国家到了如此地步，人何以堪。傅介子，西汉时期大臣、外交家，北地义渠人，开国功臣傅宽曾孙。汉昭帝时出使大宛，杀死匈奴使者，授平乐监。汉昭帝元凤四年，携带金帛赏赐楼兰，斩杀悖逆的楼兰王，悬之北阙。另立在汉的楼兰质子为王，以功封义阳侯。杜甫意在洗雪国耻，故愿见这种人物出现。"尚书郎"是诗人自谓，杜甫作《忆昔二首》前一年曾辞京兆功曹不赴召，广德二年（764）六月，严武表荐授尚书检校工部员外郎一职。尾二句表达了杜甫极度渴望能够出现如傅介子一般的赤诚猛将，收复失地，天下重归太平，自己这老儒可以不做尚书郎。

---

① （宋）欧阳修、宋祁撰：《新唐书》卷三七《地理一》，中华书局，1975 年，第 966 页。
② （宋）欧阳修、宋祁撰：《新唐书》卷三七《地理一》，中华书局，1975 年，第 961 页。
③ （后晋）刘昫等撰：《旧唐书》卷一九六《吐蕃上》，中华书局，1975 年，第 5236 页。
④ （唐）姚思廉撰：《梁书》卷五六，中华书局，1974 年，第 863 页。

《忆昔》第二首，回忆玄宗时开元盛世之景，目的在于鼓舞代宗振兴国家，恢复往日繁荣。上段十二句追思开元盛世，极写昔日繁华，开元年间唐朝进入全盛时期，史称"开元盛世"。唐朝在各方面都达到了极高的水平，社会经济空前繁荣，人口大幅增长，商业十分发达，国内交通四通八达，对外贸易十分活跃。以下三则材料可见一斑：

> 是岁，天下县千五百七十三，户八百四十一万二千八百七十一，口四千八百一十四万三千六百九。西京、东都米斛直钱不满二百，绢匹亦如之。海内富安，行者虽万里不持寸兵。[1]
>
> 玄宗开元初，用张九龄为相，至小之邑，犹藏万家，户口充实，号为太平。[2]
>
> 开元间承平日久，四郊无虞，居人满野，桑麻如织，鸡犬之音相闻。时开远门外西行，亘地万余里，路不拾遗，行者不赍粮，丁壮之人不识兵器。[3]

诗人回忆开元年间国家处于全盛时期，小小的县城也有万户人家居住。农业丰收，粮库充足，交通发达，社会安定。手工业和商业也十分发达，满载着齐纨鲁缟的商车络绎不绝。"齐纨"，齐地出产的白细丝织品。《汉书·地理志下》："（齐地）其俗弥侈，织作冰纨绮绣纯丽之物，号为冠带衣履天下。"颜师古注解道："冰，谓布帛之细，其色鲜洁如冰者也。纨，素也。绮，文缯也，即今之所谓细

---

[1] （宋）司马光编著：《资治通鉴》卷二一四，中华书局，1956年，第6843页。
[2] 萧涤非主编：《杜甫全集校注》卷一一，人民文学出版社，2014年，第3241页。
[3] （唐）杜甫著，（清）仇兆鳌注：《杜诗详注》卷一三，中华书局，1979年，第1164页。

绫也。"① "鲁缟"，鲁地所产的素绢。《史记·韩长孺列传》载："且强弩之极，矢不能穿鲁缟。"许慎注道："鲁之缟尤薄。"② 男耕女桑，各安其业，各得其所，和和美美。"宫中圣人"指天子，"云门"是周代六乐舞之一，相传为黄帝时所作，用于祭祀天神。《周礼·大司乐》："乃奏黄钟，歌大吕，舞云门，以祀天神。"③ 天子演奏着《云门》乐曲，社会风气良好，人们和睦友善，关系融洽。"百馀年间未灾变"意为从唐王朝建国（618）到开元末年（741）一百多年以来没有发生过大的灾祸，一直沿袭着汉朝的规章制度。此句为用典。西汉初年，高祖命叔孙通制定礼乐，采用古礼并参照秦的仪法而制礼。又命萧何制定律令，《汉书·刑法志》记载：

> 汉兴，高祖初入关，约法三章曰："杀人者死，伤人及盗抵罪。"蠲削烦苛，兆民大说。其后四夷未附，兵革未息，三章之法不足以御奸，于是相国萧何攈摭秦法，取其宜于时者，作律九章。④

《资治通鉴》载：

> 初，高祖不修文学，而性明达，好谋，能听，自监门、戍卒，见之如旧。初顺民心作三章之约。天下既定，命萧何次

---

① （汉）班固著，（唐）颜师古注：《汉书》卷二八《地理下》，中华书局，1962年，第1660页。
② （汉）司马迁撰，（南朝宋）裴骃集解，（唐）司马贞索隐，（唐）张守节正义：《史记》卷二七，中华书局，1959年，第2861页。
③ 杨天宇撰：《周礼译注》，上海古籍出版社，2004年，第327页。
④ （汉）班固著，（唐）颜师古注：《汉书》卷二三《刑法志》，中华书局，1962年，第1096页。

律、令，韩信申军法，张苍定章程，叔孙通制礼仪。①

（开元二十年）九月，乙巳，新礼成，上之。号曰开元礼。②

这里是用汉初的盛世比喻开元时代的政治情况。以上皆是追思开元盛世，当时国家繁荣富庶，盗息民安，政治清明，风俗淳朴，可与贞观之治相媲美。可惜玄宗后期逐渐怠慢朝政，追求贪图享乐，宠信奸臣李林甫和杨国忠，导致了长达八年的安史之乱，为唐朝由盛转衰埋下伏笔。

下段十句悲乱离而盼兴复。"岂闻"一词开始由忆昔转为说今，写安史之乱后的情况。哪曾听说过一匹绢竟值万钱的事？过去的土地都种满了粮食，如今却都在淌血。前日种谷之地，如今已变为战场。"洛阳宫殿烧焚尽"一句用东汉末年董卓焚烧洛阳宫殿之事，喻指今日的长安受损严重：

董卓收诸富室，以罪恶诛之，没入其财物，死者不可胜计。悉驱徙其馀民数百万口于长安。步骑驱蹙，更相蹈藉，饥饿寇掠，积尸盈路。卓自留屯毕圭苑中，悉烧宫庙，官府、居家，二百里内，室屋荡尽，无复鸡犬。③

"宗庙"指皇家祖庙，广德元年（763）十月吐蕃攻陷长安，代宗于十二月复还长安，诗作于代宗还京不久之后，所以说"新除"，天子的宗庙刚刚扫除了狐兔的洞穴。"伤心"二句写不堪回首的心

---

① （宋）司马光编著：《资治通鉴》卷一二，中华书局，1956年，第407页。
② （宋）司马光编著：《资治通鉴》卷二一三，中华书局，1956年，第6798页。
③ （宋）司马光编著：《资治通鉴》卷五九，中华书局，1956年，第1912页。

情，"耆旧"指年高望重者，不敢跟耆旧提起旧事，怕他们又从安史之乱说起，惹得彼此伤心。"小臣"是杜甫自谓，小臣我愚鲁迟钝一无所能，承蒙朝廷赏识授检校工部员外郎一职。"周宣中兴"，指厉王之子周宣王即位后，整理其父乱政，励精图治，复修文武成康之业，使周朝中兴。极言自己盼望代宗能像周宣王那样使国家中兴，想到自己如今体衰多病不能为国效力而泪洒巴蜀之地。安史之乱使国家动荡，民不聊生，一绢竟值万钱，农田竟至流血。洛阳宫殿被烧，长安宗庙遭毁，道路尽为豺狼，宫中再难听闻乐曲。孤臣涕泪，望诸代宗早日恢复国家中兴大业。

（三）《忆昔二首》的艺术功力

1. 繁华破败，今昔对比

《忆昔》其一中将肃宗往日之得与今日之失进行对比，警戒代宗不要重蹈肃宗的覆辙。诗人回忆当年肃宗巡视朔方，率领千乘万骑浩浩荡荡奔入长安，回纥援兵身骑汗血宝马前来助战，令安庆绪一众诸叛军闻风丧胆，纷纷逃亡。至德二年九月收复关中，十月肃宗还京。李亨在灵州自行登基后，郭子仪被封为朔方节度使，奉诏讨伐安逆，次年郭子仪上表推荐李光弼担任河东节度使，共同联合分兵进军河北，会师常山（今河北正定），击败叛军首领安禄山部将史思明，收复河北一带。追忆过去，肃宗的政治才能和军事才能有目共睹，其才似乎堪当大任。击败叛军，收复失地，当年的肃宗何等的威风。然而在乾元元年（758）九月，唐军围攻邺城（今河南安阳）安庆绪部，肃宗命郭子仪、鲁炅、李奂、许叔冀、李嗣业、季广琛、崔光远七节度使及平卢兵马使董秦共领步骑约20万北进主攻安庆绪，又命李光弼、王思礼两节度使率部助攻，以宦官鱼朝恩为观军容宣慰处置使，监督各军行动。十月，郭、鲁、季、崔等部先后北渡黄河，并李嗣业部会攻卫州（今河南卫辉），以弓弩手伏击而逐，大败安庆绪亲领的七万援军，攻克卫州；旋又趁势追击，在邺城西南愁思冈击败安军，先后斩其 3 万余人。安庆绪退回邺城固守，被唐军包围，急派人向史思明求援，许以让位。史思明率兵 13 万自范阳南下救邺城。十二月，史思明击败崔光远夺占魏州（今河北大名北）后，按兵观望。因肃宗疑忌心较重，围攻邺城的大唐军队没有任命元帅，不设总指挥，导致唐军各部队沟通不畅，互相观望，没有统一的调配，军队进退缺乏统一指挥。这时史思明率大军到达城外，唐朝官军与之开始大战，伤亡惨重，造成"邺城反覆"的局面。军事受挫，外患不断，肃宗对内也做出了种种失德行为，宠信关中小儿李辅国，对张皇后干预政事的举动无动于衷，导致政事问题频出，致使后来的代宗为弥补之前的失误不得不劳心焦思，忙于拨乱。广德元年（763）十月，吐蕃大举入侵，代宗逃奔陕州，长安再次沦陷，吐蕃敌军竟坐上了天子的御床，百官跟随代宗赤足而逃。如此狼狈不堪的逃亡场面与之前威风凛凛的战斗场面形成鲜明的对比，凸显了杜甫对于肃宗前后行为的痛心与无奈之情。

第二首将昔日开元盛世的太平景象与安史之乱后的山河破碎进行对比，鼓舞代宗应致力于安国兴邦并恢复往日繁荣。玄宗朝开元年间唐朝进入全盛时期，在各方面都达到了极高的水平。《通典·食货七》载：

> 至十三年封泰山，米斗至十三文，青、齐谷斗至五文。自后天下无贵物。两京米斗不至二十文，面三十二文，绢一匹二百一十文。东至宋、汴，西至岐州，夹路列店肆待客，酒馔丰溢。每店皆有驴赁客乘，倏忽数十里，谓之驿驴。南诣荆、襄，北至太原、范阳，西至蜀川、凉府，皆有店肆，以

供商旅。远谪数千里，不持寸刃。①

从《通典》的描述可知当时社会经济空前繁荣，男耕女桑，各安其业，各得其所，和和美美。而杜甫的诗歌也是从兴盛、富足、平安、和谐、顺畅等角度描写了开元盛世的盛景：农业丰收，粮库充足，西京、东都米斛直钱不满二百，绢匹亦如此，手工业和商业也十分发达，满载着齐纨鲁缟的商车络绎不绝，对外贸易也十分活跃，人口大幅增长，小小的县城也有上万户人家居住。交通发达，社会安定，九州道路没有什么危险，即使外出远行也无须挑选黄道吉日。天子演奏着《云门》乐曲，社会风气良好，人们和睦友善，关系融洽。建唐一百多年以来没有发生过大的灾祸，一直遵循着汉朝的规章制度。这都是极写开元盛世的繁华场面。杜甫亲身经历了开元盛世，对当时的太平景象留下了深刻的印象，诉诸笔墨，勾勒出这样一派盛世景象。而对比于安史之乱后的社会灾难，真是今不如昔："岂闻一绢直万钱"，安史之乱后，一匹绢竟值万钱，这是过去不可能听到的事情；"有田种谷今流血"，安居乐业的农田如今被鲜血浸染；"洛阳宫殿烧焚尽，宗庙新除狐兔穴"，东都洛阳，大唐另一个繁华的代表地，宫殿毁于一旦，社稷宗庙竟然有了狐兔的洞穴！过去有多繁华，如今便有多破败。今昔对比，给人以强烈的震撼，加深了读者对于安史之乱给国家、社会和人民带来的灾难破坏的认知。

2. 繁昔略今，点染明晰

杜甫擅长叙事，其叙事诗准确而生动地反映了唐王朝由盛转衰的时代面貌和乱世人情的心理特征，艺术造诣也达到了叙事诗的顶峰。《忆昔二首》是经过杜甫剪裁而表现出来的盛世万象。这组诗杜甫没有将自己的故事融入其中，而是再现了一幅盛世图景。诗人对盛世图

---

① （唐）杜佑撰，王文锦等点校:《通典》卷七，中华书局，1988 年，第 152 页。

景的描述属多维视角，层次清晰，内涵丰富。时间和空间的巨大变化诱发了杜甫对于过去难以忘怀的回忆，他在反复皴染中展现出盛世美景，其实是暗含了对于当下的思考，物非人非的感怀被激发出来，但却不能用大范围、多层次的同样手法去揭大唐的伤疤，给受伤的心再插一把利刃。他用有节制的笔法概括地描述，但简单几句便是今非昔比。《忆昔二首》的叙事技巧，就在以繁昔略今、点今染昔的笔法下，在有限的篇幅中突出了诗歌的主题，使诗人痛伤大唐的内心世界得以生动的表达，达到了叙事以抒情的震撼效果。

这种震撼效果在第二首尤为突出。在描摹过去的盛世景象时，杜甫充分展开叙述，极力避免叙事概念化、简单化，为了表现开元盛世的繁华景象，前十二句分别从人口众多、粮食丰收、社会安定、手工业商业发达、宫中奏乐、人情世俗、礼仪制度等多方面、多角度地进行描绘，不厌其烦地诉诸大量笔墨，较为全面地反映出了大唐盛世之象。形象丰富的画面与史书的记载相对应，让我们知道诗人的描画绝不是夸张盛世辉煌。如《通典·选举典》记载：

> 开元以后，四海晏清，士无贤不肖，耻不以文章达，其应诏而举者，多则二千人，少犹不减千人，所收百才有一……以至于开元、天宝之中，上承高祖、太宗之遗烈，下继四圣治平之化，贤人在朝，良将在边，家给户足，人无苦窳，四夷来同，海内晏然。虽有宏猷上略无所措，奇谋雄武无所奋。百余年间，生育长养，不知金鼓之声，燿燧之光，以至于老。故太平君子唯门调户选，征文射策，以取禄位，此行己立身之美者也。父教其子，兄教其弟，无所易业，大者登台阁，小者仕郡县，资身奉家，各得其足，五尺童子，耻不言文墨焉。是以进士为士林华选，四方观听，希其风采，每岁得第之人，

不浹辰而周闻天下。①

在杜佑笔下，开元、天宝年间，朝内士人无贤不肖，皆以文章为重。才高者登台阁造福社稷，才低者居郡县治理一方。边关有良将镇守，四夷来同，海内晏然。百余年间未闻战事，未观战火。家给户足，生活和美，父教其子，兄教其弟，好一番盛世景象。这种盛世景象也是杜甫对未来之期待。

此组诗的点染手法在句子内也有实践。所谓点染，即是点明渲染的意思。点染本来是书画术语，后来被引用到文学中，通过点染，可使文章"更上一层楼"。刘熙载在《艺概》中以柳永词为例对这一手法进行了解说。刘之所谓"点"，即点明，将所要抒写的情感或道理，一语道破，使读者了然于胸；所谓"染"，即渲染、烘托，以具体的事物或景物将所点明的情感或道理烘托出来，以便读者对其能更具体、更生动地把握。简言之，"点"指的是点明情感的内涵；"染"指的是用景物来渲染烘托所点明的情感。其一中"邺城反覆不足怪，关中小儿坏纪纲""愿见北地傅介子，老儒不用尚书郎"几句皆为"点"，直接点明诗人对于小人破坏纲常的痛恨，以及希冀能够出现傅介子一般的人物挽救国家危机。在表现肃宗因信任李辅国和宠惧张皇后导致的结果时，多句进行渲染烘托，"后不乐"，即张后宠遇专房，操纵权柄，任意对唐肃宗摆臭脸，状其骄傲放纵。"上为忙"，即肃宗奔波忙碌，劳心焦思，状其畏缩恐惧。肃宗的昏聩留下的诸多后遗症导致代宗登基后依然对内忙于拨乱反正，对外又忧虑补救四方。"致使岐雍防西羌"一句为点，写明吐蕃敌军大举入侵，岐、雍二州本为近畿之地，竟成了防御吐蕃的前线。后"犬戎直来坐御床，百官跣足随天王"两句为染，吐蕃入侵之时，没有正面描

---

① （唐）杜佑撰，王文锦等点校：《通典》卷一五，中华书局，1988年，第357—358页。

写战斗场面,而是从小处落笔,写吐蕃直来竟坐上了天子的御床。描写代宗出逃之时,抓住"百官跣足"这一细节,百官都打着赤脚随君而逃,可见情势之危急。

杜甫擅描细节、包孕感受的功力实为深厚。杜甫十分注重细节描写,不惜花费大量的笔墨去描绘勾勒。诗人的细节描写既做到了把人物、场面写得十分生动形象,又在这些细节当中包孕自身的生活感受,用细节来抒发感怀。其二表现开元盛世的农业发达,写稻米流脂、粟米白如玉粒这样微小的细节,"太平景象往往从极细事写出"①。后表现战乱带来的破坏之时,写绢匹的价格竟值万钱,土地到处都在流血。《忆昔二首》在描写战争和盛世场面的时候合理剪裁,选择最能突出中心的进行勾勒,又选择有代表性的细节进行笔墨渲染,两相结合,显示出老杜炉火纯青的艺术功力。

3.语言通俗流畅、生动形象

《忆昔二首》是七古组诗。关于古体诗歌,丁仪在《诗学渊源》卷五中从声律上规范了古诗的指向:

> 盖五言不粘者,汉魏古诗也;有粘有不粘者,梁齐也;上下全粘者,初唐也。初唐者,虽意转而体仍不变也;齐梁则或四或六,随意而变者也。作者但能避去律句,上下平仄相对可矣。而齐梁一体,杂古句便非齐梁,盖唐人于齐梁无一用古句者。然律而又异于律,与初唐古诗不同。初唐古诗虽上下相粘而平匀,上句第五字皆落仄,无用平韵者,且古句律句互参者也。②

---

① (明)王嗣奭撰:《杜臆》卷之五,上海古籍出版社,1983年,第185页。
② 张寅彭主编:《民国诗话丛编》第三册,上海书店,2002年,第110页。

丁仪所言，大略符合杜诗对诗体的认知。其实不惟粘对问题，用韵方面（杜甫古诗一般一韵到底），对仗方面（杜甫古诗一般不用对仗），杜甫都是以汉魏古体为努力方向的，这大概就是杜甫所说的"不与齐梁作后尘"的意思，也就是直追汉魏之意。《诗薮·内编》卷二说："古诗自质，然甚文；自直，然甚厚。"[1]清方东树《昭昧詹言》卷十一言："七言古之妙，朴、拙、琐、曲、硬、淡，缺一不可；总归于一字，曰'老'。"[2]此说虽有些抽象，但也大体概括了古体诗（不只是七古）的语言风格。可以说，古体诗总体上是质朴、平顺、完整的。

杜甫的这组古体诗，除以上特点外，还化用民间口语、俗语甚至俚语，使古体诗在一定程度上接近乐府和歌行的语言特色，读起来更加亲切、真实，更有代入感，这在以往文人写作中并不多见。比如写唐肃宗惧内导致的政治昏聩，原本是严肃的政治问题，杜甫却用通俗的语言嘲讽之："张后不乐上为忙，至令今上犹拨乱，劳心焦思补四方。"这几句，《杜臆》的分析是："肃宗至灵武，与出奔无异，诗云'忆昔先王巡朔方'，语极冠冕。至'张后不乐上为忙'，明是惧内。继云：'至令今上犹拨乱，劳心焦思补四方。'召乱者明是肃宗，而公俱不讳，真诗史也。"[3]历史底蕴如此深厚，诗中却不时出现口语化、形象化的语言，给人以耳目一新之感。又如第一首谈邺城反覆的重大历史关节的失误，杜甫用"不足怪"的口语语气揭露唐肃宗的用人失误，以致关中小儿在军队中指手划脚。再如广德元年（763）十月，吐蕃进犯，代宗逃到陕州，长安再次沦陷，府库闾舍，焚掠一空。百官逃难，言"跣足"，打赤脚，生动形象地写出了

---

① （明）胡应麟撰：《诗薮》卷二，上海古籍出版社，1958年，第25页。
② （清）方东树著，汪绍楹校点：《昭昧詹言》卷一一，人民文学出版社，1961年，第232页。
③ （明）王嗣奭撰：《杜臆》卷之五，上海古籍出版社，1983年，第185页。

官员逃跑时的狼狈，连鞋子都来不及穿。诗人忧念国运，言"不用尚书郎"，希望能够看到一位如傅介子一般的人物，那么诗人这位老儒则可以不作这个尚书郎，深情地传达了诗人对国家的爱。

杜甫古体诗形式自由，情感表达纵横开阖，致力于使艺术形式与抒情内容相契合，其高超的艺术技巧不仅将古体组诗的写作推向一个新的高度，而且对后世古体组诗的写作影响巨大。

六、《春日江村五首》

其一

农务村村急，春流岸岸深。乾坤万里眼，时序百年心。
茅屋还堪赋，桃源自可寻。艰难昧生理，飘泊到如今。

其二

迢递来三蜀，蹉跎有六年。客身逢故旧，发兴自林泉。
过懒从衣结，频游任履穿。藩篱颇无限，恣意向江天。

其三

种竹交加翠，栽桃烂熳红。经心石镜月，到面雪山风。
赤管随王命，银章付老翁。岂知牙齿落，名玷荐贤中。

其四

扶病垂朱绂，归休步紫苔。郊扉存晚计，幕府愧群材。
燕外晴丝卷，鸥边水叶开。邻家送鱼鳖，问我数能来。

其五

群盗哀王粲，中年召贾生。登楼初有作，前席竟为荣。
宅入先贤传，才高处士名。异时怀二子，春日复含情。①

---

① （唐）杜甫著，（清）仇兆鳌注：《杜诗详注》卷三，中华书局，1979 年，第
1205—1208 页。

（一）江村闲居的烦闷

广德二年（764）春，严武再次镇蜀，并邀请杜甫担任"节度参谋"幕职。元稹《唐故工部员外郎杜君墓系铭》中叙述杜甫入幕之事云："剑南节度使严武，状为工部员外郎参谋军事。"[①]直接用"参谋军事"来概括杜甫所任幕职的内容，可见"军事"是杜甫此职的重点，杜甫上《东西两川说》一文或正是出于职事需要。参谋员数不定，说明参谋人员可多可少，甚至可有可无，完全由幕府府主根据需要来掌握。同时参谋的职事使其有机会谘议军事，谋划大政，因此也具有一定的特殊性。樊晃《杜工部小集序》云："黄门侍郎严武总戎全蜀，君为幕宾，白首为郎，待之客礼。"[②]说明杜甫在严武幕府中，被当作"幕宾"来看，享受着"客礼"的待遇。虽然严武对杜甫十分宽容和礼敬，但无奈的是公门百事自有作程，朝廷礼法自有要求，杜甫的幕府生活并不舒心。

杜甫在严武幕府中的经历，从诗人一些诗作中的文辞与情绪，可以体察其大致情形，尤其是在向严武倾诉烦闷表示想要辞职的《遣闷奉呈严公二十韵》里，他直率地发出以下感慨：

> 白水鱼竿客，清秋鹤发翁。胡为来幕下，只合在舟中。
> 黄卷真如律，青袍也自公。老妻忧坐痹，幼女问头风。
> 平地专欹倒，分曹失异同。礼甘衰力就，义忝上官通。
> 畴昔论诗早，光辉仗钺雄。宽容存性拙，剪拂念途穷。
> 露裛思藤架，烟霏想桂丛。信然龟触网，直作鸟窥笼。
> 西岭纤村北，南江绕舍东。竹皮寒旧翠，椒实雨新红。

---

① （唐）元稹：《唐故工部员外郎杜君墓系铭》，载（清）董诰等编：《全唐文》卷六五四，中华书局，1983年，第6650页。

② （唐）樊晃：《杜工部小集序》，载（唐）杜甫著，（清）仇兆鳌注：《杜诗详注》附编，中华书局，1979年，第2237页。

浪簸船应圻，杯干瓮即空。藩篱生野径，斧斤任樵童。

束缚酬知己，蹉跎效小忠。周防期稍稍，太简遂匆匆。

晓入朱扉启，昏归画角终。不成寻别业，未敢息微躬。

乌鹊愁银汉，驽骀怕锦幪。会希全物色，时放倚梧桐。 ①

　　此诗讲述了诗人闷闷不乐的心情及其和严武之间的特殊情感。
"乌鹊愁银汉，驽骀怕锦幪"，诗人自比搭桥之乌鹊，觉银汉迢迢，
很难完成重任。诗人又将严武比作宝马良驹，把自己比作驽骀，怕
是跟不上对方的步伐，表达了对任职的战战兢兢。同时抒发了希望
能够解开束缚，离开幕府的心情。再三考虑后决定辞去参谋一职，
回归草堂。永泰元年（765）正月三日，严武终于同意杜甫解除幕府
职务的请求，当时正在草堂过春节的杜甫得到这一消息，遂作诗代
简，有《正月三日归溪上有作，简院内诸公》诗云：

野外堂依竹，篱边水向城。蚁浮仍腊味，鸥泛已春声。

药许邻人劚，书从稚子擎。白头趋幕府，深觉负平生。②

　　"白头趋幕府，深觉负平生"，幕府参谋的职位，为什么还说"负
平生"？有学者认为，杜甫的平生之志是"致君尧舜上，再使风俗
淳"，而他也曾"自比稷与契""自谓颇挺出，立登要路津"，结果在
老年时竟然只能在幕府参谋军事，不符合自己的人生期许。这或许
有一定道理。但还有一个重要原因是，诗人不能与幕府僚佐和谐相
处。其《莫相疑行》透露了一些信息：

① （唐）杜甫著，（清）仇兆鳌注：《杜诗详注》卷一四，中华书局，1979 年，
　　第 1179—1181 页。
② （唐）杜甫著，（清）仇兆鳌注：《杜诗详注》卷一四，中华书局，1979 年，
　　第 1201 页。

男儿生无所成头皓白，牙齿欲落真可惜。

忆献三赋蓬莱宫，自怪一日声炬赫。

集贤学士如堵墙，观我落笔中书堂。

往时文彩动人主，此日饥寒趋路旁。

晚将末契托年少，当面输心背面笑。

寄谢悠悠世上儿，不争好恶莫相疑。①

　　"末契"，指长者对晚辈的交谊。很显然，杜甫是对幕府中的年少僚佐所言。当时的杜甫"白头趋幕府"，又是严武至交，若有机会，严武一定先举荐杜甫。事实证明也确实如此，比如严武举荐杜甫为检校工部员外郎，这自然会阻挡他人晋升之路。我不杀伯仁，伯仁却因我而死。杜甫的年龄、才华及其与严武的关系，都令同僚颇为忌惮，尽管他自己绝不会因为与严武的关系就会对同僚怎么样，但他管不了别人怎么想，结果，"当面输心背面笑"就成了一种常态，令杜甫处境尴尬，辞职是避免尴尬的重要手段，也是退居江村后烦闷的原因之所在。王嗣奭言："公再归草堂，而未入幕府以前，本将躬耕。今自幕府归，正当春日，村村务农，岸岸深流，见蜀人各以农为业，而江深便于灌田，故即此起兴。"②

　　组诗第一首写春日江村，有躬耕自给之意。一、二句"农务村村急，春流岸岸深"展现春日江村百姓们忙于农事的情景，赵汸曰："起句，写春日江村之景已尽。"③三、四句"乾坤万里眼，时序百年

---

① （唐）杜甫著，（清）仇兆鳌注：《杜诗详注》卷一四，中华书局，1979年，第1213—1214页。

② （明）王嗣奭撰：《杜臆》卷六，上海古籍出版社，1983年，第210—211页。

③ 萧涤非主编：《杜甫全集校注》卷一二，人民文学出版社，2014年，第3346页。

心"以转为承,乾坤万里,思乡之情油然而生。蔡梦弼曰:"甫乃长安人,避地于蜀,去故乡有万里之远。"① 蜀地距离家、国俱远。追忆乱离以来,世事变迁。天地广阔宏大,却无自己的容身之所;日月永恒不变,岁月却几经蹉跎。杨伦在《杜诗镜铨》中评道:"天涯孤身,百年过客,语壮而悲,亦便含末首意。"② 又转引蒋弱六曰:"首二是江村、春日分点,从江村想到万里,从春日便感及百年,何等胸次!"③ 杜甫不愧是胸怀天下之诗人,从己之容身的小小江村,联想到乾坤万里;从平淡无奇的寻常春日,生发出沧海桑田的感慨。功业不可见,故乡不可期,千般思绪一齐涌上心头。

五、六句"茅屋还堪赋,桃源自可寻"以承为转,周篆曰:"茅屋,'谓故里旧居。''赋,谓吟咏其间。'"明末清初藏书家顾宸喜杜诗,他在《辟疆园杜诗注解》一书中认为杜甫赋茅屋、寻桃源乃是以作避世之计。仇兆鳌认为"赋茅屋,草堂托居。寻桃源,花溪览胜。"④ 清初学者吴瞻泰在《杜诗提要》一书中谓五、六句乃明确表明杜甫选择归隐江村的正意。浦起龙则认为:"故'茅屋'虽堪寄迹,而'桃源'尚自系思,此又以承为转。结尾收归权且留居之意,言外见江上一堂,行将抛舍,读至末章自明。仇谓即欲以茅屋当桃源,失其旨矣。"⑤

浦起龙的上述评论认为在杜甫心中,眼前的茅屋勉强可寄居,还需要去找寻其他的世外桃源。萧涤非注解道:"浦以为系思桃源,

---

① 萧涤非主编:《杜甫全集校注》卷一二,人民文学出版社,2014 年,第 3347 页。

② (唐)杜甫著,(清)杨伦笺注:《杜诗镜铨》卷一二,上海古籍出版社,1980 年,第 555 页。

③ 萧涤非主编:《杜甫全集校注》卷一二,人民文学出版社,2014 年,第 3347 页。

④ (唐)杜甫著,(清)仇兆鳌注:《杜诗详注》卷一四,中华书局,1979 年,第 1205 页。

⑤ (清)浦起龙:《读杜心解》卷三之四,中华书局,1961 年,第 482 页。

是舍草堂而去之意。恐与诗旨不合，当以仇注为是。"① 此时的杜甫历经了种种磨难，我们有理由相信诗人已经把这间草堂茅屋当成自己的世外桃源。

七、八句"艰难昧生理，飘泊到如今"，追忆自己多年来饱受艰辛，皆源于拙于生计，以至于辗转漂泊直到如今。萧涤非在《杜甫全集校注》中转引众多学者对此二句的注解："邵宝曰：'第遭值艰难，生理穷尽，此生漂泊到今，何暇自求安逸耶？'""赵星海曰：'公时已入幕府，而犹曰"漂泊到如今"，则参谋非依武初心，盖可知矣。'""梁连昌曰：'七、八是回首语。艰难之际，不免依人，虚被一官，无益生理，及今仍然漂泊。'""李长祥曰：'生理'二字，少陵往往说出，是艰难人心事，口语。"② 回顾幕府生活，好似大梦一场。虽艰难之际依附好友，保有一职，但仍难以维持生计，与漂泊无异。雄心壮志皆已磨灭，隐居田园却仍心有不甘。

组诗第二首追叙来历，回忆入蜀依附严武经过。一、二句"迢递来三蜀，蹉跎有六年"意为从乾元二年（759）为躲避安史之乱抵达成都，至今已经六年，而这六年又都是在战乱漂泊中度过，岁月蹉跎，光阴虚度，亦十分坎坷。"迢递"，遥远貌。"三蜀"，左思《蜀都赋》有句："三蜀之豪，时来时往。"③ 刘逵注解道："三蜀，蜀郡、广汉、犍为也。本一蜀国，汉高祖分置广汉，汉武帝分置犍为。"④ 这里泛指蜀中。三、四句"客身逢故旧，发兴自林泉"，意为客身到达此地，幸得故人旧友照顾，还能面对那幽美的林泉抒发兴致。王洙

---

① 萧涤非主编：《杜甫全集校注》卷一二，人民文学出版社，2014年，第3347页。
② 萧涤非主编：《杜甫全集校注》卷一二，人民文学出版社，2014年，第3347—3348页。
③ （梁）萧统编，（唐）李善注：《昭明文选》卷四，上海古籍出版社，1986年，第186页。
④ 萧涤非主编：《杜甫全集校注》卷一二，人民文学出版社，2014年，第3348页。

认为"故旧"专指严武，蔡梦弼从其说。王嗣奭《杜臆》认为："客身幸逢故旧如裴、严二公，得卜居江村，有此林泉，可以发兴，故得偃息于斯，游玩于斯。"①浦起龙言："三、四指第一次来蜀，初置草堂时。'逢故旧'，如高适辈皆是。'自林泉'，即《寄题草堂》诗所云'卜居必林泉'者，明言初次营屋也。下半泛言置草堂后历来游眺之事，非专指目前也。解者俱泥定严公再镇后说，便与下首犯复，且未玩'逢'字、'发'字本义也。其误在看呆'有六年'句。"②杜甫第一次来蜀初置草堂时，成都尹裴冕为其提供米粮，诗友高适时任彭州（今属四川）刺史，听说杜甫来到成都，作《赠杜二拾遗》致以问候。上元元年（760），杜甫开始筹划建造草堂。他的一位姑表弟当时在成都府当司马，特意前来拜访杜甫，送了一些钱以作草堂之资。杜甫喜出望外，作诗酬谢。在建造的过程中，为了更好地生活，杜甫向友人索求各种树苗来美化草堂环境，还写诗索要日用家什以供生活之用。后又逢严武再度镇蜀投身幕府，维持一家生计。正是在亲人好友的帮助下杜甫才能有草堂这个安身立命之处。

五、六句"过懒从衣结，频游任履穿"是杜甫对自己本性的评价，生性太懒任凭衣服打结，频繁旅游任凭鞋底磨穿，是自谦又是自嘲之辞。《艺文类聚》卷六十七引王隐《晋书》语："董威辇，每得残碎缯，辄结以为衣，号曰百结。"③《南史·到彦之传》记载："溉答云：'余衣本百结，闽中徒八蚕，假令金如粟，讵使廉夫贪。'"④清人施鸿保曰："今按：《晋书》'百结'，乃结合之结，犹缀缉也。此

① （明）王嗣奭撰：《杜臆》卷六，上海古籍出版社，1983年，第211页。
② （清）浦起龙：《读杜心解》卷三之四，中华书局，1977年，第483页。
③ （唐）欧阳询撰，汪绍楹点校：《艺文类聚》卷六七，上海古籍出版社，1982年，第1188页。
④ （唐）李延寿撰：《南史》卷二五《到彦之传》，中华书局，1975年，第678页。

诗'结'字,乃衣不熨帖,多皱痕也。今人犹谓之打结。"① 徐仁甫在其作《杜诗注解商榷》中认为:"'衣结'之'结'当作'折',训为'叠'。《南史·齐武帝纪》有'侍臣衣带卷折'。正作'折',可证。"② 由以上引言观之,施鸿保与徐仁甫二人观点较为接近,认为杜甫此处"过懒从衣结"指的是衣服未经熨帖,多有褶皱,非补缀多也。《庄子·山木》有言:"贫也,非惫也。士有道德不能行,惫也;衣弊履穿,贫也,非惫也;此所谓非遭时也。"③ 衣服打结岂是懒惰之故,频繁旅游亦是无奈之举,与其名曰四处旅游,不如说漂泊避乱更为恰当。明末学者顾宸认为杜甫自言生性疲懒,不加修饰,是用嵇康"一月不梳头"之意。也表明自身已不堪在幕府继续供职,非自叹贫穷也。清人卢元昌认同顾宸之说,认为杜甫性格懒慢难以适应幕府生活。

七、八句"藩篱颇无限,恣意向江天"写草堂的篱笆圈得很大,可以放纵性情观览江天。杜甫《除草》诗有句"自兹藩篱旷"可用来互证。远离官场的喧嚣,回归浣花草堂,遂有"海阔凭鱼跃,天高任鸟飞"之乐。后四句承"发兴""林泉"而言,杜甫萧散恣意直至如此。过去经历了种种艰难漂泊的岁月,现在终于得以遂了心愿。也有学者认为"藩篱"指的是幕府,如纪昀之父纪容舒称:"藩篱即指幕府,'颇无限',不受其拘束也。"④ 翁方纲曰:"惟是故人颇不以藩篱限我,庶几茅屋自适,恣意江天。"⑤ 按此诗乃追叙来历,回忆归蜀依附严武经过,所言皆入幕前情事,"藩篱"指幕府之说当误。

---

① 徐仁甫:《杜诗注解商榷》卷一四,中华书局,1979年,第62页。
② 徐仁甫:《杜诗注解商榷》卷一四,中华书局,1979年,第62页。
③ (清)郭庆藩撰,王孝鱼点校:《庄子集释》卷七,中华书局,1961年,第688页。
④ 萧涤非主编:《杜甫全集校注》卷一二,人民文学出版社,2014年,第3350页。
⑤ 萧涤非主编:《杜甫全集校注》卷一二,人民文学出版社,2014年,第3350页。

《春日江村五首》前两首写在浣花溪边的闲居生活，此地距离家国俱远，田园生活也充满了烦闷。追忆过去，遭时不遇，又逢丧乱，感慨万千。

（二）田园生活与忧国情怀

组诗第三首写春日江村之景和荐授郎官之事。一、二句"种竹交加翠，栽桃烂熳红"为江村近景，"交加"状竹之绵密，"烂熳"状花之繁多。种下的竹林翠叶交杂，栽下的桃树红花烂漫。明人汪瑗言："此即花竹风月之景，见草堂之胜，亦足以自娱。"①表明杜甫十分醉心于浣花草堂的春日美景，乐在其中。三、四句"经心石镜月，到面雪山风"为江村远景，如月的石镜常常涌上心头，雪山的寒风不时吹拂脸庞。"石镜"一词，出自《华阳国志·蜀志》：

> 武都有一丈夫化为女子，美而艳，盖山精也，蜀王纳为妃。不习水土，欲去。王必留之，乃为《东平之歌》以乐之。无几，物故。蜀王哀念之。乃遣五丁之武都担土为妃作冢，盖地数亩，高七丈，上有石镜，今成都北角武担是也。②

杜甫用此典或是自谓，谓自己来到蜀地实仍不习水土。浦起龙在《读杜心解》中针对前四句解道："言向时所栽者，'竹''翠'已'交加'矣，'桃''红'已'烂熳'矣。题诗之'石镜'，'月'又'经心'，烽火之'雪山'，'风'还'到面'，此正重来之景事也。"③

五、六句"赤管随王命，银章付老翁"，诗人自指，意为我依

---

① 萧涤非主编：《杜甫全集校注》卷一二，人民文学出版社，2014年，第3350页。
② （晋）常璩撰，刘琳校注：《华阳国志校注》卷三，巴蜀书社，1984年，第188页。
③ （清）浦起龙：《读杜心解》卷三之四，中华书局，1977年，第483页。

照王命接受赤管大笔，朝廷把银章赋予我这衰残老翁。"赤管"，据《汉官仪》载："尚书令、仆、丞、郎，月给赤管大笔一双。"[①] "王命"，王朝命将、命臣，此处指严武，杜甫时受严武举荐为检校工部员外郎。"银章"，《汉书·百官公卿表》载："凡吏秩比二千石以上，皆银印青绶，光禄大夫无。"[②] 隋唐以后官不佩印，只有随身鱼袋。金银鱼袋等谓之章服，亦简称银章。鱼袋是唐代官吏用来盛放鱼符的袋子，鱼符是铜铸的鱼形信符，颁赐给五品以上官员，杜甫当时已授绯鱼袋，"银章"即借指鱼袋。

七、八句"岂知牙齿落，名玷荐贤中"，仍是自指，是杜甫自叹牙齿已经脱落，老年之际却上了朝廷荐贤的名单。这是感慨命运遭际可悲亦可笑。"玷"，玷污，此处是杜甫自谦的说法。"荐贤"，指严武上表朝廷举荐杜甫为节度参谋、检校工部员外郎之事。人到暮年，却名列荐贤，与杜甫本怀相差甚远，有"白头趋幕府，殊觉负平生"之叹。金圣叹评道："'随'字，'付'字，'岂知'字，皆从夷然不屑意思中来，非负严公盛心。"[③] 后四句叙入幕授官情事，结尾自顾失笑，杜甫决意辞官归去。

第四首写辞官原因和江村乐趣。一、二句"扶病垂朱绂，归休步紫苔"，意为抱病选择回草堂休养，拖着朱绂在紫色的莓苔上散步。"朱绂"，古代系佩玉或印章的红色丝带，后多借指官服。语出《易经·困卦》："困于酒食，朱绂方来。利用享祀，征凶无咎。"[④] "归休"，谓辞去幕职而归隐草堂。"紫苔"，紫色的苔藓。沈约《萧丞相第诣

① （唐）杜甫著，（清）仇兆鳌注：《杜诗详注》卷一四，中华书局，1979 年，第 1207 页。
② （汉）班固撰，（唐）颜师古注：《汉书》卷一九上，中华书局，1962 年，第 743 页。
③ 萧涤非主编：《杜甫全集校注》卷一二，人民文学出版社，2014 年，第 3351 页。
④ 周振甫译注：《周易译注·困卦四十七》，中华书局，1991 年，第 165 页。

世子车中作》有句"宾阶绿钱满，客位紫苔生"，宾阶客位，到处长满苔藓，见出宅第萧条荒凉，写出无有造其门者。首句表明供职于幕府实非本心，次句写出归隐草堂方是心中所想。

三、四句"郊扉存晚计，幕府愧群材"，意为已经在草堂做好终老于此的打算，供职幕府未免愧对群材。"郊扉"，郊外柴门，此处借指浣花草堂。"晚计"，晚年之生计。"幕府愧群材"交代了辞去幕僚的原因。明人单复解道："言扶病以垂朱绂，则幕府自愧于群材，言不宜仕也。及归而步紫苔，则郊扉庶可存乎晚计。言正合隐也。"[①]王嗣奭进一步补充道："谓出则扶病而垂朱绂，仕不成其仕；归休则步紫苔，隐又不成其隐。曰'紫苔'，而'郊扉'该之矣；郊扉以存晚计，已将终老于此。入幕府又愧群材，非其所堪也，是宜隐而不宜仕也。"[②]二公均知人之论。当时杜甫正面临着非常激烈的矛盾与冲突，仕与隐两种不同的道路时常在诗人内心挣扎。明末清初学者黄生认为"愧群材"三字"大有羞与哙伍之意矣，故知'愧'字是谦语，亦是实语。"[③]仇兆鳌从其说，认为杜甫不耐拘束而辞幕僚，"扶病"只是托词，"愧群材"实乃谦辞。其实是上文分析的因素，杜甫在严武幕府，年龄大，才华高，关系近，均能影响他人升迁，故群才难容杜甫，而杜甫以此般年龄，深知"众不可户说"，不如自找理由退居田园。

后四句写田园之乐，"燕外晴丝卷，鸥边水叶开"，承郊扉而来写江村美景。"晴思"，晴空之游丝。"水叶"，浮萍的一种，近于水草。飞燕之外晴丝舒卷，沙鸥旁边水叶齐开，两句总写草堂得以自由之趣。"邻家送鱼鳖，问我数能来"，写邻里之谊，邻家送来鱼鳖

---

① 萧涤非主编：《杜甫全集校注》卷一二，人民文学出版社，2014年，第3352页。

② （明）王嗣奭撰：《杜臆》卷之六，上海古籍出版社，1983年，第211页。

③ （清）黄生撰，徐定祥点校：《杜诗说》卷六，黄山书社，1994年，第248页。

虾蟹，问我能不能经常回来。美景如此，情意如此，江村民俗淳厚，能不欣慰？所谓"景物堪娱而人情相习，所谓归休晚计也。"①

其五抒发缅怀古人之情。首句"群盗哀王粲"倒装，"哀王粲"，动王粲之哀也。王粲，东汉末年山阳高平（今山东邹县）人，字仲宣。汉献帝西迁，粲徙长安，司徒想征辟他为黄门侍郎，不就，选择南下荆州依附刘表，因为貌寝短小，不为所重。建安十三年（208），丞相曹操南征荆州，王粲归于曹操，深得曹氏父子信赖，辟为丞相掾，赐爵关内侯。王粲博学多识，善属文，有诗名，诗赋为建安七子之冠，所作《七哀诗》《登楼赋》颇著名。《七哀诗》开首云："西京乱无象，豺虎方遘患。""豺虎"即"群盗"。《登楼赋》，是王粲南依刘表时所作。王粲不为刘表重用，流寓襄阳十余年，心情极为抑郁苦闷，借《登楼赋》抒写生逢乱世、长期客居他乡、才能不得施展而产生的思乡、怀国之情和怀才不遇之忧。这是诗人借王粲自比生逢乱世。"中年召贾生"，"贾生"，即贾谊，西汉初年著名政论家、文学家，世称贾生，少有才名，十八岁时以善属文为郡人所称。文帝时任博士，迁太中大夫。受大臣周勃、灌婴排挤，谪为长沙王太傅，故后世亦称贾长沙、贾太傅。后因文帝思念，召回长安，见于宣室。适逢文帝刚举行了祭祀，问以鬼神之事，一直谈到夜半，文帝听得入神，不由得将座位向贾谊处靠近，即下文所谓"前席"，李商隐也曾用此事："可怜夜半虚前席，不问苍生问鬼神。"

第五首前四句写群盗作乱使得王粲哀叹，贾谊中年被文帝召入朝廷。王粲登楼写下了《登楼赋》这篇名赋，贾谊能使文帝前席并以为荣，均是二人生前事。表面上是缅怀古人，其实是借以自况，高妙之处在于直将王、贾二人融作自己，借以自发其意。王嗣奭言："谓避盗远游，既哀王粲；中年之召，又及贾生。盖公避安、史之乱

---

① （唐）杜甫著，（清）仇兆鳌注：《杜诗详注》卷一四，中华书局，1979年，第 1207 页。

而来蜀，与粲避董卓之乱而来荆正相似；中年非以老少论也，公与贾皆以废弃而收用，故云。"① 黄生与王嗣奭观点一致，并进一步补充道："以王粲依刘，比己依严武；以贾生再召，比己再授官。然《登楼》之作仍切思乡，则依刘非本志矣。前席之荣，虚蒙主眷，则废弃竟终身矣。"② 杜甫为避安史之乱来到蜀地，正与王粲避董卓之乱前往荆州经历相似。王粲依附刘表，杜甫入于严武幕府。王粲的"信美非吾土兮"，未尝不是杜甫的心声；而贾谊中年蒙召，使得文帝前移座席，杜甫老年之际也蒙受银章之付，却终不复用，与贾谊又为古今感受相通。

五、六句"宅入先贤传，才高处士名"，意为王、贾二人的宅邸已写入先贤的传记，才名远远高于处士之名，均是二人身后事。"处士"，未仕或不仕之人。《汉书·异姓诸侯王表》载："秦既称帝，患周之败，以为起于处士横议。"颜师古注："处士谓不官于朝而居家者。"③ 以王粲、贾谊二人之才，足以堪当大任，却生不遇时，几与处士无异。钱谦益注：

> 《郡国志》：长沙南寺贾谊宅，亦陶侃宅在焉。殷芸《小说》：湘州有南寺，东有贾谊宅。宅有井，小而深，上敛下大，状似壶，即谊所穿。井旁局脚石床，容一人坐，即谊所坐也。出盛弘之《荆州记》。又云：谊宅今为陶侃庙。时种甘犹有存者。出庾穆之《湘州记》。《襄沔记》：繁钦宅、王粲宅，并在

① （明）王嗣奭撰：《杜臆》卷之六，上海古籍出版社，1983年，第210页。
② （清）黄生撰，徐定祥点校：《杜诗说》卷六，黄山书社，1994年，第248页。
③ （汉）班固撰，（唐）颜师古注：《汉书》卷一三，中华书局，1962年，第364页。

襄阳，井台尚存。^①

王粲客居荆州，极度思念故乡，但荆州之宅已入先贤之传，客居于此却不至于湮没无闻，实乃幸事。贾谊虽蒙文帝前席恩宠，但终生未得朝廷录用，与处士无异，不禁令人唏嘘感叹。由此观之，不知王、贾二人究竟谁更幸运一些。仇兆鳌言："公避乱蜀中，作诗言志，甚有类于王粲；而老授郎官，未蒙见召，叹不得为贾生。至于卜宅花溪，留名后世，则自信古今同调矣。"^②

七、八句"异时怀二子，春日复含情"中的"异时"，诸家对此颇多解释。一谓指往时，往日，如清初学者吴瞻泰认为："我异时亦曾怀二子，犹未知其情之可悲如此也。至今春日，触绪与怀，不觉复含无限之情如此。"^③一谓指异世，如明人单复曰："此诗怀贾生、王粲于异世，且当春，况复含情。"^④还有学者认为当作将来、后世意来解，如金圣叹言："'异时'者，先生不复在之时也！是时定怀我，亦如我今怀二子矣。'异时'字妙，即用汉武帝'朕独不得同时'语翻出来。"^⑤此三说中，似以吴瞻泰说更为贴近杜甫原意。是说诗人过去也曾怀念过王粲和贾谊，但那时并不理解二子之悲，当此春日再念及二子，才真正理解才子不被重用、不被理解的悲哀，故对二子复含更加深厚之同情。其实杜甫自幕府失意而归，打算终老草堂，

① （唐）杜甫著，（清）钱谦益笺注：《钱注杜诗》，上海古籍出版社，2009 年，第 466 页。
② （唐）杜甫著，（清）仇兆鳌注：《杜诗详注》卷一四，中华书局，1979 年，第 1208 页。
③ （清）吴瞻泰撰，陈道贵、谢桂芳校点：《杜诗提要》卷九，黄山书社，2015 年，第 206 页。
④ 萧涤非主编：《杜甫全集校注》卷一二，人民文学出版社，2014 年，第 3355 页。
⑤ 萧涤非主编：《杜甫全集校注》卷一二，人民文学出版社，2014 年，第 3355 页。

又担心茫茫身后之名，希冀自己的草堂可以和王、贾二人的宅子同样留名后世，也是对人生满怀期待的一腔深情。

（三）《春日江村五首》的艺术

《春日江村五首》是杜甫真心想安于田园的作品，但又融入了个人的"怀才失意之慨"①。组诗是诗人精心结撰的五律精品，在艺术上颇有精到之处，只是尚未有人专门探讨过。

1.结构连贯，浑然一体

《春日江村五首》结构完整，章法严谨，颇见老杜功力。五首诗各有侧重，但又层层递进，开合有度。其一写春耕盛况，其二写放旷情怀，其三写草堂春色，其四写邻里亲情，其五写个人感怀。五首各写诗人在江村之所见所感，各有侧重而又浑然一体。至其连贯，则各首有各首之连贯，各首之间又互为衔接，真如常山蛇阵。

第一首前两句"农务村村急，春流岸岸深"即照应诗题《春日江村》，第三句从空间角度下笔，万里乾坤，如今满目疮痍，吸引着诗人的望眼，抒发忧国之情。第四句从时间角度下笔，百年时序，岁月变迁，无可奈何，表达迟暮之感。五、六句又写江村景物，七、八句"艰难昧生理，飘泊到如今"再次抒发漂泊之感。第二首"迢递来三蜀，蹉跎有六年"紧承第一首末尾两句而来，总写入蜀六年情况，出句与对句按时间顺序排列，构成一组流水对。后六句又回写江村生活，紧扣诗题，同时交代漂泊岁月中幸逢故旧，如裴冕、高适等人，为下首写依附严武作铺垫。第三首前四句"种竹交加翠，栽桃烂熳红。经心石镜月，到面雪山风"紧承第二首末尾而来，描写种竹、栽桃等闲暇农事，后四句承接第二首"故旧"之句，写严武举荐老杜为郎官之事，同时转入对自己"岂知牙齿落，名玷荐贤中"的怀疑中，为退居找借口。第四首前四句"扶病垂朱绂，归休

---

① 韩成武、张志民：《杜诗全译精注》，天津教育出版社，2017年，第529页。

步紫苔。郊扉存晚计,幕府愧群材"紧承其三末尾"银章""荐贤"等句而来,与第三首相首尾。而入幕之后,生活并非先前预料的那般美好,杜甫不堪忍受幕府生活,逐渐萌生辞职归去的想法。后四句又应"江村",描写江村美景及淳朴民风。第五首总承前四章,尾句"春日复含情"以寓怀作结,再次呼应诗题。

组诗互为绾结,手法高超。吴瞻泰言:"《春日江村》前四首,言艰难漂泊,放废江天,名玷污荐贤,归休扶病。然所以然之故,终未说明。到第五首,忽将王粲、贾生反复咏叹,口中之怜二子,言外分明自怜,此五首总结法也。"① 王嗣奭点评道:"此五首如一篇文字,前四首一气连环不断,至末首总发心事作结。"② 邓献璋曰:"杜诗一首自为起结,通首互为连贯,其法律深隐,妙不可传。"③ 浦起龙点评道:"五诗'春'字起,'春'字结,选题精密如此。细思拙解此五首,结构层次,有一毫矫揉否?"④ 杨伦评:"五诗前首总起,末首总结,中三首逐章承递,从前心事,向后行藏,备悉此中,可作公一篇自述小传读。"⑤ 石闾居士曰:"合五首观之,前后互相发明,中间连环不断。文阵如常山之蛇,击首尾应,击尾首应,击中则首尾应,王嗣奭所谓'如一篇文字',诚哉不爽。为诗至此,吾无以名其妙矣。"⑥ 皆点明杜甫《春日江村五首》在章法结构上的缜密考量,春起春结,层层递进,又将个人经历糅合其中,功力深厚,不言而喻。

---

① (清)吴瞻泰撰,陈道贵、谢桂芳校点:《杜诗提要》卷九,黄山书社,2015年,第206页。
② (明)王嗣奭撰:《杜臆》卷之六,上海古籍出版社,1983年,第210页。
③ 萧涤非主编:《杜甫全集校注》卷一二,人民文学出版社,2014年,第3353页。
④ (清)浦起龙:《读杜心解》卷三之四,中华书局,1977年,第484页。
⑤ (唐)杜甫著,(清)杨伦笺注:《杜诗镜铨》卷一二,上海古籍出版社,1980年,第557页。
⑥ 萧涤非主编:《杜甫全集校注》卷一二,人民文学出版社,2014年,第3356页。

2. 清丽与沉郁合体，旖旎与愤慨和糅

对于杜甫《春日江村五首》语言风格上的艺术特色，前人李因笃评价："五诗亦朴老，亦绮丽，首首俱带江村意，大家之篇。""绮丽"，或曰"清丽"，更为贴近《春日江村五首》的风格。清丽，顾名思义，清新秀丽美好之意，既有清淡、宁静、优美的一面，也有自然、清爽、明丽的一面，而非追求文辞之美。陆机《文赋》提到了"清丽"："或藻思绮合，清丽千眠，炳若缛绣，凄若繁弦。"[1] 意即文采绮丽合于情思，辞采富丽似斑斓锦秀，又能与情调凄婉的情绪和弦。这样的句子在这五首中比比皆是，真如李白所说的"清水出芙蓉，天然去雕饰"，如"种竹交加翠，栽桃烂熳红。经心石镜月，到面雪山风"四句写竹林翠叶交杂，桃树红花烂漫，石镜经心，雪风拂面；又如"燕外晴丝卷，鸥边水叶开"，写燕影之外云若游丝，沙鸥身边荷叶轻开，晴丝下的自然如此安然静谧，令人流连。两句堪称佳句，李因笃曰："顺遇自然，而经纶具见……学至杜公，始许开创，虽常用字，亦别开生面。"[2] 杨伦也赞叹其"绮思隽句。"[3] 这些诗句对仗十分工整，描景状物也极为细腻，"卷"和"开"两个动词用得恰到好处，晴丝舒卷，水叶微开，一为天空之景，一为水中之景，视野广阔，从上到下，写出江村独特的春日美景。

但诗人并没有沉浸在浅层的美景里，而是在这美景中穿插进"乾坤万里眼，时序百年心"这样的时空意识，融入个性中"过懒从衣结，频游任履穿"的放旷自任，生发出"岂知牙齿落，名姑荐贤中"的无奈和"群盗哀王粲，中年召贾生"的历史意识和愤慨情怀，使

---

① （晋）陆机著，张少康集释：《文赋集释》，人民文学出版社，2002 年，第 145 页。
② 萧涤非主编：《杜甫全集校注》卷一二，人民文学出版社，2014 年，第 3353 页。
③ （唐）杜甫著，（清）杨伦笺注：《杜诗镜铨》卷一二，上海古籍出版社，1980 年，第 556 页。

组诗无形中传递着杜诗的"沉郁"色彩。

沉郁，指情感的深厚、浓郁、忧愤。所谓沉，是就情感的深沉而言；所谓郁，是就情感的浓郁、忧愤而言。反过来说，郁则能深，深则能厚。晚清著名词家陈廷焯在《白雨斋词话》中言：

> 所谓沉郁者，意在笔先，神余言外。写怨夫思妇之怀，寓孽子孤臣之感。凡交情之冷淡，身世之飘零，皆可于一草一木发之。而发之又必若隐若见，欲露不露，反复缠绵，终不许一语道破。匪独体格之高，亦见性情之厚。[①]

杜甫这一组诗，并不回避人生的艰难，生活中的矛盾，自己对社会人生的感慨，使得这组春日江村的诗歌既不是孟浩然的田园，也不是王维的辋川，而是老杜所独有的浣花溪畔的江村。《春日江村五首》中也有很多诗句直接抒发了杜甫内心深沉、忧愤的情感，如"艰难昧生理，漂泊到如今""迢递来三蜀，蹉跎有六年""岂知牙齿落，名玷荐贤中"等。陈廷焯曾评价杜甫："顿挫则有姿态，沉郁则极深厚。"[②]"不患不能沉，患在不能郁。不郁则不深，不深则不厚。发扬蹈厉，而无余蕴，究属粗才。"[③]这组诗充分展现了杜诗的深沉内涵，传达了时空意识下的诗人内心。

同时，清丽与沉郁，看似相差甚远的两种诗歌风格在杜甫手中结合得恰到好处。前人吴瞻泰评价："抑扬顿挫，颠倒错叙，于自怨

---

① （清）陈廷焯著，杜维末校点：《白雨斋词话》卷一，人民文学出版社，1959年，第5—6页。

② （清）陈廷焯著，杜维末校点：《白雨斋词话》卷一，人民文学出版社，1959年，第16页。

③ （清）陈廷焯著，杜维末校点：《白雨斋词话》卷三，人民文学出版社，1959年，第72页。

自艾之中，寓舒和微婉之趣。其度量亦过人远者。"① 赵汸曰："此五诗首尾开合，始终相承，皆有意义。所谓忧中有乐，而乐中有忧者也。"② 不到半年的幕府生活充满了不如意，官场规矩甚多，杜甫不堪其苦，索性辞归草堂。观此江村春日美景，方觉舒适惬意；体味其时空感受，人生磨难，方知丽景也传哀愁。

3.语言锤炼精妙，内涵丰富

杜甫善于锤炼字句，所谓"为人性僻耽佳句，语不惊人死不休"乃杜甫一生努力于语言锤炼的艺术追求，这一点，在《春日江村五首》中也可以清楚体现。如第一首中的"乾坤万里眼，时序百年心"，此联出句从空间入手，对句从时间入手，放眼世界，囊括古今，感慨万千，正如单复所说："此因人事天时，乃自叹乱离以来，观天地之宏大，而容身无所，念岁月之如流，而老将去矣。"③ 又如第二首中的"迢递来三蜀，蹉跎有六年"，"三蜀"，泛指蜀中。此联为第二首首联，用"巴蜀"亦可，但作者偏偏借历史旧事指代，一则增加历史内涵，二则造成"三蜀"与"六年"的对应，使这首诗首联即形成工对，涵盖诗人在蜀地六年来所有走过的地方及所有经历的事情。此首颔联"客身逢故旧，发兴自林泉"，用"客身"强调自己的羁旅漂泊之感，用"逢"表达幸运之意，用"自"说明本心，表示自己来蜀实是人生蹉跎，受严武表荐，只是不幸中的幸运而已，金圣叹曰："二句十字（客身逢故旧，发兴自林泉），正写尽蹉跎，并非

① （清）吴瞻泰撰，陈道贵、谢桂芳校点：《杜诗提要》卷九，黄山书社，2015年，第 205 页。
② 萧涤非主编：《杜甫全集校注》卷一二，人民文学出版社，2014 年，第3356 页。
③ 萧涤非主编：《杜甫全集校注》卷一二，人民文学出版社，2014 年，第3347 页。

得意语。"① 沈汉曰："两语曲尽客逢悲喜。"② 又如第三首颈联"赤管随王命，银章付老翁"，用富有历史内涵的"赤管""银章"代表对自己的任命，既具有形象化特点，又使对仗典雅、高华，色彩感极强。"燕外晴丝卷，鸥边水叶开"，用"晴丝"写天空细细的云彩，用"水叶"写春日里晶莹剔透的荷叶，一"外"一"边"，将视野从天际拉向眼前，一"卷"一"开"，从动态视角展现出大自然的美丽。查慎行曰："'外''边'二字，百炼难到。"③ 李因笃曰："顺遇自然，而经纶具见。""学至杜公，始许开创，虽常用字，亦别开生面。"④ 可见此组诗歌炼常字之功效。

① 萧涤非主编:《杜甫全集校注》卷一二，人民文学出版社，2014 年，第 3349 页。
② 萧涤非主编:《杜甫全集校注》卷一二，人民文学出版社，2014 年，第 3349 页。
③ 萧涤非主编:《杜甫全集校注》卷一二，人民文学出版社，2014 年，第 3353 页。
④ 萧涤非主编:《杜甫全集校注》卷一二，人民文学出版社，2014 年，第 3353 页。

第五章　杜甫的夔州组诗

一、《夔州歌十绝句》

其一

中巴之东巴东山，江水开辟流其间。

白帝高为三峡镇，瞿塘险过百牢关。

其二

白帝夔州各异城，蜀江楚峡混殊名。

英雄割据非天意，霸王并吞在物情。

其三

群雄竞起问前朝，王者无外见今朝。

比讶渔阳结怨恨，元听舜日旧箫韶。

其四

赤甲白盐俱刺天，闾阎缭绕接山巅。

枫林橘树丹青合，复道重楼锦绣悬。

其五

瀼东瀼西一万家，江北江南春冬花。

背飞鹤子遗琼蕊，相趁凫雏入蒋牙。

其六

东屯稻畦一百顷，北有涧水通青苗。

晴浴狎鸥分处处，雨随神女下朝朝。

其七

蜀麻吴盐自古通，万斛之舟行若风。

长年三老长歌里，白昼摊钱高浪中。

其八

忆昔咸阳都市合，山水之图张卖时。

巫峡曾经宝屏见，楚宫犹对碧峰疑。

其九

武侯祠堂不可忘，中有松柏参天长。

干戈满地客愁破，云日如火炎天凉。

其十

阆风玄圃与蓬壶，中有高唐天下无。

借问夔州压何处，峡门江腹拥城隅。[①]

此组诗其一"瞿塘"的"塘"，仇注本原文为"唐"，径改常规用字。

杜甫羁留夔州约两年半的时间，存诗四百三十多首，诗篇举凡怀古与伤今、忧国与悯民、自怜与忆友，题材可谓包罗万象、无所不备，其中也有相当一部分是描绘山水风物和世态人情的，或吟咏夔州江水山川，或评论风俗民情，或凭吊名胜古迹，或记录物产资源，或叙说衣食住行。这些诗从不同的角度，多层次、全方位地展示了夔州风貌，《夔州歌十绝句》便属于这一类。

（一）漂泊至夔州

广德元年（763）春天，伴随着史朝义无路可逃的自缢，历时八

---

① （唐）杜甫著，（清）仇兆鳌注：《杜诗详注》卷三，中华书局，1979年，第1302—1306页。

年的安史之乱落下帷幕，官军彻底消灭了叛军，收复了河南河北广大地区。获悉消息的杜甫欣喜欲狂，归乡之心更切，"即从巴峡穿巫峡，便下襄阳向洛阳"，路线的选择和心中的愿望都说明，诗人恨不得立即乘船出峡北上，而由《奉送崔都水翁下峡》中的"所过凭问讯，到日自题诗"可以看出，诗人对还乡是志在必达的，所以希望崔都水下峡路上所过之处一定要题诗，自己随后就会途经其路过之路，共赏其所赏之景。诗人一直在计划回乡，次年准备启程之时，得知好友严武再度镇蜀的消息，只得暂时搁置返乡计划，复还成都草堂。后在严武的举荐之下，杜甫做了其幕府的参谋，又被严武举荐为检校工部员外郎，等待入朝为官的机会。这也是"杜工部"称呼的来历。但是，仅六个月之后，诗人就因不适应幕府生活，与同僚多有分歧而辞去职务。永泰元年（765）四月，严武去世，杜甫再也没有留居草堂的理由，于是沿江东下，路经嘉州（今四川乐山市）、戎州（今四川宜宾市）、渝州（今重庆市）、忠州（今重庆忠县）等地，之后滞留云安。

从永泰元年（765）重阳节作《云安九日郑十八贲携酒陪诸公宴》到次年春末《移居夔州作》可知，杜甫滞留云安大概有七个月的时间。暂居云安之时，诗人的身体状况恶化，多种疾病缠身，不仅多年的疟疾、肺病发作，还患上了严重的糖尿病，因此好长时间都卧床不起。即使病情略有好转之时，身体状况也不容乐观，衰弱得不成样子，以至于"白发少新洗，寒衣宽总长"，大病后头发稀疏，枯瘦到衣服也不合身了。蜀地祸乱的持续发展影响到了云安的秩序，诗人身体略有好转之后，便移至夔州继续休养。诗人本以为出峡会顺风顺水，能"乘涛鼓枻白帝城"后"长啸下荆门"，然而现实却非其所愿，从云安出发留滞夔地又长达一年半之久。

久滞夔州的原因有三：一是身体原因。之前在云安已有多种疾病发作，在此身体也时有病发，糖尿病并发出耳聋眼花、牙齿半落等症状，以致夜不能寐、行走不利、写字困难，诗人也曾述"旧疾卅载来，衰年得无足"，因此只得又一次改变计划，停下来进行康复治疗。二是天下没有完全安定，外族连年大举侵犯，就连京都洛阳都遭到了洗劫，蜀乱亦未平，诗人不知何去何从，只能暂且偷居。三是经济状况不佳。诗人没有收入来源，一家老小的日常开支尚且需要友人接济，一路返京的舟车旅费更加负担不起了。于是诗人四处寻求资助，以求早日完成北归愿望。杜甫卧病云安大半年，停居夔州又有一年半之久，这样算来，诗人在夔州以及所辖之云安共计两年多。两年虽然不长，但对于暮年的杜甫，已经是一个很久的时间概念了。十年奔波，万里漂泊，再加上一副衰朽的皮囊，给了诗人创作的紧迫感，于是他便将所见之景、即抒之情、联想之事一一录入他的 470 多首夔州诗作中。思慕北乡固然令诗人愁容满目，但"难见山川"，也要为夔州高歌，于是有了这组"十重唱"的《夔州歌十绝句》。

（二）为夔州山川和人文景观写照

文学创作作为人类一项精神活动与生命存在方式，毫无疑问会受到客观生活与周遭环境的影响，刘勰在《文心雕龙·物色》中说："若乃山林皋壤，实文思之奥府，略语则阙，详说则繁。然则屈平所以能洞监《风》《骚》之情者，抑亦江山之助乎！"[①] 而由《诗经》"昔我往矣，杨柳依依。今我来思，雨雪霏霏"[②] 至屈原的"深林杳以冥冥兮，乃猿狖之所居。山峻高以蔽日兮，下幽晦以多雨"[③]，由曹操踌躇满志的《观沧海》至陶谢笔下的山水风光，亦可见自然风物不断触发诗人的心绪，融注在诗人的笔下。杜甫也不例外，祖国的山

---

① 周振甫：《文心雕龙今译》，中华书局，1986 年，第 412 页。
② 周振甫译注：《诗经译注》，中华书局，2002 年，第 243 页。
③ （宋）朱熹撰，蒋立甫校点：《楚辞集注》，上海古籍出版社，2001 年，第 78 页。

河大地触发了他的诗兴情思，譬如华岳黄河，又如蜀江巫峡，夔地江山自然也要引发诗人高唱。夔州的山水险峻瑰玮，古迹神秘悠久，诗人畅游于此，流连名山胜水，感叹历史名迹，用诗笔为夔州画下一幅幅山水风情图。

"南国多奇山"是夔州的典型特征，诗人有感于夔地风光的雄峻奇幻，对"形胜有余"的山水进行了极为细致的刻画。

《十绝句》之一总领性地概括了夔地形胜，"中巴之东巴东山，江水开辟流其间。白帝高为三峡镇，瞿塘险过百牢关。"千山万岭，逶迤起伏，重岩叠嶂，澎湃的江水以一泻千里之势奔流在万山重岭之间。城居山巅，下临瞿塘。白帝瞿塘，一山一水，惊险无比，共为入蜀之咽喉。瞿塘峡为三峡之首，两岸绝壁对峙，山势峻拔，水流汹涌，历来被视为川江行舟的天险之处。大自然赋予夔州这样气势雄峻的景观，诗人也毫不吝惜自己的笔墨，对特有的山川险峻给予了反复的刻画。

除这一首之外，诗人也在其他诗作中描写夔州天生险峻的山水，"地与山根裂，江从月窟来""众水会涪万，瞿塘争一门"。诗中的"赤甲""白盐"也是夔州险峻的标志。赤甲山和白盐山，一江南、一江北，两山隔江而对，在特别的奇景与诗人奇特的想象之下，两山高拔入云，直刺九天。《其一》对夔州地貌进行了概括，而《十绝句》整篇则全面勾勒了夔州形胜，不仅如此，全篇还粗略地描写了白帝城、瞿塘峡、赤甲山、白盐山、瀼东瀼西、东屯等自然景观，以致诗人夔州诗中的山川景观都与之相匹配，构成夔州文化的标志。除了险峻的山川外，诗人还触及夔州丰富的自然植被群落，松柏森严、丹青相合。松柏秉性相近，耐寒长青，是夔州常见之物，枫林、橘树，一丹一青，形成俊丽绚烂的山川色彩。山水相映、草木互生，巫山夔峡、松柏枫橘，皆是诗人为夔州高歌的对象。据粗略统计，诗人在诗中起兴或夹写夔州山水者，竟达 350 余首，约占夔州诗的

70%，可见夔州山水之令人瞩目。

夔州也有很多人文故事。东汉末年分三国，动荡的时代造就了数不清的风流人物，诸辈英雄各领风骚得到后代人的青睐，诗人们也竞相追逐，用诗笔勾画自己所崇拜的英雄豪杰。杜甫早年最过钟情的，莫过于"腹有诗书气自华"的曹子建，曾有"赋料扬雄敌，诗看子建亲"（《奉赠韦左丞丈》）、"子建文笔壮"（《别李义》）、"文章曹建波澜阔"（《追酬高蜀州人日见寄》）等吟咏诗作。历经多年沧桑，漂泊辗转，诗人的风发意气逐渐消磨，愈发地老成持重了，此时的三国情怀也随之转向对历史的兴发感叹。在夔州时期所赋430多首诗，足有30余首"三国"的咏史怀古作，可见此时诗人浓郁的三国情结，其中出现次数最多的莫过于武侯祠和白帝城了，此二者也同是《夔州歌十绝句》中的三国坐标。

《十绝句》之九是诗人游览武侯祠所作，是对诸葛亮的凭吊。"武侯祠堂不可忘，中有松柏参天长。干戈满地客愁破，云日如火炎天凉。"身处兵连祸结之时，又值酷暑炎夏之日，祠庙之中松柏傲然挺立，这番景象使诗人心中的愁怀暂时得到了消解，即使在炎天也身觉清凉。诗人出入武侯祠，引发了对诸葛亮的怀念，又因松柏的荫庇而免遭烈日酷暑，不禁油然而生出一种敬意。武侯是明君忠臣关系的化身，也是天下太平的代表，其生前死后之待遇与后世崇拜敬仰之心是诗人的渴望与理想。为了表达对诸葛丞相的敬爱之情，诗人曾不止一次地祭拜过："久游巴子国，屡入武侯祠！"每每入祠定有的感怀身世情绪的生发，也必得君臣同济的精神慰藉。

《十绝句》之二事涉白帝城，"白帝夔州各异城，蜀江楚峡混殊名。英雄割据非天意，霸王并吞在物情。"白帝、夔州本来是两座城，蜀江、楚峡也指不同的地点。英雄割据一方并非天意，顺应民情才能统一四方。白帝城为西汉公孙述据蜀所筑，公孙述和刘备都曾盘踞于此且留存庙宇，但二人在诗人心中的位置却是迥不相同的。杜甫将公孙述与侯景并提，吐露出"公孙初恃险，跃马意何长"的讥讽之语，认为公孙述是僭越称帝。而刘备的待遇则不同。杜甫将三国割据视为国家统一的过程，对蜀地君臣寄予了无限的期望和同情。诗人有感于此时国家的兵荒马乱，以白帝城的历史故事借古伤今，表露出期盼天下安定之心。如果说武侯祠多寄托壮志未酬的个人夙愿，那白帝城则是更多地透露出和平盛世的社会理想，两者作为诗人三国情怀的代表，是杜甫对夔州人文景观的审美观照。

"荆巫独灵异"，《十绝句》中也包括楚王宫和高唐观古迹的描述。除了古迹文化，组诗还描写夔州的人口、作物等状况，"白昼摊钱高浪中"是夔州经济发展的写照，"瀼东瀼西一万家"是人烟稠密的直露，"万斛之舟行若风"是水路便利的体现，"东屯稻畦一百顷"是田地富饶的象征，"蜀麻吴盐自古通"是物产丰富的标志，以上因素与三国文化，共同构成诗人笔下的夔州人文景观。

当一颗真挚深情的心灵与独具情调的江南风景遇合时，便唤起无尽的诗的冲动，诗人为夔州书写了多样的烂漫和真实，他为夔州自然和人文景观写照的远不止于这十首，另有涉及感知天气的物候诗、感受风俗的民风诗，这些诗囊括了夔州的方方面面。杜甫将夔地的特殊景物和地方文化自然习之，并进行了有意识的强化，以诗性的语言为独特的夔州山水古迹增添光彩，为夔州景观代言。

（三）《夔州歌十绝句》的艺术

前人经常把《夔州歌》和《竹枝词》两相比较，黄庭坚在《跋刘梦得竹枝歌》道："刘梦得《竹枝》九章，词意高妙，元和间诚可以独步。道风俗而不俚，追古昔而不愧，比之杜子美《夔州歌》，所谓同工而异曲也。"[①] 清人翁方纲《石洲诗话》也言："《竹枝》本近鄙

---

① （宋）黄庭坚著，刘琳、李勇先、王蓉贵校点：《黄庭坚全集》，四川大学出版社，2001年，第657页。

俚，杜公虽无'竹枝'，而'夔州歌'之类，即开其端。"① 现代学者也认为两者有相似之处，任半塘先生在《竹枝》考一文中曾言，"杜甫《夔州歌》与刘氏的《竹枝》相近者二首"②。张忠纲、孙微编选的《杜甫集》在《夔州歌十绝句》一篇品评："这十首绝句……在艺术上吸收了巴蜀民歌《竹枝词》的特点。"③ 蜀中是《竹枝》的发源地，《夔州歌》也是蜀地所作，两者都受巴蜀民歌的浸染。杜甫 48 岁入蜀，57 岁出蜀，有近达十年的入蜀生活，他自己也说过："万里巴渝曲，三年实饱闻。"（《暮春题瀼西瀼东新赁草屋五首》其二）但是，关于是否使用巴蜀声调，杜甫本人没有说明过，我们不能仅凭体式和语言方面存在一些相似特点就妄加揣测。前代人虽有《夔州歌》与《竹枝词》类似的持论，却也保留两者相左的观点。李东阳认为杜甫诸绝句有古竹枝词意，但超出蹊径。杨伦说《夔州歌》"十首亦竹枝词体"，却"自是老境"。浦起龙亦言《夔州歌》"间有俚句"可是"体格特高"。就此来看，不必过多刻意列举两方的共同之处，《夔州歌》创作特征的讨论也不必非要与《竹枝》相联系，其艺术成就可作独立探究。

1. 浅近语言的表达

杜诗对巴歌蜀语的学习是有目共睹的，宋人注杜诗，列举他用"蜀中语"是相当多的，如"上番""禁当""长年"等，既用四川方言，受民歌俗俚语化的陶染也是很自然的事情了。《夔州歌十绝句》在运用语言方面通俗明白、浅近清新，诗中句句皆是例证。"中巴之东巴东山，江水开辟流其间"（其一），写群山连绵、江水不绝，不像诗歌用语，分明是寻常谈话一般；"赤甲白盐俱刺天，闾阎缭绕接

① （清）翁方纲撰：《石洲诗话》，中华书局，1985 年，第 91 页。
② 任中敏著，张之为、戴伟华校理：《唐声诗》下编，凤凰出版社，2013 年，第 281 页。
③ 张忠纲、孙微编选：《杜甫集》，凤凰出版社，2014 年，第 253 页。

山巅"（其四），写两山高耸、直刺云天，屋舍盘旋，绕山而上；"瀼东瀼西一万家，江北江南春冬花"（其五），写溪居两岸的农户和景色，顺口而出，不加一点修饰；"长年三老长歌里，白昼摊钱高浪中"（其七），写舵手放声歌唱、商贾热闹赌博，运用"长年""三老"蜀语，富有地方亲切感；"中有松柏参天长"（其九），"中有高唐天下无"（其十）一首诗之中两次用到"中有"，完全不像诗语，倒像是快板说书般的叙说方式。诗中也有像"白帝夔州各异城，蜀江楚峡混殊名"（其二）和"群雄竞起向前朝，王者无外见今朝"（其三）一样文气十足的语言表达，但不影响组诗整体遣词造句的明快如话。可以看出，《夔州歌十绝句》在语言的处理和运用上，有意识地以口语入诗，白话信手拈来，以朴素取胜，看似粗俗，实则自然天成。其通俗生动、不事雕琢的特点，也正好契合了诗人"清词丽句必为邻"的绝句宗旨。

2. 拗格绝句的新创

诗人去蜀入夔以后，在声律形式方面进行新的探索，夔州诗多用独特的拗律，创造出新的音律特征。其七言绝句也一反盛唐绝句的传统，大胆启用拗体绝句，以拗格实现音律起伏、灵活多变为尝试。杜甫绝句里的拗格特色，也如他的拗律一样，几乎成为一种新的诗歌体式。《十绝句》其二、其四两首对仗工整，是典型的律绝，可见诗人把律诗的对偶形式成功运用到了绝句的创作中，与五言律绝首句完全不用仄起平收、平起平收的句式相比，两首律绝皆用首句入韵，是最普遍的七言律绝的形式。组诗的前八首以合律的对句结尾（除其二外。其二若计入，需遵仇本，"王"为去声），也是唐代七绝的标格。这些诗句的出现，均是诗人精于律体的体现。但由于绝句篇幅的短小，句式多对仗未免显得过于呆板，难以造成章法的转合，于是诗人在丰富的经验和成熟的技艺基础之上，打破常规，别开蹊径，故意制造拗句，组诗十首，多用拗折之笔，除了第

二、第四首之外，余下诸篇都有拗体诗句的出现。诗人力求上下两联的一拗一对，以显示绝句的变化多样，以第一首为例："中巴之东巴东山，江水开辟流其间。白帝高为三峡镇，瞿塘险过百牢关。"首句七字竟都用平声字，是七绝中的奇句，二句的二四字用仄声，也为拗句，这样诗歌读起来一字一顿、一句又一顿，拗口艰涩、音调铿锵，展现了抑扬顿挫的音韵感。三四句为工对句，前后联的鲜明对比，显然是诗人有意的偏离。另有末三字"冬春花""参天长""炎天凉"等三平到底的拗语，同为绝句艺术注入新的生命力。诗人在《十绝句》中，以拗折之笔绘三峡拗俏之貌，显示出顿俏峻拔、雄奇独特的夔州风貌。

3. 夔州意象的生成

夔州钟灵毓秀、古迹蕴奇，有雄奇险怪的山川风月，也有见证历史兴衰的名胜古迹。诗人全面地观赏到了这些风光，于是《十绝句》的意象遍布了夔州本色：植物意象有枫林、橘树、山花、松柏；动物意象如鹤子、凫雏、狎鸥；从连绵群山到浩浩江水；由缭绕烟火到复道重楼；标志地点如白帝城、瞿塘峡、高唐观、楚王宫、武侯祠、赤甲、白盐山；人间气息景观如船夫高唱、长江水运、稻田百顷、万户人家，还有虚拟构想的阆风颠、玄壶堂、蓬莱岛、巫山神女以及隐喻在风景之中的历史人物和旧年故事。诗人将此地即见之意象，一一入诗，丰满了夔州江山。而夔州意象也对诗人这一时期的风格产生很大影响，这应是夔州给予诗人最好的馈赠。

杜甫的绝句，历来是饱受争议的，胡应麟在《诗薮》中甚至给予了极低的评语："子美于绝句无所解，不必法也。"[1] 这样极其贬义的评价使得对杜甫绝句的认识跌至谷底。但事实是，诗人用浅近的语言文字、别样的拗格体式、独有的夔州意象，直抒真情至性，刻

---

① （明）胡应麟撰：《诗薮》内编卷六，上海古籍出版社，1958年，第109页。

画夔州自然和人文景观，使之在文学史上留下独具特色的"夔州"镜像，也算是以诗补史的重要贡献吧。

二、《诸将五首》

其一

汉朝陵墓对南山，胡虏千秋尚入关。

昨日玉鱼蒙葬地，早时金碗出人间。

见愁汗马西戎逼，曾闪朱旗北斗殷。

多少材官守泾渭，将军且莫破愁颜。

其二

韩公本意筑三城，拟绝天骄拔汉旌。

岂谓尽烦回纥马，翻然远救朔方兵。

胡来不觉潼关隘，龙起犹闻晋水清。

独使至尊忧社稷，诸君何以答升平？

其三

洛阳宫殿化为烽，休道秦关百二重。

沧海未全归禹贡，蓟门何处尽尧封。

朝廷衮职谁争补？天下军储不自供。

稍喜临边王相国，肯销金甲事春农。

其四

回首扶桑铜柱标，冥冥氛祲未全销。

越裳翡翠无消息，南海明珠久寂寥。

殊锡曾为大司马，总戎皆插侍中貂。

炎风朔雪天王地，只在忠臣翊圣朝。

其五

锦江春色逐人来，巫峡清秋万壑哀。

正忆往时严仆射，共迎中使望乡台。

主恩前后三持节，军令分明数举杯。

西蜀地形天下险，安危须仗出群材。[1]

安史叛乱虽然暂时告一段落，但中原之地的祸乱还远没有结束。于内部来说，地方陷入藩镇割据的局面，唐王朝无力禁止，只能奉行姑息之政，任由其自署将吏、不纳贡赋；于外部而言，边境的空虚导致吐蕃连年入寇，唐主几次弃城逃亡。杜甫亲见深入唐王朝骨髓的病患，并一一指出，组诗能见出诗人对时弊的洞悉和谋虑的深远，以及对朝野上下的哀其不幸怒其不争。

（一）安史乱平后的边患忧虑

爆发于天宝十四载（755）的安史之乱，使昔日的大唐盛世在战火中付之一炬，苍生饱受涂炭之苦。虽然安史之乱最终以唐军的胜利结束，但它对李唐王朝的影响却是深远的。这场争夺统治权的内乱，造成了一场空前的浩劫，它使大唐自贞观至天宝的数代繁荣尽数埋葬在战火中，直到广德元年（763）方告结束。伴随着中央政权对地方藩镇的妥协，朝廷迎来暂时安定的局面，而令人始料未及的是，由内乱导致的国力衰竭，引发了边域异族的觊觎，从而引发了一系列的边患危机。

唐代前期，为了遏制外族的军事入侵，朝廷在边疆地区设置了九节度、一经略来管理边域事务，其中处于西北的有安西、北庭、朔方、河西和陇右。安史之乱爆发后，朝廷令"河西、陇右、朔方

---

[1] （唐）杜甫著，（清）仇兆鳌注：《杜诗详注》卷三，中华书局，1979年，第1363—1370页。

除先发蕃汉将士及守军郡城堡之外，自余马步军将兵健等一切并赴行营，各委节度使统领"①，河西以及陇右两镇主力进入内地平乱，却在潼关失守后，几乎全军覆灭。安西、北庭的主力也被调内地平叛，安西北庭行营军就是在安西李嗣业和北庭马璘的万余精兵基础上组建的。这支劲旅，几乎参加了安史之乱中所有的重大战役。内调的军队不是因平乱被歼灭，就是因平乱而滞留内地。河陇两地的兵力真空，给了外族可乘之机，与唐朝对峙的吐蕃立即展开了攻势。至德元载（756）到至德二载，吐蕃连续攻占了陇右地区，陇右道大部分沦陷敌手。调遣边军入内平叛的行为，使唐王朝失去了对边疆地区的统治，也失去了对吐蕃等外族的军事遏制力。自此，唐廷时刻面临着边疆不稳的隐患。

安史之乱平定后接下来的几年里，吐蕃连岁入侵，一度危及京师，并"尽取河西，陇右之地"②。广德元年（763），吐蕃率吐谷浑、党项、氐、羌二十万，长驱直入长安，洗劫宫闱、焚烧陵寝，无恶不作，这也证实了杜诗中的皇陵焚掘确有其事。不久，吐蕃攻占兰州（今甘肃兰州）、河州（今甘肃临夏西北）、洮州（今甘肃临潭）、岷州（今甘肃岷县）、秦州（今甘肃秦安西北）、成州（今甘肃礼县东南）、渭州（今甘肃陇西东南）等地，又联合南诏国将剑南西山的松州、维州、云山城等地收入囊中。广德二年（764），唐朝叛将仆固怀恩引吐蕃、回纥联军共计十万人悍然入寇，这一年，吐蕃也将凉州收入囊中。虽然另有伊、西、甘、肃、瓜、沙等州到建中二年（781）才彻底被吐蕃征服，但是凉州的沦陷使这些州失去了东出之路，和朝廷断绝了联系，所以司马光说此一时期的唐王朝已然彻底失去了河陇之地的说法还是较为准确的。永泰元年（765），仆固怀

---

① （宋）宋敏求编：《唐大诏令集》卷一一九《亲征安禄山诏》，商务印书馆，1959年，第626页。

② （宋）司马光编著：《资治通鉴》卷二二三，中华书局，1956年，第7146页。

恩再度纠集吐蕃、吐谷浑、党项、奴刺数十万众入寇。吐蕃连年入寇，占据河陇，直接威胁了唐都的安全，朝廷不得不又一次大规模调整军事战略，这不仅造成很大的兵力负担，也使平藩镇之乱的行动难以为继。由此来看，安史之乱带来的后果是非常严重的。此组诗作于大历元年（766）的秋天，是诗人了解到安史乱平后唐王朝又遭受吐蕃祸患后所写。虽然朝廷在不久之前，与吐蕃进行了友好往来，但诗人深知外患问题并未根除，故写诗希望诸将能够与朝廷同心协力，共渡难关。但事实上，诸将对国家的灾难多是无所作为或束手无策，故而诗人表达了对诸将的失望，并提出多番警告，希望他们尽心为国，有所作为。

（二）诗人对国事的忧心忡忡

安史之乱几乎颠覆了整个大唐王朝，四境之内山河破碎、民不聊生，诗人痛心疾首，作《诸将五首》。这组诗以汉朝陵墓、韩公三城、洛阳宫殿、扶桑铜柱、锦江春色五个地理方位，回忆了发生在大唐王朝的不堪往事，痛斥诸将不能御寇安疆和为国解困的无能，并隐喻批评了在位君王的昏庸。

其一为吐蕃内侵，责诸将不能御敌之作。吐蕃屡犯中原，国家受辱，诗人告诫诸将不可忘忧失警。首联"汉朝陵墓对南山，胡虏千秋尚入关"，起笔说"汉朝陵墓"，此处的"汉朝"并不是单纯的"以汉代唐"，用汉陵来借指唐陵，而是说自汉代之时，外族已经有过入关侵犯、焚掘皇陵的行径，如今唐朝又出现了同样的情形。"关"指的是萧关（今宁夏固原）。汉时，匈奴南下侵扰中原，多从萧关入境，唐朝广德元年（763）吐蕃攻陷长安以及永泰元年（765）吐蕃纠集吐谷浑、党项等族长驱中原，皆是以攻破萧关为始，所以言及"尚"，明确此种行为不是第一次发生。此联意为，从大汉到大唐近千年的历史，北方蛮夷屡屡犯我中原之地。颔联"昨日玉鱼蒙葬地，早时金碗出人间"，写陵墓被挖掘的情况。刚刚埋葬了帝王将相的地方，玉鱼、金碗之类的殉葬品很快就出现在民间。其中"玉鱼""金碗"化用《南史》"茂陵玉碗出人间"的典故，说明汉唐皇陵都被掘盗不堪。"昨日""早时"表明陵墓盗挖极快、景象极惨。颈联"见愁汗马西戎逼，曾闪朱旗北斗殷"，继续写西戎的恶行，步步进逼，甚至直入京师，"见"指永泰事，"曾"指广德事，旨在说明敌人两次来犯都对唐王朝构成巨大威胁，两个时间副词的对仗运用，亦是外族屡次进犯中原的写照。尾联"多少材官守泾渭，将军且莫破愁颜"，写郭子仪、李忠臣、李光进等将在京畿诸地严加守备，结果如何？吐蕃竟联络回纥合围泾阳，郭子仪只能说服回纥订约结盟，共击吐蕃，这才令吐蕃引兵遁去。西戎退兵，本应喜悦，为何要"莫破愁颜"？诗人认为：依赖外族获得的暂时安宁，根本算不上胜利，诸将不能沉迷享乐。尾联一方面责备诸将的无能，另一方面也警示其不可松懈，宁可备而不战，不可战时无备。这一首，可以说是诗人费尽心机，不惜用汉唐千年的历史跨度，写下中原王朝受辱之事，劝诫诸将各司其职，安守国土。

其二为回纥入侵，责诸将不能为主分忧。其中关系唐王朝借兵回纥平乱诸事，既涉天宝叛乱，又及上文所言吐蕃之事。首联"韩公本意筑三城，拟绝天骄拔汉旌"，"三城"，指三降城，又称受降城，因汉武帝为接受匈奴贵族投降建造得名。景龙元年（707），张仁愿请奏在河套北岸建起三城体系。三城即西城（今内蒙古巴彦淖尔）、中城（今内蒙古包头）、东城（今内蒙古呼和浩特），唐时虽仍沿用"受降"之名，却不是为了接受外族的投降而建，而是军事进攻型的重镇体系。受降城的建立，帮助大唐王朝将突厥的政治经济中心转化为北疆内的军事重地，朝廷不仅大大削弱突厥国力，还控制住了漠南地区，最终将突厥汗国歼灭。颔联"岂谓尽烦回纥马，翻然远救朔方"，承接上联并反义用之，说韩公筑构三受降城是为杜绝外族南侵，不料朝廷为平定叛乱竟然主动请求回纥入关，这一举动与当时修城的本意大相径庭。"岂谓""翻然"，流水对，一对连接性虚词的使用，表达出诗人对借兵回纥的强烈不满。杜甫原本就反对借兵回纥，他的另一首诗《留花门》，就曾对回纥留兵沙苑表示出深深的忧隐。颈联"胡来不觉潼关隘，龙起犹闻晋水清"，潼关素以险要著称，胡人入侵边境却已然不觉得有阻碍，是指安禄山起兵造反时唐朝统治者命令潼关守将出关迎敌，导致潼关被攻破了。"晋水清"即指唐高祖晋阳起兵时借力突厥。古人有"圣人出则黄河清"之语，赞高祖为圣人，"犹闻"一词，则恭维当朝皇帝代宗亦为圣人。同为圣王之君，同样请兵外戎，高祖能制服外敌，代宗却留下后患。迥然不同的结果是什么导致的？自然归结到了尾联"独使至尊忧社稷，诸君何以答升平"，朝廷上下，只有君王一人忧思国事，诸将大臣毫不作为！因此国家祸患不是君之责，而是臣不力。诗人表面说君王没有责任，实际上心头的怨怼不单指向诸将，更是直指君王的。

其三为乱后民困，贡赋不修，屯田不能自给，责诸将不能怀远。"洛阳宫殿化为烽，休道秦关百二重"，首联率先回忆洛阳城被毁事件。洛阳两次遭遇焚烧抢掠，一毁于安禄山（755），再毁于史思明（759）。"秦关"指潼关，自古都说潼关险固，有"关门扼九州，飞鸟不能逾"之名，而天宝十四年（755）安禄山击败哥舒翰二十万大军，潼关失守。因此诗人说：不要夸说"百二秦关"足可抵挡百万敌兵了！其中暗含的是对将领们有关不能守的强烈不满。颔联"沧海未全归禹贡，蓟门何处尽尧封"，"禹贡""尧封"指国家版图，"何处""未全"两句，表明沧海和蓟门之地未完全归顺朝廷，也并不完全属于唐朝版图。叙安史之乱后，河北等地陷入割据状态，地方表面归服，实际上拥兵自重，自署将吏，不纳贡奉。颈联"朝廷衮职谁争补，天下军储不自供"，说诸将多出将入相，甚至位及三公，却都不去努力屯田积粮，致使天下军粮不能自给。尾联"稍喜临边王相国，肯销金甲事春农"，承接上联称赞出将临边的王缙肯熔甲铸犁，从事农耕，不失农时，屯田自给。大唐王朝"多少材官"中，只有临边的王相国能够努力于屯田积粮，大多地方都是"军储不自供"，这怎能令诗人不忧心！

其四责朝廷用人不当，不能收复南方失地。前两联："回首扶桑铜柱标，冥冥氛祲未全销。越裳翡翠无消息，南海明珠久寂寥。"作这一组诗时，诗人身在夔州，前三首皆北望发叹，而这一首涉事南海，故用"回首"两字发端，准确衔接。"扶桑（今广西北流市东南）"，唐武德四年置扶桑县，此借指南海一带。"铜柱标"，后汉时，马援征交趾，建铜柱，作为汉朝极南地界的标志。玄宗时，何履光以兵定南诏，曾复立马援铜柱。"越裳（今属越南）"，地接交趾，因越裳国为名，唐武德初属智州。"翡翠"，翡翠鸟，同白雉一样，都是越裳进献中原的贡品。历来越裳进翡翠，南海贡明珠。前两联是说，南方各地，因战乱未歇，贡赋皆绝。后两联："殊锡曾为大司马，总戎皆插侍中貂。炎风朔雪天王地，只在忠臣翊圣朝"，"殊锡"，特殊的宠赐，言异宠。"大司马"，汉代武将的最高官职，相当于唐朝的太尉。"总戎"，总兵，这里指一般将帅及节度使。"侍中"，唐设门下省两位侍中，正二品，其冠以貂尾为饰。"炎风"，指南边疆土；"朔雪"，指北边疆土。"天王地"，春秋时称周天子为天王，以借指当代君主，即《诗经》所谓："普天之下，莫非王土"。后两联说诸将得到君王的异常恩宠，甚至曾官至太尉，就连一般将帅和节度使通通都加上了侍中的头衔，他们应当尽忠报国，辅佐君王，为恢复旧有的版图而效力！

其五为追思严武镇蜀之功，责诸将平庸无能。前两句"锦江春色逐人来，巫峡清秋万壑哀"，通过对举两地景色传递两种不同的心境。春天本就让人欣喜，春色逐人更是可喜之景。秋天是荒凉寂寥的象征，万壑哀鸣不免让人更觉哀伤。这两句既是诗人寓居成都和夔州不同季节的比较，也是诗人不同心情的鲜明对比。中间四句"正忆往时严仆射，共迎中使望乡台。主恩前后三持节，军令分明数举杯"，追忆与严武在成都的相处，于望乡台迎宫中特使，于清闲时举杯赋诗。严武死后，追赠尚书左仆射，因而称为"仆射"。"三持节"，严武剖符"持节"，一任东川节度使，两任剑南节度使。"三持节"是对他这一经历的概括。这几句对严武不住地称赞，其镇蜀有功，获君恩宠，才得唐主亲派中使恩赏；治军有方，军纪严明，才常有闲暇时光饮酒开怀。尾联："西蜀地形天下险，安危须仗出群材。"古有谚语"天下未乱蜀先乱，天下已平蜀未平"，可见蜀地地势险要，难于管理。要想安定，必定需要有才干的将领。能仰仗的将帅有谁呢？只有严武一人。末二句是告诫统治者，要想掌控好地形险要的蜀地，仅靠严武一人是不行的，是需要很多人共同努力的。其中暗含着对镇蜀不力的其他武将的莫大讽刺。

这五首诗皆从地名叙起，事涉关中、朔方、洛阳、南海、西蜀，东西南北、四面八方，诗人以忧郁的眼光打量着国土山河，在惨痛的历史教训中叹息国家不旺，责备诸将不能尽责，讽刺唐主不圣。高步瀛《唐宋诗举要》："吴曰：《诸将》之作，所以纪当时天下之形势，作者闳略也。步瀛按：此子美深忧国事，望武臣皆思报国，而朝廷用得其人，故借诸将以寓其意焉。"[1]

（三）政论组诗写法漫议

这是一组政论组诗，有其独有的作法，因为是直接针对现实政治，故而议论的成分非常多，但诗人并没有让组诗变成干巴巴的政论诗，而是将浓烈的抒情和深刻的讨论寓于其中，在抒情与议论的激烈碰撞中，展现出政论性组诗的艺术魅力。

---

[1] （清至民国）高步瀛选注：《唐宋诗举要》下册，上海古籍出版社，1959年，第573页。

1. 主题鲜明深刻，贯穿始终

组诗不同于一般的单篇诗作，既谓组诗，必然不能随性而作，而是要对互有关联的主题反复咏叹。这组诗名为《诸将五首》，实称《责诸将五首》更为准确，整组诗全是对诸将的责备。韩子蓬曰："首章忧吐蕃责诸将之防边者，次章愤回纥责诸将之用胡者，三章责大臣之出将者，四章刺中官之出将者，末章则身在蜀中而婉刺镇蜀之将"[①]。从以上论述可以看到，这五首诗是以"责诸将"为核心来展开的，是以对国家面临不同问题的思考来连接的。诗人将自己的担忧落到实处，以外族为患不能禁止、地方藩镇割据一方、边地失控不纳贡赋、军队屯田不再自供，多层次思量严峻的国家形势，深邃地直入关系国计民生的大事，据此深入劝谏诸将各司其职，各尽忠心。可以说，诗人的观点鲜明地贯穿了文章的始末，从头到尾都保持了主题的一致性。

2. 结构前后相属，似断实连

组诗中的每一首都各自独立为章，各有关注重点，但总的来说还是一个有机整体，各部分不仅都保持着主题的一致性，也能够做到前后照应，相互勾连。大略看来，《诸将五首》以五个地理方位分叙国家大事，五个方位似乎关联不大，但细读下来，却发现诗人的思维联翩不断，层层关联。第一首由吐蕃入侵中原的恶行开端，以联合回纥平乱结束；第二首则承接前面的借兵之事，指责朝廷政策的失误；第三首的"洛阳宫殿化为烽"连接上文"胡来不觉潼关隘"，指安禄山攻陷洛阳、攻破潼关而来；第四首"回首扶桑铜柱标"的"回首"二字，又是准确衔接前三首的北望发叹；而第五首的"安危须仗出群材"，即是《诸将五首》的中心论点。由此可以看出，五首诗不仅先后相顾，而且有分目和总纲的有机配合。而单目诗意的似

---

① （清）钱谦益：《钱牧斋笺注杜诗》卷一五，时中书局，1912 年，第 14 面。

断实续在第五首较为明显，诗歌以"锦江春色逐人来"开端，颔联和颈联都紧紧扣住这一句来写，首联的后分句似乎游离于整体之外，却是为了引出有所作为的严武。组诗作为诗人的七律圣作，不可能有无用之叹。诗人首联点出的"哀"到底从何而来？自然是落到尾联。严武死后，蜀地再无人才出，所以"巫峡清秋万壑哀"。可见，无论五首连说还是分篇来论，均有前后的关照，诗篇的结构联系紧密且独特。

3. 表现手法委婉，讽喻内敛

《诸将五首》作为一组以讽喻诸将为主题的诗歌，隐含着对国家之主的谴责。但全文对诸将无一字批评，通通用事实来进行讽刺，而且从头至尾都没有直接道出对君主的批驳，甚至多有赞誉之言，但细加品味之后，不难察觉作者的言外之意。外族侵袭、朝纲败坏、国家衰亡，一切问题的发生都与君主脱不开干系，正是自上而下的不辨是非、胡作非为，才让大唐王朝处在风雨飘摇之中。全篇对唐主无一句讽刺，却时时都在讽刺，只是这种讽刺或因对天下政事逐渐冷却，或是自身心境趋于深沉，或是创作风格有所嬗变而较之前更为委婉。讽喻风格的内敛表现在由《兵车行》"边庭流血成海水，武皇开边意未已"那般揭露现实的张扬转向了"独使至尊忧社稷""龙起犹闻晋水清"这样反义批驳的隐讳，与《自京赴奉先县咏怀五百字》"朱门酒肉臭，路有冻死骨"的尖刻相比，《诸将五首》的讽喻明显更加和缓。组诗明明是愤恨诸将腐化享乐、不能抵御外敌，却让其"且莫破愁颜"，明明是痛斥诸将属失利、军事能力平庸，却只说"安危须仗出群材"。这种强烈的反差，蕴含着诗人前后期创作风格的变化，也是其心态变化的结果。

4. 情感愤慨激烈，跌宕起伏

组诗多为作者一气呵成而作，情感基调基本保持一致，但人在抒发感情的过程当中，会有情绪的起伏变化，不会将一种情绪持续到底。杨伦认为："此与《有感五首》皆以议论为诗，其感愤时事处慷慨蕴藉，反覆唱叹，而于每篇结末，尤致丁宁，所谓言之者无罪，而闻之者足以戒，与三百篇并存可也。"① 由此可见，这组诗的主旋律是感愤、恨慨。这五首诗以激情取胜，以前三首最为慷慨。第一、第三首分别以"汉朝陵墓对南山""洛阳宫殿化为烽"为端，折射出诗人郁结于胸的耻辱感。安土重迁是华夏民族的传统文化心态，是自古以来根深蒂固的民族观念，无论是生前还是死后，人们都希望安于故土本乡，不愿轻易迁移。当年安禄山叛乱，玄宗奔蜀，途中父老皆遮道请留说："宫阙，陛下安居，陵寝，陛下坟墓，今舍也，欲何之？"宫阙、陵墓在人们心目中的地位崇高可见。皇陵被掘、宫殿遭焚，简直是整个民族的奇耻大辱，诗人怎能不为之愤怒？第二首的"岂谓""翻然"一对连接性虚词的使用，也是诗人强烈愤恨情感的表达，读起来不觉自己也被愤怒的情绪所包围。这组诗的情感同杜甫其他的诗歌一样有顿挫之变，变化在第三首的末联之处，"稍喜临边王相国，肯销金甲事春农。"王相国，指王维的弟弟王缙，在安史之乱中助唐肃宗平叛颇有作为，其行为给了诗人一点点宽慰，使其情绪发生了转变。稍有慰藉之后，情绪稍稍得到控制，但诗人的感愤之情并未抒发完毕，于是第四、第五首不再是高亢的情绪，而是采用一种隐喻谩骂的方式释放自己的愤怒，尤其是两诗的尾句，"只在忠臣翊圣朝"不就是"没有忠臣翊到圣朝"的反说吗？"安危需仗出群材"不就是现实少像严武那样的有才将领吗？

组诗这种以感愤为情感基调的跌宕起伏也与杜诗"沉郁顿挫"的风格不谋而合。《杜诗镜铨》引邵长蘅言："邵云：《秋兴》《诸将》同是少陵七律圣处。沉实高华，当让《秋兴》；深浑苍郁，定推《诸将》。有谓《诸将》不如《秋兴》者，乃少年耳食之见耳。"《杜诗镜

---

① （唐）杜甫著，（清）杨伦笺注：《杜诗镜铨》卷一三，上海古籍出版社，1980年，第639页。

铨》又言："此与《有感五首》皆以议论为诗，其感愤时事处慷慨蕴藉，反复唱叹；而于每篇结末，尤致丁宁，所谓言之者无罪，而闻之者足以戒，与《三百篇》并存可也。"① 方东树《昭昧詹言》曰："此咏时事，存为诗史，公所擅场。大抵从《小雅》来，不离讽刺，而又不许讦直，致伤忠厚。总以吐属高深，文法高妙，音调响切，采色古泽，旁见侧出，不犯正实。情以悲愤为主，句以朗俊为宗，衣被千古，无能出其区盖。"②

这组诗揭露时弊，感愤时事，慷慨蕴藉，反复唱叹，是处江湖之远的杜甫深忧国事的最好体现，这组诗在杜甫七律中也当推为佳作。

---

① （唐）杜甫著，（清）杨伦笺注：《杜诗镜铨》卷一三，上海古籍出版社，1980年，第640页。
② （清）方东树著，汪绍楹校点：《昭昧詹言》，人民文学出版社，1961年，第404页。

三、《八哀诗》

赠司空王公思礼

司空出东夷，童稚刷劲翮。追随幽蓟儿，颖锐物不隔。
服事哥舒翰，意无流沙碛。未甚拔行间，犬戎大充斥。
短小精悍姿，屹然强寇敌。贯穿百万众，出入由咫尺。
马鞍悬将首，甲外控鸣镝。洗剑青海水，刻铭天山石。
九曲非外蕃，其王转深壁。飞兔不近驾，鸷鸟资远击。
晓达兵家流，饱闻春秋癖。胸襟日沉静，肃肃自有适。
潼关初溃散，万乘犹辟易。偏裨无所施，元帅见手格。
太子入朔方，至尊狩梁益。胡马缠伊洛，中原气甚逆。
肃宗登宝位，塞望势敦迫。公时徒步至，请罪将厚责。
际会清河公，间道传玉册。天王拜跪毕，谠论果冰释。
翠华卷飞雪，熊虎亘阡陌。屯兵凤凰山，帐殿泾渭辟。
金城贼咽喉，诏镇雄所搤。禁暴靖无双，爽气春淅沥。
巷有从公歌，野多青青麦。及夫哭庙后，复领太原役。
恐惧禄位高，怅望王土窄。不得见清时，呜呼就窀穸。
永系五湖舟，悲甚田横客。千秋汾晋间，事与云水白。
昔观文苑传，岂述廉颇绩。嗟嗟邓大夫，士卒终倒戟。

故司徒李公光弼

司徒天宝末，北收晋阳甲。胡骑攻吾城，愁寂意不惬。

人安若泰山，蓟北断右胁。朔方气乃苏，黎首见帝业。
二宫泣西郊，九庙起颓压。未散河阳卒，思明伪臣妾。
复自碣石来，火焚乾坤猎。高视笑禄山，公又大献捷。
异王册崇勋，小敌信所怯。拥兵镇汴河，千里初妥贴。
青蝇纷营营，风雨秋一叶。内省未入朝，死泪终映睫。
大屋去高栋，长城扫遗堞。平生白羽扇，零落蛟龙匣。
雅望与英姿，凄怆槐里接。三军晦光彩，烈士痛稠叠。
直笔在史臣，将来洗筐箧。吾思哭孤冢，南纪阻归楫。
扶颠永萧条，未济失利涉。疲苶竟何人？洒泪巴东峡。

赠左仆射郑国公严公武

郑公瑚琏器，华岳金天晶。昔在童子日，已闻老成名。
嶷然大贤后，复见秀骨清。开口取将相，小心事友生。
阅书百氏尽，落笔四座惊。历职匪父任，嫉邪常力争。
汉仪尚整肃，胡骑忽纵横。飞传自河陇，逢人问公卿。
不知万乘出，雪涕风悲鸣。受辞剑阁道，谒帝萧关城。
寂寞云台仗，飘飖沙塞旌。江山少使者，笳鼓凝皇情。
壮士血相视，忠臣气不平。密论贞观体，挥发岐阳征。
感激动四极，联翩收二京。西郊牛酒再，原庙丹青明。
匡汲俄宠辱，卫霍竟哀荣。四登会府地，三掌华阳兵。
京兆空柳色，尚书无履声。群乌自朝夕，白马休横行。
诸葛蜀人爱，文翁儒化成。公来雪山重，公去雪山轻。
记室得何逊，韬钤延子荆。四郊失壁垒，虚馆开逢迎。
堂上指图画，军中吹玉笙。岂无成都酒，忧国只细倾。
时观锦水钓，问俗终相并。意待犬戎灭，人藏红粟盈。

以兹报主愿，庶获裨世程。炯炯一心在，沉沉二竖婴。
颜回竟短折，贾谊徒忠贞。飞旐出江汉，孤舟转荆衡。
虚横马融笛，怅望龙骧茔。空余老宾客，身上愧簪缨。

赠太子太师汝阳郡王琎

汝阳让帝子，眉宇真天人。虬髯似太宗，色映塞外春。
往者开元中，主恩视遇频。出入独非时，礼异见群臣。
爱其谨洁极，倍此骨肉亲。从容听朝后，或在风雪晨。
忽思格猛兽，苑囿腾清尘。羽旗动若一，万马肃駪駪。
诏王来射雁，拜命已挺身。箭出飞鞚内，上又回翠麟。
翻然紫塞翮，下拂明月轮。从人虽获多，天笑不为新。
王每中一物，手自与金银。袖中谏猎书，扣马久上陈。
竟无衔橛虞，圣聪矧多仁。官免供给费，水有在藻鳞。
匪惟帝老大，皆是王忠勤。晚年务置醴，门引申白宾。
道大容无能，永怀侍芳茵。好学尚贞烈，义形必沾巾。
挥翰绮绣扬，篇什若有神。川广不可溯，墓久狐兔邻。
宛彼汉中郡，文雅见天伦。何以慰我悲，泛舟俱远津。
温温昔风味，少壮已书绅。旧游易磨灭，衰谢增酸辛。

赠秘书监江夏李公邕

长啸宇宙间，高才日陵替。古人不可见，前辈复谁继？
忆昔李公存，词林有根柢。声华当健笔，洒落富清制。
风流散金石，追琢山岳锐。情穷造化理，学贯天人际。
干谒走其门，碑版照四裔。各满深望还，森然起凡例。
萧萧白杨路，洞彻宝珠惠。龙宫塔庙涌，浩劫浮云卫。

宗儒俎豆事，故吏去思计。眇眛已皆虚，跋涉曾不泥。
向来映当时，岂独劝后世。丰屋珊瑚钩，麒麟织成罽。
紫骝随剑几，义取无虚岁。分宅脱骖间，感激怀未济。
众归赒给美，摆落多藏秽。独步四十年，风听九皋唳。
呜呼江夏姿，竟掩宣尼袂。往者武后朝，引用多宠嬖。
否臧太常议，面折二张势。衰俗凛生风，排荡秋旻霁。
忠贞负冤恨，宫阙深旒缀。放逐早联翩，低垂困炎疠。
日斜鵩鸟入，魂断苍梧帝。荣枯走不暇，星驾无安税。
几分汉庭竹，夙拥文侯篲。终悲洛阳狱，事近小臣毙。
祸阶初负谤，易力何深哜。伊昔临淄亭，酒酣托末契。
重叙东都别，朝阴改轩砌。论文到崔苏，指尽流水逝。
近伏盈川雄，未甘特进丽。是非张相国，相扼一危脆。
争名古岂然，关键欻不闭。例及吾家诗，旷怀扫氛翳。
慷慨嗣真作，咨嗟玉山桂。钟律俨高悬，鲲鲸喷迢遰。
坡陀青州血，芜没汶阳瘗。哀赠竟萧条，恩波延揭厉。
子孙存如线，旧客舟凝滞。君臣尚论兵，将帅接燕蓟。
朗咏六公篇，忧来豁蒙蔽。

故秘书少监武功苏公源明

武功少也孤，徒步客徐兖。读书东岳中，十载考坟典。
时下莱芜郭，忍饥浮云巘。负米晚为身，每食脸必泫。
夜字照爇薪，垢衣生碧藓。庶以勤苦志，报兹劬劳愿。
学蔚醇儒姿，文包旧史善。洒落辞幽人，归来潜京辇。
射君东堂策，宗匠集精选。制可题未干，乙科已大阐。
文章日自负，掾吏亦累践。晨趋阊阖内，足踏宿昔趼。

一麾出守还，黄屋朔风卷。不暇陪八骏，虏庭悲所遣。
平生满樽酒，断此朋知展。忧愤病二秋，有恨石可转。
肃宗复社稷，得无顺逆辨。范晔顾其儿，李斯忆黄犬。
秘书茂松色，再窥祠坛墠。前后百卷文，枕藉皆禁脔。
篆刻扬雄流，溟涨本末浅。青荧芙蓉剑，犀兕岂独剸。
反为后辈亵，予实苦怀缅。煌煌斋房芝，事绝万手搴。
垂之俟来者，正始征劝勉。不要悬黄金，胡为投乳臠。
结交三十载，吾与谁游衍？荥阳复冥寞，罪罟已横胃。
呜呼子逝日，始泰则终蹇。长安米万钱，凋丧尽余喘。
战伐何当解，归帆阻清沔。尚缠漳水疾，永负蒿里饯。

故著作郎贬台州司户荥阳郑公虔

鹩居至鲁门，不识钟鼓飨。孔翠望赤霄，愁思雕笼养。
荥阳冠众儒，早闻名公赏。地崇士大夫，况乃气精爽。
天然生知姿，学立游夏上。神农或阙漏，黄石愧师长。
药纂西极名，兵流指诸掌。贯穿无遗恨，荟蕞何技痒。
圭臬星经奥，虫篆丹青广。子云窥未遍，方朔谐太枉。
神翰顾不一，体变钟兼两。文传天下口，大字犹在榜。
昔献书画图，新诗亦俱往。沧洲动玉陛，寡鹤误一响。
三绝自御题，四方尤所仰。嗜酒益疏放，弹琴视天壤。
形骸实土木，亲近惟几杖。未曾寄官曹，突兀倚书幌。
晚就芸香阁，胡尘昏坱莽。反覆归圣朝，点染无涤荡。
老蒙台州掾，退泛浙江桨。履穿四明雪，饥拾楢溪橡。
空闻紫芝歌，不见杏坛丈。天长眺东南，秋色余魍魉。
别离惨至今，斑白徒怀曩。春深秦山秀，叶坠清渭朗。

剧谈王侯门，野税林下鞅。操纸终夕酣，时物集遐想。
词场竟疏阔，平昔滥推奖。百年见存殁，牢落吾安放。
萧条阮咸在，出处同世网。他日访江楼，含凄述飘荡。

故右仆射相国张公九龄

相国生南纪，金璞无留矿。仙鹤下人间，独立霜毛整。
矫然江海思，复与云路永。寂寞想土阶，未遑等箕颍。
上君白玉堂，倚君金华省。碣石岁峥嵘，天地日蛙黾。
退食吟大庭，何心记榛梗。骨惊畏曩哲，冀变负人境。
虽蒙换蝉冠，右地恧多幸。敢忘二疏归，痛迫苏耽井。
紫绶映暮年，荆州谢所领。庾公兴不浅，黄霸镇每静。
宾客引调同，讽咏在务屏。诗罢地有余，篇终语清省。
一阳发阴管，淑气含公鼎。乃知君子心，用才文章境。
散帙起翠螭，倚薄巫庐并。绮丽玄晖拥，笺诔任昉骋。
自我一家则，未阙只字警。千秋沧海南，名系朱鸟影。
归老守故林，恋阙悄延颈。波涛良史笔，芜绝大庾岭。
向时礼数隔，制作难上请。再读徐孺碑，犹思理烟艇。[1]

　　《八哀诗》作于夔州，这是不争的事实。但是否为一时之作，历来多有争议，经多番讨论后，仍可支撑非一时所作的依据无非是八首诗篇幅之大、感情之深，一时之间不易写成。但观夔州时期诗，《诸将五首》《复愁十二首》《秋兴八首》《咏怀古迹五首》《解闷十二首》等大量组诗的出现，皆是诗人忧国伤时与回忆过往的见证。《八

---

[1] （唐）杜甫著，（清）仇兆鳌注：《杜诗详注》卷三，中华书局，1979年，第1373—1418页。

哀诗》符合这一时期组诗书写的状况，应为一时所作。大历元年（766）秋天，诗人移居夔州获得了暂时的安定，进入了他一生中的又一个创作高峰。在此期间，诗人对国家与个人命运，予以全方面的回忆，《八哀诗》便属于这一范围。康发祥曰：

> 《八哀诗》始于王思礼，而终于张九龄。数公功业文章，自有可记，但苏源明不受安禄山伪署，而郑虔受之，同时并论，未免相形见绌，其哀源明诗云："肃宗复社稷，得无顺逆辨？范晔顾其儿，李斯忆黄犬。""得无"谓此。然子美为怀旧而发，非有心轩轾也。其叙贬台州，尤多惋惜语。诗云："履穿四明雪，饥拾栖溪橡。空闻紫芝歌，不见杏坛丈。天长眺东南，秋色余魍魉。别离惨至今，斑白徒怀襄。"其怀思而尊崇之，何尝稍有贬词乎！他如哀严武之诗云："四登会府地，三掌华阳兵。"又云："诸葛蜀人爱，文翁儒化成。公来雪山重，公去雪山轻。"又云："岂无成都酒，忧国只细倾。"结云："空余老宾客，身上愧簪缨。"公在武之幕下，故言武之出处特详。此等诗是补史书之阙，"诗史"之目，所由来也。①

（一）为英才渐逝黯然神伤

相对安定的夔州生活给了诗人一些慰藉，但人至暮年的伤情也不免流露出来。大历元年（766），诗人已五旬过半，与诗人交好的故友也已大半凋零。李白卒于宝应元年（762），房琯、储光羲紧接下一年去世，苏源明、郑虔同逝于广德二年（764），严武、高适

---

① （清）康发祥：《伯山诗话前集》，张寅彭选辑：《清诗话三编》本，上海古籍出版社，2014年，第5195页。

于永泰元年（765）谢世。好友连连逝去的噩耗传来，诗人的心情万分沉痛，一一作哀诗以悼之。高适去世，诗人用"哭友白云长"（《闻高常侍亡》）以致哀；严武死于成都，其灵柩沿水路返回故乡之时，杜甫写诗哭悼，回想严武生前对自己的情意，有"一哀三峡暮，遗后见君情"（《哭严仆射归榇》）之语。诗人对郑虔、苏源明两位平生之交的去世深感痛心，写下了"飘零迷哭处，天地日榛芜"（《哭台州郑司户苏少监》）；房琯病死于阆州（今四川阆中），启殡归葬东都陆浑山时，诗人闻灵柩经水路，洒泪江边，有"尽哀知有处，为客恐长休（《承闻故房相公灵榇自阆州启殡归葬东都，有作二首》）"之句。以上诗句，可见诗人对知交的至深感情，也见诗人为好友的离开恸哭哀痛。想到故友纷纷凋零，让诗人同样意识到自己的人生道路也即将走到尽头。诗人本就体弱，患有风痹、疟疾、肺病、消渴等多种疾病，长年忍受病痛的折磨，"旧疾廿载来"，不堪其苦。年老和颠沛又加快了身体的衰弱，此时诗人的健康状况不容乐观，眼暗耳聋，甚至连行路都需要人搀扶，面对如此情形，这位风烛残年的老人哀伤不已，难以自抑，伤感之情如潮水一般涌上心头。

诗人的人生将尽，那朝廷局势又如何呢？天宝之乱平定之后，国家形势并未好转，唐王朝看似获得胜利，但是繁荣的时代已成过去式，朝局仍然是动荡不安、风云变幻，外有吐蕃骚扰边境、屡犯关中，内有宦官把持朝政、独断专权，还有各地藩镇割据、不受约束。大唐帝国的兴盛终是一去不复返了，曾期盼的中兴也转瞬即逝，诗人深感国家与个人命运同凄，不免哀思国家盛衰兴亡。不过，诗人对几朝历史的评说不便直言于口，加之贤达故旧一一离去，便借"叹旧怀贤"以抒哀情。"哀诗"的创作心态也可从诗序中找到线索："伤时盗贼未息，兴起王公、李公；叹旧怀贤，终于张相国。八公前后存殁，遂不诠次焉。"①杜诗现存 1457 首，有序者仅五，而此序最早，也最简洁。诗序用简明的语言点示了结构安排，用"伤时盗贼未息""叹旧怀贤"道出了诗人叹嗟神伤的缘由，《杜诗言志》卷九云："叹旧者，谓其存日原为莫逆，今追忆之而不能忘也。怀贤者，则不必其有旧，而但倦怀其功德之盛，足令人叹美而不置也。篇中如严公武、汝阳王琎、李公邕、苏公源明、郑公虔，皆与公有旧也。而王公思礼、李公光弼、张公九龄，则惟因其贤。然叹旧则必推本其贤，而怀贤则不必其有旧。以是知怀贤又重于感旧意矣"②。此说不错，正是杜甫选八位人物入诗的理由。

夔州诗是暮年诗人对过往的回忆和总结，颇有日薄西山的失落之感，诗人怎能不生叹嗟之情？故旧时贤不得其用的悲哀也正是诗人自己的悲哀，《杜诗言志》中曾言："哀八公，非独哀其亡逝，大半皆有惜其不能尽用于时之戚。此又与少陵生平自伤之怀抱相感发耳。"③不能为世所用是诗人平生之大憾，这一点上，诗人与自己所怀之人有共通之感。所以这组哀诗不仅是哀贤良，哀国家，也是诗人在风烛残年之际的自怜自哀。

（二）为大唐贤才立传扬名

杜诗素有"诗史"之名，这组诗不仅以诗叙史，而且用诗歌记录人物以及与其相关的历史大事，是实实在在的人物列传。从这一点上看，《八哀诗》源自于以记人为中心的史书传记。不同的是，史书用散文，而组诗用韵文，所以组诗是有韵的传记文学，称得上是传记体诗歌，此乃杜甫创格所为。《八哀诗》为诗之传记的观点也受到历来杜诗专家的首肯，明人王嗣奭《杜臆》言："此八公传也，而

---

① （唐）杜甫著，（清）仇兆鳌注：《杜诗详注》卷一六，中华书局，1979 年，第 1373 页。
② （清）佚名：《杜诗言志》卷九，江苏人民出版社，1983 年，第 183 页。
③ （清）佚名：《杜诗言志》卷九，江苏人民出版社，1983 年，第 193 页。

以韵语纪之，乃老杜创格，盖法《诗》之《颂》，而诗史非虚称矣。"①
仇兆鳌《杜诗详注》卷一六亦引郝敬曰："《八哀》诗雄富，是传纪文
字之用韵者。文史为诗，自子美始。"② 以此可知，组诗创格之源扎根
于史传文学传统之中的观点，确实不虚。

　　《八哀诗》，一人列一传，一传哀一事，是为八哀。安史之乱时，
屡次击败叛军，未得见清平之世，不幸早殁，是王思礼之哀；号称
中兴第一将，忠而被谤，于是愧疚成疾，含恨而终，是李光弼之哀；
诗人挚交好友，镇蜀之功卓然，人走蜀乱，年命不永，仅只卌岁，
是严武之哀；让皇帝嫡长子，本是王储人选，颇有王孙之气，因父
禅让，谨洁一生才能善终，是李琎之哀；盛唐文坛领袖，德高望重，
提携晚辈奖掖后人，才高遭忌，七十高龄落得遭杖杀下场，是李邕
之哀；年少家贫早孤，安禄山陷京师，称病不受伪职，有抗贼大节，
为官以饥疫终，是苏源明之哀；出生门第不低，学识渊博，陷伪获
贬，客死他乡，是诗人好友郑虔之哀；一代名相，任官为贤，辅政
开元，却被蝇营小人构陷谗毁，以致被罢相位，是张九龄之哀。所
哀八人，三为良将，四为故交，一为贤相，可见伤时、叹旧、怀贤
的诗旨。八人之哀，是诗人为其立传的创作动机，实为"八公传"。

　　具体而言，诗人在人物传记的构思上，得史笔之所长。杜甫作
诗同司马迁作史一样，都是借题发挥，抒发积压在心头的郁结之情，
以回首往事人物来代替时局评说。司马迁曾言："此人皆意有所郁结，
不得通其道也，故述往事，思来者。"③ 二人的写作动机都是要抒发
心中郁结。诗人不厌其烦地叙事，也为追求史传的效果，人物的生
卒、履历、行事、或功业或文章以及坎坷不幸都见诸诗中。王思礼、

---

① （明）王嗣奭撰：《杜臆》卷之七，上海古籍出版社，1983 年，第 235 页。
② （唐）杜甫著，（清）仇兆鳌注：《杜诗详注》卷一六，中华书局，1979 年，
　　第 1420 页。
③ （汉）司马迁撰，（南朝宋）裴骃集解，（唐）司马贞索隐，（唐）张守节正
　　义：《史记》卷一三〇，中华书局，1996 年，第 3300 页。

苏源明、张九龄，从出生或少年写到去世，尤其王思礼一篇，堪称一篇完完全全的人物传，祖籍高丽、幼年投身军戎、哥舒翰军中崭露头角、潼关失利、再立战功、年岁不享，颇为完整地铺叙了生平事迹，与两《唐书》传没有出入。这一点也说明诗人立传之功，倘若两《唐书》不记，我们也能从《八哀诗》中看到八公的事迹。《八哀诗》不单为大唐人才书写传记，也为后人为传记中所涉人物翻案做足准备。诗人在李光弼篇中作"执笔在史臣，将来洗筐箧"，希望有秉笔直书的史官在未来能为李光弼洗雪，果然两《唐书》披露了真相，不知其中是否有杜甫的功劳。诗八篇，每一篇都插入了诗人对于人物的主观评价，对于郑虔的才学渊博倍加赞许，对于张相国一代贤相的缅怀，对于李邕的廷争面折不住称赞、也对他负屈含冤的不幸遭遇给予了无限同情，更有王思礼篇至结尾处的史传式评赞。简而言之，《八哀诗》大多承袭了太史公史传文学的精神。

《八哀诗》以诗心书写了史意，在人物诗中融入叙事、议论、评赞、抒情等因素，为人物诗的写法开辟了新的路径。可惜的是，《八哀诗》的这一试验，竟被后世注诗者多所批驳。这其中有三方面的原因：一是与诗人经典诗体范式不符，不足为后人所继。二是与传统文体写作模式多有不同，对人物的写作与史书传记有诸多不谋而合之处，但其文体又不如史传文学成熟，不免有"抢功"之嫌。三是组诗用笔不齐，繁复累句的毛病未能避免。就此三点来看，不被学界接受，似乎也是情理之中的事情了。但是，我们要认识到诗人创作的积极意义。"哀诗"长于叙述，追求塑造传记人物的完整，虽然表面酷似史传文学，实际上全篇仍以抒情为纲，以"伤时"为焦点，为此诗人不惜浓墨重彩地叙述，以致得到后人"繁不如简"的责怪、"累句"之嫌，而这样做却正是诗人的用心所在，因为诗人希望在缅怀中尽情展示被缅怀者的一生，希望繁词传其貌，累句致其情，以达到声回气荡，情深意长之功效。并且，传记体诗歌此前没有较为合适的参照体例，因此，《八哀诗》无论成功还是失败，都是诗人探索新的诗歌表现形式的努力，是诗人作有韵史传笔法的大胆尝试，其反传统创格作法值得称道。

比起真正的史传，《八哀诗》的内容多有褒誉，没有指摘。譬如，诗人对于毁誉参半的李邕，只提其声名；对于强悍霸道的严武，只赞其平收蜀地，全篇不提人物过错，全为其大才不得世用的委屈，从客观传记的视角来看，这样的作法明显有失公允。然而，这也是诗人与史臣的不同之处，诗人关注的不只是传主的遭遇，更有时代的风云变幻，传主在时代的悲哀，个人对传主的深情。诗人将人物传记作为抒"伤时"之情的形式，传达"哀"人之情感，表达悲悼之真意。组诗为年老情怀下的追思，怀思八公的忠勇报国与政绩，不止为怀贤哀，也是伤时之哀。诗人用八个人的传记，书写了大唐王朝的没落史，窥探了唐朝没落的原因，这是"安史之乱"前后诗人作诗之宗旨，也是诗人的政治观和历史观之所在。

（三）《八哀诗》刻画人物的方法

杜诗重视通过一个或者几个人作为社会群体形象的反映，比如"三吏""三别"，以个别人的不幸来表现底层百姓的遭际，《饮中八仙歌》以戏谑笔调塑造了"八仙"的名士群体，《诸将五首》以讽喻诸将的手法责备群臣上下。而给单独的人物写传记却是诗人的首次尝试。大篇章地描摹单个人物，似乎不是诗人擅长的领域，其写作艺术或许并不及其乐府诗歌，但其在人物刻画方面仍有值得借鉴之处。《八哀诗》刻画人物手法大略有以下几点：

1. 直写与衬托的结合

史传人物的记载，需要大量实录生平事迹，正面直写的比重无疑是最大的，《八哀诗》的人物描摹毫无疑问地继承这一方法。八首诗在叙述人物生前诸事时，大篇幅地运用了正面直写，同时也没有舍弃侧面衬托的手法。为了塑造王思礼的英武神勇，杜甫在诗一开端就连写了六句，称其童年便露出了英姿飒气，从戎后更不把敌军放在眼里。其后描述他在战场上冲锋陷阵，又写到："贯穿百万众，出入由咫尺。马鞍悬将首，甲外控鸣镝。洗剑青海水，刻铭天山石。"这六句，表现了王思礼面对敌人的侵犯，屹立如山无所畏惧。以上这些都是正面直写。而置于前后六句中间的"屹然强寇敌"句，使用"强寇"一词表现外寇的强劲凶猛，以反衬王思礼武艺超群的形象，则是使用侧面描写，以衬托王思礼的英勇无畏。"千秋汾晋间，事与云水白"一句表明诗人相信王公的功绩会千古流芳，正面赞美了其任太原尹的政绩。"昔观文苑传，岂述廉蔺绩。嗟嗟邓大夫，士卒终倒戟"，此四句看似是嗟叹邓大夫，实则是用邓大夫的下场反衬王思礼政治卓越，武功高强，能够名垂青史。写王思礼这一篇，有两次正反描写的运用。而在写李琎一篇，诗人用29句详述了唐玄宗对李琎有别于群臣的特殊礼遇，其中独出宫掖、谏猎陈诉、亲于骨肉，都是超常恩遇的直写，而"从人虽获多，天笑不为新"，以玄宗对待获猎更多的他人的态度衬托其对李琎的偏爱之情，这又是一次正反描写的结合。诗人时而正面直叙，时而侧面烘托，两者都是将人物的事迹娓娓道来，展示了栩栩如生的人物形象。

2. 龙门之笔的渲染手法

"龙门笔法"即指史传笔法，因司马迁"迁生龙门"得来，指司马迁在写历史人物时常用的形容夸张的笔法。杜甫写作《八哀诗》在刻画主人公的形象时，对于那些不容易抓住典型特征的人物，为了突出身份，往往采用"龙门"的夸张之笔。李邕多才多艺，可记之处甚多，却没有什么典型事迹，于是诗人选取他擅书这一角度，不住地称赞，由其字迹风流写到碑版气势煌煌，又有索字者门庭若市以及碑文光照一时，赞许之语不绝于耳，似有排列之势。李邕确是唐代书法大家，但诗人用笔进行描绘之时也有夸张成分。此篇与其他篇目的不同还在于，诗人在渲染主人公的品格性情之时，叹其命运不幸，将"呜呼哀哉"之语贯穿诗篇的始终，句读之中感受到诗人激昂排荡的感情浪潮排空而来。诗人刻画郑虔学问广博、通晓多门技艺的形象时，也多溢美之词。唐玄宗曾给予"诗书画三绝"之称，并专辟广文馆成全郑虔名冠朝野。杜甫于是称美其著书、诗文、绘画堪称声名一代，文采赛过扬雄，工书兼收钟氏父子，也属于夸张渲染；郑虔在军事和医学方面也素养卓然，著有医书《胡本草》，兵书《天宝军防录》，又称美其所著之书，远超神农、黄石。杜甫与郑虔的关系相当亲近，在留存的1457首诗中，就有20多首是写给郑虔的，如此推断，诗人对郑虔其人无所不通的本领的包装定有情谊成分的加持。杜甫对二人的渲染夸赞，郝敬评之曰："李江夏之文藻，郑司户之博综，必有少陵之隽笔，乃能曲尽其妙。"① 可见诗人的虚美之言，有使人物形象呼之欲出的作用。

3. 典故运用的繁密

杜甫此前的诗史之作较少用典，但《八哀诗》用典繁密，注杜者往往众说纷歧，萧涤非主编的《杜甫全集校注》用128页注释了这八首诗，其中典故之多，可以想见。李光弼的累积战功胜过郭子仪，人生结局却很惨淡，"名将如美人，不许见白头"用来评价李光弼再合适不过了。《李光弼》篇用"青蝇""箧篚"两个典故，突出李光弼身上的冤屈。"青蝇"语出《小雅·青蝇》"营营青蝇，止于樊。岂弟君子，无信谗言"②，指宦官之谗。"箧篚"出自《史记·甘茂列传》，战国时乐羊攻取中山，返而论功，魏文侯示之以谤书一箧，此以"箧篚"同样借指横加于李光弼身上的种种谗谤。诗人哀其因功盖天下遭小人构陷，也遭君主猜疑，叹其功成名就之时竟是

---

① （唐）杜甫著，（清）仇兆鳌注：《杜诗详注》卷一六，中华书局，1979年，第1403页。

② 程俊英、蒋见元：《诗经注析》，中华书局，1991年，第694页。

穷途末路之日。《严武》篇，"尚书无履声。群乌自朝夕，白马休横行。"连用"尚书""群乌""白马"典故历数严武官职，皆有褒扬之意。《苏源明》篇，"负米"化用了子路的事迹，子路事亲尽力，自己吃野菜，到百里之外为父母背米食用，受到孔子称赞。以负米为喻，称赞苏源明因父母早死未能尽孝，每进食便淌伤亲之泪的至孝。"劬劳"源于《小雅·蓼莪》"哀哀父母，生我劬劳"。[①] 苏源明年少丧父母，勤苦为学，所以图报劬劳，喻其勤苦为学，忠孝双亲。诗人通过运用大量典故，融进对人物命运的深入理解，引发读者对人物形象的文化解读，既使作品富有文化品位，又对人物形象进行了生动、集中的深入加工，为写人增添了文化的色彩和历史的厚度。

回顾诗人以往的"诗史"，因其多是对时下人物的刻画，习惯于采用场面描写，抓住想要突出的关键部分，大肆铺叙。而《八哀诗》是对过去人物的总结，评介已有定论，诗人只能在有限的空间发挥，人物的刻画局限于定型的框架，其塑造人物形象的手段，也许少了一些往日的从容。

---

① 程俊英、蒋见元:《诗经注析》，中华书局，1991 年，第 626 页。

四、《秋兴八首》

其一

玉露凋伤枫树林，巫山巫峡气萧森。

江间波浪兼天涌，塞上风云接地阴。

丛菊两开他日泪，孤舟一系故园心。

寒衣处处催刀尺，白帝城高急暮砧。

其二

夔府孤城落日斜，每依北斗望京华。

听猿实下三声泪，奉使虚随八月槎。

画省香炉违伏枕，山楼粉堞隐悲笳。

请看石上藤萝月，已映洲前芦荻花。

其三

千家山郭静朝晖，日日江楼坐翠微。

信宿渔人还泛泛，清秋燕子故飞飞。

匡衡抗疏功名薄，刘向传经心事违。

同学少年多不贱，五陵衣马自轻肥。

其四

闻道长安似弈棋，百年世事不胜悲。

王侯第宅皆新主，文武衣冠异昔时。

直北关山金鼓震，征西车马羽书驰。

鱼龙寂寞秋江冷，故国平居有所思。

其五

蓬莱宫阙对南山，承露金茎霄汉间。

西望瑶池降王母，东来紫气满函关。

云移雉尾开宫扇，日绕龙鳞识圣颜。

一卧沧江惊岁晚，几回青琐点朝班。

其六

瞿塘峡口曲江头，万里风烟接素秋。

花萼夹城通御气，芙蓉小苑入边愁。

珠帘绣柱围黄鹄，锦缆牙樯起白鸥。

回首可怜歌舞地，秦中自古帝王州。

其七

昆明池水汉时功，武帝旌旗在眼中。

织女机丝虚夜月，石鲸鳞甲动秋风。

波漂菰米沉云黑，露冷莲房坠粉红。

关塞极天唯鸟道，江湖满地一渔翁。

其八

昆吾御宿自逶迤，紫阁峰阴入渼陂。

香稻啄馀鹦鹉粒，碧梧栖老凤凰枝。

佳人拾翠春相问，仙侣同舟晚更移。

彩笔昔曾干气象，白头吟望苦低垂。①

《秋兴八首》作于杜甫晚年困居夔州时期。自永泰元年（765）杜甫离开成都后，漂泊江湖便成为他的常态，思乡恋国的杜甫无时

---

① （唐）杜甫著，（清）仇兆鳌注：《杜诗详注》卷三，中华书局，1979年，第1484—1491页。

无刻不在思念着遥远的故乡洛阳、京都长安，而这组诗更是集中体现了杜甫对于长安深切的怀恋之情。同时杜甫在《秋兴八首》中融严谨精湛的创作技法与真挚动人的情感为一体，使之成为律诗组诗的压卷之作。

（一）困居夔州时的晚年生活

永泰元年（765），剑南节度使严武病逝，杜甫觉得生活失去依托，加之年老思乡，便离开生活六年的蜀地，再一次开始了辗转漂泊的生涯。他先后途经嘉州、戎州、渝州、忠州、云安等地，于大历元年（766）抵达夔州。在夔州不到两年的生活中，杜甫一共创作了435首诗歌，接近杜诗全部诗作的三分之一，且杜甫的夔州诗笔法醇熟，情感表达自然真挚，意境浑厚博大，苍劲老练，代表了杜诗艺术的巅峰。黄庭坚对杜甫的夔州诗作高度推崇："观子美到夔州后诗，退之自潮州还朝后文，皆不烦绳削而自合矣。"[①]陈贻焮先生在其著作《杜甫评传》中将杜甫的夔州诗称为其创作历程中"最大的高潮"[②]。杜甫夔州诗的艺术成就之高，已经成为古今学者的共识。

然而在诗歌创作方面达到顶峰的同时，杜甫的人生旅程又一次陷入了低谷。夔州时期的杜甫并没有结束天涯孤旅、辗转漂泊的命运，离开了相对安逸的蜀地，岁月的动荡时刻冲击着杜甫的心灵，这给他带来丰富创作灵感的同时，也为他的精神与肉体带来巨大的压力及创伤。在日常生计方面，由于受到了时任夔州都督柏茂琳的照顾，杜甫能够维持最基本的生活需要。流寓成都期间，杜甫在浣花溪畔修建草堂，并于闲暇之时进行简单的农业生产活动，在乱世流离中增添了一份宁静祥和。这种生活习惯也被杜甫

① （唐）杜甫著，（清）仇兆鳌注：《杜诗详注》卷一五，中华书局，1979年，第1265—1266页。
② 陈贻焮：《杜甫评传》，上海古籍出版社，2003年，第1066页。

带到了夔州，尽管此时杜甫已漂泊半生，进入了人生的暮年，但他仍然努力寻找着那一丝内心深处的平静与安宁。在柏茂琳的经济援助下，杜甫得以为公家代管一百余顷的公田，除此之外杜甫在夔州还拥有着一定数量的私田和果园，并雇佣了一些农工打理这些田亩，杜甫自己也会时常参与到农事的劳作之中。所谓"朝廷问府主，耕稼学山村。归翼飞栖定，寒灯亦闭门"，杜甫在耕稼劳作中获得了久违的优游自适，他在夔州的居所虽然有些偏僻，却反而成为幽居养神的佳处，让杜甫得以暂时远离动乱的尘世。"人事伤蓬转，吾将守桂丛。来往皆茅屋，淹留为稻畦"（《自瀼西荆扉且移居东屯茅屋四首》），就表达了自己对这种生活的满足。杜甫夔州诗中屡有此种寄情于山水与农事之作，表现了一种安宁平和的生活状态。然而，在看似平静的背后，是杜甫内心的煎熬与焦躁，经济情况的暂时好转无法真正解开杜甫此时的心结，对夔州风土的不适应、对家乡的深切怀恋以及对自己年华已逝的感慨是这一时期杜甫始终忧虑的事情。

虽然从整体上来说，杜甫在夔州的生活没有遇到太大的困难，但他一直无法适应当地的环境气候及风土人情。夔州雄踞长江上游，控制瞿塘峡口，形胜险要，山水俱佳，自古以来皆是兵家必争之地，有"险莫若剑阁，雄莫若夔"之称。但是在唐代，夔州除了拥有秀丽的山川之景外，还是瘴气的聚集之处，如杜甫《孟冬》诗云："巫峡寒都薄，黔溪瘴远随。终然减滩濑，暂喜息蛟螭。"《闷》诗云："瘴疠浮三蜀，风云暗百蛮。卷帘唯白水，隐几亦青山。"可见杜甫对夔州的瘴疠气候很不适应。宋代诗人李复亦在其《潏水集》中记载："夔居重山之间，壅蔽多热。又地气噫泄而常雨，土人多病，瘴疟头痛脾泄，略与岭南相类。他处药材皆不至，市无药肆，亦无学医者。其俗信巫而不求医，人无老幼，不问冬夏，饮茱萸茶一两杯，以御山气。"①除了瘴疠之气外，当时的夔州人民信鬼好巫，文化风气与中原相比大有不同，杜甫《戏作俳谐体遣闷二首》曰："异俗吁可怪，斯人难并居。家家养乌鬼，顿顿食黄鱼。"仇注引《蔡夫宽诗话》云："巴、楚间，常有杀人祭鬼者，曰乌野七神头，则乌鬼乃所事神名耳。"②当时夔州地区的风俗好尚大抵如此，故杜甫在诗中屡称此地文化曰"蛮"，盖唐代西南地区浸染中原士人文化尚浅，而人民的生活习惯也与中原地区有较大的差异。对于气候环境的不适应以及风俗人情的不习惯使杜甫表现出厌居之意，"舟中得病移衾枕，洞口经春长薜萝。形胜有余风土恶，几时回首一高歌"（《览物》）。加之杜甫身体每况愈下，使他常有沿江出峡，离开夔州的想法。

但对环境的不适应并非杜甫真正忧虑之事，这仅仅是诱发其苦闷惆怅的外部显性原因，真正使杜甫抑郁不快的是来自于他内心对故土的深切怀恋、对京都的无限牵挂以及华发凋零引发的岁月流逝之叹。杜甫笔下的夔州山水，常有萧森郁积之气，给人以冷峻衰飒之感，统观杜甫这一时期的诗作以及人生经历，虽然在物质条件上有了一定的保障，但在精神层面始终没有得到真正的满足，他的人虽然身处夔州，但心与灵魂全系于远在千里之外的长安和洛阳。"一辞故国十经秋，每见秋瓜忆故丘"（《解闷十二首》其三），自至德二年（757）杜甫离开长安漂泊江湖开始，到大历元年（766）杜甫入峡已整整过去了十年，十年时间中，杜甫羁旅无依，历尽沧桑，心中郁结的思乡之情在此时喷薄而出，故而夔州诗中时刻流露出强烈的恋土之意。"鸟倦飞而知还"，叶落归根是人之常情，杜甫对于故乡的念念不忘不单是对风土人情的怀恋，还饱含着他对于国家以及

---

① （宋）李复：《潏水集》卷六《夔州药记》，文渊阁四库全书本，上海古籍出版社，1983年，第20页。
② （唐）杜甫著，（清）仇兆鳌注：《杜诗详注》卷二〇，中华书局，1979年，第1793页。

黎民苍生的牵挂与担忧。"万国尚戎马，故园今若何？昔归相识少，早已战场多"（《复愁十二首》其三），纵使老病加身，杜甫仍然心系家国，并渴望为时局的改变贡献一份自己的力量。所以杜甫其实并不满足于在夔州这种相对稳定的生活，但无奈此时的杜甫虽有报效之心，而身体情况已不足以支撑他建立更大的功业，且夔州地区与长安遥遥相隔，山高水远，想要回归故土并非易事。杜甫对此常怀无力之叹，"长为万里客，有愧百年身"（《中夜》），"不眠忧战伐，无力正乾坤"（《宿江边阁》），"天边长作客，老去一沾巾"（《江月》），"系舟身万里，伏枕泪双痕"（《九日五首》其四），"向来忧国泪，寂寞洒衣巾"（《谒先主庙》），这些诗句既是对年华已逝的无限慨叹，也是对自己无力报国的深切自责，其中又夹杂着对往日荣华的追恋以及天涯孤旅之寂寞，种种情绪交织心头，令此时的杜甫欢颜难展，愁绪满肠。正是在这样的背景下，杜甫写下了《秋兴八首》这一组不朽名篇。

（二）暮年的家国之伤和人生之伤

杜甫在《秋兴八首》中所流露出的感情是相当复杂的，但总的来说，人到暮年的家国之伤与人生之伤是这一组诗的两大主题。清人张远的《杜诗会稡》解"秋兴"二字："秋兴者，因秋而发兴，不专咏秋也。八首中，或明点'秋'字，或暗点'秋'字，总寄其兴耳。"[1] 意谓杜甫因秋而感兴起意，目的并非为咏叹清秋时节夔州的山水风光，而是借此抒发心中郁结的感情。"凡怀乡恋阙之情，慨往伤今之意，与夫夷狄乱华，小人病国，风俗之非旧，盛衰之相寻，所谓不胜其悲者，固已不出乎言意之表矣。"[2] 故古今解诗者皆从"兴"字入手，探寻杜甫兴寄之所在，或从诗歌的显而易见处阐发大旨，

---

① 叶嘉莹：《杜甫秋兴八首集说》，北京大学出版社，2008年，第18页。
② 叶嘉莹：《杜甫秋兴八首集说》，北京大学出版社，2008年，第21页。

或排比勾连，考据引证，发掘组诗中的隐晦情感表达。有些解释确有其独到之处，但也有些解释致使本诗愈发支离，反而令人无法真正了解杜甫的本意。"秋"之一字不仅是引发杜甫无限感慨的时令气候，亦是八首诗歌所有情感表达的源头与基调，与其说杜甫因秋而起兴，毋宁说诗人以兴咏秋、伤秋、叹秋。

所谓"秋"字在这一组诗中兼有三重含义，一为时节之秋；二为人生之秋；三为家国之秋。杜甫作此诗时，正值清秋时期，草木摇落，万物肃杀，《秋兴八首》其一曰："玉露凋伤枫树林，巫山巫峡气萧森。江间波浪兼天涌，塞上风云接地阴。"开篇即描写了夔州萧条衰飒之秋景，仇兆鳌引顾宸注云："波浪在地而曰兼天，风云在天而曰接地，极言隐晦萧森之状。"①从组诗一开始，杜甫便营造出一种凋敝凄凉之感，这既是对夔州秋景的客观描摹，亦是此时诗人心情的真实写照。"自古逢秋悲寂寥"，秋天总能带给文学创作者无限的哀思愁绪，杜甫的秋情不仅是对这一时序的咏叹，而且是结合了人生之秋与家国之秋的无限悲慨。人生之秋又包含了两重意味，一是年华衰老之叹，二是功名未建之悲。杜甫创作这一组诗时已年届五十四岁，《秋兴八首其五》曰："一卧沧江惊岁晚，几回青琐点朝班"，自进入夔州以来，他的身体情况一直不容乐观，虽然杜甫仍旧能够进行一定的农事劳作，但他的视力与听力都在夔州时期遭到了较为严重的损伤，杜甫另有《耳聋》一诗："眼复几时暗，耳从前月聋"，可见状况之糟糕。这一时期的杜甫疾病缠身，心结难解，早已不复年轻时之风发意气，大多情况下是"晒药安垂老，应门试小童。亦知行不逮，苦恨耳多聋"（《独坐二首》其二）。杜甫卒于大历五年（770），此时的杜甫应该已感到身体之衰歇而自恨时日无多。过去之种种皆已随风长逝，徒留一老翁"泣血迸空回白头"（《白帝城最高

---

① （唐）杜甫著，（清）仇兆鳌注：《杜诗详注》卷一七，中华书局，1979年，第1484页。

楼》）人生至此，焉能不悲？

但若只是白头之叹，杜甫的诗作中不应出现如此多的愤懑不平之气，他暮年之伤的根结仍然在于一片报效之心无从施展，而又自知回天无力。晚年的杜甫虽然历经种种磨难，仍然渴望为朝纲的重振贡献力量，这一点从《秋兴八首》以及其他夔州诗中均可以获得佐证。《秋兴八首》其三曰："匡衡抗疏功名薄，刘向传经心事违。同学少年多不贱，五陵衣马自轻肥。"这一句的解释古今学者多有分歧，《九家集注杜诗》赵彦材注曰："功名薄，公自言其为左拾遗时，虽有谏诤如匡衡，而缘此帝不加省，以此比文，则功名薄也；刘向讲论五经于石渠，公言其心事欲如刘向之传经于朝，而乃违背不偶也。"[1]顾宸注此句曰："此一联乃公生平出处大节，谓欲进而匡君以济当世，则有命存焉；欲退而修业以淑后人，则与时相悖矣。"[2]叶嘉莹先生则认为："同学之立朝居官，但在求衣马轻肥，而我则虽有满腹为国为君之心，然而抗疏未成，传经未遂，此所以令人为之深慨者也。"[3]这几种解释，均认为杜甫引用匡衡与刘向的典故，前一句乃在感叹自己抗诤极谏而不得功名，后一句则深慨欲如刘向传经天下而未成，故有独坐江楼，淹留不归之寂寞。关于"匡衡抗疏"的内涵，争议之处并不大，歧义在于"刘向传经"句的解释。从整体的诗意以及情感表达的流畅程度的角度来看，叶嘉莹先生等人的解释完全可以说得通，但除此之外尚有另一种不同的解法，黄生《杜诗说》云："公盖不欲以文章名世，即五言所谓'名岂文章著'者，特借用刘向事耳。"[4]意思是说刘向撰经传书并非自己的心意所在，自己写诗作赋亦实非内心真正的志向。究竟哪一种解释更为合理，还要结合本

---

[1] 叶嘉莹:《杜甫秋兴八首集说》，北京大学出版社，2008年，第136页。
[2] 叶嘉莹:《杜甫秋兴八首集说》，北京大学出版社，2008年，第141页。
[3] 叶嘉莹:《杜甫秋兴八首集说》，北京大学出版社，2008年，第147页。
[4] （清）黄生撰，徐定祥点校:《杜诗说》卷一，黄山书社，1994年，第330页。

章的前两联来看。"千家山郭静朝晖，日日江楼坐翠微。信宿渔人还泛泛，清秋燕子故飞飞。"这两联的解释，诸家大都认为杜甫远来羁旅，孤独寂寞而终日无所事事，唯有静坐江楼之上看舟中渔人打鱼，清秋燕子飞回，万物均得自适其情，而唯有诗人漂泊江湖，无聊至极。《杜律演义》曰："江楼每日之所见，渔舟已越再宿，犹泛泛于江中，燕子社前当去，尚飞飞于山郭，皆以清秋自适也。贱而渔人，微而燕子，其自适且如此，宜公之有感而自叹也。"①《杜臆》云："渔舟之泛，燕子之飞，此人情、物情之各适，而以愁人观之，反觉可厌，曰还，曰故，厌之也。"②此两种解释颇有不同，前者意思是杜甫羡慕诸物皆自适其意，后者则认为杜甫厌倦了这种只能观景的生活。笔者认为，尚可有第三解。杜甫于此处的确有感慨自伤之意，杜甫厌居夔州、思念故乡，但因为身体和川资的原因，不得不滞留夔州，闲来无事，只能看看渔人打鱼、燕子翻飞，而且看到"信宿渔人还泛泛，清秋燕子故飞飞"，该是盯了多长时间？又该是多么无聊？他反复思索了自己的人生，为抗疏救琯感到悲哀，为只是一位诗人感到不值（刘向更倾心于国事，传经非其本意。杜甫亦希望用心于国事，成为诗人亦非本心。），为被打击的命运感到哀伤。这也是《秋兴八首》一以贯之的内在情绪，但此章并不止于聊发悲闷愁苦，而是诗人抒发心志之作。

从整体上看，《秋兴八首》的第三章，与之前两篇的乱离动乱之气不同，这一章似乎有一片安逸祥和之气。但正是这种表面上的安逸祥和，与杜甫内心的局促不安形成了鲜明的反差。秋高气爽，山气缥轻，千家静好，渔人泛泛，燕子飞飞，同学青紫，景、事、人、物，各得其所，天地之中，唯诗人独坐江楼，观此寻常之秋景而神游故国，不觉有倦怠之意，愤懑之情。曰"还"，曰"故"者，正见

---

① 叶嘉莹：《杜甫秋兴八首集说》，北京大学出版社，2008 年，第 128—129 页。
② 叶嘉莹：《杜甫秋兴八首集说》，北京大学出版社，2008 年，第 129 页。

诗人漂泊无依，无所事事，虽渔人泛泛，得其地也；清秋燕飞，得其时也，而诗人却在秋气渐浓时节，独享寂寥，老无所为，本拟在长安施展一腔抱负，奈何如今去国万里，故土难回，淹留至此，徒叹悲歌，看花伤草而已。杜甫以匡衡、刘向自比，是其心中仍然有尚未了结之大事，仍然怀揣"致君尧舜上"之理想，思君报国之志并没有随着年老体衰而湮灭，反而愈发强烈。

　　暮年的杜甫虽然醉心于诗歌创作，其写作技法也日臻醇熟，所谓"晚节渐于诗律细"，杜甫对自己晚年的创作颇有自得之意，但即便如此，工于诗作并非杜甫的心愿志向，而是遣情抒怀的一种方法与手段，他可以从中获得心灵之慰藉与精神之满足，却无法让他遗忘君国之事。"时危思报主，衰谢不能休"（《江上》），"时危关百虑，盗贼尔犹存"（《西阁夜》），"至今劳圣主，何以报皇天"（《有感五首》之一），这些夔州时期的诗句明确地表达出了杜甫的大志所在，故黄生关于"匡衡"一句的解释是有道理的，明乎此，则此章尾联"同学少年多不贱，五陵衣马自轻肥"不惟忧患伤悼之意多，讥诮讽刺之情亦不少。昔日同学少年，今则大多功成名就，然犹能似匡衡抗疏直谏否？其志则在取青拾紫耳。"自轻肥"，只顾自己，忘却国家也。倘如此，则国家奈何？天下奈何？我虽仍有力正乾坤之志，却双鬓苍白，不似少年意气，况终日静坐于此，无所事事，何能襟开双翼，一展抱负？是吾地之不可回，而吾时一去不复返，则孤寂无助之悲慨力透纸背，却又不着痕迹，蕴于无形。

　　所以杜甫的伤己亦是伤国，在杜甫的眼中不仅自己的人生已进入暮年，就连整个大唐王朝也已经逐步滑向毁灭的深渊。虽然此时距离唐王朝真正的灭亡尚远，但在杜甫看来，经历了安史之乱以及其后一系列的动荡，整个国家已经很难再回复往日的盛景荣光，《秋兴八首》中一直贯穿着这种今昔盛衰的对比，如组诗第四章云："闻道长安似弈棋，百年世事不胜悲。王侯第宅皆新主，文武衣冠异昔时"；第六章云："珠帘绣柱围黄鹄，锦缆牙樯起白鸥。回首可怜歌舞地，秦中自古帝王州"；第八章云："佳人拾翠春相问，仙侣同舟晚更移。彩笔昔曾干气象，白头吟望苦低垂"。这些诗句都体现出了强烈的昔盛今衰之感。杜甫写就《秋兴八首》时的唐朝国政大局，主要存在三个方面的顽疾，也是杜甫始终深忧之处。

第一个方面，虽然安史之乱已于广德元年（763）基本平定，但由此引发的藩镇割据之势难以消解。安史旧部田承嗣、李怀仙、张志忠等人仍然节制河北地区，大权独揽，形成了"河朔三镇"这一股实质上的独立团体。而唐王朝的其他地域也多有企图割据的势力出现，致使群雄蜂起，仅以蜀地为例，宝应元年（762）便出现了剑南兵马使徐知道叛乱，永泰元年（765）严武去世后，又出现了郭英乂与崔旰的相互攻伐。这一系列的动乱使藩镇问题终成尾大不掉之势，给唐王朝带来了沉重打击，也给杜甫的身心带来无尽的苦难。

第二个方面，边境民族问题也是唐朝面临的一大难题。安史之乱前，唐王朝尚能凭借强大的边防军控制周边少数民族，但随着军事力量的削弱，唐朝在边境作战屡遭失利。吐蕃、回纥、南诏等国乘虚发难，令脆弱的大唐帝国雪上加霜。就在杜甫创作《秋兴八首》的前一年，即永泰元年（765），仆固怀恩联合吐蕃、回纥、党项、吐谷浑等数十万兵马入寇奉天、同州、邠州等地，虽然郭子仪力退强敌，但唐王朝已经失去了对陇右以及河西走廊等地的实际控制权。

第三个方面，连年的征战给唐朝百姓的日常生活带来重创。独孤及在奏章中说："师兴不息十年矣，人之生产，空于杼轴。拥兵者第馆亘街陌，奴婢厌酒肉，而贫人羸饿就役，剥肤及髓。长安城中，白昼椎剽，吏不敢诘。官乱职废，将堕卒暴，百揆隳刺，如沸粥纷麻。民不敢诉于有司，有司不敢闻陛下，茹毒饮痛，穷而无告。今其心颤颤，独恃于麦，麦不登，则易子咬骨矣。"①长安城中的治安状况已经到了土匪白天杀人越货而官吏不敢诘问的地步，经济生产也大受影响，穷者饿殍遍野以至易子而食。时局至此，已然出现了恶性循环，天下好战之风愈炽，严重破坏社会秩序，但又必须借助一定的军事力量维持统治的延续，故独孤及力陈裁兵之策，然"上不能用"。这些顽疾的存在，令杜甫忧心忡忡，他无法做到置身事外而平心静气地欣赏秀丽风光，他将自己的命运与唐王朝的命运紧紧联系在一起，将自己的内心系于家国之上，所以杜甫在《秋兴八首》中的悲慨，是对深秋萧条景象的咏叹，是对人生暮年的感怀，亦是对家国之殇的沉哀。

（三）结构严谨、抒情深婉的杰出制作

《秋兴八首》的艺术成就古今同赞，论者颇多，笔者不欲重复，只从组诗结构这一角度略谈其成就。

作为一组律诗，《秋兴八首》有着完备严密的结构，题为"秋兴"，但因秋而兴的情绪原可多种多样，而组诗所兴寄之情并非无节制地恣肆蔓延，而是通过深厚蕴藉的笔法以及完整有序的逻辑线索进行体现。在表达情感的过程中，诗人并没有明确指出兴寄之所在，其情绪之延展总在有意无意之间，给人以处处起兴却又处处无兴之感。金圣叹《唱经堂杜诗解》评价道："题是'秋兴'，诗却是无兴，作诗者满肚皮无兴，而又偏要作秋兴，故不特诗是的的妙诗，而题亦是的的妙题；不特题是的的妙题，而先生的的妙人也。"②

关于《秋兴八首》之结构次序，主要有三种说法。第一种解释以钱谦益《钱注杜诗》为主，认为《秋兴八首》在结构上呈现了"前

---

① （宋）欧阳修、宋祁撰：《新唐书》卷一六二，中华书局，1975年，第4991—4992页。

② 叶嘉莹：《杜甫秋兴八首集说》，北京大学出版社，2008年，第17页。

三后五"的次序。前三章重点描写夔府之秋景，后五章则遥忆故乡长安之景物。朱鹤龄以及陈廷敬等人的注解也持这种观点。第二种解释以张笃《杜律注解》为主，张解认为："前四首言秋，后四首言兴，其立格又各不同。至其用意处，脉络分明，首尾相应，八首竟一首矣。"[①] 第三种说法是叶嘉莹先生提出的"一本万殊"："所谓一本者，羁夔府值秋日而念长安，斯为八诗之骨干，所谓一本者也。而八诗中或以夔府为主而遥念长安，或以长安为主而映带夔府，至于念长安之所感，则小至一身之今昔，大至国家之盛衰，诚所谓百感交集，所怀万端者也，而复于此百感万端之中，或明写，或暗点，处处不忘对夔府秋日之呼应，此岂非万殊一本，一本万殊者乎？"[②] 这三种说法都有一定的合理性，"前三后五"是就组诗的逻辑线索而言，"前四后四"是就组诗的情感脉络而言，"一本万殊"则是就组诗的写作模式而言。综合诸说，《秋兴八首》的结构次序呈现出首尾呼应的态势，中间的情感复杂多变，且呈现递进式特点，而每章的最后一句实为本章主旨之概括，同时又为下一章节的描写预留了空间，使整个组诗的情感表达深婉绵长。

《秋兴八首》的第一章以夔州之秋景起兴，借用夔州萧森肃杀之景象为全诗奠定了整体的情感基调，实为八首之总纲。杜甫在开篇便点明了诗作的主题，即所谓"孤舟一系故园心"是也。"孤舟"者，言自己辗转漂泊之日久，去国万里，故土难回；"故园心"者，言自己虽然久处他乡，但一片赤诚之心仍旧系于家乡故园。"寒衣处处催刀尺，白帝城高急暮砧"一句实为点睛之笔，秋气疏凉，天寒岁暮，又到置备寒衣之时，白帝城中家家户户感此气候或缝制新衣，或盥洗旧服，然吾家何处？我衣何在？唯有登高远望，独忍寒风矣。诗人或许并非真正需要一件用来御寒的衣服，但闻听此时城中一片捣

<hr>

① 叶嘉莹：《杜甫秋兴八首集说》，北京大学出版社，2008 年，第 24 页。
② 叶嘉莹：《杜甫秋兴八首集说》，北京大学出版社，2008 年，第 35 页。

衣之声，则不免乡关之情愈浓，特借此意象抒怀乡思乡愁。第一章前半部分描写夔州秋景之壮阔宏大，至收笔处则截取寻常百姓之生活片段，越是这种普通的生活场景便愈能突出诗人有家难回、亲人难聚之苦，故杜甫在组诗的第一章便已经成功营造了羁旅漂泊、孤独寂寞之氛围，也点明了怀念长安，思归故乡之主旨，以下诸章则为这种情感基调的延续。而第八章作为组诗的终结与首章呈现了前后呼应的完成结构。第一章以"秋"起兴，第八章则以"春"收尾；首章实写夔州之秋，末章则虚写追忆长安之春。仔细研读诗句不难发现，杜甫在涉及夔州景象的描摹时多呈现其衰飒萧条之气，而忆及长安之景时，又往往呈现其华彩明媚的一面。在这种一实一虚的变换中，反映的是深藏在杜甫内心的某种潜意识，可见天宝十四载（755）之前的长安留给杜甫的印象便是一片升平之气，彼时也正值唐朝国力鼎盛之时，那些绚丽的光景在杜甫心中留下了难以抹去的美好回忆。而自安史之乱后杜甫便再无缘得见长安之景象，漂泊以来诗人所闻所见皆如萧条之暮秋一般，家国离乱，满目疮痍，在这样的背景下杜甫以春景描摹长安，正体现了其心中最为美好之希冀。然此种希冀与现实之衰飒暮秋又产生了强烈的对比反差，杜甫并非不知道现实的长安城早已不复当年之韶光，然这种秋兴春收的写作方式更能凸显昔盛今衰的无限悲慨。

第一章时诗人欲表达之情感已渐至浓郁，但从第二章开始作品的情感表达一变为深婉绵延，以递进的方式层层展开。二、三章分写夔州之暮景与朝景。"夔府孤城落日斜，每依北斗望京华"，杜甫将第一章中的思乡之情进一步延展，"望京华"三字是为诗心所在，诗人朝望京华，暮望京华，朝朝暮暮无穷尽也，而"请看石上藤萝月，已映洲前芦荻花"一句，既点明了光阴代速之悲，又为下一章做了铺排，"萝间之月，忽映州花，不觉良宵又度矣。"① 依斗望京，日日如是，光阴虚度，不亦悲乎？而第三章则直承前句，夜间依斗遥望故乡，至晨时依然静坐江楼之上遥念故土，朝暮之间诗人恋阙之情不需赘言，而"同学少年多不贱，五陵衣马自轻肥"则揭示了时代的悲哀——欲效力者被弃，谋自我者升官，这样的国家和这样的人才现状，如何能让国家平安？前文已指出"望京华"是杜甫言志之诗眼，诗人内心仍思报效邦国，故本句又引起了下面的章节。从第四章开始，诗人将思乡之情扩大为对整个国家的担忧，四章起首曰："闻道长安似弈棋，百年世事不胜悲"，表面上仍然是对长安的怀念，但实际上是在描写国家的沧桑巨变，"百年"一词，部分解诗家认为是实写，但其实杜甫在此处应当是借指盛衰变化之速，仿佛倏忽之间百年已过，沧海桑田。安史之乱前的大唐王朝国力强盛，富丽繁华，转瞬之间大厦将倾，一片焦土，而帝都长安更是沦为战争的牺牲品而几经易手，天下百姓则皆为棋子，如此风云变幻，怎能令人不悲？"闻道"二字体现了杜甫对于天下大事的关切之心，虽不能得见长安，但仍然想尽一切办法探听京畿之消息。"直北关山金鼓振，征西车马羽书驰"一句则说明此时国家虽然平定了安史之乱，但边关各处仍然动荡不安，大唐王朝远没有恢复稳定繁荣，是故诗人才有"鱼龙寂寞秋江冷，故国平居有所思"之感慨。杜甫之思在于家乡，在于邦国，在于致乱之由，在于盛衰今昔之感怀。但不论杜甫的思索多么深刻，感情多么真挚，报效之心多么热切，都于时事无补，羁旅秋江，徒叹寂寞，有心却无力。且己一介之老儒，纵有平治天下之愿，然已到风烛残年之时，此一言外之旨，平添悲壮与苍凉。

第五章又与四章所思之事一脉相连，上文写长安今日之乱，此

① （唐）杜甫著，（清）仇兆鳌注：《杜诗详注》卷一七，中华书局，1979年，第1486页。

章则忆长安昔日之盛。前两联极言盛世长安宫阙之恢宏、天子朝仪之威严，犹如仙家居所，光耀四方，以致祥瑞屡现、诸臣列班、万国来朝，一派升平气象也。五六句写天子上朝之仪，而己则有幸一识天颜，得以跻身仙籍。末二句笔锋陡然一转，"一卧沧江惊岁晚"，杜甫此时境遇之真实写照也。前几联皆是诗人追忆往时旧景，此一句回归现实，而家国之崩乱、天子之蒙尘、群寇之蜂起、孤身之羁旅、岁月之无常，种种情境致使仙境不在，万事萧然。昔日也曾几度位列朝班，而今徒卧江畔无可奈何，昔盛今衰之感，俱在其中。

六、七两章则情感又为一变，杜甫将家国之悲进一步延展为千年之叹。六章尾联云："回首可怜歌舞地，秦中自古帝王州。"秦中之地不仅是唐朝一代京畿所在，更是周、秦、汉、隋等朝建都之处，杜甫着"可怜"二字，实则为可叹，千年帝都繁华之所，又不知经历多少风云变幻，盛衰兴亡。曲江与夔州相去万里，而今俱是暮气秋色，则昔日珠帘绣柱，锦缆牙樯何可得见？惟有风烟素秋，边愁四起，世事苍茫如此，故回首伤叹之。此一章中，诗人所思之事渐进深阔，从伤己、悲国到千古历史之叹，杜甫的思维已经跳出了唐朝一代之事，开始忖度古今兴废治乱之由。历代建都于秦中的王朝，无论曾经何等富丽繁华，最终的结局不过可怜可叹，正如钱谦益所说："长安天府三成帝畿，故曰周以龙兴，秦以虎视，至有唐而胡虏长驱，天子下殿，不亦伤乎？"[1] 而无论是周、秦，抑或是如今之大唐，皆逃不过衰亡之命运，唯其方式之不同耳。至第七章引汉武帝故事，这种必然衰亡的宿命感更加浓厚，所谓"昆明池水汉时功，武帝旌旗在眼中。织女机丝虚夜月，石鲸鳞甲动秋风"，昔汉武开边，彪炳史册，功业之盛，如在眼前。昆明凿池，刻石为鱼，汉家霸业，大抵如斯。但如今千年已过，风烟俱净，武帝一世之雄，而今安在？

---

① 叶嘉莹：《杜甫秋兴八首集说》，北京大学出版社，2008 年，第 293 页。

唯剩孤米、莲房无人问津，池上物色空留，黯然神伤。这一章既是以汉喻唐，突出了现实长安之破败；同时也彰显了兴废轮回的必然宿命感，杜甫一生之追求，在于寻找一条长治久安之道而令天下寒士苍生俱展欢颜，然而实际的情况却是乱离之景不可避免，纵一代之雄主，亦只可留一时之功业，明乎此则凄怆悲凉之意更甚。此章末句"关塞极天唯鸟道，江湖满地一渔翁"，写尽诗人之无力、之惆怅、之悲苦。天下大势如此，欲挽救时局，怎奈山高路险，难以逾越。但是阻挡杜甫的又何止夔州的崇山峻岭，面对浩荡苍茫之江山，面对滚滚奔涌的历史大潮，个人的力量在此时无比渺小，这种深深的无力感令杜甫顿生绝望之意，江湖满地，只剩渔翁漂泊，则亘古之孤独寂寞可见一斑。诗意至此，愈令观者感到情感之郁积深厚，然而就在此时，杜甫又将笔力一转，以想象长安之春景作结，"昔望""今游"正为本诗作结，昔盛今衰之八篇大旨具在于斯，前一章铺排到极点的苍凉之势至此巧妙完结，诗人没有让他的情感进一步延伸下去，而是在其最为浓烈之时进行收束，遂令诗境回味悠长，蕴藉深远。

五、《咏怀古迹五首》

其一

支离东北风尘际，漂泊西南天地间。

三峡楼台淹日月，五溪衣服共云山。

羯胡事主终无赖，词客哀时且未还。

庾信生平最萧瑟，暮年诗赋动江关。

其二

摇落深知宋玉悲，风流儒雅亦吾师。

怅望千秋一洒泪，萧条异代不同时。

江山故宅空文藻，云雨荒台岂梦思。

最是楚宫俱泯灭，舟人指点到今疑。

其三

群山万壑赴荆门，生长明妃尚有村。

一去紫台连朔漠，独留青冢向黄昏。

画图省识春风面，环佩空归夜月魂。

千载琵琶作胡语，分明怨恨曲中论。

其四

蜀主窥吴幸三峡，崩年亦在永安宫。

翠华想像空山里，玉殿虚无野寺中。

古庙杉松巢水鹤，岁时伏腊走村翁。

武侯祠屋长邻近，一体君臣祭祀同。

其五

诸葛大名垂宇宙，宗臣遗像肃清高。

三分割据纡筹策，万古云霄一羽毛。

伯仲之间见伊吕，指挥若定失萧曹。

运移汉祚难恢复，志决身歼军务劳。[1]

大历元年（766）杜甫流寓夔州，在此地创作了《咏怀古迹五首》组诗。这一组诗共有五首，分别吟咏了庾信宅、宋玉秭归故宅、昭君村、永安宫、武侯祠等前人在三峡一带留下的古迹，并借此抒发了去国怀乡、壮志未酬等复杂的情感。诗人借咏怀古人之悲凉命运，进而慨叹遭遇之坎坷，身世之飘零，情感表达深沉潜婉，真挚动人。

（一）三峡一带的人文胜迹

三峡是长江流经的瞿塘峡、巫峡以及西陵峡三段峡谷的总称。三峡起自今天的重庆市奉节县白帝古城，途经重庆市巫山县，终至湖北省宜昌市南津关，全长近二百公里。自古以来，长江三峡雄奇俊秀的风光便吸引着无数的文人骚客为之留下墨宝，郦道元在《水经注》中说："自三峡七百里中，两岸连山，略无阙处，重岩叠嶂，隐天蔽日，自非停午夜分，不见曦月。至于夏水襄陵，沿溯阻绝，或王命急宣，有时朝发白帝，暮到江陵，其间千二百里，虽乘奔御风，不以疾也。春冬之时，则素湍绿潭，回清倒影，绝𪩘多生怪柏，悬泉瀑布，飞漱其间，清荣峻茂，良多趣味。每至晴初霜旦，林寒涧肃，常有高猿长啸，属引凄异，空谷传响，哀转久绝。"[2]除了清荣秀丽的自然风光外，三峡一带同样拥有数量众多的历史古迹和人

---

① （唐）杜甫著，（清）仇兆鳌注：《杜诗详注》卷三，中华书局，1979年，第1499—1506页。

② （北魏）郦道元著，陈桥驿校证：《水经注》，中华书局，2007年，第790页。

文景观，杜甫创作《咏怀古迹》五首时，正是挑选了三峡周边最具有代表性的几处遗迹进行咏叹。首先是宋玉故宅，宋玉是战国时期的楚国士大夫、文学家，也被认为是屈原的弟子。屈原投江亡故后，宋玉的辞赋作品成为楚辞风格的代表，其《九辨》《风赋》《高唐赋》《登徒子好色赋》等作品更是广为流传，后世将屈原和宋玉并称为"屈宋"，足见其在中国文学史中之地位。宋玉的故居正是在今天的湖北省宜昌市秭归县，古往今来不少文人名士皆欲访之以遂心中一愿。杜甫另有《送李功曹之荆州充郑侍御判官重赠》一诗，其中写道："曾闻宋玉宅，每欲到荆州。"而南北朝时期的著名文学家庾信在历经侯景之乱后，同样来到宋玉古宅处避难，《哀江南赋》中写道："诛茅宋玉之宅，穿径临江之府。"① 故宋玉宅又被称为庾信宅，也正是在这样的背景下，杜甫在组诗的一、二章中分别吟咏了庾信和宋玉二人。

其次是"昭君村"，这里因诞生了一代名妃王昭君而得名。公元前54年，王昭君出生于南郡秭归县，后汉元帝昭示天下，遍选秀女，王昭君因才貌双全成为南郡首选，入掖庭宫成为一名宫女。但因为昭君不肯贿赂宫廷画师毛延寿，使其画像与本人相貌不符，以致没有被汉元帝选为嫔妃，遂长期受到冷落。竟宁元年（前33），匈奴呼韩邪单于入朝觐见，求取联姻，汉元帝将昭君赐予其为妻。后王昭君成为宁胡阏氏，为巩固汉匈之间的友谊以及稳定边防作出了卓越的贡献。因为昭君出塞的传奇性，王昭君成为后世众多文人墨客吟咏的对象，昭君故里也因此逐渐声名远扬。

组诗的第四与第五章吟咏的古迹分别是白帝城永安宫以及奉节县的武侯祠，因为"夷陵之战""永安托孤"等历史上著名的典故，永安宫及其周边的遗迹也成为文人热衷咏怀的对象。《水经注》记载：

---

① （北周）庾信撰，（清）倪璠注，许逸民校点：《庾子山集注》，中华书局，1980年，第104页。

"永安县，即今夔州府治奉节县宫，在卧龙山下。刘备终于此，诸葛亮受遗处也。其间平地可二十许里，江山迥阔，入峡所无，城周十余里，背山面江，颓塘四毁，荆棘成林，左右民多垦其中。"注曰："白帝城在府治东，公孙述据蜀自称白帝，更号鱼复曰'白帝城'。蜀先主为陆逊所败，还至白帝，改鱼复曰'永安宫'，居之。明年寝疾而崩。"后"江水又东迳诸葛亮图垒南条"又曰："石碛平旷，望兼川陆，有亮所造八阵图，东跨故垒，皆累细石为之，自垒西去，聚石八行，行间相去二丈，因曰'八阵'。"① 章武元年（221）刘备对孙吴政权发动了大规模的军事行动，双方在夷陵相持对峙，后东吴将领陆逊采用火攻战术一举击溃蜀汉军队，刘备仓皇西逃至白帝城。此战令蜀汉政权元气大伤，使其在很长的时间内丧失了战略进攻能力，战役之后近四十年左右的时间，三国的整体疆域基本维持不变，所以夷陵之战也成为前后三国的一个转折点，彻底奠定了三分天下的政治格局。而刘备本人的身体情况也在这场战役之后迅速恶化，不得不在永安宫内将蜀汉政权托付于诸葛亮，从此诸葛亮成为蜀汉事实上的最高决策人，并继续致力于恢复汉室的宏图大业。由于蜀汉政权对巴蜀地区的影响极为深远，遂使长江三峡一带拥有众多反映蜀汉文化的历史古迹，杜甫曾在《蜀相》一诗中咏怀过成都武侯祠，而在白帝城中同样也有一座武侯祠供后人凭吊。除此之外，三峡一带还有张飞庙、八阵图、三国古岭、屈原故里等历史名胜，有浓厚的人文主义氛围。

但是杜甫创作《咏怀古迹》这一组诗，不单是对历史文化古迹的凭吊与感怀，更是借古迹与典故抒发自身郁积的种种情绪，这也使《咏怀古迹五首》成为咏怀诗的典范之作。

---

① （清）沈炳巽撰：《水经注订讹》，《影印文渊阁四库全书》卷五七四，台湾商务印书馆，1986年，第584页。

(二) 借他人之酒杯，浇自己之垒块

关于《咏怀古迹》五首的主要内容以及主旨，目前学界存在有两种不同的观点。第一种观点认为《咏怀古迹五首》的体例应该是《咏怀》一章，《古迹》四章，浦起龙《读杜心解》云："《咏怀古迹》五首，朱本题下注云：吴本作《咏怀》一章《古迹》四首。此颇有见，惜未疏言其故。愚则谓此题四字，本两题也，或同时所作，讹合为一耳。并读殊不成语，必非原文，但沿袭既久，不敢擅分，有辩语在首章后。"① 浦起龙认为《咏怀古迹》这一组诗的标题本来应该是两个独立的题目，即第一章是《咏怀》，其余四章是《古迹》，或是由于杜甫在同一时间内创作了这五首诗，后人遂将其合为《咏怀古迹五首》。另一种观点则认为《咏怀古迹五首》是一个不可分割的整体，杨伦《杜诗镜铨》云："此五章乃借古迹以咏怀也，庾信避难，由建康至江陵，虽非蜀地，然曾居宋玉之宅，公之飘泊类是，故借以发端。次咏宋玉以文章同调相怜，咏明妃为高才不遇寄慨。先主武侯则有感于君臣之际焉。或疑首章与古迹不合，欲割取另为一章，何其固也？"② 《杜诗详注》引《杜臆》曰："五首各一古迹，首章前六句，是发己怀，亦五章之总冒，其古迹，则庾信宅也。宅在荆州，公未到荆，而将有江陵之行，流寓等于庾信，故咏怀而先及之。然五诗皆借古迹以见己怀，非专咏古迹也。又云：怀庾信、宋玉，以斯文为己任也，怀先主、武侯，叹君臣际会之难逢也，中间昭君一章，盖入宫见妒，与入朝见妒者，千古有同感焉。"③ 仇兆鳌等人认为《咏怀古迹五首》的主旨在于借古迹以抒己怀，并不是单纯地歌咏古

① （清）浦起龙：《读杜心解》卷四之二，中华书局，1961年，第657页。
② （唐）杜甫著，（清）杨伦笺注：《杜诗镜铨》卷一三，上海古籍出版社，1998年，第649—650页。
③ （唐）杜甫著，（清）仇兆鳌注：《杜诗详注》卷一七，中华书局，1979年，第1499页。

迹，作者分别借咏怀庾信、宋玉、王昭君、刘备、诸葛亮等人留下的遗迹抒发内心的情感，如果将《咏怀》和《古迹》分为两类诗来看，则诗意犹未完足，所以《咏怀古迹五首》浑然一体，并不能分割以观之。

这两种观点的核心矛盾其实在于《咏怀古迹》究竟是因己怀而感古迹，还是借古迹以自咏怀。前者的重点在于对古迹的咏叹，倾向于将杜甫的这一组诗歌的主旨解读为对三峡一带古迹的感慨与怀念；后者的侧重则在于内心情感的抒怀，强调杜甫是借助历史文化古迹而自见怀抱。之所以会出现争论，实质在于第一章是杜甫对于庾信的咏怀，但是庾信其实并没有在三峡一带留下古迹，只是因躲避侯景之乱而暂住于宋玉古宅，而宋玉、王昭君、刘备、诸葛亮等人则在这一带留下了众多的历史传说和文化古迹，因此一些解诗家将第一章单独列为杜甫对庾信的咏怀，而后四章才是杜甫对历史古迹的感叹。但是如果从《咏怀古迹五首》的整体脉络以及诗意来看，这一组诗歌的情绪递进层次较为分明，且结构完整，因而不能将其分割为《咏怀》一章与《古迹》四章。杜甫的本意并非要描摹实质有形之古迹，而是将古迹意象化并以此抒发内心诸多之情绪。

诗歌的第一章便是五首之总纲，杜甫借庾信之事迹，为全诗奠定了伤时哀变与乡关之思两种基本的情感基调。庾信本是南朝梁诗人，早年的作品成为宫体诗的代表，因"侯景之乱"而暂避于江陵，后奉命出使西魏，因江陵陷落遂不得不留居北方，在北周时期累迁骠骑大将军、开府仪同三司。虽然庾信在北朝权重一时，但他始终对南方故国有深切的怀恋之情，深耻仕于敌国。后陈朝与北周通好，士人皆遣返故乡，唯庾信和王褒仍不得南归，故庾信后期的文学作品常有萧瑟身世之悲，满怀乡关之思。杜甫的身世经历和庾信有两个相似之处，一是漂泊他乡，故国难返；二是晚年诗歌创作苍凉遒劲，醇熟老练。庾信因战乱由南入北，杜甫则因动荡由北入南，二人皆是异乡之客，杜甫难免有"同是天涯沦落人"之感。此外杜甫《戏为六绝句》有"庾信文章老更成，凌云健笔意纵横"，《咏怀古迹五首》中又有"庾信平生最萧瑟，暮年诗赋动江关"，可见杜甫对于庾信晚年诗歌成就的肯定，而杜甫创作这首诗之时也已进入人生暮年，联想到古人的遭遇，不禁对庾信产生了一种超越历史的隔世情怀。杜甫表面上在写庾信，实质上是在慨叹自身的命运。首句"支离东北风尘际，漂泊西南天地间"是自己暮年去国万里、漂泊江湖的真实写照，诗的下半部分句句写庾信之遭际，实则借此而描摹自己的乡关之思。以此为基础，杜甫的情感表达层层递进，第二章借宋玉诉怀才不遇，抱负难展之悲；第三章借昭君诉去国万里之哀怨；第四章叹刘备、诸葛亮君臣相遇，上下一心；末章感慨诸葛亮壮志未酬。这些情感表达与诗歌主旨被历代解诗者加以反复申说，但《咏怀古迹五首》之所以能够打动人心，还在于其蕴藉深远的言外之意。意味深厚本就是杜诗中的一大特色，也是杜诗产生诸多歧义的一大原因，杜甫总在有意无意之间引导读者进行文本之外的想象与延展，这首组诗除了表达强烈的乡关之思以外，无可奈何之宿命感也始终贯穿五首诗作中，这使全诗笼罩了一层悲壮与苍凉之气。

杜甫笔下的五位历史人物的结局都具有不可抗力因素作用下的悲剧性，而这也正是杜甫在慨叹自身的命运。庾信因为北朝的压力，终其后半生都没有再次踏上南方的故土，这并非由于庾信不愿意重返故乡，而是因为不受自身控制的政治因素。宋玉作赋本为讽谏，但后世却只记住了他华丽的文藻，此即"江山故宅空文藻"也。宋玉本不愿为词臣，奈何后世皆将其视为舞文弄墨之词客，这也并非宋玉最初的志向与心愿。王昭君远嫁匈奴巩固了汉朝边境线之平安，但这是否出于昭君之本意，历史上没有人能作出回答。呼韩邪单于去世后，王昭君向汉朝廷乞归，终被汉成帝敕令留在匈奴，这种故土难回的哀怨之情在杜甫的笔下被展现得淋漓尽致。而刘备与诸葛亮虽然君臣相遇，但终究没有实现兴复汉室的理想，刘备伐吴失败，于永安宫崩逝，诸葛亮"出师未捷身先死"，虽有一身才华以及君主的支持，却仍然难以和天命抗衡，最终壮志难酬，空留悲叹。这些历史人物的身份各不相同，或是文人骚客，或是倾城佳人，或是王侯将相，或是一代枭雄，但面对命运的无可奈何以及身不由己是他们的共同点，这也是此时杜甫自己的心境。在历经安史之乱以及后续的一系列动荡之后，杜甫晚年始终处于居无定所的状态，大历元年（766）杜甫流寓夔州，在此期间他一直策划北返之事，但一来战事仍未平定，国家尚未彻底摆脱动乱的状态；二来杜甫的身体日渐衰竭，北返之事似乎已经成为遥不可及的梦想。然而除了家乡令杜甫魂牵梦萦之外，哀伤时变之情亦是这一首组诗的主题。杜甫本欲作谏臣"致君尧舜上"，后因言获罪不被重用，只能以诗人处世，杜甫虽然醉心于诗歌的创作活动，但从"名岂文章著"等诗句来看，这并非杜甫原本的志向，正如他写到宋玉不被后人所理解而空留文藻一样，杜甫同样担心千载之后人们只记住了其诗人之形象。所以杜甫在诗歌中处处体现了对社会、国家的高度责任感，但这种责任感对挽回政治局面并没有任何实际意义，只是杜甫怀抱热血的"一厢情愿"而已。王昭君与诸葛亮就像镜子的正反两面，又最终殊途同归：昭君不被君王赏识所以远嫁匈奴，终其一生无法主宰自己的命运；而诸葛亮虽然被君主委以重任却仍然无力回天。杜甫借助对这两人的咏怀，一方面抒发了不被赏识的哀怨，另一方面也突出了再造乾坤之艰巨，杜甫虽然有心整顿危亡之时局，但即使如诸葛亮一般天纵英才也回天乏术，更遑论远离中枢、不受重用的自己，故只能在此地聊发感慨，空怀古人。面对这些历史的尘埃遗迹，杜甫仿佛已经预见了自己注定的悲剧性命运，这种无能为力的宿命感与尚存于心的高度社会责任意识形成了强烈的冲突，令全诗有了一丝英雄末路的悲怆。

（三）沉潜深婉的写作艺术

《咏怀古迹五首》面对的是古迹，但却是"伤心人别有怀抱"：诗题"咏怀古迹"，将"咏怀"置前，"古迹"置后，可见作者是以"咏怀"为主之意，故诗歌有时并不在意古迹是什么、怎么样，而将抒怀写尽写透是其目标，"古迹"只是引发诗人"咏怀"的由头，是碰触到了诗人诗兴的触发点。诗人是"咏怀"而不忘"古迹"，在"古迹"中寄托着诗人的万千感慨。

1. 组诗自寓结构的完整性

诗人咏怀"咏"的是自己，但因为以"怀古"为题，所以并不能时时将自己放在明处，而是由"咏怀"转向"古迹"，在"古迹"中"咏怀"，而"古迹"中蕴含着自己。组诗首章为前六后二的章法，前六句咏怀，后二句进入怀古，是由咏怀开始，从咏怀进入古迹，将自己和庾信进行对比，分别从漂泊命运、人生苦难、政治遭际、文章价值四个角度展开。先写诗人所在时代的家国悲哀，"支离东北风尘际"，是安史之乱让国家陷入风尘动荡、金瓯残缺的境况，也让杜甫"漂泊西南天地间"，过着流寓他乡的生活。"三峡楼台淹日月，五溪衣服共云山"是诗人的人生苦难，因为诗人不满意自己生活在民族杂居的地方。对于杜甫而言，生活在蛮夷交杂之处是不幸的，也是不得已的。"羯胡事主终无赖"，表达对安禄山之流的强烈不满，正是这些羯胡的叛乱导致了"词客哀时且未还"的流落生活。那么，怎么进入古迹呢？诗人巧妙地以庾信"暮年诗赋动江关"表达对庾信的肯定，应该也有对自己晚年诗歌价值的认可，因为毕竟杜甫说过"晚年渐于诗律细"之类的自我评定语。旧说杜甫第一章以庾信自比，因其羁旅之思与庾信身世相仿，故第一章非关古迹，只作咏怀，后四章则咏蜀事与蜀人，主旨与首章不合。此议论上文已驳之，故不赘言。从组诗结构的角度看，杜甫的设计是十分完整的，第一章从咏怀进入古迹，以庾信自比，后面四章亦非纯粹的怀古，而是将这些历史人物身上的某种特性与自己的身世紧密相连，形成了一章咏一人，一人比一事的艺术效果。首章末句云："庾信生平最萧瑟，暮年诗赋动江关"这既是全诗的总体基调，亦是杜甫创作时的真实心境，半生羁旅他乡的庾信，愈到晚年其文学作品愈发精醇，愈能打动人心，而令杜甫为之动容的便是庾信后期诗歌中强烈的乡关之思，这种感情也直接促成了杜甫后期的许多诗歌创作。但是杜甫的乡关之思又非一般的对于乡土之怀恋，而是由浅入深，由家及国的一个递进式过程。在杜甫的诗作中，对于故乡的情感往往会上升为对整个国家以及黎民百姓的关心与同情。第二章中作者同样以宋玉自比，"摇落深知宋玉悲，风流儒雅亦吾师"，令杜甫师之学之的并不仅仅是宋玉华丽的文藻，更有宋玉的文人志士、家国情怀。然而事实却是，宋玉留下的华丽辞赋被后人铭记，他的家国情怀却渐渐被人遗忘，以至于人们只记住了巫山神女这个美丽的传说故事，却忘记了宋玉本是借此对君王进行讽谏。杜甫正是害怕自己变成了宋玉式的只供人们欣赏词句的一般词客，成为没有深厚情怀的普通文人。这是杜甫对自己身后评价的担忧。这种情感的流露与首章之"诗赋动江关"有很大差别，是自信与担忧的同时呈现。杜甫晚年对于自己的诗歌创作颇为自豪，但他又不想只是以一个"词臣"的身份被后世纪念，这其中的矛盾性来源于杜甫心中仍有扭转乾坤、再造家国的情怀。不论这种情怀能否最终实践，它决定了杜甫的诗歌作品绝非无病呻吟之矫揉造作，而是饱含深情的爱国热忱。于是第三章的情感又为之一变，杜甫以王昭君自况，昭君出塞是为国家作牺牲，但她个人内心渴望返回故国的心情又有谁能够真正理解呢？正如杜甫满腔抱负，拳拳报国之心又有谁能真正体会呢？古来解诗者多将此章释为杜甫对于君主的怨念之情，但除此之外在第三章中还体现了杜甫对于个人命运、家乡以及故国之间关系的思考。杜甫与王昭君虽然性别不同，身份不同，但流寓之情境相同，悲慨之心境相通，王昭君对于家乡之思念，亦是对于祖国之怀恋。这也正是杜诗中一以贯之的情感。杜甫对于长安的感怀实质上是对于大唐盛世的缅怀，家即是国，国即是家，这一思想是杜甫竭力强调的。因此在第四、五章中，思乡之情感再度升华为渴望君臣同心、再造乾坤之情，但现实与命运的残酷性又让这理想看不到任何希望。面对萧条时局，杜甫有心报国，无力回天，故末章借诸葛亮"出征未捷身先死"之事，将悲壮之情绪推向高潮："运移汉祚难恢复，志决身歼军务劳。"这两句既是诸葛亮一生的总结，也是全诗情感延续的收束，杜甫要做的不仅仅是"诗赋动江关"的词客，更是鞠躬尽瘁死而后已的国臣，即便深晓大唐盛世难以恢复，也要明知不可为而为之！正是这种精神，让以现实主义著称的杜甫在此刻充满了浪漫主义的英雄情怀，正如《瓯北诗话》所言："今观夔州后诗，惟《秋兴八首》及《咏怀古迹五首》，细意熨贴，一唱三叹，意味悠长。"①《咏怀古迹五首》完整的结构使其情感延展深婉悠长，不愧为七言组诗之典范之作。

2.层次安排次第加深

杜甫这组诗，毛张健以为不宜过于强调各首之间的联络，其《杜诗谱释》曰："第一首自伤漂泊，而以'词客'带出庾信，次篇亦以词客兼及宋玉。而庾信结尾，宋玉发端，则格局之变换处。三篇因上楚宫云雨，类及明妃。合三篇言之，盖词客、美人俱堪叹惋，而楚、汉二君之荒淫失德，亦于兹可见，借以讽切实事，故四、五以蜀主臣之励精图治终之，而末所云'运移汉祚''志决身歼'者，则言外别有感慨，又与首篇'支离''漂泊'之意相照。盖公自以留滞西南不能决策以平世乱也。愚谓每篇各赋一事，元可无藉联络，而

<hr>

① （清）赵翼著，霍松林、胡主佑校点：《瓯北诗话》卷二，人民文学出版社，1963年，第20页。

古人不苟如此。若宜联络者，反成散漫，则今之不如古也。"① 他说不
主张联络，实际在分析中还是顾及到了各首之间的关系。笔者认为，
这组诗不仅各首之间有联络，而且次第清晰，是由国及身，由身及
君臣安排层次：以"咏怀"起笔，此亦为诗题"咏怀古迹"为题之
意。第一章首联完全是咏怀，且家国两关，"支离东北"是国家灾难，
"漂泊西南"是个人命运，两者是因果关系。首诗尾联才及庾信，是
由己及人，故是咏怀而入古迹。明代王嗣奭《杜臆》："五首各一古
迹。第一首古迹不曾说明，盖庾信宅也。借古迹以咏怀，非咏古迹
也。……公于此自称'词客'，盖将自比庾信，先用引起下句，而以
己之'哀时'比信之《哀江南》也。"② 第二首叹文人命运，个人半露
半隐，一句"风流儒雅亦吾师"，前四字是宋玉，后三字纳入自己；
又一句"萧条异代不同时"，突出了萧条的命运，却关涉了不同时
代的两个人。之后则只说宋玉的文人悲剧，却隐入了自己的深深忧
虑。清代沈德潜《唐诗别裁》："谓高唐之赋，乃假托之词，以讽淫
惑，非真有梦也。怀宋玉亦所以自伤，言斯人虽往，文藻犹存，不
与楚宫同其泯灭，其寄概深矣。"③ 第三首叹王昭君的悲剧命运，而王
昭君的悲剧命运全因君王的荒唐造成。相比之下，杜甫的悲剧命运
难道不也是君王的不明所导致？如果说毛延寿是导致"画图省识春
风面"的罪魁祸首，李林甫又何尝不是杜甫、元结等人不得立于朝
堂的弑才之刀！涉及君王，诗人全隐，但琵琶声中"分明怨恨曲中
论"的是王昭君，就一定也是杜甫。明代王嗣奭《杜臆》曰："因昭
君村而悲其人。昭君有国色，而入宫见妒；公亦国士，而入朝见嫉。

① （清）毛张健：《杜诗谱释》卷二，载萧涤非主编：《杜甫全集校注》，人民文
　学出版社，2014 年，第 3860 页。
② （明）王嗣奭撰：《杜臆》卷之八，上海古籍出版社，1983 年，第 279 页。
③ （清）沈德潜编，英巍整理：《唐诗别裁集》卷一四，中国致公出版社，2011
　年，第 269 页。

正相似也，悲昭以自悲也。"①第四首、第五首羡慕君臣遇合，深隐诗人不曾有过君臣遭际的悲哀，通过高度赞美刘备、诸葛亮的君臣关系实现之，因完全是赞美历史上人们共同赞赏之人，从无异议之人，故可以放歌，不必含蓄。清代佚名《杜诗言志》："此一首是咏蜀主。而己怀之所系，则在于'一体君臣'四字中。盖少陵生平，只是君臣义重，所恨不能如先主、武侯之明良相际耳。"②"此第五首，则咏武侯以自况。盖第三首之以明妃自喻，犹在遭际不幸一边，而此之以武侯自喻，则并其才具气节而一概举似之。"③组诗的中心主旨就是通过古迹来"咏怀"，故而要从"咏怀"写起，渐入古迹，渐隐个人，但又时时与"咏怀"呼应，处处照应"咏怀"。通过藤萝式结构完成的"咏怀古迹"，五首诗如常山蛇阵，击首而尾应，击尾而首应，均在"咏怀"的目标下通过对古迹的议论而完成。清代冒春荣《葚原诗说》："读《秋兴八首》《咏怀古迹》《诸将五首》，不废议论，不弃藻绩，笼盖宇宙，铿戛钧韶，而纵横出没中，复含蕴藉微远之致，目为大成，非虚语也。"④

3. 用事使典自然含蓄

除了诗歌结构的完整以外，用典的自然含蓄也是《咏怀古迹五首》的一大艺术特色。对典故的运用是中国古代诗歌中一个惯用的手法，但往往也会令一些诗作出现生搬硬套等问题，《咏怀古迹五道》中的用典则自然流畅，且多一语双关，兼及议论与抒情之功能。例如第一首五六句"羯胡事主终无赖，词客哀时且未还"，《杜诗详注》论曰："五、六宾主双关，盖禄山叛唐，犹侯景叛梁；公思故国，犹

---

① （明）王嗣奭撰：《杜臆》卷之八，上海古籍出版社，1983年，第280页。
② （清）佚名：《杜诗言志》卷一〇，江苏人民出版社，1983年，第205页。
③ （清）佚名：《杜诗言志》卷一〇，江苏人民出版社，1983年，第206页。
④ （清）冒春荣：《葚原说诗》卷二，郭绍虞编选《清诗话续编》第4册，上海古籍出版社，2016年，第1515页。

庾信哀江南。"① 表面上杜甫在用典以怀古，但实则句句伤己，这种写作方式使作者在运用典故的同时也是在进行情感的抒发，使诗作既充满了典雅的意味又不失情感表达的流畅。第二首"江山故宅空文藻，云雨荒台岂梦思"一句，既是化用了宋玉《高唐赋》《神女赋》中巫山神女之典故，亦借此发表了自己的议论。杜诗中的议论往往不是直截了当式的说教，而是巧妙地融抒情与用典为一体，引导人们探寻其背后的悠长意味。第三首"千载琵琶作胡语，分明怨恨曲中论"亦是双关之语，既点明了"哀怨"之主题，也有作者想要与昭君成为千载知音之意。古往今来咏昭君的诗歌甚多，但杜甫从自己的遭遇出发，以己之心体会千年之前昭君之情，这使《咏怀古迹五首》的这一首诗产生了强大的共情能力，使杜甫和昭君之间拥有了超越时空的紧密联系，而这正是此诗的魅力所在。及至最后一首"伯仲之间见伊吕，指挥若定失萧曹。运移汉祚难恢复，志决身歼军务劳"两联更是信笔之间刻画出了一个才华超世又无力回天的悲剧英雄形象，在全诗整体语境烘托之下，这又不仅是对诸葛亮形象的描摹以及作者的自伤自叹，更是对千载之下所有忠君爱国的仁人志士的集体咏叹，所以这两联既是对诸葛亮个人肖像的刻画，也是一个群像的集中体现，前面的情感铺垫至此得到升华，又戛然而止，不着痕迹，仿佛有痛沉千钧之力，又有怅然若失的萧瑟之感。杜甫此诗以情起首，以志结尾，情志合一，动人心魄，《杜诗详注》引卢世㴰言："杜诗《诸将》五首，《咏怀古迹》五首，此乃七言律命脉根蒂。"② 诚为的论。

---

① （唐）杜甫著，（清）仇兆鳌注：《杜诗详注》卷一七，中华书局，1979年，第1500页。
② （唐）杜甫著，（清）仇兆鳌注：《杜诗详注》卷一七，中华书局，1979年，第1508页。

六、《承闻河北诸道节度入朝欢喜口号绝句十二首》

其一

禄山作逆降天诛，更有思明亦已无。

汹汹人寰犹不定，时时战斗欲何须。

其二

社稷苍生计必安，蛮夷杂种错相干。

周宣汉武今王是，孝子忠臣后代看。

其三

喧喧道路好童谣，河北将军尽入朝。

自是乾坤王室正，却教江汉客魂销。

其四

不道诸公无表来，茫茫庶事遣人猜。

拥兵相学干戈锐，使者徒劳百万回。

其五

鸣玉锵金尽正臣，修文偃武不无人。

兴王会静妖氛气，圣寿宜过一万春。

其六

英雄见事若通神，圣哲为心小一身。

燕赵休矜出佳丽，宫闱不拟选才人。

其七

抱病江天白首郎，空山楼阁暮春光。

衣冠是日朝天子，草奏何时入帝乡。

其八

澶漫山东一百州，削成如桉抱青丘。

包茅重入归关内，王祭还供尽海头。

其九

东逾辽水北滹沱，星象风云喜共和。

紫气关临天地阔，黄金台贮俊贤多。

其十

渔阳突骑邯郸儿，酒酣并辔金鞭垂。

意气即归双阙舞，雄豪复遣五陵知。

其十一

李相将军拥蓟门，白头虽老赤心存。

竟能尽说诸侯入，知有从来天子尊。

其十二

十二年来多战场，天威已息阵堂堂。

神灵汉代中兴主，功业汾阳异姓王。①

这组诗其十一"白头虽老赤心存"中"虽老"二字，用仇本汇字。

《承闻河北诸道节度入朝欢喜口号绝句十二首》作于大历二年（767）。是年，唐代宗密诏郭子仪征讨叛臣周智光，最终迫使周智光

---

① （唐）杜甫著，（清）仇兆鳌注：《杜诗详注》卷三，中华书局，1979年，第 1624—1629 页。

兵败被杀。这是一次唐朝中央政府针对地方节度使势力的重大胜利，携此威势，各地节度使纷纷入朝觐见，但河北节度使却并未真正入朝。杜甫此时远在夔州，这组诗是杜甫听闻河北诸节度使将入朝，欣喜之下所作，从诗中可以看出杜甫对于国家的担忧以及对河朔藩镇问题的关注。

（一）河北诸道节度并未入朝情况

这组诗题为《承闻河北诸道节度入朝欢喜口号绝句十二首》，"承闻"二字非常准确，因为事实上大历二年（767）并没有真正出现河北诸道节度使入朝的情况，《杜诗详注》引朱鹤龄注曰："《唐史》，大历二年正月，淮安节度使李忠臣入朝。三月，汴宋节度使田神功来朝。八月，凤翔等道节度使李抱玉入朝。河北入朝事，史无明文，疑公在夔州，特传闻而未实耳。"[①] 又曰："按史，李怀仙先以范阳归顺，是时为检校侍中，幽州、卢龙等军节度使，但未有说诸侯入朝。"[②] 而遍检相关史书，也确实没有发现河北诸道节度使有入朝的情况。当时的杜甫身在夔州，早已远离政治中枢，但他仍然时刻打听长安的局势变化，当他听说河北地区的节度使欲入朝之事，并未加以证实便创作下了这一组绝句，足见杜甫在第一时间得知消息后的激动之情。

那么，为何杜甫只是听闻河北节度使要入朝觐见便如此欣喜呢？事实上，这体现的是杜甫对家国事务的殷殷关切。河北地区的藩镇割据问题由来已久，安禄山最初便是从范阳起兵谋逆，从此令唐朝国运由盛转衰。而在安史之乱被平定以后，河北地区的顽疾仍旧没有解决。《旧唐书·薛嵩传》载："怀恩平河朔旋，乃奏嵩及田承嗣、

---

① （唐）杜甫著，（清）仇兆鳌注：《杜诗详注》卷一八，中华书局，1979年，第1624页。
② （唐）杜甫著，（清）仇兆鳌注：《杜诗详注》卷一八，中华书局，1979年，第1628页。

张忠志、李怀仙分理河北道；诏遂以嵩为相州刺史，充相、卫、洺、邢等州节度观察使，承嗣镇魏州，忠志镇恒州，怀仙镇幽州，各据数州之地。时多事之后，姑欲安人，遂以重寄委嵩。嵩感恩奉职，数年间，管内粗理，累迁检校右仆射。"① 广德元年（763），仆固怀恩率军平定河朔，史朝义自杀，安史之乱彻底终结，但与此同时仆固怀恩上疏表奏安史旧部应当继续维系自身之军马而分道治理河北地区，于是薛嵩被授予相、卫、洺、邢等四州节度观察使，田承嗣授魏博节度使，张忠志（后改李宝臣）授成德节度使，李怀仙授卢龙节度使。《旧唐书·田承嗣传》认为仆固怀恩这么做的原因是意欲图谋不轨，阴结河北地区的强藩作为外援："时怀恩阴图不轨，虑贼平宠衰，欲留贼将为援，乃奏承嗣及李怀仙、张忠志、薛嵩等四人分帅河北诸郡，乃以承嗣检校户部尚书、郑州刺史。俄迁魏州刺史、贝博沧瀛等州防御使。居无何，授魏博节度使。"② 《新唐书·仆固怀恩传》亦云："初，帝有诏但取朝义，其它一切赦之。故薛嵩、张忠志、李怀仙、田承嗣见怀恩皆叩头，愿效力行伍。怀恩自见功高，且贼平则势轻，不能固宠，乃悉请裂河北分大镇以授之，潜结其心以为助，嵩等卒据以为患云。"③ 仆固怀恩虽然最终确实因谋逆被杀，但连唐代宗都认为他的谋反另有冤情，从其在安史之乱中的表现以及和亲回纥等事件中来看，仆固怀恩总体上是一位心向唐室的忠臣，史书说其"阴图不轨"，很大的可能是必须在书写时提前塑造一个叛臣的形象。从当时的局势来看，中央军无法凭借自身的实力独自完成平叛，必须借助于地方的武装力量，安史之乱最终得以平定实质

---

① （后晋）刘昫等撰：《旧唐书》卷一二四《薛嵩传》，中华书局，1975 年，第 3525 页。

② （后晋）刘昫等撰：《旧唐书》卷一四一《田承嗣传》，中华书局，1975 年，第 3837 页。

③ （宋）欧阳修、宋祁撰：《新唐书》卷二二四上，中华书局，1975 年，第 6368—6369 页。

上是中央政府对地方节度使势力的一次妥协，这并没有帮助唐王朝解决根本问题，反而加剧了藩镇割据的情况。所以，无论仆固怀恩是否上疏，河北地区的诸节度使已然形成了事实上的独立，他们虽然在名义上仍然是唐王朝的臣子，但在诸多政务上均享有较大的自主权。"承嗣不习教义，沉猜好勇，虽外受朝旨，而阴图自固。重加税率，修缮兵甲；计户口之众寡，而老弱事耕稼，丁壮从征役，故数年之间，其众十万。仍选其魁伟强力者万人以自卫，谓之衙兵。郡邑官吏，皆自署置，户版不籍于天府，贡赋不入于朝廷，虽曰藩臣，实无臣节。"①"朝义以余孽数千奔范阳，怀仙诱而擒之，斩首来献。属怀恩私欲树党以固兵权，乃保荐怀仙可用；代宗复授幽州大都督府长史、检校侍中、幽州卢龙等军节度使，与贼将薛嵩、田承嗣、张忠志等分河朔而帅之。既而怀恩叛逆，西蕃入寇，朝廷多故，怀仙等四将各招合遗孽，治兵缮邑，部下各数万劲兵，文武将吏，擅自署置，贡赋不入于朝廷，虽称藩臣，实非王臣也。"②田承嗣、李怀仙等节度使拥有独立的政权、军权、财权，他们的户籍数目不纳入唐朝中央政府的统计之中，所得税赋也并不上交朝廷，唐王朝仅仅在名义上维持着与河北地方节度使的君臣关系。

至大历二年（767）杜甫写作此诗时，唐代宗刚刚度过了自己的生辰，加之郭子仪讨平周智光的叛乱，李忠臣、田神功、李抱玉等节度使纷纷入朝称贺，此时杜甫听闻了河北诸道节度使也要入朝觐见天子的消息，心中很是激动。在杜甫看来，长久处于割据状态的河北节度使入朝是一件意义非凡的事情，这代表着他们对中央政府权威的认同，也意味着大唐王朝向真正的国家统一迈出了坚实的一

---

① （后晋）刘昫等撰：《旧唐书》卷一四一《田承嗣传》，中华书局，1975年，第3838页。
② （后晋）刘昫等撰：《旧唐书》卷一四三《李怀仙传》，中华书局，1975年，第3895—3896页。

步，所以杜甫才会在消息未经证实的情况下怀着激动的心情挥就了这一组千古名篇。

（二）《承闻》组诗见杜甫忧乐系心国家之情

《承闻河北诸道节度入朝欢喜口号绝句十二首》虽然从题目之中便能体会到杜甫的喜悦激动，但从这一组诗的内容来看却是喜忧参半的，而无论是喜是悲，从中都体现着杜甫对家国深沉的爱。

杜甫欢喜的根本原因是他认为河北诸节度使的入朝代表着强藩对中央政权的认同与臣服。自安史之乱后，初、盛唐时期的政治生态已被打破，中央集权的政治体制已无法继续维系帝国的运行，唐朝政府不得不让渡部分政治主权给予地方节度使令其自行发展势力以平定国内的叛乱，同时这些手握重权的地方节度使还肩负着帮助唐王朝抵御外族入侵的任务。藩镇节度使的作用不全是消极的一面，由于财政的收支自理以及军队的自我建设，节度使制度在一定程度上缓解了中央的经济与军事压力，在最终剿灭史朝义的过程中，河北地区的节度使也发挥了重要的作用。中唐的政治平衡便是在中央与地方的互相试探与互相牵制中形成的，双方均维持着一定的政治默契，使国家恢复了相对稳定的秩序。但是在另一方面，节度使的高度自主权又确实在挑战着天子的权威，导致中央政府始终无法真正节制日益膨胀的地方主义势力，而这在杜甫等儒家士人的眼中看来，显然是难以接受的。在《有感五首》中杜甫写道："幽蓟余蛇豕，乾坤尚虎狼。诸侯春不贡，使者日相望。""贡篚半乎九州"的河朔地区不向朝廷缴纳赋税，并且各自拥兵，连年攻伐，这些情形令杜甫痛心疾首，"一饭未尝忘君"的他无时无刻不在维护李唐皇室的尊严和国家的一统。然而杜甫也深知地方主义的壮大难以遏制，所以他主张用宗室出任藩镇节制地方，恢复封邦建国的政治模式，他写道："丹桂风霜急，青梧日夜凋。由来强干地，未有不臣朝。受钺亲贤往，卑宫制诏遥。终依古封建，岂独听箫韶。"杜甫认为只有让李唐的皇族宗亲受任屏藩才能从根本上消除地方的不臣之心，这一观点也见于他的《为阆州王使君进论巴蜀安危表》一文中，这表明杜甫寄希望于借助血缘纽带为地方主义提供法理上的依据，虽然不能从根本上解决藩镇酿成的祸乱，但至少可以在名分上维持国家的统一。

这里暂且不论杜甫的建议是否真的具备实践的意义，但他一心维护皇室权威是明白无误的，所以当杜甫听闻河北节度使入朝的消息后，他很快便意识到中央的正统性再一次得到了承认，悬置未决的河朔藩镇问题可能出现新的转机。《钱注杜诗》曰："河北诸将，归顺之后，朝廷多故，招聚安史余党，各拥劲卒数万，治兵完城，自署文武将吏，不供贡赋，结为婚姻，互相表里。朝廷专事姑息，不能复制，虽名藩臣，羁縻而已。故闻其入朝，喜而作诗。首举禄山以示戒，耸动之以周宣、汉武，劝勉之以为孝子忠臣。"[1]纵观《承闻》组诗的全部内容，对君权的赞颂以及对孝子忠臣的诚勉是主要的逻辑线索。首章叙安史之乱史事，说明河北藩镇问题的来由，同时亦有诚示警告之意，强大如安禄山、史思明之辈业已授首，剩余宵小何以兴风作浪？"首章，喜河北寇平。天宝之乱起于安史，今元恶并除，小丑复何觊乎？末句乃戒词。"[2]"降天诛""亦已无"诸句可见杜甫对于唐王朝中央政府实力之信心，安史逆贼作乱无异于与天抗争，纵然一时势大，终究难逃身死国灭之下场，彼既湮灭，河北诸道节度使亦不足为惧。"次章，喜边境初静。安史既平，戎狄亦退，

---

① （唐）杜甫著，（清）钱谦益笺注：《钱注杜诗》卷一五，上海古籍出版社，2009年，第532页。
② （唐）杜甫著，（清）仇兆鳌注：《杜诗详注》卷一八，中华书局，1979年，第1624页。

此君臣勠力，而民社奠安时也，末句乃劝词。"①第二章乃赞颂君王之语，唐朝之所以走向分崩离析的局面，复杂的民族关系也是重要的原因之一，作为一个开放进取的文明，唐王朝从建立之初便进行了频繁的开边与抵御异族的活动，唐玄宗时期的边境战事更是不可胜数。在这一过程中，唐王朝和周边的少数民族之间既有对抗，也有融合，也是由于长期战争的需要，唐朝吸收了大量的少数民族将领，安禄山便是其中的典型代表。在河北地区的节度使中，李怀仙、李宝臣等人亦是少数民族出身，"蛮夷杂种错相干"既是对现实情况的叙述，也体现了杜甫对于这一问题严重性的认知。而杜甫之所以在此将唐代宗称之为"周宣王""汉武帝"，一方面是认可他目前的功绩，另一方面也是劝勉其为社稷苍生的安定而继续努力。周宣王在任上大力打击周边部族，缔造了"宣王中兴"之局面；汉武帝则致力于抗击匈奴与征伐四夷，同样取得了辉煌的业绩。杜甫以此两位帝王作喻，表明了唐代宗在处理民族以及藩镇问题上的功绩，但同时杜甫亦是在劝勉君王仍不可对这些问题掉以轻心，需保持强硬的态度及政策。末句"孝子忠臣后代看"，实是对入朝节度使的勉励与颂扬。上章杜甫诫示诸节度，此章改为正面的褒美，意在强调国家的大一统还需要君臣之间的共同努力才能实现。第三章杜甫点明自己得知河北节度使入朝的消息是来自于民间的童谣，这也表明至少在大历二年的时候，唐朝的国势出现了重回正轨的迹象，以致令杜甫欣喜不已，同时杜甫也为自己流落远方无法亲眼看见这一盛况而黯然神伤，这种情绪也与喜悦之情彼此交织，共同构成了组诗的两大情感脉络。

但杜甫的伤悼又不仅是针对自身的，四章言"不道诸公无表来，茫茫庶事遣人猜。拥兵相学干戈锐，使者徒劳百万回"，正是表达了

---

① （唐）杜甫著，（清）仇兆鳌注：《杜诗详注》卷一八，中华书局，1979 年，第 1624 页。

杜甫对以往节度使不朝的遗憾与可惜，第六章言燕赵之地佳丽甚多而朝廷不作宫闱之选，委婉地对唐代宗进行了劝谏，旨在规讽其不要因为河北地区的节度使有表示臣服之心便放下戒备，沉溺于声色犬马。"大历元年十月，上生日，诸道节度使献金帛、器服、珍玩、骏马，共直缗钱二十四万，常衮请却之，而帝不听。据此，则诸镇将有逢迎以献佳丽者，诗云'英雄见事'当指常衮言，圣哲为心，豫防逸欲也。小一身，言不侈天下以自奉。"① 在杜甫写诗的前一年，各地节度使为唐代宗生辰献上了诸多奇珍异宝，常衮建议代宗却而不受，《杜诗详注》言杜甫此章指此事，未免过于穿凿求深，杜诗虽有"诗史"之称，但未必句句确指某事，更大的可能是杜甫以唐玄宗时事为鉴，规劝代宗不要因地方节度使的表面服从而麻痹大意。当年安禄山主政河北之时，亦是凭借恭顺驯服使玄宗放下了戒心，从而导致了叛乱的爆发。杜甫此处的规谏也与前面的"周宣""汉武"形成了呼应，再次含蓄地表达了为君之道应立身持谨，处理藩镇问题应快速果决。第七章则是杜甫哀叹自己不能亲见节度使入朝而感到怅惘，《杜诗详注》云："此遥闻入朝之事，叹不能身见也。三章言武将入朝，此章兼及在朝文臣。"② 除此之外，杜甫尚有其言外之意，一是杜甫确有许多关于藩镇问题的建议与想法，可惜始终无法入朝表奏，而今听闻各节度使将要入朝，而自己仍然身处遥远的夔州，关于家国政论之意见难以上达天听，不免忧心忡忡；二是杜甫始终心向李唐皇室，坚持政权的正统性以及法统的合理性，在杜甫看来，各地节度使不过是在表面上仍旧奉行臣子之道，内心并不忠诚于朝廷，而今这些人皆可一睹天颜，一心向国的自己却江湖漂泊，

---

① （唐）杜甫著，（清）仇兆鳌注：《杜诗详注》卷一八，中华书局，1979 年，第 1626 页。
② （唐）杜甫著，（清）仇兆鳌注：《杜诗详注》卷一八，中华书局，1979 年，第 1626 页。

未免惆怅彷徨。而在第十一、十二章中，杜甫表面上在歌颂李光弼、郭子仪的功劳，实质上仍然是在表达自己对于国家的一片赤诚之心。《钱注杜诗》曰："旧书，光弼轻骑入徐州，田神功遽归河南，尚衡、殷仲卿、来瑱皆惮其威名，相继赴阙，及其惧鱼朝恩之害，不敢入朝，人疑其有异志，因此不得志，愧耻成疾而薨。公则以诸将入朝，归功临淮，以白头赤心许之，《八哀诗》云：'直笔在史臣，将来洗箱箧'，此公之直笔也。中兴战功，首推郭、李，并受朝恩、元振谗构，郭以居中自保，李以在边受疑，亦有幸不幸耳。此诗以李、郭并诵，良有深意，史臣目论，多所轩轾，不亦陋乎？"① 郭子仪和李光弼在安史之乱的平定及其后的一系列战事中立下了赫赫功勋，但在唐代宗继位之后却屡屡遭到宦官鱼朝恩、程元振的污构陷害，《钱注杜诗》言杜甫以李、郭之事并诵而有深意，但并未明说深意何在，今观全诗之整体情感，杜甫大意是谓国家能有此时之相对安定以致节度使纷纷入朝，并不是因为各地的节度幡然醒悟，也不是因为他们心向朝廷，只是因为有李光弼、郭子仪这样对朝廷忠心耿耿的大臣存在，节度使表示臣服是在他们的共同努力与威慑之下。但如今赤胆忠心的大臣依旧被猜忌，像自己一样渴望报效朝廷的人流落远方，各地节度使却依然备受宠信，手握重权，而"天子尊"的基础只能是建立在君臣同契之上，如果国家不信任忠臣良将只是一味听信谗言的话，就又会使大唐王朝走向动乱。

《钱注杜诗》论道："题曰欢喜，曰口号，实恫乎有余悲矣。"② 的确，杜甫在这一组诗中的整体情感表达是喜忧参半的，虽然在听闻河北节度使入朝之后难掩激动喜悦之情，但杜甫还是隐晦地表达出

① （唐）杜甫著，（清）钱谦益笺注：《钱注杜诗》卷一五，上海古籍出版社，2009年，第532页。
② （唐）杜甫著，（清）钱谦益笺注：《钱注杜诗》卷一五，上海古籍出版社，2009年，第532页。

了对于国家前途命运的深切担忧，这一切皆因杜甫有一颗为国的忠正之心，亦得益于杜甫高超的写作技巧。

(三)《承闻》组诗艺术评析

《承闻河北诸道节度入朝欢喜口号绝句十二首》的艺术特色有三点，一是两章之间作正反之势；二是反复咏叹；三是叙事、议论、抒情三位一体。

1. 两章之间作正反之势

两章之间的正反对比在《承闻》组诗中体现得较为明显。前两章一戒一劝，第一章作反势，第二章作正势，《读杜心解》曰："首二章在题前，一戒一劝。首提安史，志祸首也。祸首之人，正是前车之鉴。下二句，已虚逗诸节度，作反诘之词，使其自悟。"[①]首章杜甫用反诘之语戒示河北诸节度，使其自窥天下形势，二章则从正面肯定河北节度使的入朝是"忠臣孝子"之行，必会青史留名。第三章是过渡章节，同时也点明了"欢喜"之由来，接下来的第四、五、六章亦分别作正反两势。"此（四章）与下章作一反一正之势，此首，反势也，'不道'二字，直贯四句，作不完口气。若曰：不料其拥兵劳使有如前事者。"[②]第四章杜甫从反面说明了节度使拥兵自重给国家造成的危害，中央的政令难以下发至地方，往来的使者望之兴叹，徒劳无功。第五章又从正面赞颂了诸节度使的"正臣"之行，因而进一步推延至天威浩荡，妖氛净扫。浦起龙曰："首句正转，与上章紧相呼应，次句仍归柄于本朝之有人。三句更推本于天威之震世，而末乃致其颂祷。如此立说，则归命虽在诸镇，而握权原由主极矣。此岂小家数所能？"[③]五章末句"圣寿宜过一万春"既体现了杜甫对

---

① （清）浦起龙：《读杜心解》卷六之下，中华书局，2010年，第855页。
② （清）浦起龙：《读杜心解》卷六之下，中华书局2010年，第855页。
③ （清）浦起龙：《读杜心解》卷六之下，中华书局2010年，第856页。

君王的一片赤忱，也表达了希望国家长治久安的愿望，四、五二章一反一正，杜甫从不同角度说明了节度使对于国家稳定的重要意义，倘若节度使独立恣肆、不受节制，便会使天下生灵涂炭；如果节度使恪守臣道，便会令大唐江山永固，流传万世。而第六章则又从反笔处进行描写，虽然节度使入朝觐见，但也未必从此高枕无忧，凡英雄行事必审时度势，目光长远，凡圣人之道必小心谨慎，守正持中。末句转颂为讽，亦作双关之语，《读杜心解》曰："燕赵佳人，因珍玩推类言之。此二句，的是风人之旨，使蛊惑之计顿灭。"[①]杜甫规劝唐代宗不要因为接受了节度使的奇珍异宝而受到蛊惑，同时此句也是在提醒河北地区的节度使莫要自矜自贵，他们的实力并不足以和中央相抗衡。这一章又和八、九、十章形成了正反对比，这三章从正面的角度说明了河北地区对于唐朝的重要意义，倘若真的能使河北节度使臣服，对于国家来说无疑是绝好的消息。

2. 反复咏叹，强化情绪

组诗第八到第十章的内容，杜甫使用了反复咏叹的方法，突出了河北地区的重要战略地位。八章曰："澶漫山东一百州，削成如桉抱青丘。包茅重入归关内，王祭还供尽海头。"中国自古有关中与山东之称，山东即是崤函以东的地区，在这里的语境下即代指河北地区，"削成如桉"，《杜诗详注》的解释即为削平祸乱，此处指河北节度使入朝意味着朝廷已经彻底削平了河北地区的叛乱。"青丘"位于青州界内，《读杜心解》谓此处的青丘指淄青军而言，淄青军是仅次于河朔三镇的第四大藩镇，拥兵十余万人，淄青节度使的统辖范围位于今天的山东省一带，此句的整体意思是说河北业已平定，淄青军便成孤立之势，中央朝廷已经确立对其的绝对战略优势。"包茅"则是周代之时南方诸国进献给天子用于缩酒祭祀的贡品，后楚国实

---

① （清）浦起龙：《读杜心解》卷六之下，中华书局 2010 年，第 856 页。

力强大遂不向天子进献苞茅，杜甫化用这一典故意在点明河北诸节度使恢复了对天子的贡赋，重新确定了天子的权威。九章曰："东逾辽水北滹沱，星象风云喜共和。紫气关临天地阔，黄金台贮俊贤多。"第一句表明了河北地域辽阔，第二句则运用燕昭王筑黄金台之典故喻河北人才之盛，倘若真的能实现国家统一，则河北地区能源源不断地为中央输送俊士贤才，百姓民众又得以欣逢一盛事。 十章曰："渔阳突骑邯郸儿，酒酣并辔金鞭垂。意气即归双阙舞，雄豪复遣五陵知。"上章言文事，此章言武事。"渔阳突骑"是汉朝时为了对抗匈奴而建立起的一支强大的武装力量，杜甫在此借指河北节度使武装力量的强横。《杜诗详注》云："此言主将归心，而士卒效力也。突骑健儿，昔为贼党者，今为国用矣。"①昔日的叛军逆党如今被中央调遣，唐王朝的军事实力更进一步，为日后的战事需要奠定了雄厚的基础。由上述分析可见，八、九、十章分别从财政贡赋、疆域形胜、人才储备、军事力量等不同角度申明了河北地区对于唐王朝的作用与价值，形成了一唱三叹的表达效果，杜甫也在这反复的排咏中体现了自己对于河北地区节度使入朝的欣喜和关切之情。

3.融叙事、议论、抒情于一体

组诗从叙述安史之乱为始，中间叙述安史之乱及其之后的诸多史事，以"十二年来战场多"作结，形成了一个完整的叙事结构。唐王朝自天宝十四年（755）至大历二年（767），十二年的时间中，河北地区战乱不止，民被兵燹，杜甫将此次的河北节度使入朝作为祸乱终结的最终标志，而其中多少风云变幻，杜甫均以短小有力、高度概括的绝句一一概述之。在叙事的同时，这一组诗拥有极强的政论性，杜甫在其中表达了自己对于民族问题与藩镇问题的看法，最后两章更是借歌颂李光弼与郭子仪而表达了亲贤臣、远小人的政

---

① （唐）杜甫著，（清）仇兆鳌注：《杜诗详注》卷一七，中华书局，1979 年，第 1628 页。

治观点。但是杜诗最能打动人心的还不在于此，而是每当其谈论家国大事时总能联系自身之命运，总能够抒发自己心系国家、关心国运的高尚情怀，这使得《承闻》组诗没有沦为说教性质的政治讽谏诗，杜甫的自伤自悼使诗歌具有了强大的共情能力，多少家国情怀、身世感慨，尽在其中矣。

七、《解闷十二首》

其一

草阁柴扉星散居，浪翻江黑雨飞初。

山禽引子哺红果，溪女得钱留白鱼。

其二

商胡离别下扬州，忆上西陵故驿楼。

为问淮南米贵贱，老夫乘兴欲东游。

其三

一辞故国十经秋，每见秋瓜忆故丘。

今日南湖采薇蕨，何人为觅郑瓜州？

其四

沈范早知何水部，曹刘不待薛郎中。

独当省署开文苑，兼泛沧浪学钓翁。

其五

李陵苏武是吾师，孟子论文更不疑。

一饭未曾留俗客，数篇今见古人诗。

其六

复忆襄阳孟浩然，清诗句句尽堪传。

即今耆旧无新语，漫钓槎头缩颈鳊。

其七

陶冶性灵存底物，新诗改罢自长吟。

熟知二谢将能事，颇学阴何苦用心。

其八

不见高人王右丞，蓝田丘壑蔓寒藤。

最传秀句寰区满，未绝风流相国能。

其九

先帝贵妃今寂寞，荔枝还复入长安。

炎方每续朱樱献，玉座应悲白露团。

其十

忆过泸戎摘荔枝，青枫隐映石逶迤。

京华应见无颜色，红颗酸甜只自知。

其十一

翠瓜碧李沉玉甃，赤梨蒲萄寒露成。

可怜先不异枝蔓，此物娟娟长远生。

其十二

侧生野岸及江蒲，不熟丹宫满玉壶。

云壑布衣鲐背死，劳人害马翠眉须。[①]

《解闷十二首》作于大历元年，杜甫居于夔州之时。在此前，杜甫由北而南，山重水复，历经战乱。世道的混乱使诗人颠沛流离，苦于生计；人民的苦难、盛世的远去更使其百忧俱来，痛心疾首。诗人拖着多病的身体和饱受摧折的心灵，在夔州度过了将近两年的

---

① （唐）杜甫著，（清）仇兆鳌注：《杜诗详注》卷三，中华书局，1979年，第1512—1518页。

时间。世事沧桑变化，暮年他乡为客，老鬓哪堪消磨。举目四望，除却断壁残垣，只一衰翁而已。愁闷惊惧，无处诉说，发为吟咏，且作排解。

（一）何闷要解？

从开元全盛、国泰民安到"野哭几家闻战伐"（《阁夜》）；从高视曹刘、比肩稷契到壮志消磨、无心仕进；从青年悠游、裘马清狂到寄食友朋、百病煎煎。杜甫和他所处的时代都是这样的沉郁悲凉，沾满血泪。时势造英雄，世事也摧毁人才，正是这样的时代将诗人拖到现实的洪流中，让诗人感受到了生活的巨大落差。诗人饱经乱世之苦，亲历人民厄运，满目悲怆，内心充满着无法排解的压抑、孤独和挫折。而到夔州时期，这种世事无奈的感觉愈加强烈地迸发出来。知音稀少，友朋难觅，百种苦，千种闷，却万千心事无处寄托。因此诗人将自己复杂的感情毫无保留地倾泻于诗中，使杜甫这一时期的作品表现出浓厚的沉郁之感，暮年心境投射其中。

1. 无所事事的闲闷

杜甫离开华州司功参军职位之后，受生活所迫，四处辗转，居无定所。再以后由秦州转而入蜀，度过了一段相对来说比较安定的生活。但后来由于蜀地动乱，好友严武去世，诗人便又踏上了漂泊之路。转云安而至夔州，因疾病难以前行，"峡中一卧病，疟疠终冬春"，遂暂居夔州。而在夔州的将近两年时间，并没有给诗人带来一个安稳的落脚点，期间也是几度搬迁。诗人因"安史之乱"而被迫流亡巴蜀，又因为蜀地动乱，外族入侵，回乡之路断绝。暂居异乡，孤独之感如影随形，愈加浓重。造成诗人这种孤独感的外在原因首先便是"闲"。这种"闲"并不是清闲之态，不是生活清闲，终日悠游，便纵情山水，呼朋唤友，以解自身之无聊，而是在生活极度困苦的情况下，无所事事，任凭饥寒交迫，却无法可解的状态；是无衣无食，老来多病，却无法找到立身于世的手段；是举目无亲，四顾无人，却无朋交往，心事难叙的困境；是亲临美景，却形单影只，万千情思付与虚空的愁苦。这是一种由外在而来，没有带着地崩山摧的压迫，却时刻折磨诗人内心的闲闷。

这种"闲闷"一方面来自杜甫自身的困境。这种困境不只是生活上的艰难，如衣食住行方面：生活上多数情况下是依靠友朋资助，有时甚至饥饿度日。比如在流寓同谷时，于野外拾橡栗充饥。虽然在夔州之时，由于有柏茂琳等人的帮助，诗人生活暂且稳定，但这种寄人篱下的生活，也让诗人倍感煎熬："强将笑语供主人，悲见生涯百忧集"；更重要的是其内心的失落。杜甫素来有报国之志，不管是在朝还是在野，都关注国政，忧心黎民。而这一时期，除却在蜀地时于严武幕府供职的时间，诗人整体上是处于闲居的状态，无事可干。即使在严武幕府期间，杜甫也并没有发挥自己才能的途径，位高者轻视他，位卑者疏远他，诗人深感世态炎凉，满腔热情逐渐熄灭，甚至厌恶了官场，主动请辞。夔州时期，杜甫入仕无门也无心入仕，闲居在家，但内心也并不平静。另一方面，杜甫生长于开元盛世的东都洛阳一带，此时却因丧乱而流落南方。时局动乱，友朋四处分散。"人事音书漫寂寥""故旧谁怜我？平生郑与苏"，知己不多的诗人，只与苏源明、郑虔二人为至交，但他们已于764年离世，而李白、储光羲、房琯、严武等故友也都相继去世，与杜甫终无再见之日。远方的朋友已无相遇之期，而身处夔州也无可交之友。"旧识能为态，新知已暗疏"，内心的孤独愁闷可见一斑。

2. 环境难以适应的郁闷

离家的游子，不管因何原因客居异乡，内心都有着诸多无可奈何与急切的归乡之情。而杜甫怀着对故国、故乡、故友的满腔思念，被迫滞留于夔州，美景良辰无人共度也会徒增几分烦愁，更何况对杜甫来说，夔州的风景实在算不得美好。初到夔州的诗人，便感到了万般不适应。裴斐《杜诗风格与夔州风土》一文提到："夔州风土，包括它那雄奇险绝的江山、变化不常的气候、殊风异俗和由于连年征伐诛求而贫困不堪的民情，均与老杜晚年那种异常愤激之情完全合拍。"① 与其说夔州的山水风土恰巧与杜甫的哀怨愤激相符合，倒不如说二者是互相影响。一方面夔州奇险的地形、陌生的环境，加重了杜甫客居异乡的凄凉之感。另一方面杜甫到夔州之时，已漂泊许久，历经磨难，心态应该是比较消极的。这种心态使诗人对异乡的不适更加突出地表现出来，"卷帘唯白水，隐几亦青山"，夔州山水也让诗人觉得不耐。欲言而难措辞，欲辨而非其人，诗人内心憋闷而又无可奈何，心中郁郁不乐。

首先是地势险要，交通不便。"白帝高为三峡镇，夔州险过百牢关"，夔州城位于瞿塘峡口，为峡中山城，地理环境复杂。长江穿境而过，群山环绕，境内地势起伏大，曲折幽深。因此夔州占据天险，相对来说算是比较封闭的地方。另外夔州通往吴越、潇湘等地主要是靠长江航线，以水路到达各地。由于山势险峻，水路汹涌，交通并不便捷。再加上杜甫暮年时百病袭扰，出行困难，因此杜甫将居夔州比为居于天涯。

其次是气候不适。杜甫年少时长期生活在四季分明的北方，对于南方的潮湿闷热天气难以适应："峡内多云雨，秋来尚郁蒸"（《寄刘峡州伯华使君四十韵》）、"炎赫衣流汗，低垂气不苏"（《热三首》其一）、"老少多暍死，汗逾水浆翻"（《贻华阳柳少府》）。除却地域差异外，也与杜甫的身体有关。杜甫长期患有风痹症，也就是我们现在所说的痛风。长期的行舟漂泊与潮湿阴雨的天气导致其病痛加剧，行动不便。另外，杜甫曾在诗中自述患有消渴症，也即糖尿病。而夔州多山，无法凿井，饮水不便，当地人需靠竹筒运水来供日常

① 裴斐：《杜诗八期论》，《文学遗产》1992年第4期，第27页。

使用。"人生留滞生理难，斗水何直百忧宽"（《引水》）。虽与其百忧相比并不算什么，但确实也给诗人的生活增添了困难。

最后是风土人情令诗人难以融入。诗人由北而南，跨越大半个中国，深切地感受到了地域差异。首先便是语言交流的困难："夷音迷咫尺，鬼物倚朝昏"，身处离家万里的异乡，与当地人沟通交流困难，孤独之感愈发强烈。除却语言，夔州当地的风土人情也令诗人无法理解，不禁在诗中感叹："形胜有余风土恶，几时回首一高歌。"（《览物》）夔州当地封建保守，崇尚迷信，杜甫刚到夔州之时，遇到大旱，当地人举办各种仪式求神灵保佑，以降甘霖，甚至放火焚山。还有夔州当地重男轻女的习俗："土风坐男使女立，男当门户女出入。"（《负薪行》）女性地位卑下，因战争而耽误婚姻的女子，却要被嘲笑貌丑人嫌，而且男逸女劳，妇女辛勤劳作，负薪背盐，劳苦备极。另外当地人重商重利，轻视学习："小儿学问止《论语》，大儿结束随商旅。"（《最能行》）种种习俗让诗人深感当地的愚昧无知和闭塞落后。但是杜甫并没有把批判的主要矛头指向当地百姓，甚至对他们表示同情和理解。但对于当地的官员、负责教化的政府，表现出了强烈的不满："薄关长吏忧，甚昧至精主。"（《火》）诗人因当地土风恶劣、居民俗陋、长吏浇薄而心生郁闷。

3. 国家衰颓的苦闷

杜甫本人是颇具乐观精神的，对于自身的际遇得失并没有看得很重。生计艰难、无朋无友、环境不适等这些外在的原因，并没有真正地给杜甫的心灵带来震荡，充其量是在其苦闷愁怨无法排解之时，作为一种给苦难加码的形式出现。而真正让诗人感到痛心的是大厦将倾、盛世衰败而无计可施。杜甫为国事艰难而仍然醉生梦死的统治阶级痛心疾首，为宦官奸臣乱政篡权而时时震恐，为处于水深火热中的百姓日夜愁思。而自己除却忧思萦怀，夜不能寐，也无可奈何。且不说报国无门，仕途艰难，就拿自己饱受疾病摧挫的身体来说，也是有心无力。诗人思绪涌动，难掩心中伤悲。这是一种凝结于心的深刻痛楚，一种无法排解的忧虑和愁苦，每每念及，都万分悲痛。

首先是盛世无望，壮志难酬。杜甫生长于开元盛世，体会过仓谷满盈、人民安居乐业的美好生活。因此，他一直对于盛世有着莫大的眷恋。即使是亲历安史动乱，也依旧迫切地希望王朝中兴，并把复兴国家的希望寄托在最高统治者皇帝身上："不闻夏殷衰，中自诛褒妲。"（《北征》）杜甫并没有对皇帝失去信心，并对其英明的决策表示肯定，同时认为只要君臣齐心，就可以恢复太宗宏达的功业。但由北到南，从长安到夔州，从安史之乱到回纥抢掠，从蜀地叛乱到吐蕃入侵，从"所遇多被伤，呻吟更流血"（《北征》）到"哀哀寡妇诛求尽，恸哭秋原何处村"（《白帝》），动乱始终未平，国家每况愈下。从玄宗后期开始，到肃宗、代宗朝，统治者骄奢淫逸，宦官奸臣媚上欺下，导致大权旁落，藩镇势大作乱，国家分崩离析。统治者不思恢复，不汲取教训，反而醉生梦死，求仙长生，而百姓哀鸿遍野。此皆杜甫亲眼所见，有切肤之痛。由此，诗人再也无法忽视盛世不再这一事实，随之而来的便是信念的崩塌。他一直寄予厚望的统治者，并不能将国家由困难中解救出来，反而是造成人民苦难的原因之一，这一认知超过了封建时代士大夫的认知，也让诗人对于国家的前途感到迷茫。杜甫迫切地想要为朝政尽一份力，因此他早期曾辗转求官。但杜甫仅有的几次供职经历并不愉快，或是位卑职冷，琐碎无意义；或是忠于职守，强言直谏而反被迁怒，或是由于"衰颜聊自晒，小吏最相轻"（《久客》）而不堪重负。如此种种，杜甫的仕进热情逐渐被磨灭，但他对于国家、人民的关怀担忧直到其老病僵卧、舟中绝笔之时仍然深厚。这也是导致杜甫悲剧人生的重要原因，拾得起而放不下，即使不在其位，也千般担忧，万种愁闷，徒增内心痛苦。但也正是如此，才使杜甫的人格魅力流传千载而依旧动人心魄。

其次是百病熬煎，心向故园。多年的奔波劳累，使其壮年早衰。他从四十岁开始，便疾病缠身。透过诗人的诗歌分析可知，寄居夔州期间，杜甫除了疟疾，肺病，还患有糖尿病、痛风，到了后期，甚至牙齿脱落，耳聋眼花。"疟疠三秋孰可忍，寒热百日相交战""衰年病肺惟高枕""老妻忧坐痹，幼女问头风""卧病愁废脚""半顶梳头白"等描写，都可见出诗人衰落病痛的情状。离家多年，总是思归，再加上多病而客居异乡，"死为殊方鬼，头白免短促"，更加重了诗人的乡关之思，"沧江白发愁看汝，来岁如今归未归"，诗人心有归处而形遭阻塞，饱受煎熬，身心均无法安宁。

现实的苦难并没有消减他对国家人民的殷殷关切，自身的境况也无法改变他立身的信念。闲闷、郁闷、苦闷，百闷侵扰，愈演愈烈，试图将人击溃。但此心澄定，总归有解。

（二）以何解闷？

人生苦短，多是离忧；家园寂寞，不见客归；斜风乱雪，故国失色；白发不禁，苦也悲哉。杜甫心存理想、欲望、追求，而在现实世界中却无法实现。步伐紧追，却与最初理想背道而驰。岁月流逝，一味感慨哀叹，沉溺悲伤，只不过是虚度光阴。于是杜甫挥洒诗笔，将此时此地的内心所忆所想尽情传达，试图通过烦闷外化来振奋自己。

1. 以景解闷——困境中的勉强自娱

明月一当空，可解烦忧人。人类渺小而天地悠悠，自然以其静默包容，承载了古往今来文人墨客的多情多思。杜甫愁闷难解，便暂且将目光转向自然山水，从大自然的永恒万物中汲取生机，体味生命存在的意义。而极博大、极广阔的山水草木、四季变化，也以其宠辱不惊的脉脉深情抚慰诗人受伤的心灵。杜甫到夔州时为大历元年的夏初，《解闷十二首》中并没有明确提到时节的地方，结合诗句分析，大致是作于大历元年的夏秋之时。这些语调稍显轻快、内容颇为轻松的作品，大致描写眼前景、心中事，为诗人的日常生活图景。杜甫仰观宇宙之大，亲历世间变化，潜心静气以感受自然万物，但作品中也不自觉地流露出一种深沉、苍凉的意味。

这类作品主要是组诗中的其一（草阁柴扉星散居）、其二（商胡离别下扬州）两首。杜甫能从极平常的日常景物中捕捉诗思，化为细腻可感的景象呈现给读者。其一是写雨中村居。草阁建于空地，如寂静天空中的星星一般散落于群山之中，天地寥廓而人事寂寞。远处波浪狂涌，水势盛大，仿佛要接天起伏，甚至将天上的云也带至江面，天色逐渐阴沉。写到此处，呈现出来的是阴沉笼罩的大雨前景，"翻""黑"等字也给人以风云大动、阴风瑟瑟之感。随后杜甫接以山禽哺果、溪女卖鱼的生活之态，又别有一番趣味。以"红""白"等鲜亮的颜色使诗境顿时由暗转明。在如此昏暗背景中的一抹亮色，似乎更能使人充分体会到大自然的奇妙以及生活的闲适美好。此诗上句描山水奇险之景，下句写生活闲趣之状，以突出转折的意境变化映照出诗人内心的波澜起伏。杜甫是意志很强、胸襟广阔的诗人，有一种泰山崩于前而泰然处之的乐观镇定的人生态度。这首诗作于杜甫愁苦郁闷难以缓解之时，但他并没有因为环境的压迫而失去发现美、创造美的想法，能从极压抑的时空背景中独立出一幅江边生活图景。这就说明杜甫在试图调节自己的心态，使自己能够尽量融入异乡。最基本的可以说明杜甫在有意识地通过山水景物来缓解自己内心的愁苦。

其二写杜甫客居的日常生活、偶然感受，可以算得上是生活之景。偶然听闻胡商要去往扬州，这不禁让诗人想起，自己也曾于少年时纵情游览吴越之地的名山大川，也曾登临西陵驿楼，欣赏开阔宏大的气象。逝去的时光总是那样美好，让人生出乘兴重游的想法。

借问米之贵贱，再表心中期盼。这首诗是借眼前景忆过去事，以当下盼望抚心中烦忧。杜甫离开蜀地时，便有东去吴越的想法，而由于时势动乱被迫改向。但其心中一直对重游故地心驰神往。究其原因，其一，吴越之地山水形胜，人文资源荟萃，名物风流。水乡如梦，给杜甫留下了极其深刻的印象。再与此时夔州之地的气候、风土的不适应相对比，其期盼之情可见。其二，诗人向往的也许并不是某一个特殊的地方，而是那段年少轻狂、盛世辉煌的时代。吴越只不过是这个时代中的一部分。

从外界方面，组诗中杜甫给自己设想的两种解闷方式分别是从眼前景发现乐趣，从以往悠悠岁月中咀嚼余味。前者依靠的是杜甫的乐观精神与强大心灵，能于逆境中找到暂时安置自己愁闷心灵的阔大自然。而以后者来说，杜甫最终也没有实现东去吴越、重游故地的愿望。千载后的读者对此自然知晓。但当时深陷于少年豪壮回忆中的杜甫，并不清楚自己的未来，也无法预测自己最终会一路去往潇湘，客死舟中。对于杜甫来说，再次漫游吴越的想法，哪怕是一时的美好幻想，都给予诗人以很大的安慰。虽然诗人心知肚明，即使故地依旧，风景相似，但自己心态已迥然不同。重回少年漫游之地，即使沿着以前的脚步重走一遍，也再不是年少之时的狂傲自在。但这毕竟是后话了，对于此时此刻，百闷烦扰的杜甫来说，这种追忆少年时的幻想能够让他生出希望。

2. 怀友忆旧——孤独失落的自我排遣

移家去国十余年，诸愿皆空影自怜。老之将至，劳而无功，国家无望，友朋皆去，万事寥落。杜甫于夔州之时，心力交瘁。人生失意之际，无力憧憬未来，只能回忆过去。微风拂过，也能挑起忆旧情思。这种追忆过往的心态，是由对现实的不满而又无可奈何引起的，是由对国家前途失去希望引起的。杜甫无力改变却也无法享受当下的状态，便时时处处追忆往事，思念故友，试图以此与过往的美好时光建立微弱的链接，来稍微排遣内心的苦闷。夔州是杜甫创作的高发时期，据统计，存世作品大约为458首，在杜诗全部作品中占将近三分之一，其中追忆往事、思乡怀友是重要的主题。《解闷十二首》中也有此类作品。

组诗中这类忆旧的作品可以分为两类。第一类是怀念故友，借友朋之经历与自身遇合，以此相隔万里而达到灵魂共振。其三（一辞故国十经秋）、其四（沈范早知何水部）两首属于这类作品。杜甫本性正直，刚正不阿，与阿谀奉承的官场格格不入，因此他一生都郁郁不得志。虽数次进入官场，但都没有实现理想，甚至与自身意愿有所违背。曾经高呼"致君尧舜上，再使风俗淳"并为之付出不懈努力的诗人最终惨淡收场，黯然离去，寓居炎方，虽壮志犹在，但也实在无力无法重返政局，只能把国家和人民深埋心底，在诗中尽情抒发自己的报国壮志。这与诗中提到的郑审和薛据的经历何其相似。其三中诗人感叹，离别下杜城虽已历经十秋，但对故园的思念无一刻停止，小小秋瓜便足以令诗人心潮起伏。而更让诗人感慨不已的是郑审的遭遇。郑审曾与杜甫有过交往，根据零星记载，其早年仕途颇为顺利，曾官至侍御史。到杜甫居于夔州之时，郑审已遭贬谪，居于江陵，其贬谪的原因也并不很清楚。少年得意，志得意满，如今却闲赋南湖，门庭冷落，无人问津。世事难料，郑审的遭遇也牵动杜甫内心的伤痛。组诗其四中，诗人以薛据比于何逊，后者生逢其时，喜遇伯乐，早早地被沈约和范云引为知音。他们欣赏何逊的才华，尊重他的人格。人生得此知音实为幸事。而反观薛据，虽然进士及第，但不被重视，只被授予永乐主簿、涉县令等小官职。他才名甚高，但并没有为他带来扬名的机会。反而因为自视甚高、耿介孤傲而与世难容，最终隐居。诗人对薛据未能与善推贤士的曹植、刘桢同时共处而深表遗憾。杜甫悲故友也悲自己，感叹知音难觅，伯乐稀少，显身于世实在罕有。壮志难酬，明珠蒙尘才是常有之事。

第二类是怀友与怀念故国、盛世相联系。这里的盛世既指时代盛世，也指诗国盛世。其六（复忆襄阳孟浩然）、其八（不见高人王右丞）两首属于这类作品。盛唐时代，不仅是国家实力辉煌的时代，也是文化艺术蓬勃发展、开放包容的时代。这一时期，文坛上流派林立，名家辈出，杰作众多，实为诗史之奇观。杜甫生于斯长于斯，对于大唐盛世有着极大的眷恋。因此也在其最终衰落时表现出深刻的痛苦与不舍。组诗中其六忆孟浩然，其七忆王维。王、孟二人为盛唐山水田园诗派的代表人物，他们的诗作秀丽而不柔靡，清新而具有隐思。或以空旷静谧的山林之景让人心旷神怡，或用亲切可感的艺术创作将形式隐去，只留下生活。王、孟二人是大唐盛世孕育出来的伟大诗人，又以杰出的成就为缔造盛唐诗国添砖加瓦。杜甫在诗中以"秀句"称王维，以"清诗"赞孟浩然，不仅体现杜甫对诗歌盛世时期的重视与感叹，也表达了作者对盛唐时代文人张扬不同艺术个性的尊重和赞扬。那是一个风格多样而均能登峰造极的时代。而随着唐王朝衰落的，不仅是国势政局，也有诗歌黄金时期的流逝。杜甫怀念二人，既是为盛世不再而悲叹，也是为诗国没落而烦忧，其六中"即今耆旧无新语，漫钓槎头缩颈鳊"两句，揭示了如今诗坛创作的暗淡情况。杜甫此诗写于766年，而孟浩然于740年已经去世，那么诗中的"耆旧"应该指的是如今诗坛学孟作诗却不得其法、难以望其项背的诗人。"漫钓槎头缩颈鳊"化用孟浩然诗句。孟诗之清新秀美之态难以达到，那不如学其江边钓鱼，以作安慰。

随世浮沉，四处辗转，身无归处，心亦飘荡。孤独时刻，心中烦闷却无人倾诉，转而自省，却烦闷更甚。只能追忆旧人旧事，借以安慰自身窘境、缅怀逝去的盛世。

3.味诗之甘苦——以矢志努力的诗歌化解忧愁

诗是杜甫所重并为之奋斗了一生的事业。杜甫悲剧的一生,从未停止过吟诗歌唱。与友交往作诗纪念,仕进之时献诗求荐;得意时以诗明志,苦闷时借诗排遣。他时时写诗,事事入诗,笔耕不辍,呕心沥血。诗歌成就了杜甫,使他成为诗国无法攀越的高峰;而诗歌也陪伴慰藉了杜甫。当杜甫理想破灭、穷愁苦闷而无从倾诉时,他还有诗歌,可以驰骋想象、寄托情思,诗歌是他的一种存在方式。即使形受拘束,但诗情无限,可以到达任何地方。因此,杜甫晚年流落于夔州之时,虽地处封闭,知音稀少,但他仍以博大之胸怀、不灭之热情,奋力作诗,将所有的感情注入诗中,借以安慰自己受伤的心灵:"愁极本凭诗遣兴,诗成吟咏转凄凉。"(《至后》)胡铨在《僧祖信诗序》中说:"少陵杜甫耽作诗,不事他业,讽刺、讥议、诋诃、箴规、姗骂、比兴、赋颂、感慨、忿懥、恐惧、好乐、忧患、怨怼、凌遽、悲歌、喜怒、哀乐、怡愉、闲适,凡感于中,一以诗发之。"[①] 诗是杜甫在现实中受伤时心灵的归处,可以让诗人暂时忘掉苦痛,沉醉其中。在诗中他可以嬉笑怒骂、感慨随心,烦忧苦闷,任情抒发。

另外,杜甫在醉心于作诗的同时也结合自身的作诗经验以及古往今来优秀诗人的成就形成了自己的诗歌创作观念。《解闷十二首》中就有这类作品,大致可以分为两类,从中可映射出杜甫的处世观念和艺术胸怀。

一类反映诗人的"诗兴"。"诗兴"不单单是指杜甫对于诗歌的兴趣,也指杜甫对于诗歌的态度,也即诗歌在杜甫生命中的地位。千载而后的今天,杜诗不管是内容还是艺术都被认为达到了极高的水平,得到人们的赞叹。但杜甫的时代,他的诗篇并不特别为世所

---

① 华文轩:《古典文学研究资料汇编》(唐宋之部·杜甫卷)上编,中华书局,1964年,第362页。

重，杜诗的价值也是直到宋以后才被充分发掘。然而，就算如此，杜甫也没有停止作诗。"宽心应是酒，遣兴莫过诗"（《可惜》），杜甫作诗更多的是出于自身的热爱，抒情纪事的客观需要，并没有很大的功利目的，也没有非要通过诗来达到某种地位的想法。诗歌可以被世人传颂赞叹，自然是好的，但杜甫对此也并不强求。这一观点也可以在组诗中得到印证。其六（复忆襄阳孟浩然）、其八（不见高人王右丞）两首诗可以从中窥见杜甫的作诗态度。杜甫在两首诗中分别提到了王维和孟浩然。他们二人的经历和杜甫有一定的相似之处。王维的仕途因陷敌而中止，遭遇窘境；孟浩然空有才华却一生布衣，并未入仕。他们于政治上郁郁不得志，但他们的诗歌成就却被当世肯定。杜甫在诗中提及二人的诗歌特点及流传情况，肯定了王、孟的诗歌成就，认为他们的清词丽句语语可赞、句句可传。斯人已逝，但其诗歌却流传于世、风流永存。功名利禄只是一时的得失，而凭借诗句确可留名青史。这让诗人心潮涌动，备受鼓舞。推及杜甫自身的情况，杜甫在当时仕途、诗国两失意，他曾感叹"名岂文章著，官应老病休"，既无法通过仕进报效国家，而对于自己的诗歌能否得到重视也没有信心。这两句诗写于出蜀途中，看似是失望语，似乎只是随口自嘲，但实际是失落之时的愤激之语，但之后其诗作愈多。因此，杜甫作诗，抛却功利，全然随心，以情感发，肆口而成，如此他的诗才足以感动读者，形成生生不息的诗歌力量。

　　一类反映杜甫的诗学观念。杜甫是天才与努力并重的诗人。他的诗歌成就一方面是家学渊源和自身天赋。杜甫的祖父杜审言在初唐时因文才而享有盛名，并列为"文章四友"之一，对律诗的定型有一定的贡献。杜甫受其影响，继承家族诗歌传统，杜甫《壮游》自述："七龄思即壮，开口咏凤凰。九龄书大字，有作成一囊。"由此可见，杜甫于少年之时便颇有诗才。除却天赋之说，杜甫的诗歌中浸染的是血泪与汗水。杜甫的成就并不是偶然，这主要得益于他在诗歌创作中作出的努力。杜甫不仅善于总结自身创作经验，而且能以开阔的艺术胸怀，向古今优秀的诗人学习，服人之善，成人之美，兼收并蓄而独领风骚。杜甫的诗歌观念在组诗中的其五（李陵苏武是吾师）、其六（复忆襄阳孟浩然）、其七（陶冶性灵存底物）、其八（不见高人王右丞）中可以体现。从组诗看，杜甫的诗学观念有：

第一，"文质彬彬"，内容与形式并重。组诗其五，诗人对孟云卿以李陵苏武为师法对象而形成的以如实记录人民苦难和社会动乱为主要内容的现实主义诗篇表示赞扬和认可。孟云卿作诗，力追汉魏，语言质朴但思深力猛，这与杜甫的诗歌创作观念一脉相承。但杜甫在注重诗歌内容的同时，并没有放弃对艺术形式、格律意境的重视。组诗其七中，杜甫认为，诗歌可以陶冶人的性情，提高人的思想境界。而如何更好地实现诗歌的这种功能呢？杜甫认为在以才情作诗、以自然天生之灵性感受万物的同时，也应该完善诗歌的格律形式，形成整饬巧妙的形式之美和珠流玉迸的音韵之美。以大小谢之才情性灵辅以阴铿、何逊的苦心孤诣，方为作诗之上策。

第二，转益多师，博采众长。杜甫在组诗中肯定了孟云卿、王维、孟浩然、谢灵运、谢朓、阴铿、何逊的诗歌成就，并表示出了他的学习之意。杜甫提到的这些诗人，他们作诗有不同的倾向并形成了各自的艺术风格。孟云卿诗气格高古，从现实而来，写社会隐痛；王孟诗清新自然，以清词丽句绘自然之态、生活之景；二谢诗华丽奔放，精神绝妙；阴何诗苦吟雕琢，深婉浑融。而杜甫能够兼具各人所长，形成自己独到的风格。另外，从中也可以体现杜甫阔大的心灵与开拓的勇气。要知道，当时的诗坛对于齐梁时代诗歌的艳情绮靡、重形式而轻内容的文风颇为不满，批评其为"彩丽竞繁而兴寄都绝"。但杜甫却能以博大的胸襟接纳、尊重不同的艺术风格，可见其艺术胸怀的广阔。同时，杜甫晚年的诗歌创作也体现了他对于格律形式的重视："晚节渐于诗律细。"也就是说，这是杜甫内心认可并付诸实践的诗歌主张。

第三，作诗需用苦功。组诗其七是杜甫诗歌创作经验的总结。其中"新诗改罢自长吟""颇学阴何苦用心"两句中，杜甫认为作诗应该充分投入，刻苦锤炼，精益求精，形成艺术完美的诗篇的主张。正如他在诗中自述的"为人性僻耽佳句，语不惊人死不休"。但杜甫的锤炼并没有影响内容的表达，他壮烈的感情、奔腾的想象、流转的诗思统一于格律严整的律诗之中，达到了内容与形式的完美结合。

4.以忧虑国计民生传达不可改易的丹心赤诚

个人的得失利益可以通过情绪转移暂时得到缓解，而处于苦难中的国家和人民，却令杜甫日夜忧思。其痛锥心刺骨，无日或忘。对此，杜甫无法视而不见，无法真正忘怀，只能以痛解痛，以讽刺、怒吼、规劝来表达不满，释放内心的苦闷。组诗中的其九、其十、其十一、其十二便是这类作品，这是组诗中作者感情注入最为深刻、情绪最为激烈的几首诗作。

《解闷十二首》中，其九以专章吟咏"荔枝"，客观表达而又暗藏讽刺。与组诗中的其他诗篇相比，此首情感转变得比较突兀，上句先叙荔枝又入长安的情况，"还复"二字，表达了杜甫的震惊与不满。安史之乱的爆发，唐王朝的没落，虽与荔枝没有直接的关系，但在这里，"荔枝"代表的是统治阶级的骄奢淫逸，不思进取。玄宗宠幸杨贵妃，劳民伤财千里送荔枝，只为博美人一笑，连带任用杨国忠等奸臣宦官，最终导致政权空虚，乱臣贼子趁机而起，国家和人民陷入水深火热之中。如今，各地叛乱尚未平复，国家元气大伤，而统治者不图恢复，竟然又以荔枝进献来满足自己的口腹之欲，这让诗人万分不解。下句以玄宗如今孤影悲凉、万分悔恨的结局，对现在代宗的行为提出警示。诗以讽刺和规劝相结合的手法，针对统治阶级的行为提出批评。

其十、其十一，诗人的目光聚焦于"荔枝"本身。先叙荔枝长途运输失其本味。食用荔枝重在新鲜:"若离本枝,一日而色变,二日而香变,三日而味变,四五日外,色香味尽去矣。"[①]由南方运来,历经多日,荔枝早已丧失最佳的食用日期;接着客观揭示荔枝风靡的原因:物以稀为贵。荔枝的口味本没有什么特别之处,翠瓜碧李沉于清凉的井中、赤梨葡萄成熟于寒露中,其美味也可与荔枝相匹敌。只是因为荔枝生于远处不易得到便受到追捧。由此可见统治者和世人的盲目。这两首诗看似客观叙述,实则暗藏讽刺,其中沉淀着作者压抑愤怒的感情。"咏荔枝"诗最终以人民的苦难收束全篇。其十一讲述荔枝生长于南方的野岸江浦,却装满皇宫中的玉壶。贵族的欲望被满足的背后是百姓的痛苦和牺牲。而"翠眉须"三个字表明了统治阶级对此毫不在意。四首诗感情由强变弱,又突然爆发转向更激烈的表达。冷静叙述和尖锐揭露的背后,是诗人焦虑和担忧的身影。杜甫困居孤城,与朝廷远隔万里,眼见统治者哀而不鉴,覆辙重蹈,诗人仰天长叹,万分焦急。

作为封建时代的士大夫,继承了家族"奉儒守官"的传统,将忠君报国、建立一番功业作为自己的使命。因此,杜甫早期的爱国爱民的想法是带有一定的理想化的。而安史之乱的爆发,给唐王朝带来了长久的动荡,也迫使杜甫下沉到社会底层,与普通受苦受难的百姓同呼吸、共命运。在这段时间,杜甫才算是真正地体会到了现实,感受到了国家命运与人民苦难之间的重大联系。此时,他的仁民爱物的伟大情怀才有了更加广阔的社会性和深厚的构建基础。杜甫由文士走向人民,又在人民中感受现实。他最先是以自身的苦难感同身受百姓的苦难,后来升华到痛百姓之痛、苦百姓之苦,超越个人的得失,对乱世中无辜受难的人民报以最大的同情。

---

① (唐)白居易:《荔枝图序》,谢思炜校注:《白居易文集校注》卷八,中华书局,2011 年,第 365 页。

（三）闷可解得？

"解闷"以"闷"为主。要解其闷，就必须知道"闷"从何来。那么真正困扰杜甫，使其终日烦闷的原因是什么呢？组诗中，杜甫由写景叙事开始的日常生活场景，便能忽而转向过去盛日之时畅游吴越的情景；怀故友，先写故国，见秋瓜而又忆故丘；写传诗，赞王孟，而又暗藏对王孟生存的盛世的怀念；而写荔枝，更是句句不离朝政。由此我们可以得知，杜甫所有的苦和闷归根结底都来自国家和人民。因此，景不足以解闷，"不是烦形胜，深惭畏损神"（《上白帝城二首》），名胜古迹、自然山水也无法安抚诗人的担忧；怀友忆旧只会增添杜甫对于盛世的怀念；论诗写诗，对国家也无济于事；满腔怒火，为国而发，又最终归于冷静。杜甫陷入沉思，人生该何去何从。《解闷十二首》组诗中，杜甫对王、孟表示过赞扬，而王、孟便是因仕途失意、归隐山林转而选择写诗传世。那么杜甫也为自己设想了隐逸之路吗？答案是否定的。学界有过关于杜甫的"仕"与"隐"的讨论，但这个命题的对立项不是很准确。如果"仕"是指做官的话，那这个命题可以换成"仕"与"不仕"，也即做不做官的区别，这里的"隐"相当于离开政局，而不能等同于出世归隐。因为杜甫从没有考虑过隐逸。不说他根本没有自愿地付诸实践，就是他的作品中，也是刚论及隐逸，下句就立刻转折，否定自己的想法，坚定原有的志向。比如"非无江海志，潇洒送日月。生逢尧舜君，不忍便永诀"（《自京赴奉先县咏怀五百字》），逃难时期，万事艰难，而杜甫仍对国家前途、统治者能力充满信心。甚至到杜甫晚年，复兴希望断绝之时，依旧奋力呼喊："我多长卿病，日夕思朝廷。"（《同元使君春陵行》）不管身是否在朝廷，杜甫永远关注着国家和人民。因此，欲解杜甫之"苦闷"，便应实现国家之复兴，人民摆脱苦难重回安稳，最不济也是国家可以出现复兴的预兆或苗头。但悲哀的是，杜甫有生之年都没有再感受过盛世甚至是回归盛世的希望。

而在杜甫去世之后一百多年，唐王朝走向了灭亡，因此杜甫之"闷"便无法可解。

纵观杜甫后半生，他对于国家和人民时时挂念，事事担忧。此刻的烦闷必不会随着诗篇终结而消失。愁闷越多，作诗越多。而诗人写诗创作的过程，也是他将这些愁闷又一次细细品味咀嚼的过程。因此，作诗越多，而愁闷越多，恰似"借酒浇愁愁更愁"。

（四）通篇浑融的组诗艺术

优秀的作品，在将充实的思想情感注入字里行间的同时，也重视以高超绝妙而又不落痕迹的艺术手法来增强诗篇感动人心的力量。《解闷十二首》以"解闷"为中心连章为组诗，大致为杜甫闷时，随口而发，结章而成。纷繁复杂的感情通过诗人的巧心妙思，表达得亲切可感又深刻动人。

1. 以绝句作随笔

首先，绝句篇幅短小，离首即尾，不适合细描风景、铺叙感情，但其短小精悍，简洁明了的结构特点，正与杜甫写作组诗时的心态相符合。组诗题为《解闷十二首》，意味着杜甫此时正是百闷烦扰，心情焦虑而欲借诗表达，以解内心烦闷的状态。绝句以其善于捕捉瞬间的情思变化、情绪波动的特点，快速抓住杜甫杂乱而众多的内心想法。其次，组诗作于杜甫闲居夔州之时，诗中主要描写的是日常生活之景、偶然感受，绝句以更加随意、亲和的姿态，简要勾勒了杜甫的生活之态。另外，人于烦忧之时必定耐心寥寥，更偏向于随口而发，简短书写。以此，绝句以其独特优势，记录了这一时期杜甫的心潮起伏。

2. 主题多样，各章独立而又互相勾连

《解闷十二首》为连章体组诗。总而观之，意脉贯通，分体解析，各章独立而浑融。首先，组诗以"解闷"贯通，全篇总揽一"闷"

字，由写景到忆旧，忆旧中杂以诗论，再由论诗到论政，都是为解闷服务。其次，既为"解闷"，那方式必然多样。据此又可划为四组相对独立的连章体诗，按其主题可列为：以景解忧、怀友忆旧、以诗解忧、忧国忧民。其实，景、怀旧、诗、故国并不是各自独立的四个方面，其有内在一以贯之的联结，那便是杜甫对于故国的怀念，对于盛世的期盼。组诗中，绘景便能从景物而忆少年，写人便能由故友联想到故国，论及诗及诗人便又转向盛世情结，荔枝更忧国之情。因此，《解闷十二首》组诗外以"解闷"贯通，内以忧国忧民之心连接，为章法完整的有机整体。

3. 内在层次井然

这组诗很讲究各诗之间的联结，比如第四部分，杜甫以四首荔枝诗写尽其仁民爱物的深厚情怀。杜甫单列四首诗以咏荔枝，但并不繁冗，反而缺一不可。主要是因为四首诗有内在的严密结构。首尾两首（九、十二）重在抒情，感情深重，中间两首（十、十一）偏于客观叙述，冷静思考；首尾两首关注对象分别为国家与人民，层面较广，中间两首为荔枝，视野收缩，集中描述；首尾两首尖锐揭露，直接讽刺，中间两首暗藏玄机，微言讽之。四首诗，由荔枝又入长安的现实转向以"荔枝"为表现方式的马嵬坡的过去，由娓娓道来的回忆，揭露荔枝生存要求，到客观叙述荔枝风靡的原因，由荔枝不生于京华但王孙贵族为之着迷的疑惑，转向这一画面背后人民的凄惨苦况。如此，以"荔枝"为点，由点及线，使得四首诗互相勾连、相互配合，将诗人倾注于诗中的感情条分缕析地表达清楚；又以线绘面，映射到社会的方方面面。由玄宗到代宗，由统治者到人民，指出了国家衰落、人民受难的根本原因：统治者的骄奢淫逸、目光短浅，非但不以史为鉴，反而重蹈覆辙，其愚蠢可见。因此，四首诗的语意非但没有重复，反而结构鲜明，又层层递进，使得情感表达清晰深刻。

八、《复愁十二首》

其一

人烟生处僻，虎迹过新蹄。

野鹘翻窥草，村船逆上溪。

其二

钓艇收缗尽，昏鸦接翅稀。

月生初学扇，云细不成衣。

其三

万国尚戎马，故园今若何？

昔归相识少，早已战场多。

其四

身觉省郎在，家须农事归。

年深荒草径，老恐失柴扉。

其五

金丝镂箭镞，皂尾制旗竿。

一自风尘起，犹嗟行路难。

其六

胡虏何曾盛，干戈不肯休。

闾阎听小子，谈笑觅封侯。

其七

贞观铜牙弩，开元锦兽张。

花门小箭好，此物弃沙场。

其八

今日翔麟马，先宜驾鼓车。

无劳问河北，诸将角荣华。

其九

任转江淮粟，休添苑囿兵。

由来貔虎士，不满凤凰城。

其十

江上亦秋色，火云终不移。

巫山犹锦树，南国且黄鹂。

其十一

每恨陶彭泽，无钱对菊花。

如今九日至，自觉酒须赊。

其十二

病减诗仍拙，吟多意有馀。

莫看江总老，犹被赏时鱼。①

　　《复愁十二首》组诗作于代宗大历二年（767年），是杜甫寓居夔州的第二年。此时安史之乱虽已平息，诸侯割据又成气侯，各式作乱此起彼伏，"干戈不肯休"，"今年开州杀刺史，明年渝州杀刺史"，国家和人民仍然处于水深火热之中。多年动荡使得世道昏暗，人心

---

① （唐）杜甫著，（清）仇兆鳌注：《杜诗详注》卷三，中华书局，1979年，第1741—1745页。

疲累。但猛"虎"仍行，干戈不止，杜甫对此忧心忡忡，一筹莫展。暂时安定的生活并没有给他带来太大的安慰，而客居异乡的愁苦却时刻萦绕在他的内心。漂泊十余载而万事皆空，眼看故园难回，只恐老死异乡。杜甫思绪翻飞，心潮起伏，愁闷难解；欲述心事，而友朋俱去，孤城空对。只能凭栏独倚，抑郁更甚。组诗中杜甫无时不愁，无事不愁，旧愁未平而新愁已至。

(一) 乱世之苦不息

"山河破碎风飘絮，身世浮沉雨打萍"（文天祥诗），若干年后文天祥的诗句，也是夔州时期杜甫生活的写照。唐王朝的倾颓之势在其繁华鼎盛之时便已初露端倪，一旦表面的平静被打破，盛世便会如地崩山摧般分崩离析、支离破碎，使得国将不国，山河动荡。而无辜的人民被时代的洪流裹挟，身不由己，随世沉浮。乱世之苦，在于众生皆苦。国家苦，百姓苦，因战乱而扭曲的人性苦，漂泊流浪的诗人也苦。诗人之苦主要体现在两个方面：

1. 为内忧外患、万方多难而忧心不已

大唐王朝以安史之乱分为前后两期。前期统治者励精图治，以贤臣良相辅佐政治，步步为营，对内重视农业发展，与民休养生息；对外既能以铁血手腕击败强敌，又能刚柔并济安抚四方，最终得以统一天下。经过几代君主的积累，唐王朝的国力至玄宗朝达到鼎盛，形成"开元盛世"的繁荣局面。唐玄宗初期不失为一位贤明的君主，对国事非常用心，任用宋璟、张九龄等贤相，纳谏如流，政治清明。但长期的安定富足让玄宗放松了警惕，使他志得意满，奢侈享乐，甚至迷信道教求仙长生的说法，终日恍惚。在政治上不仅不思进取，反而废弃贤臣，堵塞言路，闭目塞听。玄宗朝后期，相继以李林甫、杨国忠为相，并且宠幸高力士等宦官。这些奸臣宦官独擅专权，蒙蔽皇帝，使得上下不通，人民怨声载道而皇帝却充耳不闻。实际上，玄宗对此并非一无所知，但他沉迷于享受，无暇顾及。由于奸臣宦官极尽恭维奉承之能事，而玄宗便顺势陶醉于表面的盛世中，不愿多管。另外，唐朝历来比较重视边防，集中兵力以抵御外族入侵。唐玄宗分设节度使以管控边疆，这些节度使分据一方，与中央相隔较远，因此各自为政，不仅负责当地的军事，还兼管地方的民政和财务方面。之后，各节度使逐渐势大，互相争权夺利，成为藩镇割据的重要原因。太平日久，弓箭久藏，边将们为了迎合唐玄宗好大喜功的想法，在边境盲目发动战争，经常耗费极大的人力财力而没有收获，但却对上谎传捷报。这些战争一方面极大地削弱了唐王朝的兵力，使得后期战乱中强行征兵，百姓苦不堪言；另一方面，挑起了与其他民族的争端，破坏了唐王朝前期相对和谐稳固的民族关系，为后期吐蕃等外族的入侵埋下了隐患。

绵延八年之久的"安史之乱"的勉强结束并没有终结唐王朝的动乱。肃宗、代宗朝仍旧是一乱未平一乱又起，反复动乱，民不聊生。首先是外族入侵。吐蕃趁国势空虚、百废待兴之时，与党项、羌、吐谷浑等外族勾结，占领陇西、攻入关中，长安沦陷；回纥暴虐残忍，威胁勒索，而唐王朝无力反抗，遂置百姓于困境之中。其次是内部的争斗不休。特别是代宗朝，宦官专权，政局愈加黑暗；各地节度使拥兵自重，嚣张跋扈，不断挑起纷争。另外各地的叛乱也从未停止，杜甫居成都草堂期间，便遭逢蜀地大乱，军阀混战。内忧外患让风雨飘摇的唐王朝呈现出末世气息。关心国家政局的诗人怎能不为这些乱政忧心忡忡！

2. 久客天涯、劳身焦思的苦闷

杜甫是一个留恋家乡、热爱亲人的人，他说"露从今夜白，月是故乡明。有弟皆分散，无家问死生"（《月夜忆舍弟》），家和亲人是杜甫永远的牵挂。但他却一生漂泊，久客天涯，无家可归。杜甫因房琯事件被贬华州司功参军，而后离任，就开启了天涯漂泊的生活，携家前往秦州，后又转向同谷，同年到达成都。在成都期间，蜀地爆发动乱，杜甫几经周折，先后流落梓州、阆州。严武去世，失去生活依靠的他最终离开蜀地。永泰元年（765）历经坎坷至云安，稍作停留随即移居夔州。夔州期间几度搬迁，不到两年时间，又出峡东下。随后便开始了舟中的漂泊：江陵、公安、岳州、潭州、衡州、返潭州、往衡州、返潭州，又赴岳州，最终卒于舟中。

　　罗列这些行程对于旁观者来说只是应接不暇的地名符号，但对于杜甫来说，却是历经磨难的路程。我们无法想象，已近暮年且多病衰老的诗人，是如何以强大的意志支撑着他度过这段艰难的时间，却能从"飘飘何所似，天地一沙鸥"的自嘲中窥见杜甫的绝望和痛苦。杜甫的四处漂泊，一方面是为了躲避祸乱，另一方面也是生计困难，需要寻求友朋帮助。杜甫漂泊流浪的后半生基本是靠友人的接济生活，这对于心高气傲的诗人来说非常窘迫但又无可奈何。长达十余载的漂泊路程，把杜甫推向离故园越来越远的地方，由北到南，由熟悉的故国到陌生的孤城，身在异乡的孤独、舟车劳顿的辛苦、寄食友朋的无奈、世态炎凉的失落，都使杜甫的内心经受长期的折磨。身在乱离中，而心无归处。杜甫夜不能寐，终日烦忧。

　　杜甫所处的时代及其经历都是这样的让人愤恨心酸。国家终日乱离，而无平定之望，甚至战乱有愈演愈烈之势。杜甫生逢盛世，却因小人作祟而仕途受阻，壮志凌云无法施展；惨遭动乱，又因无法立身只能随世漂泊，饱经磨难；暂且安定，又无法忽视内心的执着，愁苦终日。以此情入诗，杜甫的诗中也郁结着浓浓的愁思和复杂难解的感情。

（二）飘摇仍自持——苦难中的杜甫

　　《复愁十二首》组诗，大致作于杜甫漂泊流浪的第十一年。出蜀时他计划北归故园或东去吴越，但因战乱影响，中途受阻，又因病痛暂时停留于夔州。夔州为三峡中的山城，较为封闭，战乱还没有给这里造成太大的影响，加上在此杜甫得到当地小军阀柏茂琳的资助，因此度过了一段相对来说比较安定的生活。但此时外界的战乱仍在继续，杜甫的漂泊也没有就此终结。夔州期间的生活相对于战乱之中的漂泊来说自然是好得多，但这也无法缓解杜甫多年来积淀于心的悲痛。已近暮年而半生漂泊，回首往事，并无多少值得振奋的记忆，唯有世事不公的对待、历经艰险的流浪让诗人刻骨铭心。而转向眼前，诗人又身处偏僻他乡，陌生的环境、鄙陋的风俗、疾病的折磨，都让他苦痛难熬，牢骚满腹。而即使在这样的困境中，杜甫也并没有放弃对家乡的思念以及对朝局的关切。他在一种深厚的悲凉与绝望中，发出了愤怒的呼喊和痛楚的哀叹。

1. 孤独者的满腹牢骚

曾经坚持"更长烛明不可孤"（《今夕行》）、就算客居酒肆也要与人闲谈游戏来度过漫漫长夜的杜甫，如今一路漂泊而来，经受了长久的孤独："人事音书漫寂寥"（《阁夜》）、"空山独夜旅魂惊"（《夜》）。如果说行在路上，还可以凭借一路的风景变化来缓解烦闷的话，那么长时间居于孤城，甚至因病只能盘旋于方寸之地时，其孤独烦闷可以想见。远方的朋友早已四处飘零，音书断绝，相见无期，而身边却无人理解无人交游。杜甫在夔州期间，初来的生活以及后来的置办田地等，主要是依靠柏茂琳的帮助。柏茂琳为当地军阀，参与了崔旰之乱，而杜甫对于当时各地的动乱都非常不满。实际上，由于他关怀人民的情况，他对任何无端挑起的战争都是不赞成的。因此，在本质上，他们志不同道也不合。杜甫本身的自尊非常强，也是比较敏感的，寄人篱下的生活，尤其依靠的还是与自己志向不同的人，这让他感到无比纠结与挣扎。但杜甫又不得不如此，毕竟他担负着的是全家人的生活。

出则无相交之友，入则无畅谈之朋，孤独与懊恼叠加，积淀的太多便转化为极度的痛苦。不管杜甫胸怀何等博大，意志何等坚强，可他还是无法消化外界给他施加的压力和内心深处潜藏的不满和悲痛。在这种情况下，杜甫往往选择将当下的情绪注入诗中，试图通过诗篇来承载自己的满腹牢骚。由于杜甫的诗歌包容量很大，喜怒哀乐皆可入诗，因此，杜甫的这组诗篇，完整真实地记录了他的人生经历和心态变化，让我们可以从中真切地感受到诗人复杂矛盾的感情。《复愁十二首》组诗中有一类作品便是在长久的压抑无法承受之时，进行单纯的情绪宣泄，通过将当下的烦忧、抱怨宣之于口的方式，来排遣内心的苦闷。其一（人烟生处僻）、其二（钓艇收缗尽）、其三（万国尚戎马）、其四（深觉省郎在）、其五（金丝镂箭镞）、其十（江上亦秋色）五首便属于这类作品。诗人并未明确想要通过诗篇达到什么目的，只是基于当下的心理状态表达自然、真切的情感。

这类作品可以按其大概的主题分为两类。但两类之间并不是孤立存在的，而有互相依托的因果关系。第一类为因景而悲，实际上也是因心悲而景悲。其一、其二、其十属于这一主题。其一中上句写诗人居住之地的客观情况：地处偏远，人烟稀少而虎迹常新；下句写周边状态：飞鸟为觅食甚至翻遍草丛，船只逆流而上行路艰难。诗人以整体素描和细节刻画相结合，以"虎""野鹆""村船"的状态还原了诗人的居住情况。诗中无一字提及诗人心情，而诗人的与世隔绝、孤独无朋便清晰地展示出来。其他两首也是类似的以景过渡到人的手法。诗人或写自己的无聊情绪：夕阳西下，黄昏将近，昏鸦独飞也欲寻栖息之地；眼看淡月弯弯，已临天幕，云痕尚细不堪遮挡，夜晚将至。虽垂钓一天还未有收获，也不得不收线还家；或感叹气候失平：江边落叶纷纷，秋风瑟瑟，吹动水波荡漾，虽然秋天已至，而天上火云仍在，天气应凉而热。南国的气候总让人捉摸不定。诗人从生活的细枝末节处入手，或写偏僻之况，或绘无聊之景，或写异乡特点，虽没有大悲大恸的情感，但这些生活的细节无不表现出诗人此时对于生活的不满和不适。居住之地已然偏僻，加之周边环境险恶，虽有几分景色，诗人却也无心欣赏，气候迥异（与北方比）更让诗人难以忍受。这类写景作品，虽然很难看到诗人的活动，但在对景物、生活情境的客观、清淡的叙述中，沉淀着杜甫对世事的烦闷和抱怨，从中可以窥见杜甫形单影只的寂寥背影。

　　第二类是因故园不得回而悲。其三、其四、其五属于这类主题。作者自认为是因景悲而心悲，而欲解其心悲，便须行路而归。而念及归乡，便开始考虑此举的可行性。首先便是思考故园如今是何种情况：诗人回忆多年前，自华州归洛阳时，故园已然破败不堪，昔日旧识少见，而经历了旷日持久的战乱，想必如今已经成为战血淋漓的疆场。那么，如若此时回乡，想必会看到更加触目惊心的场景。因此，归乡的念头最初产生便受到了阻碍。但这也无法阻挡长久漂泊的诗人想要回到故土的渴望，家园破败可以重建，生活困难可以克服。于是诗人又接着想象，回到故乡，自己该如何生存呢？归乡而自己身无官职，那么必须有农事可依，而离家日久，故园的田地应该已经荒芜，从前的旧居也荒草丛生，无法居住，诗人思及此处，内心哀痛。一生流浪在外，暮年之时甚至无乡可依，无家可归。一句"老恐失柴扉"道尽了诗人的辛酸与无奈。但此时诗人也并没有完全放弃希望。甚至开始思考以何方式、走何路线归乡。可如今外族乱贼凭借制作精良的装备，一路冲破防线，四处作乱，导致回乡之路被阻隔，风尘十载，难觅归路。杜甫连用三首诗写回归故园，从不同方面体现故园的不可归，三首诗中不可归的原因是逐层递进的，情感激烈程度也逐渐加强，由自己一个人的有家难回推及整个国家的戎马动乱、由回忆转向现实，诗人一步步走向了绝望。自漂泊起，杜甫的归乡想法便一直存在，即使在生活安定、有朋友交往的成都草堂之时，也多次试图出蜀北归，直到离开夔州出峡之后，也依旧渴望回乡。他迫切地希望可以终老于故土，因此，这一想法并不会随着诗篇的结束而断念。而杜甫在诗中层次清晰地分析故园回归无望，说明他清楚地知晓归去的难度和希望的渺茫，不管是田园破败也好，农事荒芜也好，战乱阻隔也好，总归是回不去。但即便如此，杜甫也要明知不可为而为之，从中可见杜甫深厚的家国情怀。

这五首作品内在的构建基础和感情是一致的。以杜甫的不堪孤独、心向故园为线互相连接。因客居异乡、孤独无朋等原因而无心赏景，遂不自觉地将自己的烦闷注入景物之中，便觉得自然山水也颇为无聊；而因为对外界状况的不满，又加重了其思乡情绪。如此，便形成了情－景－情的叙述闭环。这一闭环最终以家园寂寞、无法归去为结果。杜甫本想借诗篇来发泄满腹的抱怨和牢骚，但最终又平添了新的愁绪。

2.清醒者的冷峻观察更令诗人愁绪满怀

杜甫一生心怀正义，"嫉恶怀刚肠"，以耿介之性格与人交往，以正直磊落之行为立于世间，以赤子之心、仁者情怀体察万物民情。因此，杜甫对现实中的种种颠倒错乱的行为和黑暗的世道，无法忍受。心有不满，便宣之于口，毫无顾忌。对虚与委蛇的人情世故更是直接控诉："二年客东都，所历厌机巧。"（《赠李白》）厌恶当下世事不公、本末倒置，便大胆疾呼："纨绔不饿死，儒冠多误身。"（《奉赠韦左丞丈二十二韵》）感情表达激烈，暗藏讽刺，丝毫不在意别人的看法，只求能唤起世人的理智，共同维护公正有序的世界。同时，杜甫对于世事能够静心观察，冷静思考，并能以独特的智慧，来探究现象背后事物的本质。比如杜甫认为人民的苦难不仅是来自于外族的入侵，更是由于国家内部的动乱和同胞的欺压："殿前兵马虽骁雄，纵暴略与羌浑同。闻道杀人汉水上，妇女多在官军中。"（《三绝句》）以守护国家、保护人民为责任的官军，竟然残酷暴虐到如此地步，世事之荒诞错乱可见。

组诗其六（胡虏何曾盛）、其八（今日翔麟马）两首就属于杜甫在对世事进行冷峻观察、深刻沉思之后，发出的怀疑和不解。自安史之乱起，唐王朝和百姓便饱经磨难。国家遭受重创，时局动荡不安，既要提防战乱复起、外族入侵，又要安抚百姓、稳定民心。王朝自上而下，都沉浸在一片惶惶不安之中；而对于战乱中的百姓来说，他们是最无辜也是最受迫害的群体。既要遭到乱臣贼子的烧杀抢掠，又要承受国家的剥削和压迫。因此，不管从哪方面来说，战争都是百害而无一利的，必须被终止。而如今世事却突破常理，异常荒谬。组诗其六中诗人揭示了如今战争不休的根本原因：人心好乱。将领唯恐战乱平复，国家安定之时，武将将因无用武之地而失去荣宠，便以阴谋诡计霸占兵权，以求自立，使得干戈不休，战乱不止；而更令人震惊的是，长久的战争使人性扭曲，乡里小子的声声谈笑，竟然是想要趁乱封侯。诗人对此既心痛又无奈，为百姓不知乱世之苦而心痛，也为他们饱受了乱世之苦而习以为常的心理感到心酸。其八中，面对国家如此动乱，唐代宗却不图恢复，甚至废弃贤才，对宦官奸臣专事姑息；河北诸将为了一己私利，争权夺利，争斗不休。国家恢复无望，人民饱受痛苦。"无劳问河北"一句是反义，对于趁乱角逐荣华的藩镇诸将来说，正应问罪。而诗人以"无劳"二字，既批判了朝廷的无能，也讽刺了地方将领的自私自利。人心难测，贪婪不足。正如《杜臆》所说："定胡虏易，定人心难，人怀侥功之心，此干戈所以不息也。"[1] 在这两首诗中，杜甫除了对种种荒谬的行为表示难以理解外，也表现了他对于此种行为的嘲笑，但不论是何种情绪，最终都转向了无奈。

杜甫对于世事总有清醒的认知，但举世混浊，众人皆醉之时，

---

[1] （明）王嗣奭撰：《杜臆》卷之九，上海古籍出版社，1983年，第319页。

清醒者往往要经受百倍的痛苦。既看清了世事的反常、人心的扭曲，却无人在意。世人总是随着时代的潮流、更多人的步伐前进的，单个人的清醒并不能改变整体行动的轨迹，反而可能会因为逆流而上的行为给自己带来不幸。但杜甫无法对这样的错乱和颠倒视而不见，即使呼喊无用，也要尖锐揭露，深刻沉思。这一份清醒背后是杜甫敢于反叛的勇气以及对于自身原则的坚持。但也正是因为这样的坚持，给杜甫的内心带来了长久的动荡。

3. 被迫成为局外人的无可奈何

经历过盛世，所以杜甫的作品中充满了对过去美好时光的回忆，以及对于国家中兴的盼望；饱尝过乱世之苦，所以杜甫迫切地希望结束战乱，回归和平。尽管荆棘丛生的人生让他发出"泣血迸空回白头"（《白帝城最高楼》）的哀叹，世事的悖谬也让他失望不解，使他浸淫在哀思的潮水中，但他仍能从绝望的困境中挣扎起来，报国壮志、朝政关怀始终不息。《复愁十二首》咏怀，但不限于一己之情怀，而是扩大到对整个社会的关怀，对整个民族未来的担忧，诗人不仅能以敏锐之眼光发现现实中的问题，还能对此提出合理建议。可惜的是，所有的建议都如泥牛入海，付诸东流。

组诗其七（贞观铜牙弩）、其九（任转江淮粟）两首是杜甫政治才能和忠正之心的具体体现。杜甫一生仕途不顺，壮志难酬，但实际上，他具有长远的政治眼光和辅政才能。比如对于吐蕃入侵作乱的原因杜甫有非常深刻的认识。唐建国以来，国家以铁血手腕收复四夷，并以和亲政策维护各族关系，得到了长久的和平，弓弩尽藏，盛世安定。自天宝六七年开始，边将为了突出自己的才能，得到皇帝的奖赏，无端挑起与边疆各族的战争，杀伐流血，引起普遍不满，使得一些少数民族在中原动乱之际，乘虚而入，加速了唐王朝的衰败。杜甫对此有非常清醒的认知："赞普多教使入秦，数通和好止烟尘。朝廷忽用哥舒将，杀伐虚悲公主亲。"（《喜闻盗贼蕃寇总退口号五首》）中原和吐蕃本可以和睦相处，共享太平，却因为统治者的好大喜功，破坏了原本的安定。回纥作乱的问题杜甫也早有清晰的预判和警示，为平定安史之乱第一次向回纥借兵时，便心怀担忧，他在《留花门》中指出回纥不可长久合作，应尽快遣离，否则会造成更大的动乱："胡尘逾太行，杂种抵京室。花门既须留，原野转萧瑟。"但当时杜甫于国家政事已是局外之人，他的担忧并没有引起关注。两京收复后，回纥果然以帮助平乱为功劳，在中原土地上肆意妄为，无恶不作，甚至在吐蕃入侵时破坏盟约，助纣为虐。统治阶级对此始料未及，难以招架。组诗中其七便提及了这一情况：盛世之时，多是强弓劲弩，装备精良，战无不胜，如今却要借回纥之力平定叛乱，而回纥霸占功劳，反而又加重了战乱的影响。杜甫以"花门小箭"代替"铜牙弩""锦兽张"，令人感到现实的悲哀，他建议统治者提升自身能力，解决内部问题，上下齐心而战乱可平，而不是一味依靠外援。另外，杜甫对于朝中政策存在的问题带来的潜在威胁也有深刻的见解，其九中，诗人指出了冗兵问题，并对代宗的昏聩无能表示不满。代宗受宦官拥护而得以称帝，因此终此一朝，代宗都受制于鱼朝恩等奸佞小人。而当时鱼朝恩为了掌握军权，操纵朝政，大肆扩充禁兵，以神策军屯于禁中。这一政策使得各地兵力空虚而中央财力亦无法支撑。组诗认为，地方为中央提供粮草供给为正常之事，但这不能成为奸臣获取权柄的工具，而广大士兵被无耻宦官统领，也是讽刺之事。

　　"上感九庙焚，下悯万民疮。"（《壮游》）杜甫对于国家朝政无日忘怀，对于人民苦难日夜忧思。因此，他不管经历何种困境，都能坚持以睿智之眼光审视国家的方方面面，并能及时发现问题并提出建议。但杜甫于朝政的影响力，与千千万万普通国民并无区别。统治者并没有心思也不会听取他的建议，因此不管是切切期盼还是愤怒呼喊，杜甫的满怀热情之于国家和统治者来说，都如石落深潭，惊不起一点波澜。这对于多次做官受挫而又长久漂泊的杜甫来说，本是心知肚明，可是杜甫从小便受儒家忠君爱国的思想熏陶，又在人民的苦难中接受洗礼，其思想已经得到了升华，他对于朝政的关怀，纯粹是竭尽所能思索国事的忠正之心。因此，这类诗作中，虽然有对意见不受采纳的失落，但并不浓厚，更多的是基于客观问题提出理性建议，主观情绪不突出。

4.末路英雄的慷慨悲歌

英雄末路之震撼人心就在于即使已临绝境，其慷慨激昂之气概仍丝毫不减，能以不服输不求饶的姿态来面对疾风暴雨，因此英雄最后的毁灭也极其壮烈。英雄之末路，既在于"困境"，更在于"慷慨"，也即忘怀得失，胸怀旷达。

杜甫的一生都壮志未已，即使晚年万事衰败之时，建功立业、报效国家之雄心仍旧存在，诸多抱怨无法抵消其壮怀激烈。杜甫在诗中多次幻想，自己能够重返朝廷，辅佐皇帝，使得国家再度强盛。即使自身病骨支离，朝不保夕，也依旧挣扎奋起："我虽消渴甚，敢忘帝力勤。尚思未朽骨，复睹耕桑民。"（《别蔡十四著作》）这正是杜甫于绝境中的精神：不论自身穷达，都以兼济天下为己任。这是英雄应该具有的品质。但总的来说，杜甫的"慷慨悲歌"中虽有艰苦之境，豪壮之音，但又处于非常矛盾纠结的状态。他无法忘怀世事与壮志，事实上，他也努力参与和融入，但又无法缓解受轻视、被冷落的痛苦。他以清醒态度沉溺于自设的困境之中，而内心却并不平静，甚至经受着长久的折磨。因此其精神内核中"慷慨"所占的比例较少，更加突出的是"悲"。他因末路而悲，因于末路中坚持而悲，因试图慷慨以待突破困境却无法实现而悲。从这个角度来说，杜甫可以称作英雄，但并不具备完全意义上的慷慨悲歌之态。

组诗中其十一（每恨陶彭泽）、其十二（病减诗仍拙）两首属于杜甫试图努力调整自己心态的作品。其十一：陶渊明辞官回家，无钱买酒，只好空对菊花；而诗人亦穷苦窘迫，赊酒独饮于地角天涯。二人境遇相似，诗人悲陶潜以自悲。杜甫一直把陶潜引为知己，认为能与陶渊明心灵相通，灵魂共鸣。杜甫在成都草堂期间，内心苦闷不得世人理解，而认为陶渊明可解其心意，其《可惜》诗曰："宽心应是酒，遣兴莫过诗。此意陶潜解，吾生后汝期。"但实际上，杜甫与陶渊明虽有相似之处，如陶渊明不为五斗米折腰，愤然辞官归隐，而杜甫长安十载坎壈，终得官河西尉却不就，原因是"不作河西尉，凄凉为折腰"（《官定后戏赠》），二人具有相同的自尊。但同一贫况，二人心境迥然不同。他们均是赋闲在家，对仕途失望而转归田园。但陶渊明是抱着欢喜的心情："问征夫以前路，恨晨光之熹微。"①迫不及待地回归田园，因为官场压抑他的人性，离开官场内心无比轻松。而杜甫与世隔绝于孤城，是受时代影响的被迫无奈之举，并不出于自愿。他一步步远离政治中心的过程也是心情逐渐沉重、希望逐渐落空的过程。所以二人对于世事的选择并不相同。杜甫多次提到陶渊明，不仅是因为他对陶渊明生活方式的向往，更重要的是他试图通过陶渊明之旷达从容来感染自己。人的语言有一定的暗示性，诗人通过在诗中表现其与陶渊明境遇相同，以达到解放自己当下痛苦的目的。这是杜甫穷苦寂寞之时出现的改变自身状态的想法。但这一想法稍纵即逝，诗人随即进行了自我否定。其十二中，上句诗人自述，远居天涯之处，而多病难熬，万千烦闷郁结于心。待到身体稍作好转，便作诗以倾吐烦闷，慰藉心灵。可为何诗作写完，而愁绪未尽呢？诗人对此百思不得其解，其实这也是杜甫对当下状况的迷茫。诗作写到此处，从景到情，由现实到回忆，由学旷达之态到借诗解闷，如此种种，但内心烦闷仍旧没有得到缓解。下句中便有对烦闷无解的原因的解释：并非诗作笨拙，难以表情，

---

① （晋）陶渊明：《归去来兮辞》，王洪、吴云主编：《汉魏六朝散文精华》，中国文学出版社，1995年，第578页。

而是自己一心向国，难以变更。诗作中感叹，莫欺如今白发苍苍，年老多病，想当年，诗人也曾壮年得意。从中可以看出，杜甫内心对于过去的仕途经历颇感自豪，也为可以实际参与朝政而感到欣慰。与如今之寂寥孤独，雄心抱负只能于诗中表达形成了鲜明的对比。

杜甫虽历经磨难，可仍能于飘摇中自持。而且他的壮志在经历岁月久长的磨砺之后，非但没有消减，反而积累出更加蓬勃深厚的生命力。这种生命力支撑着杜甫立于这动荡的世间，以顽强的意志来实现自己的志向，不论是冷静观察还是客观分析，其中都深藏着杜甫对国家和人民的关怀。但也正因为这一坚韧的生命力，使他的人生陷入挣扎不出的困境。

（三）不违本心——杜甫自设的人生困境

杜甫一生所坚持的大致可以概括为国计民生、朝廷政治、诗。前两个的区别在于：前者以仁者襟怀作为支撑，是一种在现实中逐步发展、后根植于杜甫心中的信念；后者是以儒家信念为依托，以家庭熏陶为初心的使命意识，是将入仕作为追求，希望显身扬名于世。对于杜甫来说，前者具有更大的生命力和影响力，到后期甚至成为杜甫心中的主导观念。因此，虽然后来仕进的热情逐渐因世事打压而消失，但杜甫对于国家、朝政的关怀无一日忘记。他的入仕意志和忧国忧民之心并不同步，也就是说，杜甫并不是因为心向仕途，才关爱人民，二者之间不是因果关系，而是相辅相成。杜甫的仁者情怀，是在与人民、现实的一步步接触中逐渐蓬勃壮大的。杜甫远离朝政、皇帝的过程也是他走向人民和现实的过程。在这一过程中，入仕意志是越来越弱，而仁者襟怀越来越放出光彩。

从仕途方面来说，杜甫受家学影响，又生长于安稳的盛世，自然而然就生出封侯拜相，建功立业的雄伟抱负。少年时期，杜甫以"致君尧舜上"为奋斗目标。而十载长安蹉跎，打击了他的信心，使其深觉一身才华无所用。随后接连遭逢的求仕失败让他焦虑彷徨，茫然无措，尤其是"野无遗贤"的惨剧让杜甫留下了长久的隐痛，让他在诗中不止一次感叹："破胆遭前政，阴谋独秉钧。微生沾忌刻，万事益酸辛。"(《奉赠鲜于京兆二十韵》)杜甫对于操纵这一切的李林甫痛恨不已，让他深觉世事之荒谬错乱。但即使遭遇如此困境，杜甫的入仕决心和报国意志并没有受到影响，他依然四处奔走，献诗献赋，残杯冷炙，尝尽世间悲苦。

长安十年，是杜甫人生道路的转折点，也是他现实主义诗风开始形成的时期。这一段时间，杜甫既为求仕，辗转于贵族之门，又因衣食无着，徘徊于底层人民中间。他深感贫富之悬殊，百姓之苦难，发出"朱门酒肉臭，路有冻死骨"的沉痛哀叹，他的思想发生了重要的转变，在报国壮志中，又增添了更多的仁者襟怀和对人民的同情。安史之乱时，杜甫在逃难途中被俘虏，押送长安，他不畏艰险，千里投奔肃宗。肃宗有感于他的衷心，授予他左拾遗的官职，给他主劝谏之责。他努力践职，为了实现自身理想，报答皇帝信任，积极参与朝政，但其遇事便发，直言强谏也惹怒了肃宗并被疏远。被贬为华州司功参军后，仍积极为郭使君出谋划策，但仍遭遇"罢官亦由人"的尴尬。

这一时期，亲身参与朝政、亲近皇帝的杜甫，深刻地感受到了自己理想中的君臣状态与现实的巨大差异，他所尊崇的贤臣观念并没有得到皇帝的认可，被疏劾、罢官，引发了杜甫对于朝政、仕途的更多失望。杜甫流落蜀地时，曾受严武举荐做过一段时间的幕府僚佐，但最终杜甫因难以融入官场的人情世故以及他人的轻视，而辞官还归草堂。这是杜甫入仕的终结，也是其入仕意愿的终结。明主贤臣、官场和睦，终究只是杜甫理想中的状态，现实永远来得更加残忍。

从关注国计民生方面来说，少年时，杜甫漫游闲适，加上世道太平，这类思想在其诗中尚少。到困居长安期间，由于其郁郁不得志，辗转于豪门贵族之间，以求引荐，经历了人情冷暖世态炎凉，同时也开始接触底层人民的生活，敏锐地察觉到了社会的不公，发现了社会的阴暗面，其仁者思想开始形成。而自安史之乱开始，杜甫以亲身经历感受到了人民的艰辛，此后长达十余年的漂泊流浪，更是让他对此有切肤之痛，杜甫开始质疑他所奉行的原则的合理性。这一思想形成得比较艰难，但有着非常深厚的基础。就此而言，《复愁十二首》中对于朝中政事的关注既出自自己建功立业的壮志，但更多的是为国家和人民的安定考量，希望尽早结束战乱。他不再纠结个人的目的性，而具有深刻的社会性内涵。

诗人在组诗中将国计民生展开为：故国、故园、人民。因为心系故国，所以他即使遭遇不公，也依旧求复兴；因为心系故园，所以他即使生活安定也要出峡北归；因为心系人民，即使自身苦痛也能推己及人；因为心系盛世，所以即使内心绝望，也依旧关怀朝局。而故园、人民、过往之盛世繁华都属于故国。因此，杜甫的后半生孜孜以求的便是国家的复兴，这也是杜甫不愿放弃的本心。但杜甫后半生一直在漂泊之中，并没有机会接触朝局。在这种情况下，过度地操心国事而身不在其位，只会徒增烦恼。杜甫深知"安危大臣在，何必泪长流"（《去蜀》），朝政并不会因为自己的建议或想法而更张改策，努力并没有意义，但试图通过其他方式转移对国事的关注会让他烦闷更甚，所以，杜甫后期作品中关于国事民生的作品更多是坚守内心的选择。这样就形成了一个痛苦的循环，也是杜甫为自己设置的一个无法突破的困境。

（四）《复愁十二首》艺术分析

《复愁十二首》组诗以绝句的形式，明白晓畅的语言，概写杜甫的愁绪。虽每首诗篇幅短小，但情感表达非常透彻。另外，组诗虽从不同方面入手，写景、思乡、国事、抒怀，但并没有彼此割裂，而形成了统一和谐的篇章。

1. 主题多样，情感统一

组诗中杜甫的愁绪多种多样，有因无聊之景而愁、怀念故乡而愁、无家可归而愁、世道乱离而愁、人心好乱而愁、借兵回纥而愁、诸将留镇而愁、兵士靡饷而愁、气候异常而愁、穷苦寂寞而愁、吟诗遣愁愁更愁，主题非常多样，内容丰富，基本涵盖了杜甫当时生活的方方面面，不论是居住之地、每日之景，抑或是其对故国、故园的思念，以及当下心态的变化流动，都总括于十二首诗之中。但即使这样，组诗的情感并不杂乱难解，最终都统摄于一"愁"字。"愁"是诗人之愁，从诗人的思绪发散而来的愁，最终又回归于诗人的心态。组诗采用绝句的形式，以短小精悍的形式，捕捉杜甫的发散诗思，并快速记录、简洁表达，诗人书写痛快，读者理解也非常容易。

2. 篇章结构的巧妙安排

先从大的方面来说，组诗结构严整有序。组诗中每种大的主题下都置两到三首诗，既保证了结构的均衡，又使得感情的表达比较明确，不会因为太多的主题变换使得组诗结构杂乱。从各主题部分来说，虽然多首诗写同一愁绪，但语意并不重复，反而从不同层次将诗人的情感表达得更为清晰。比如其三、其四、其五三首诗都是以追思故乡为主题，但诗人并没有直言自己的思念之情有多么浓厚，归乡想法有多么迫切，而是从客观分析入手，先述故园破败，再写农事荒芜，最后写行路艰难，层次是逐渐递进的，而其中暗藏的诗人情感也是逐渐增加的。越写故园之不可归，诗人越是想归乡，而诗人的归乡越迫切，现实也就越残酷。以此，从归乡的可能性与诗人情绪两条线索，来强调诗人的乡愁之深厚。再比如，主要是写景的其一、其二、其十三首诗，诗人先写居住之地的偏僻，再写日常生活的景色，再接着写气候的异常，也是逐层递进的。住所是诗人最先接触的，也是最为重视的，因此放到最开始的第一首，奠定了荒凉偏僻的主风格，接着写在此居所的日常生活，因为人烟稀少，必然是无聊至极，二者之间是有因果关系的。最后写气候，天气的异常必不可能在刚入住时便注意到，因此这首诗放到了住所、生活的后面，加深了环境的荒凉之感。三首诗以时间次序或者是诗人注意到的先后顺序排列，可见诗人的精心结撰。

3. 叙述巧妙

组诗中写"愁"，并不是顺流而下，按主题依次排比，或是按愁之深浅排解。而是以穿插的叙述方法，造成情感的起伏。景情交错，回忆和现实互换，使得组诗形成层次错落而又细腻可感的情感表达。整体结构上来说，诗人由眼前无聊之景写起，奠定了全诗萧瑟的底色；再述心中情，由情转向乱后故园的回忆，此时诗人的情绪逐渐激烈；而又突然转向对现实的冷峻观察，此时情绪转为平静，接着接以朝政中种种不合时宜的政策，以及诗人自己的看法，诗人情绪顿生波澜；但随之又接景色描写，由主观情绪转向外界景物，情感趋于消寂；最后以抒怀收束全篇。诗人的情绪开合有度，内心的动荡和起伏规律运行。第一首以狭窄视野起步，从第三首开始境界始大，感情迸发，情感强烈，又述见解，又表嘲讽，表现了自己的政治才能。但最终第十一首又回归收缩的视野，叙述现今的生计困难、壮志难酬。这是一种反差极大的叙述方法，诗人的心理落差大，给读者的震撼和同情也比较强。

4. 情景交融

组诗中其一、其二、其十诗人以情写景、寄情于景，情景交融的手法运用得非常高妙。诗人欲写心中之愁绪，但完全不从自身心态入手，而是单纯写景。无一句涉及情，但诗人之情可见。比如其一中，诗人行走在人烟生僻之处，看到虎蹄踩过的痕迹、野鹘窥视草窝和溪船逆流而上的情形，观察之细令人感慨。但诗人为何观察如此仔细？恐怕还是像《秋兴八首》其二中的"日日江楼坐翠微"一样，闲极无聊，以此消磨时光。这种生活，未抒孤独之情，而孤独寂寞尽显。其二中，写生活的无聊，诗人描绘了垂钓无鱼、昏鸦孤飞、月亮初升、云痕细微四个场景。首先点出时间为黄昏夜晚将近之时，而地点为江岸水边。天色渐暗，而月色暗淡，无法普照，天空中的云朵可能是除月亮之外的亮色，但其细小而几不可感。因此天地皆笼罩于阴影之中，万物将歇，连昏鸦都在寻觅栖息之地。在景色衬托的背景下，诗人立于江边垂钓，更加显得孤独。欲写诗人之孤独，而并不直接落笔，而以月之朦胧、云之细微、动物之少伴来营造一种脆弱、寂寥的氛围，由此来衬托处于这一环境中诗人的孤独。

《复愁十二首》从多方面展示了杜甫夔州生活的无聊和无奈，反映出诗人思乡不能归、爱国无所为的复杂、辗转的情思。从整组诗的节奏审视，也是杜甫沉郁顿挫风格的一种体现。

九、《九日五首》（含《登高》）

其一

重阳独酌杯中酒，抱病起登江上台。

竹叶于人既无分，菊花从此不须开。

殊方日落玄猿哭，旧国霜前白雁来。

弟妹萧条各何在，干戈衰谢两相催。

其二

旧日重阳日，传杯不放杯。

即今蓬鬓改，但愧菊花开。

北阙心长恋，西江首独回。

茱萸赐朝士，难得一枝来。

其三

旧与苏司业，兼随郑广文。

采花香泛泛，坐客醉纷纷。

野树敧还倚，秋砧醒却闻。

欢娱两冥漠，西北有孤云。

其四

故里樊川菊，登高素浐源。

他时一笑后，今日几人存。

巫峡蟠江路，终南对国门。

系舟身万里，伏枕泪双痕。

为客裁乌帽，从儿具绿樽。

佳辰对群盗，愁绝更堪论。

其五：登高

风急天高猿啸哀，渚清沙白鸟飞回。

无边落木萧萧下，不尽长江滚滚来。

万里悲秋常作客，百年多病独登台。

艰难苦恨繁霜鬓，潦倒新停浊酒杯。①

《九日五首》仇本只有四首，现将《登高》补入，以足五首，说见下。《登高》诗仇本"潦倒新停浊酒杯"的"停"字用的"亭"字，仇本说"停通用"，为避免与常规本不同，原文改为"停"。

（一）《九日五首》应有《登高》诗

《九日五首》诗题为五首，实存四首，前人多认为《登高》应归于其中。宋赵次公《杜诗先后解》是最早的杜诗注本，其将《登高》一首归入《九日五首》中，认为均作于大历二年秋，重阳节之时，遂五首齐全。明末高棅在《唐诗品汇》中将《登高》题目改为《九日登高》。②明末清初的张溍在《读书堂杜工部诗文集注解》中针对钱谦益注解杜诗时将诗名改回《登高》的做法表示怀疑："钱本改此首题为《登高》，何故？首四句概言九日远景，确是夔州九日，挪不动。'登高'二字切九日。"③稍晚的仇兆鳌在《杜诗详注》中记载：

① （唐）杜甫著，（清）仇兆鳌注：《杜诗详注》卷三，中华书局，1979 年，第 1764—1767 页。
② （明）高棅编选：《唐诗品汇》七言律诗卷之三，上海古籍出版社，1988 年，第 725 页。
③ （清）张溍著，聂巧平点校：《读书堂杜工部诗文集注解》，齐鲁书社，2014 年，第 1127 页。

"吴若本云阙一首，赵次公以《登高》一首足之，固未尝缺。"①这些都认可赵次公的观点，认为《登高》实为《九日五首》所缺。另外还有朱东润主编《中国历代文学作品选》："这诗（《登高》）约代宗大历二年（767）杜甫流寓夔州时重九登高所作。诗中写江边秋景，意境雄浑开阔，惟感伤过甚，结尾处，情调不免低沉。"②不仅明确了《登高》的具体写作时间，而且点明了诗作的总体情调。周勋初主编《唐诗大辞典》："此诗为重阳节登高所作。"③顾青《唐诗三百首》："此诗作于大历二年秋，杜甫在夔州之时，写客居异乡、重阳登高的观感。"④邓魁英、聂石樵《杜甫选集》："大历二年秋在夔州作。登高：旧时风俗，重阳节有登高之事。"⑤重阳节自古以来便有"重九登高"的习俗，因而有别称为"登高节"。而诗题"登高"，便被广泛地认为是重阳节之登高。因此《登高》应属于《九日五首》这一观点目前受到绝大多数人的认可。

对《登高》当足《九日五首》之阙，笔者非常认同。除以上学者从写作时间、写作内容、《九日五首》正好阙一首等情况外，我们认为，还可以从韵部的使用和写作层次认定《登高》属于组诗中的一首。组诗的韵部情况是：其一上平十灰"台、开、来、催"，其二上平十灰"杯、开、回、来"，其三是上平十二文"文、纷、闻、云"，其四是上平十三元"源、存、门、痕、尊、论"，《登高》是上平十灰"哀、回、来、台、杯"。其中，其一、其二、《登高》的韵字，绝大部分是重复使用，"台""开""杯""回"均2次，"来"3

---

① （唐）杜甫著，（清）仇兆鳌注：《杜诗详注》卷二〇，中华书局，1979年，第1764页。
② 朱东润主编：《中国历代文学作品选》中编第一册，上海古籍出版社，2002年，第95页。
③ 周勋初主编：《唐诗大辞典》，凤凰出版社，2003年，第787页。
④ 顾青编注：《唐诗三百首》，中华书局，2009年，第246页。
⑤ （唐）杜甫著，邓魁英、聂石樵选注：《杜甫选集》，上海古籍出版社，2012年，第333页。

次，"催""哀"各1次。即这组诗不回避重复使用韵字，而《登高》恰是同类。从内容来看，《登高》应该是第二首。其一写抱病登台，因不能饮酒而喝令菊花不要开放，同时思念弟妹哀叹衰老;《登高》为第二首，前四句写登高所见，回应第一首的"登台"，后四句写登高感慨，回应第一首后四句的思乡恋家哀叹衰老;其二应为第三首，通过今昔对比，兜住上两首所悲所哀之由;其三、其四分别为第四首、第五首，在追念往昔、感慨今时中为国家、为自己哀叹。整组诗确如朱东润所说，"格调不免低沉"。

而关于其最初被单独列出来的原因，杜诗研究专家陈贻焮先生在《杜甫评传》中有一推断:"《登高》可能真是《九日五首》中的一首，只因写得格外成功，远胜其余四章，故尔为编诗者独立出来。"又认为:"今年（即大历二年）重阳，他'抱病起登江上台'（《九日五首》其一）。且不说《登高》题意自明，就是诗中所写，亦重阳独'登江上台'情事，可见这诗与《九日五首》中其余四首系同时所作。"[①] 登高被称为是"古今七律第一"，句句皆律，字字入律，通篇浑融，磅礴与深沉并存，因此陈贻焮先生认为，《登高》原属于《九日五首》，但由于其艺术成就的高超使得其于组诗中颇为挺出，所以编者在处理时将其单独列出来。这一观点是很有见地的。虽然《登高》中没有提到明确的时节信息来帮助确定其就是作于重阳节，但就其诗作背景、诗人状态、感情表达等来说各篇都是比较相似的，结合起来解读，可以还原当时某一时刻诗人的心态。

忽略其他四首诗已经确定为重阳时所作的定论，单从文本分析，也可以发现五首诗创作的内在联结。首先，《登高》与其他四首诗具有相同的季节背景:秋。组诗其一:"重阳独酌杯中酒";其二:"旧日重阳日";其三中虽没有明确地指出创作时间，但首联为杜甫怀念

---

① 陈贻焮:《杜诗评传》下卷，北京大学出版社，2003年，第1056页。

自己与苏源明、郑虔的饮酒作乐，当为诗人于长安时期，这与其二
中追忆的"传杯不放杯"的活动应该发生于同一时期。《旧唐书·德
宗纪》中记载："其正月晦日、三月三日、九月九日为三节日，宜任
文武百僚选胜地追赏为乐。"①重阳时节，官员们举办宴会，乘兴而
游，把酒言欢，以尽享节日之乐趣。杜甫描写宴会、饮酒、友朋交
往应该是这一场景。而且其三颔联中提到与友人共赏菊花，满座皆
醉，这与其二中"菊花开""传杯不放杯"的活动是有照应的，因此
其三的创作时间与其二同时。再说到其四中，没有明确的重阳二字，
但"樊川菊""登高""具绿樽""佳辰"几个词，也不难联想到创作
时节。而《登高》一首中，"落木萧萧""猿啸哀""悲秋""浊酒杯"
基本可以确定这首诗确实作于夔州秋日。其次，诗中描写的诗人状
态是相同的。总的概括就是孤独、潦倒、停酒。诗人的孤独之态：
五首诗中都提到了"独"或"孤"："重阳独酌杯中酒"（其一）、"西
江首独回"（其二）、"西北有孤云"（其三）、"为客裁乌帽"（其四）、
"百年多病独登台"（其五）。其四中以"裁乌帽"典故暗点自己的孤
独。潦倒应该是指诗人身体多病、白发苍老而形容憔悴，组诗中也
有多首诗涉及："抱病起登江上台"（其一）、"即今蓬鬓改"（其二）、
"百年多病"，"艰难苦恨繁霜鬓"（其五）。另外，更重要的是，其一
和其五中都点出诗人是因病刚停酒的，其一中诗人于重阳时独自强
喝了一点儿酒，却又感叹"竹叶"与自己没有缘分；其五中"潦倒
新停浊酒杯"一句，也指出自己因病戒酒，无法缓解愁闷。仇兆鳌
引唐汝询《唐诗解》："久客则艰苦备尝，病多则潦倒日甚，是以白
发弥添，酒杯难举。"②这两首诗一个是勉强独酌但已意识到不能再喝、

---

① （后晋）刘昫等撰：《旧唐书》卷一三《德宗本纪》，中华书局，1975 年，第
366 页。
② （唐）杜甫著，（清）仇兆鳌：《杜诗详注》卷一七，中华书局，1979 年，第
1766 页。

一个是新近停酒，因此，创作的时间应该左近。最后，表达感情相同。组诗都是以"悲秋"起兴，以追思故友、故乡、旧事，感叹自身潦倒作结。五首诗中描写了一个饱受疾病折磨的白发老人，于重阳佳节之时，挣扎而起，奋力登上高台。此时菊花正开、佳酿已备，兴致渐起。而花既无人共赏，酒也因病断饮。昔日的快乐无法重复，旧时的好友也乱离漂泊。感慨思念到此处已经转为浓浓的愁苦与憾恨，《登高》属于诗人情绪转为低沉之后的作品，字里行间都沉淀着浓浓的哀怨之情。另外，五首合并后的组诗，结构也更加完整。第一篇由登台起，第二篇（《登高》）登台所见所感，第三篇（其二）由眼前不能喝酒回忆以往"传杯不放杯"的生活，以下就都主回忆，最后一篇归结于自己的悲和国家的悲，"系舟身万里，伏枕泪双痕。为客裁乌帽，从儿具绿尊。佳辰对群盗，愁绝更堪论"。所以《登高》是一首承接第一首并从停杯向忆杯，由忆杯转入对国家盛世的记忆，而后将诗歌收束与家国两担忧的境界。这五首诗都属于杜甫辍饮独登之作，外在以"悲秋"贯通，而内里以诗人当下的情绪贯通：由小我之悲到国家大悲，由眼前转入回忆再转向直面现实，感情一以贯之而逐渐郁愤交加，体现出诗人高尚的家国情怀。结构严密，缺一不可，因此，《九日五首》应有《登高》诗。

（二）杜甫登高的满腹愁怀

《九日五首》作于大历二年（767 年）的秋天，为杜甫寓居夔州的第二年，是时正值重阳佳节。离家万里，漂泊十载，半生动荡，杜甫心中总有忧惧，外界的细微变化都能引起诗人心中的不安，而四时之更替，春秋之代序，更让诗人真切地感受到了生命的流逝。老来悲秋逢寂寞，因秋日万物生长而又凋零衰败而引发伤悲，又因四顾无人、回首空望而情绪更加深沉。这种"悲"，在杜甫九日独登高台，对酒无人时到达了顶峰。诗人心中的痛楚被无限放大，以至于无法隐藏，无法压抑，遂发而为诗，以遣烦闷。但忧虑恐惧并非一日而成，满腹愁怀，又岂能轻易疏解。其时感慨咏叹，也只能是"忧生叹逝徒伤怀"。这五首诗偏重于诗人自我感情的剖析，主观情绪浓厚，主要写自己的思友怀乡，暮年多病，孤独寂寥等，而这一切又统一于重阳节的时节背景之下，更增添了悲凉之感。

1. 亲友离散，独处异乡之愁

世道艰难，人生苦短，到夔州漂泊时期，杜甫的身心都饱受折磨。他既忧国难，迫切地希望平定动乱；又怀家愁，痛心友朋分离，亲人四散。如此种种，使客居异乡、形单影只的诗人，满目凄惶，终日难眠。长达十余年的动乱不仅改变了国家的发展轨迹，也使得千万家庭支离破碎，友朋远隔天涯，相见无期。兄弟姊妹也于动乱中失散，又因路途阻隔而音书断绝。

组诗其一、其三中（按原文排列顺序），倾注了杜甫对弟妹以及友人的深切思念。杜甫有四个弟弟：颖、观、丰、占，以及一个妹妹，也就是其诗中所说的韦氏妹（《元日寄韦氏妹》）。而自天宝十五载避乱时与弟妹分别到如今已十多年。此时于夔州，除了最小的弟弟随行之外，由于杜甫一路漂泊，居无定所，与其他亲人之间音信杳渺，生死茫茫。自分离以后，杜甫在诗中多次提到他的弟妹，表达了深切的思念以及期待团聚的迫切心情："十年朝夕泪，衣袖不曾干"（《第五弟丰独在江左，近三四载寂无消息，觅使寄此二首》）。于左拾遗任上，得到弟弟消息时，喜极而泣，涕泪横流："骨肉恩书重""犹有泪成河"（《得舍弟消息》），诗人于思念亲人之时，得到远方的来信，竟心中狂喜，其牵挂之情可悯。杜甫贬官华州时，即使自身处境艰难，仍担忧身处异地的弟妹："我今日夜忧，诸弟各异方。不知死与生，何况道路长。"（《遣兴三首》其一），叛军如狼似虎，而兄弟天各一方，饥寒交迫不知生死，身处乱世中的诗人痛感身不由己。杜甫漂泊秦州时，有感于夜色暗淡、秋风萧瑟的凄凉景象，不禁思念起故园之月光，故园之兄弟，而当时故园残破，兄弟分散，诗人自身也已无家可归。从小生长之故土，美好的过往，都随着战乱而烟消云散，如今也只存在于诗人的记忆之中。而越是回忆过往，就越是对现况感到痛苦，越是感到痛苦，就越是思念亲人："寄书长不达，况乃未休兵"（《月夜忆舍弟》），这让诗人内心的痛苦层层叠加，而又无法排解。乱世之中，思念亲人而没有任何办法，只能在诗中不厌其烦地反复呼唤："弟妹萧条各何在""无由弟妹来""团圆思弟妹"，杜甫将自己的无数思念和悔恨注入诗中，反复吟咏，切切期盼。

杜甫念念不忘的还有他的至交好友郑虔和苏源明："故旧谁怜我，平生苏与郑"（《哭台州郑司户苏少监》）、"早岁与苏郑，痛饮情相亲"（《寄薛三郎中璩》）。他们二人与杜甫少年交游，性格相合而境遇相似。因此，他们彼此惺惺相惜，互为知己。杜甫困居长安十年，投诗献赋，四处碰壁，幸得有苏、郑二人与他时时交往，互相慰藉。而到后期时，杜甫生计艰难，难以为继，也是有赖于苏源明的资助才得以维持："赖有苏司业，时时乞酒钱"（《戏简郑广文兼呈苏司业》）。因此，杜甫对苏郑二人万分感激，真心相交，所以他们二人的相继去世给了杜甫巨大的打击，让杜甫心中充满深切哀痛："情乖清酒送，望绝抚坟呼"（《哭台州郑司户苏少监》）。杜甫远居西南，路途艰难，而自身病重难起，无法亲自送别友人。友人去世之哀痛与国家丧乱、个人悲剧相结合，显得异常沉重。杜甫内心对苏、郑二人的思念始终没有消散，特别是在现实艰难之际，更容易回忆起往日交往的快乐。其二中，诗人忆起昔日重阳节时三人意气风发，登高临远，对菊饮酒，畅谈人生，盛日与知己，美景与美酒，实在是人生之乐事。而如今，好友已亡故，诗人只能孤身一人，抱病登台，却因体力不支，只能倚靠于路边野树休息，行将衰老，英雄日暮。虽也举杯强饮，却是只是象征性地举杯，了然无味。往日之欢娱与今日之潦倒寂寞形成鲜明的对比，诗人于落差极大的两种境遇中，大悲大喜，深刻地体会到了人生的无常。万籁俱寂，一切皆空，唯有当下的孤独寂寥如此真切，诗人不愿接受，只好以回首望向长安为慰藉，似乎望向长安，便可回到亲友同在的盛世之时。

杜甫对国家有着坚定的信念和执着的热爱，对于统治者也抱有希望，因此他即使处于人生最艰难的时候，也依旧无法忘怀对朝政的关怀，迫切地希望国家能够中兴。可这种希望在国家动乱无法平定、个人悲剧难以承受之时，又表现出了强烈的痛恨和不满。

2.因病罢饮，苦闷难解之愁

杜甫爱酒，高兴时以酒遣兴，失意时借酒消愁，万事酸辛、百般哀痛之时，也托身于酒，虽无法缓解，却也可暂时忘记苦痛。他性格颇为豪放，有豪侠之人纵情饮酒、放声高歌的畅达："性豪业嗜酒，嫉恶怀刚肠"（《壮游》）。但杜甫的豪放却并无浪荡之气，更多的是旷达和从容。因此其饮酒也适量有度，并不沉溺其中。酒也并非是他用来麻痹自己、逃离现实的工具，而只是将它当作一种寄托，一种暂时缓解现实压力和苦痛的方式，可以使他从污浊晦暗的尘世中暂时脱离，得以放松心灵，冷静思考。并且杜甫能够于饮酒之时，也清醒地面对现实：众宾皆醉我独醒。因此，酒对于杜甫来说，有着非常重要的作用，不仅是他的志趣所在，也是他能够以坚强的意志应对外界的重要力量支撑。杜甫对酒的热爱，从年少时便开始，并持续一生。晚年虽人生惨淡，但仍能借酒宽慰自己与友人，能适当转移注意力。而到了漂泊后期，寓居夔州期间，杜甫因肺病戒酒，此时"酒"在他的诗中不再作为解愁的方式出现，而成为另一种困扰他内心的"愁闷"。

组诗其一、其五中提到了诗人的因病罢酒。其一中，诗人重阳之时，独自登高。临此佳节，愈发思念亲人，追思友朋，却因种种原因无法与他们共度。诗人内心烦闷，欲执杯痛饮，却顾及身体，只能浅尝几口，诗人痛感与酒的缘分已尽；转而又欲赏花，花开锦绣，却与诗人孤影相对，这便是即使有千种风情，也无人共赏的孤独。于是诗人只能伴随着凄厉的猿声哀鸣，立于黄昏之中。从天明等到日落，由眼前之悲景引发出心中之悲情：弟妹已然飘零流浪多年，虽然处于同一片土地，却生生被分隔开来，满腔思念无法传达，算得上是咫尺天涯。战乱一天不止，便难有相见之日，而诗人自身却重病缠身，苍老衰败，行将腐朽，更不知道能不能等到重逢的那一日。念及此处，诗人再也无法自我宽慰，痛楚排山倒海而来，而此时却再也无法以酒解愁，无法获得暂时的喘息机会，于是，外界对于诗人的压迫非常强烈："干戈衰谢两相催"，使诗人的情绪趋于绝望。其五尾联"艰难苦恨繁霜鬓，潦倒新停浊酒杯"，是杜甫对于自己一生潦倒以及此刻绝望心情的总结。"停酒"不仅是苦难的内容，也是苦难激烈爆发的燃点。久居异乡，百年多病，衰鬓消磨，岁月虚度，这都足以使诗人内心痛苦。而这一切的愁、苦，诗人都一气而下倾泻出来，以求在抒发以后得到缓解，但最后被迫停在"停酒"二字，因无法饮酒，失去发泄的途径，甚至使愁更加深刻。希望排解的愁，突然被截停，便会郁结得更深。

愁闷浓重而深厚是无法缓解的，酒醒之后，愁只会有增无减，但于极度郁闷绝望之时，也不失为一种暂时的缓解方式。毕竟人生艰难，即使是再自持的圣人，也无法将苦难立刻全部消化，也无法时时保持冷静，那么，大醉一场如何？但就是这样简单的要求，对杜甫而言，如今也因为多病无法实现了。而且就算是可以饮酒，但无人共饮，也失去了乐趣。组诗中杜甫的无法饮酒暗藏双重苦难：对酒无人之悲、寄托无处之悲。

3. 忆昔抚今，黯然伤神之愁

开元全盛之时，也是杜甫壮志凌云之时。年少气盛，身体康健，友朋皆在。杜甫心怀稷契豪情，迫切地期盼能建立一番功业。这是一段痛苦却充满希望的时期。虽然生活比较艰辛，但至少国家安定，杜甫的心态能够保持积极向上。而随着战乱的爆发，国家的安定繁华趋于支离破碎，杜甫的生活境遇每况愈下，直至人生终结之时。漂泊流浪，离家越来越远，诗人的心态也越来越趋于消极。人生短短几十年的时间，他感受到了由安定到动乱的跌宕起伏以及理想和现实的巨大落差。这样大的境遇变化，完全超出了杜甫的心理预期，也打破了他一直奉行的人生准则，焦虑不安的情绪随着时间逐渐蔓延。随着失意孤苦的时间越来越长，这种消极情绪在他的心中逐渐占据压倒性的位置。组诗写作之时，杜甫的精神应该是处于极端困苦的情况，这种悲观的情绪叠加到了顶峰。人生已过大半，仍旧一事无成，时代和个人的双重苦难，时刻折磨着他已被重压的心灵，正值重阳之时，本该共同庆祝、天伦共享的时节，自己却独居异乡，身老病危，不知弟妹生死，已闻友朋逝去，枯朽的老人时刻望着故园的方向，感慨寇盗肆虐，故乡零落，遂将国家的苦难、个人家庭的悲剧，与节序之哀、身世之苦交织在一起，以一种强烈的悲哀贯通，凝结为五首诗篇。

如果说杜甫以往的九日诗，是豪壮中有悲凉之气、困境中仍能自嘲排解的话，夔州时期的重阳诗就完全是悲凉了。比如同样写悲秋，写年华流逝，贬官华州时所作的九日诗，情绪就与此时有很大的不同。《九日蓝田崔氏庄》中，诗人虽悲伤但仍能勉强宽慰，虽失落但又能提起赏花饮酒的兴致。对头发稀疏花白也并不一味地哀叹，甚至能待之以自嘲取笑之态度，且结尾处又颇有及时行乐的洒脱："明年此会知谁健？醉把茱萸仔细看。"那时的诗人悲观情绪虽存，但并不突出，读完全诗，给读者印象最深的便是杜甫能于现实的痛苦中挺然而立的坚强意志和乐观精神。而到了夔州时期，《九日五首》中的悲观就再也没有任何幽默和洒脱了。组诗中，诗人于每首诗中都特意强调了"独"，表明诗人对友朋、亲人离散的在意与担忧。同时，诗人并不完全着眼于现况，而是频繁地回忆过去，频繁在过去的壮而有余力中衬托今日的无力，在过去的友朋相聚中衬托今日的寂寥。

组诗中几乎每首诗中都或多或少地掺杂了对过往或者是故园、故国的回忆，而其中最为突出的是其二、其三和其四。其二中以过往朝事、重阳宴会为回忆重点。唐代时，上到统治阶级，下到平民百姓，都对重阳节非常重视。重阳之时，百官休息，皇帝会于宫中赐宴并赏赐茱萸给官员；官员之间也会互相邀请，相约登高宴会、赏菊吟诗。其二回忆的便是诗人在朝时重阳节的盛况。遥想长安之时，虽然官职低微，不受重视，但仍能于九日之时，位列宴会席位，尽兴交往。宴席间，诸客传饮，相谈甚欢，所有的烦闷都会于推杯换盏中一扫而空。这是诗人心中一直念念不忘的重阳盛日。而当陷于回忆中的诗人猛然惊醒之时，面对的是衰老的白发、无人问津的现况。在这样代表着美好回忆的佳节中，诗人无法承受这样的苦楚，因此他回首长安，徒然追忆，畅想千里之外的长安如今的样貌：也许此时宴会上已然座中皆醉，皇帝御赐的茱萸也被官员们佩戴。而曾是宴席之宾的诗人，如今却被遗忘。其四，诗人以故乡之惬意生活与夔州之艰难苦况为对比。过往重阳节，诗人在樊川之时，与友人登高到浐水之源，览天地之壮阔；一同赏菊插花，观万物之繁盛。那时的诗人，想不到一起畅游交往的好友，如今都消息断绝，不知是否还幸存人间。而自己则泊舟于万里之外，面对着茫茫水路，思念故土。佳节之时，避居乡野，无人对饮，而盗贼仍在四处作恶，战乱不断。诗人忧国伤时之泪已沾湿枕头，却仍无法断绝。

这三首诗，诗人分别从不同的方面追思过去。昔日重阳日，诗人纵情悠游，既有皇帝赐宴，又有友朋相伴，酒既任意喝，花又有心赏。而如今的诗人，潦倒落魄，无朋交往。想要借酒解愁也不可得，百般苦闷之中，甚至觉得菊花从此也不必再开，否则，无心赏玩的内心痛苦，反倒愧对菊花冒寒盛开的情意。如此多重对比之下，更能体现今昔之间、潦倒与欢娱之间的巨大差异。由于境况差异实在太大，以至于诗人不堪忍受，便更加倍地沉溺于过去的回忆中。而过去的回忆越美好，就越能衬托今日之寂寥和艰难，也便使愁绪更加深刻，更加无法排解。

"物是人非事事休，欲语泪先流。"① 满腔酸楚，不待表达，便尽数流露。多年辗转，景物依旧而人事难料。白雁年年由北飞来，而如今却更让诗人觉得伤心。《登高》一诗，是诗人对自己一生潦倒的自述，以悲秋起，以自悲作结。诗人于重阳之时，虽多病难行，但仍勉力登高，期盼可以乘兴而游，聊以解闷。登上高台，骋目四望，秋风正紧，猿声凄厉，孤鸟徘徊，落叶纷纷，诗人顿感周身凄凉，极力提起的兴致也消失殆尽，转而思绪纷纷，心潮迭起。看眼前万里江山，滚滚长江，深觉天地之波澜壮阔。而于此浩大空间中，唯有一瘦骨伶仃的衰翁，满含热泪眺望着故园的方向。瑟瑟秋风自诗人衰老的鬓边吹过，心中的悲凉一齐涌上心头。杜甫由如今之孤寂寥落忆及昔日之纵酒狂歌，由国家之终日动荡悲及个人之家庭飘荡，往日不可追，今时正艰难，诗人无能为力，只能孤影对镜，感叹白发蹉跎，而悲不可止。

（四）《九日五首》的艺术成就

《九日五首》是一组体制多样的抒情诗，共五首，由两首七律、两首五律、一首排律组成。五首形式多样，而感情丰富，以悲秋起兴，以回忆为手段，通过今昔对比的手法，将诗人此时此地的心情表达得淋漓尽致。虽体各不同，但可以组合成为组诗，并浑融为一体，这是因其内在的情感内核是一致的。组诗以感情直抒为主，很

---

① （宋）李清照著：王仲闻校注：《李清照集校注》，人民文学出版社，1979年，第61页。

少客观议论，主观情绪浓厚。以古朴淡雅、平实凝练的语言，绘景描情，皆能动人。

1.组诗结构完整严密

组诗主题多样但有统一性。组诗中或思弟妹，或思朝政，或思故友，或思故乡，或叙潦倒落魄。基本每首诗都有一个单独的主题，而且有的重在眼前，有的倾向于回忆过去。表面看是诗人随性而作，但其中也具有精妙的构思。组诗首先以眼前事展开诗篇："重阳独酌杯中酒，抱病起登江上台"，这两句诗有统摄全篇的作用，其提示的信息非常之多：提示了诗篇写作时间为重阳之时，诗人此时的状态是独自一人且身体不适，诗人的行动是饮酒、登台。这就非常完整地交代了此时此地诗人的具体情况，也使得后面的诗篇展开有了具体的依据。后面四首诗写的都是重阳登台的所见所感。在结构组诗时，情绪也是一条线索：第一首诗从现实起，情绪低沉，为全篇奠定了基调；第二首（指《登高》）接写登台所见之景，传达出最为沉痛的现实情感，尤其是"新停浊酒杯"。第三首（指其二）就上一首的停杯转为回忆，在过去的"不停杯"中见出今昔对比，情感起起落落，由悲到喜再到悲，以悲伤感叹结束。若以篇首排列组诗的顺序分析，组诗就形成了三条线索：第一首总述现状兼忆过去，中间三首回忆与现实交相叠映，最后一首关注现实，集中剖析，形成了总—分—总的结构。在这一总分总的结构中，现实—穿插—现实往复变化，画面交替，突破了时空局限，叙述手法大开大合，情感跌宕起伏，感情变化也从低沉—起伏—沉痛，非常有层次。

2.语言色彩的适应性强

这组诗篇由于追忆成分多一些，因此诗歌前后的语言风格、意象使用也会有很大的不同。比如其三中，叙述过往之欢娱，多使用"香泛泛""醉纷纷"等稍显轻快的叠词，来突出诗人当时心情的愉悦和轻快。而转到今日之时，由于孤独寂寞，万事潦倒，便多使用

"野树""秋砧"等带有明显灰暗色彩、象征凄凉、寂静氛围的词，以达到"欢娱两冥漠"的对比目的；有的诗篇更加倾向于表达现在的状况和情感，由于诗篇写作时诗人境况并不好，情绪中消极的成分也更多，因此这一部分诗篇，整体氛围便偏向低沉，也更多地采用一些衰败的意象。比如其一中，"日落""玄猿""白雁"，分别是日落天黑、玄色晦暗，营造了整体的冷色调，都给人以万事萧条之感，也正与诗人的"衰谢"相符合，这些颜色是出现在诗人现居之地夔州的，也是诗人心中的底色，说明久居异乡的生活即使安定，但对诗人来说也并不愉悦，是暗色的；而故国即使再遥远再难以回去，但在诗人的心中，永远是具有吸引力的。对于杜甫来说，自离故乡起，思乡的苦难也就开始了，故园与过往的美好回忆是紧密相连的，也许只有回到故土，才能更接近美好的过去，但这却是难以实现的奢望。虽然不同的主题中语言的使用以及诗人情感的浓度并不相同，但组诗并没有造成彼此的割裂，反而能够相辅相成，从不同方面为诗人抒情服务。组诗以悲秋伤时为切入点，以登高独望为外在联结，而内在以追思过往贯通，使得组诗互为照应，融合无间。

3. 以今昔对比的手法传情

组诗的叙述手法大致相同。或先叙现实再转向回忆，或先沉浸于回忆，再突然惊醒面对现实，总的来说，是着重在今昔对比之中。比如其三中，重点在怀念故友。过去的重阳时节，苏源明和郑虔两位至交好友还在，诗人与他们一起登高远眺，赏花醉酒。佳节盛日，融和天气，风清气朗，三两好友，谈天说地，醉酒狂歌，实为人生之乐事。而如今，友朋俱去，而诗人已经衰老，岁月的流逝给已经多病的诗人留下了太多的苦痛。他再也无心摘菊盈把，尽情欣赏，也无力登高远眺，饮酒作乐。只能于寂静的秋夜中独听砧音。诗人从往日之尽兴突然转到如今之衰竭，前后反差极大。诗人在诗篇并不是一味地对现实表示沉痛哀叹，这样的表达虽然会有更多的篇幅集中于此刻的心情，但三篇之下，便会显得烦冗，情感表达也会稍显重复。而组诗中，以现实和回忆穿插的手法叙述，以悲喜交替的方式表情，这样的叙述手法，使得组诗中的情感表达比较丰富。

4. 情景交融的抒情手法

组诗中诗人因景而悲，而景物之萧瑟又使得诗人的悲更加深刻。比如《登高》一首，前两联绘悲景，后两联抒悲情，以悲景写悲情，因情悲而景愈悲，情与景高度融合。诗篇中首联和颔联都绘远景，都是视觉与听觉的结合，但上联所绘之景更有真实的所见所听之感，而颔联之落叶萧萧、长江滚滚，更多的是虚写。但这样虚实结合的景物描写，也更加全面地塑造了环境。诗人独登高台，内心应该是相当孤独的，而放眼望去，四周一片萧瑟：天空高远苍茫，诗人仿佛置身于无边无际的空旷寂静之中，而此时飒飒作响的秋风打破了平静，猿声哀鸣也更添凄厉，远处沙洲杳杳茫茫，虚不可见，唯有点点白沙，鸥鸟徘徊不定。置身于这样凄冷空间中的诗人，也不禁染上了一抹凉意。虽然诗篇并没有刻意地使用灰暗的色彩来营造氛围，但一片空旷的白色自然而然，反而愈加明显地突出了环境的寂寥和诗人的不适。颔联中诗人一鼓作气，再绘叶落枯黄的衰败之景，加之对仿佛能颠覆一切的波涛汹涌的江水的细描，一幅诗人于天地动荡、景物萧瑟中独立寒江的秋日登高图便展现出来。于是由此顺承，诗人在后两联中无法抑制般地将自己多年来的辛酸苦痛都尽数倾吐于诗中，其悲苦之深刻之沉痛，使人内心受到非常大的触动，以至于无法直视，难以忘怀。

参考文献

一、古代文献

[1]（先秦）《尚书》,《四书五经》本,中国书店,1994 年。

[2]（先秦）《诗经》,《四书五经》本,中国书店,1994 年。

[3]（先秦）《左传》,《四书五经》本,中国书店,1994 年。

[4]（汉）司马迁撰,（南朝宋）裴骃集解,（唐）司马贞索隐,（唐）张守节正义:《史记》,中华书局,1959 年。

[5]（汉）韩婴撰:《韩诗外传》,西南师范大学出版社影印明万历新安程氏刻本,2011 年。

[6]（汉）王逸撰,黄灵庚点校:《楚辞章句》,上海古籍出版社,2017 年。

[7]（晋）常璩撰,刘琳校注:《华阳国志》,巴蜀书社,1984 年。

[8]（南朝宋）范晔撰,（唐）李贤等注:《后汉书》,中华书局,1965 年。

[9]（梁）萧统编,（唐）李善注:《文选》,中华书局,1977 年。

[10]（北周）庾信撰,（清）倪璠注,许逸民校点:《庾子山集注》,中华书局,1980 年。

[11]（唐）魏征等撰:《隋书》,中华书局,1973 年。

[12]（唐）房玄龄等撰:《晋书》,中华书局,1974 年。

[13]（唐）姚思廉撰:《梁书》,中华书局,1974 年。

[14]（唐）李延寿撰:《南史》,中华书局,1975 年。

[15]（唐）欧阳询撰,汪绍楹点校:《艺文类聚》,上海古籍出版社,1982 年。

[16]（唐）杜佑撰:《通典》，王文锦等点校，中华书局，1988 年。

[17]（宋）赵次公注，林继中辑校:《杜诗赵次公先后解辑校》，上海古籍出版社，1994 年。

[18]（唐）杜甫著，（清）钱谦益笺注:《钱注杜诗》，上海古籍出版社，2009 年。

[19]（唐）杜甫著，（清）仇兆鳌注:《杜诗详注》，中华书局，1979 年。

[20]（唐）杜甫著，（清）杨伦笺注:《杜诗镜铨》，上海古籍出版社，1980 年。

[21]（五代）刘昫等撰:《旧唐书》，中华书局 1975 年。

[22]（宋）王钦若等编纂，周勋初等校订:《册府元龟》卷四四三，凤凰出版社，2006 年。

[23]（宋）王溥撰:《唐会要》，中华书局，1955 年。

[24]（宋）欧阳修、宋祁撰:《新唐书》，中华书局，1975 年。

[25]（宋）欧阳修著，郭绍虞编:《六一诗话》，人民文学出版社，1962 年。

[26]（宋）司马光编著:《资治通鉴》，中华书局，1956 年。

[27]（宋）李复:《潏水集》，影印文渊阁四库全书本，上海古籍出版社，1983 年。

[28]（宋）郭知达编:《九家集注杜诗》，清刻本（1644 年）（曾噩序本）。

[29]（宋）鲁訔编次，蔡梦弼集注:《杜工部草堂诗笺》，商务印书馆，1936 年。

[30]（宋）蔡梦弼:《杜工部草堂诗话》，丁福保辑《历代诗话续编》本，中华书局，1983 年。

[31]（宋）郭茂倩编:《乐府诗集》，中华书局，1979 年。

[32]（宋）朱熹撰，萧立甫校点:《楚辞集注》，上海古籍出版社、

安徽教育出版社，2001 年。

[33]（宋）朱熹:《四书集注》，新刊四书五经本，中国书店，1994 年。

[34]（宋）朱熹:《诗经集传》，新刊四书五经本，中国书店，1994 年。

[35]（宋）杨万里:《诚斋诗话》，见丁福保辑《历代诗话续编》，中华书局，1983 年。

[36]（宋）张戒:《岁寒堂诗话》，陈应鸾《岁寒堂诗话校笺》本，巴蜀书社，2000 年。

[37]（宋）罗大经:《鹤林玉露》，上海古籍出版社，2012 年。

[38]（宋）宋敏求:《唐大诏令集》，商务印书馆，1959 年。

[39]（明）胡震亨:《杜诗通》，顺治六年初刻本（胡夏客记本）。

[40]（明）胡应麟:《诗薮》，上海古籍出版社，1958 年。

[41]（明）杨慎著，王仲镛笺证:《升庵诗话笺证》，上海古籍出版社，1987 年。

[42]（明）王嗣奭撰:《杜臆》，上海古籍出版社，1983 年。

[43]（明）胡震亨:《唐音癸签》，上海古籍出版社，1981 年。

[44]（明）高棅:《唐诗品汇》，上海古籍出版社，1988 年。

[45]（明）卢世㴐:《杜诗胥钞》，崇祯七年刻本。

[46]（明）李梦阳:《空同先生集》，明嘉靖本。

[47]（明）高棅编选:《唐诗品汇》，上海古籍出版社，1988 年。

[48]（明）黄庭坚:《黄庭坚全集》，四川大学出版社 2000 年。

[49]（明）金圣叹:《唱经堂杜诗解》，河大古籍部藏映旭斋本。

[50]（清）王夫之著，戴鸿森笺注:《姜斋诗话笺注》，上海古籍出版社，2012 年。

[51]（清）王夫之著，陈书良校点:《唐诗评选》，上海古籍出版社 2011 年。

[52]（清）朱鹤龄辑注，韩成武等点校:《杜工部诗集辑注》，河北大学出版社，2009年。

[53]（清）钱谦益笺注:《钱注杜诗》，上海古籍出版社，2009年。

[54]（清）顾宸:《辟疆园杜诗注解》，吴门书行刊印本，康熙癸卯年（1663）。

[55]（清）吴见思:《杜诗论文》，康熙十一年岱渊堂刻本。

[56]（清）张远:《杜诗会稡》，康熙三十七年读书堂刻本。

[57]（清）黄生撰，徐定祥点校:《杜诗说》，黄山书社，1994年。

[58]（清）何焯:《义门读书记·杜工部集》，中华书局，1987年。

[59]（清）沈德潜:《唐诗别裁集》，扫叶山房石印本。

[60]（清）翁方纲撰:《石洲诗话》，中华书局，1985年。

[61]（清）方东树著，汪绍楹点校:《昭昧詹言》，人民文学出版社，1961年。

[62]（清）边连宝著，韩成武等点校:《杜律启蒙》，齐鲁书社，2005年。

[63]（清）施鸿保著，张慧剑校:《读杜诗说》，上海古籍出版社，1983年。

[64]（清）叶燮著，霍松林校注:《原诗》，人民文学出版社，1979年。

[65]（清）陈僅:《竹林答问》，《清诗话续编》第4册，上海古籍出版社，2016年。

[66]（清）张溍著，聂巧平点校:《读书堂杜工部诗文集注解》，齐鲁书社，2014年。

[67]（清）弘历（御制）:《唐宋诗醇》，春风文艺出版社，1995年。

[68]（清）永瑢、纪昀主编，周仁等整理:《四库全书总目提要》，河北人民出版社，2000年。

[69]（清）浦起龙著:《读杜心解》,中华书局,1961 年。

[70]（清）乔亿:《杜诗义法》,清抄本。

[71]（清）黄生撰,徐定祥点校:《杜诗说》,黄山书社,1994 年。

[72]（清）沈炳巽撰:《水经注订讹》,《影印文渊阁四库全书》本,台湾商务印书馆,1986 年。

[73]（清）佚名:《杜诗言志》,江苏人民出版社,1983 年。

[74]（清）李重华:《贞一斋说诗》,丁福保辑《清诗话》,上海古籍出版社,1999 年。

[75]（清）赵翼:《瓯北诗话》,人民文学出版社,1963 年。

[76]（清）冒春荣:《葚原说诗》,郭绍虞编选《清诗话续编》本,上海古籍出版社,2016 年。

[77]（清）林鹗:《望山草堂诗钞》,《清代文集汇编》本,上海古籍出版社,2010 年。

[78]（清）吴瞻泰撰,陈道贵、谢桂芳校点:《杜诗提要》,黄山书社,2015 年。

[79]（清）方东树著,汪绍楹点校:《昭昧詹言》,人民文学出版社,1961 年。

[80]（清）康发祥:《伯山诗话前集》,张寅彭《清诗话三编》本,中华书局,2014 年。

[81]（清）郭庆藩撰,王孝鱼点校:《庄子集释》,中华书局,1961 年。

[82]（清至民国）高步瀛选注:《唐宋诗举要》,上海古籍出版社,1959 年。

二、研究专著:

[1] 李春坪辑:《少陵新谱》,北平来薰阁书店,1935 年。

[2] 华文轩:《古典文学研究资料汇编》（唐宋之部·杜甫卷）上

编，中华书局，1964年。

[3] 钱锺书:《宋诗选注》，人民文学出版社，1979年。

[4] 徐仁甫:《杜诗注解商榷》，中华书局，1979年。

[5] 徐仁甫:《杜诗注解商榷》，中华书局，1979年。

[6] 朱东润:《杜甫叙论》，人民文学出版社，1981年。

[7] 逯钦立:《先秦汉魏晋南北朝诗》，中华书局，1983年。

[8] 金启华:《杜甫评传》，陕西人民出版社，1984年。

[9] 金启华:《杜甫诗论丛》，上海古籍出版社，1985年。

[10] 周振甫:《文心雕龙今译》，中华书局，1986年。

[11] 邓绍基:《杜诗别解》，中华书局，1987年。

[12] 詹锳:《文心雕龙义证》，上海古籍出版社，1989年。

[13] 许总:《杜诗学发微》，南京出版社1989年。

[14] 张忠纲:《杜诗纵横谈》，山东大学出版社，1990年。

[15] 程俊英、蒋见元:《诗经注析》，中华书局，1991年。

[16] 徐志啸编:《历代赋论辑要》，复旦大学出版社，1991年。

[17] 郑文:《杜诗檠诂》，巴蜀书社，1992年。

[18] 傅璇琮:《全宋诗》，北京大学出版社，1993年。

[19] 莫砺锋:《杜甫评传》，南京大学出版社，1993年。

[20] 吴文治:《宋诗话全编》，江苏古籍出版社，1998年。

[21] 北京大学古文献研究所:《全宋诗》，北京大学出版社，1993—1998年。

[22] 何宁:《淮南子集释》，中华书局，1998年。

[23] 林毓生:《中国传统的创造性转化》，生活·读书·新知三联书店，1998年。

[24] 张健:《清代诗学研究》，北京大学出版社，1999年。

[25] 韩成武:《杜诗艺谭》，河北大学出版社，2000年。

[26] 孙力平:《杜诗句法艺术阐释》，江西教育出版社，2001年。

[27] 黄寿祺、张善文:《周易译注》,上海古籍出版社,2001年。

[28] 杨义:《李杜诗学》,北京出版社,2001年。

[29] 刘明华:《杜甫研究论集》,重庆出版社,2002年。

[30] 周振甫:《诗经译注》,中华书局,2002年。

[31] 韩成武:《杜诗艺谭》,河北教育出版社,2002年。

[32] 韩成武:《诗圣——忧患世界中的杜甫》,河北大学出版社,2002年。

[33] 郝润华:《〈钱注杜诗〉与诗史互证方法》,黄山书社,2002年。

[34] 张寅彭主编:《民国诗话丛编》第三册,上海书店,2002年。

[35] 朱东润主编:《中国历代文学作品选》,上海古籍出版社,2002年。

[36] 严迪昌:《清诗史》,浙江古籍出版社,2002年。

[37] 陈贻焮:《杜甫评传》,北京大学出版社,2003年。

[38] 胡可先:《杜诗学引论》,安徽大学出版社,2003年。

[39] 周勋初主编:《唐诗大辞典》,江苏古籍出版社,2003年。

[40] 叶嘉莹:《杜甫秋兴八首集说》,北京大学出版社,2008年。

[41] 谢思炜:《白居易文集校注》,中华书局,2011年。

[42] 邓魁英、聂石樵:《杜甫选集》,上海古籍出版社,2012年。

[43] 任中敏:《唐声诗》,凤凰出版社,2013年。

[44] 萧涤非主编:《杜甫全集校注》,人民文学出版社,2014年。

[45] 张忠纲、孙微:《杜甫集》,凤凰出版社,2014年。

[46] 陈伯海《唐诗汇评》,上海古籍出版社,2015年。

[47] 韩成武、张志民:《杜诗全译精注》,天津教育出版社,2017年。

[48] 施议对:《辛弃疾词选评》,上海古籍出版社,2018年。

[49] 徐志啸撰:《诗经楚辞选评》,上海古籍出版社,2018年。

[50] 袁行霈主编、莫砺锋撰:《杜甫诗选》, 商务印书馆, 2019 年。

[51] 莫砺锋、童强:《杜甫传》, 长江文艺出版社, 2019 年。

[52] 曹慕樊:《杜诗杂说全编》, 生活·读书·新知三联书店, 2019 年。

[53] 章培恒等编:《文天祥集》, 凤凰出版社, 2020 年。

[54] 韩成武等:《杜诗诗体学研究》, 九州出版社, 2022 年。

三、研究论文

[1] 裴斐:《杜诗八期论》,《文学遗产》, 1992 年第 4 期。

[2] 李芳民:《简论杜甫的山水诗》,《唐代文学研究》第四辑, 广西师范大学出版社, 1993 年。

[3] 徐泽强:《论杜甫的组诗》,《政法学报》1994 年第 2 期。

[4] 黄筠:《中国咏石诗的发展与评价》,《中国文化研究》1994 年第 4 期。

[5] 李国丰:《谈杜甫由陇入蜀的两组纪行诗》,《社科纵横》1994 年第 4 期。

[6] 侯孝琼:《论杜甫的连章律诗》,《杜甫研究学刊》1996 年第 2 期。

[7] 朱宝清:《杜甫〈秦州杂诗二十首〉诗说》,《首都师范大学学报(社会科学版)》1996 年第 1 期。

[8] 金启华、金小平:《一时喜与一身愁》,《阅读与欣赏》1998 年第 5 期。

[9] 周立英:《摘幽撷奥, 出鬼入神——论杜甫自秦入蜀纪行诗》,《学术交流》2008 年第 2 期。

[10] 杨胜宽、吴杰:《试论〈秋兴八首〉的整体结构》,《宜宾学院学报》2008 年第 8 期。

[11] 李真瑜、常楠:《中国古代咏史诗的历史阐释方式与历史观念》,《湖南文理学院学报(社会科学版)》, 2009 年第 2 期。

[12] 邓小军:《杜甫曲江七律组诗的悲剧意境》,《北京大学学报(哲学社会科学版)》2011 年第 4 期。

[13] 王睿君《杜甫〈同谷七歌〉的悲剧主题》,《大庆师范学院学报》2012 年第 1 期。

[14] 商拓:《杜甫〈秦州杂诗二十首〉诗艺探微》,《杜甫研究学刊》2014 年第 4 期。

[15] 魏耕原:《杜甫组诗论》,《西安文理学院学报(社会科学版)》2016 年第 3 期。

[16] 刘跃进:《漂泊无助的远游——读〈秦州杂诗〉二十首及其他》,《中国文学研究》2017 年第 1 期。

[17] 马昕:《中国古代咏史诗中的比较思维》,《中山大学学报(社会科学版)》2018 年第 3 期。

[18] 焦韵晗:《杜甫诗学观探微——以〈戏为六绝句〉为中心》,《作家天地》2021 年第 18 期。

[19] 种竞梅:《杜甫陇右诗研究》,河北大学硕士学位论文,2006 年。

[20] 纪锐利:《清代论诗诗史》,苏州大学博士学位论文,2007 年。

[21] 万迎春:《宋代论诗绝句研究》,沈阳师范大学硕士学位论文,2017 年。

后　记

　　我对杜甫的热爱始自于攻读博士学位时。

　　2022 年的秋天，当我怀着激动的心情到河北大学报到后，首先被通知的就是第二天要参加军训，不准请假，尽管那时我已经 39 岁，孩子也还在读初中，正需要人每天准备好一日三餐。为了尽快安置好孩子和先生的生活，也为了赶紧准备好军训需要携带的被褥、洗漱用品等，在学校报到完之后我就赶紧回家，开始了一系列的忙活。晚上七点左右，韩成武老师将电话打到了家里，问我为什么不到他那里报到？我突然意识到自己犯了一个错误，竟然忽视了向自己的导师报到，会不会让导师觉得我在轻慢他？就赶紧解释了需要军训、需要安置孩子等，希望他理解。他没有再说什么。我长出了一口气，以为他没有那么严厉。

　　军训回来后，赶紧去他家里报到，他给我讲了对我学业的安排，我当时就大吃一惊：除了必须要上的公共课、专业选修课，他还要专门给我讲杜诗，而且要一首一首讲，并要求我背杜诗！天哪，背杜诗！那对我该是多么艰愁！那时，我已经 39 岁，记忆力远不如从前，医生号脉都说我记忆力大亏，我怎么背那么多杜诗？但是，第一次见导师，我可不敢说我背不下，那不等于不听从专业学习的安排吗？所以我硬着头皮说："我尽力，我尽力。"但我真的不知道自己能否背下很多杜诗。

　　韩老师的杜诗课虽说是一首一首讲，但却是融合了很多知识，历史、地理、职官、天文、诗歌格律、诗歌体式，丰富多彩，使我受益良多。但韩老师真的是很严厉的老师啊！每一次都给我布置作业，包括背诵的篇目。每一次再去上课都要检查，或者讲到哪里突然需要用到哪首诗了，就让我说出来，真的好恐怖啊！以至于那些日子，我天天都在抱着杜诗背。对杜诗的熟悉也就在这样的压力下很快提升着。但我记忆力确实不好，背过的诗歌，很快就忘记，或者记住了这几句，而忘记了那几句。好在我理解力比较好，也肯勤苦用功，渐渐地，我得到了导师的认可，就在合适的时候告诉了他医生对我记忆力的判断，他就没有再那么天天盯着我背杜诗，当然，他会说："尽可能多背啊！"而我，也是尽可能多背。

但韩老师的严格远不止于此，学生跟随他的每一时每一刻他都在传授本领或考校知识。有一次，他带着我、贺严、左汉林去北岳庙，庙里的一个碑是梅尧臣书丹的，就问我们三个："知道梅尧臣是哪个时代的吗？"我说："知道，宋代的。"他又接着问："写过什么作品？"我说："《汝坟贫女》。"他又问："能背两句吗？"我赶紧摇了摇头。又走到陈彭年书丹的一块碑前，他又问："知道陈彭年吗？"我说："知道。""什么时候的人？""宋代的。""写过什么？"这时候我已经很紧张了，考博的时候复习过的，这时候却在一连串的追问下有点蒙了圈，结结巴巴地说："大宋，大宋，什么什么韵？""《大宋重修广韵》！"他用浑厚的声音告诉我们准确的答案，并讲了一些声韵知识。还有一次，因为在跟随他学习讲本科课的课间闲聊中，他知道了我住 135 平方米的房子，而那时他住的是 98 平方米的房子，他就说："你这么年轻，住那么大的房子，我可是得去看看。"好像不相信似的。我说："好的好的，一定请您去参观！"后来便邀请他和师母一同到我家去。因为我要做饭招待他们，怕我先生跟他聊不好，就请一个小区住着的贾耘田（笔名伪农）老师来作陪。吃完饭后，贾老师邀请他去家里看看，说跟我们的房子格局不一样。他很有兴致地去看。到了贾老师家，电视墙上有一副对联："漫听丝竹声声淡，闲话桑麻句句清。"他一见，马上又考校我："淑玲，你看看这副对联，有几个入声字，有几个平仄两读字？"我那个"囧"啊！在那么多人面前，要是说错了，得多丢人啊！硬着头皮仔细看这副对联，一一指出。还好，还好，没有指错。他满意地点点头："嗯，不错啊！"可是，我的手心里早已经捏的都是汗了。

就是在这样严格的"裹挟"下，我的杜诗认知、诗词格律、诗体知识等飞速增长，并逐渐有了可以和导师共同探讨的能力。

2009年，因为那时我课时量很少，正好学校调整课程，基于之前几年积累的对杜甫及其诗歌的理解和对杜甫的热爱，我就利用跟着韩老师学到的东西，开了"杜诗研究"的专业选修课。

2015年，我和韩成武老师合作申报了在我名下的河北省社科项目"杜甫诗歌的诗体学研究"（编号：HB15WX035）。课题做完后，我觉得课题的成果完全可能申报一个国家社科基金的项目，恰好学校也鼓励合作申报，于是，我便计划将此课题以"诗体学视野下的杜诗研究"的题目申报国家社科基金后期资助项目。由于当时我手里有一个国家社科项目在研，新项目便以韩成武老师的名字申报。很有幸，项目申报成功了。但课题成果出版时，碍于相关规定，我这唯一的课题合作者却不能在封面和版权页上署名。韩老师跟全国哲学社会科学工作办公室和出版社沟通了好几次，要求允许我署名在前，或至少在封面上署上我的名字，均无果。此书编辑出版过程中，责任编辑建议书名改为"杜诗诗体学研究"，我和韩老师都予以了肯定。就这样，课题的最终成果还是回归到了我名下的河北省社科项目的题目，然而，"我"却只化为封面上"韩成武等著"中的一个"等"字。韩老师说，再版时一定要将我的名字署在前面，以体现我的劳动。这是后话，以后再说吧，反正成果已经出来了，而且，在做这个项目的时候，我注意到杜甫组诗尚未有专门的研究著作，正可在后期资助项目的余力下进行相关研究，也把"杜诗研究"课程中有价值关于组诗的东西总结出来，形成一本专著。

韩老师很支持我的工作。于是我开始着手整理自己的思路。其实我近两年的"杜诗研究"课已经将重点放在杜甫组诗的研究方面，主要基于以下考虑：读杜诗、研究杜诗，杜甫的组诗是必须要多读的。而杜甫的几组重要组诗，如《秋兴八首》《诸将五首》《咏怀古迹五首》《前出塞九首》等，已经有很多研究文章，但杜甫还有很多重要组诗，如《秋雨叹三首》、"曲江"组诗、《绝句漫兴九首》《伤春五首》《解闷十二首》《复愁十二首》等，则较少有人论及，学界似也还未出版过研究杜甫组诗的专门著作。因而，整理出版近两年关于杜甫组诗的讲稿，系统研究杜甫组诗之艺术风貌、思想内涵等，或许对杜诗研究不无裨益。

本书共选了二十八组杜甫组诗，并将其按杜甫的不同生命阶段分为五章，分别是杜甫"安史之乱"前、陷贼与为官时期、罢官至入蜀前、成都时期和夔州时期。每章少则三组、多则九组组诗，每组组诗皆是根据我对杜甫组诗的理解和讲授纲要撰稿、整理，最终成稿32万字。

特别要说明和感谢的是，在撰稿、整理的过程中，我的学生和家人给予很大的支持和帮助。书稿中的部分篇目是我和学生共同完成的，部分则是由学生们根据我的思路独立完成。其中，博士生王婧娴、苑宇轩撰写、整理、修改、校订的内容均达十万字余，他们二人现均为河北师范大学教师。书稿中更有一篇，是我的老师韩成武教授与我合作完成。为了不埋没他们的贡献，现将各章节篇目和撰稿人名单列在下面：

绪　论　吴淑玲

第一章　杜甫"安史之乱"前的组诗

一、《前出塞九首》与《后出塞五首》　吴淑玲

二、《陪郑广文游何将军山林十首》与《重过何氏五首》　吴淑玲

三、《秋雨叹三首》 吴淑玲

第二章 杜甫陷贼与为官时期的组诗

一、"二哀""二悲" 刘志佳、王婧娴

二、《自京窜至凤翔喜达行在所三首》 刘志佳、王婧娴

三、《羌村三首》 吴泽涛、刘志佳

四、"曲江"组诗 郭怡君、王婧娴

五、《忆弟二首》 郭怡君、王婧娴

六、"三吏""三别" 吴淑玲、郭怡君

第三章 杜甫罢官至入蜀前组诗

一、《遣兴五首》("蛰龙三冬卧"等) 冀婷、周欣宇

二、《秦州杂诗二十首》 吴泽涛、周欣宇

三、《乾元中寓居同谷县,作歌七首》 吴淑玲、韩成武

四、杜甫的入蜀纪行诗 周欣宇、苑宇轩

第四章 杜甫的成都组诗

一、《绝句漫兴九首》 黄竺、苑宇轩

二、《江畔独步寻花七绝句》 黄竺、苑宇轩

三、《戏为六绝句》 冀婷、黄竺

四、《伤春五首》 牛艺璇、吴淑玲

五、《忆昔二首》 牛艺璇、吴淑玲

六、《春日江村五首》 牛艺璇、吴泽涛

第五章 杜甫的夔州组诗

一、《夔州歌十绝句》 王婧娴

二、《诸将五首》 王婧娴

三、《八哀诗》 王婧娴

四、《秋兴八首》 苑宇轩

五、《咏怀古迹五首》 苑宇轩

六、《承闻河北诸道节度入朝欢喜口号绝句十二首》 苑宇轩

七、《解闷十二首》 王霞

八、《复愁十二首》 王霞

九、《九日五首》（含《登高》） 王霞

书稿完成于疫情期间，大家克服了各种各样的困难，尤其是文献的直接阅读的困难。对此，文学院的文史学科文献服务群提供了很多帮助，在此一并表示感谢。还需要提及的是，我的先生也是中文出身，他的文字功底很深，在校对修改的过程提出了很多很有价值的建议。谢谢他的无私付出。最后，祝愿大家走出疫情后生活幸福、身体健康！

吴淑玲于蕙兰书屋

2022 年 3 月 20 日